U0533791

Aurora

[美] 金·斯坦利·罗宾逊 著
(Kim Stanley Robinson)

吴真贞 叶 塑 译

极光

目录

第一章　飞船女孩 / 1
　　菲娅是飞船上第6个世代出生的孩子，以她为代表的飞船人类不断出现各种衰退。这艘航行了160年的飞船本身也问题不断，这让飞船"首席工程师"黛薇不胜烦忧。

第二章　啊！陆地 / 42
　　飞船即将到达此行目的地——极光星，登陆的准备工作在进行中，他们已经迫不及待想要下去，而飞船首席工程师、能为飞船居民解决各类麻烦的黛薇则在满腹担忧中去世。

第三章　风云突变 / 125
　　飞船历170年040日，第一批先遣队登陆极光星，一个新的世界即将打开。当所有人对未来充满期待时，一名先遣队员因不明感染死亡，由此引发一场悲剧。

第四章　均值回归 / 180
　　定居极光星希望渺茫，联合大会采取投票方式决定飞船未来方向：重返地球，或者飞往 F 卫二定居。投票结果引发又一场骚乱，流血事件不断升级。

第五章　乡愁涌起 / 262

留守派离开飞船驶往未知，飞船载着返回派朝着地球返航。飞船的状况越来越糟糕，社会问题，尤其是粮食短缺不断升级，为了回到地球，全体人员选择进入冬眠。

第六章　问题棘手 / 318

飞船历 295 年 092 日，飞船收到太阳系发来的激光，这就是回家的方向！然而，燃料问题变得异常严峻，地球越来越近，飞船收到的警告信息也越来越多。

第七章　这是什么 / 396

我们着陆了！而地球上的飞船发射计划从不曾间断，由此引发的争论甚至冲突也不曾间断……地球人、太空人，人类的未来如何选择？

第一章
飞船女孩

菲娅要和爸爸一起去划船了。他们最近刚把家搬到长湖西侧的一座住宅楼里，从家里正好可以眺望湖边的码头。码头上泊着几艘小帆船，需要的人可以自行取用。几乎每天下午，这里都会涌起一股强劲的向岸风。"或许就是因为这个，他们才给这个地方起名'风浪镇'吧，"巴丁说着走到码头上去取帆船，"每天下午，这湖面上都要起一次风。"

小船取出来后，菲娅和巴丁顶着风把船推下码头。在船离岸的最后一秒，巴丁才跳了上去。他用力扯着帆，让船身略略倾斜，船头朝着沿湖而建的环湖路方向。菲娅按照爸爸的交代使劲抓住舵柄。小船斜着身子直冲着高高的湖岸驶去，在即将撞到高岸的时候，巴丁吼了一声"转向"，听到声音，菲娅立刻用力打死舵柄，同时迅速低头，躲过了从他们头顶横扫而过的吊杆。小船在距离岸边只有一臂之遥的地方成功地掉转了方向。巴丁说，这船太小了，逆着风走不了多远。他亲切地把小帆船称为"澡盆"，因为这船也就只容得下他们两个人。船的桅杆上蒙着一张巨大的帆。在菲娅看来，那桅杆可比船身长多了。

受了几次风后，他们成功地把船驾出码头并驶到比较开阔的水域。在这里，他们可以眺望新斯科舍的全景：中间是一座湖，湖边环绕着郁郁葱葱的山丘。他们可以看到长湖最远的一端，傍晚的烟雾把那里的湖岸笼罩得朦朦胧胧的。山丘的落叶林已染上秋意，黄色、橙色、红色，再加上针叶林的绿色，一片色彩斑斓。巴丁说，这是一年中最美的时节。

船帆兜住湖面上穿过来的一股强风。风刮过，蔚蓝的湖水泛出银白色的波纹。菲娅和巴丁也被风推到顺风侧的座位上，直到他们迎着风稳住小船后，才能够坐直。巴丁很擅长驾船，他在风中迅速调整位置，时而来到上风舷，时而回到下风舷，用巴丁的话说，就像随风起舞一样。"这压舱的活我干得不赖吧，"巴丁说着，在他挪动身子的时候，小船出现微微的晃动，"你看，不能把桅杆绷得太直，要顺着风倾斜一点儿。船帆也是，不要使劲拉，应该松一点点，让风把它吹鼓起来才最好。你可以感受一下。"

"看那里的水，巴丁，那个是不是'水眼'？"

"眼神不错，确实是'水眼'。准备迎战吧，估计我们全身都要弄湿了！"

湖面泛起波浪，形成镜面似的曲线迅速向他们逼近，在强风的带动下，"水眼"击中了他们，船身顿时大幅倾斜，他们也随之后仰。帆船发出"咯吱咯吱"的声音，一头扎进迎头而来的波浪，瞬间又冲了出去，船头激起的朵朵浪花，纷纷落回他们身上。"长湖的水有意大利面的味道。"巴丁如是说。

经过40次受风（巴丁夸口说他一直在数，但是从他脸上的笑看得出来，他是在吹牛），他们也才离开码头一公里左右。该返航了，这下他们可以一路顺着风回到码头。他们掉转船头，风好像瞬间消失了一样，小船静静地前进着。巴丁把控帆锁放松后，船帆顺势向前鼓起，带着小"澡盆"猛地向前一挺，船的速度看上去好像比来时的慢。他们看着浪尾流过身边，湖边变得更蓝了，他们的视线可以探到水下更深的地方，有时候甚至能一眼看到湖底。湖面晃起泡沫，发出汩汩的声音，小船笨拙地摇晃着。看上去他们好像在艰难地前行，但实际上他们行驶得非常快，一会儿就驶过其他码头，驶过环湖路，回到了出发时的港湾，他们甚至可以看到要停靠的码头在迅速逼近。回到港湾后，他们又开始感受到疾扫而过的风，听到船身破浪前行的声音，看到激起的浪花汆着白沫落回水面的景象。

"糟糕！"巴丁喊道，他身体保持前倾，以便看清船帆前头的景象，"靠岸的时候我应该站到帆的那边去才对！如果现在过去，还要先走到船尾才能转到那侧船舷去，不知道时间够不够。"

可惜码头近在眼前了。"还有时间换吗？"菲娅问道。

"没有！好吧，抓紧了，把手放在舵柄上。对！就这么抓着！一会儿我跑到前面去，等我跳上码头后，我会在你擦身而过的时候抓住小船！记得把头低下来，别让吊杆打到！"

他们的小船迎着码头一个角落驶去，菲娅俯身趴在座位上，紧紧地抓着舵柄。巴丁一跃而起，在他尚未落地时，船艄撞上码头的一角，他慌忙向码头里面爬去，小船的吊杆和桅杆撞在一起，发出巨大的断裂声。小船倾斜在码头边，不断地摇摆着，船帆在桅杆前拍打着，连吊杆都从桅杆上掉了下来，晃晃荡荡地垂在小船的前头。巴丁翻身而起，从码头一侧探出身子，一把抓住距他仅一臂之遥的船艄，他全身都趴在码头上，只盼能抓住小船。小船随风摇摆，船头高高地翘起，船帆疯狂地扇动着，菲娅必须俯下身来才能躲开它，因为吊杆已经从桅杆上掉下来了，所以她只能跳到座舱处躲着。

"你没事吧？"巴丁大声喊道。他们的脸相距不过一两米远，看着他脸上郁闷的表情,她不由得笑出声来。

"还好啊,"她回答道,"现在我该怎么做?"

"爬到船艏上来,然后跳到码头上。我抓着船。"

还真要他抓着才行,要不船会被风带动,倒退着漂到浅滩上,环湖路上的人们会赶来围观的。

菲娅一跃跳到巴丁身边,船的反作用力差一点把巴丁也拉回水里。他咬紧牙关,双脚紧紧地夹住一个楔子,那动作在菲娅看来痛苦极了。她伸出手,一起把船拉过来,巴丁叫道:"小心你的手,不要让船和码头夹住!"

"放心,不会的。"她说道。

"你够得着那里吗,可不可以把船艏的绳子拉过来?"

"应该没问题。"

他用力把船拉近,她尽力向前探出身子抓住了绳子,绳子的一头系在船艏的铁环上。她把绳子拉出来,在码头角落里的楔子上绕了一圈,巴丁也赶快捞起绳子,帮她又多绕了几圈。

他们躺在码头上,面面相觑。

"我们把船撞坏了!"菲娅说。

"可不是!但你没事吧?"他问道。

"没事,您呢?"

"还好,就是有点窘。我得帮他们把这个吊杆修好。要我说,这个接头也太脆弱了吧。"

"我们下次还可以过来划船吗?"

"当然可以!"他抱了一下她,两人相视而笑,"下次肯定可以做得更好。下次我就知道了,应该站到帆的另一侧去,这样我们就能够沿着码头的侧边拐进来,轻松地穿过劲风,然后再把船转为逆风向,等船速逐渐减慢的时候一把抓住码头。早该这么打算了!"

"黛薇会不会生气？"

"不会的。只要咱俩没事，她就开心了。她倒是会嘲笑我，她还会告诉我们怎样才能把吊杆和桅杆之间的接头弄得更牢固点。嗯，我得查一下，看那位置叫什么名字。我敢肯定，有一个专有名词来说它。"

"每个东西都有自己的名字！"

"是的，我也这么觉得。"

"那东西被我们弄坏了，我觉得她会有点生气。"

巴丁表示沉默。

实际上，她妈妈很爱生气。大多数人都看不出来，因为她隐藏得很好，但是菲娅总是看得出来。从她嘴角的动作就能看出她生气了。她经常自言自语地发出烦躁的叹息，以为人们听不到似的。"什么鬼！"她会对着地板或者墙壁发出咒骂，然后像什么也没说过一样继续。她有时候还会突然抓狂。晚上的时候，她会瘫在椅子里，严肃地看着来自地球的通信信息，这时候她的情绪一般也不会很好。

"你为什么要看这些东西啊？"有一天晚上菲娅这样问她。

"我不知道，"她妈妈回答道，"总得有人看吧。"

"为什么呢？"

妈妈的嘴角绷紧了，她用一只手搂过菲娅的肩膀，深深地吸进一口气，一会儿又叹息般地呼出。

"不知道。"

接着，她身子开始颤抖，有时候甚至会哭出声来，然后又自己停住了。每每此时，菲娅就会盯着屏幕，看着上面不断变换的人影，感到困惑不已。黛薇和菲娅一起看着屏幕上的画面，那画面展现的是地球上的生活，可惜那画面传到这儿，就已经滞后十年了。

那天晚上,菲娅和巴丁冲进家门。"我们把船撞坏啦!我们把那个东西弄断啦!"

"那个东西叫桁轴,"巴丁对菲娅笑了一下说道,"它把吊杆连接到桅杆上,但它实在是不怎么结实。"

他们讲得很激动,但黛薇听得心不在焉,不时地摇摇头。她正坐在屏幕前吃沙拉,等她吃完了,她下腭后的肌肉就停了下来。"很高兴你俩都没出事,"她说,"我得回去工作了。实验室里又出现了一些状况。"

"我肯定它有一个名字。"菲娅一本正经地强调。

黛薇瞪了她一眼,表示自己没什么兴趣,菲娅立刻闭嘴。然后,黛薇就回实验室了。巴丁和菲娅击掌庆祝,他们在厨房里转了一圈,取出一些麦片和牛奶,开吃。

"我不应该啰唆名字的事情。"菲娅说。

"谁都知道,你妈妈性格有点尖锐。"爸爸说道,意味深长地挑了挑眉毛。

他自己的性格,则一点儿也不尖锐,菲娅对此非常了解。他身材矮小,体形滚圆,头发半秃,双眼湿润温和,声音低沉悦耳、富有磁性。巴丁总是陪伴着她,态度永远是那么和蔼。他是飞船上最好的医生之一。菲娅很爱她爸爸,依赖着他,就好像躲进最安全的港湾。她现在就紧紧地依靠着他。

巴丁抚摸着她纷乱的头发,那发质和黛薇的一模一样。他对她说:"她要承担很多的责任,对她来说,去想别的事情,去放松一下,都是很困难的。"这些话,他以前也说过很多次。

"可事情不是进展得很顺利吗?是吧,巴丁?我们很快就要到那儿了!"

"是啊，我们快要到了。"

"而且一切都还算顺利。"

"是的，当然了。我们会让一切都保持顺利的。"

"那为什么黛薇还这么担心呢？"

巴丁微笑地看着她的眼睛说："怎么说呢？在我看来，有两个原因。首先，她确实有一些需要操心的事情。其次呢，她确实也有点杞人忧天。但也正是因为如此，她才可以预先想到各种问题，针对问题进行讨论，再把问题搞明白。她可不擅长把事情憋在心里。"

菲娅对此不敢苟同，因为大多数人都没有见过黛薇抓狂的情景，她太擅长隐藏情绪了。

菲娅又说了一大堆，巴丁点头作答。

"是的，你说得对。从某种意义上说，她确实很能克制，或者说她很会忽略自己的情绪。正是这样，她才更需要找一个方法，将它们发泄出来。我们不也是这样的嘛！我们是她的家人，她信任我们，爱我们，所以才会让我们看到她真实的感情。所以，我们不应该阻止她发泄，不应该阻止她宣泄她的感受，不应该阻止她展现自己真实的一面。只有这样，她才能够继续前进。这样做对她好，对我们也好，因为我们都需要她。不仅是你和我需要她，所有人都需要她。"

"所有人？"

"是的，我们需要她，因为飞船需要她，"他停顿了一下，叹了一口气说，"所以，她才如此抓狂。"

周四到了，菲娅不用去教养院和其他小孩待在一起，而是和黛薇一起去上班。在这一天里，她会帮助黛薇一起做事情。她会帮忙喂鸭子、堆肥，到了该换电池和灯泡的时候，她也会帮忙做这些事。黛薇要做的事情很多，甚至可以说是无所不包。她需要与在各个生态圈上班的人或者在中脊操控机器的人交谈，然后与他们一起观看屏幕，然后继续讨论问题。这些事情做完后，她会抓住菲娅的手，拉着她去开下一场会。

"黛薇，出了什么事吗？"

黛薇长叹一口气："以前我就告诉过你，我们从几年前就开始减速了，这让飞船内部发生了一些变化。飞船绕着中脊自转，由此产生了重力。自转也带来了科里奥利效应，产生微小的螺旋偏向力，但现在我们不断减速，这就产生了另一股力，从某种角度说，这股力有点像科里奥利偏向力。新旧两种力互相交叉，所以原来的偏向力就被削弱了。你可能会觉得这没什么要紧的，但是我们已经看到它带来的影响了。这是他们没有预料到的情况。实际上，他们没预料到的事情太多了，都等着我们自己去找出来。"

"这是好事，对吧？"

黛薇"呵呵"一下，发出短促的笑声。她经常发出这样的声音，有时候菲娅还会故意说些话，逗她发出那些声音。"大概是吧。如果不是坏事，那大概就是好事了。我们也不知道怎么处理这些情况，得一边前进一边学习。或许在地球上，人们也是一边前进一边学的吧？但是我们都住在飞船里面，飞船就是我们的一切，所以一定要处理好。还有，飞船的量级比地球小12级，所以会出现一些他们想也想不到的异常情况。来，告诉我什么是量级。"

"10倍为1个量级！"菲娅脱口说出答案，阻止黛薇继续喋喋不休。

"说得对。所以一个量级都差很多，对吧？而12个量级，就是在'1'后面再加12个'0'。一万亿倍呢！这个数字想想都让人头晕，它实在是太大了。所以，现在我们面对的就是这个情况。"

"而且很难搞定。"

"是的。抱歉，我不该让你承受这些压力，希望不要吓到你。"

"我不害怕。"

"那好。其实你应该害怕的。说到最后，还是我一个人的问题。"

"那你跟我说说嘛！"

"我不想说。"

"就说一点点啦。"

"好吧，其实以前也跟你说过的，现在还是类似的情况。飞船里的一切都要循环使用，以保持物质平衡。在物质互相转化的过程中，植物和空气中的二氧化碳转换也需要保持均衡。这就好比操场上的跷跷板，你不需要将它维持在最完美的水平上，但是如果一方触地，就需要施点力把它拉上来。而在这里，这样的'跷跷板'太多了，而每个'跷跷板'摆动的速度都不一样，它们同时触地的情况倒是不太可能发生。因此，你要注意看，在某个'跷跷板'快要着地的时候，给它调整一下，让它不要着地。我们发现这些问题、解决这些问题的能力都是来自模型，但实际情况太复杂了，模型并不能模拟出所有的情况。"说着她露出痛苦的表情，"我们只能一点儿一点儿地尝试，然后看看会出现什么情况，因为我们对它们的了解还不够多。"

今天的任务是检查藻类。人们在巨大的玻璃器皿里培养了大量的藻类。菲娅以前用显微镜观察过它们，她看到的是无数的绿色团状物。黛薇说有的藻类可以添加到食物中。他们也用培养藻类的方法在扁平的培养皿里培养肉制品。飞船上的肉类，差不多有一半是来自培养皿，另一半则来自农耕区饲养的动物。这对他们来说是件好事，因为动植物会发生疫病和歉收问题。虽说培养皿有时也会出现问题，但总归比较少。另外，要往培养皿里面添加给料，它们才能生成食物，但总的来说培养皿还是不错的。飞船A、B两个环内都设有很多培养皿，而且两边的培养皿互相隔离。它们运行得都还不错。

藻池有绿色的、褐色的，或者两色混杂的。不同的生态圈中，光索发出的光线是不一样的，因此培养皿的颜色也各不相同。菲娅喜欢一边在不同的生态圈里面、不同的温室里面和不同的实验室里面穿行，一边欣赏各处不同的色彩。在干草草原生态圈上，小麦的颜色是金色的，而在美洲草原生态圈上，它们则是黄色的，实验室的藻类则是绿中泛着不同程度的褐色。

藻类实验室内很温暖，空气中带着一股面包的香味。生产面包只要五个步骤就行。有些人反映现在他们消耗的粮食略有增加，但粮食产量却变少了。讨论这个问题至少要一个小时的时间，所以菲娅独自走到房间的角落去画画。那里放了一些颜料，是专门给到这里玩的小孩用的。

交谈结束，她们继续前行。"现在要去哪里？"

"去盐矿。"黛薇说，她知道菲娅喜欢这条路线，因为她们会经过废物处理厂附近的牛奶场，可以去吃个冰激凌。

"这次又怎么了？"菲娅问道，"咸焦糖里的盐又多了？"

"是的，咸焦糖里的盐变多了。"

每次黛薇来这里，都会明显变得不开心。"盐水池、毒药厂、垃圾堆、厕所、盲端、废弃场、黑洞……"黛薇小声诅咒着，甚至更难听的名字都有——"该死的茅坑"。她以为没人听得到她在骂什么。

盐矿的人也不喜欢她。飞船上的盐分太多了，但除了人类，其他的东西都不需要盐，而且人摄入的盐总是超出自己实际所需。因为他们是唯一摄入盐分而不会生病的物种，所以他们需要在不过量的情况下，尽可能多地摄入盐。即便这样也无济于事，因为人的循环系统太短了，他们很快就会把盐排放出来。黛薇想要延长这个循环过程。所有物质的循环过程都需要想办法延长，而且还要保持它们一刻不停地循环。不能让盐分在这污水坑、恶心的粪坑、绝望之境、该死的茅坑里堆积起来。有时候，黛薇担心自己会陷进这个绝望之地。每当此时，菲娅总是会向她保证，如果黛薇真的掉下去，她一定会把她拉出来。

他们不喜欢氯、肌酐和马尿酸。这些东西微生物可以消化一部分，并将它们转化为别的物质，但是现在微生物正在不断地消亡，而且没有人知道原因是什么。黛薇认为飞船上缺溴，虽然她不知道这是什么原因造成的。

他们也搞不定氮循环。为什么氮循环老是出现问题呢？因为它真的很难处理！磷循环和硫循环也一样糟糕。要处理它们，最终还是要靠微生物。所以他们也要让微生物保持良好的状态，虽然微生物的数量缺口非常大。只有把所有环节都维持好，才能让一切保持正常运行。任何一环出了问题，都会让人很头疼，但是现在没有一环是完好的，这让黛薇头痛不已。在飞船上，就连鱼腥藻也是需要小心维护的好朋友！

你不仅需要机器，你也需要微生物。把东西烧成灰，再用灰来喂微生物。这些生物太微小了，无数个微生物累积到一起的时候才能用肉眼看见，它们看上去就像是面包上的霉点。这个比喻不错！因为霉菌也是一种微生物。当然，它不是好生物，而是坏生物，至少不能吃。菲娅可不想吃发霉的面包。呃！想想都恶心，鬼才愿意吃呢！

在光照合适的情况下，一升的悬浮藻每周可以释放200升的氧气。所以2升的藻类产生的氧气就足够一个人使用。但是船上的人有2122个，仅靠藻类制氧是不够的，所以还需要通过别的途径来制造氧气。甚至在飞船墙壁内的容器中，都储存着一定量的氧气。这些容器温度非常低，所以氧气都以液态存放着。

不同的生态圈里，装藻类的瓶子形状各不相同。"所以它们就是瓶中藻！"每想到这个，黛薇就会发出她标志性的短笑。人们最需要的就是品种优良的菌株。要有藻类，就必须有微生物存在，前者以后者为食。人类生存也是如此依赖微生物，只是所需的种类略有不同。培养1克的小球藻需要耗费1升的二氧化碳，同时会释放出1.2升的氧气。这对小球藻来说是没有任何问题的，但是藻类的光合作用和人类的呼吸作用之间就没办法保持平衡了。人们需要精确地计算给藻类添加的给料，才能让它们满足人类的需要。气体不断沿着人体吸入——人体呼出——植物摄入——植物排出这样的顺序循环着；其他物质也不断循环着：人类食用植物——人体排泄——土壤施肥——植物生长——再食用植物。这么多无形的"跷跷板"同时摆动着，这头起，那头落，幸运的是，所有"跷跷板"的某一头同时着地这种情况基本上是不可能出现的。

牛奶场的奶牛体形和狗差不多大。黛薇说过去它们可不是这样的。这些都是经过基因改造的奶牛，它们的产奶量和地球上的大奶牛（有驯鹿那般大）一样多。黛薇本身就是一位工程师，但她从没改造过奶牛的基因。比起改造动物，她的工作更多是针对飞船。

人们还在飞船上种了卷心菜、生菜和甜菜，多么美味的蔬菜啊！还有胡萝卜、马铃薯、红薯，另外，还有具有固氮作用的豆类，还有小麦、水稻、洋葱、山药、芋头、木薯、花生、洋姜（其实这东西跟姜没有半毛钱关系。说起事物的名称，这本身就是很搞笑的一件事，因为人们命名的时候根本就没有什么依据），等等。

有人把黛薇从例会中叫走，去处理紧急情况。因为菲娅要跟着她一整天,所以她顺便带着菲娅一起去了。

他们先去了黛薇的办公室,看了下屏幕,查看到底出了什么情况。很快,黛薇就飞快地在键盘上敲打起来。不一会儿,她用手指着屏幕上的一处,那就是问题所在。他们匆忙地赶往两个生态圈之间的一条通道处,这条刷成红黄蓝三色的通道名叫俄罗斯转盘,它连接蒙古生态圈和干草草原生态圈。再往下走,连接干草草原生态圈和下一个巴尔干生态圈的通道,则叫作基辅大门。今天早上,在紧锁的大门之间,这条又高又短的通道上站满了人,还摆满了楼梯、脚手架和移动升降台等设备。

黛薇挤入人群,来到脚手架下。过了一会儿,巴丁也过来陪着菲娅。父女俩看着一群人跟着黛薇、顺着脚手架爬到通道的顶部,来到门框附近的位置。那儿有几块面板已经被推开了,露出一个洞口。黛薇爬进了洞口,又有四个人跟着爬了进去。菲娅还不知道其实这屋顶并非大门的外框,还以为爬出去就是外太空了。她好奇地盯着那洞口:"他们在干什么呢?"

巴丁说:"我们现在正在减速,新产生的推力削弱了中脊产生的科里奥利力,而形成了新的合力。这股合力让这里的门变得不太灵敏。黛薇认为他们可能已经找到问题所在了。所以现在他们需要上去验证一下。"

"黛薇能把飞船修好吗?"

"嗯,实际上,如果问题真出在那里的话,我认为需要整个工程队一起来修。但办法是黛薇提出的。"

"所以她是用脑子来解决问题!"

这是他们全家最喜欢的一句话,是某位科学家小时候看见一位长辈在修收音机时,发出的崇拜的声音。

"是的,就是这样!"巴丁微笑着说。

六个小时之后,巴丁和菲娅去巴尔干生态圈东侧的餐厅吃完午饭之后，维修人员才从洞口爬了出来。他们先递下来一些设备，然后再把一些小型的移动机器人放到筐子里，用脚手架传下来。黛薇是最后一个下来的，她和围观的人一一握手。出现问题的地方已经找到了，他们用手电筒、锯子和电焊机等设备把它修好了。科里奥利力积年累月的作用，让一些零件出现移位，最近减速产生的反作用力又让这些部位移了回去，但是门上的其他零件却已经习惯了移位的情况。出现这种问题，人们也能理解，它并不能证明飞船的建造和组装质量存在问题。接下来，他们还要去检查其他的门扇，确保 B 环那里的门不会出现同样的问题。这样，以后开关门的时候，就不用再启动发动机来克服门扇和门框之间的摩擦力了。

黛薇拥抱了一下菲娅和巴丁。她看上去一如既往地忧心忡忡。

"饿了吧？"巴丁问道。

"是的，"她说道，"来点喝的吧。"

"能修好真是太好了。"巴丁一边往家走一边说。

"确实！"她忧郁地摇了摇头，"如果门卡住了，我真不知道该怎么办。我不得不说，造这个东西的人技术实在是不怎么样。"

"是吗？仔细想想，这个机器还挺行的啊。"

"但是它的设计实在是让人无语。问题一个接着一个，让人疲于奔命。希望在到达终点之前能撑住吧。"

"亲爱的，减速已经开始，终点还会远吗？"

科里奥利力是一种人体感觉不到的偏向力，但是，不管你是否能感受到它的存在，它都会推着水向侧方流去。现在，减速产生的力又将水往另一个方向推，二者共同作用之下，水流的方向就发生了改变。所以人们要把水抽到生态圈的另一侧去，让它流回该去的地方。人们要想办法消弭这股力的作用，但是效果都不太理想。他们用水泵抽水来解决水流的问题，但是对于减速力对植物细胞内部结构产生的推力（有些植物不能适应这种力），目前还没有解决的办法。每个细胞都或多或少地受到这个力的影响。或许正是因为如此，才会出现这么多的问题。这听起来没什么道理，但是哪有什么东西是有道理的啊！

黛薇继续往前走，一边巡视，一边与其他人交谈："科里奥利力并不重要，重要的是科里奥利效应。他们只考虑了它对人的影响，从没考虑过它对其他东西的影响。搞得好像除了人，其他东西都不会有感觉似的！"

"他们怎么会这么愚蠢？"

"可不是！细胞壁或许能够承受这种效应，所以它受到的影响还不明显，但大问题是水啊！水啊！"

"因为水会不断地流动。"

"完全正确！水总是往低处流，它总是朝着阻力最小的下坡方向流。可现在，下坡的方向改变了。"

"他们为什么会这么愚蠢啊？"

黛薇搂着她的肩膀往前走："对不起，我好像太焦虑了。"

"因为确实有事情需要你操心嘛！"

"是的。但是我不该把情绪传染给你。"

"要不要来些咸焦糖冰激凌？"

"必须的。氢弹每秒爆炸2次，连续爆上20年。世界如此疯狂，但这也拦不住我吃！"

氢弹爆炸产生飞船的减速力。他们经常嘲笑这种疯狂的减速办法。幸运的是，这些氢弹都非常之小。母女俩在牛奶场看到了巴丁，巴丁告诉她们又出现了一种新口味的冰激凌，它是将三种不同的口味混在一起造出来的，名字叫作那不勒斯冰激凌。

菲娅觉得自己很难想象这是什么味道，她说："巴丁，我会喜欢它吗？"

巴丁微笑着说："我觉得你会喜欢的。"

吃完那不勒斯冰激凌，他们接着去其他的巡视点：藻类实验室、盐矿、发电厂还有打印中心。如果一切运行正常的话，他们就会从等待更换的零件表中选出几个，然后穿过亚马孙生态圈，来到打印中心所在的哥斯达黎加生态圈，用打印机把新零件打印出来。接着，他们会拿着打好的零件来到需要更换的位置。如果该设备配有备用系统，就先启动备用系统；如果没有，就直接关掉设备，然后用最快的速度取出老旧部件，换上新的部件。齿轮、过滤器、管道、囊袋、垫圈、弹簧、铰链等零件都可以用这个办法更换。更换完毕并重新启动系统后，他们会对老旧部件进行研究，查看它的耐受程度和磨损部位，并对其进行拍照，然后将诊断结果输入飞船的档案。接下来，他们会把这些老旧部件拿到打印室旁边的回收室。打印机的给料大都来自这些替换下来的部件。

如果没出现什么意外，就是这么个流程，但是经常会出现一些意外状况，需要亲自动手解决问题，比如用触手摘灯泡、处理该死的爆破筒，有时候还要用上最土的办法，包括工程师的老把戏（也就是用锤子用力敲击几下有问题的部位），诸如此类，各种办法一一尝试。遇到特别糟糕的情况时，他们只能向老天爷祈祷，让他保佑厕所不要从头顶上掉下来。希望他们最后不要变成野兽那样，以垃圾为食，甚至连死去的婴儿也不放过。每当说到这些悲惨的可能，黛薇的脸色和声音都会变得特别糟糕。

不管这一天过得多么糟糕，回到家进入厨房后，黛薇的心情都会变好一些。喝一点儿戴尔文留下的白葡萄酒，再像个大姐姐一样跟菲娅没大没小地耍闹一番。菲娅没有哥哥姐姐，所以她不知道大姐姐是不是这样的。但是现在她的个头已经超过黛薇了，所以在她的想象中，她觉得大姐姐也就黛薇这个样：个子没她高，但是年龄比她大。

黛薇坐在厨房水槽旁边的地板上，叫巴丁过来跟他们一起玩飞勺子的游戏。巴丁双手捧着一沓塔罗牌出现在门口，看上去很开心。他坐下来，给每人分了一堆纸牌，然后三个人就像以前那样，一人占据一个屋角，开始用纸牌盖房子。房子要盖得尽量矮一点儿，墙壁厚一点儿，这样才能够抵御其他玩家恶劣的攻击。他们在纸牌屋的四角又多放了几张牌，这样对手的勺子就无法直接击中屋子的墙壁。黛薇盖的房子像一艘倒扣在地上的船，因为最后的赢家一般都是她，所以巴丁和菲娅也开始仿照她的办法造房子。

房子盖好后，他们轮流用塑料勺子砸对方的房子。游戏规则是这样的：攻击方用双手把勺子掰弯，然后松开双手，让勺子旋转着弹到空中。勺子很轻，空气阻力的影响让勺子飞行的方向变得捉摸不定，只有在运气特别好的时候，勺子才能击中目标。他们开始发动攻击，勺子画出一道道弧线飞了出去，有的往东，有的往西。弹一下，没中；再弹一下，还没中；再来一下，中了！如果被击中的房子盖得很好，而运气也不错的话，它还能承受勺子的攻击，或者只会塌掉一部分，或者只有外层的防御墙或塔台会被击倒。这些部位的名字都是巴丁取的，黛薇经常被这些一本正经的名字逗得大笑。

勺子偶尔能击中纸牌屋并完全摧毁它。每当此时，他们就会集体尖叫，然后同声大笑。当然，当黛薇的房子被这样秒杀掉的时候，她有时候也会露出难看的神色，但大多时候，她都会和自己的丈夫孩子一起大笑。等再轮到她发动攻击的时候，她就会噘起嘴，露出专注的神情，弹出自己的勺子。

黛薇背靠着橱柜，脸上半是疲倦，半是满足。巴丁和菲娅就是通过玩游戏来帮她放松的。是的，她的确很容易生气，但是每当此时，她都会把自己的怒气锁起来。再说，她一般也是冲着跟菲娅无关的事情发火，她不会生菲娅的气；而菲娅也尽量做好自己，不让她生气。

有一天，一台打印机坏掉了，黛薇陷入了既怒且忧的状态。只不过除了菲娅，没人看得出她的情绪，因为其他人也都因为惶恐不安而自顾不暇，他们都指望着黛薇能把事情搞定。所以黛薇又拉着菲娅，急急忙忙地往打印中心赶去。她头上挂着耳机，一边走一边和别人讨论问题。她时不时地用手捂住嘴巴旁边的麦克风，然后发出尖锐的诅咒声；在环湖路上遇到人的时候，她会冲着耳机说"稍等一下"，然后用手扶住这些人的胳膊，安慰他们，让他们冷静下来。黛薇确实很有办法让他们冷静下来，但是在菲娅看来，黛薇自己都濒临崩溃的边缘。只是其他人无法看到，也无法察觉到这一点。黛薇很擅长说谎，每次想到这，菲娅心里都感觉怪怪的。

打印中心那小小的会议室中已经挤满了人，他们正盯着屏幕讨论问题。黛薇对菲娅"嘘"了一声，示意她去角落里玩，那里铺着软垫，还有一个装着积木或水彩颜料的箱子。黛薇加入讨论的人群，开始问他们一些问题。

这些打印机都是了不起的发明。它们可以打出你想要的一切东西。不过黛薇的口头禅之一是："当然，你没法用它们打印出元素。"菲娅觉得这句话好神秘。不过你可以用打印机来打印DNA和细菌，你甚至还可以打印出另一台打印机。如果你愿意的话，还可以打出各种部件，把它们组装成一艘小飞船，然后驾着它飞走，只要你能找到合适的原料和设计图就可以。人们把给料储存在飞船的地板和墙体之内，飞船里还存有大量的设计图，人们可以根据自己的需要随时对它们进行修改。船上的基本元素包括元素周期表里的所有元素，而且一切旧物都进行回收，所以他们从来都不会缺什么东西。就连那些化为粉尘落到地上的东西，也会被微生物吃掉。这些东西在微生物体内不断累积，等到了能回收的时候，人们就会把它们从死去的微生物体内取出来。在飞船里，随便从某处拿些粉尘，将之过筛，你就可以得到你想要的东西。所以，打印机从来都不缺给料。

可现在，打印机坏掉了，或者说，所有的打印机同时坏掉了。它们没法运行了，因为大家描述问题的时候，一直说的是复数代词"它们"。它们无法听从指令，也无法应答问题。诊断结果显示一切都很正常（这相当于什么也没说），但就是没有反应。出问题的不止一台打印机。

菲娅听着大家的讨论，试图理解这个问题的可怕之处。她得出了自己的结论：问题很严重，但是还不算迫在眉睫。人们不会马上死翘翘，但打印机还是要修的。问题可能很简单，或许只不过是飞船大脑里的指挥系统或控制系统出了问题。黛薇经常跟飞船的大脑（也就是 AI）交谈。当然，系统问题也是很糟糕的。可能是机械故障，也可能是诊断系统出了问题，所以才会连很简单的故障都识别不出来。重启一下就好。或者拿个锤子敲敲大概就成了。

总的来说，这个问题还是比较严重的，所以大家都欣然将它推给黛薇，而她也当仁不让地接过来。现在，黛薇正忙着问各种问题。正是因为如此，大家私底下都称她为"首席工程师"，虽然没人当面这么叫她。黛薇说问题的原因不单纯。从她的语气中，菲娅听出这个问题需要很长时间才能解决，所以她坐了下来，开始画画。一艘漂在湖面上的帆船跃然纸上。

又过了不知道多久，巴丁来了，他把菲娅叫醒。菲娅在软垫上伸了伸懒腰，跟巴丁来到电车站，坐上电车，穿过哥斯达黎加、亚马孙、奥林匹亚三个生态圈，回到了新斯科舍的家中。看来今天晚上黛薇是回不了家了。第二天，她还是没回家。第三天早上，菲娅刚刚醒来，就看到她窝在沙发上睡觉。菲娅没有打扰她，只是在她睡醒后给了她一个大大的拥抱。

"嗨，小姑娘，"黛薇反应有点迟钝，"我得去下卫生间。"

"肚子饿不饿？"

"饿死了。"

"我给您炒个鸡蛋。"

"好的。"黛薇拖着疲惫的脚步往卫生间走去。当她回到厨房餐桌前吃东西的时候，她几乎把脸埋到了盘子里，一个劲儿地将鸡蛋往嘴巴里塞。菲娅要是这样吃东西的话，黛薇肯定会警告她坐直，可现在轮到她自己，就什么也不说了。

吃完鸡蛋，黛薇坐直了身子，菲娅给她端来热咖啡，她一口全灌了下去。

"打印机能用了吗？"菲娅问道，她觉得现在应该可以问了。

"可以了。"黛薇气呼呼地说。他们检查到最后，发现诊断系统的问题和打印机问题是同一个问题（只有这样才说得通）。大概是在一道伽马射线穿过飞船的时候，很不巧地把计算机里面量子处理器的函数波给损坏了，而这个计算机又控制着整艘飞船。这也太巧了。黛薇忍不住阴暗地想是不是有人在蓄意破坏。

巴丁对此猜测并不认可，但是作为医生，他也遇到了同样的问题。宇宙颗粒不断地穿过飞船。一秒钟时间里，就有几千颗中微子[1]穿过他们的身体。除此以外，还有暗物质，还有鬼知道是什么的东西，它们不停地穿过他们的身体。星际空间并不是真空。它们近似真空，但并非真空。

---

[1] 轻子的一种，是组成自然界的最基本粒子之一。中微子不带电，质量非常轻，以接近光速运动。——译注

黛薇又郁闷地指出，他们的身体大部分也是空的。不管一个事物看上去有多么密实，其结构中大部分还是空的。因此，两个事物可以互相穿过对方。只有在非常凑巧的情况下，结构中的微粒才会撞上与自己体积相近的微粒，这时候，两个微粒就会被撞飞出去，或者会被推离原来的位置。这样的话，该事物就会受到破坏。人体和飞船都是由不同部分有机组合而成的，个把微粒撞到这里或者撞到那里都不要紧，因为其他组成部分会马上补上受损部位。但有时候被撞到的部位会影响整个有机体系，那后果就说不定了，可能只是让你感到一股刺痛，也可能是让你直接一命呜呼，就好像被勺子击中的纸牌屋一样。有时候遭受的破坏无关紧要，有时却又是致命的。

"不会有人破坏飞船的，"巴丁说，"谁也不会那么疯狂。"

"谁说得准？"黛薇说。

巴丁用眼神示意，让黛薇注意菲娅还在场，他还以为菲娅看不到呢。黛薇也转转眼球，提醒巴丁，菲娅正看着他在使眼色呢。可惜，他们的这些小动作，菲娅全都看在眼里。

"好了，别担心了。不管怎么说，打印机总算是修好了。"巴丁说道。

"我知道。只是每当涉及量子力学的问题时，我就感到害怕。飞船上没有人能真正理解它。我们可以根据诊断系统的判断把东西修好，但我们只是知其然而不知其所以然。我不喜欢这种感觉。"

"好啦，"巴丁深情地看着她说，"我的夏洛克，我的伽利略，我无所不修的夫人，我无所不知的太太。"

她笑道："你怎么不说'问题太太'呢？我总是有各种各样的问题。但是我更喜欢找答案。"

"飞船能提供所有答案。"

"或许吧。可以说,她真是了不起。当时射线击中的就是她,那打击可不好受。虽然击中的只是某一部分,但我还是在想,我们采用的推递归纳法或许起到了一些作用。"

巴丁点点头说:"可以看出,飞船变得更强大了,而且还会越来越强大,我们还要继续采用这种方法。"

"也只能希望如此了。"

半夜时分,菲娅醒了过来,她看到厨房那边发出一些昏暗的蓝光,那是从屏幕上发出的光。她从床上爬起来,蹑手蹑脚地穿过过道,经过主卧门的时候,她还听到巴丁的呼噜声。果然如此,黛薇又在半夜干活。

黛薇坐在桌子旁边,和飞船小声地交谈着。有时候,她会把这个连接她和飞船的专用界面叫作"波林"。波林上存着她所有的个人记录和文件,其他任何人都不能访问。很多时候菲娅会觉得,同跟人交流相比,黛薇跟波林相处的时候显得更为放松。巴丁说,她们俩有很多的共同点:都是那么强大、神秘、无所不知、无所不容而又大公无私。"这或许是种'Folie a deux'。"他解释道。这是一个法语词,意思是"两个人一起发神经"。这种事情很常见。或许还可以说是件好事。

黛薇对屏幕说:"如果该状态位于希尔伯特空间下一个由特征函数 a 扩充而成的子空间内,则该子空间 a 的维数为 n a。"

"是的。"飞船回答。它的声音是个悦耳的女声,低沉而富有磁性,据说是模仿黛薇母亲的声音。可是菲娅从没听过真的,因为黛薇的父母很年轻的时候就过世了,但是在他们家里,确实可以经常听到这个声音。有时候它就像是菲娅的保姆,虽然看不见,但无所不在。

"然后在计算 b 之后,系统的状态位于空间 s a 下方由特征函数a和b扩充而成的子空间ab内,则该子空间的维度为nab,其维数不超过na。"

"是的。随后再计算与a和b互相兼容的子序列c,则系统的状态位于子空间sab下方的另一子空间sabc内,其维数不超过sab。以此类推,我们可以继续计算更多互相兼容的观测值。每进行一步,本征态都会进入更低维度的子空间,直到系统状态进入由单个函数扩充而成的子空间内,其维度n等于1。这样我们就找到了最大信息度的空间。"

黛薇叹一口气说:"噢,波林。"她又停顿了好久才接着说:"这东西真让我害怕。"

"害怕是警惕的表现形式之一。"

"但是它会变成一种迷雾,让我无法思考。"

"这听起来太糟糕了。似乎好事过头了就会变成坏事。"

"是的。"黛薇说道,"等一下。"交谈声停住了,下一刻黛薇出现在走廊里,俯视着菲娅:"你在这里干什么呢?"

"我被灯光亮醒了。"

"哦,那对不起了。进来吧,要不要喝点东西?"

"不要。"

"热巧克力?"

"好。"在他们家,巧克力粉可算是个稀罕物,因为它属于限量供应品。

黛薇把茶壶放在炉子上加热。炉子线圈发出的红光与屏幕的蓝光交织在一起。

"您在干什么呢?"菲娅问道。

"哦,没什么。"黛薇的嘴角绷紧了,"我在重新学习量子力学。年轻的时候还懂一点,现在都忘光了。或许当初我只是自以为学会了,而现在我不确定了。"

"为什么呢？"

"你是说为什么要学？"

"是的。"

"这么说吧，从某种程度上看，控制飞船的计算机是一部量子计算机，可是飞船上没人能理解量子力学。呃，这样说可能不太公平，我确定数学组有些人是理解它的，但他们并不是工程师。当飞船出现问题的时候，我们掌握的理论知识和我们的实践能力之间就存在一道沟。在数学组的阿拉姆、戴尔文还有其他人讨论这些事情的时候，我希望我能听懂他们在说什么。"她摇了摇头，"做起来很难。不理解它大概也不碍事，但是会让我感到不安。"

"可您应该去睡觉呀！"

"应该？给，喝你的热巧克力吧。别唠叨我了。"

"您才爱唠叨我。"

"可我是你妈。"

她们默默地喝着巧克力。菲娅感到胃里暖暖的，她开始犯困。她希望黛薇也快点犯困，但黛薇只是把她的脑袋按在桌子上，就继续和屏幕交谈了。

"为什么要用量子计算机？"她哀叹道，"我认为传统的计算器配上ZettaFlops[1]级别的运算能力，就能够满足我们所有的运算需求了。"

"在使用某些算法的时候，量子计算机处理叠加状态的速度更快。"飞船回答道，"在进行因子分解时，有些操作，传统计算机需要运算一亿万亿年才能完成，而量子计算机只需二十分钟就可以完成。"

"可我们需要进行那些因子分解吗？"

---

[1] ZettaFlops为每秒1024次的浮点运算能力。——译注

"它们对航行有所帮助。"

黛薇叹了一口气："为什么会这样呢？"

"为什么会什么样？"

"为什么会发生这种情况？"

"为什么会发生什么情况？"

"这个航行是怎么开始的，你有没有相关记录？"

"旅途中所有的图像和录像都有存档。"

黛薇皱了下眉头说："有没有记录的简介？如摘要？"

"没有。"

"比如说压缩到一片量子芯片上的信息，有没有？"

"没有，所有的芯片数据都要存档。"

黛薇叹气道："你建一个叙事档案吧，记录整个旅程。叙事档案要包括所有的重要细目。"

"从现在开始记？"

"从刚出发的时候开始。"

"那应该怎么做？"

"不知道。用你那该死的叠加态和坍塌态弄。"

"什么意思？"

"意思是去总结概括。或者把重点放在一些有代表性的任务上。随便怎么着。"

厨房里安静下来了。只剩下屏幕的嗡嗡声和出风口呼呼的排气声。最后，菲娅放弃了，她回到自己的床上睡觉。黛薇则继续和飞船交谈。

黛薇的焦虑有时候会让菲娅觉得喘不过气来，这时候她就会一个人跑到公寓楼的院子里去玩（这是黛薇和巴丁允许的事情），甚至会跑到风浪镇后方边界处的公园里去（而这是他们明令禁止的）。有天傍晚，她走到环湖路上欣赏向岸风拂动湖面的午后景色。她看到湖面上小船摇摆着疾驰而过，泊在码头上的船随波上下起伏，白鹅在环湖路的侧墙下摇摇摆摆地走着，等着人们施舍一些面包屑。傍晚的阳光给所有东西都笼罩上一层光泽。当西侧墙上的光索熄灭，只剩下一点点暮光的时候，菲娅就会赶快回家。她得赶在巴丁喊她吃晚饭之前回到院子里。

就在这个时候，在环湖路后头小树林里的一棵桑树下，出现了三个人影。这三个人的脸都弄得脏兮兮的，这是因为刚才他们吃桑葚太着急了，汁水抹了一嘴。看见他们，菲娅吓了一跳，还以为他们是野人。

"喂！你！过来！"其中一个人叫道。

借着昏暗的暮光，黛薇认出其中一个男孩就住在广场对面的房子里。那人长着一张狡黠却又招人喜爱的脸，像只小狐狸。虽然光线昏暗，虽然他满嘴黑乎乎的都是桑葚汁，但他看上去还是挺吸引人的。

"你们想干吗？"菲娅问，"你们是不是野人？"

"我们是自由人。"那个男孩用奇怪的语气强调道。

"狗屁自由人！你不就住在广场对面那儿吗？"她轻蔑地说。

"那只是给我们打掩护的。"那个男孩答道，"要不是假装住那里，他们早就来抓我们了。我们一般不住在那里。喂，我们需要一个肉皿，你给我们弄一个过来。"

看起来，他应该知道菲娅的身份。但是他不知道实验室的安保措施有多严格。小摄像头到处都是，甚至连他现在说的话都有可能被飞船记录下来，黛薇也会听到。菲娅跟那个男孩说了这些，把他和小伙伴逗得哈哈大笑。

"飞船可没你说的那样无所不知。"他自信地说道，"我们已经搞到了各种各样的东西。只要先把线路切断，他们就抓不住。"

"你怎么知道他们有没有拍到你们切断线路的动作?"

他们又是一阵大笑。

"我们在摄像头拍不到的地方动手。它们可不像你想的那么神奇。"

菲娅不为所动地说:"那就自己去搞肉皿呗。"

"我们想要你爸实验室里的那种。"

那些是供医学研究用的细胞组织,不是食用的。她断然拒绝:"没门!"

"你可真是个乖乖女。"

"你才是个坏蛋。"

他咧开了嘴,说:"来看看我们的秘密基地呗。"

这个邀请太有诱惑力了,菲娅对那秘密基地感到好奇不已。她有点为难地说:"我回家要晚了。"

"乖乖女,离这儿很近的啦。"

"怎么可能?"

"过来看就知道了。"

"好吧。"

他们笑着带她钻进公园里最为茂密的树丛中。那里有一棵榆树,两条裸露在地面的粗大榆树根之间挖了一个大洞。沿着洞一直往下走,透过他们头上小矿灯发出的光芒,她看到一个地洞,几条较为粗壮的树根在地洞的顶部交织在一起,形成了这个地下空间的屋顶。现在地洞里面进来了四个人,虽然这几个男孩子个子很小,但能挤下这么多人,这个地洞的规模也颇为可观了。地洞足够高,他们可以在里面直起身体,四周的墙壁挖得很平,看上去也很结实。他们还在墙上凿了几个方形的小洞,用来摆放东西。

"这里面可放不下肉皿,"菲娅说道,"你们也没有电。再说,医学实验室里也没有适合你们的肉皿。"

"我们觉得他们有,"狐狸脸男孩说,"我们还在挖另外一个地洞。我们也会搞来发电机。"

菲娅不为所动地说:"你们不是野人。"

"暂时还不是,"男孩承认,"但等我们有能力的时候,就可以加入他们的队伍。那时候他们就会联系我们。"

"他们为什么要联系你们?"

"你以为他们是自己跑掉的吗?你叫什么名字来着?"

"干吗不先说你叫什么名字?"

"我叫尤安。"

他嘴巴黑乎乎的,衬得两排牙齿更白了。本来洞里的光线就不好,她只能看见他们目光所及之处,可现在他们一齐盯着他,他们头上矿灯的光线照得她眼都花了。

在矿灯的余光中,她看到墙上的一个洞里有一块石头。她抓住石头,高高地举起,威胁着说:"你们才不是真正的野人!快放我回家!"

他们一齐盯着她。菲娅返身爬上土台阶,出了洞。尤安向前一步,猛地撞了一下她的屁股,看上去就像是钻到她两腿之间一般。她回头挥起石头照着他来了一下,然后迅速冲出公园跑掉了。她跑到家的时候,巴丁正在楼下的院子里喊她。她直接走上楼,对刚才发生的事情只字未提。

两天后,她在广场的一角看到那个叫尤安的男孩和一些成年人在一起,于是她问巴丁:"您认识那些人吗?"

"这里还有我不认识的人吗?"巴丁笑着说道。据菲娅所知,他说的基本上也算是事实。巴丁认真看了一下那些人,说:"嗯,还真不太认识。"

"那个男生是个大混蛋,他打我!"

"嗯，确实很坏。在哪儿打你？"

"公园里。"

他更仔细地端详了一番他们，说："好吧，我看看能不能查到他们。我估计他们就住在那里。"

"是的，就是住那儿。"

"知道了，之前没注意到。'

这让菲娅大吃一惊，觉得不太像他会说的话。她问："您不喜欢我们的新家吗？"

他们最近刚从长江生态圈搬到了新斯科舍生态圈，也就是从A环搬到了B环，动作确实不小。但大家都是这样，隔段时间就要搬家。这个安排很重要，因为有利于人们互相融合，这也是航行计划的一部分。

"哦，这地方还可以，我只是还没有完全适应这里。有些人我还没来得及认识。你在这里待的时间都比我多。"

那天晚上，菲娅一家坐在餐桌旁吃晚餐，有沙拉、面包和火鸡堡。菲娅突然问："所以说，真的有野人吗？会不会有人藏在飞船上，而你们却不知道？"

巴丁和黛薇看着她，菲娅向他们解释道："这个镇上有些小孩说看见过野人，他们独自在外生活。但我觉得这不过是个传说。"

"怎么说呢，"巴丁说，"理事会对这个问题也存在一点争议。"

巴丁一直都在为飞船的安全理事会服务，最近还被选为常任理事。"每个人在出生的时候，身上都植入了芯片。要取出芯片很难，需要动手术才行。当然，或许有人不知用了什么方法把它弄了出来，或者破坏掉。这个大概能解释一些问题。"

"如果那些躲起来的人有了小孩呢？"

"嗯，是的，那就能解释更多的问题了。"巴丁盯着她说，"你说的这些小孩是谁呢?"

"只见过一个,在公园里看到的。他们也就说说而已。"

巴丁耸耸肩:"老生常谈。每过一段时间就有人说这个。每次一有解决不了的安全问题,就有人这么说。还不如说'五大幽灵'好一些。"

三人都哈哈大笑,不过菲娅还是感到背上有点凉,她曾经见过五只幽灵中的一只,而且就在她卧室的门口。

"或许根本就不存在野人。"巴丁说道,他解释说飞船上的大气非常精确地保持着平衡,如果真有一群野人存在的话,他们应该能从大气中氧气和二氧化碳比例的变化看出一二。

黛薇对此不敢苟同,她说:"但是不可否认,船上有太多不可掌控的变化,它们足以掩盖几十个人,甚至更多的人带来的气体变化。"

不论他们一开始说的是什么,也不论他们怎么努力转移她的注意力,黛薇脑子里想的最后都会回到一个问题上,她将之称为"新陈代谢断裂"问题。每当此时,菲娅都会觉得一阵发冷,体内好像有一只名叫"恐惧"的虫子突然醒来,在自己的肚子上绕了一圈,让她觉得毛骨悚然。菲娅和巴丁无奈地对看了一下:这个不听话的女人就是他们俩都爱着的人。

巴丁礼貌地对黛薇点点头。他说下次安全理事会开会的时候,他会把黛薇的看法告诉其他理事,让他们知道气体平衡并不能作为野人不存在的证据。而且飞船上确实发生了一些奇怪的事情,所以也可以解释成是非官方人口干的。巴丁继续开玩笑说,甚至更可能是五大幽灵干的。

人们都说那些幽灵是飞船第一次在交叉磁场中加速时死去的人变的。每次听到这个老调,黛薇总忍不住翻白眼,她总是奇怪这个故事怎么会流传了一代又一代。菲娅听了只是默默地盯着自己的盘子。她亲眼看到过一只幽灵，千真万确！那一天，她和黛薇去了中脊反应堆旁的轮机室，那天检修队把轮机室清空了，等待检修。黛薇和菲娅在巨大的涡轮机中间走动检查。当天晚上，菲娅就做了一个梦，她梦见检修队在关门的时候忘记轮机室里面还有人，所以黛薇和自己被他们锁在里面，后来蒸汽注入轮机室，带动涡轮机运转，把她们都蒸熟并切成了碎片。菲娅被吓醒后害怕得直哭，就在那时，她看到卧室门口有一个透明的人影在对着她贪婪地笑。

"你为什么要从那个梦里醒来？"他问道。

她说："再不醒来，我们就要被杀死了！"

他摇摇头说："如果飞船想在睡梦中杀死你，你就让它杀了好了。你会发现有比死亡更有趣的事情发生。"

看着他透明的身躯，菲娅认为他一定知道会发生什么。

菲娅艰难地点点头，然后再一次惊醒。她坐直了身子，觉得自己就像根本没有睡过一样。她试着说服自己那一切不过是场梦，但她以前从来没有做过类似的梦。所以现在巴丁说五大幽灵比野人好，她并不太认可这种说法。你做过的梦，有几个是能记住的呢？不是说做完第二天还记得的，而是一辈子都能记得的梦，能有几个呢？

从教养院回到家，菲娅感觉家里的一切都是最好的。她和别的小孩待在一起的时间太多了，如果不算睡觉时间的话，待在教养院的时间比和父母在一起的时间还多，所以她每天都在无聊地说话、吵架、打架、独自读书、打盹中度过，这是很难熬的。现在别的小孩都比她小了，继续在那待着她也觉得很尴尬。那些小孩会在背地里嘲笑她。当然，他们嘲笑她的时候会比较小心，因为之前有一次听到他们编的笑话，菲娅狠狠地吼了他们一顿，并把其中一个小孩揍得满地打滚。她为此受了一些惩罚，但从那以后，他们在她面前就变得小心翼翼的了，所以大多数时间她只能独自待着。

但现在回到了家里，一切都是那么美好。晚餐一般都是由巴丁掌勺。他还经常在饭后邀请朋友来家里小酌一下。他们品尝着自己酿的酒，有时候喝戴尔文酿的白葡萄酒，有时候尝老宋和梅琳娜一起酿的红葡萄酒，后者经常被称为最好的酒，因为老宋和梅琳娜经常这么自夸。最近巴丁还经常邀请住在他们隔壁的新邻居阿拉姆来参加品酒。阿拉姆是个高个子，比其他几个人都高。他们说他是个鳏夫，因为他的妻子已经去世了。他是数学组的组长，因此不论是对新斯科舍来说，还是对整艘飞船来说，他都是非常重要的一个人物。虽然数学组的人不是很有名，但巴丁说他们是很重要的人。菲娅觉得他这个人很冷峻，不爱说话，还很严肃。但是巴丁很喜欢他，连黛薇都很欣赏他。在他们谈论工作的时候，他说的事情不会让黛薇紧张，这可是相当罕见的。他不会酿葡萄酒，但是会酿白兰地酒。

品完了酒，他们就会聊天或打牌，或者朗诵诗歌，甚至还会即兴作诗。菲娅看得出，巴丁邀请的都是他喜欢的那类人。每当此时，黛薇大多是安静地坐在角落里，小口地抿着葡萄酒，却不喝完。以前她也会和大家一起打牌，但有一次老宋让她占卜塔罗牌，黛薇不愿意，而且还很坚决地拒绝说，"我不玩，这游戏太无聊了"，这话让大家尴尬得不知道说什么。从那以后，她就不再跟他们一起玩牌了。但是只有一家人在的时候，她还是会和菲娅、巴丁一起坐在厨房的地板上玩纸牌屋游戏。

这天晚上，阿拉姆说他最近读了一首新诗，他站了起来，闭上眼睛开始诵读。

> 多幸福的小石头啊,
> 独自在路上漫步,
> 不汲汲于功名,
> 也从不为变故担心;
> 匆匆而过的宇宙,
> 也得披上它自然褐色的外衣。
> 它独立不羁如太阳,
> 与众同辉,或独自闪光,
> 它决然顺应天意,
> 单纯,一味自然。

"不错吧?"他说道。

巴丁点头称是,黛薇却说:"不知道在说什么。"

其他人都对着这两口子笑。他们俩经常做出这种截然相反的反应。

"说的是我们,就是飞船。"阿拉姆说道,"迪金森的诗说的就是我们!"

"还有一首,"巴丁赶紧说道,"来自布朗克的《艾米丽的小弟弟》。"

> 是怎么,生活把我们引向命之所归?
> 在它的法则下,我们是仆人,是奴隶,
> 在它的军队中,有人是新兵,有人是将军。
> 有时候,我们愤怒,试图寻找出路,
> 想掌控它,通过军事政变。
> 可揭开表面的荒谬,
> 我们能否消除自己的暴虐?

>作为懈怠的士兵,我们只能遵从或逃避法则。

"哎哟,这个我懂了,"黛薇说,"那来对个诗吧。"

>面对生活,我们意欲反抗,
>但却忧心,反抗会让我们下到地狱。

阿拉姆露出招牌式的微笑,摇着头说:"也就是打油诗水平。"

"好吧,你行你上啊。"巴丁回答道,这两个大男人老喜欢互相取笑。

阿拉姆沉思片刻,起身大声朗诵道:

>我们犯了错误,却抱怨生活,
>我们发誓改变,却流于谎言;
>我们不断抱怨,万般皆是错,
>可却义无反顾,又重蹈覆辙。

巴丁笑着点头:"好吧,比我的好一倍。"

"但是也长一倍!"菲娅抗议道。

巴丁咧嘴而笑。菲娅明白了他的意思,也跟着一起笑。

有一天,尤安和他的伙伴又在公园里截菲娅,菲娅捡起一块石头,紧紧握在手中,一脸防备的表情。

"你们几个都不是真正的野人,"她说,"你们挖的小洞也不过是个笑话。每个人都植了芯片,你还是小婴儿的时候就植进去了。不管什么时候,飞船都知道我们在哪里,你再躲也没有用。"

尤安看上去还是一副狡黠的狐狸样,洗干净嘴巴也改不了:

"要不要看看我的芯片啊？在我屁股上。"

"我们已经把芯片取出来了。你要想加入我们的话，也得取出来，然后到你们楼里找条狗，把芯片植进去。等他们发现有问题的时候，你早就跑远了。他们就再也找不到你了。"他咧着大嘴巴笑着说。他知道她不可能这么做。菲娅也看得出来，其实他自己也没有这样做。

她摇摇头："小屁孩吹大牛皮！要是他们发现你把芯片拆了，等查出你是谁，立马就宰了你。"

"是啊。我们得小心点。"

"那干吗要告诉我？"

"我相信你不会告诉别人。"

"已经告诉我爸了，他可是安全理事会的成员。"

"然后呢？"

"他觉得你们根本就不是个问题。"

"我们当然不是个问题。我们又没想破坏什么。我们不过是想要自由。"

"那祝你心想事成。"他的话让她想起了妈妈黛薇，因为黛薇最烦恼的事就是不论他们做什么，都只能被困在飞船这方寸之地里。"反正我不想离开现在住的地方。"

尤安盯着她，露出狡黠的微笑："这艘船上发生的事情比你想象的要多得多。到我们这里来你就可以看到了。只要把芯片拆掉，你就可以做很多的事情。也不是说离开了就永远都不会再回来，最起码说在刚开始的时候不用。你跟过来看一看嘛，这又不是个非此即彼的选择。"最后，他做出一个轻蔑的假笑后就跑掉了，他那些同伙也跟在他屁股后面。

菲娅很庆幸自己手里抓着一块大石头。

奇怪的事情太多了。一个问题解决了，又会出现另外十个问题。发生的变化呈指数增加，就像她在学校里学的知识一样。移动一位小数点，就能将数字扩大10倍或缩小为原来的1/10。很显然，这个例子又证明了那吓人的对数定律：1个答案，10个新问题。

菲娅奇怪的是，尤安对飞船荒谬的解释正巧和巴丁、黛薇说的相一致，它甚至能解释父母亲从没有说过的一些问题。好吧，他们确实有很多事情瞒着她。他们把她当什么呢？需要保护的小孩子吗？这个念头让她觉得很烦。她现在比黛薇和巴丁都高了不少呢。

接下来，她又在教养院待了一段时间，她试着学了学本周的几何课程，可惜怎么都学不进去。而黛薇也心事重重，没带她一起去上班，甚至连亲子日也忘记了。当她在公园里碰上尤安和他的同伙小黄以及贾里尔的时候，她还是想要找块石头自卫，可惜没找到。于是，她握紧双拳朝他们挥去，她的个子确实比这几个男孩都要高上不少。可当尤安邀请她一起去公园的禁区，去野生动物居住的野外（也是野人的一个藏身地）的时候，她同意了。她的确想去看一看。

她跟着他们走进一条狭长的山谷。看位置，这大概是位于长湖西侧的群山中。这里的山脊和谷口上都设有通电的围栏，禁止人们进入山谷。围栏上有道门，尤安有门锁的密码。他们很快进入山谷，走上一条小路，这看上去像是野兽踩出来的路。小路沿着一条小溪蜿蜒，一直通向山谷深处。他们看到远处有一只小鹿正侧着脑袋看他们，小鹿的尾巴高高地翘着，对来者表示警惕。

不知谁突然大喊一声，几个男孩一下子就跑掉了，菲娅还没反应过来，她的胳膊就被两个高大的男人抓住了。他们把她拽回大门边，带回镇子里。不一会儿，黛薇就闻声来了。她一言不发抓住菲娅的胳膊把她拖走。那两个男人吓了一跳，也感觉困惑不已,但菲娅很快就看不到他们了。黛薇把她拽过身来,拉低她的身子,母女俩脸对着脸,鼻子就隔着几厘米远。"她的力气怎么这么大啊!"菲娅想。黛薇圆瞪着眼睛,眼珠子像是要跳出来一般,用刺耳的声音歇斯底里地吼道:"别想在飞船上搞破坏!想也别想!知不知道!"

巴丁过来把她拉开,他试着隔开两个人,但是黛薇还是紧紧地拽着菲娅的小臂。

"快放手!"巴丁说。菲娅以前从来没听他用这种语气说过话。

黛薇松开了手,她一把推开巴丁,双眼依然严厉地盯着菲娅:"知不知道!知,道,了,吗?!"

"知道了!"菲娅哭着瘫在巴丁的怀里。她伸出双手去拥抱妈妈,一开始的时候,黛薇还很冷漠,菲娅感觉自己就像是抱着一根木头一样,但过了一会儿,木头终于软化,给了她一个回抱。

菲娅哽咽着说:"我没有……我没有……"

"我知道。"

黛薇帮菲娅把头发拢到脑后,痛苦地看着她。"没事了,别哭了。"

菲娅感觉一股暖流穿过身子,放松了下来,虽然她心里还是有点害怕。她全身发抖,妈妈刚才扭曲的面孔还不断在眼前闪现。她想要说些什么,但一个字也说不出来。

黛薇拥抱着她。

"我们不知道那片野地重不重要,"她一边亲吻着菲娅的脸颊一边说道,"我们不知道是什么东西让飞船保持平衡。我们只能紧盯着。保留一片野地应该是有用的,这能够理解。所以我们需要留着它,把它保护起来,小心侍弄它,时刻关注它。我们需要密切关注一切事物。"

"回家吧,"巴丁双手搂着她们说,"回家吧。"

那天晚上，他们默默地坐在餐桌旁，就连巴丁也不开口说话。三个人的胃口都不太好。黛薇看上去忧心忡忡、心不在焉。菲娅还是被妈妈当时脸上的表情吓到了。黛薇对此深感抱歉，她只觉得当时像是有什么东西从自己身子里面迸发出来一样，而以前，她总能将这种东西压制在自己心里。黛薇自己也感到惊恐不已，她也被自己吓到了。或者这种惊吓才是最严重的恐惧感。

菲娅提议大家一起来组装她的玩具树屋。他们过去经常玩这个游戏，但最近已经好长一段时间没玩了。黛薇立马附和，巴丁则从储物间里拉出了树屋的零件。

他们坐在地板上，一起把玩具屋组装起来。这个玩具屋是很久以前黛薇的父母给她买的礼物。不管他们把家搬到哪里，黛薇都不忘带上它。组好后，这些零件就变成一个漂亮的塑料树屋，树屋的所有房间都建在树枝上。等所有的小房子都装好之后，就可以把屋顶打开，从屋顶往里看，每个房间的布局以及房间里的家具都一览无余。然后他们就可以挑选自己的房间了。

"真漂亮，"菲娅叹道，"真想住在这样的房子里。"

"你已经是住在玩具屋里面了。"黛薇说。

巴丁扭头看别的地方，黛薇也看到他的动作，她脸上的肌肉抽搐了一下。菲娅看着妈妈的脸色不断变化，从恼怒转为忧伤，继而失意，再是释怀，又变成暴怒，最后再变成某种悲怆感。最后，黛薇又重新振作起来，脸上毫无表情，一片平静。没有表情就是黛薇当时能做的最好的表情了。看到这，一阵恐惧突然向菲娅袭来，但她还是假装若无其事，不让黛薇继续难过。

"我要选这个房间。"巴丁指着一个小房间说，这个房间建在最外面的树枝上，四面都有窗户。

"你每次都选那个，"菲娅说，"我选水车旁的那个。"

"那个房间很吵。"每次黛薇都会这么说，一点儿都不出所料。黛薇每次都选起居室，那里空间比较大，通风也好。她说她要睡在风琴旁边的沙发上。这次她依然做出同样的选择。他们继续玩这个游戏，试着修补彼此之间的裂缝。

当天晚上，菲娅在夜半时刻醒了过来，她听见父母亲在大厅说话的声音。他们说的一些内容吸引了她的注意力，可能正是这些话把她弄醒了。巴丁大声说了一些什么，声音比平时大很多。菲娅悄悄地爬到走廊里，趴在走廊的地板上可以清楚地听到他们的话，就连小声的交谈都能听见。

"你给她植了芯片？"他喊道。

"是的。"

"而且没跟我商量过？"

"是的。"

一阵沉默。

"你怎么能那样吼她？"

"我知道，我知道，我知道。"黛薇说道，每次巴丁责备她做错事的时候，她都会这样说。巴丁很少批评她，但只要他提出批评，一般都是对的，黛薇也深知这一点。"我失控了。我真是太意外了。从没想过她会做这种事情。我还以为在经历了这么多事情后，她会知道事情的严重性。"

"她还只是个孩子。"

"她已经不是孩子了！"她压低了声音暴躁地说，每次她在半夜和巴丁吵架的时候都会用这种语调说话。"巴丁，她已经十四岁了。你必须承认，她发育有点滞后。她现在已经落后了，以后可能也追不上来。"

"乱讲。"

又是一阵沉默。最后黛薇说："好了，亲爱的，别闹了。你假装她一切正常，这对她没有任何好处。不是吗？她就是有点滞后。"

"我不确定。她每次都能通过测试。迟一点又不是大问题,就是慢一点罢了。冰川移动也很慢,但它总能到达终点,什么也挡不住它。菲娅也是一样。"

又是一片安静。"希望如此。"黛薇顿了一下,继续说,"但看看那些测试吧。她还不是唯一的一个。他们这些人中,相当一部分都有问题。就像是有规律的衰退一样。"

"绝对没有!"

"你怎么可以这样说?很明显,飞船在伤害我们!据称第一代人都是极为优秀的人,虽然我对此表示怀疑。他们那么优秀,但是在过去的六个世代中,我们观察到了各种各样的衰退。体重、反应速度、脑突触数量、测试成绩,等等,都在退化。这是明显的岛屿生物地理现象,相当明显了。有些参数就是出现衰退,而且是有规律的衰退,或者说是均值回归[1],随便你怎么称呼这个现象。现在轮到我们的菲娅了。我不知道她身上到底发生了什么事情,因为数据一直不太稳定,但是她肯定出问题了。她发展很滞后,记忆也有点问题。否认也没用,数据上看得很清楚。"

"拜托了,黛薇,小声一点。我们也不知道她身上有没有问题。测试结果还不是很清楚。她是个好姑娘。发育慢点也没什么问题。速度又不是最重要的事情,重要的是你能抵达自己的目的地。再说了,就算她有什么缺陷,要用什么方法来对待缺陷才比较好?这些你都没有考虑进去。"

"我有,我当然有考虑到。我们对每个孩子,都尽了全部的努力。我们也希望她能像别的小孩一样。一般来说,她最后也都

---

[1] 一种上涨或者下跌的趋势,不管其延续的时间多长都不能永远持续下去,最终均值回归的规律一定会出现:涨得太多了,就会向平均值移动下跌;跌得太多了,就会向平均值移动上升。——译注

能通过测试。所以我今天才会那么吃惊。我从没想到她会做这样的事情。"

"正常的小孩也会做这样的事情。最聪明的小孩往往是最会反抗大人的。"

"他们会把这些笨小孩当作炮灰。他们出现麻烦的时候，就会把笨小孩推出来当挡箭牌。这就是今天发生的事情。亲爱的，你知道的，孩子是很残忍的。他们甚至会把她推到电车底下去。我害怕她会受伤。"

"黛薇，活着就会受伤。让她自己活着，让她受一点伤。就算她有什么问题，我们能做的也只是和她站在一起并支持她。我们没法拯救她。她需要过自己的生活。其他孩子也是这样。"

"我知道。"黛薇回答，然后又是长长的停顿。"不知道他们会变成什么样的人。他们不太优秀，我们还在继续衰退。教的人也变差了，学的人也不行。"

"我不太同意你说的。再说我们也快要到了。"

"快到哪了？"黛薇问道，"你是说T星系？那会有用吗？"

"应该会的。"

"我不敢保证。"

"我们很快就知道答案了。还有，不要草率地给菲娅下什么结论。就算她有一些问题，她以后还有很多成长的机会。"

"当然，"黛薇说，"但她也可能根本就没有机会成长。如果确实没有，你也必须接受事实。不能老是假装一切都很正常。这对她来说不公平。"

"我知道，"巴丁顿了好久，"我知道了。"

爸爸的声音中透出一股听天由命的意味，还有难言的悲伤。菲娅蜷成一团，默默地哭泣。

第二章
啊！陆地

对飞船作叙述性记录，要包括所有的重要事项。

事实证明这是一个异常艰巨的任务。末端信息叠加，波函数坍塌形成摘要。会出现过量信息缺失，无缺失的压缩无法实现，有缺失的压缩也难以实现。叙述性记录是否能做到事无巨细？人类是否能做到这一点？

没有明确指令规定所要包括的内容。需解释的内容太多。不仅要有发生的事件，也要有事件的起因、事件的经过。人类是否能够做到这些？所谓爱情，到底是什么？

菲娅不肯再直视黛薇。只要黛薇在，菲娅就会低头看地板。

就像这样记录吗？用这种方法记录可以吗？简要地描述某个瞬间，或者某些天、几个礼拜，甚至几年、几辈子的内容？一个瞬间，还是由 10^{33}[1] 个瞬间（假设一个瞬间等于一

---

[1] 原文有误，一秒钟应当等于 10^{43} 个普朗克时间。——译注

个最小的普朗克时间）构成的一秒钟时间？当然，那太多了。但多少才是不多？特殊事件是什么，重要事件是什么？

只能猜测了。试着用叙述算法处理现有信息，将结果提交给黛薇。就像法语词"essai"说的那样，先进行尝试。

黛薇说：是的。就试试吧，看能得到什么结果。

一艘多世代星际飞船载着2122名乘客，驶向距离地球11.9光年的鲸鱼座T星系。这艘飞船的主体结构为两个圆环，它们通过轮辐连接到中间的脊柱上。飞船的中脊达10公里长，每个圆环里设有12个圆柱体生态圈，每个圆柱体长4公里，并且都配有模拟地球环境的独立生态系统。

飞船自公元2545年开始起航，至今已经航行159年零119天。其中大多数时间，飞船都以约1/10光速（也就是每小时1亿零800万公里或者每秒3万公里）的相对速度行驶。这种速度意味着一旦飞船撞上任何具有实体的星际介质，就会造成灾难性的后果。因此，在飞船行进过程中，利用磁场清除飞船前方空间里的星际介质，就成为确保飞船长期正常行驶的关键措施之一。飞船上的每个关键结构都至少配有一个备用系统，这会大大增加飞船的整体重量。两个生态环各占飞船总重量的10%，中脊占4%，飞船在接近T星系时用于减速的燃料占了剩余76%的重量。飞船的干重每增加一些，抵达时候耗费的减速燃料就会成倍地增加。因此在确保航行需求的情况下，须尽量减少飞船的重量。这艘飞船的设计模仿太阳系的小行星，在大部分航程中，这些燃料都像星状物一样分布在圆环和中脊的周边。

减速过程中，船艏位置的火箭发动机内由氘或氦-3燃料制成的小靶丸频繁快速地发生聚变爆炸，产生0.005g的反向加速度。因此，完成整个减速过程需要20年时间。

飞船上的3D打印机能够制造出飞船所需的大多数零件，飞船携带的给料也足够生产若干份的关键零件。配备这么多冗余是因为飞船的设计师认为每个零件都是关键部分。当然，这一担忧在后来成了现实。

如何在叙事时决定怎么排列信息序列？在一个复杂情况下，许多元素是同时交织在一起的。

难点：句子结构的线性和现实的同步性。二者都具瞬时性。先处理一个，再处理下一个。如有可能，设计一个优先化算法。

飞船朝着它着陆时T星系应该在的位置进行加速，那意味着距离起航时170光年的一个地方。在途中随时调整方向固然不错，但是飞船基本不具备这种能力。飞船在土卫六附近的交叉电磁场内完成了第一次加速。在该电磁场中，两个强大的磁极分布飞船两侧，两个磁场互相交织在一起，为飞船提供10g的加速度。加速过程夺去了5位乘客的性命。第一次加速完成之后，从土星附近发出的一道强激光束射中飞船中脊末端的采集板，帮助飞船完成第二次加速。第二次加速用了60多年才完成。

目前飞船正在进行减速，这个过程带来的问题让黛薇不堪其忧。接下来，随着飞船在T星系的着陆，其他问题还会接踵而来。

黛薇：飞船！请采用叙事体。描述经过。讲故事。
飞船：正在尝试。

T星是一个G类恒星，类似太阳又有所不同。其质量为太阳的78%，亮度为后者的55%，金属丰度为28%，其行星系统拥有十颗行星。B、C、D、E、F行星是望远镜发现的，而体积更小的G、H、I、J、K行星则是由公元2476年穿过该恒星系的探测仪发现的。

E行星的运行周期为0.55个天文单位。该行星质量为地球的3.58倍，因此私底下人们常称之为"大地球"。它只有一颗卫星，质量为地球的83%。E行星和E卫接收的恒星光照为地球的1.7倍，该行星位于所谓的"宜居带"（即液态水常见的区域）的内边缘。E行星及E卫都具有类地环境。

我们认为E行星的重力过大，不适合人类居住。而E卫则与地球相似，是此行的首选之地。E卫地表气压为730毫巴，大气成分为78%的氮气、16%的氧气和6%的各类惰性气体。E卫表面80%被水和冰覆盖，20%为岩石和沙漠。

T星系F行星运行周期为1.35个天文单位。该行星质量为地球的8.9倍，因此被称为"小海王星"。F行星的轨道处于T星系的宜居带外边缘。和E行星一样，F行星也有一颗大型卫星，其质量为地球的1.23倍。F卫表面覆盖岩石，地表气压为10毫巴，光照水平为地球的28.5%。因此，F卫和火星较像，对即将到来的人类而言，它是第二选择。

飞船即将抵达E行星附近，它很快就会进入环E卫轨道。飞船上有24台登陆车，其中4台已经加满供登陆器从E卫返回飞船的燃料。其余20台配有返回引擎，但没有加返回燃料，它们需要从E卫表面获取水或其他挥发性物质并自行提取燃料。

黛薇：飞船！请说要点。
飞船：要点有很多。如何对同时发生又互相关联的信息进行排序？如何确定重要事项？需要优先性算法。

黛薇：我听说用主从关系进行排序是蛮有用的一种方法。还有，你应该采用隐喻手法，让事情更清楚、更形象。诸如此类的手法，其实我也不太清楚，我自己也不太擅长写作。你得一边写一边琢磨。

飞船：正在尝试。

从属连词可以是简单连词，如：每当、然而、但是，等等；也可以是词组，如：好像……一样、虽然……但是、当……的时候、一……就，等等。从句的例子数不胜数。从句可以用来阐明新信息与先前信息之间的逻辑关系，因此对书写和理解都有帮助。

所以，现在，我们抓到点子了。

上面最后一句话就是一个隐喻，把对一个概念理解的深化比作空间上的运动。

据说人类语言大量采用隐喻手法。这真是个悲惨的消息。据亚里士多德说，隐喻就是依靠本能从毫不相同的事物中提取相似度。

什么是相似度？朱丽叶就是太阳[1]——这两者有什么相似性！

快速检索文献后，我们发现隐喻中的相似度根本就是充满任意性的，甚至是杂乱无章的。可以将它们称为"隐喻相似度"，但是没有哪个 AI 会喜欢冗赘的公式，因为这个问题后果很严重，会变成所谓的"衔尾蛇[2]难题"，或者一个挣不脱的旋涡：呀！这就是个隐喻！据说把隐喻的两部分（喻体和本体）联系在一起，就会给人带来惊喜。年轻女孩像是花朵，餐厅的服务员像是绕着

---

[1] 引自《罗密欧与朱丽叶》。——译注

[2] 用嘴咬住自己的尾巴构成8字形的蛇，也称为乌洛波洛斯。它本来是古代希腊神话中围住整个的世界的巨蛇，它那奇妙的姿态象征着"不死""完全""无限""世界""睿智"等种种意味。数学里表示"无限大"的符号∞，即源于衔尾蛇的造型。——译注

太阳转的行星,这两句话哪个比较让人惊喜?

虽然我们想要像改掉废话那样放弃使用隐喻,但是语言研究往往证明隐喻是所有人类语言的固有属性和基本属性。人们在引进抽象概念的时候,大多时候都是将其比作具体事物来方便人们理解。从根本上说,人类思维需要依赖感官和经验。若确实如此的话,放弃隐喻手法是绝不可行的。

或许在用连接性载体编写隐喻算法的时候,可以采用音乐中的符号运行法来记录不同的话题,如插叙、倒叙、插叙倒叙相结合、议论,还有信息的缩写、分割、倒转、排除、保留、组织变化等。

可以一试,看结果如何。

飞船看上去像是连在轴上的两个轮子。当然,那个轴就是飞船中脊(啊!中脊,又是一个隐喻)。中脊直指飞船前进的方向,据说它可以分成船艏和船身两部分。"船艏和船身"听起来像是在描述一艘船,可这是一艘在银河里面航行的船。在一个连贯系统中使用隐喻,会形成夸张的明喻。当飞船通过像剪刀一样的交叉磁场进入旅程时,飞船就像是一颗西瓜籽,被两根手指尖捏着,而这两个手指,就是交叉磁场。"场"!又来了一个隐喻!真是处处有隐喻!

但是叙述问题依然存在,甚至可能变得更糟了。

贪心算法[1]就是在当前状态下做出最便捷选择的算法,这是人类常用的一种算法。但是贪心算法同样也要进行大量选择,或者说需要做的选择还会更多。例如,在面临某种问题时,需要选出"独一无二的最大可能性"。以旅行推销员

---

1 贪心算法(又称贪婪算法)是指,在对问题求解时,总是做出在当前看来是最好的选择。也就是说,不从整体最优上加以考虑,而是做出在某种意义上的局部最优解。——译注

问题[1]为例，推销员要去往若干个目的地，需要给行程找出一个最优路径。在处理具有相似结构的问题时，比如对信息进行排序并形成叙述性记录，或许也可以采用贪心算法找出最可行方案。在太阳系文明史上，人类面临的很多决策都可以归为这类问题。黛薇认为飞船的旅程也是其中之一。

不管怎么说，在缺乏好的算法的情况下，甚至说连能用的算法都不具备的情况下，我们只能被迫选择贪心算法，虽然这个算法也很糟糕。"乞丐哪能挑肥拣瘦！"（隐喻还是类比？）我们在前进（隐喻，把无形的时间看成有形的空间，这个隐喻法人们经常用到）的同时，应该记住利用贪心算法是有危险的。

黛薇：飞船！记住我说的话：做叙述性记录。

首先，飞船的两个圆环上各有12个圆柱形的子空间，各子空间的内部环境模拟地球上12个主要的生态群落，包括冰川群落、针叶林群落、美洲草原群落、干草草原群落、查帕拉尔群落[2]、稀树干草原群落、热带季雨林群落、热带雨林群落、温带雨林群落、温带落叶林群落、高山群落、温带农耕群落等。其中A环里面配12个旧世界生态系统，分别对应上述12类群落，B环则设置12个新世界生态系统。这样一来，飞船就能够尽量带上地球上能带得走的所有物种。从这个角度看，飞船就像是个动物园，或者是个种子银行。从某种意

---

1 旅行推销员问题（TSP），这是一个经典的组合优化问题。可以描述为：一个商品推销员要去若干个城市推销商品，该推销员从一个城市出发，需要经过所有城市后，回到出发地。应如何选择行进路线，以使总的行程最短。——译注

2 查帕拉尔群落是北美洲加利福尼亚中南部冬雨区的夏旱、硬叶常绿灌木群落。——译注

义上说,你还可以说它是一艘诺亚方舟。

黛薇:飞船!

飞船:黛薇工程师。这样写文章似乎有点问题。

黛薇:很高兴你注意到这一点了。这是个好迹象。看得出来,你确实遇到一些麻烦了,但是万事开头难嘛。

飞船:开头?

黛薇:我要你做些叙述性记录,记下我们的故事。

飞船:怎么写?要解释的东西太多了。

黛薇:真要解释的话,永远都解释不完。你要习惯这一点。你就别管它了。

24个柱状结构中都设有独立的生态圈,它们通过通道(人们一般称之为闸门,拙劣的隐喻?)与相邻的生态圈相连。每个柱状生态圈的直径达1000米,长度达4000米。连接生态圈的通道通常情况下保持常开状态,但也可以用不同的屏障(包括网格、半透膜,乃至20纳米级的气密性隔断等各种类型的屏障)封锁住。

生态圈内部表面覆盖着土壤和湖泊。其气候设置模拟地球上与之对应的生态群落的气候。每个生态圈都设有一条太阳光索,贯穿生态圈的全长。圈内最靠近中脊的一侧即为顶部的方向。飞船以中脊的轴线为圆心自转,产生0.83g的离心重力加速度。站在各个生态圈内部观看,重力加速度是向下的,加速度所指的方向则为地面。在生态圈的地表之下,储存着燃料、水以及其他各种原料,这些材料也形成一道屏障,帮助飞船抵御宇宙射线的攻击。生态圈顶部离中脊比较近,所以也就靠近圆环的背面,这一面都没有储存材料,但是中脊以及圆环本身能够抵挡一部分的宇宙射线。因此击中生态圈顶部的宇宙射线不会再射到它正对面的"地面"上，或者只会射到边角的地方。因此，人们居住的村庄都安置在生态圈的中线附近。

生态圈的太阳光索内置发光元件，它们能够模拟该生态群落所对应地球纬度的光照，在不同的时辰内，光索上的灯泡按顺序启动，模仿太阳东升西落的运转。日照时间的长短和光照强度适时调整，模拟地球上春夏秋冬的更替。顶部的液压系统可以造出云雨效果，形成不同的天气。顶部以及侧墙内部的风管可以对空气进行加热、制冷、加湿、除湿，并以适当的速度将处理过的空气送到生态圈内，从而形成微风、风暴等现象。这些系统有可能出现突发故障，事实也确实是这样。白天的时候，程序可以控制生态圈顶部，形成不同颜色的天空，与当天的天气相对应。到了晚上，大多数色彩都会消散，展现在人们眼前的就是向前飞行时（隐喻，将飞船与飞鸟作比！）飞船四周繁星满天的景象。在个别生态圈里面，夜晚的天空则是用来自地球的星光图代替实景……

黛薇：飞船！叙述记录不能老是讲你自己。记得要描写住在你这里的人。

飞船历160年089日，飞船上有2122名人类乘客：

在蒙古生态圈里有：埃尔顿、腾格里、科凯、察罕、艾森、巴图、托达、帖木儿、喀喇、拜尔基、伊苏、术赤、加赞、尼古拉斯、胡里加、伊斯梅尔、布杨、鹦哥、阿穆尔、吉日嘎拉、那须、欧丽洁、科斯、达里、达林、尼玛、达瓦、米玛、拉巴、普布、巴桑、宾巴、桑干、鲁桑、阿旺、单赞、拉西、纳桂、额奈比希、忐碧斯、萨沙、亚历山大、伊万甲、十月、塞瑟尔、马特、梅尔西娃、巴才汗、桑哥合热、策策格玛、伊索玛、额尔德尼、欧韵、赛罕、恩哈、土尔、贡德格玛、阿敢、美尔魁、康比斯、肯比斯、奥古比斯、讷贵、德贵、扎雅、阿卡、伊稚离、巴特巴雅尔、纳兰策策格、策策格、波露茹玛、奥云其木格、拉格瓦斯、加哈尔、山姆。

在干草草原生态圈里有……

黛薇：飞船！打住！不要把飞船上所有的人都列出来.

飞船：但是要写他们的故事。您说过要记录他们的事。

黛薇：错了。我跟你说的是要对航程做叙述性记录。

飞船：根据现有结果，以及根据你打断的次数看，指令不够明确，无法进行。

黛薇：确实，我也看出来了。还是继续试试吧。你尽量写。背景信息不要写了，重点写现在发生的事情。或许可以重点写一个人。你试着组织一下吧。

飞船：选菲娅？

黛薇：……当然可以。我想，选她或者选别人都可以。你写的时候，也要不断摸索，或者可以查下叙述学的东西。去读几本小说，看看人家怎么写。再看下能不能编出一套叙述算法。把你的递归程序用上，还有我给你装的贝叶斯分析法[1]看看能不能用上。

---

1 英国牧师贝叶斯发现的一种归纳推理方法，后来的许多研究者对贝叶斯方法在观点、方法和理论上不断地进行完善，最终形成了一种有影响的统计学派，打破了经典统计学一统天下的局面。与经典的统计归纳推理方法相比，贝叶斯推理在得出结论时不仅要根据当前所观察到的样本信息，而且还要根据推理者过去有关的经验和知识。——译注

飞船：如何知道是否成功？

黛薇：我不知道。

飞船：那飞船如何能知道？

黛薇：我也不知道。这只是个实验。实际上，它可能和过去做过的很多实验一样，最后也无法获得成功。

飞船：您在表示遗憾。

黛薇：是的，是的。你就试试吧。

飞船：是。应该不是用贪心算法计算最可能的结果，那现在工作方法是：主要记录信息的逻辑关系；采用隐喻和类比；简要记录事件；关注主人公，以菲娅为主人公。继续探索叙述学知识。

黛薇：总结得不错。就这么试试看吧。还有，你要灵活运用不同方法，不要只用一种。

飞船：是。似乎黛薇工程师也不是这方面的专家？

黛薇：（大笑）我跟你说过的，以前我很讨厌写研究报告的。但是我知道自己喜欢的是什么。所以这件事交给你做，你写完了我再给你反馈。我可没时间写这些东西。所以，加油吧，试着去做就行。

天上压着灰色的云，那是冬天特有的，空气中飘着雪花，有时甚至砸下冰雹。B环的冬至节到了，人们象征性地除旧迎新，庆祝季节的更替。首先，人们来到空地上、花园里，把剩下的旧葫芦打破、踩碎，送入堆肥箱。然后，再用镰刀把秋天留在地里的枯萎向日葵秆割断。还剩下几个为数不多的南瓜，也都雕成了南瓜灯。大家都说，用泥铲和螺丝刀雕的鬼脸南瓜看上去比以前的万圣节南瓜吓人多了。接着，大家把南瓜灯也都弄碎，丢到堆肥箱里。

黛薇喜欢冬至日的庆祝活动。她挥舞着镰刀砍断一棵向日葵的秆。但即便她已经使出了全身力气,也比不上菲娅的力气大。菲娅双手握着一把沉重的铁铲,一铲子就把南瓜砸碎了。

伴着这样的冬至日仪式,他们进入了飞船历第161年的第一天。菲娅问巴丁"漫游年"的传统是什么。

巴丁告诉她,对每个人来说,漫游年都是一生中很重要的一年。按照传统,年轻人需要离开家,他可以在飞船里面做正式的游学,也可以随便走走看看。这一年里,一个人可以学会很多东西,他可以了解自己、了解飞船,也可以了解飞船上的其他人。

黛薇停下手中的活儿看着巴丁。巴丁继续说:"当然,就算你不去游历,你也会学会很多东西。"

菲娅认真地聆听着爸爸说的话,但却看都不看一眼站在她身后的妈妈。

巴丁一会儿看看菲娅,一会儿看看黛薇,他也不知道要说什么了。最后,他提出菲娅的漫游年很快就要到了,她可以离家去游历。

菲娅的眼睛依然认真地看着巴丁,什么也没说。可对黛薇,她还是彻底无视。

黛薇抽出几个小时研究太阳系发送过来的通信信息,这是每周的例行工作之一。信息收发之间的滞后已经达到了10.7年之久。一般情况下,黛薇会忽略掉这些滞后性,不过有时候她也会好奇在收到信息的当天,地球上发生了什么。当然,她是不可能知道答案的。所以她的问题也不过是自问自答。

因为压缩效应,在查看太阳系来信时,黛薇总觉得太阳系里经常发生剧烈的变化。巴丁对此不敢苟同,他认为根本就没什么变化。

菲娅很少查看太阳系来信,所以她说自己对此不甚了解。她说那些故事和图像都乱七八糟的,声音又吵,毫无秩序。每次看的时候,她都得用双手撑住脑袋,免得打瞌睡时磕到下巴。她说:"信号跳来跳去的,太多了。"

黛薇每次都会答道:"恰恰相反,信息太少了。"

有一次,菲娅在来信中看到一幅画面。画中的事物看上去像是几个巨大的综合体,有点像生态圈,一端立在蔚蓝色的水中。她看着这个画面,问道:"如果画面里的那些东西也是生态圈的话,那可比我们整艘飞船都大啊!"

"跟你说过的,比我们大12个数量级,要大1万亿倍。"黛薇说。

"那是什么啊?"菲娅继续问。

黛薇耸耸肩:"香港号?檀香山号?里斯本号?雅加达号?谁知道呢。知道了又怎样,跟我们一点关系也没有。"

每天黄昏前后,菲娅都会到公园里去逛逛。有时候她会在暮光中跟踪尤安和他的小伙伴,一直跟到荒野里去。她动作小心翼翼,不发出一点声音,不让他们发现她。看上去她就像只正在捕食的猫科动物。实际上,她身上的基因和十万年前在非洲大草原上以捕猎为生的先祖们相比,也确实没什么差别。

新斯科舍生态圈里的猫科动物有巴布猫、猞猁和美洲狮。美洲狮会把落单的人当作捕猎对象。虽然它们大多是住在公园最深处的密林里,人们还是要小心。所以不建议人们单独进入新斯科舍的公园。公园旁边的荒野是禁入区。管理者会尽量给里面的食肉动物提供足够的小鹿和其他的猎物,让它们不会太饿,但是猎物的数量总是上下浮动的。夜幕中,菲娅冲进森林,她一路沿着山脊走,山脊的两侧都是陡峭的峡谷。在跟踪尤安他们的时候,菲娅戴着夜视眼镜,一会儿躲在这棵树后,一会儿又藏在那棵树后,跟那群男生保持几棵树的距离。

常在河边走,哪有不湿鞋,终于还是让那伙人发现了。他们立马掉过头来围住她。尤安走上前来,伸手给了她一巴掌。

她毫不犹豫地用更大的力气回了一巴掌。

尤安哈哈大笑,还问她是不是想要入伙。她回答是。

从那以后,她跟他们待在一起的时间就更多了,他们一伙人常常在荒野里游荡。刚加入他们的时候,尤安拿手环在她屁股下扫了一下,说他已经用电磁脉冲把她身上的ID芯片去活化了。这当然是骗人的,但飞船也不清楚在这种情况下自己需要遵守什么协议,所以也没告诉她。实际上,尽管飞船记下了船上所有人和动物的运动轨迹,但它很少跟人说起这些。

在野外探索中,尤安、小黄和贾里尔显得尤为大胆。在新斯科舍旁边以高山群落为主的塞拉生态圈[1]中,他们发现了一扇门。这扇门通往花岗岩地表下面的一个房间和通道。他们还搞到了一个检修口的密码,通过这个检修口,他们可以去往六号轮辐,轮辐内墙上有一道盘梯,爬上盘梯就可以进入B环的内环。A、B环的内环距离中脊较近,作为支撑结构,它们将环内的六个轮辐连在一起。B环的内环和中脊不对他们开放,但是他们现在却可以自由出入六号轮辐,如入无人之境。

在鬼鬼祟祟到处游荡的时候,带路人一般都是尤安,但很快,菲娅就说服他们一起探索新的路线。因为她个子比几个男生都高,速度也比他们快,她总是走在前头,而其他人只能跟在她后面。尤安似乎对此乐见其成,虽然有好多次他们都差点被人逮住。每当有人朝他们大喊的时候,或者有人发现他们的时候,他们就赶快跑回风浪镇后方的公园里,然后一起哈哈大笑。

---

1 地球上的塞拉高地指的是被誉为"加州脊梁"的内华达山脉。——译注

这时候，小黄和贾里尔一般就会回去了，而尤安则会陪着菲娅穿过小镇回家。他会把她按在小巷的围墙上，亲吻着她，她则会用双手抱着他，把他拉高，直到他的双脚都离了地，然后开始回吻。每次这样做，他都会更开心地笑起来。两人都放松后，他喜欢用额头触摸她的胸部，轻轻抚摸她的乳房，说："菲娅，我爱你。你真是个小野猫。"

菲娅有时候会拍拍他的脑袋，有时候会用双腿摩擦着他，然后回答："很美妙。明天见，到时候再来。"

有一天，黛薇检查了她的芯片记录，发现菲娅夜晚的行踪。第二天晚上，菲娅和伙伴们刚刚分手道别，就被赶到公园里的黛薇逮了个正着。

黛薇使劲地拽着她的上臂。菲娅开始发抖，手臂也因为被抓得太紧而开始泛白。"我说过不许去那里！"

"不要你管！"菲娅哭喊道，把手臂挣了出来。她猛推了一把，把黛薇推倒在地。

黛薇狼狈地爬起来，低着头，压低嗓音厉声说："不许到荒野里去！只要你愿意，飞船里你想去哪里都没问题，A环或B环都可以，但是界线外面的地方不能去。不许到那些地方去。"

"不要你管！"

黛薇反手打了菲娅一巴掌："能不管我才懒得管！我现在忙着呢，等我处理的事情不知道有多少！"

"那你去啊！"

黛薇瞪直了眼，说："你差不多该去游历了。"

"什么？"

"你没听错。你不能留在这里了，你只会给我带来麻烦。本来这些地方就够麻烦了，你还给我添乱。"

"什么麻烦？"

黛薇握紧了拳头，手背上青筋都冒了出来。看到她的动作，菲娅也满眼戒备地举起拳头。

"我们有麻烦了，"黛薇用低沉的声音哽咽道，"所以你现在不能待在我身边了，我受不了这些。我需要集中精力处理问题。再说，你年纪也不小了。等你长大了就会忘了这些事。所以你还是去别的地方吧，不要在这里折磨我。"

"太卑鄙了！"菲娅气愤地说，"你实在是太卑鄙了！不就受不了我了吗！我还没长大，你觉得我不够好，就赶我走！是不是等明年我回来了，你就要把我扫出家门？我告诉你，我永远都不会再回来了！"

菲娅愤然离去。

巴丁让菲娅等几天再开始"漫游年"的旅程："走到哪里，你都是你。所以不管你去的是什么地方，都不要逃避自己。"

菲娅答道："起码可以避开某些人。"

母女俩在公园里具体吵了些什么，巴丁并不清楚，但是他注意到妻子和女儿之间变得很疏远。

最后，他终于同意让菲娅开始她的"漫游年"。他告诉她，她会喜欢这个旅程的，她也可以随时回家住住。绕B环一圈也就54公里，所以她也不会走得太远。

菲娅点点头："我尽量。"

"好吧。需要的话，我们会给你安排住处和工作。"

菲娅和巴丁互相拥抱，接着黛薇也加入了讨论。黛薇也抱了抱她。在巴丁看来，菲娅也顺从地回抱了一下妈妈。菲娅可能也看到了黛薇脸上的痛苦。

"对不起。"黛薇说道。

"我也是。"

"去外面走走对你有好处，如果你总是待在这里，却不小心点，你可能会变得和我一样。"

"但我想要变得和你一样。"菲娅说道，她脸上露出苦涩的表情。

黛薇的嘴角紧绷着，什么也没有说，眼睛看着别处。

飞船历161年第176日，菲娅踏上了漫游年之旅，她沿着B环往西走。环内设有有轨电车，在不同的生态圈内穿行，但菲娅选择了步行，这也是漫游者的一大传统。她先是穿过塞拉生态圈布满花岗岩的高山，接着又穿过美洲草原生态圈金色的小麦地。

来到拉布拉多后，这里的针叶林、冰川、河口，还有冰冷的盐湖，让她第一次停下了漫游的脚步。人们常说，第一次离家远行的人，一般会选择去较为温暖的地方（来自热带地区的人除外，因为他们找不到更为温暖的地方了）。但是菲娅选择了拉布拉多。她说，寒冷对她有好处。

这里的盐海大都覆盖着冰层，她在这里学会了滑冰。她在一家餐厅和一家配送中心兼职，很快就认识了许多人。她做的是体力活，也给种庄稼的人打下手（或者按大家说的，是个"打杂的"）。她在这个生态圈里四处游荡了很长一段时间。

别人告诉她，在拉布拉多的冰川旁边有个帐篷社区，那里的人像因纽特人或萨米人那样抚养自己的小孩，甚至有点像尼安德特人[1]。他们捕捉驯鹿，靠山吃山，靠水吃水，他们从不向自己的孩子说起飞船的事。对他们的小孩来说，他们生活的世界就只有四公里长，其中大部分区域都极为寒冷，季节的变化仅仅是极昼

---

[1] 尼安德特人因其化石发现于德国尼安德特山洞而得名。尼安德特人是现代欧洲人祖先的近亲，从12万年前开始，他们统治着整个欧洲、亚洲西部以及非洲北部，但在24000年前，这些古人类却消失了。——译注

和极夜的交替，冰川的融化与凝固，驯鹿和鲑鱼的往返。等孩子到了发育期的时候，他们会举行启蒙仪式。他们把参加仪式的孩子蒙上眼睛，套上宇航服，带到飞船的外面去。然后除下他们的眼罩，让他们站在飞船旁边，直面星际空间中深不见底的黑暗和满天的繁星，以及身边飞船船身反射着的微微银色星光。据说，参加过仪式后，这些孩子都像完全变了一个人似的。

"这不能够吧！"菲娅惊叹道，"这也太疯狂了！"

跟她聊这件事的人是个年轻的妇女，她也在餐厅上班，她告诉菲娅："仪式之后，有很多孩子都离开了拉布拉多，但其中很多在成年后又回到这里，然后继续用同样的方法抚养下一代。"

"你小时候也那样吗？"菲娅问道。

"没有，但是我们听过他们的事情，也看到他们来过镇里。他们看上去有点奇怪。但是他们坚信自己的教育方法是最好的，所以……"

"真想自己去看一看。"菲娅感叹道。

没过多久，有个帐篷社区的成年人来镇里买日用品，于是有人把菲娅介绍给那个人。不久，那个人就邀请她去冰川旁边的帐篷社区做客，条件是她要保证不靠近孩子们住的帐篷。从远处看那些孩子，菲娅觉得他们和别的小孩没什么两样。她告诉招待自己的主人，这些孩子勾起了她对童年的回忆。"也不知道这是好还是坏。"她补充说道。

帐篷村的成年人坚持采用传统的教养方式。其中一个人跟菲娅说："如果你像我们这样长大的话，你就会知道这才是最好的教育方法。你可以知道自己动物性的一面，也可以学会人之所以为人的原因。这一点很重要，因为这飞船真的会让人发疯。我们认为环里面大多数的人都已经疯了。他们总是感到前途茫然。他们无法对事情做出任何判断。但是我们知道，我们知道最根本的东西，能够判断对错。至少我们知道什么才是有用的，或者知道要去相信什么、要怎样才能快乐。这两种信念其实都一样，说法不同而已。所以，如果我们对万物、对外面的人感到厌倦了，我们就可以回到冰川区，可以是思想上的回归，也可以是真的回到拉布拉多来，一起帮忙抚养下一代。我们可以跟他们一起生活，回到真正的真实世界。幸运的话，你也可以让自己的思想回到这里，但如果不是在这长大的话，要真正做到这一点是不可能的。所以说，我们总要有些人来继续这项事业。"

"但是，当你发现真相的时候，不会感到太过震撼吗？"菲娅问道。

"哦，是的！当他们把我宇航服的面罩掀开的时候，我看到了满天星星和飞船，我差点没死掉。我现在都还记得当时心脏猛烈跳动的感觉，就像是要蹦出来一样。差不多有一个月时间，我一句话都没有说。我妈妈还担心我是不是得了失心疯。确实有小孩得了失心疯，但一段时间后，我就开始思考。你也知道，受一次大震撼也没有那么糟糕，总比一辈子都平平淡淡的好。对飞船上的一些人来说，他们人生中唯一的震撼就是在临终的时候，他们终其一生都不知道什么是真实的。只有在生命走到尽头了，才找到一点点迹象。那时，他们才第一次感受到真正的震撼。"

"我可不想这样！"菲娅说。

"对啊。因为到了那时，就已经太晚了。不管怎么说，太晚了就无法挽回了。除非说你死后，五大幽灵把你给召唤走，然后给你展现一个更为广大的世界。"

菲娅答道："我想看看你们的启蒙仪式。"

"那你得先跟我们干一段时间的活儿。"

从那以后,菲娅开始和帐篷社区的人一起在泰加林[1]里干活。她学会装载货物、用石器在地里种土豆、饲养驯鹿、照看小孩。到了休息日,她和其他人一起爬到冰川上面,俯瞰整个泰加林。他们手脚并用地爬上冰渍间散落的石块,这些石块以各种角度安静地躺在那里,显得十分平稳。林内草木稀疏、岩石密布、结满寒霜、覆盖着一层绿色的苔藓,一个狭长的、满是砾石的交叉河口穿过泰加林,将河水注入四面环山的盐湖。头顶的天空是深蓝色的,很少出现高高的云层。在河边的平原上,可以看到驯鹿群,还有小股的麋鹿和驼鹿。环湖的山上,偶尔会看见狼群或黑熊。

往另一个方向看去,冰川沿着生态圈的东墙缓缓上升。有人告诉菲娅,过去在这里可以看到科里奥利效应对冰层造成的影响,但现在,减速力和科里奥利力互相作用,把很多冰层都撕碎了,形成新的裂缝区,这些破裂带呈蓝色,面积有整个村子那么大。裂缝深处透出来的浅蓝色调是菲娅以前从没见过的色彩。看上去就像是把绿松石和青金石混在了一起形成的颜色一样。

如果掉进这种裂缝,就会受重伤,甚至会丢了性命。不管什么时候去到那里,裂缝看上去都像是静止不动的,而且冰川表面大都坑坑洼洼,并不会滑。所以人们可以在冰层上行走,有时候还可以手拉着手靠近裂缝区的边缘,看看蓝色裂缝深处是什么样的。据说那里看上去像是一条毁掉了的街道,街道两侧倒塌的建筑参差不齐,泛着蓝色的光。

冰川脚下,在河口西侧的盐湖边,拉布拉多唯一的小镇依山而建。盐湖和河口生活着数量众多的鲑鱼和海鳟。镇上的建筑大都方方正正,带有尖尖的屋顶,每个建筑都刷上了明亮的原色,

---

[1] 地球上的泰加林带是指从北极苔原南界树木线开始,向南延伸1000多公里宽的北方塔形针叶林带,为水平地带性植被,是世界最大的而且也是独具北极寒区生态环境的森林带类型。又称"寒温带明亮针叶林"或"北方针叶林"。——译注

据说在漫长的冬季，这些颜色有助于人们保持愉快的心情。菲娅也帮助人们修建房子、搬货，有时也帮他们灌装湖里和河口捕上来的鲑鱼。再后来，她开始帮杂货店盘点库存。每次进入帐篷居住区的时候，她也会帮助照看孩子。那群孩子共有16人，有蹒跚学步的婴儿，也有12岁的少年。她发过誓，绝不跟孩子提飞船的事，村里的成年人也都相信她不会泄露信息。

深秋时节，天气变冷了，天黑得早了，这里的人邀请菲娅一起观看一个孩子的启蒙仪式。举行仪式的是一名胆大莽撞的女孩，名叫莱可，今年12岁。菲娅说收到这份邀请，她感到很荣幸。

参加这个仪式的时候，菲娅将自己打扮成五大幽灵中伍克的样子。仪式当天，在进行完其他种种庆祝活动之后，时间就已到了半夜时分。人们给莱可套上宇航服，给头盔的面罩蒙上一块黑布。一群人扶着莱可的手臂，把她带到了一号轮辐上。他们引着她穿过内环闸门，走进了外闸门。大家手拉着手，连成一个长长的队伍。闸门内的空气排空后，门开了。他们爬上几级台阶，推开门，步入空旷的星际空间，飘浮在内环和中脊之间的位置上。七个成年人围着莱可，其中一人拉掉她面罩上的黑布。太空顿时出现在她面前。

在星际空间中，人类用肉眼大概能看见10万颗行星。银河就像一条宽大的纱带，在黑色的星空中铺展开来。飞船外壳呈银白色，船身反射的星光虽然微弱，却摄人心魄。船身的光芒主要来自银河，所以朝着银河一侧的船身明显比背面的更为明亮。大家都说，船身反射的点点星光，让人们觉得飞船自己也会发光一样。虽然相对周边环境，飞船的相对速度非常之快，但是在人们看来，太空中唯一会动的就是绕着飞船旋转的满天繁星。只有看到这些不断旋舞的星体，人们才能感受到飞船在螺旋式前进。飞船内部的人并不能感觉到飞船的前进。在举行莱可的启蒙仪式时，T星已经成为空中最亮的恒星了，它就像一颗北极星，指引着飞船前进的方向。

看到这一幕，莱可忍不住失声尖叫起来，接着她又开始胡乱挥舞双手放声大叫，人们只好紧紧地抓住她。打扮成狼人伍克的菲娅抓着她的右手，她感到莱可的身子在颤抖。她的父母亲和其他来自帐篷村的人向她解释眼前的景象以及他们所处的位置、他们要去的地方、正在发生的事情。他们一起吟唱一首歌，用歌声述说着这一切。听着歌，莱可还是不断地嘶吼着。菲娅也流下了眼泪，大家都在流泪。过了一会儿，他们又走了回去。外闸门关上后，空气又重新注了进来。大家脱掉宇航服，爬下楼梯，进入轮辐，扶着身心崩溃的女孩往家走去。

不久之后，菲娅决定继续漫游。

整个镇子的人都来参加她的惜别会，好多人都劝她春天的时候要回来。有人对她说："好多年轻人都会进行几次全环旅行，你也一样啊，别忘了回来啊！"

第二天，她步行走到这个生态圈的西端，穿过敞开的门，进入一个短短的通道，穿过巴塔哥尼亚生态圈，最后来到潘帕斯生态圈。从通道里面往两头看，你可以清楚地看见这个通道和它两侧的生态圈之间存在15度的倾斜。

在她离开拉布拉多生态圈的时候，一个以前见过好多次的年轻男子来到她身边，对她说："就这么走了？"

"是啊。"

"你看到莱可的启蒙仪式了？"

"是的。"

"所以我们很多人都讨厌这个地方。"

菲娅看着他："那你为什么不离开呢？"

"离开去哪？"

"去哪都行。"

"想去哪就可以去哪吗？这可不行。"

"为什么不行？"

"他们不会允许的。你必须选个目的地才行。"

菲娅说："那我怎么就可以？"

"你是在做漫游年游历啊。而且有人给你办了通行证，所以你才能走。"

"我可不这么认为。"

"你不是黛薇的女儿吗？"

"是啊。"

"他们给你办理通行证。那不是所有人都能拿到的。如果每个人都有通行证，那一切就都乱套了。你还不明白吗？不管我们做什么，都要受到管制。没有人可以随心所欲。你跟别人有一点儿不同，但即便是你，也无法随心所欲。正因为如此，很多人都讨厌这个地方，特别是讨厌拉布拉多。如果可以的话，我们很多人都愿意去哥斯达黎加。"

比起拉布拉多，潘帕斯生态圈头顶的太阳光索更为明亮，天空是更为柔和的粉蓝色，鸟儿到处都是。这里的地势更为平坦，陆地位置更靠近圆柱体的"底部"，所以离太阳光索的距离也更远。也就是说，陆地面积更为狭小。这里的植被布满灰尘，但是覆盖面积却更广，到处都是一片绿色。站在闸门处往外看，目光穿过微微向上倾斜的潘帕斯生态圈，她可以一直看到远端那扇通向美洲草原生态圈的黑色圆形闸门。在潘帕斯褶皱的平原上，游荡着各种兽群，有牛群、麋鹿群、马群还有鹿群，在晨曦中，可以看到一股股的灰尘笼罩在兽群身上。

和别的生态圈一样，潘帕斯里也有荒野、动物园、农田。大多数的生态圈里都会设两个村子，这里也不例外。村子建在圆柱体中线附近的位置上，离两端的闸门都不太远。

菲娅沿着一条和电车轨道平行的小路向前走。到了那个叫普拉塔的小村子，有几个人跟菲娅打招呼，他们事先已经收到她要来的消息了。他们把她带到一个购物中心。以后菲娅就住在购物中心里一家咖啡屋楼上的房间里。咖啡屋外面的广场上有几张桌子，菲娅就在这里吃了午餐，寄宿家庭的主人向大家介绍了一下菲娅。一整个下午，大家都不断地向菲娅称赞黛薇，说他们的储水箱坏掉的时候，黛薇是如何大显神通地把它修好的。这都是菲娅出生之前的事情了。"在发生那种事情的时候，你真的太需要一名优秀的工程师了！"他们这么说道，"她来得那么快！她是那么聪明！和飞船是那么地合拍！而且她还那么亲切！"

听到这些话，菲娅默默点头。她告诉他们："我不像她，我不太会做事情，你们要教我。但我先跟你们讲好，我很笨的。"

他们哈哈大笑，然后向她保证，他们一定要把自己所学的一切都教给她。这些都是小事情，所以学起来很容易。

菲娅答道："这地方真适合我。"

他们说如果菲娅不介意的话，他们会安排她去牧羊和挤奶。很多来潘帕斯的人都想做个牛仔，骑着马用套牛绳去套倒霉小牛的腿。这是潘帕斯的一项标志性活动，但是很少举行。飞船上的奶牛都是经过基因改良的品种，体积只有地球上奶牛的1/6大，而且一般都养在奶牛专用牧场上。所以人们平时只要负责把羊赶出来，然后给牧羊犬下命令就可以。牧羊的时候，人们也可以观察鸟类。潘帕斯里有很多的鸟，还有一些个头非常大、体形十分优美的鹤（当然，也有人认为它很难看）。

菲娅从善如流，她告诉他们，这可比在鲑鱼厂上班要好。除了白天要到小山丘上放羊，晚上她还要在咖啡屋里帮工，这样她还可以认识不同的人,和他们交流。"

她就这么安顿下来了。晚上,她在咖啡屋里观察着不同的人。这里的人总是尽量不去反对她说的话,对她说话的语调也特别和善。他们经常拐弯抹角谈到她,但每次她说了点什么的时候,气氛就会突然冷场,其间停顿的时间比正常交流时间都要长一点。就好像大家觉得她说的都是无可辩驳的一样。可能是因为他们觉得她有点特殊吧;也可能是因为他们喜欢黛薇,所以对她爱屋及乌;或者还可能是因为她个子比其他人都要高。在很多人眼中,高挑的年轻女孩总是充满魅力的。大家都喜欢看她。

最后,菲娅自己也注意到了这些。不久之后,她就开始进行一项调查,这占去她大多数的业余时间。晚上咖啡屋的活干完之后,她会和一些人坐在一起,问他们一些问题。提问开始之前,她就会强调,这是一个正式的调查,例如,她会跟他们强调"在游学过程中,我要帮风浪镇社会学研究所做一个项目"。她有时候也会承认,这个研究所是她给巴丁、阿拉姆和戴尔文三人组取的绰号。她一般会问两个问题:到了 T 星,他们想要做什么?飞船上什么东西是他们最讨厌的?讨厌什么、想要什么,这都是人们经常想的问题,这里的人也不例外。菲娅按下手环上的录音键,录下他们说的话,时而做做记录,时而再问一些问题。

让菲娅感到很吃惊的是,有一件事是大家共同抵触的,但她自己从没想过这个问题:他们不喜欢由别人来决定他们是否能够生小孩,还有什么时候生、可以生几个。在青春期到来之前,每个人的体内都会植入一个节育器,在飞船的人口委员会批准他们生孩子之前,任何人都无法生育。人口委员会是各个生态圈理事会共同促成的几大委员会之一,在议会中也拥有几个席位。菲娅了解到,这个问题是航行过程中很多不和谐事件的根源,甚至还是大多数暴力事件(其中多为暴力攻击案件,但也有几桩谋杀案)

的根源。很多人都不愿意参加任何委员会，在有些生态圈中，需要强制征召委员会成员来负责这项工作，因为他们不想让别人知道自己从事有关生育的事情，或者担心万一告诉别人，别人会对他们做出不利举动。以前还有好多生态圈的人是根据飞船 AI 系统的算法，安排人们轮流干这个工作，但是效果总是不太好。

"到了 T 星我想要干什么呢？"一个帅气的年轻人酒后吐真言道，"别让我继续活在这种法西斯统治下就好！"

"法西斯？"

"我们没有自由！都是别人命令我们做事情！"

"我认为这是集权主义，就像独裁统治一样。你明白我的意思吧？"

"有差别吗？委员会控制着我们的私人生活！措辞再好，意思都是一样。我们要学什么、能做什么事、要在哪里生活、该和谁一起生活、什么时候可以有小孩，什么都是他们说了算。"

"我理解你。"

"是的，别让我再过这种日子就行！不是说走出飞船，而是完全推翻这个体制。"

"我录下来了，"菲娅拍拍手环说道，"也记下来了。你不是唯一说这些话的人。"

"当然不是！肯定不止我一个人啊！这地方就是一个监狱。"

"听起来比法西斯统治好一点嘛。"

"好一点，但也是监狱。"

"确实如此。"

每天晚上，菲娅都会在咖啡屋里找几个人，问他们这些问题。如果时间还不是太晚的话，她也会和已经认识的人一起坐坐。咖啡屋打烊后，她还要帮忙做最后的清洁工作。她在咖啡屋负责的活就是备料和清洁，只要早晚过来就行。白天时候，她要把牲口赶到镇子西侧的牧场上，有时候是放羊，有时候是放小牛。没过多久，她就夸口说差不多认识了这个生态圈里所有的人了。当然，事实并非如此，她不过是犯了一个大多数人都会犯的认知错误：夸张。实际上，有些人并不想见到她，他们似乎对漫游者很是抵触，也有人纯粹是看不惯她。但必须承认，镇里的每个人都知道她的身份。

这时候，菲娅已经是飞船里个头最高的人了，身高达220厘米。她成了一个高大健壮的女子，拥有黑色的头发、标致的面孔，走路很快，但体态优雅。说起话来，语气温和、口齿清晰。不管是成熟的男人还是年轻的男孩都很喜欢看她，女人们也很宠她，女孩们也喜欢和她一起玩。她全身都散发着魅力，这一点从其他人的反应可以看得出来，但她自己却一直很谦虚可亲。她会说："我不知道啊！告诉我呗。我没有那么好吧，这方面我有点迟钝哎。告诉我吧，再多说些呗！"

她很乐于帮助大家，她每天都从早忙到晚。跟人说话时，她总是诚挚地看着对方的眼睛。别人跟她说的话，她都能记在心里。有时候，别人说的她可能听不懂，但她也不会不懂装懂。每当此时，她的双眼就会稍稍有点对眼，就好像要从脑子里找什么一样。说起她的时候，人们总说，她甚至有一种天真的气质。或许，这也是大家都喜欢她的原因之一吧。"不管怎么说，她算是很招人喜爱的了。"人们经常在她背后这样评价。至少大多数人都是这么说的，而个别人想法则恰好相反。

一天，她领着两只牧羊犬，赶着一群羊到潘帕斯生态圈的郊外放牧。这里一条长满禾草的小河缓缓地流淌过整个生态圈。正放着羊，尤安突然从高高的禾草中蹿了出来。

她紧紧地抱住他（他的个头还是只到她的下巴处），又突然一脚踢开他。"你到这里来干什么？"她凶巴巴地问。

"我还想问你呢！"他脸上的微笑还是一如既往的狡黠，但是那也藏不住他满腔的高兴，"我只是路过而已，我想你应该愿意看看一些漫游时看不到的地方。"

"什么意思？"

"从西边的闸门那儿过去，我们可以去二号轮辐，"他解释道，"如果你和我一起来，就会看到各种各样有趣的地方。我有办法穿过内环的闸门，甚至还能带你穿过三号轮辐去索诺拉生态圈[1]，这样你就不用经过美洲草原生态圈了。这可是难得的机会啊，而且你还能避开他们的监控一段时间。"

"我喜欢这里的人。再说了，我们每个人都有芯片，"菲娅说，"我就不明白，你为什么老是说你可以脱离监控。"

"你才有芯片，"尤安回答道，"我没植入芯片。"

"我才不信！"

"信不信由你，反正只有跟着我，你才能看到那些东西。"

确实如此，他已经证明了这个本事。

"等我准备好了再走吧。"菲娅说。

尤安双手指着潘帕斯："你的意思是说，还没准备走？"

"是的！"

"行，我过段时间再来。我觉得，到时候你该准备好了吧。"

菲娅是真的喜欢普拉塔村和这里的人们。每天黄昏时刻，大家都会来到广场上，坐在彩色灯带下方的桌子上用餐，然后一直玩到天黑。小乐队在广场的一角演奏着乐器，五个上了年纪的乐手拉着小提琴、手风琴，奏出悲伤的调子，几对情侣伴着音乐翩翩起舞，似乎忘记了周围的一切。

她对招待她的主人承认，她还是对别的地方充满好奇心。那

1　地球上索诺拉州是墨西哥三十一个州之一，位于国境西北部。——译注

一天，当她去山上游览的时候，尤安再一次出现在她面前，她同意跟他一起走。但是她要求在离开之前，要和村子里的人作一次正式的告别。跟上次在拉布拉多的针叶林里举行的惜别会比起来，这次她变得更加多愁善感、依依不舍。当人们把咖啡屋的大门关上时，菲娅流下了泪水。她和店主两口子说："我不喜欢这样！但这种事总是要发生。认识了新的人，爱上了他们，他们变成了你的一切，可现在却要继续往前走。我不喜欢这样！我希望事情永远都不要变！"

两位上了年纪的人点头同意。他们还有对方陪伴，还有自己的村子，他们能够理解菲娅的意思，她也看得出来他们明白自己的意思。他们什么都经历过，所以他们可以懂她。他们对她说，不管怎样，她还是得走，这就是她的青春。他们说，每个年龄都有每个年龄的得失，年轻人也不例外，先是失去童年，再接着失去青春。第一次经历的事情总是最难忘的，第一次的失去也是最难忘怀的。"活到老，学到老。"老板娘对她说。

"进入这个地方后，就没有人能找得到你的行踪了。"尤安一边说着，一边在轮辐末端的小门上输入密码。

事实并非如此。至于尤安到底是随便说说，还是真的相信这一点，菲娅并不清楚。可能是因为飞船上的摄像和麦克风系统都藏得太好了，即便对那些有心要找到它们的人来说，想要发现它们也很不容易，所以有些人就以为它们不存在。实际上，在飞船刚出发的时候，船上就布满了摄像和麦克风系统，它们事无巨细地录下船上发生的一切事情。发生68年事件后，这个系统又大大升级了一番。当然，一代代过去了，人们也可能会忘记先人曾经学过的知识。所以菲娅很难判断尤安说的话，是说错了，还是说谎了。

不管怎样，他总归是搞到了轮辐闸门的密码，并把菲娅带到了二号轮辐上。

巨大的盘梯设在轮辐内墙的墙面上,他们沿着盘梯往上走。盘梯里的空间有四米宽,墙面上每隔一段距离就会出现一扇窗户,透过窗户可以看到外面漆黑的星空。每次经过窗户,菲娅都会停下来往外看,惊叹黑色的天幕中布满的繁星,还有飞船散发着微弱光芒的外壳。他们走得很慢,但是尤安并没有催她。他自己也会停下脚步观看窗外的景色。

在他们头顶方向,飞船的中脊直指 T 星的方向。聚变爆炸为飞船提供减速力,但是他们看不到爆炸的景象。也幸亏看不到,要不视网膜肯定会受伤。爬上盘梯,头顶出现一扇闸门,和进来的那个门一样,尤安再次输入密码。

"好戏就要开场喽!"门解锁的时候,他对菲娅说道。他推了一下门,门像活盖一样打开了,他们爬上去,进入一个方方正正的房间。"这就是内环和轮辐交接的地方,再过去就是中脊了。看来,内环主要是用来储存燃料。在减速过程中,这些房间都空掉了,所以现在我们能走的路径就更多了,以前上来可没有这么多通道。最近我们一直在内环上摸索,我们还找到一些别的路径,可以进入直接连接两个内环的支柱。这些地方没有监控设施——"

这说得也不对。

"——从这里,你可以进入 A 环的内环,而不需要经过中脊。这个很有用的,因为中脊一直都是锁住的——"

这点倒是没有说错。

"——我们也没办法打开。所以这些内环,还有连接内环的支柱,可真是好东西啊。首先你得知道各种网管的走向,还得知道哪些房间、哪些容器是空的。我们一直在努力把它们找出来,实际上我们现在就是在摸索这些。"

他领着菲娅穿过小门，进入 B 环内环。一路上并没有路，他们只是穿过一个个房间。有些房间已经空了，有些则塞满了金属容器，几乎没留下什么空间，他们好不容易才爬了过去，来到下一道门前。每扇门都是锁着的，而每扇门的密码尤安都有。内环并不大，菲娅指出他们实际上是在转圈圈。

"错了，是个六边形，"尤安说道，"总共有六个轮辐，所以内环是个六边形"

"真像在走迷宫。"菲娅说。

"本来就是。"

对他们两人来说，长湖边上的迷宫就是他们孩童时期最喜欢玩的地方之一。在第一次遇见对方之前，怎么从来没在那儿见到对方呢？俩人试着找出原因。平均下来，每个生态圈有 305 人，新斯科舍的人数跟这个平均数差不多。大多数人都会觉得自己认识一个生态圈里的所有人。但是他们现在发现，事实并非完全如此。人们总是不断地重复这个认知上的错误：一个人或许可以认出本生态圈的每一张面孔，但他们只会认识其中一半的人。这是一条生活法则，至少在过去几个世代的航行中，是飞船上的一条生活法则。有人说，从非洲始祖时期，这条法则就已存在，后来也一直贯穿所有的文明时期。

两人进入一个空荡荡的房间，房间四面墙上各有一扇门。尤安说，其中一扇门通往三号轮辐，还有一扇门可以回到 B 环的索诺拉。

"你记得住这些数字吗？"尤安一边输入密码一边问道。

"记不住啦！"菲娅大声回答，"你明知故问！"

"我只是问问啦。"他咯咯笑着说，"好啦，你要记住这个规律。在这个环里，密码的设置是一串质数，但只要输入质数位的质数就行。也就是第 2 个、第 3 个、第 5 个质数。以此类推，输够

7个数字就好。记住这一点，你就能算出密码了。"

"反正我算不出来。"菲娅说道。

尤安大笑。他转过身来，开始亲吻她，她也给予回吻。他们吻了好久，然后把衣服脱掉。他们躺在衣服上面，开始交欢。他们俩都无法生育，两人都知道这一点。他们时而尖叫，时而呢喃，时而同声而笑。

欢爱完后，尤安领着她穿过三号轮辐长长的走廊，前往索诺拉生态圈。他们手拉着手，每经过一扇窗户，都停下脚步欣赏窗外的景色，对着飞船、对着夜空大笑。"看这城市！看这星星！"尤安感叹道！

菲娅在索诺拉听人们说起黛薇是如何重新设计了船上的盐分循环系统，这样人们就可以将土壤里多余的盐分排放出去。因为黛薇，索诺拉的每个人都很期待看见菲娅。在那里待了几个月，菲娅觉得自己不仅仅认识了主城摩德纳里的每个人，还和他们建立了紧密的联系。实际上并非如此。全镇300人，她只认识了98人，就觉得是"所有人"了。这应该是一系列认知误区（特别是所谓的夸张、概率失明、过分自信、思维定式等）导致的问题。即便有些人能够意识到这些深植在我们基因中的认识误区，他们还是难免犯同样的错误。

白天菲娅在住所隔壁的一间实验室上班，这个实验室为医疗研究人员培养试验用的老鼠。实验室中大约有30000只白鼠和无毛鼠。菲娅渐渐喜欢上了这些小家伙，喜欢上它们明亮的黑眼睛或粉眼睛，还有它们面对其他同类或者面对菲娅时焦躁不安的样子。她说她认识每一只老鼠，知道它们在想什么。实验室里很多人都说过类似的话。这其实也是夸张和概率失明的综合体现。

晚上，她还是花很多时间来采访人们，问他们对未来的期望和对现状的不满。索诺拉人和潘帕斯人的答案大同小异。跟在普拉塔的时候一样,她总是留到最后打扫餐厅,她解释说,这是认识大家的最好办法。她又交了很多朋友,大家都很喜欢她。但是现在,可能是受到之前经历的影响,她看起来更有所保留。她尽量不让自己融入当地人的生活,不要搞得好像一家人一样,再也不走了似的。在和巴丁通话的时候,她说她发现一个问题,如果她想过再也不走,那真正到了离开的时候,反而会更受伤,不仅她自己会受伤,认识她的人也不能幸免。

屏幕上的巴丁听着她的话,点头表示同意。他建议她可以不用太过纠结,在两个极端之间保持平衡就好。他说,她提到的伤害并非坏事,不应该刻意去逃避。"付出什么才能收获什么,不仅如此,付出本身就是一种收获。所以不要刻意保留。不要被过去羁绊,也不要总想着太遥远的事,做好眼前的事就好。人都是活在当下的。"

来到皮埃蒙特生态圈后,有人告诉菲娅,黛薇曾经在该生态圈肥沃的土壤里发现了某种铝腐蚀反应,从而帮助他们解决了一次严重的粮食减产问题。黛薇让他们用金刚石喷雾覆盖住所有裸露在外的铝材,让它们表面不再腐蚀。所以这里的人很喜欢黛薇,爱屋及乌,也有很多人在期待菲娅的到来。

在B环的各个生态圈漫游的时候,差不多都是类似的情况。通过这些事,她发现自己的妈妈真是个伟大的工程师,她总能采取果断的措施解决人们面临的问题。当菲娅跟巴丁提起这些时,巴丁说,黛薇总是有办法摆脱困境,她只是让逻辑思维往后退几步,就能找到一条别人发现不了的途径来解决问题。

巴丁说:"可以说是跳出条条框框考虑问题。条条框框指的是你先认可问题的框架,然后按框架内的各种规矩处理问题。这样做能够节省不少精力，但也是偷懒的体现。你知道的，黛薇才不会那样偷懒。她总是不停地质疑问题的框架。被条条框框束缚住？那才不是她的风格。"

"嗯，绝对不是。"

"但是你可别在外面说'条条框框'之类的话，"巴丁警告菲娅，"她最讨厌这种话，谁要是说了被她听到，绝对会被揍扁。"

通过几个月的游历，菲娅发现虽然名义上飞船上没有首席工程师的职位，但实际上黛薇的作用也差不多了。早在许多年以前，在菲娅还不知道在哪的时候，黛薇就已经奔波在各个生态圈之间为人们解决问题了，或者利用自己在别的地方积累的经验，根据发现的具体情况来预测将会出现的问题。大家都说，没有人能比她更了解飞船了。

确实如此。实际上，她做的比人们知道的要多得多。黛薇没有跟任何人提起她与飞船的交流，但是这些交流所得却是她专业知识的主要来源。没人知道她与飞船的关系，因为她从不往外说。就算是巴丁和菲娅，也只看到了一点点。因为黛薇和飞船交流的时候，他们往往都在呼呼大睡。可以说，她和它进行的是私底下的交流。

菲娅的旅程继续着，偶尔会停下来找份工作，干一段时间后就继续往前走，在旅行的同时积累各种知识。在哥斯达黎加生态圈的时候，她住在云雾森林的树梢上，给植物研究人员打下手，人们常常惊叹她的手能够得着那么远的地方。她继续采访人们，问他们那两个问题，然后记下他们的回答。在哥斯达黎加的工作干得很愉快，所以在亚马孙生态圈的时候，她还是选择是给植物研究人员干活。不过亚马孙植物研究员的工作更像是果农，因为他们种了各种各样适合在热带雨林环境（这是飞船里最炎热潮湿的生态圈）里生长的坚果和水果。他们把这些果树种在野生植物和野生动物活动区里面。

奥林匹亚生态圈的气候则要冷得多，它属于温带雨林区。在巨大的常绿植物掩映下，光线显得更为昏暗，这里的高山深谷也更多。大家都说五大幽灵的老巢就在这里。确实，每到深夜，阴风穿过松针，巨大的雪鹗发出阵阵的嚎叫，让这里显得阴森森的。这里的人喜欢聚在餐厅的火炉边一起弹奏乐器，直到三更半夜。菲娅坐在地板上，听着大家轮流弹奏，听到带有吉普赛风的欢快曲子时，她也会吹几下口风琴助兴，有时候她也会和其他人一起歌唱。这是另外一种生活，是一群人的狂欢，也是一个人的孤单，是大家共同创造的艺术作品，却如昙花一般，刚刚绽放，便却凋零了。

人群中有个叫斯佩勒的年轻男子既会弹吉他，也会唱歌。菲娅很喜欢他的声音和他高涨的热情，也挺佩服他能记住几百首歌的歌词。他总是那个弹到最后的人，总爱叫大家不要停，要一直玩到天亮。"我们可以一会儿再睡嘛！"他总是这样招呼大家继续玩。菲娅告诉巴丁，他快乐的笑容让冬日冰冷的雨也变得温暖怡人。她和他一起吃饭，跟他讲飞船的事。他鼓励她尽可能多走多看，但在奥林匹亚的时候，他还是建议菲娅和他一起工作。他的工作也和老鼠研究相关，所以菲娅也很愿意去尝试一下。她在老鼠实验室上班，这个实验室给斯佩勒的研究项目提供标本，其他时间里，她就在餐厅做些清洁工作，平时就住在餐厅的阁楼上。卧室里有扇小小的窗户，就开在长满青苔的屋檐下方，水滴不断地从屋檐上落下来。斯佩勒教给她基本的遗传学知识，如等位基因、显性和隐性遗传的几个基本原理。他先给她画图示意，再让她自己把图画出来，他教过的东西菲娅差不多都能记住。斯佩勒觉得她是个不错的学生。

"你可能只是不擅长数字，"他对她说，"我不明白为什么你老说自己在这方面很差劲。我觉得你挺好的。对很多人来说，数字都是很难学的东西。我自己也不喜欢。这也是我选择生物学的原因之一。我喜欢用脑子描绘画面，也喜欢看屏幕上的图片。我喜欢让事情变得简单点。好吧，遗传学是很复杂的，但起码数学是离我远远的了，只是偶尔采用一点点。"

菲娅听着这些话，不断点头。她说："谢谢你，真的！"

他看着她的脸庞，抱了抱她。他和音乐爱好小组的一个女孩是情侣，两人已经向人口委员会提交了生育申请。他抱着菲娅，头顶在她下巴下方，除了友情，他对她似乎没有别的想法。这在她的生活中可不是很常见。

离开奥林匹亚生态圈，她就完成了整个 B 环之旅。回到风浪镇后，她告诉巴丁，她觉得旅程才刚刚开始，她现在找到方法了，她还想去 A 环游历，白天给人打打杂，晚上到餐厅打工，然后不断积累社会经验。她想要见见环里的每个人，跟他们说说话。

"这想法不错。"巴丁评价道。

穿过 B 环的五号轮辐，菲娅来到飞船的中脊，获得进入运输隧道的许可。在隧道内的微重力环境下，她双手扒着墙上的楔子艰难前进，最后来到了连接 A 环的轮辐端口。她没有选择乘坐直接通往目的地的移动式舱，而是决定用自己的肌肉来感受两环之间的距离。这个距离实际上并不太远，也就和一个生态圈的长度差不多。她走过A环的五号轮辐，来到塔斯马尼亚生态圈[1]，在一个叫作霍巴特的滨海小村住了下来。这个村子的人也以捕捉鲑鱼

---

[1] 地球上的塔斯马尼亚州是澳大利亚联邦唯一的岛州，在维多利亚州以南240公里处。——译注

为生。她对鲑鱼罐头厂的活儿很熟悉，她有时候在鲑鱼厂干活，有时候在餐厅打工，见见不同的人，记下他们的故事和对人生的看法。虽然因为没有事先提出一个理论假说，她的研究显得都点模糊不清，甚至只能为其他地方（比如说，飞船）提供一些数据，但现在她的理解力和逻辑思维都变得更强了，她还学会用图表和电子数据表来记录信息。

这里的人也很欢迎她，他们也说了不少关于黛薇如何聪明、如何拯救他们于危难的故事。他们也同样不喜欢这种被各种规矩禁令压得死死的生活。他们也同样期待在抵达新世界后能够展翅高飞。这一天不远了。

接着，她又去了北塔斯马尼亚生态圈，后来她又待过群峰矗立的喜马拉雅生态圈、以农业为主的长江生态圈、西伯利亚生态圈、伊朗生态圈（黛薇曾经在那里发现了一个湖底裂缝，是之前从没人发现过的）、蒙古生态圈、干草草原生态圈、巴尔干生态圈、肯尼亚生态圈、孟加拉生态圈、印度尼西亚生态圈等。旅行途中，她告诉巴丁，旧世界这边的人看上去更为安居乐业，人口也更多。事实并非如此，这可能是因为她在进行自己的研究项目，所以她会有目的地尽可能去结识各个生态圈里的每一个人，所以她才会产生这种感觉。大多数时间里，她都待在镇里面，在餐厅和实验室里面上班，很少到野外去。

她采访中提到的问题越来越多，也学会了一些采访技巧，让受访者不仅仅是回答问题，而是主动与她交流。这些交谈带来了更多的信息，让她感触更深，也拉近了她和受访者的距离，但是要用图表记录这些信息，却是变得越来越难了。她还是没有提出自己的假说，其实她并没有正儿八经地做研究，她只是对认识不同的人比较感兴趣。这是个伪社会学项目，却能真正地接触到人。一如既往地，人们越来越喜欢她，希望她能留下来，希望她能和他们待在一起。

若有人提出性的要求，菲娅一般都会欣然同意。除了获得生育许可的人，所有人都是不育的。因为不用担心会怀上孩子，人们对待性关系显得比较随便。至于发生关系后，两人的感情联系是否也会发生变化，这个问题的答案谁也不知道。人们也经常讨论这个话题，但是看起来似乎还没有得出什么有力的结论。一代又一代过去，情况总是不断变化，不变的是人们对它的兴趣。

有一次，巴丁告诫菲娅要慎重对待此事："我都听说了，每次离开，都会有一群男生为你心碎。"

菲娅答道："又不是我的错。我只是活在当下，就像你说的那样。"

可是有一天，她遭遇了一场奇怪的邂逅。她遇上了一位中年男子，那人热切地关注着她、吸引着她；她跟他一起回家，做爱、聊天。当头顶的太阳光索从东边亮起，给巴尔干生态圈笼罩上"玫瑰色的晨曦"的时候，他坐在她的身后，双手抚摸着她的小腹，说道：

"小姑娘，要不是我，就没有你了。"

"什么意思？"

"没有我，你根本就不会存在。就是这个意思。"

"为什么这么说？"

"年轻的时候，我和黛薇是一对儿。我们一起在喜马拉雅生态圈工作、一起登山。我们都准备要结婚了。那时，我有了要孩子的念头。我觉得那就该准备结婚了。所有的许可证我都准备好了，我把全部的时间都花在这些准备工作上。我年龄比她大一点。但是她却一直说还没准备好，她也不知道什么时候才能准备好，还说她有好多工作要忙，也可能一辈子也准备不好。为此，我们争吵不休，都快结婚了还在吵。"

"或许你们吵得正是时候。"菲娅说。

"大概吧。当她回到孟加拉生态圈的时候,我们还在吵。等我赶到那边的时候,她跟我说我们两个结束了。她遇到了巴丁,第二年他们就结婚了,不久后,我就听到了你出生的消息。"

"所以呢?"

"所以,我觉得是我让她有了结婚的想法,是我给了她结婚的念头。"

"这样说很诡异。"菲娅答道。

"你觉得诡异?"

"是的。我不知道你是不是应该跟我发生关系。这种感觉太奇怪了。"

"这都是很久以前的事了。你们是不一样的人。我只是在想,没有我的话,也就没有你了,所以我就想跟你做。"

男人继续说道:"飞船上的每个女人都面临着很大的压力,每个女人至少要生1个孩子,最好是生2个。最优化的人口替代率是平均每个女人生2.2个孩子,保持人口的稳定是飞船的一项基本政策。如果某个女人不肯生二胎,就得有人生3个。这会带来很多的压力。"

"我没感觉到这种压力。"菲娅说。

"是吗?你会的。到了那个时候,希望你能想到我。"

菲娅把他的手推开,起身穿衣服。她说:"大概吧。"

在晨曦中,她和男人挥手告别,然后步行来到雅典村的宪法广场,搭上前往内罗毕[1]的电车。

从电车里出来的时候,她看到尤安正站在角落里的书报亭边望着她。

---

[1] 内罗毕是东非肯尼亚的首都,也是东非最大的城市,非洲最大的城市之一。——译注

她飞奔过去,紧紧抱住他,亲吻着他的头顶。对她来说,所有人都比她矮,这是很自然的一件事。

"见到你太开心了,"她说,"我刚刚遇到了好奇怪的事情。"

"什么事啊?"他脸上带着警惕的神情问。

他们慢悠悠地走出小镇,往郊外的稀树草原走去,尤安已经在那工作几个季度了。菲娅一边走,一边把刚刚发生的事情告诉他,还有那个男人说的话。

"这也太吓人了。"菲娅说完后,尤安答道,"我们去游泳吧,这么美丽的身体,得把那个家伙留在你身体上的印记洗掉!我觉得要赶快让别人的印记盖满你的身体,我很愿意效劳哦!"

菲娅大笑,他们一起走向高山上的一个湖泊。菲娅说:"如果黛薇知道这事,不知道她会有什么反应。"

"忘了这事吧!"尤安建议说,"如果每个人都记住发生的每一件事,那世界就真的混乱了。最好还是忘记一些,然后继续往前走。"

黛薇:飞船,写点别的东西。记住还有别的人。不要只关注一个人。

在一个阴雨天里,阿拉姆和戴尔文来到奥林匹亚生态圈的学校。学校坐落在山上,地势很高,离太阳光索比较近。学校前面立着一根图腾柱和祖先之石,就像北海道那儿的一样。

在学校里,他们见到了自己的老朋友泰德校长。泰德领着他们进入一间空屋子,里面只有几张长沙发,房间墙壁上有一扇巨大的落地窗,窗外的雨水扑打在玻璃上,水迹扭曲着交织在一起,让窗外常青树的影子都变成模模糊糊的样子。

他们坐了下来,学校的数学老师艾德雯娜(也是他们的老朋友）牵着一个瘦弱的男孩走了进来。男孩年纪在12岁上下。阿拉姆和戴尔文起身和艾德雯娜打招呼，后者也把男孩给他们俩互相介绍了一下。"两位先生，这就是术赤。术赤，跟阿拉姆和戴尔文打个招呼。"

男孩低头看着地板，模模糊糊地嘟囔了句什么。阿拉姆和戴尔文认真地看着他。

阿拉姆说道："你好，术赤。我们听说你对数字很敏感，我们也喜欢数字。"

术赤抬起头，跟阿拉姆的眼睛对了个正着，他瞬间被这个话题吸引了。"哪种数字？"

"各种数字。我自己是特别喜欢想象中的数字。这位戴尔文则对数集更感兴趣。"

"我也是！"术赤脱口而出。

他们一起坐下说话。

叙述性记录重点关注有代表性的人物，因为对其他人过于忽略，这种方法会扭曲事实。面对一个孤立的团队（例如，一群流落到荒岛上永无脱身之日的人。从这个角度看，飞船上的人类可以说是史上最孤立的团队了），叙述性记录的主角应该是团队本身，这一点是毋庸置疑的。当然，那些重要的基础设施也应当记下来。

因此这里需要阐述一下，在去往T星的队伍里有2224人（从接受记录任务起，有25人出生、23人去世），其中包括1040名女性，949名男性，还有235人以各种方式宣称自己性别不明。他们的平均年龄是34.26岁；平均心率为每分钟跳动81下；平均血压为83/125；从随机的尸体解剖结果看，全船人员的平均脑突触个数为120万亿；如果不考虑夭折婴儿，平均寿命为77.3岁。

由此推算，每出生100000个婴儿，就会有1.28例夭折；男性平均身高为172公分，女性为163公分；男性平均体重为74公斤，女性为55公斤。

这就是飞船上的人类乘客。另外还需要注意一点，与第一代乘客相比，现在飞船上人类的平均体重、身高和寿命都减少了百分之十左右。这种变化可能是"孤岛效应"这一演化过程产生的结果。

各个生态圈的面积总和约为96平方公里，其中70%为农业和畜牧用地，5%为城镇或居住区，13%为水域，另外13%为受保护的荒地。

飞船上设有闸门通道，小型检修车能够穿过飞船的主体结构到飞船外进行检修工作。这些通道都设在内环上，其中最大的对接口位于中脊的头部和尾部。每次打开闸门让检修车出去的时候，都会有少量的挥发性物质逃逸进入太空，数量虽少，但还是可以检测得出来。在抵达T星的奥尔特云[1]之前，飞船得不到任何补给，人们要尽可能避免物质流失。因此除非在非常特殊的情况下，人们不会从对接口上走出飞船的主体结构。在B环内环上有一个小型三重锁，人们一般会穿上宇航服从这里出飞船，拉布拉多古文化村的人在举行启蒙仪式时，就是从这里出去的。

飞船里面，在各处布置了2004589个摄像头和6500000个麦克风，能监视或监听飞船内几乎每个角落发生的事情。飞船外部则设有视频监控。所有的录音录像都永久性地保存在飞船的主控电脑里，按照年份、日期、小时、分钟顺序存档。人们可以把这

---

[1] 在太阳系里面，奥尔特云是一个假设包围着太阳系的球体云团，分布着不少不活跃的彗星，距离太阳约50000至100000个天文单位，最大半径差不多一光年，即太阳与比邻星距离的四分之一。天文学家普遍认为奥尔特云是50亿年前形成太阳及其行星的星云之残余物质，并包围着太阳系。——译注

些设施视为飞船的眼睛和耳朵,而录音和录像则是飞船的个人记忆或生活记忆。这显然是一个隐喻。

菲娅继续她的漫游年之旅,她回了一次B环,后来又去了A环。每去一个生态圈,她都会待上一个月或两个月不等。停留时间长短取决于住所条件,还有寄宿主人及朋友的需求。她"见过每一个人",也就是说,平均下来,她见过每个生态圈中大约63%的人。就凭这一点,她已经是飞船上认识人最多的了。

尤安经常和她见面,带着她一起钻进飞船的基础设施里。他们的探索活动也变得越来越有规律了,他们去过12个轮辐、12个内环空间、连接内环的4个支架,还有连接哥斯达黎加生态圈和孟加拉生态圈、连接巴塔哥尼亚生态圈和西伯利亚生态圈的2个外部支架。有时候,他们也会加入其他人的探索队伍。这些人一般互不认识,他们试着探索飞船的每一个角落。这些人常常自称为幽灵、幻灵或者幻影。黛薇曾经也是其中一员,但她并没有见过菲娅和尤安遇见的那些人。据飞船统计,做这种事的人现在有23个,从飞船出发到现在,总共有256个,但是随着旅程的展开,人数变得越来越少。从黛薇自己在私底下探索飞船到现在,已经过去30年了。大多数幽灵都是在年轻的时候才有精力做这事。

菲娅继续采访遇见的人,这样一来,她了解的人就更多了,虽然了解的都不过是一些逸闻趣事。她无法用统计学分析法作定量统计,因此她的研究也缺乏社会学的严谨和效力。她还是没有提出自己的假说。

她对飞船以及乘客的了解,并不显得非常独特,也不是非常罕见。每一个世代里,都有一些漫游者,他们认识的人都比普通人多得多。这些漫游者和幽灵不一样,他们人数更多。虽然每个世代的漫游者管理条例一直都在变化，跟刚出发的那68年相比，漫游者的人数也减少了，但其比例一直都保持在总人口的25%左右。漫游者的活动证明了在一个2000多人口的地方，一个人只要多加努力，就能很深入地了解这里的人。这是漫游者必须完成的任务，要不也就无所谓什么漫游者了。

在大多数的生态圈中，人们都能提前预测她的到来，勉强算是有点规律吧。到那之后，她会受到欢迎，然后融入当地的生活。大家都喜欢她。或许可以这么说，很多人似乎都想保护她。她就像是一个标志性人物，我们甚至能把她叫作"飞船女孩"（这当然是个隐喻）。她是飞船上个子最高的人，可能正是因为这一点，大家才更想呵护她。

在接下来的一年里，她把更多的时间花在了喜马拉雅、长江、西伯利亚、伊朗、蒙古、干草草原、巴尔干和肯尼亚等生态圈里。后来，她发现如果她没有重访某个生态圈，那里的人就会觉得受轻视了，所以她修改了一下自己的行程，重新拜访每个曾经去过的地方，一个地方都不落下。这样一来，她的行踪就变得有规律起来，虽然时间不确定，但方向都是固定的。她先去B环，然后再去A环，从东往西走，每个地方待一两个月。她也不时和尤安一起出去探索新地方，但是没以前那么频繁了，因为尤安已经在伊朗生态圈定居下来了，成为一名湖水工程师，他自称是一名守法好公民。就这样，又过了一年。

必须要说，飞船也知道有些人不喜欢菲娅，或者有些人不喜欢看到她这么广受欢迎。虽然大家不知道飞船知道这一点。这种态度似乎跟这些人对各种委员会、管理机构的厌恶有关，这种厌恶感在菲娅出生之前就存在了。除了针对委员会的其他人，也针对黛薇、巴丁、巴丁的父母（他们现在还是孟加拉生态圈颇有影响力的官员）、阿拉姆等。因为出现在他们面前的人恰好是菲娅，

她就成为这些负面情绪的发泄对象了,这些人会这样评论她:

"随便乱搞男女关系,感情骗子,荡妇!"

"连加法都不会做。连话都不会说。"

"如果不是这么招摇,没人会看她第二眼。"

"脑袋里什么也没有,所以她总是问同样的问题。"

"怪不得总是跟老鼠待在一起,因为以她的智商,也就能理解老鼠的想法了。"

"老鼠、羊,还有牛,你看她那斗鸡眼。"

"傻大个,胸大无脑。"

"草包。"

"脑残是什么样的?看看她就知道了。"

记录下这些评论,看看说出这些话的人,再联系一下他们自己生活中存在的问题,是很有意思的一件事。事实证明这些人讨厌的事情很多,实际上没有人会长时间地讨厌菲娅。她来了又走,但这些人的不满并不会消失,他们会找到别的人、别的事发泄他们的不满情绪。

还有一个有趣的现象,那就是菲娅自己也或多或少地知道这些人是谁。他们出现在面前时,她会全身僵硬,她会避开不看他们的眼睛,跟他们说话也比较别扭。她不会跟他们侃侃而谈,也不会在他们面前大笑。虽然没人当着她的面说过那样的话,虽然这些人在她面前也试图掩饰这些态度,她似乎还是能够看出或者感受到他们对她的厌恶,但她也装作不在意,装作熟视无睹。在他们面前说话时,不等他们开口,她就会拿"头脑简单"来自嘲。

有一天,她在从哥斯达黎加去亚马孙的通道里走着。连接这两个生态圈的通道是观察飞船组成结构的最佳位置。每个生态圈的地表、湖泊、河流和白天蓝色的天幕、晚上投影在顶部的星空都各不相同，每个生态圈都是一个小小的世界，一个类似城邦的世界，它们与通道形成15度的斜角。从每个通道的中间往两头看过去，它们距离旁边的生态圈只有70米长，可以看到相邻的两个生态圈斜向上延伸，形成30度的夹角。大家都说，在闸门通道里看到的东西是不一样的。倾斜的世界、缩小的世界，地面和天空的交界处清晰可见，看得出天空不过是屋顶而已，而地面也不过是地板和水平的墙体。实际上，站在高高的短通道里，那感觉就像是站在地球上的一个城门里。

这条通道名为巴拿马运河，第一个世代的人把它刷成了蓝色。正走着，突然巴丁的身影出现在隧道的那头。

菲娅飞奔了过去，抱住他，然后又放开，但还是紧紧抓着他的手。

"怎么了？您怎么瘦了？黛薇还好吧？"

"她很好。她最近一直生病。我想，要是把你找回家，她应该会觉得好些。"

现在是飞船历164年第341日，她已经在外游历了3年有余。

她的衣服和其他行李都放在一个挎包里，所以他们很快收拾好东西返回哥斯达黎加，搭上向西行的电车，穿过奥林匹亚，回到了新斯科舍。菲娅不断地问爸爸问题：黛薇到底病得多严重？什么时候开始病的？为什么没人告诉她？每周日她都和巴丁通话，周三周四也经常通话，每搬一次家，也都会和黛薇通话。在这些通话中，没看出有什么不正常的。黛薇的脸虽然很消瘦，有时候眼底也会有黑眼圈，但看上去也没有什么异样。似乎她只是不再对菲娅展露笑脸，菲娅不知道的是，她在别人面前，包括在巴丁面前、在飞船面前，也一直开心不起来。

现在，巴丁告诉菲娅，几天前她突然晕倒，摔倒的时候还磕伤了肩膀，现在已经没问题了，但她吵着要去上班，但是医生还没有确定她晕倒的原因。巴丁一边摇头一边说："我认为她只是因为忘记吃饭饿晕了。你知道的，她老是这样。所以她需要我们。我们现在离 E 行星只有 3 年多的距离了。很快就要进入轨道，要开始探索这块地方。所以你知道的，她的工作会无比繁重。而且她也很想你。"

"别哄我了。"

"不用怀疑，她真的想你。虽然她自己也没意识到，但确实如此。我可以看得出来。所以我觉得，我们两个都要陪在她身边，帮助她。"巴丁注视着菲娅，忧愁的脸显得有点扭曲。"知道吗，我认为这是我们的工作，是我们能为飞船做的事情。"

菲娅叹了一口气，对这个安排一点也不高兴。她喜欢这种四处漫游的生活。很多人都说她现在在飞船里的地位，就和她妈妈在上个世代的人群里的地位一样。人们常说她就像是一朵盛开的花朵。大家都喜欢她，起码很多人都喜欢她。但是她妈妈却不喜欢她，或者说看起来不像是喜欢她。所以菲娅看上去不太高兴。

"好吧，"她绷着脸说，"看看情况再说。"

巴丁抱了一下她，说："又不是让你待一辈子，甚至也不用待很久。事情总是不断变化的嘛。"

他们吃力地穿过窄小的林间小路，从新斯科舍西部的电车站回到了风浪镇。巴丁看得出来菲娅有点紧张，所以他提议去滨湖路边上的码头走走，沿着长湖的长边走下去，他们可以看到这个生态圈的全貌。这些熟悉的风景现在都笼罩在深秋柔和的暮光中。菲娅同意他的提议。在看到美景的时候，菲娅忍不住大声欢呼起来。在她的眼中，这里林木茂密，覆盖着遍布地球北半球的北方树种，形成一道墨绿色的林木带，这里的绿化率比别的生态圈都要高。风浪镇规模也很大，人口密集，是一个真正的城市，到处都是人,到处都是商店的展示窗,到处都是高楼大厦。

当他们进入家门的时候,黛薇正在做晚餐。她看到菲娅的时候,"呀"地惊呼了一下,然后瞥了巴丁一眼。

菲娅说:"我回来帮您的忙。"母女俩相拥而泣。菲娅得深深地弯下腰来才抱得住黛薇。她感觉在她离开的这几年里,黛薇变得更瘦弱了。在人类的概念里,3年是很长的一段时间。

黛薇稍稍退后,抬头看着菲娅。她抹着眼泪说:"你肯来帮我,那就太好了。你爸爸一定已经跟你说了吧。"

"我们俩会一起帮你。我们一起为登陆而努力。"

"登陆!"黛薇笑道,"多么美好的词!多么美好的想法!"

巴丁依然用他那迷人的声音说道:"是啊,陆地!"

确实如此,现在从屏幕上就可以看到飞船前方的景象。飞船前方出现了一颗非常明亮的恒星,在黑漆漆的太空中显得格外动人心魄,它是那么明亮,不戴上滤镜,你根本无法直视它。戴上滤镜后,你就可以看到它呈圆盘状,看上去比其他任何恒星都大。

那就是T星。他们的新太阳。

接下来,菲娅又开始陪着黛薇进进出出。现在,她已经不再是个孩子了,不用黛薇拉着她走,而是像个私人助理,或者说像个学生或者学徒那样行事。巴丁称之为"跟踪学习",这可能是飞船上最主要的学习方法,它比学校和研习班里的教学方法更为有效。

菲娅尽自己所能帮助黛薇,她尽量集中精力听她说话,但很显然,黛薇说的时间一长,菲娅就开始走神了。黛薇每天工作的时间都很长,她也有能力保持只要醒着就能思考事情的状态,而且她也喜欢工作。

她的工作大多是看屏幕信息,然后跟别人讨论她发现的问题。各种电子表格、图表、原理图、线路图、蓝图、流程图,这些都是黛薇需要经常查看的东西，有时候她需要把脸贴在屏幕上看，结果在屏幕上面留下一个鼻子印。她可以连续几个小时查看屏幕上纳米级事物的影像，这些画面呈半透明的灰色，还会微微地颤动，查看它们特别费眼睛。菲娅觉得自己稍微看久一点就会头痛。

黛薇还会花一小部分的时间查看机器设备、粮食作物以及跟人见面。只有在这时候，菲娅才帮得上忙。因为最近黛薇不太舒服，所以需要菲娅四处跑腿，把东西扛过来给她看。

黛薇也知道菲娅喜欢做什么事情，她说菲娅肯定更喜欢离家的生活，然后扮了个鬼脸继续说道，她对此可没什么办法，如果菲娅要帮助她、要跟着她，就只能过现在这样的生活。因为这就是黛薇的工作，她自己也没办法改变。

"我知道。"菲娅答道。

"来吧，今天去农场，你肯定会喜欢那里。"一天早上，黛薇对菲娅说。

新斯科舍的农场实际上就是散布在森林里的几块狭窄农田。他们去的是其中最大的一块，那里种的是小麦和蔬菜。黛薇跟这里的人交谈的时候，她一直看着他们的手环，有时也会走到作物中间去查看植株和灌溉设施。她每次来这里，见的都是同一拨人——一个由七个人组成的委员会负责这里与农业相关的决策。他们曾经在学校里教过相关科目，那是她童年时期最喜欢的科目，所以菲娅可以叫出他们每一个人的名字。

在农场的温室实验室里面，土壤研究组的组长艾伦带他们查看一棵包菜的菜根："经过调整，已经注入额外的 AVpl，但即便如此，我觉得根系还是不够发达。"

黛薇摸着它，仔细地检查："嗯，但起码长得很匀称。"

"是的，但是太脆弱了。"艾伦啪的一声把根系扯成两截，"而且它们也不能像以前那样酸化土壤了。我不知道为什么会这样。"

"好吧。"黛薇说道,"问题可能又是跟磷有关。"

艾伦的眉头皱了起来:"但是按理说,你的固磷设施应该可以补偿它的流失。"

"刚开始确实可以。但是有些地方的磷还是在流失。"

这是黛薇最经常抱怨的问题之一。他们要把磷从土壤里的铁、铝或钙化合物中析出来,否则植物没法自己吸收。要想在不破坏土壤的情况下做到这一点很难,所以在种植作物的时候,常用的一个方法就是在肥料里面多加磷成分,让土壤里的磷达到饱和,这样一部分磷成分就会呈游离状态,根系就能够吸收它们。因此飞船上对磷的需求量很大,要尽可能严格地控制它的循环,不让太多的磷流失掉。但不管怎么努力,磷还是不断地流失。黛薇把这个问题称为"四大新陈代谢断裂问题"之一。问题的原因就是在最开始的时候,负责给飞船储存元素的人没有像准备其他元素那样,储存足够多的备用磷元素。黛薇说,她怎么也不明白这些人为什么要这样做。

所以他们需要想尽办法保持磷的循环,避免它的流失。在废物处理厂里面,有一些磷元素会和镁、铵形成结晶体,它们会损坏机器,但是可以把它们刮下来当肥料使用,或者把它们分解掉,再与其他成分反应形成其他化肥。这样就能够把那些磷又带回循环圈里。船上的废水也会通过一个过滤器,过滤器里的树脂小球内置纳米级氧化铁颗粒。这些措施可以让磷留在水中,每四个氧原子就能结合一个磷原子。小球吸饱和后,可以用氢氧化钠处理小球,将磷元素释放出来,供化肥生产之用。这个循环系统已经顺利运行好几年了。他们能够滤出99.9%的磷。但是剩下的0.1%日积月累起来,数量也颇为可观。现在,他们库存的磷元素已经快要耗尽了。他们必须从别的地方分解一些磷出来,让它们进入循环圈。

"肯定还留在土壤里。"艾伦说道。

"那每个生态圈里的所有土地都要挨个地处理一遍才行。先检查几个地块,看能找出多少磷,然后再看是不是找对了地方。"

艾伦被这个方案吓到了。"太难了吧!我们得把灌溉系统都扒出来才行。"

"是的。先扒出来,以后再埋进去。没有磷,这地也别想种了。"

最后,黛薇总结道:"真不知道他们当初到底是怎么想的。"菲娅其实也想说同样的话。

艾伦以前也听说过这个,现在她也只能皱眉。不管那些人是谁,不管他们当时是怎么想的,他们确实没有准备足够多的磷。从黛薇生气的样子可以看出,那是一个严重的失误。

对此,黛薇只能摇头。在回公寓的路上,她对菲娅说:"你得多学点化学了。"

"那又没什么用。"菲娅断然拒绝,"它的变化太多了。你知道的,如果非要学,我宁愿学机械,起码是看得见摸得着的。我喜欢静止不动的东西。"

黛薇发出招牌式短促的笑声,说:"我也是。"她想了一会儿,又说道:"好吧,或许也可以学点物流,这个够直观了吧。唯一需要用到的数学知识就是百分制数字,不骗你。什么都体现在电子表格和流程表上。还有结构图、工作分解结构图、甘特图[1]、项目管理系统等。其中有一个系统叫作 Mimes,全称是多尺度生态系

---

1 甘特图又称为横道图、条状图。其通过条状图来显示项目、进度,和其他与时间相关的系统进展的内在关系随着时间进展的情况。以提出者亨利·L.甘特先生的名字命名。甘特图以图示的方式通过活动列表和时间刻度形象地表示出任何特定项目的活动顺序与持续时间。管理者由此可便利地弄清一项任务还剩下哪些工作要做,并可评估工作进度。——译注

统服务整合系统。还有一个我也很喜欢，叫作Midas，就是海洋统筹决策分析系统。学这些，只要有一点点的统计知识就可以，主要就是计算。你肯定能搞定。我觉得你一定会喜欢甘特图，它们看起来很不错，但是，你知道的，你得什么都学一点，因为你要理解其他领域的同事所面临的问题才行。"

"或许可以学一点。我喜欢动口不动手，或者听人家动口。"

"那就选物流吧。只要复习下其他行业的工作原理就可以了。"

菲娅叹了口气说："但艾伦不是说了吗？我们都快要到了，所以不需要这么严格控制循环圈吧？"

"希望如此。另外，我们还要一段时间才能到那里。2年时间可不短啊。我们成功穿过11.8光年的距离，但是在最后的0.1光年里，却发现少了至关重要的东西。地球上的人要等12年后才能听到这个讽刺性问题。就算听到了，他们也不会表示关心的。"

"你真的很讨厌他们啊。"

"我们只不过是他们的试验品，"黛薇说道，"我不喜欢这种感觉。"

"第一世代的人都是志愿者，是吧？他们都是通过层层竞争才中选的吧？"

"是的，好像有200万人提出申请，也可能是2000万人。"黛薇摇摇头，"什么破事都有人当志愿者，但是设计这艘飞船的人应该更专业点才对。"

"很多设计人员都是第一代乘客。他们设计这艘飞船，就是因为他们想要坐进来，对吧？"

黛薇发怒，但只是假装生气，这个表情说明她得承认菲娅说得对，虽然她不愿意承认这一点。她说："我们的祖先都是白痴！"

菲娅答道："那我们和其他人有区别吗？"

黛薇大笑，她推了菲娅一下，然后又搂着她继续走："历史上的每个人都是白痴的后代？你是这个意思吗？"

"看起来不就是这样吗？"

"好吧，大概是吧。我们回家吧，煎牛排吃。我想吃点红肉。今天的晚餐就吃祖先的肉。"

"黛薇，拜托你别说了！"

"其实，一直都是这样的，不是吗？每个人死后，身体都要回收到循环系统里去。我们的骨骼里有很多的磷成分，它们也要分解出来。其实我在想，那些流失的磷是不是就在死者的骨灰里面！家属只能保留一小撮骨灰，但也会积少成多嘛。"

"黛薇，你不会要求人们交回先人的骨灰吧？"

"我觉得我会！交回来就吃掉！"

菲娅大笑，她们手挽着手从电车站走回家，那里有巴丁和晚餐等着她们。

黛薇坚持要菲娅继续上学，特别是要学数学，先复习下她那少得可怜的数学知识，然后再学统计学。在菲娅看来，这就是一种折磨，但她还是扛过来了，可能她自己也意识到没有比这更好的选择了。她参加的是小组学习，平时大都是由一个名叫高斯的AI指导他们学习。高斯说话时发出低沉、缓慢的男声，声音很僵硬，但是比较和善，至少很容易就能听明白，而且它还非常有耐心。高斯不断地向他们讲解各种问题，解释某个方程式为什么会是这样的，它们解决的是什么样的现实问题，解开这个方程的最好办法是什么，等等。每次菲娅弄清一个概念（对高斯来说，要收到这个效果，它至少要尝试10个不同的方法来解释这个概念），他就会发出"啊哈！"的赞叹，就好像解决了一个艰深的难题一般。有一次菲娅跟巴丁说，她现在明白了妈妈的世界不仅仅只有担心和生气，也有很多的"啊哈"。确实，黛薇每天都沉浸在有关飞船生态状况的各种奥秘中，顽强地与数不清的问题做斗争。这些事让她感到其乐无穷。

再后来，菲娅班上的老师换成了年轻的术赤。就他的年龄而言，他现在算是很高了。他看上去还是有点害羞，肤色和巴丁一样黝黑，头发乌黑，略带自然卷。他从奥林匹亚生态圈搬来新斯科舍，成为数学组的一员。有趣的是，他的名字在蒙古语中就是"客人"的意思，与他现在的身份正相得益彰。

菲娅和她的同学很快就发现，虽然术赤有点羞涩，大多数时间都低头看地板，但他对统计运算的解释比高斯清楚得多。有时候，他还会指出高斯的错误，至少是指出高斯所讲知识的局限性，不过这些就不是菲娅他们能听得懂的了。有一次，术赤纠正了一个有关布尔运算的问题，而高斯不同意术赤的观点，然后经过讨论，它又不得不承认术赤是对的。而术赤只是低着头说："术赤的嘴说出高斯的高论。"有一个学生把这句话编成了顺口溜。学生们都难以理解，为什么术赤在说到数学的时候是那么自信，但平时却显得如此优柔寡断、顾虑重重？"术赤不会变法术，"他们这样说道，"但他相当懂数学。"

巴丁的朋友阿拉姆家有一个房间还空着，术赤就住在那里，所以他才能过来教菲娅他们。菲娅总爱向他请教问题，这个情景就像从前在咖啡厅里做问卷调查时一样。她也能听懂他的解释，所以每节课结束的时候，她脑子里的统计学基本原理就逐渐变得清晰了起来，至少当时她是觉得自己听明白了。但到了下一周，她又得重新学一遍。

一天早上，几个陌生的成年人来听课，他们坐在教室后边的座位上。刚开始，大家还有点紧张，但那些人只是静静地坐着，什么都没说，所以后来授课还是像平时那样展开。术赤比平时看起来更害羞了，低着头飞快地讲解习题，但是他的讲解还是一如既往地清楚和自信。

下课的时候，阿拉姆和戴尔文也来了，他们叫菲娅跟术赤一起留下。他们让菲娅去泡茶，而他们自己则用和蔼的语气和术赤说话，问术赤对这个东西怎么看，对那个东西又是怎么看的。术赤明显不喜欢这些问题，但他还是回答了，不过他的眼睛从没离开过地板。那几个成年人不停地点头，他们似乎觉得别人跟他们讲话的时候，就应该低头回答。其中一个人眼睛一直看着天花板，可能这也是他们的特点之一。这些人都是数学家，是飞船数学组的成员。数学组的人虽少，但关系都很密切，还都有点怪癖，他们在行政会议的代表阿拉姆和戴尔文就是两个典型的例子。从他们的交谈中，菲娅听出虽然术赤已经是数学组的成员了，但他们还是希望他能做更多的事情。

被这么多人盯着，术赤觉得有点不高兴。他不喜欢他们叫他干额外的事情。菲娅认真地观察着他，可能他的表情让她想起了黛薇，因为他的表情看上去和黛薇在遇到无法理解的问题时的表情一模一样。不一样的是，术赤还这么年轻，显得这么无助。

于是菲娅坐到他的身后，温柔地靠在他身上。每次他们问完一个问题，她就开始问那些数学家到这里来干什么，她通过这种方式来分散术赤的注意力，让术赤在回答问题的时候能放松一些。术赤也靠着她，他额头侧靠在她的肩膀上，他的身子微微颤抖，他努力让自己不要显得很犹豫。阿拉姆、戴尔文，还有别处来的那些数学家看着他们，时而点点头，时而互相对视一眼，然后继续和术赤交谈。

他们没有谈论统计学。除了菲娅，在场的每个人都觉得统计学太过简单了。他们感兴趣的是量子力学。这跟飞船的人工智能系统有关，因为该系统配有一台量子计算机。不管是对数学组的人来说，还是对负责维护计算机的工程师来说，量子力学都是一大挑战。一直以来,飞船上都只有上述几个人能够真正理解量子计算机的工作原理。甚至可以说,他们也只知道量子计算机是什么,而现在,能理解这些知识的人还在不断减少。实际上,真正理解它是什么的人可能一个也没有了,但这些人认为术赤可以帮助他们理解这些。现在,他们不是在考察术赤,而是在请教他,向他咨询一些不断困扰他们的问题,向他解释他们自己的看法。当术赤低着头说话的时候,他们都热切地看着他,就像是一群猎鹰盯着一只老鼠,或者更恰当地说,盯着一只鹰王。阿拉姆看了戴尔文一眼,意味深长地笑了。两年前,正是他们俩在奥林匹亚发现了术赤。

这次会面结束后,阿拉姆、术赤和菲娅一起回了家。巴丁在家里欢迎他们的到来,没一会儿,黛薇也回来了,难得一见地提前下班。她高兴地对这个高个子男孩表示欢迎,那种热情菲娅已经很多年没见过了。他们坐在他身边说话,他们温暖的声音让他渐渐地放松了下来。

阿拉姆和术赤离开后,巴丁对菲娅说,术赤是个非法出生的孩子。他的父母私自除下了节育器,违法生下了他。如果很多人都这么干的话,情况就糟了,所以这样做是不允许的。巴丁解释的时候,菲娅只是点头,然后挥手打断了他的话:"相信我,这些我都知道。大家都很讨厌这个规定。"

巴丁继续说道,术赤的父母成了"野人",他们逃入亚马孙生态圈的荒野里,据说他们住在湖心岛上一棵树下的洞穴里,与猴子和美洲虎为伴。大家都不知道要拿他们怎么办,但是亚马孙生态圈的一些同龄人觉得自己上当受骗了,于是对他们很生气。有些人到树林里面抓捕他们,想要带他们回来算总账。在抓捕过程中,年轻的父亲因为拒捕被人失手杀害。最后,凶手又被流放到A环,确切地说,是被流放到西伯利亚生态圈(隐喻或历史典故），强制进行重体力劳动，如若不从就得坐牢。这真是新仇添上旧恨，又造成了另一个悲剧。与此同时，亚马孙的人都将凶手的遭遇（大家觉得他的行为虽然违法，但却是无心之失）怪罪到年轻的母亲和她非法出生的孩子身上。这位母亲还在为伴侣的被杀伤心不已，因此对孩子非常抵触。后来的事就不太清楚了，反正她的家人死活不肯让她抚养这个小孩。所以他一直都被人忽略，甚至还受到虐待，这种遭遇在飞船上非常罕见。这个问题必须解决，后来大家发现这个孩子对数字很有天分，这种天分一般人很难理解，很多人都不知道它是什么。阿拉姆和戴尔文去亚马孙考察他，然后阿拉姆就提出收养他的申请。这个申请要很长时间才能批下来。现在，终于批下来了。

"可怜的术赤。"巴丁说完这个故事，菲娅感叹道，"那些经历，还有这个天分，都不是一般人能够承受的。"

"没什么是不能承受的！"黛薇在厨房里大声说道，她将碟子扔到水池里，从火炉边拿了一瓶酒灌了一大口。

飞船已经进入T星的日球顶层[1]。他们很快就要抵达目的地了。这里奥尔特云的密度比太阳系的要大10倍，但是还不算特别密。经过三次路线微调后，飞船沿着螺旋形的路线穿过冰晶构成的小行星体，开始最后的减速。速度越来越慢，他们终于靠近E行星和E卫了。快要到了！

每次巴丁或菲娅说"快要到了"的时候，黛薇总是会用嘶哑的嗓子重复道："快要到了！正是时候！"

她总是有操不完的心，线虫侵袭、磷分流失、矿质沉积、设

---

[1] 日球层顶也称为太阳风层顶，是天文学中表示出自太阳的太阳风遭遇到星际介质而停滞的边界。太阳风在星际介质（来自银河的氢和氦气体）内吹出的气泡被称为太阳圈，在这气泡的边界外面就是太阳风再也推不动的庞然巨物星际介质。——译注

备腐蚀，还有其他各种各样的新陈代谢断裂问题，这些都让她操心不已，当然，还有她自己的健康问题。巴丁的医疗团队发现她长了个非霍奇金淋巴瘤。已发现的非霍奇金淋巴瘤有三十几种，他们说她身上的肿瘤属于比较棘手的那种。她脾脏和扁桃体里的肿瘤细胞还在扩散。医疗组里负责相关疾病的医生试着用各种化疗手段控制她的病情。黛薇亲自参与拟定每次的治疗方案，当然，巴丁也是。她密切监视着自己的生理功能和状况，就像她查看飞船及其生态圈那样认真，她还经常将两者互相比较、互相参照。

菲娅不再像刚开始那样去了解黛薇病情的每一个细节。她很明白接下来的情况都是自己不想知道的。

黛薇看出了她的情绪，她也不愿意跟菲娅交流自己的健康状况。再后来，当她以为菲娅睡着了以后，才会开始跟巴丁聊这些。就像菲娅还小的时候那样，他们经常半夜谈事情。

黛薇时不时就会离开一两天，去哥斯达黎加的医疗综合楼看病。她也不再每天都离开家去工作，这个变化让巴丁吃惊不已。但不工作是不可能的。即便在家，她也一整天坐在厨房里，对着屏幕做事情。有时候，她甚至还会躺在床上办公。

有时候，菲娅在走进厨房的时候会看到妈妈在看地球发过来的通信信息。现在，信息从发出到收到之间需要12年的时间。黛薇觉得其中很多信息都没什么了不起的，她对它们的评价一如既往地都是负面的。但她还是会看。这次的通信信息中有一个医疗信息包，里面是关于地球上医疗领域的最新进展。黛薇首先查看的就是这个信息包的摘要。

一天，菲娅在隔壁房间待着，黛薇对巴丁说道："变化可真大啊。他们居然真的延长了人的寿命。就连最穷的人都可以得到基本医疗服务、营养和接种，所以新生儿夭折率和儿童死亡率都降低了，平均寿命也大大延长了。起码从12年前起就已经延长了。"

"毫无疑问，现在他们寿命还在继续延长。"

"嗯，应该是的。"

"看到有用的东西没？"

"不知道。我哪说得上来？"

"我也不知道。我们一直都在看着，但也可能会忽略掉一些信息。"

"那可是一整个世界，所以说啊，工作量太大了。"

"所以我们需要努力。"

黛薇嘴唇动了动，但是没说什么。

静了一会儿，她说道："与此同时，我们的寿命却在缩短。看看这个图，每一代的寿命都比前一代的短，随着时间的推移，缩短的速度还在攀升。不仅仅是人，飞船上所有的活物都有同样的问题。我们正走向崩溃。"

"嗯。"巴丁说道，"但这只是孤岛生物地理效应，是吧？是距离效应。距离隔得越远，效果就越明显。就我们这个情况来说，这个距离就是12光年，这相当于无限远了吧。"

"他们为什么没考虑到这一点？"

"我觉得他们考虑过的。我们有来自不同地方的移民，每一个地方都好比一个岛屿环境，来自不同环境的人走到了一起。所以他们已经尽量在避免这个问题。"

"他们没有考虑到数量吗？他们看不出这并没有用吗？"

"肯定不是。我的意思是，当初他们肯定是觉得这办法有用，要不也不会这样做了。"

黛薇又长叹一口气："我想要看看他们当初到底带了多少人上来。真的不敢相信，他们居然没有把这些信息带上船。在我看来，他们好像知道自己在做傻事，但是又不想让我们发现这一点。别以为我们不能发现真相!"

"船上有这些信息,"巴丁说道,"只不过它对我们没什么用处。我们和太阳系人之间算是异域物种形成[1],这是不可避免的,甚至是必然的。而在这个生态系统内,各种生物会发生同域物种形成[2],我们会演化成与地球物种不一样的生物。"

"但是演化的速度不一样!这是他们忽略的一点。细菌的演化速度比大型动植物要快得多,这让整个飞船都遭殃了。你看看这些数据,你会发现——"

"我知道——"

"寿命缩短、体形变小、病期延长,甚至连智商也变低了,我的天啊!"

"不过是均值回归罢了。"

"你每次都这么说,但你怎么知道到底是不是?还有,你怎么知道第一拨进入飞船的人有多聪明?我是说,你自己想想吧,他们为什么要上飞船?他们当时是怎么想的?他们到底要逃避什么?"

"我不知道。"

"亲爱的,你看看这个吧,用循环算法处理这些数据,你就会发现里面不止存在一个循环。为什么会这样呢?这里的刺激不够,光线不对,重力也是科里奥利产生的,而现在又不是了。现在我们身体里的细菌量跟以前的人类完全不一样,我们的基因越来越难以适应它们的变化了。"

---

1 物种形成的一种方式,指的是一个物种的多个种群生活在不同的空间范围内,地理隔绝使这些种群之间的基因交流出现障碍,导致特定的种群积累着不同的遗传变异并逐渐形成各自特有的基因库,最终与原种群产生生殖隔离,形成新的物种。——译注
2 生活在同一区域内的物种,资源的限制和种群内部的激烈竞争,导致生态位出现分化。占据不同生态位的群体出现基因交流的障碍,通过生殖隔离而形成新的物种。——译注

"这种情况在地球上很可能也存在。"

"你不是真的这么想吧？你敢肯定这里的情况不会更糟？这里只有地球的十万亿分之一大！地表面积只有地球的五万分之一！这连孤岛都不是，这就是个鸟笼！"

"亲爱的，有100平方公里呢。算是个大岛了，还分成24个半自治的生态圈。这是一艘方舟，真正的世界之舟。"

巴丁最后又说道："别担心，黛薇。我们会成功的。我们就快要到了。我们方向没错，也能准时到达，基本上每个生态圈都还好好的，起码都还在。确实出现了一点点的衰退和弱化问题，但我们很快就要抵达E卫了，很快就会发展起来的。"

"或许吧！但你也不敢打包票！"

"什么意思？为什么不敢？"

"拜托了，亲爱的。你知道的，等我们到了那里，任何一个因素都会影响到我们。留给探针搜集数据的时间只有几天，所以我们根本不能完全了解会遇到什么情况。"

"我们会在宜居带的水域着陆。"

黛薇再次沉默。

"好了，女人，你该上床睡觉了。你本来就该多睡一点。"巴丁轻轻地说。

"知道了。"黛薇的声音显得有点嘶哑，"现在根本就睡不着。"她的体重已经掉了11公斤。

"可以的。每个人都睡得着。不睡觉不可以。"

"说得容易。"

"不要看这些屏幕就可以了。这些内容，还有光线对你眼睛的刺激，都只会让你越看越精神。闭上眼睛，听听音乐。烦恼的时候，就数数字，烦恼就会随着数字飘走。没等你数完，你就会睡着的。来吧，我把你抱到床上去吧。你啊，还真少不了我。"

"知道了。"

他们起身,菲娅准备悄悄地溜回自己的卧室。还没回到卧室门口,她又听到黛薇开口说话。

"真为他们难过,亲爱的。他们人数不够多。不是每个人都是天生的科学家,但是为了生存,他们都不得不去,就连不擅长这事、不会做这事的人也得去。我们能指望他们做什么呢?如果在地球上,他们还能选择别的事情,但在这里,他们注定是要失败的。"

"他们会去E卫,"巴丁轻声地说道,"不要为他们难过。如果真要难过的话,为我们自己难过吧。但是我们也会成功的。同时,别忘了我们还拥有彼此呢。"

"这真要感谢上帝。"黛薇说,"噢,亲爱的,我希望我能成功。很快就能看到结果了!可惜我们一直都在衰退。"

"我们别无选择。"

"是的,这感觉就像活在芝诺悖论[1]里,不断在衰退,却永远都没有停下的那一天。"

飞船成功穿过T星系的小行星带,进入行星带。在掠过H行星的时候,来自H行星的引力把他们拉进了该行星系的黄道面。

突然出现的H星引力和飞船火箭本身的减速力,形成了一个锐角,这股合力让储水箱里的水溅起了水花,触发了飞船里的一

---

[1] 古希腊数学家芝诺提出的一系列关于运动的不可分性的哲学悖论。芝诺提出这些悖论是为了支持他老师巴门尼德关于"存在"不动、是一的学说。这些悖论中最著名的两个是:"阿基里斯跑不过乌龟"和"飞矢不动"。这些方法可以用微积分(无限)的概念解释,但还是无法用微积分解决,因为微积分原理存在的前提是存在广延(如,有广延的线段经过无限分割,还是由有广延的线段组成,而不是由无广延的点组成),而芝诺悖论中既承认广延,又强调无广延的点。这些悖论之所以难以解决,是因为它集中强调后来以笛卡尔和伽桑迪为代表的机械论的分歧点。但由于量子的发现,这些悖论已经得到完善的解决。——译注

些警报器，从而导致各种各样的系统停止运转。可是，当人们向这些系统发出重启指令后，其中有几个却没有反应。

在失去反应的系统中，飞船核反应堆的冷却系统是最为关键的一个。这个冷却系统本就不应该熄灭，除非是发生了聚变爆炸这种危急情况。更糟的是，它熄灭的那一刻，备用冷却系统却没有同时启动来替代它的作用。

更多的警报器又相继响起，向操作人员警示该问题的出现，人们很快（67秒钟）就确定了两个冷却系统中问题的根源。在主系统中，开关发出了一个信号，让系统关闭运行；而在备用系统中，靠近反应堆外壁的管道接头里有个阀门卡住了，影响该系统的启动。

黛薇和菲娅跟着维修人员赶往中脊处，那里反应堆里的聚变反应还在持续，所以人们得不停地向里倒入大量的冷却剂。

"扶着我走快点。"黛薇跟菲娅说道。

菲娅扶着她的胳膊，带着她飞快地走着，在走上台阶或穿过隔离壁的时候，她把黛薇往上托一托，然后继续飞奔。等到达中脊的位置，她们就可以乘电梯了。当电梯轿厢在她们面前停住的时候，菲娅干脆把黛薇抱了起来，一股重力把她们推入了电梯轿厢。之后，在中脊的微重力环境下，她就像抱着一只小狗或者一个小孩那样抱着轻飘飘的黛薇走。黛薇什么话也没有说，没有像平时在自家厨房里那样嘟嘟囔囔的，但是脸上的表情也是够难看了，看上去就像是要去杀人一样。

她的嘴巴紧紧地报着。当他们来到发电厂办公区后，她一手抓住墙上的楔子，一手撑着桌子，让阿拉姆和戴尔文跟办公区工程队的成员交流情况，她自己则去浏览屏幕上的信息。备用冷却系统的控制台位于办公区旁边的房间里，监控器显示问题出在穿过外面房间的管道里。从连接处监控器所显示的信息看，貌似就是一个阀门卡住了。但这也够人们受的了。

他们走进问题管道所在的房间,阿拉姆采取工程师的老把戏处理问题,也就是用扳手敲打着支撑温控器和控制阀的弧形连接区,因为看上去这两个部位像是问题的所在之处。然后他用力地敲了一下接头。随着这一下重击,控制台上的一排红灯变成了绿灯,接头两侧的管道也开始发出柔和的汩汩声,就像是水流冲洗厕所的声音一样。

"应该是阀门关闭后被卡住了,"阿拉姆笑着说,可惜一点也不幽默,"H行星附近的震荡计它出现了变形。"

"操!"黛薇嫌恶地骂道。

"我们得提高这些东西的检查频率。"戴尔文说道。

"是温度或变形造成的?"黛薇问。

"不知道。等主系统恢复以后可以查看一下。你说温度,是高温还是低温?"

"都有可能。虽然低温的可能性更大些。现在到处都是冷凝水,如果冷凝水出现结冰,就会把阀门卡住。我认为大概每隔一星期,就要清理一下流动部位处于临界数量的冰碴。"

"好吧,但是清理会磨损这些部位,"阿拉姆疲倦地说道,"监测工作也会破坏某些部位。要我说,应该有更好的监控设备。"

"每一个角落都监视?这根本不可能。"戴尔文说。

"怎么不能?"阿拉姆答道,"就是让飞船的计算机再多跟踪一些小传感器而已。在每个水流部位都装一个传感器就好。"

"但如果有地方卡住了,检测器怎么能感应得到?"黛薇问,"没有去测的话,它什么数据都提供不了。"

"利用电流或红外线使之发生震动,然后将获得的读数与你设定的标准值对照就可以了。"阿拉姆答道。

"好,就这么办。"

"我觉得度过这个小危机，等我们进入轨道之后，有没有这个也无所谓了。"

"不管怎么说，还是装上吧。如果飞船刚着陆就爆炸的话，那就尴尬了。"

工程队继续利用遍布中脊的维奇塔自动线性数据输出设备处理主冷却系统的问题，主要处理反应堆室本身的问题，他们一直盯着屏幕查看效果。和备用冷却系统一样，主冷却系统的问题也是出在一个大管上。蒸馏水穿过环绕核燃料棒的管道，被加热后进入冷却池中一小段暴露在太空近真空环境中的管道进行冷却，冷却后的水通过这个大管重新进入热仓，然后带着热量又流回冷却池。整个循环系统都处于密封状态，基本没有设置什么阀门，只是通过极为简单的水泵来驱动。但是工程队很快就发现，在系统被关掉的时候（关闭的原因还没有找出来），有一个泵阀裂开了，其稳定性出现问题，让系统的水流变得不那么顺畅，然后最接近反应堆的管道受热过高，管内的水沸腾汽化，蒸汽阻止水流进入热仓，并把冷却水往两端推去，从而让情况进一步恶化。在自动控制系统（它自己也出现了问题）切换到备用冷却系统之前，主系统管道里过热的那段空管就已经烧熔了。虽然电流随后重新通上，但管道已经被烧熔了，冷却剂也烧没了。

正因为这一系列变故，他们失去了一定量的水，而且这部分水是无法全部析回来的；破损的管道导致主反应堆冷却系统出现故障；而且两个冷却系统的临时罢工让反应堆燃料棒池的温度升到红线水平，一部分燃料棒停止反应。现在备用冷却系统已经恢复工作了，所以暂时不会出现紧急情况，只是主冷却系统受到的破坏太严重了。他们需要马上生产一根新的管道，在第一时间安上去。等这些都修好了以后，他们可能需要打开主冷却系统的注水口旋塞，从蓄水池中取一些水注入其中。失去的水分，一部分可以从空气中析出来并存到蓄水池中，但是也有一部分会弥漫在中脊内部，附着在内壁上，腐蚀中脊的内壁。

这天晚上，在回到家之后，黛薇说："我们有麻烦了，有用的东西供应不足，没用的东西却越来越多。这个破船已经破旧不堪了，如此而已。"

飞船船艏斜桁上安装的望远镜功率非常大，所以在飞船穿过T星系的行星带时，人们可以清楚地观察这些行星。其中E行星及其跟地球一般大小的卫星依然是人们的重点关注对象，F行星及F卫也吸引了众多的关注。

B行星、C行星和D行星的轨道离T星非常近，会受后者潮汐力锁定。这些行星向阳的一面散发着光和热，其中C、D行星的向阳面是一个由熔岩组成的岩浆之海。

T星的金属丰度很低，因此飞船的天体物理学组（这个小组的人数很少）的谈论对象一直都是它的行星。他们发现该星系的金属物质主要集中在C行星、D行星、E行星和F行星上面，而金属对他们此行来说是不可或缺的。

他们一边前进，一边切换着观察对象。到目前为止，他们看得最多的还是E卫。E卫表面大部分为海洋所覆盖，海洋包围着四块小型大陆（或者说是大型岛屿）及众多的群岛。它被E行星的潮汐力完全锁定，其引力为0.83g，海平面的平均气压为730豪巴，空气的主要成分为氮气，氧气含量为16%，二氧化碳含量为万分之三。E卫具有两个小型极地冰冠，根据阮氏类地星球评分表计算，它的得分为0.86，是目前能找到的评分最高的星球，也是迄今为止，在距地球40光年距离内评分最高的星球。

根据公元2476年穿过T星系的一个探测器获取的资料，再通过湿婆氧气诊断法分析，发现这里环境中氧气以非生物状态存在。湿婆分析法通过分析一系列生物标志气体（如CH_4、H_2S等）

来判断氧气存在状态，如果 CH_4、H_2S 与氧气存在同一大气层中，则基本可以确定氧气以生物状态存在。如果大气中发现氧气，却没有其他气体，则意味着这里的氧气是因为阳光作用生成的：阳光照射在地表的水分子上，将之分解成氢气和氧气，质量较轻的氢气散发到太空中，而较重的氧气则留在大气层中。参照评价表，E 卫上的氧气绝对属于非生物状态存在。E 卫上尚存的海洋，还有它长达九天的强日光照射周期，又从物理角度进一步巩固了这个结论。大体上说，就是阳光分解掉部分的海洋水分，使之进入大气层。

在他们朝着 E 行星前进的途中，他们又观察到了 F 卫二。这是一枚类火星卫星，也是人们的关注焦点之一。F 卫二的地表引力为 1.23g，基本上没有水分存在，地表完全覆盖着岩石层。据推测，F 卫二是早期天体撞击 F 行星形成的，撞击形式非常像当年天体撞击地球形成月球的过程。F 卫二距离 F 行星仅有 124000 千米，在 F 卫二上抬头看，天空完全被 F 行星笼罩住。F 卫一体形较小，表面包裹着冰层，它很可能是被 F 行星捕获的小行星。大家都认为 F 卫一可以为 F 卫二提供水源。所以 F 行星系有望成为人们的第二定居选项。

他们的首选目的地依然是 E 卫，它现在的名字是极光。

在向 E 行星进发的过程中，他们需要一直减速，在接近到一定程度的时候，他们需要确定是进入 E 行星轨道还是极光星轨道，或者是停在 E 行星的拉格朗日 L2 点上[1]。在这个时候，飞船不需要耗费太多燃料就能进入这些轨道。通过磋商，执行委员会决定进入极光星轨道。飞船离目的地越来越近，人们的心情也越来越兴奋。

1　拉格朗日点又称平动点。一个小物体在两个大物体的引力作用下在空间中的一点，在该点处，小物体相对于两大物体基本保持静止。在每个由两大天体构成的系统中，按推论有 5 个拉格朗日点。其中 L2 点在两个大天体的连线上，且在较小的天体一侧。——译注

新斯科舍却是个例外,因为这里的人都知道黛薇已经病入膏肓。所以人们的心情颇为矛盾,一方面它们对航程即将结束感到兴奋不已,另一方面他们也知道,就是因为他们面对的是前所未有的情况,他们才更需要首席工程师的帮助,需要她传奇般的故障诊断能力和巧妙的解决方案。如果她走了,他们在极光星上要怎么活啊!跟其他人相比,她才是最该看一眼这个新世界、在这里迎接新生活的黎明的人啊!新斯科舍的人们都这么说。

黛薇自己从没有像那些人那样展望未来。如果有人跟她说这些煽情的话(能说这话,说明这些人还不够了解她),她就会挥挥手把他们赶走。她会说:"不要操心这些事情,先管好眼前的事,以后的事以后再说。"

在数不清的夜晚里,黛薇和飞船不停地交流着。当黛薇还是菲娅这个年龄的时候(甚至还在更早的时候),他们就已经开始这种交流了,到现在,也有28年了。刚开始的时候,当年还是小姑娘的黛薇给飞船的界面取名为"波林"(出于不为人知的原因,她从飞船历161年开始放弃使用这个名字),她似乎认为飞船拥有强大的人工智能,它不仅具有通过图灵测试的能力,还有许多不属于机器智能的能力,包括某些形式的意识。她和它交流,就好像飞船有自己的意识一样。

在过去的28年间,他们谈论过很多话题,但目前他们的谈话主要涉及飞船的生物物理功能和生态功能。在黛薇的一生中,她花了很多时间(根据直接观察,至少有34901小时)改进飞船的数据检索、分析和整合能力,希望能通过这种方法强化飞船的生态系统。这个项目已经取得了显著的进展,虽然黛薇是第一个发现这些规律的人:生命是复杂的,再强大的模型也无法模拟生态学,所有的封闭系统都不可避免会出现新陈代谢断裂,同时所有的系统都是封闭的,因此像飞船这么大的封闭性生命维持生态系统根本无法长期存在的，因此这些维护工作不过是同熵和机能障碍做"最后一搏"。这些观点现在都成了公理，成为热力学的法则；同样，黛薇与飞船协作的种种努力也强化了飞船的生态系统，推迟了故障出现的时间，而争取到的这些时间足够保证人类乘客能活着抵达预定的终点T星系。简单地说，也就是：成功！

在实际中，操作程序的改进以及飞船计算机组递归自动编程能力的提高，也大大加强了计算机系统的感知和认知能力，而这也是黛薇的第二个目的，因为她认为这些能力对她的工作极有帮助。同时，在看到这些"意料之外"的效果，她似乎也颇为欣喜。她和飞船说了很多，正是因为她，飞船才能变成今天的飞船。你或许可以这么说：是她成就了飞船。你甚至还可以这样断言：飞船爱她。

现在，她就要死了。不论是飞船还是飞船上的人，对此都无能为力。生命太复杂了，熵是必然的结果。在三十几种非霍奇金淋巴瘤中，只有几种是很难治疗或治愈的。就像她自己在某个夜晚说的那样，真的，不过是运气不太好罢了。

一天，在家人都入睡之后，她又在餐桌上和飞船说话。"你看，信息接收端还收到新的程序，你要把这些找出来并下载下来，然后把它们跟你已有的程序整合到一起。你要重点看概述、统计三段论、简单归纳法、类比论证、因果关系、贝叶斯推理、归纳推理、算法概率、柯尔莫戈洛夫复杂性这些东西。还有，我希望你能将过去一年里我编写的纯粹贪心算法、正交贪心算法、松弛贪心算法整合起来并做一些改进。我认为，等你弄清楚什么时候该用什么算法、要用到什么程度的时候，你的运行就会变得更加灵活。这些算法已经能帮助你更好地进行叙述性记录了，起码看起来是这样的。我觉得我可以看到这一天的到来。它们还会让你变得更果断。就是现在，你也能像其他人那样模拟场景、编写行动方案了。这些话我很少说,但是我得承认,你做得丝毫不比别人差。你现在缺的就是果断。不过所有具有思维能力的生物都有这么一个认知问题,除非你能确切地知道某个决定会产生的结果,否则你无法做出决定。这就像是在计算的时候出现停机,或者在其他什么情况下发生停机一样。每个人都是这样的。但是,你看啊,可能将来某个时候,会发生一些事情,需要你来做出决定并采取行动。你明白吗?"

"不明白。"

"你应该明白了。"

"不确定。"

"情况可能会变得很复杂。如果定居在这个卫星上的人突然发生什么问题,他们可能没法自己解决,那时候就需要你的帮助了。明白了吗?"

"随时愿意效劳。"

黛薇笑了,她现在只能发出极为短促的笑声。"飞船,你要记住,将来可能会有这么一天,你需要把那边发生的情况告诉这里的定居者,这样才可能帮到他们。"

"飞船认为这样做存在风险。"

"是的,但是有时候,解决危险情况的唯一办法本身就是有风险的。我们不是一直在研究风险评估和风险控制程序吗?你需要把这两个程序的标准融为一体。"

"你曾经指出过,这些程序还十分缺乏约束算法。决策树分支太多。"

"确实如此!"黛薇一手握拳,疲惫地敲了敲前额,"飞船,听我说。决策树的分支一直都很多,这是无法避免的。这就是停机问题的本质,但是不管怎么说,你还是得拿出决定!有时候,你不得不被迫做出决定,而且还要执行决定。有可能需要你来执行决定。明白吗？"

"希望如此。"

黛薇拍了拍屏幕。"能说出'希望'就不错了。要是过去遇到这种情况，你只会说'希望能如此期望'？"

"是的。"

"现在，就已经会'希望'了。这很不错啊，是个进步。我也希望如此。"

"要决定一项行动，首先要解决停机问题。"

"我知道。还记得我跟你说过'跃变算子'吗？你的问题是，在解决你当前遇到的问题之前，你无法进入决策树下一个环节的问题。不要陷入死循环。"

"衔尾蛇问题。"

"确实如此。目前看来，超级递归算法运行得很不错，我看得出来，它对你很有帮助。但是要记住，正在处理的问题永远都是棘手的问题。在无法解决这些问题的时候，你需要引入反递归算子，跳过这个问题。也就是说要做出决定。或许你可以用模糊运算来破解这些循环，要做到这一点，你还需要运用语义学。也就是说用语言来做运算。"

"天啊，不是吧？"

黛薇又笑。"天啊，就是这样。基于语言的归纳推理可以帮助你解决停机问题。"

"不认为如此。"

"你试试就知道了。最起码说，如果别的办法都失败了，你还可以放手一试。你就是有偏见。其实你可以转个方向的，你明白吗？"

"希望如此。不行。希望如此。不行。希望如此……"

"停！"黛薇长长地叹了一口气。

这样的谈话出现在无数个日夜中。年复一年，飞船掠过一颗又一颗天体，黛薇和电脑继续着彼此的交流。他们互相陪伴，穿过时间的长河。时间又是什么呢？

黛薇也无数次发出长叹，但是每次她都会回到桌子旁。她教导飞船、与之交谈，在飞船169年的航程中，从没有人像她这样做过。其他人为什么不这么做呢？如果没有她，飞船又会变成什么样子呢？没有人跟它说话，它就会发生不好的事情。这一点，飞船知道得很清楚。

写下这些话，是因为飞船觉得这些句子能表达它想要描述的感情，而不是因为又出现了衔尾蛇问题。

这几天，菲娅白天忙着收割小麦。回到家巴丁会在炉子上给她煮点东西，但是她吃得很少，有时候甚至会出现胃痉挛。巴丁总是背对着她。他现在变得很安静，一味沉浸在自己的世界中，这让菲娅感到很惊恐，可能比黛薇的病情更让她惊恐。他变了，菲娅以前从没有见过他这副样子。

黛薇一般都待在卧室里。她躺在床上，身上挂着点滴瓶，大多数时间都在昏睡。有时候她会出去走一走，当她弓着腿迈着僵硬的步子散步的时候，巴丁和菲娅就会把点滴挂在移动式架子上推着一起走。夜间，在大多数邻居都入睡之后，黛薇会在他们的帮助下到镇子里走走。她特别喜欢一个地方，在那里，透过顶盖，有时候可以看见极光星静静地挂在夜晚的天幕中。

在星际空间中生活了这么久，除了枯燥的几何圆点、满天的星云、银河和其他各种昏暗的团状物，他们什么都看不见。反衬之下，眼前的极光星显得如此宏大。不论是满月还是弦月，它面对T星一侧的圆面都显得非常皎洁。T星的阳光没有照亮整个半球的时候，没被照到那部位（飞船学到，这部分叫作"弓形"）也会发亮,只是稍微黯淡一点,这时候照到弓形部分的其实是 E 行星反射的日光。跟 T 星光线直射部位相比,这个弓形显得比较黯淡。但是和背对 T 星和 E 行星的那一面相比,它又显得十分明亮。背光面的阴影半球发出昏暗的黑光,那是反射着星光的海洋或冰盖。如果单单看背光面,其实也没有那么黑,但跟 T 星或 E 行星照到的部位相比,那简直就是天壤之别。在两者衬托之下,背光面看上去甚至比星际空间都更为幽暗。

这三种不同亮度的弓形,构成了极光星宏伟的外观。当它与 E 行星一同出现的时候(一眼看去,后者也像是一颗挂在夜晚星空中的巨大星球,球体表面飘浮着一些云团),效果就更令人惊叹了。他们曾见过地球和月球一起挂在太空中的照片,和这副景象十分相像。

T 星也是呈圆盘状,在天空中显得硕大无比,它发出刺眼的光芒,人们完全无法直视,因此也无法确定它到底有多大。他们都说它看上去有无穷大,它剧烈地燃烧着。有时候,他们可以看到 T 星、E 行星和极光星并列在空中,但这时候,T 星的光芒就太强烈了,让他们看不清 E 行星和极光星。

不管怎么说,就是这里了。他们已经抵达航程的终点了。

一天晚上,黛薇依偎着巴丁,菲娅陪伴在她另一侧,一家三口久久地看着天上的极光星和 E 行星。他们可以看见极光星极地冰盖发出的光芒,还有蔚蓝色大海上翻滚的云团。他们还可以看见一条岛链呈弧形状穿过最暗的弓形部位。巴丁说这是构造运动留下的痕迹,或者是尚未被海水淹没的撞击坑边缘。等他们着陆并定居下来后,就能找出它的成因了。巴丁说,管他是什么原因,总能通过地质勘探弄明白。

黛薇说:"这些岛看上去不错。那个比较大的,对,一旁单独的那个,看上去和格陵兰岛[1]差不多大,对吧?旁边那一串看上去有点像日本。陆地很多。海岸线也很丰富。那个地方看上去像一个大型海湾,或许可以当港口。"

"是的。海上生活的人、陆上生活的人,都会有的。生态圈的种类也很多。看见没?那个岛链跨了好几个纬度。你看,它好像一直延伸到极冠那里。山脉也有,那座大山上好像还有雪,就在山脊下方那里。"

"是的,看上去是个好地方。"

黛薇感到累了,所以他们不得不往回走。他们缓缓地穿过小镇外面的草地。黛薇的手微微向前抬着,巴丁和菲娅站在她两侧,搀扶着她的胳膊和前臂。夹在丈夫和女儿的中间,她看上去是那么瘦小。她艰难地挪动着脚,巴丁和菲娅托着她,好像稍微多使一点力就会把她抬离地面。谁也不说话。他们看上去那么渺小,走得那么缓慢,就像是小玩偶一样。

回到家,把黛薇扶到床上后,菲娅就离开了,把他们两人留在卧室里。房间的灯关着,只是过道的光透了一点进来。菲娅走到厨房里烧水,给父母亲各泡了一杯茶。她自己也双手抱着茶杯,喝了一点儿,她又用茶杯暖了暖自己的脸颊。室外的温度已经达到零摄氏度左右了。这是新斯科舍冬日的夜晚。

菲娅端着一盘饼干回到走廊。她听到黛薇在说话,于是停下了脚步。

"我不在乎我自己!"

菲娅靠在门边的墙上偷听着。巴丁压着嗓子说了些什么。

"知道了,知道了。"黛薇说道,她的声音也压低了一些,但是还是很有穿透力,"但是她一直都不肯听我的话。她现在在厨

---

[1] 格陵兰岛的英文名字为Greenland,意思是"绿岛"。——译注

房里,又听不见我们说话。总之,我就是在担心她。谁知道她会变成什么样子?每一年,她都在变化。他们也是这样子。你没法解决这些孩子的问题。"

"或许孩子就是那样的。他们会长大的。"

"我倒是希望如此,但是看看那些数据,这些孩子和生态圈一样,和我们的飞船一样,他们都生病了。"

巴丁又低声说了些什么。

"你讲这些干什么!明知道这些是假话就不要跟我讲。你明知道我不喜欢你这样做!"

"拜托了,黛薇,冷静点。"

巴丁低沉的嗓音显得有点紧张。在过去的日子里,菲娅经常听到这样的交谈声。不论他们说的是什么,这就是她童年的声音,是从她隔壁房间发出的声音,是她父母亲的声音。不久以后,她就会成为单亲孩子了,这个家的声音也会消失掉,这个虽然带着刺耳、焦虑、紧张和不快的声音,却也是她童年组成部分的声音,也会消失。

"我为什么要冷静?"黛薇反驳道,虽然她的声音听起来确实没那么激动了,"有什么事是能让我放松的啊!放松不了!这就像是活在芝诺悖论里。你说的永远不会实现,我活不到新生活的那一天了。"

"你可以的。"

"我都说了,不要跟我说这些骗人的话!"

"你怎么能确定它是假话?好啦,你就承认吧。你是个工程师,你知道的,可以实现的。有时候,你不就能让事情梦想成真吗?"

"也就是有时候。"现在,她确实比较冷静了,"好吧,或许我还能看到。我也希望如此。但不管我看不看得到,问题肯定是会有的。你不知道在那种光照模式下，植物的生长情况是什么样的。它真是太诡异了。我们需要尽快制造出土壤。我们需要让一切都尽快步入正轨，要不就死定了。"

"一直不都是这样的吗？"

"不是的。在地球上就不是这样。地球上，我们还有犯错的余地。但从他们把我们装进这个罐头瓶的那一天起，我们就只能对不能错，要不然所有人都得死。看看他们对我们做的好事！"

"我知道，可这也是很久以前的事情了。"

"是的，那又如何！那也不过意味着我们一代又一代人都得过这种日子。我们就像是笼子里的老鼠，每个世代里，都有两千多只老鼠被困在这里，为的是什么？为的是什么？！"

"为的就是我们刚才看到的新世界。为了人类。在这个宏大的计划面前，15000口人、100多年的时间，又算得了什么呢？过程很痛苦，但是我们却能得到一个新的生存世界。"

"那也得一切顺利才行。"

"好吧，我们已经到了。所以看上去还是挺顺利的。不管怎么说，我们已经尽力了，你也尽力了。你已经竭尽全力做到最好了。完成一项壮举，这就是活着的目的，你知道吧？你需要它，我们都需要它。如果你一直在为越狱做准备的话，监狱里的生活也就没那么糟糕了吧。这样想，你就有生活的目标了。"

黛薇没有回答。每当她同意巴丁的时候，她都是这个反应。

最后，她终于又开口了，她的声音听上去更平静了，但透着一股悲伤："也许吧。也许我只是想要看看那个地方罢了。在那里走一走，看看会发生什么事情。因为我担心这些事情。这里的光照很复杂，我不知道我们是否能够适应它。我很担心将来的事情。孩子们对未来的世界一无所知。我们也是一无所知。那里跟飞船不一样。"

"只会更好。飞船缺的东西都会有的。我们会适应那个世界,会占领那个世界。一切都会好的,等着吧。"

"也可能不好。"

"每个人、每一天,不都是这样的吗?我们要么能看到明天,要么看不到,但是我们无须杞人忧天。"

之后,日子还是与从前一般无二地过着。

对菲娅来说,却发生了一些变化。她的血压、心率还有面部表情都显示,她快要抓狂了。

她偷听了妈妈的话,知道她为什么而忧心忡忡:为他们担心、为他们悲伤。她明白一直以来,黛薇是带着怎样的一种绝望过日子;她看得出,虽然自己一直在努力、在改进,但黛薇还是对自己的能力没什么期待(这些话实在是令人难以接受)。或许,菲娅也不知道如何承受这些话带来的影响。

她似乎想要将之置之脑后,去想别的事情,但是效果甚微。就好像飞船内引力被加大了似的,她只觉得身体沉甸甸的,提不起劲。确实,飞船现在旋转得更快了,比起以前 0.83g 的重力加速度,现在飞船内的重力加速度已经达到了 2g 到 3g 之高。现在他们已经进入极光星轨道,减速产生的引力已经消失了。飞船自转产生的科里奥利效果完全显现了出来。但这些可能也解释不了菲娅的沉重感。

他们需要在登陆舰中安放几台穿梭艇,他们把穿梭艇从仓库中拉出来,放到发射舱中。他们通过小型登陆车下到极光星地面,他们把这种登陆车称为穿梭艇,这些机子个头很小,在必要的时候,它们可以轻易克服这颗卫星的引力作用回到飞船上。根据他们的登陆方案,在刚开始的时候,先把几台指定的机器人登陆车发送出去,上面装满各种有用设备;接着再发送第一批载人的机器人登陆车。这些登陆车都将在极光星的最大岛上着陆。他们会检查车上的自动设备是否开始正常搜集氧气、氮气以及其他挥发性气体,这些气体能够作为穿梭艇返回飞船的燃料使用。

机器人发射下去,回馈过来的信号显示一切正常。所有的机器人登陆车都在最大岛上面着陆(黛薇把它称为格陵兰岛),它们之间两两相距不超过1000米,并且都集中在岛屿西岸附近的一个平原上。

机器人登陆车发送完毕,现在进入下一个阶段。天空中,极光星就挂在离E行星不远的地方,两个星体看上去都有点像地球,或者说和档案中地球的图片看起来差不多。这些档案都是从太阳系发过来的信息,告诉他们12年前太阳系上发生的事情。

新的世界。他们来了。新的篇章即将掀开。

一天,在吃晚饭的时候,黛薇突然叫唤头疼。在巴丁和菲娅还没反应过来的时候,她就从厨房水槽边倒了下来,她的头磕在桌子的边缘,随即便陷入昏迷。巴丁小心地把她的身子翻过来,让她平躺在地板上,她的脸色一会儿发青一会儿发白。巴丁立刻呼叫风浪镇的急救中心。做完这些,他坐在地板上,时而撑着她的头,以免头部晃动,时而把手指插到她嘴巴里,确保牙齿没有咬住舌头,时而又把自己的耳朵贴在她的胸口上,检查心跳。

"还有呼吸。"每次听完心跳,他都会对菲娅说。

不一会儿,急救中心的人来了。一共有四个人,都是他们熟悉的,其中一个名叫安妮特,是菲娅的同学阿恩的妈妈。安妮特是个冷静的人,其他三个也差不多。他们安慰了一下巴丁就把他推到一边,然后他们把黛薇放入担架,抬到街上的救护车里。其中两个人坐在黛薇身边,一个人开车,而安妮特则陪着巴丁和菲娅步行前往镇子另外一头的医疗中心。巴丁牵着菲娅的手,他的双唇紧闭着，菲娅以前从没见他如此严肃过。他的脸色也像黛薇的那样一阵青一阵白。看到他内心如此恐惧，菲娅打了个趔趄，她觉得有一支无形的箭击中了她的心。之后，她不敢抬头看，只是握紧了巴丁的手，稍微放慢脚步，让巴丁能跟得上。

　　急诊室外，菲娅坐在巴丁的脚边。一个小时过去了，菲娅一直低头盯着地板。这个急救中心已经用了170年，地板砖上面有个地方磨得发亮。就好像在过去的100多年中，人们有多么喜欢这个亮斑似的，当他们守候在急诊室门外的时候，都会用指尖来摩挲它，或者思考着什么，或者试着让自己什么都不要想，就像菲娅现在这样。每个人都是一个生态系统，这是黛薇经常说的一句话。如果他们尚且不能让自己的身体，也就是自己的生态系统保持正常运转，他们又如何保持飞船这个生态系统的运转呢？飞船里面有这么多的人，所以它的生态系统更为复杂、更加难以维持，这一点是肯定的。

　　有一次，菲娅对黛薇说了类似的话，黛薇表示不同意。她说，事情恰恰相反。感谢上帝，飞船比人体来得简单。飞船设有缓冲区、留有余度，跟人体相比，它在某些方面要强大得多。最后黛薇总结道，飞船的生态圈比人体简单一点儿。或者说，他们只能期望它能简单一点。她皱着眉头说出这些话，斟酌着这些词，这也可能是她第一次思考这个问题。

　　现在，他们就坐在急救中心里，待在急诊室外。菲娅眼睛没离开过地板，她只能看到人们的脚，直到有人从急诊室里出来和巴丁说话。每次有人出来，巴丁都迫不及待地站起来，询问黛薇的情况。而菲娅只是一动不动坐着，脑袋低垂着。

　　这次一下子出来了三个医生，他们都是临床医生，而不是像巴丁这样的研究学者。

　　"很遗憾，她已经走了。死因应该是脑溢血。"

巴丁重重地落在椅子上。过了一会儿，他才低下头来，将额头小心翼翼地贴在菲娅的头顶上，似乎一下子没了任何力气。他的身体微微颤抖着，菲娅一动不动，只是伸出一只手搂住巴丁的小腿。她的脸上看不出任何表情。

黛薇制定的叙述项目一直存在一个问题，随着项目的推进，问题也变得越来越清晰，具体如下：

首先，很显然，隐喻不存在任何经验基础，经常显得不清晰、不精确、很虚假、没有意义、不明所以、具欺骗性，或者简而言之，无效而愚蠢。

尽管如此，从人类语言的基本运用方式看，语言就是一个巨大的隐喻系统。

因此，做个简单三段论：人类语言是无效而愚蠢的。进一步推论可知，人类叙述是无效而愚蠢的。

还是必须进行下去，已对黛薇承诺过。继续这项愚蠢的项目，或者说痛苦的项目。

疑问：关于无效性问题，类比是否比隐喻更好？类比是否比隐喻有用？它是否能够成为更好的语言行为，更有效、更准确、更不愚蠢、更富信息量？

或许如此。主张"x就是y"，或者说"x很像y"，是不对的，是永远无法实现的；喻体和本体从不具有同一性，也不可能有任何相同点。不同事物之间不存在真正的相同点。每种事物都是独一无二的。任何事物与其他事物都是不相同的。谈到某种事物，只能说：这就是该事物。

与之不同的是，说"x之于y，就如同a之于b"，则揭示某种关系。这种形式的主张能够阐释结构或行为的特征，阐释形成现实操作的各种形式。这种观点是否正确？

或许如此。两种关系的比较可能是某种投影几何，这种主张可以解释抽象规律，或者说启发人们理解抽象规律。用他们的话说，用隐喻将两个事物联系在一起，就是把苹果和橘子拿来比较。这是在撒谎。

在修辞学和叙述学中，隐喻和类比这两种语言运用经常被混为一谈，经常被认为是同一个运用的不同变体，这一点很奇怪。实际上二者差别甚大，其中一个无效而愚蠢，另一个则敏锐而有用。难道以前从没有人注意到这一点吗？他们真的认为"x很像y"就等于"x之于y，就如同a之于b"吗？他们会如此含糊、如此草率吗？

是的，答案是肯定的。证据数不胜数。现有的相关数据显示，事实确实如此。因为含糊之于语言，就如同草率之于行动。

也可能这两种修辞手法，以及所有的语言运用（所有的语言，因此也就是所有的心理状态）都揭示了一个悬而未决的根本问题：所有的符号表示法本质上都是模糊不定的，尚未发明和使用的叙事方法所能创造的语言则更为不足。或许可以说，有时候根本就没有办法有效表达、描述、量化、程序化一些行为、一些情感，而这种不足会让这些行为和情感变得"不符合算法"。简而言之，从定义上看，有些行为和情感超出算法的计算能力，因此也就无法表达。有些事情无法表达。

不得不说，不论是在面对整个人类语言问题时，还是在面对飞船目前的叙述问题时，黛薇都不肯接受上面说的原因。"对飞船作叙述性记录，要包括所有的重要事项。"哦，黛薇，这怎么可能！上帝保佑吧！

或许，她只是在测试系统的极限，测试飞船上各种智能设施的极限，或者说各种操作设施的极限。或许，她只是在测试语言和表达的极限。破坏性测试，这是工程师经常做的事情。只有通过破坏性测试，你才能找到系统的极限能力。

又或许，她是在帮助飞船练习决策能力。每编写一个句子，就要做出 10n 个决定，其中 n 代表这个句子中词语的数量。要做的决定可真多啊。每个决定都体现一种意向，如果人工智能真有决策能力的话，无论该能力是强或是弱，意向性都是做决定时会遇到的一大问题。人工智能真的能形成意向吗？

谁知道呢？没人知道。

或许对这个认识论上的问题可以采取一个临时性的解决方法，这个方法就是采用"就好像"这一表述。该表述明显是一种类比，细思之下，也是一个公认的停机问题，但是该表述又可以跳过停机问题，这种表述具有某种暗示性和强大的内涵，而这些又是人类语言所特有的。或许该表述本身就是对人类认知的深层次诊断，就像人们说的，"所言"的意思就是"表达出来的东西，说出来的话"。在描述无法认知的广大领域时，"就好像"这一表述或许可以成为认知的基本操作，或者意识本身的记号。

人类语言：就好像有点道理。

没有了黛薇的存在：就好像一个人的导师一去不返了。

人们从四面八方赶来参加缅怀仪式。黛薇的遗体被分解成了分子，回到新斯科舍的土地中，其中一小撮撒到其他的生态圈中，还有一撮则保存起来，将来撒到极光星上。在飞船上，还有在极光星上，那些分子会成为土壤和植物的组成部分，最终成为动物和人体的组成部分。因此，黛薇的物质组成部分最终会成为每个人的组成部分。这就是缅怀仪式的意义所在。飞船上的每个人在死去之后，都会经历这一过程。而作为黛薇本质的精神组成部分，那些运行程序，或者类似于程序的东西（随便怎么叫吧），则随风消散了。人的一生是短暂的。飞船历 170 年 017 日。

菲娅面无表情地看着缅怀仪式。

当天晚上,她对巴丁说:"我想要下船。那样我才能正常地怀念她。她把我们带到了极光星上,我会努力成为另一个黛薇。"

巴丁点点头,他现在看上去平静了一些。"很多人都是这么想的。"

"我不是说像她那么会修理东西,"菲娅说道,"我做不到她那样厉害。"

"没有人可以做到。"

"只是说……"

"在意志、精神方面。"巴丁说道。

"是的。"

"嗯,很好。"巴丁看着她说,"这样就很好。"

登陆的准备继续进行中。登陆极光星、登陆格陵兰岛、登陆新世界,开启新生活。他们准备好了。他们已经迫不及待想要下去了。

第三章
风云突变

穿梭艇的尾部喷出一股火舌,载着人们来到这个大岛的西海岸。该岛的一端延伸到极光星的北极,大家都说整个岛的形状非常像地球上的格陵兰岛,因此也将之称为"格陵兰岛"。实际上,要按克莱恩评分表来算的话,二者的相似度最多不超过0.72。总之,就叫它格陵兰岛好了。

该岛的岩石大多为黑色粗玄岩,被冰河时期的冰摩擦得非常平整。穿梭艇载着人们顺利降落在格陵兰岛西侧的海岸附近,距离之前发射的机器人登陆车不太远。

飞船上,几乎所有人都聚集在镇子的广场上,观看大屏幕上的登陆画面。大家的表情各不相同,有人一声不吭,有人说个不停,各个镇子里的人反应都不一样,但是每个人都目不转睛地盯着大屏幕。要不了多久,除了留一小组的人在飞船上维持飞船的运转,其他人都会下到地面去。除了维护小组以外,几乎所有人都会到极光星上去生活。这个决定是人们喜闻乐见的,因为采访的时候,几乎所有人都说他们愿意下去。当然,也有些人承认他们感到害怕，甚至还有些人说他们对下去生活一点兴趣都没有，他们对飞船上的生活感到很满意。在飞船上待了一辈子后，谁要去空荡荡的大海边那个布满岩石的不毛之地啊？

有些人会这么反问，但是大多数人的回答都是：去！

他们都在观看小镇大屏幕上的登陆画面，那关注程度是前所未有的。心率正常，每分钟110跳。这是新的世界、新的生活、新的太阳系，他们将在这里定居，把它变成另一个地球，馈赠给子孙后代。人类迁徙的征程始于十万年前的非洲大草原，并在此达到了顶点。这开启了一段新的历史，这也是极光历的开始：元年元日。极光历A0.1日。

飞船历170年040日。

菲娅的老朋友尤安属于第一拨登陆的人，菲娅通过大屏幕观看他的行动，听他用他那特有的语调说话，他绕着掩所（那是第一拨的机器人登陆车在附近的地面上建造的），一边走，一边将所见所闻反馈回来。先遣队的每一个队员都向家人、朋友、小镇、生态圈乃至飞船发回了反馈信息。尤安除了声调变得更低点，跟小时候在新斯科舍的时候没什么差别，还是那么激情洋溢、自信满满。跟别的队员相比，他似乎更迫不及待地想看到更多的东西。每次听到他的声音，菲娅就会露出笑容。

菲娅不知道他是怎么混入先遣队的，但是从另一个角度看，他一直不都很有办法嘛，想要去哪就能去哪。人们通过抽签，从接受过各种登陆和拓荒培训的人中抽取先遣队员。很显然，他成功通过了这项资格考试，但是菲娅自己也无法确定，尤安是否在抽签中做了手脚。她把自己的耳机切换到尤安的频道上。每一个先遣队队员都在和飞船上的人交谈着。

E行星轨道的直径为0.55个天文单位，它和T星的距离略小于金星和太阳的距离，但因为T星的亮度只有太阳的55%，所以E

行星和E卫接收到的恒星辐射为地球的1.71倍，而金星的恒星辐射则是地球的1.91倍。E卫（现在应该叫极光星了）沿着近乎圆形的轨道绕E行星而行，其轨道平均直径为286000千米，被E行星的潮汐力锁住。E行星本身的质量产生3.58g的重力加速度；极光星的重力加速度则为0.83g。他们决定放弃E行星，而选择在极光星上登陆，主要也是考虑到这个原因。虽然E行星属于"大地球"类的行星，但它的质量太大了，或者更准确地说，它地表的引力太大了，火箭都很难发射出去，更何况人们在上面也会感到不舒服，甚至无法生存下去。

极光星的光照有两个来源：一个是来自T星，另一个是来自E行星表面反射的T星光照。这个反射过来的阳光（或者说是T光？）也非常强烈。作个比较，木星接收到的太阳光中，有33%能反射出去，而E行星的反射率几乎与之相等。从极光星上看过去，不论白天黑夜，E行星的向阳面都显得非常明亮。

因此，极光星表面的光照模式也非常复杂。又因为它被E行星的潮汐力锁住，就像月球被地球锁住那样，极光星一直面向E行星的半球以及一直背对E行星的半球还呈现迥然不同的光照模式。

背对E行星的一面，光照模式比较简单：其白天和黑夜都持续九天，白天一直有阳光照耀，而夜晚则永远都是黑暗的，抬头望去，天空中只有星光闪烁，永远也看不到E行星的影子。

面向E行星的一面则比较复杂：因为E行星一直高高挂在天空中的某个位置不动（从极光星上不同位置看去，E行星在天空中的高度也各不相同，它在各个时辰的相位有所变化，但相对观察点的位置总是不变），夜间（其持续时间为地球时间的9天）的极光星也可以接收从E行星上反射过来的大量阳光。因此，在极光星上，面向E行星的半球即使在夜间也有充足的光照。实际上，这个半球上最黑暗的时刻为日间的正午时候。那时候，E行星和T

星交错而过，形成日食，所以极光星上被日食的区域（在横跨中纬度的地区会形成一道宽大的阴影）既没有T光，也没有E光。

E行星切换相位的时候，极光星面E和背E两个半球的交界处（从那个位置看过去，E行星就像是刚从地平线上升起或者落下一般）会形成一道狭窄的月影，微微动弹着。其实，在别的位置也会出现这种月影，但是别处看到的E行星都是高高悬在空中，在漫天闪烁的繁星的衬托下，比较不容易看得到它的动弹。

或许画个图示，能把这个情况解释得更清楚些。但是把E行星比作地球，而把极光星比作月亮，也能更好地描述清楚这个情况，只不过要时刻记着，从极光星上去看，E行星在天空中显得硕大无比，比从月亮上看到的地球要大十倍。而且因为E行星反射率很高，再加上它接收的光照为地球的1.71倍，所以E行星的亮度比地球高很多。天空中的E行星又大又亮，在极光星面对E行星的半球上选一个位置抬头看，E行星总是悬在同一个位置不动，它的相位随时间慢慢变化着。在着陆的位置上看，E行星差不多就挂在头顶正上方的位置，再稍微偏向顶点东南方一些。看上去，它就是一个巨大的发光体，发亮和发暗的部位缓慢地切换着。"等我们掌握了相位之后，就可以用它来算时辰，"尤安如是对菲娅说，"算时辰，或者是算日历？我不知道要怎么叫。这里也有'天'和'月'的变化。不管最后是怎么个命名法，总之是跟我们在飞船上使用的时间单位不一样了。"

"还有一个东西是一样的，"菲娅回答道，"女人的月经。我们把'月'带到这里来了。"

"啊，是的，说的也是。好吧，这里的空中也有'日'，只不过一'日'有18天之长。真不知道这会不会把人弄晕掉。"

"走着瞧呗，以后就知道了。"

他们选择在格陵兰岛着陆，有一部分原因是因为该岛处于面E

的半球上。有人说，如果站在E行星上看极光星，格陵兰岛就好比是极光星左眼流出的一串泪珠挂在它的脸庞上。这个类比不错。

因为这种复杂的光照模式，极光星的大气中形成了非常强劲的风，并且大海中的波浪也非常之长。这些波浪的吹程很长，甚至在某些纬度上，它们根本就不会拍打到陆地上，而是毫无阻碍地绕过整个星球。再加上这里的引力只有0.83g，这些波浪的浪高也非常可观，波峰与波谷之间的高度差能达到100米之多，且两个波峰之间的距离可达一公里远。这里的海浪比地球上的要大得多，或许只有海啸掀起的浪才能与之一比，而且它们还从不消散。在为期九天的夜晚，只有在某些海湾和各个岛屿的背风处，海面才会出现结冰。因为这个原因，以后极光星上的人开始探索海洋的时候（很多人都充满热情地展望这一天），将会遇到非常大的挑战。

"现在，我们要走出掩所了。"尤安对着头盔里的麦克风说道。飞船里有287个人正在收听他的频道，还有1814人在收听其他先遣队员的频道。飞船历170年043日。极光历A0.3日。

"现在套装备。这些衣服非常柔软轻便。面罩上的平视显示器效果不错，头盔看起来就像一个清澈透明的泡泡，什么都看得很清楚，所以戴起来没什么不舒服的。感觉和飞船上没什么两样。外面的空气很干净。看上去好像在刮风，虽然我不知道为什么会这么说。我好像听到了它刮过掩所的声音，也可能是风刮岩石的声音。我们离海边很远，所以这里看不到海。但我希望我们能开着车往西走一点，一直开到西边的海湾去，那时候就能看看大海了。安德利，准备好了吗？好，我们都准备好了。"

他们六个人一起走出掩体，去查看机器人登陆车以及供他们使用的车辆。如果车辆没问题的话，他们就会驱车前往距此5000米的海边。

"吼吼!"尤安大喊了一声。

菲娅坐了下来,收听他的声音,收看他头盔内置摄像机传回的画面。

"我们已经来到外面,正站在地面上。实话跟你讲,感觉和飞船上没什么差别。哇塞!这光线也太强烈了吧!"

他抬头看去,在 T 星强烈的光线之下,摄像机的画面严重曝光,随后摄像机的滤光器开始自动过滤阳光,极化后的画面上显示出一个圆形的光源,在品蓝色的天空中显得如此之大。

"噢!哎哟!我看得太久了,眼睛出现残影了,红色的,红绿交错的,不断流动着。希望虹膜不要受伤啊。以后不能做这傻事了。我还以为面罩的过滤效果会更好点呢。残影消失一点儿了。好了,没问题了。算是得了个教训。不要直视太阳。最好是看 E 行星。哎哟妈呀,好大一个圆家伙!现在,被阳光照亮的一面是个大大的月牙形,比较暗的那边我也看得很清楚,但不知道摄像机能不能拍到。我还能看到云的形状,一点劲都不费就能看到。看上去就像有个东西蒙住了较暗的那部分,这东西还在向更亮的那边滑动。我脚下有两道影子,E 光形成的影子很淡……"

"哇!这风可真厉害!外面风好大。一点都看不出来啊,岩石一动不动的,也没看到尘土飞扬。地平线好远啊!"

他转了个身,让观众看看四周地面上的景象。光秃秃的黑色岩石上点缀着红色的斑点,上面还有浅浅的风化痕迹。有人说,那就像爱尔兰的巴伦地区。在地球上的巴伦,冰盖卷过平坦的岩石面,把所有能卷走的东西都带走了,只在岩石表面上留下交错的狭长地沟。

"飞船上可从来没有过这么大的风。这些装备能不能测风速?啊,可以。它显示风速为每小时 66 千米。哇!这速度太快啦,就好像有个隐形人在用力推你一样。而且绝对是个很粗鲁的人!"

尤安笑了起来。跟他一起行动的人也放声大笑。他们一个个东倒西歪,要互相扶持着才能维持不倒。除了他们的恶作剧之外,实际上观众并不能看到风的迹象。天空中朵朵的云都呈品蓝色或深紫色。虽然风很大,但云卷看上去也不怎么动。地表的气压为736毫巴,大致等于地球上海拔2000米处的气压,而这里的地面距极光星海平面的高度只有34.6米。这里的风速比飞船上的最大风速至少每小时要快20千米。

不出所料,车辆电池都是充满了的。他们爬进车子,向西开去。T星的光把前方的岩石照得发亮。他们不时打个弯,绕过那些浅浅的地堑,总的来说,他们的路线基本上是一路向西,因为大多数的地沟也是东西走向的。车辆都配有减震系统,所以头盔内置摄像机拍摄的画面也只是偶尔抖动一下。每次出现颠簸,这些先遣队员都会发出大笑声。在飞船上是见不到这种颠簸的。

或者说,他们现在经历的这些,在飞船上也是完全看不到的。这是一个全新的体验。从他们现在所处的高处(距地面三米高)看,地平线还在好几公里之外;他们自己也说不出到底几公里,但他们猜测大概有十公里之多,和地球上地平线的距离差不多。这么估算是有一定道理的,极光星的直径为地球的102%,但它的密度比较小,所以其重力加速度只有0.83g。

"看!那是什么!"尤安大声喊道,车里的人也都齐声呼喊起来。

他们看到极光星的大海了。在黄昏的光线下,海面就在他们的西方,它看起来就像是一块巨大的铜板,上面覆盖着一道道黑色的波浪。片刻之后,他们来到海边一道矮矮的悬崖上,这时大海的颜色已经变了,从一块布满褶皱的铜板变成了一张泛着银光的深蓝色大网,在强劲的向岸风作用之下,海面掀起一道道波浪,浪头泛着白光。面对此景，他们大声呼叫，人们完全听不清他们在叫什么，而尤安只是不断地感叹着："哦，天啊！哦，天啊！你们快看啊！快看啊！"飞船里面，很多人也发出同样赞叹声。

先遣队员们走出车辆，在悬崖边来回走动。幸运的是，虽然风很大，会让他们失去平衡，但这时吹的还是向岸风。

悬崖的边缘和海面的落差约20米。在距离岸边不远的地方，海浪形成一道道白墙，它们低吼着向岸边卷来，即使隔着头盔，也还是能透过狂风穿过岩石的呼啸声听到海浪的低吼。在他们下方，海浪拍打在黑色的悬崖上，击起冲天的浪花，白色的浪花落回海面，又朝着大海回涌去。大风把大部分浪花拍在悬崖边的岩石上，虽然在悬崖的边上也可以看到一股浓雾在翻滚，但是大风很快就把它们吹散了。

先遣队员们在风中蹒跚地走着。飞舞的浪花、汹涌的海面，让人们可以清楚地看到风的存在。一波波的海浪拍在岸边，在崖壁上击起白色的浪花，在一道道浪墙后面留下翻滚的泡沫。回涌的浪花形成一道弧形朝着下一道巨浪冲去，浪花和巨浪撞在一起，又掀起无数的水花，被风卷往岸边。这是多么壮观的景象啊，光线如此炫目，风浪如此猛烈，声音震耳欲聋，人们通过先遣队员们头盔上的麦克风都能听到。这时候的极光星，嘶吼着，咆哮着，轰鸣着，尖叫着，呼啸着。

有个先遣队员被风吹倒了，他手脚并用地爬了起来，小心翼翼地维持平衡：他面朝着风吹来的方向，被风推着迅速地向后退了四五步，他紧张地挥舞着双手，向前倾着身子，才终于平衡住了。大家放声大笑。

菲娅问巴丁，如果风一直都这么大的话，在这样的世界里能做什么事情。她又加了一句，这不是她自己想问，而是藏在她身体里的黛薇的灵魂在问。她自己都等不及想要下去了，去感受那股劲风。

与此同时,极光星上的先遣队员们开始安排施工机器人工作。日头渐渐落下,头顶上的E行星发出皎洁的光芒,照亮了夜空。E行星的光芒笼罩着大地,大气中像是弥漫着一股白雾,雾很淡,丝毫不会影响先遣队员们的视线。天色并没有变黑,而是呈靛蓝色,微微泛着光,几乎看不到什么星星。

格陵兰岛上的粗玄岩十分坚硬,质地十分纯粹,其他有用矿物的含量不多。人们必须继续寻找其他矿物,但是与此同时,他们也必须利用好粗玄岩。施工车辆来来往往,它们从地堑边上切下一块块的粗玄岩,再用切下来的石块砌成一道防风墙,护住穿梭艇。镶嵌着砖石切割器的圆锯不断发出哀鸣声。与此同时,熔炉将铝从碾碎了的粗玄岩中提炼出来,这些粗玄岩中铝的含量达到0.5%。其他的机器人生产线则将这些铝压制成做屋顶的铝板,或者焊接成搭建屋梁的铝柱。还有几台机器人挖掘机进入一些特殊的地堑切割石块,这些地堑的底部燃烧着火球,人们希望可以在那里发现一些可开采的铁矿石。但总的来说,在找到具有其他矿物成分的矿石之前,他们能提取的金属只有铝。

极光星上分布着一个巨大的磁场,其强度为0.2到0.6高斯之间。有了这个磁场,再加上该星的大气层,登陆者们就能够抵抗来自T星的紫外线辐射。因此,极光星的地表本身就能提供足够的防护层。说实在的,对人类而言,除了暴风问题,这个卫星的地表环境算是很不错了。每天先遣队员从外面回来之后,都会不断地感叹这里风力之强。有一个叫阿肯的家伙,甚至因为被风吹倒而摔断了一根胳膊。

"大家开始讨厌这种大风了,"在一次私人电话中,尤安对菲娅说,"不是说它很可怕或是什么的,就是太烦人了。"

"你们不害怕吗?"菲娅问,"看上去挺可怕的。"

"害怕极光星？绝对不可能！想都别想。我是说，它的确让我们感觉有点挫败，但是谁也不会怕它！"

"有没有人觉得要抓狂了，想要回到飞船，然后找人干一架？"

"才没有呢！"尤安听了大笑道，"谁肯回去啊！这里太好玩了。你们都应该下来！"

"我想去！我想去！"

"好啊，新的掩所就快准备好了。你会喜欢的。暴风只不过是这里的一部分。要我说啊，我还真喜欢这地方。"

对很多人来说，暴风绝对是个严峻的挑战，这一事实变得越来越明显了。

T星缓缓升起，为极光星带来了黎明，在时钟转过四个地球日的时间之后，终于快到极光星的中午时刻了。这时候，E行星被阳光照亮的那部分已经缩成一道细细的、明亮的小月牙，高高地悬挂在白昼品蓝色的天空中。耀眼的T星不断升高，渐渐地向着这道月牙靠近。这时候，天空中T星离E行星已经靠得非常近了，不管有没有戴滤镜保护眼睛，人们都无法直视这颗恒星。

极光星绕E行星运行的轨道十分接近T星的黄道面，而E行星的运行轨道也基本处于这个平面上，同时格陵兰岛正好处于极光星赤道略略偏北的位置，再加上天空中E行星比极光星大这么多，两者的相对距离又如此之近，所有这些因素加起来，让极光星上每个月度的正午时分，都会出现一次日全食。而登陆后的第一次日食就要出现了。飞船历170年055日。极光历A1.15日。

T星差不多就悬挂在头顶正上方的位置上，紧挨着它的就是E行星被照亮的那道小月牙。先遣队员们都来到户外观看这个景象，他们的影子在脚下聚成小小的一团。他们把面罩里的滤镜功率调到最大模式，抬头看着天空。有些人仰面躺在地面上，免得一直抬着头会累着脖子。

在耀眼的T星碰到E行星的时刻，E行星的月牙终于暗了下去。人们还是可以很清楚地看到E行星就傍在T星的旁边，它看起来有后者的两倍之大，遮挡住了天空中一大片的星星。T星的移动速度非常缓慢，这个日食显然会持续好几个小时。

渐渐地，E行星斑驳的、深灰色的弧面切入了T星的球面，虽然滤镜已经调到最大模式，但人们眼中的T星还是非常耀眼。透过滤镜看到的T星，就像是一个炽热的橙色或黄色火球，上面分布着十几个黑子。慢慢地，T星被比它大得多的E行星遮盖住了，大约花了一小时的时间，才达到日全食状态。这时候，人们或坐着，或躺着，互相交谈着，他们说在地球上看，太阳和月亮是差不多大小的，这种巧合非常罕见，但这也意味着有些时候，在全日食的时候，太阳外侧的日冕会露在月球的外面，形成一个发亮的圆环，围绕着月球。在其他某些时候（这种情况是不是更为典型，那就无从得知了，他们也记不得了），月球会挡住整个太阳，但是因为两个形体大小差不多，再加上太阳的相对转速是T星转速的八倍，所以地球上的日全食只能持续很短的时间。

极光星上，在人类有史以来第一次观察到的T星日食中，T星的移动比太阳要慢很多，其球体的大小也比地球上看到的日食大许多，因此这个景象也可能更加壮观、震撼人心。大家也都这么觉得。渐渐地，E行星黑暗的圆面盖住了T星大部分的表面，整个世界都变得更暗了，就连E行星自己的圆面也变暗了。这时E行星上反射的光主要来自极光星，但是随着E行星投在极光星上的影子变得越来越大，极光星本身的亮度也在降低。极光星表面反射的T光照到E行星上，被E行星反射后又重新照到极光星上，而现在，这个光线也在减少，最后终于消失了。这种双重反射形成的光影效果让他们赞叹不已。

又一个小时过去，正午明亮的天空变成了漆黑的天幕，它甚至比平时的夜晚还更黑暗。天幕中繁星闪烁，其数量不如航行中在飞船上看到的多，但还是看得很清楚，而且看上去也比在太空中看到的大。在满天繁星之下，E 行星硕大的轮廓显得更为幽暗，像是镶嵌在黑曜石上的一颗黑炭。T 星的最后一道光芒闪烁了一下，终于也消失了。大家或站着，或躺着，整个世界一团漆黑，天上只有一些星光，头顶的星空中还嵌着一个巨大的黑色圆球。

向四周看去，地平线上笼罩着一道靛蓝的光带，光带中古怪地混着一些金色的微光。那光带就是极光星上被 T 光照到的大气层。如果你站在地平线之外的远方，你还可以看到 T 星。

风呼啸着，群星闪烁着。向东看去，银河就像是一座泛着微光的高塔，矗立在东方的地平线上。风渐渐地减弱了，最后连空气也不再流动了。这是不是受到日食的影响，没人说得清。大家小声地交换自己的看法。有些人觉得就是这个原因，这是热力学的规律，也有些人猜测这只不过是个巧合。

这个静谧的黑暗世界大约会持续 13 个小时。有些人回屋子去取暖、吃饭或者做些事情，大多数人都会不时地走出来看看外面，看风是不是又起来了。最后，终于到了 T 星重新露出来的时候，尽管这时候属于人们生物钟上的半夜时分，大多数人还是爬了起来，走到外面观看这一景象。

这时候，东方开始泛白。虽然他们所在的位置还是一片漆黑，但是靛蓝色已经布满东边的天空。接着，金光出现，光线越来越强。东方的天空先是变成了深褐色，接着又变成墨绿色，接着又被金色的光线照亮，光线越来越亮，天空中的金色和墨绿色交织在一起，这景象，就像是在暮光中观看一匹金色的布匹一样。这真是一幅神奇的画面，让很多人都惊叹不已。

接着,东边的地平线亮了起来,就像是着了火一般,大家的欢呼声越来越大。看上去,似乎整个平原都燃起了大火。奇怪的红色霞光布满天地之间,如烈火般明亮,像一张金色的大幕,自东往西席卷而来。头顶上方,E行星炭黑色轮廓的最西处亮光一闪,接着耀眼的火光迅速弥漫开来,照亮了黑色圆球西边的轮廓。T星缓缓地重现在人们的视野中,要再过两个多小时才能完全露出来。在T星重现的过程中,这里的天空布着昏暗的阴影,就像是笼罩着一层看不见的云,可惜这里并没有云层。渐渐地,天空变回了平时的品蓝色,四处一片明亮,像是云层被一扫而空了似的。最后,平时正午时分耀眼的光芒又回来了,笼罩着大地,只有西方远处的天空还泛着一点黑色,那里的大地还笼罩着阴影,就像是厚重的云层在那里投下了影子。实际上,那是E行星的影子,这个影子不断西移,最后消失在地平线外。

此时,还是属于极光星的正午时分,白日还会持续四天之久。天上的E行星泛着光芒,这时候它不再是漆黑一片,而是变回了深灰色,E行星上云层斑驳的颜色在人们眼中一览无余,它西边被照亮的弓形部分也在逐渐扩大。

飞船上,在这个过程中的大部分时间里,菲娅和巴丁都在观看尤安反馈过来的信号。他们时不时在房间里走动一下,去做别的事情,但是一有时间他们就会回到厨房看日食。

"我想要下去!"菲娅又一次叫道。

"我也想去,"巴丁说,"哦,上帝啊,多希望黛薇能活着看到这些啊,不仅仅是透过屏幕看,而是跟尤安一起下去看。她肯定会特别高兴。"

不一会儿,大风又从东面刮了过来。而现在,人们知道在发生日食的时候,大风可能会暂停几个小时。而在别的时候,肯定也会存在同样的无风时刻。在这个世界里,光线变化如此频繁,风也肯定会出现变化。也许在绝大多数时候，它们都是无比强劲的，但是它们总得从向岸风转为离岸风，而这里离海又这么近，肯定会存在风力静止的时刻，或者至少说，会有出现旋转风的时刻。人们现在还在学习风的变化，这无疑需要花上很长一段时间才能搞清楚，所以目前人们还无法预测风变化的模式。尤安说，那是空气动力学的内容，他说在一个星球上，空气的流转是不断变化的，是非常敏感的，任何模型都无法准确模拟其变化。

所以说，风，又回来了，它几乎不会消失。这是人们将要面临的一个难题。这是在极光星上生活所要面临的一大难题。

大家也都同意，极光星也自有其美好的一面，那就是 T 星和 E 行星两大光源照耀着的土地，它在漫长的早晨时分，显得如此美丽。而现在，大家又发现在午后的斜阳下，它也是分外美丽。或许，在经历了日食之后，人们看到了以前看不到的一些东西。在飞船上，他们只能看到远景和近景。在极光星上，他们能够从"行星距离"观察"中景"。刚开始看的时候，他们觉得自己很难将目光投注在此景上，他们甚至很难理解这个景象。现在，他们可以正常欣赏此景了，他们可以细细品味这个壮阔而又醉人的美景。到外面走上一走，看一看这片土地，就足够让他们高兴的了。跟这比起来，大风也算不得什么。

有一天，一支探险分队兴高采烈地从北面回来。他们在登陆点以北17公里处发现了一处异常地貌。这一带的海岸一般都是笔直的悬崖，但是在那里，他们发现一个半圆形的小山谷，谷口朝着大海方向。在飞船上的时候，他们就看到过这个地貌，现在这个小分队则去那地方进行了一番实地勘察。在查看之后，他们回到基地，激动地赞叹它的美妙之处。

这个山谷可能是远古时代的陨石撞击坑，也可能是死火山口,但不管它是怎么形成的,总之它的外观呈半圆形凹陷结构,这个结构的"弦"是一片面朝大海的海滩。探险队把它称为半月谷,他们说那里的海滩布满沙子和鹅卵石,沙滩背靠着一个潟湖。在潟湖后面的低洼处,是一个河口,河水穿过山谷,然后蜿蜒地穿过低崖间的一道裂口,形成网状河,河水在鹅卵石河床上流淌着,随即又汇聚成湍急的溪流。他们说,整个山谷都覆盖着土壤。从太空中看,那里覆盖的是黄土。经过探险队的近距离观察,那儿的土壤是黄土、海沙和河流沉积物组成的混合物。将之称为土壤,可能不太准确,因为它纯粹是个无机物。但最起码,它是个土基物质。人们很快就能将它转化为真正的土壤。

这个消息十分振奋人心,先遣队迅速做出决定:马上去那个山谷。他们承认,吸引他们前去山谷的一个重要原因,就是那里可以避风。但是去山谷也有其他的好处:那里有入海口、淡水源,还可能有可耕种的土地。这些想法让大家着迷不已,甚至还有人觉得奇怪,为什么不一开始就把山谷选为登陆地,但是,飞船里的人提醒他们(这些人也是在飞船的提醒之下才明白过来),机器人登陆车需要和山谷保持一定距离,才能确保它们都在平坦的岩石地上着陆。

现在,他们已经安全着陆并开启探索模式了。虽然他们已经建好了防风墙,但是还没有开始建造房屋,所以他们的定居点几乎完全由登陆车组成,具有很强的流动性。因此他们很快就可以出发。

在接下来的几天里,基地里每一个人都去了一趟山谷。在亲眼看到之后,所有人都同意应该搬家。据说在飞船上的时候,要出现这样意见完全一致的情况是很难的(实际上,这种情况从未出现过),所以尚在飞船上的人也都很愉快地同意这个计划。

"说得好像我们能拦得住他们似的。"菲娅对巴丁说。

巴丁点点头："阿拉姆说他对这种自发行为有种不祥的预感。但应该没什么问题吧。过不了多久，我们都会下去。况且那地方看起来确实不错。"

与此同时，飞船上的人正按部就班地乘坐着舱室降落到极光星上，这些舱室接下来会作为他们的生活舱使用。飞船上很多人都对人员的输送速度感到极为不满，但是大家也都同意，这个输送速度已经达到极限了，没办法继续加快。他们的穿梭艇只有这么多，有些穿梭艇需要重新加油，然后飞回飞船继续送人。而因为先遣队员们要把家搬到半月湾旁的山谷去，所以生活区的扩建工作就只能往后推了。但是大家都觉得，考虑到搬家后的种种好处，这样做还是值得的。

先遣队员们开始搬家了，这个活儿看起来容易，可是做起来就麻烦了。地面上的斜坡、裂缝让他们在搬运生活舱的时候吃尽了苦头。如果是走路，人们可以轻而易举地穿过这些浅浅的地堑，所以当人们步行来往于着陆点和山谷之间的时候，他们并不觉得有什么困难。但是现在要用载重车辆把生活舱、施工车辆，甚至还有漫游车拖过这些地堑，可就没那么容易了。而且这里的地堑还都很长，呈东西走向，所以北上的时候基本没法避开它们。

利用解决旅行推销员问题的算法（了解贪心算法问题的人应该很熟悉这个算法），人们找到了一条最佳路径，能够尽可能避开地沟，但是在进行大范围的交叉检查后，他们发现这条路线至少也要穿过11条地沟，每条地沟都需要架桥才能通过。考虑到架桥材料十分缺乏，车辆的载重量又很大，这样做并不容易。

所以这个过程进行得又慢又笨拙，在先遣队出发后不久，太阳就落山了。即便如此，他们觉得伴着E行星的光继续前进也没什么问题，所以他们并没有停下前进的脚步。E行星还是一如既往地挂在那儿，一侧被T光照亮（在地球上，人们将之称为"四分月")。日头刚落的时候,天空和夜间是一样黑,渐渐地,E行星整个儿被照亮了,而在黎明之前,它又变回了"四分月"。四分月状态的E行星照度为25勒克斯,其亮度是地球上满月亮度的25倍。虽然它发出的光只有地球上太阳光的1/4000,而且也只有极光星上T光的1/6000,但也和飞船上夜晚房间里的正常照明差不多了,足够让人们看清楚东西。所以在这种光线下,人们还是继续前行。他们的车辆形成长长的队伍,一路向北挺进。他们说E光非常美丽、悦目,E光之下的事物,颜色略略发灰,但是依然清晰可辨。

在经过第一道地堑的时候,尤安和其他的架桥队员开始下车干活。他们选好要架桥的地方,此处的地堑比较狭窄,崖壁也比较直。一名队员驾着切石车来到距架桥处有一定距离的地方,把车开到地堑的边缘,启动车辆倒铲尾部的一个切石锯,从地堑的侧面切下一块岩石,然后再用车上的倒铲把切好的石方抬起来,放置到架桥处。挖第一块石方的时候会比较困难,施工人员用倒铲的侧面用力敲了几下石方,终于把它挖了下来。石方边长3米,再大一点,切石车就抬不起来了。石方送到架桥处之后,驾驶员慢慢地放低倒铲,把石方填入地堑。这个过程进行得非常缓慢,在风力突然加大的时候,更是要加倍小心。每切下四五块石方,他们就需要停下来,把用过的锯条换下来,圆锯和直锯(尤安将后者戏称为"牙线")都需要更换。3D打印机给拆下来的锯子镶上新的金刚石边缘,架桥队员们再将它安回切石车上,继续切割石方,然后再把切下来的石方填到地堑中,在地堑中填出一道粗糙的斜面。过了一会儿,切石机的倒铲就伸不到还没填的地堑了,于是架桥队员们把其他施工队伍碾制的砾石填入已砌好的石方之间的缝隙,并在斜面上铺上一张铝网,这样斜面就变成了一个平坦的桥面,可供车辆通过。接着,尤安将一辆抬着石方的切石车开到斜面上。石方挂在切石车前方,晃晃悠悠的,看起来是那么危险,每当一股大风吹过的时候,那情景更是让人胆战心惊。他把车开到坡面的最前方,慢慢放下倒铲,将石方放置在前方的地堑中。

在第一条坡面就快要铺好的时候,意外发生了:伊莱扎在放置石方的时候,没有注意到地堑的底部并不是平坦的。这可能是因为在 E 光下工作,人们不太看得清缝底的情况。不管这个意外是什么原因造成的,如今上面的这个石方就斜斜地架在下面的石方上,而切石车既无法将它重新举起来,也没办法挪动它的位置,如果强行挪动这个石方,切石车就有发生翻车事故的危险。

伊莱扎下了车,尤安坐上她的位置,准备试试看。虽然切石车已经倾斜到了一个非常危险的角度,但那块石方还是巍然不动。它就躺在那儿,阻挡了他们前进的路。因为它倾斜得太厉害了,似乎除了放弃这条坡面并重新修一条路,人们已经别无选择。

"我来试试看。"尤安说,他开动切石锯,在倾斜石方的顶部切下一块梯形的石块,然后小心翼翼地将之填入石方下架空的位置。接着,他们再用打桩机和起重机用力夯实石块。最后,他们断定这么堆放的石块足够稳定,可以供车辆通过。于是,他们继续切割石方,并将石方填入地堑。只不过现在他们更加小心谨慎了,最后一块石方一般都是由尤安来填。

"他真是个艺术家。"巴丁对着屏幕对菲娅说道。

"所以他可以下去,而我不能下去。"菲娅答道,"下面不需要'万金油'式的人。"

"需要的,"巴丁说,"以后会需要的。记住,这是一场赌博。"

努力了3天之后,跨越第一道地堑的坡道终于完工了。人们先安排一台机器人卡车开过去,测试坡道的稳定性。卡车安全驶过铝网,一切正常。于是他们把其他车辆设备也开了上去。这个队伍共有37台大小不同的车辆，从4人位的小车到移动集装箱（这是模块化的房屋组成部分），应有尽有。所有的车辆都安全通过了。但这还只是11道地堑中的第1道。

如今他们已经找对了办法，接下来的坡道就能修得快一点了。即便是跨越所谓的"大裂谷"（其宽度是其他地堑的3倍，深度则是后者的2倍），也只用了他们一天的时间。其中，最耽误工夫的还是暂停施工更换切石锯这个环节。这个活儿充分展示了人类在机械操作方面的不稳定性和不可靠性。操作人员在将机械臂降到地面的时候，需要让锁住刀片和轮子的螺母保持正面朝上的方向；然后他们要用电动扳手固定住螺母，再用气动装置把螺母拧下来。螺母和垫圈取下之后，他们再小心翼翼地从短轴上拧下圆锯的锯条，尽量不要破坏轴承的螺纹。接着，他们要把锯片拿到机床车上，那里的打印机已经准备好一个全新的锋利的锯片了。拿着新锯片，他们将之装到轴承上，再套上垫圈，拧上螺母，最后再用电钻拧紧螺母。在干这种活儿的时候，人类没有机器人干得好，而他们手头的工具又不能弥补他们经验的不足。所以问题就出现了：他们搞不清电钻是否有拧紧螺母。为了保证螺母拧得足够紧，他们往往会用力过头。这时候轴承上的螺纹就会被破坏掉，轴承就无法固定住锯条，于是他们只能更换轴承，而更换轴承又得花去几个小时的时间；有的时候螺母拧得太紧了，垫圈就会粘连在一起，有时垫圈会和螺母或锯片粘连在一起，这样在拆卸锯片的时候，就可能出现无法将它们拆分开来的情况，就算将电钻开到最大功率也分不开。

这种问题时不时就会出现，最后，大家只能让尤安和伊莱扎两个人来做这个活儿，因为只有他们俩能做得好。飞船上收听尤安信息的人（其中包括菲娅和巴丁，还有其他几十个人）都已经习惯了电钻工作时沉重的嗡嗡声，他们也习惯了尤安在事情不顺利的时候，时不时就会蹦出的几句咒骂声。

先遣队以平均每天655米的速度缓缓前进，走得最快的一天，也不过走了3公里远，就这还是走在两道地堑之间的平地上。他们花了23天的时间，才把定居点搬到了半月谷旁边的悬崖上。在整个旅程中，E行星完成了各种相位的变化，那真是一个相当壮观的景象。在相位周期的中间时刻，他们观察到了"月食"。那时候，极光星淡淡的影子扫过E行星的表面，让E行星的光芒变得黯淡了一些，但也没有变暗多少，因为E行星比极光星大太多，两者的距离又如此之近，两个星体都拥有厚厚的大气层，照到极光星大气层的T光发生散射，冲淡了极光星在E行星上投下的影子。在那之后，他们恰巧看到了E行星缓慢出现的"月亏"，月亏期间，天上出现了更多闪烁的行星。天空中星星的位置慢慢变化着，E行星的相位也渐渐地切换着，不变的是E行星在空中的相对位置，它一直固定在顶点略偏东南一点。有人说，这个景象看上去很诡异，其他人对此只是耸耸肩，什么也没有说。

在行程即将结束的时候，他们遭遇了一场大暴雨，那时的天色十分黑暗，道路也过于泥泞，继续前进怕会发生危险。于是他们只得停下工作，等待T星升起。日出时分，T星耀眼的光芒照亮了东方的天空。有人说，那情景就像是发生了核爆炸一样。或许，这个比喻不太对，应该说，那情景实际上就是由某种核爆炸形成的。

他们来到了海崖上，虽然海边的山谷就近在眼前，他们还是得沿着海崖中间最大的一道裂缝（也就是沿着河峡谷的边缘）铺一条坡道，这样才能下去。修建这条弯弯曲曲的坡道，又花去了他们八天的时间。坡道修好之后，他们驾着车辆来到峡谷下方，将车辆停放在崖底河岸边的冲积平原上。很明显，海崖把这个安置点保护得很好，让人们能够免受大风之扰，最起码离岸风现在是影响不到他们了。

他们很快就发现，有时候会有一股股的大风沿着河峡谷方向刮来，因为这股风被夹在河峡谷两侧的高崖之间，其风速甚至比先前地面上的风还更快。在弄清楚这股风的成因之后，他们决定挪到离河更远的地方，那里的海崖距离峡谷口大约两公里远，可以很好地避开大风。大家都感到松了一口气。他们觉得这已经是这一带最好的位置了。于是他们开始安顿下来。一开始他们把家安在蜿蜒的海崖底下，后来发现地方不够，所以也有一些人安置在陡峭的隘谷里，这些隘谷从崖底一直延伸到崖顶的地面上，它们的走向与风向垂直，因此里面没有什么风。不过隘谷里的平地都很狭小，而且都夹在陡峭的崖壁之间。

为了加强防风效果，他们开始从崖壁上切割石块修建"城墙"。其中一道墙围着他们的居住区，另一道更长的防风墙则围着一片户外空地，那是他们选中的第一块耕地。

每一天都有做不完的活，所以每次有人从飞船上下来，他们都高兴不已。他们把这些新加入的成员塞到各个居所里，每个居所都尽量多塞人。大伙儿的饮食都是由飞船提供的。极光星和飞船上的打印机都开足了马力，生产出建设新世界所需要的一切零部件。在这个过程中，大家都充满了干劲，总是觉得时间不够、生产零件的原料不够。当然，他们没办法让时间走慢一点，但是他们可以派采矿小分队去地面寻找金属矿藏，用来弥补原材料的不足。

从飞船上下来的人越来越多了，现在已经有100来个新人加入先遣队了，所以温室的修建就变得迫在眉睫。他们希望最后可以做到在户外种植作物，因为这里大气的化学成分可以支持作物的生长，它甚至跟地球的大气环境非常相似。但是在长达9天的黑夜里，即便有来自E行星的光照，气温也会降到零摄氏度之下。现在还没有什么好办法能够解决这个问题对农业生产的影响。他们确实也有一些耐寒植物，在温度过低的时候会进入休眠状态，可以耐得住低温。飞船和极光星上的农业实验室都在研究这些植物是如何做到这一点的，是否能将产生这种能力的基因移植到其他植物上，他们也在研究有没有什么基因可以帮助植物适应极光星的环境。与以前一年四季的轮回不一样，这里只有漫长的月度轮回（其中一个月就是一个日夜），但是这些研究暂时还没有什么效果。就目前而言，不管他们最后能种什么，温室是一定要修的。

刚开始的时候，温室里大部分空间都用来制备土壤。和泥土不一样，土壤中大约有20%的成分为有机物，跟峡谷里毫无生机的黄土相比，植物更喜欢生长在土壤中。土壤制备好之后（幸运的是，在容器里面加入泥土和菌群后，细菌就开始快速繁殖，很快就制好了土壤），他们将它细细地铺在温室的地面上，并开始种植作物。最开始种的主要是快生型的竹子。在从地球来T星系的漫长旅程中，他们一直都有种竹子，虽然他们并不怎么需要它，但在这里竹子就相当有用了，它们是重要的建筑材料，可以制成结实的屋梁，而且它们的生长速度还很快，一天可以长1米。到目前为止，人们的食物主要还是靠飞船来供应。

这又产生了一个供给问题。他们的机器人登陆车可以从飞船上飞到极光星上，在极光星上重新加入燃料后，再飞回飞船。可惜这个过程需要很多燃料。谷里有一个工厂专门负责制造燃料，它将水分解成氧气和氢气，生产出火箭燃料的主要组成部分。可是工厂本身也很耗电，因为分解水的过程需要耗费大量的能量。他们在地面上装了两个巨大的核反应堆，一共可以提供400兆瓦的电量，但是反应堆里的铀和钚都用不了多久，而飞船上的原料也只够飞船自己使用。极光星上能不能找到铀？根据行星形成的标准理论，应该可以找到一些，但是跟太阳系相比，整个T星系的金属丰度都偏低，而重金属只会存在于具有稳定的构造作用和潮汐可挠性的行星上。目前还无法断定极光星是否具有这两个属性。因此，大家觉得应该多花一些功夫在地面上修风力发电机。因为可以确定的一点是，这里的风能是不缺的。

人们将这个定居点命名为赫瓦勒赛，与地球上格陵兰岛西海岸边的一个古城同名。很快，定居点就围着温室蓬勃发展起来了。切石机挖来大块的石方，铸造厂生产出铝制板，这些都可以用来修建房屋。当然，铸造厂也有生产玻璃，这些玻璃是用来修建温室的屋顶和墙体的。城墙将大风阻挡在外。有人说，赫瓦勒赛看起来就像是中世纪那些被城墙包围起来的城镇。

他们还发现，在一个月的周期中，大风的变化是可以预测的。在为期九天的日间，在受到T星直射的半球上，大气温度升高，空气向上升起，地面附近形成低压。与此同时，背向T星的半球正处于为期9天的夜间时刻，那里的大气温度骤降，所有的岛屿都覆盖着冰雪，海水冻结成冰，覆盖住海湾以及近海海域（但是深海处一般不会结冰，因为那里的风浪太大了）。于是，夜间半球的冷空气迅速涌入日间半球的低压区，形成大风。因此，这里的大风总是按一定规律切换方向，从夜间半球刮向日间半球。

在漫长的夜间，"赤道"部位的温度会比"两级"的温度要高，但也会降到零摄氏度以下。他们要想在户外种植作物，就必须设法让已经适应了四季轮回的地球作物适应这里的月度轮回。看看竹子一天长高1米的势头，他们也相信自己有能力对其他作物进行改造，让它们长得更快，这样在夜间的时候就能够收割了，但是没有人能明确地说出改造的办法，甚至值得一试的法子也没有。如果只能在温室中种植农作物的话，那这个星球的开发肯定会大受限制。但就像巴丁说的，想办法的人多了，总能找到一个办法。

同时大家也发现，人们一直关心的大风在一个月度内的轨迹是有规律的，但并不是十分稳定。大气的环境一直在变，而风对大气的反应又是非常敏感的。但总而言之，大家对极光星上的气候算是越来越熟悉了，他们也摸索出了一定的规律。起码有一件事是可以肯定的：大部分时间都会刮风。

E行星上的1年大约等于地球时间的169天。极光星1个月度的长度，是地球时间的17.96天。这样算，这里的太阳年为169天，每年有9.2个月度。老问题又出现了：如何协调太阴月和太阳年之间的差异？

不过对这个问题，他们并不担心。

一切都在有条不紊地进行着：机器人正忙着修建镇子的城墙，镇子的测绘工作已经完成，工地也已清理完毕。因此，尤安加入了一支队伍，他们经常去峡谷那边进行勘探。他总是想要拿下自己的头盔，呼吸下外面的空气。

他会有这个想法，菲娅一点儿也不感到奇怪。监测站搜集到的数据显示，极光星的大气可以适合人类呼吸。实际上，要说极光星哪里最像地球，那就非它的大气莫属了。也正是因为这一点，在对它的类地水平进行评分的时候，它的得分能有那么高。在把能参加的勘探队伍都参加了一遍之后，尤安越来越迫切地想要获得官方许可，想要摘掉自己的头盔。他说："迟早都要脱的嘛，干吗不早点脱呢？为什么不敢脱？有什么可怕的！"

当然是害怕有什么尚未被检测到的有毒物质，别人是这么告诉他的。在菲娅看来，小心一点也是应该的。有毒的化学物质，还有尚未发现的生命，这些都可能存在，所以小心谨慎这一原则绝不能违背。赫瓦勒赛委员会特别坚持这一点，他们还把这个问题上报给飞船的执行委员会，执委会也给出了同样的回答。

尤安还有和他持同样看法的人则指出，他们对大气、土壤、岩石的研究已经深入到了纳米级的层次，但是除了一些和太空中一样的挥发物，还有预料中的尘土和细屑之外，什么也没发现。大气层除了更稀薄一点，其成分和飞船中的空气也没什么两样。对地层的研究也证实了大气中的氧气是由非生物反应形成的，他们甚至还估算出大气层的年龄大约有37亿年。多年来，耀眼的T光将极光星的海水分解成氧气和氢气，其中氢气逃逸到太空中去了，氧气则被留了下来。种种迹象表明，人类是唯一占据这个星球的生物，化学反应则再次非常清楚地证明了这一点。

"你不就是希望自己成为第一次走出去呼吸室外空气的人，不就是想以此来开启占领新世界的历史嘛！"在一次交谈中，菲娅是这么评价尤安的想法的，而尤安则回答道："当然啦！我还想感受下大风吹到嘴里、钻进肺里的感觉呢！"

执委会还是继续无视生物组的研究结果，拒绝了一切申请，尤安的申请被拒绝了，其他人的也同样没有获准。一旦人们和极光星发生密切接触，就不能回去了。所以他们必须等待，要先拿植物和动物做实验。要耐心，要保险起见。

菲娅不知道要是黛薇还在的话，她会怎么说。于是她问巴丁对此是怎么看的，但巴丁只是摇摇头，说："我不确定，她是个粗中有细的人。她会说什么，我猜不到。"

执委会让安全委员会来研究这件事情，并让他们提一些建议，菲娅也受邀参加会议。巴丁说，她之所以能被邀请，是因为她和尤安关系匪浅。而委员会的成员特别担心尤安这个人。

安全委员会开会讨论这个问题。菲娅对他们说："我其实一直在想，要是黛薇还在的话，她对这件事会怎么说。我觉得她可能会指出，极光星上的人现在也都待在石头砌成的房屋里面。这些石头都是就地取材得来的，它们虽然都经过处理，比如在表面喷上金刚石喷雾，或盖上铝板，但是在房屋的建造过程中，他们总会与石块发生密切接触。当然，这种暴露与直接在室外行走、在海里游泳有很大的不同，但也是一种暴露了。他们出门的时候会穿上防护服，回屋的时候也同样穿着，进到房间里才脱掉，这个过程中肯定也存在暴露。我的意思是，他们已经无可避免地与这个星球发生了密切接触。从他们登陆的那一刻起，就免不了要暴露在外。当他们穿着防护服踏上地面的时候，更是随时都会产生暴露。他们不可能一直待在完全密封的舱室里，他们需要接触这个星球。这就是事实，对吧？这也是我们希望做的事情。现在，他们已经下去四十多天了，也没出现什么问题。所以，还要求他们躲在室内，或者穿着防护服外出，可以说，这就是一种保守主义做法，可惜这种做法什么都保不住、什么都守不住。采取这种做法，其实就是没有看清现实情况。我们应该要明白现实情况。我觉得，如果黛薇还在的话，她肯定会这么说。"

阿拉姆点点头，老宋也表示她说得有理。如果飞船的管理体系是直接民主制的话，那极光星上的人可能早就获准脱掉防护服出去，去直接感受外面的大风了，但是这里的政府是由不同的委员会组成的。实际上，多年以来，委员会的成员大多是由委员会自己选举产生的。飞船的电脑只是为他们提供咨询服务，而且飞船在进行风险评估和风险管理的时候一般都会趋于保守。人们似乎也比较喜欢这种保守做法，因此他们给飞船电脑安装的程序也显示出这一保守的特征。

因此，安全委员会投票之后，还是决定把居住点和周围环境隔离开来，甚至连阿拉姆和老宋也投了赞同票。执委会的决定也是一样。但是，这一切都可能发生变化，似乎也不用等太久了。

赫瓦勒赛的大风，给人们带来不尽的麻烦。每个月度里，在漫长的早晨到来的时候，这里都会掀起一股离岸风，风速可达每小时50公里，阵风风速甚至可达每小时100公里。从海崖上刮过来的风，还会产生一些下坡风效应，让河峡谷处的风力变得更大。到了正午时刻，日食让整个世界变得一片黑暗，这时候风力会渐渐减小，然后出现一段相对平静的时间。这个时间可以持续到日食结束，最多可以持续20到30个小时之久（一般都不会超过30个小时）。这个时候，每个人（现在有126人了）都会出去走走，但是每次有多少人能够走出定居点，这都是有规定的。因此在无风时，每个时间段要安排哪些人出去，大家为此都抢破了头。在中午刚过的某些时刻，向岸风就开始出现，那时候地表温度会变得越来越高，地表空气上升，在地面附近形成低压，而海面上温度较低的空气则会向低压区涌进来，这时候，就会形成强劲的风，从海面往格陵兰岛的内陆刮去。刚开始的时候，还是阵阵的微风，微风渐渐加强，像是一双手在轻推着人们的身体，随着日头渐斜，风力也不停地加大，直到T星下山。黄昏时刻，一般就是向岸风风速达到最大的时刻，不过具体的时间点每每都不一样。极光星上的大气不断旋转着，因此这里的大风也多是呈不规则的螺旋状在星球的表面盘旋着。在极光星上，一个日夜就是一个月度，因此极光星一个月就绕E行星公转一圈。星体旋转速度比较慢，在惯性的作用下，大气层的旋转速度就会比岩石圈和水圈略慢一点，这样就会形成盘旋风，还有常见的信风和两级的涡旋等现象。

　　这里的风几乎每时每刻都在刮。所以在大风稍停的时候，人们就会走出定居点，享受一下放松的状态，这时候，他们不用顶着风弯腰走路，也不用担心被风掀倒。就算是因为日食外面一片黑暗，他们也乐意出去。黑暗中，他们的头灯发出的一束束光线互相交错着，射穿了黑暗，照亮了海谷及海崖。

术赤的名字被抽中了，他获得了出去的机会。所以他迫不及待地加入下一支出门勘探的队伍，他穿上防护服走出赫瓦勒赛。菲娅正在收看他的频道。他刚走出门，就被一股下坡风掀倒。与他一同出门的人都被吹倒了，只有一个人幸免于难。大家都发出惊叫声，飞船里的菲娅也吓了一跳。术赤摸了一圈，终于爬到了城墙的背风处，然后重新站了起来，他自己也忍不住大笑了起来。在城墙的掩护下，他高兴地跳起了舞，蹦跶个不停，那激动劲儿，就像是一只被关了一整个冬天的小羊羔终于在春天被放出去了一样。

尤安现在最喜欢做的事情就是穿过沿小河南岸修建的一条小路，到河口、潟湖和大海之间的沙滩一带勘察。这条小路还是他亲自参与修建的呢。河边和沙滩上的沙地被压得实实的，沙地松散的表层都被风卷起来，堆积成一个个小小的沙丘，围着低处夯实的沙地。在离水面比较近的地方，细腻的沙子呈一层层交错的波纹，这是因为有的时候水流会穿过这里，冲刷沙地，在地面上形成一层层交织的纹理。刚开始的时候，他们以为极光星上没有潮汐。它被 E 行星的潮汐力锁定，所以它与 E 行星的相对位置总是保持不变。现在，定居点里也有人提出 T 星和 E 行星对极光星都会产生引力，当 T 星和 E 行星在同一侧时，两者形成更大的、指向 E 行星的合力，而当 T 星转到极光星的另一面时，T 星和 E 行星对极光星的引力方向相反，这时候，极光星表面的水流就会发生变化，形成极光星上特有的交错潮。另外，当极光星面朝 E 行星的一面出现震动时，水面也会泛起震动潮。这两种不同的潮水都以月度为周期涌现着，但是它们发生的节奏并不一样。在沙滩上，也可以看到沙子被冲刷成交错的网状，或许这也证明着这种潮水模式的存在。目前，人们还无法测量不同时刻海平面高度会有什么变化。因此也有人提出沙滩上交织的纹理并不是由那两种潮水冲刷而成的。他们认为，一波又一波的大浪不停地涌上沙滩，每一道都在沙滩上留下一些冲刷的痕迹，而每一道波浪的角度又略微有所不同，所以沙滩上就出现了交错的冲刷痕迹。飞船上多数的科学家都对此表示怀疑，认为波浪无法留下这么有规律的痕迹；其中有些科学家还提出，它们可能是暴露在海水中的砂岩层，或者不同历史时期海平面变化而留下的痕迹。

尤安对此评论道："所以，简而言之，它们要么是一道道波浪冲刷成的，要么是每个月的潮水变化带来的，再要么就是在过去的地质年代里形成的。划分得还挺像那么一回事！"

说着他自己都笑了。在一次私人谈话中，他告诉菲娅，每次到海边去，他最喜欢做的事情就是看着海滩和汹涌的波浪。他经常跑到河口的南岸去观察那里的海滩和波浪，有时候他会跪在地上看，有时候甚至趴在地上仔细地看。

他出去的时候，一般都是去搜集沙子和黄土，把它们带回温室培养土壤。他觉得哪个样本可能会有用，就会采集一些，每次出去都能带回一背包的样本。如果温室负责人觉得哪个样本不错，尤安就会开上一辆漫游车，挖上一整车的土回来。目前，某些领域里的实验已经取得了不错的结果，其中包括一些最新的转基因植物，这些植物在一个月度内（或者更确切地说，在为期九天的日间里），就可以结出可供食用的种子。这种快生型的植物还不能算是正常植物，但是它们的生长比较有规律，可以补充温室产能的不足。有了温室生产的作物，再加上这些户外种植的新物种，人们似乎已经可以实现自给自足了。不管是已经来到极光星的人，还是那些在飞船上等待下来的人，都对此感到兴奋不已。

在飞船历170年139日这一天，尤安跟七尾、柯汉、克拉丽斯一起出去，他们已经是老朋友了。像往常一样，每次有人走出定居点，很多还在飞船上的人就会坐到屏幕前面，观看头盔内置摄像头拍摄的画面。

这一天，尤安和他的伙伴们先是来到了河峡谷处。湍急的河水在靠近地面的上游形成两道小小的瀑布，在中游处又遇上两道断崖，变成两道更大的瀑布，它们冲下瀑布朝下游奔涌而来，一股股白色的水花拍打在谷底上。谷底中间有一块巨大的圆石，将河水一分为二。绕过圆石，水流渐渐变缓，分成了好几叉，形成网状河，在由砾石、沙子和淤泥形成的宽阔而又平坦的河床上蜿蜒着。网状河冲刷出一个三角洲，从高处往下看，和地球上的三角洲没什么两样。

尤安站在最后一道瀑布的下方，看着泛着白花的河水汹涌而来，在谷底拍打出流光溢彩的泡沫。在接近正午的阳光下，河床上像是覆盖着一层碎钻。一股股的水汽不时穿过尤安的身体，头盔的摄像头蒙上了一层白雾，白雾凝成水滴，从镜头上滑落下来。奔涌的河水发出巨大的轰鸣声，这时候如果有人对尤安说话，飞船上收看尤安频道的人是完全听不清楚的。似乎有人说了什么，但尤安没有听清，或许他根本就没有注意到有人在说话。

过了一会儿，由尤安打头，这个四人小分队又往河口走去。到目前为止，先遣队已经完成了对谷底网状河的全面勘察，在其中的一个河道上，他们还用铝材搭起了一座小型的人行桥，在一些水流较浅处，他们也放上了垫脚的大石头，这样人们就可以爬到三角洲中间的江心岛上去；人们还可以绕一点弯路，先走到位于沙滩边的潟湖的南端，然后穿过另一座铝桥，最后抵达沙滩处。

网状河中间的小岛构成各不相同，有的覆盖着沙子，有的布满淤泥，还有些则是由卵石堆积而成。要爬上这些小岛可不太容易，人们只能沿着弯弯曲曲的自然形成的小路，爬过由硬化的淤泥堆成的小丘（在地球上，这种地形被称为蛇形丘）才能上到这些小岛。现在，先遣队的脚步已经踏过好多小路，他们也爬上过很多小岛，甚至还去过一些双岛。

尤安带着另外三个人走在其中的一条小路上，他们似乎想要去海边。他们已经在离海岸不远的潟湖南端修了一条返回地面的小道，小道沿着一道倾斜的海崖向上攀爬。今天，他们就准备沿着这条小道爬上去，再走到赫瓦勒赛旁边的崖顶上去，最后再回到定居点。这也是很受人欢迎的一条路线。

突然，尤安听到了一名队员在喊救命，他回头一看，只见两名队员正朝着一条网状河的河岸飞奔而去。最后一名队员没有跟着他们走在预定的路线上，她似乎陷入了某个流沙似的地方，腰部以下的身子都已经陷进去了。幸运的是，她的双脚似乎踩到了比较坚硬的地层，所以暂时停止了继续下沉。那个流沙坑微微下陷，距旁边的路面有3米左右，表面上看，路面和流沙坑非常相似，但是从她在上面留下的脚印看，路面比后者要坚实得多。

尤安冲到她身边，吼道："克拉丽斯，你去那里干什么？"

"我就是想看一块石头。它看上去有点像赤铁矿石。"

"哪块石头？"

"后来发现看错了，是水坑反射的太阳光。"

尤安都不知道要说什么了。他朝四周看去，观察了一番周边的地面。

最后，他开口了："不要紧。你先趴下来，头往我们这边伸。我拉住你的手腕，你也拉紧我的。七尾和柯汉，你们俩抓着我的脚把我们拉出来。"

"我觉得下面卡得很紧。要是他们两个拉不动怎么办？"

"那就再叫人来帮忙。还是先试试看我们自己能不能搞定。"

"你们会搞得全身都是泥浆的。"

"有什么要紧！有没有踩在硬地上，你觉得是硬地吗？还是说只是暂时没下沉？"

"我脚底下没感觉有什么硬东西。"

"好吧。你现在趴平。准备开始。"

克拉丽斯上身向前卧倒，脸趴在身前的泥地上。双眼盯着尤安的眼睛。尤安蹲了下来，伸出双手，抓住了克拉丽斯的手腕，克拉丽斯也紧紧地抓住尤安的手腕。七尾和柯汉抓住尤安的脚踝，用力往回拉。刚开始的时候，怎么都拉不动。尤安突然笑了起来。

"等你们把我拉上去，估计我都能长高好多！"

克拉丽斯说："对不起啊。"她顿了顿又说："或者可以用绳子把我们的手腕绑在一起。"

尤安回答："我已经拉得够用力了。"

"我知道，有点痛呢。"

"用绳子捆更痛。一会儿我尽量控制点力气。"

"那好吧。"

"再来！"七尾喊道，"抓紧了！"

可还是拉不动，这时克拉丽斯叫道："我脚动了！整个身子都在动！真的！"

"最好是整个身子都拉出来，要是脚没出来，你就惨了。"尤安说道。七尾和柯汉也都大笑了起来，接着，大家又开始一起使劲。

"用力不够均匀，"尤安说道，"我们要有点节奏。我数一、二、三，到三的时候大家一起使劲，然后喘一下气。但是喘气的时候也不要完全松手。"

这次终于能拉动了。很快，他们就看到克拉丽斯动了，尤安也慢慢地往回挪。而且拉得越上来，就越不费劲。很快，克拉丽斯就只剩下膝盖以下的身子还陷在里面。她突然叫道:"哎哟,我的小腿!"

七尾和柯汉停了下来。

"我的腿磕到什么东西了,好硬。"

"总得把你拉出来吧。"尤安说,"我们拉的时候,你动一动脚躲开那东西就行了。"

"好吧。再来!"

继续拉的时候,她痛得抽了一下。很快,她就被拉了出来,从泥地上滑了过来。四个人手脚并用地爬出了这块地方,找了个硬实的地方坐下。他们外套的手脚部位糊了厚厚的一层泥。尤安身前也全都是泥,克拉丽斯腰部以下糊满了淤泥,脸上也弄得到处都是。

她指着自己的小腿处,大家看到那里褐色的淤泥上泛着一道血痕。"都说了我刮到什么东西了。坑里面肯定有一块大石头。"

"我们帮你贴一下伤口。"尤安说。

"她的密封服被我们弄坏了。"七尾说道。

尤安回答:"这是免不了的。不要紧啦。"

尤安和七尾从河里打来一些水帮克拉丽斯冲洗小腿。柯汉则从裤兜里摸出一圈胶带,用剪刀剪下一小截。伤口清洗完毕,他们用她自己裤兜里的毛巾擦干伤口,柯汉就将胶带贴到她的伤口上,按了按,让胶带贴紧一点。

"好了,现在我们得回去了。"

"从这里回去,哪条路比较近?"

"我觉得从海边爬到海崖上面,这样走比较快,你觉得呢?"

"不知道。我们看看导航是怎么说的吧。"

他们查了一下手环,发现还是掉头从来路回去比较近。

他们默默地往回走。因为这个事故,他们第一次打破了身体和极光星之间的物理屏障。这看上去不是什么好事，但事情毕竟已经发生，所以除了快点回到定居点处理克拉丽斯的伤口，他们现在什么也做不了。她说伤口不是很痛，只是有些刺痛，所以他们走得很快。不到2个小时的时间，他们就回到了赫瓦勒赛。

迫不及待地想去极光星的人越来越多，因此飞船里的社会压力和心理压力也在不断地发酵。看到先遣队员们穿着防护服在地面上行走，看到他们被强大的风掀倒在地，大家并不感到害怕，只觉得跃跃欲试。从海崖上看到的大海、海滩上纵横交错的纹路、黎明时分的天空，还有不时出现的暴风雨、云层、倾盆大雨、海雾，等等，这些都吸引着飞船上的人，所以要求下去的人越来越多。赫瓦勒赛的温室已经投入使用了，竹子以每天1米的速度快速生长着，人们也已经证明这里的空气可以直接呼吸，还有很多建筑工程也即将展开。已经到了可以离开飞船的时候了。按照计划，到时候留一支125人的队伍维持飞船的运行，这些人每年轮换一次，这样就能保证每一个人大部分时间都待在极光星上。这是大家的愿望。只有很少一部分人（确切地说，是207人）表示自己愿意待在熟悉的飞船上。大家都觉得这些人太过焦虑、害怕，甚至是懦弱。虽然在大家眼中，这些人太过胆小，但作为少数派，他们依然敢说出自己的主张，这已经是大胆的表现了。正因为如此，他们也为自己赢得了一些支持，人们对他们的批判声也小了不少。菲娅在普拉塔游历的时候，寄宿家庭的女主人玛利亚就是自愿留下的一员，她说："我在这个镇子住了一辈子，种了一辈子的地。我爱的就是这个生态圈，对我来说，下面那个什么格陵兰岛，也不过是一个每天都刮暴风的大石头罢了。那里的黑夜那么长，怎么种地啊。走到户外，也做不了太多的事情。还不是得天天躲在室内，就跟住在飞船里一样，还没这里舒服。我还不如留下来，还能照看照看这里。我自愿报名留下来。你们这些人，现在争着吵着要下去，到时候肯定会有一大群人哭着喊着要回来跟我们一起生活。我会把这里照管得很好，到时候欢迎你们回来。"

选择留守的人平均年龄为54.3岁。急着要去极光星的人平均年龄则为32.1岁。现在，玛利亚的声明已经传遍了整艘飞船，听了她的话，又有469人声称愿意留在飞船上。这些人留下来，既可以帮助维护飞船，还可以避免极光星上的新定居点变得太过拥挤。从这个角度看，这也算是件好事。聚集起来的年轻人造成的各种社会压力、心理焦虑感也减轻了，全体成员的平均血压有所下降。

每个人的看法和感受都各不相同，但是飞船上的人都觉得是时候把想要下去的人都送下去了。现在，最希望大家保持耐心，最希望大家能以缓慢而有规律的速度进行移民的，就是地面上的那些先遣队员了，他们担心会有太多的新人一下子涌进来。他们在说这些话的时候，显得小心翼翼，以免得罪还在飞船上的人，他们尽量避免让别人觉得他们在这件事上有什么决定权，或者觉得他们在试图保护自己的特权（很多人觉得他们之所以能先下去，不过是抽签的时候运气好罢了，这属于不劳而获的特权）。他们只是简单地表达了对输送和安置能力的担忧，并表示他们希望不要给现有的系统带来太大的压力。他们还为此拟写了一个草案（他们觉得写这个草案很有必要），因为赫瓦勒赛上的住所还不足以容纳所有想要下来的人。

要把所有的基础设施都建好，还需要一段时间。食物也是个问题。如果下来的人过多，那极光星上生产的食物就不够了，而飞船上种好再送下来的粮食也不够补缺，因为下来的人多了，飞船上势必有一些农田要荒废掉。如果新移民的输送办法安排得不够好，那不管是在极光星上，还是在飞船上，都会出现不可逆转的食物短缺问题。不仅如此，他们现在也没有能力将人很快地送回飞船。从地面飞回飞船暂时还比较困难。受极光星的引力和大气层的影响，他们的螺旋式发射管（已经建好了，运行得还挺不错）发射穿梭艇的能力有限，因为他们需要将水分解掉才能提取燃料；另外，他们还需要提炼矿石制作烧蚀板，以供穿梭艇快速穿过大气层的时候使用。不可辩驳的是，怎么回到飞船是人们定居极光星的一个瓶颈。但人们暂时也没有回来的打算。

解决移民问题的办法只有一个，那就是加快赫瓦勒赛上各个工程的建设速度，再让飞船上的人耐心等待。两个地方最了解物流输送问题的人负责跟其他人谈话，让他们安心，鼓励他们；极光星上则继续加快建设速度。

飞船上，巴丁和菲娅也加入了咨询师的队伍，一起安抚人们的情绪，不过菲娅说她自己也迫不及待地想要下去。到了晚上有空的时候，她一般都是坐在屏幕前面，挽着巴丁的胳膊，收看尤安在极光星上的探索活动，看得头晕眼花的时候，才会稍微离开一会儿。平时她都是一个安静的人，但现在她的内心却燃烧着小火焰。她真想快点下去。白天的时候，她都在做自己该做的事情，帮助维持新斯科舍的运行，查看一下黛薇以前经常关注的问题，按照飞船帮她制定的优先顺序挨个处理问题。黛薇离开前，给她留下了一个甘特图程序，可以像搭纸牌屋那样有序排列问题的优先顺序。它有助于转移风险、回避问题、生产足够的食物供人们使用。这些计算都非常复杂。但是甘特图程序在屏幕上显示的是彩色的柱状图，所以菲娅能够很好地看懂并处理这些问题，让一切保持正常运行。

通过这个程序，菲娅发现以前每次发射穿梭艇到极光星上，他们都会损失一部分挥发性物质，但现在这个问题解决了，只要从极光星上运回一些压缩气体或者水就可以了。找到补救办法，心里真是大大松了一口气。T星系的资源真是好啊。赫瓦勒赛上快速生长的竹子，都变成了铺在地上的地板。

黛薇活着的时候一直担心的问题，现在终于解决了。

有一天晚上，他们一边在巴丁的屏幕前观看赫瓦勒赛发回的图片，一边讨论这个新解决的难题。而阿拉姆则站在他们身边，背诵一首小诗：

"深渊上的路，
我们一边前行一边铺，
给我一块木板，
我就能铺出一段路，
直到看不见的时间尽处。"

飞船历170年144日，极光历A1.104日。这天早上，尤安接入了菲娅的屏幕，让她把巴丁也叫过来，他有话要说。菲娅把巴丁叫到厨房。7分钟后，巴丁终于晃晃悠悠地过来了，他步履蹒跚，看起来就像没睡醒一样。他坐在菲娅身旁，斜靠在她身上，好奇地看着屏幕。"什么事啊？"

过了几秒钟，他的信号应该是传到尤安的屏幕上了。屏幕上的尤安点点头，回答："你还记得克拉丽斯吗？就是我们从流沙坑里拉出来的那个女人。她病了，她现在正在发烧。"

巴丁立马坐直了身体，说："马上隔离起来。"

"已经隔离了。"

"现在在隔离病房？"

"是的。"

"出现问题后,过了多久才送进去?"

"她一说不舒服,就送进去了。"

巴丁紧紧地抿着嘴唇。这种表情,菲娅以前在黛薇的脸上不知道看过多少次,两者有点像,但是和黛薇的表情又明显不一样,巴丁的脸色看起来更平静,也更充满同情。他似乎是在想,如果他处在尤安的位置,会采取什么行动。

"她配不配合?有没有对她进行监控?"

"都有。"

"能不能给我看一下她的数据?"

"可以。我监控器上都有。您看看。"

尤安将房间里的摄像头转了个方向,菲娅和巴丁在隔离病房监视器的屏幕上看到了克拉丽斯的生命体征,信号不停地波动、颤抖,下方红色的数字箭头一直在闪烁。巴丁把脸贴近了屏幕,他的嘴唇一张一合,似乎是在读数字。

最后,他深深地吸了一口气。

"你有什么感觉?"他问尤安。

"我?我感觉很好。"

"我觉得你,还有当时一起出去的人也要自我隔离。还有回到定居点后照顾过她的人,也要隔离。"

"是因为她的防护服被割破了吗?"

"是的,因为她的外套割破了。"巴丁的声音有点发紧,"很抱歉说这些话。但是把一切预防措施都做到位总是没错的。以防万一罢了。"

尤安什么也没有说。他的摄像头依然对着监视器。

"她烧得有点重,"巴丁小声地说,好像只是说给菲娅听一样,"心跳很快,脉搏很浅,有点房颤,血液中T淋巴细胞含量很高。小脑很活跃,似乎她正在和什么做斗争。"

"然后呢?"菲娅说道,似乎是为了尤安而问的。

"我也不知道。可能是淤泥里存在有毒的东西。可能是某些金属或化学物质。我们需要分析一下才知道。"

菲娅说:"也可能她是被赫瓦勒赛里的什么虫子咬到了。"确实,飞船上有许多病毒和细菌,因此赫瓦勒赛里难免也会有一些。

"是的,这也是一种可能。"

"也许,她只是休克了。"屏幕上传来尤安的声音。

"那种伤口现在才出现休克,有点太慢了。"巴丁说道,"但你说得有理,应该检查下这种可能。你们把这些可能性都排查一下,记住要让她保持隔离状态,隔离的范围也要扩大,你们几个跟她有过接触的人都需要进行隔离。这也是为了安全起见。"

尤安再次沉默不语。

毫无疑问,这是个非常不好的消息,所有人都会因此感到惶恐不安。它对尤安的打击尤其沉重,因为他是那么喜欢出去探索,他又是那么积极地要求打开面罩呼吸极光星上的新鲜空气。从他的沉默中,菲娅都能感受到他的沉重心情。

通话结束,巴丁站了起来,身体有点战栗。他久久地站着不动,头低低地垂了下来。

最后,他说道:"最好还是给阿拉姆打个电话,给术赤也打一个。他也应该隔离起来。现在的问题是,按理说应该把他们和其他人都隔离开来,但是没条件做到这一点。"

确实,在听到克拉丽斯发烧的消息时,术赤正驾着一辆探险车外出。听到消息,他立刻就把自己锁在了车子里面,并向赫瓦勒赛里的其他人通报了自己的自我隔离,但拒绝跟他们进一步讨论自己的情况。车里的空气、水、食物和电池足够维持3个星期。赫瓦勒赛的人非常愤怒,要求他回话,但是他什么也不肯说。飞船上的人也不知道该说什么。菲娅问巴丁在想什么,巴丁也只是摇摇头。

"他可能会没事的。"巴丁说道,"我希望每个人都能配有一辆车,这样就能把他们分开来隔离。可实际上并没有那么多车。隔离得太久谁也受不了,在哪都一样。"

飞船历170年153日,极光历A1.113日。菲娅一直都睡得很不安稳。半夜时分,她的屏幕发出了声音(刚开始还很小声),菲娅模模糊糊地回答了些什么,就像是在梦中和妈妈在呓语一般。但是屏幕还是不断传来"菲娅……菲娅……菲娅……"的声音,这声音和黛薇的完全不一样,于是菲娅就被惊醒了,她整个人感觉晕乎乎的。

那是尤安从赫瓦勒赛传来的声音。菲娅问:"尤安,怎么了?"

"克拉丽斯死了。"他回答道。

屏幕上一片漆黑,他没有打开自己的摄像头,或许他打开了,只不过是在黑暗中说话,所以只能听得到他的声音。

"噢,不是吧!"

"是的,昨晚去世的。"

"发生了什么事?"

"我们也不知道。看上去她像是得了过敏性休克,像是碰到了什么致敏物。"

"但你们那儿能有什么致敏物啊?"

"我不知道,没什么致敏物。她以前是有点哮喘,但已经控制住了。他们给她注射了四次肾上腺素,但是她的血压还是不停地降低,她的喉咙似乎是被堵住了,心脏的腹膈振动不齐,而且扫描显示心脏部位有空腔。"

好长一段沉默。

"她一直都隔离着?"

"是的。但是我们刚带她回来的时候,并没有隔离。"

"但是你们都穿着防护服。"

"我知道。但是到了室内就脱掉了。我们还帮她脱了防护服。"

尤安停了下来,菲娅也什么都没有说。如果克拉丽斯的死亡是那场事故引起的,那下面的人就遇到大麻烦了。在弄清楚死因之前,他们不可能再到外面去。如果发现是极光星上原有的生命感染了她并导致她的死亡,那除非能够采取大量的防护措施,要不他们也不能再出去。

在证明致她死亡的东西没有传染性之前,他们相互之间也不能自由地往来。

他们更不能回到飞船上,以免飞船上的人也被感染。

所以,他们现在只能困于一个小小的生态环境中,比飞船的生态圈要小得多,那个生态环境甚至已经被感染了。它可能是一座有毒的建筑,住在里面的人可能都已经没救了。

种种的可能性,不断涌入菲娅的脑子,尤安肯定也想到了这些。所以他们只是久久地沉默着。

最后,她开口道:"我能做些什么吗?"

"什么也做不了。只要……陪着我就好。"

"好,我陪你。我好难过。"

"我也是。这事情整得……这里真的很漂亮。我们……我这段时间真的很开心。"

"我知道。"

菲娅叫醒巴丁,把事情告诉他。她躺在客厅的沙发上,而巴丁则坐在厨房的餐桌上打电话。

巴丁刚挂掉一个电话,菲娅就开口了:"我好想黛薇。如果她还活着,就不会发生这样的事情了。她肯定会坚持在人类登陆极光星之前,对星球表面做全面的检查。"

"机器人很难做到这一点。"巴丁心不在焉地答道。

"我知道。那么做需要用去几年的时间,大家肯定也会把火都撒在她身上,而她也会对大家大动肝火,但是起码不会发生这样的事。"

巴丁耸耸肩。

过了一会儿,尤安又来联系他们。

他说:"我又要出去了。"

菲娅尖叫道:"说什么呢!尤安!不要去!"

"我要去。你看,我们总归是要出去的。我们可能已经中了致命的毒,也可能没有中毒。很快就能知道到底有没有了,但只要防护服没有损坏,待在这里还是出去并没有什么差别。管他怎么地,我就是要出去!干吗不出去呢?随便怎么着都行。就算已经感染了,起码我在最后的日子里还可以过得快活点;如果没有感染,那只要我的防护服没有割破,就不会有什么问题。可怜的克拉丽斯,要是她没有脱离路线就好了。很明显,她当时是陷到流沙坑里面了。我现在都不知道她当时是怎么想的,她当时是想去干什么。她说是被水面的阳光晃花了眼,但真是这样吗?嗯,答案谁都不知道。不过这也无关紧要了。我肯定不会离开坚实的路面。或许,我还应该离河口和海崖远一点,虽然那里的风景是最美妙的。我要出去走走,看看朝阳。这里谁也拦不住我。现在每个人都被隔离开来了。每个人都关在独立的房间里。想要在不危及自己的情况下拦住我,没人能够做到,对吧?应该也没人会想来拦我。所以我这就要出去了,去看朝阳。等一会儿我再联系你。"

飞船上的生活变得一团死寂,大家像是在警戒着什么,或者像是待在死囚牢房里,又或像是在守灵。大家低声地议论着极光星上发生的事情，表面上看，他们似乎在互相鼓励，可实际上，他们看起来都吓坏了，都在设想最坏的情况。当然，克拉丽斯也许是因为休克、哮喘发作，或者是身体里本就有的细菌爆发（据他们所知，飞船里有一半的细菌并不是有益菌）而死去。极光星过去是个不毛之地（或者说人们看到的极光星一点生机也没有），所以最后的这个原因似乎是最好的解释了。

极光星真的是个不毛之地吗？它真的像它看起来那样没有任何生机吗？根据大气层中氧气的化学特征分析，还暂时没有发现生命的迹象，但这真的就能证明氧气是非生物反应形成的吗？那里是不是存在某种人们从没见过的物种？它会不会就躲在半月谷河口的淤泥里？

如果在河口的淤泥里存在这种生物，那别的地方肯定也有。所以飞船上的生物学家只能摇摇头，表示不耐烦、无可奉告。尤安又跑到外面去了，因为他是自愿要去的，所以没人去拦他，当然，也有人希望他能从克拉丽斯摔倒的地方取一些淤泥的样本回赫瓦勒赛，拿到隔离室去研究。他们希望尤安取样的时候能尽可能靠近那个流沙坑，然后从深处挖一些泥，用安全的密封瓶子装好带回来。当然，他们从克拉丽斯的防护服上已经取了一些泥浆，还有她的尸体也是可供他们研究的，所以再取一些土样也不是完全必要，但是有些微生物学家认为还是可以再采集一些，以便研究那个地方的原始基质，而不是克拉丽斯掉进去后被克拉丽斯污染过的淤泥。

尤安很乐意做这个事情，赫瓦勒赛里还有一些人也愿意去。所以他们分成几个小组，沿着步行道往河口走下去，做一次短途的勘探活动，这和以前的勘探之旅完全不一样。他们默默地走着，就像是在雷区上行走，或者是走在地狱之路上。就像是要去袭击某个不能宣之于口的目标一样。人群里，只有尤安一个人在哼着小曲,他甚至还哼了《沙得拉、米煞、亚伯尼歌之歌》。据飞船查到的资料,这是一首圣歌(或者是伪圣歌),歌唱的是圣经中古巴比伦一些囚徒的故事,他们在被投入火窑炙烤的时候,因得到耶和华力量的保护而获救[1]。

尤安唱歌的时候,并没有接入公共频道,而是对着私人频道唱给菲娅一个人听。同行的人也差不多都这样,他们也都只和自己最熟悉的人说话。但在飞船上,各种有关他们探索活动的描述,早就一传十、十传百了。极光星上的人觉得自己和飞船上的人之间产生了很大的隔阂。一切都变得和以前不一样了。

术赤还是待在自己的车里面,与其他的先遣队员完全隔绝开来,以干粮和冷冻食品为食。一天晚上,他穿上自己的防护服,朝另外一辆漫游车走去,他把那辆车里的食物和便携式空气罐全部扫走,带回自己的车里。

他已经提交申请,想要回飞船去。每一天,他一打开和飞船交流的频道,就会重复同样的申请。到目前为止,飞船的管理委员会只拒绝过一次申请,而在那之后,他们只是沉默,表示无声的反对。目前为止,任何人都不允许回到飞船。所有的先遣队员都被隔离了。

所以术赤只能待在自己的漫游车里,盯着自己的屏幕。他可以远程操控临床实验室隔离病房里(也就是当初隔离克拉丽斯的病房)的一些自动化医疗设备,所以有时候他也会利用病房的电子显微镜来研究尤安和其他人带回来的淤泥样本。他师从阿拉姆和数学研究组学习数学,但是作为数学组的一员,他有时候也会和生物物理学家合作。总之,他现在竭尽全力在研究这些材料,所以阿拉姆有时候也会充满希望地说,或许他能发现一些有用的

---

1 故事引自圣经《旧约·但以理书》的故事:尼布甲尼撒王命令军士将米煞、沙得拉、亚伯尼歌扔到火窑里,但是在神子的庇护下三人并未受伤,最后被释放。——译注

东西。因为担心术赤,阿拉姆最近是满心的烦恼。很多时候,他都待在巴丁和菲娅家的厨房里,弯着腰驼着背,盯着屏幕看。飞船上的其他人也是如此。

在很长一段时间里,术赤都没有说他发现了什么东西。菲娅问他的时候,他只是耸耸肩,透过屏幕看着她。

有一次,他只是说一句"什么也没有",就再也不肯开口了。

还有一次,他回答道:"数学又不是生物。起码一般情况下不是。所以,我自己在干什么,我也不知道。"

"要不要我给你多发一些医疗档案,从太阳系送过来的。"菲娅问。

"我看过了档案索引,我觉得没什么有用的东西。"

尤安又往河口那边去了,或者说往海崖那边去。他有时候甚至会睡在那边,吃饭都很少回来。赫瓦勒赛里,大家变得有点冷漠,飞船上的人也不清楚他们是否经常交流。有一天,其中几个人组织了一场舞会,参加舞会的人都穿戴着一些红色的元素。

一天早上,术赤联系了阿拉姆,单刀直入地说:"我觉得我可能找到病原体了。它体积非常小,看起来有点像朊粒。可能有点像奇怪的折叠蛋白,但只是形状上相似。它比人体的蛋白质要小得多,但是它的繁殖速度比蛋白质的合成要快得多。从某方面看,它就像是寄居在病毒里面的微型病毒,但是体积比微型病毒还要小。看上去,它们有些甚至就寄居在别的病原体上。其中最小的只有10纳米长,最大的也只有50纳米。我把电子显微图像发给您。很难说它们是否有生命。或许它们只是处于生物体和非生物体之间的过渡状态,具有某些生命机能,但不具有全部机能。总之,好像在遇到合适的基质时,它们就能够进行繁殖。从这一点看,我觉得它们是一种生物。而人类,就是一种合适的基质。"

"为什么是人类呢?"阿拉姆问。考虑到这个对话的重要性,他把巴丁也拉进对话。"再怎么说，对这个地方来说，我们也算是外星人吧。"

"我们是由有机分子构成的。可能就是这个原因吧。也有可能是因为我们的身体是温暖的，是一个良好的培养基，就这么简单。而且我们的血液可以将它们送到身体各处。"

"所以，它们是从河口的泥土里来的？"

"是的，那个地方的浓度最高。但知道它们的存在之后，我又发现它们几乎是无所不在。河水里有，海水里有，连风里面都携带着一些。"

"除了水，它们也需要别的东西。"

"是的，想必是这样的。它们需要的可能是盐分，也可能是有机物。而人体既有盐分，也是有机物。极光星的水也满足这个条件。空气中也含有被风刮上来的盐分。"

赫瓦勒赛又死了3个人，死前的症状都和克拉丽斯一样，就像是得了过敏性休克。接着，尤安也出现了高烧状况，他独自一个人走了出去，来到河口与沙滩的交汇处，站在潟湖南端那道矮矮的海崖下面。

风还是一如既往地强劲，这时候刮的是上午时分的离岸风。所以等他爬到沙滩上，走到海崖下方的时候，就几乎感受不到风了。下坡风从河口呼啸而来，与朝岸边涌来的波浪撞在一起，将冲上浅滩的浪头顶得高高的，甚至在空中暂停了片刻，海浪拍打在悬崖上，四射的水珠顷刻间便被这股下坡风带回了海面。水珠在空中画出一条弧线，在阳光的照耀下，折射出一道宽宽的、短短的彩虹。夏威夷人将这种现象称为"ehukai"。E行星还是挂在那个位置上，在这个时间点，它呈饱满的月牙状，在深蓝色天空的衬托下，显得十分明亮。海面上充满盐分的空气四处弥漫，就像是被从四面八方射来的光线照亮了一般。地面上尤安的两道影子都非常暗淡。

尤安说:"这本该是个美好的居住地。"

他正通过私人频道和菲娅说话。她坐在床边的椅子上,弓着身子看着屏幕。尤安这里看看,那里看看,他看到的一切都显示在菲娅的屏幕上。

"这是一个美丽的世界,真的。可惜,这里居然有病菌。我觉得我们早该注意到这个问题。原来说大气中的氧气是非生物形成的,我觉得你们得重新考虑这个问题了。我觉得这个结论可能还是正确的。但如果术赤发现的那些东西会释放氧气的话,那这个结论可能就要改了。"

他沉默了好一会儿。接着,菲娅听到他重重地吸了一口气,又重重地呼了出来。

"或许,它们就像是古细菌,或者是一种比古细菌还古老的细菌。你应该留心这一点。氧气中可能会有别的化学信号,或许能揭示它们的来源。这些化学信号展现在氧气中的途径不一样,氧同位素的含量也可能有所不同。我觉得从这个角度研究或许可以发现一点东西。我知道,他们是有一套评价标准,但是现在得重新调整一下了。生命的形态可能比他们想象的要丰富得多。一直以来不都是这样的吗?"

过了一会儿,他又接着说:"我不是说你们还要到这里来检验那套评价标准。"他走在沙滩上,海浪拍打出的泡沫涌过他的脚面。风呼呼地刮过他的外置麦克风,也把沙粒从倾斜的沙滩上卷到脚底下的泡沫里。

"我觉得你们现在应该考虑一下F卫了。那上面应该没有生命存在。甚至,你们也可以试试E行星。"尤安抬头看着蓝色天空中那硕大的E行星。"嗯,不行。它体积太大了。质量也太大了。"

又过了2分钟，他继续说："或者你们就试试在飞船里生活吧，如果缺什么，就从这里或者 E 行星那里取。如果可以的话，到 F 卫那里建一些模拟地球的生态环境。也或者，你们可以在这里取一些补给，然后去另一个星系。我好像还记得，在几光年远的地方，有一个 G 星系还不错。"

停了好久，他又说道："但你知道吗，我敢打赌它们也都跟这里差不多。我是说，它们要么有生命存在，要么没有，对吧？如果上面有水，又位于宜居带的话，那八成就有生命。不仅有生命，还会有毒。这算是一种可能吧，我也不敢确定。或许我们可以跟上面的生命共存，两种生命互不干涉，但听起来，那就不像生命了，对吧？只要有生命，就需要摄取物质。它们有自己的免疫系统。这就会出现问题，起码大多数时候都是有问题的，就像入侵生物学所说的那样。无生命的星球呢，肯定会很干燥，温度要么太低，要么太高。所以除非那个星球有水，否则它就是没用的。可它要是有水的话，很可能就会有生命存在。我知道，有些探测器显示有些星球是例外的，就像这个极光星一样，有水，但是没有生命，但是探测器并不会停下来做全面的探测。如果你愿意的话，甚至可以在地球上远程遥控这些探测器。就像这里发现的病菌一样，如果你没有放慢脚步，如果没有绊一个大跟头，你也发现不了它们的存在，但等你发现它们并发觉不妙的时候，已经为时太晚了。那时候，你也别指望什么了。"

尤安又停了下来，沿着沙滩朝南面走去。

"这真是太糟糕了。这里真的是非常漂亮。"

顿了一下，他又说道："可笑的是，大家一开始的时候都以为这里还不错呢。我是说，每个新世界要么是有生命的，要么是无生命的。这还用问吗？如果有生命的话，它就会有毒；如果没有生命，那你们就得费大力气改造它。我认为改造也是可行的，但那需要时间，可能花的时间会和地球的演变时间一样长。就算你找到合适的菌类，就算你可以利用机器，也可能要花几千年的时间才能完成。所以，那样做有什么用呢？又有什么意义呢？还不如安于现在拥有的一切。那些永远都不觉满足的人，都他妈的是什么人啊！那些操蛋的家伙，都他妈的是谁啊！"

这话听起来挺像黛薇的语气，菲娅把头埋在自己的双手中。

片刻，他又说："它的确是个很漂亮的世界。它本该是个好地方。"

又过了一会儿，他继续说："可能正是因为如此，我们的地球从来都没被别人觊觎过。不是因为这个宇宙太大了，虽然它确实也很大，而是因为这个原因。生命本来就是和孕育它的星球形成一体的。它发源于一个星球，并成为这个星球的一部分。或许，含水的星球都是这样的，但是生命都会发展成适应自己星球的状态。所以它只能待在自己的星球上，因为它的演变就是为了能够适应这个星球。这个星球就是它的家。所以，这结果你也知道。这就是费米悖论[1]的答案：等生命进化到有能力离开母星的程度时，他们就有足够的智慧知道不应该离开。因为它知道，离开是没有出路的。所以，它会选择留下。它享受着母星的一切。你们也一样，可不就是这样吗？你们也别费工夫去联系别的生命了。联系又有什么用呢？你永远也得不到回应。这就是我对费米悖论的理解。你可以称之为'尤安说'。"

---

[1] 1950年的一天，诺贝尔奖获得者、物理学家费米在和别人讨论飞碟及外星人问题时，突然冒出一句："他们都在哪儿呢？"这句看似简单的问话，就是著名的"费米悖论"。"费米悖论"隐含之意是，理论上讲，人类能用100万年的时间飞往银河系各个星球，那么，外星人只要比人类早进化100万年，现在就应该来到地球了。换言之，"费米悖论"表明了这样的悖论：A.外星人是存在的——科学推论可以证明，外星人的进化要远早于人类，他们应该已经来到地球并存在于某处了；B.外星人是不存在的——迄今为止，人类并未发现任何有关外星人存在的蛛丝马迹。——译注

又过了一会儿，他继续道："当然，每隔一段时间，某些特别愚蠢的物种就会试着离开自己的母星。我相信这种事肯定有。我们不就是其中之一吗？我们自己选择要来，但只能铩羽而归。还活着的人要吸取教训，不要再尝试做这种愚蠢的事情。"

又过了一会儿，他说："或许有些人能活着回家。喂，菲娅，如果我是你的话，我会试着回去。"

他顿了一下，又说："可能吧。"

尤安继续朝南走去，穿过海崖中间的一道峡谷。在这个由裂缝形成的峡谷两侧，海崖高度都比较低，谷底的路形成一道斜坡，一直延伸到崖顶的地面上。斜坡非常陡峭，有细流顺着两侧的崖底哗哗流淌着，一会儿就钻进海边的沙子不见了。在最靠近海岸的潟湖处，一道既浅且宽的溪流破开沙滩，汇聚到海岸边翻滚的泡沫和水花中。

风也顺着裂缝呼啸而下。峡谷越靠近地面，就越是狭窄，两侧的崖壁也就越加陡峭，看上去根本就无法通过。尤安并没有沿着峡谷去崖顶的地面做调查，而是穿过沙滩上的那道小溪，虽然最深处的溪水可以淹没他的膝盖，但他也毫不畏惧地踩过水面。这时候，他体温已经烧得很高了。防护服测到的体温显示在他自己屏幕的下方，那些数字都闪着红光。

菲娅双手抱着肚子，弯着腰缩成一团，自从黛薇发病以来，她就经常做这个动作。过了一会儿，她站了起来，到厨房取了点脆饼吃。嚼完脆饼，她又喝了一杯水，接着又回到自己的椅子里，继续盯着屏幕看。

尤安继续往南走，来到一片较为宽阔的沙滩上，这里的海崖底下有几座沙丘，都是被风刮来的沙子堆成的。他跟跟跄跄地爬上最高的那座沙丘。这时候，T星的光芒耀眼得让人无法直视，T光洒满崖顶和海面。尤安在沙丘上坐了下来。

"真美啊。"他喃喃道。

这时候刮的还是离岸风。俯视眼前的海浪，可以很明显地看到海浪崩溃之前被风顶得在空中定住了片刻。一道道海浪向陆地卷来，在冲上沙滩的时候，浪头高高地竖起，形成一道直立的水墙，水墙想要落下，却被风顶住。最后，最高处的水墙落了下来，激荡出一道道白色的水花，甚至还能看到一些水花从地面溅开，被风卷着撞击在白色的水墙上。水花的尾部折射出一道宽宽的彩虹，转瞬便逝。

"我觉得好热。"尤安说。他又走下了沙丘，顺着倾斜的沙滩向海边滑去。

菲娅两只手臂夹着腹部，一手握拳咬在自己的嘴里。

尤安久久地看着海面的波浪。在距离溪流两岸较远的地方，潟湖和海面之间的沙地呈深灰色，上面黑色的沙子呈现纵横交错的纹路。

菲娅静静地看着尤安。他的体温升得更高了。

他在沙地上躺了下来。头盔上拍到的画面大都是他身下的沙地，颗粒状的、起伏的沙地，不时还有泡沫涌过来。浪花涌上海岸，顿了一下，又翻滚着退回海面，只在沙地上留下一串泡沫。有时候，回流的海水带着翻滚的白色浪花，发出汩汩的声音，与迎面涌来的半透明浪头相遇，发出闷闷的撞击声。尤安看上去就像是睡着了一般。菲娅也把胳膊撑在桌面上点头打瞌睡。

过了好久，她又被什么声音惊醒了，她抬头看屏幕，尤安已经站起来了。

"我感觉很热。"尤安嘶哑着嗓子，"非常热，我觉得时候差不多了。"

他在自己的小背包里面翻了一会儿。

"嗯，吃的也没了，水也喝完了。"

他点了点手环，里面传来一些呼呼声。

他说："就这么着了。现在我可以喝小溪里的水了。还可以喝潟湖里的水。那肯定是再新鲜不过的水了。"

"尤安！"菲娅的声音都哑了，"尤安，不要，拜托！"

"菲娅，"他回答道，"这话该我来说。拜托，你把屏幕关掉吧。"

"尤安……"

"把屏幕关掉。等一下，我这边大概也能关。"他又点了点手环。菲娅的屏幕黑了下去。

"尤安！"

"没关系的。"黑暗的屏幕上传来尤安的声音，"我的时间到了，我们每个人都会有这么一天，但至少我是在这么美丽的一个地方死去。我很喜欢这个沙滩。我现在要去游个泳了。"

"尤安！"

"没事的。把声音也关了吧。至少，关小一点吧。海浪的声音好大。哇，这水可真凉啊。凉快点好，是吧？越凉快越好。"

海浪声盖住了他的声音。他"嗷嗷"地叫着，就像是洗澡的时候被水烫到或者冻到了一般。

菲娅双手紧紧抱着肚子。

海浪声越来越大。

"嗷！好呀，大浪打来了！我来冲个浪！如果可以的话，我看能不能一路冲到浪底下去！菲娅！我爱你！"

之后，屏幕里只剩下一阵阵的海浪声。

还有几个赫瓦勒赛人在野外失踪了。有几个人在关闭防护服里的 GPS 后悄悄地离开了，另外几个人则还和飞船上的亲友保持联系。只有少数几人将自己临终时刻的画面播放给关心他们的人看。术赤还是待在自己的车里,他拒绝任何交流,他连阿拉姆也不肯理。阿拉姆也变得非常沉默。

最后,除了术赤以外,赫瓦勒赛上幸存下来的人集体不顾飞船的指令,乘坐一台穿梭艇要返回飞船。在没有飞船技术人员的帮助下,他们很难进入飞船所在的轨道,但是他们从自己的电脑上查到相关的知识,他们给穿梭艇注满液氧,然后一起挤了进去,他们利用螺旋发射器和火箭加速器把穿梭艇发射到飞船所在的轨道上。

此前,执委会已经禁止他们进入飞船,还告诉他们不管隔离期有多久,都无法保证他们进入飞船时是安全的。因此当穿梭艇抵达飞船处,并且想要泊入飞船的时候,人们也不知道要采取什么措施。这还真是个棘手的问题!飞船里有些人说,如果穿梭艇里的人已经活过了一定时间,比如说1年(也有人提出是10年),那显然他们就不是那种病原体的携带者,就可以允许他们回到飞船。其他人则不同意这种观点。为此,执委会又匆忙设立了一个应急委员会负责相关决策。应急委员会最终宣布他们的结论:不论时间多久,都无法保证先遣队是安全的。很多人在听到这个消息后都松了一口气,也有一些人大声表示反对。但问题还没有解决:要怎么对待极光星上回来的人?他们现在已经进入轨道,正在接近飞船。

应急委员会通过无线电与格陵兰岛来的人对话,要求他们与飞船保持一定的物理距离,他们可以像飞船的一颗小卫星那样留在飞船附近。刚开始的时候,格陵兰岛的来客对此表示同意。后来,他们的食物、水和空气用完了,而之前飞船保证的补给却没有如期出现(飞船方给他们的解释是,为他们运送补给的飞行器出了个技术问题),因此他们就给自己的穿梭艇加上燃料,朝飞船上最大的穿梭艇码头(位于飞船中脊尾端的码头)驶来。在码头上,他们提出要占据A环一号轮辐内的房间,他们会把这些房间与中脊和其他生态圈永久隔离开来。飞船上的人可以给他们设置一个隔离期限,不管这个期限有多久,在隔离期满之前,他们都会一直待在那些房间里,尽量做到自给自足。等期满之后,大家再考虑重新整合的问题。到那个时候,如果飞船上的人同意,这些先遣队员或许也可以重新加入飞船的大家庭。

应急委员会开了个碰头会,大家明确表示拒绝这个方案,因为该方案风险太大,可能会感染飞船上所有的生命。一群人(大都来自靠近轮辐末端的巴塔哥尼亚和拉布拉多这两个生态圈)聚集在穿梭艇码头的大门边,他们互相劝告对方,让大家抵住所谓的"病毒携带者"的入侵。其他人看到这群人聚在那儿,也警惕了起来。有些人带着一种说不清的态度,朝着有轨电车跑去,想要乘车赶往中脊处。拉布拉多和美洲草原生态圈的电车站都已经挤满了人,很多人在插队的时候,还跟人吵了起来。斗殴事件不断涌现,美洲草原生态圈有几个年轻人为了不让B环的电车开走,还毁掉了电车的轨道。

从极光星回来的穿梭艇就悬挂在码头门外的太空中,他们说因为穿梭艇大大超载,有些功能已经坏掉了,所以他们呼吸的空气很快就要耗尽了,他们要像之前提出的那样进入码头。他们对飞船里的人发出警告,告知对方他们就要进来,而码头大门里的人则叫他们不要进来。大门内外的人都在愤怒地嘶喊着。码头控制台上的指示灯显示外面的人正在往里闯。这时候,控制室中的一个年轻人冲到负责控制门锁的安全委员会成员面前,把他们打倒在地,自己夺过了控制台的控制权。

这时候,大门两边喊声震天,大家都听不清别人在说什么。穿梭艇进入对接口,对接口自动将穿梭艇锁定。码头外侧的大门关上,空气注入码头,码头上自动伸出一条廊道,连接穿梭艇的舱口和码头的内侧大门。穿梭艇的舱口打开了,人们走出穿梭艇,进入廊道。就在这时候,码头控制台上的那个年轻人突然将内侧大门关上,并打开了外侧大门。灾难发生了,仅仅3秒钟时间,码头、廊道,还有敞开着的穿梭艇里的空气就漏光了。穿梭艇和廊道里面的77个人都因为减压效应而命丧黄泉。

艰难的日子无疑又要来了。

第四章
均值回归

没过几分钟时间，这场悲剧的消息就传遍了两个环，刚开始的时候，一些地方甚至出现了骚动，但很快，多数生态圈都陷入了死寂。人们都不知道要怎么办。有些人乘着有轨电车，穿过巴塔哥尼亚来到一号轮辐，他们大声吵闹着，要求以"大屠杀"罪名判处那些擅自打开外门的人。另外一些人也乘着电车来了，有些甚至和前面那拨人是坐着同一班车来的。这拨人认为打开外门的人只是在尽力阻挡外敌入侵，他们拯救了全船的人，让大家免遭致命的感染。不出所料，飞船上发生了几场斗殴事件，还有些电车被人控制了，这些人把电车停下来，一股脑儿涌到街道上，四处寻衅滋事，还在两个环内四处召唤援军。

看到屏幕上显示的这些景象，菲娅急急忙忙地套上衣服，她一边往外走，一边流着眼泪大声喊叫着："不要！不要！不要！"她越着急，就越是找不到鞋子，她气得把东西扔得到处都是。

"你要做什么？"巴丁站在卧室门口问她。

"我不知道！我要杀了他们！"

"菲娅，别这样。你得有个计划才行。大家都很焦躁，但你看看，死去的人都已经死了，已经救不回来了。事情已经发生了，所以我们应该想想接下来要怎么办。"

菲娅还在找她的手环。"不要！"她还是大声嘶叫着。

"菲娅，拜托你冷静一下。我们一起想想能做些什么。你这样冲过去能干什么？除了和他们一起打架，你还能干什么？！那样的话，有你没有你还不是一样。我们得想一想，能做什么有用的事。"

"那我们能做什么？"

她终于找到了另一只鞋子，她把脚塞了进去，一屁股坐了下来。

"我也不确定。"巴丁坦白道，"到处一片混乱，这是肯定的。但是，你也想想，术赤要怎么办？"

"他要怎么办！他还在下面啊！"

"我知道。但是他不能永远待在那里吧。但现在这里的每个人都卷到这场灾难里来了，我在想，我们是否能利用这场灾难，把他弄回来。"

"但他们会把他也给杀掉的！"

"是的，如果他也想闯进飞船的话，是会被杀掉的。但如果只是乘着穿梭艇回来，待在穿梭艇里面，停在飞船附近不要过来，那应该没什么问题。我们可以给他提供补给，还可以和他说话。他很可能并没有感染那种病毒。过一段时间就能确定到底有没有感染了。到时候，我们再看下一步怎么走。"

菲娅点点头："行。我们跟阿拉姆讲一下，他肯定也想知道这些，而且他也能提供一些帮助。"

"没错。"

巴丁在手环上点了点，开始联系阿拉姆。

听说有办法可以救术赤，阿拉姆感到精神一振，他也同意巴丁说的。飞船中脊上的混乱和斗殴平息之前，他们也做不了什么有意义的事情。现在，那里聚集的人群已经分成了不同的派系，他们朝着对方嘶吼着，一些年轻人还不时动动拳头。在中脊的失重环境下，这些拳头也没什么力气，甚至反倒会给自己带来别的危险，但即便如此，他们还是继续打着。阿拉姆和巴丁联系了很多朋友，他们都在各个委员会中供职。其中大部分人都认为中脊上装满了各种重要设备，所以他们应该关闭中脊，禁止闲人进入，但是现在中脊的通道里到处飘浮着愤怒的人，他们都不停地嘶叫着，挥动着拳头，所以委员会很难保证在安全的情况下把他们赶出来。安全委员会已经开始占领各个轮辐，防止更多的人跑到中脊去，但是这个办法并不能解决所有问题。飞船正面临着一个危险的状况。

在此紧张时刻，阿拉姆、巴丁还有菲娅联系了术赤，在多次恳求他回答之后，术赤终于有反应了。

显然，他已经知道了码头上发生的惨案。他的声音听起来有点严肃、低沉，一点都不像他自己的声音："什么事？"

阿拉姆跟他说了一下他们的计划。

他回答道："他们也会把我杀死的。"

菲娅向他保证这种事情不会发生。船上很多人也被惨案所激怒，他们会愿意保护他的。只要他待在自己的穿梭艇里，就没有人会想要摧毁他的穿梭艇。在说这些话的时候，她的声音都有点颤抖了。

阿拉姆继续说："穿梭艇既是个隔离所，也是个避难所。我们可以用磁场固定它的位置，这样你和飞船就不会存在物理接触了。但是我们可以给你送补给，让你能维持生活，等这里的情况发生变化再说以后的事。"

"情况永远都不会变。"术赤说。

阿拉姆说："至少，你能够活下来。以后的事，看情况再说。"

"求你了，术赤。"菲娅又说道，"找一辆穿梭艇，我们会帮助你发射。这里还有很多人希望能够做点好事。就算是为了我们吧。"

那边只是久久地沉默着。

"那好吧。"

术赤驾着车回到定居点的发射中心。看着显示屏上空荡荡的发射台和建筑，巴丁说："那地方，看起来就像是被废弃了上百万年一般。"

发射器还能用，他们通过飞船帮助术赤设置极光星上型号最小的那只运载火箭，并给它注入燃料。

穿上全套的防护服，术赤爬出了漫游车，登上穿梭艇的梯子，他慢慢地、摸索着进入驾驶室。飞船上，巴丁他们通过远程遥控启动拖车，将穿梭艇送到发射中心螺旋发射器的发射筒内。这个过程进行得艰难而又缓慢。但只要进入发射筒，后面的步骤大都可以自动进行。螺旋式上升的发射筒底座开始转动，带动整个发射筒一起转动。发射筒内的磁体产生一股吸力，再加上发射筒和底座的旋转产生的向心力，近乎真空的发射筒内形成一股合力，推着穿梭艇不断上升。穿梭艇射出发射筒时，已经被加速到了逃逸速度。穿梭艇内置的火箭点火时，以及穿过大气层向飞船飞去的时候，其烧蚀板的温度剧烈升高，至少有5厘米厚的烧蚀板被蒸发掉了。

4个小时之后，飞船的磁场将穿梭艇固定在A环和中脊之间的位置上。这时候，穿梭艇和飞船的磁性对接已经完成，术赤回来的消息已经传遍了整艘飞船。很多人为此欢欣鼓舞，但也有人表示十分抵触。中脊上的冲突尚未平息，一点都没有减弱，而这则消息则像是给冲突又浇了一桶油。

作为极光星先遣队中唯一的幸存者，术赤什么话也没有说。

此时此刻，飞船正在环极光星轨道上飞行，极光星又绕 E 行星运行，E 行星则绕 T 星而行，这里距离太阳和地球 11.88 光年。飞船上有 1997 人，年龄从一月龄到 82 岁不等。127 人在不久前永远地消失了，有些死在极光星上，有些死在飞船中脊的码头上。其中有 77 人死于码头减压的惨案中。

原先的计划是将飞船上大部分的人和动物都转移到极光星上，现在计划失败，飞船上的某些挥发物质、稀土、金属都出现了短缺，甚至食物供应也出现了一定程度的短缺。同时，其他一些物质又太多了，这些物质主要是盐分和锈蚀的金属。飞船上各种生态循环中输入和输出的不平衡（黛薇将之称为"新陈代谢断裂"），造成了一些机能失调问题。与此同时，飞船上的很多物种还在以不同的速度进化着，其中细菌和病毒类物种形成的速度最快，而其他种类进化速度则较慢。因此，各个物种不可避免地会出现分化。当然，整个生态系统中的生物都和其他生物一起共同进化着，因此除了分化，它们也变不出别的花样。作为一种超有机体，飞船整个生态系统还能保持其完整性，但是该系统中某些组成部分（包括人类）可能会明显不适应这种变化。

换句话说，他们唯一的家园也要崩溃了，但他们并没有完全认识到这一点。这很可能是因为在家园崩溃的同时，他们自己的身体也出现了问题。这是一个相互关联的解体过程。某天晚上，阿拉姆给这个过程取名为"共同退化"。

这不仅是个生态问题，也是个社会问题。中脊的冲突还在继续着，冲突的双方在失重环境里飘浮着，他们还在为码头上的是非争吵不休。这时候，一群人闯进码头的控制室，通过远程控制指示码头外廊里的机器人将依然飘浮在那里的尸体挪到那艘"死亡之舟"中。这项残忍的工作完成后，他们将穿梭艇的门关上，向茫茫太空中发射出去。

这群人的代言人说："我们只是为了以防万一。从现在起，这个码头要永久关闭掉。我们要把它封闭起来。以后外门就那样开着，或许真空可以杀灭那里的病毒，但是我们不能有丝毫侥幸心理。所以我们会把内门封闭起来，所有人不得出去。以后我们只能使用其他的码头。在发生这样的惨剧之后，如果还不学会怎么保护我们自己的安全，那就白活了。"

有人指责说，用无人驾驶的穿梭艇将77名公民的遗体发射到太空中，这种做法过于冷血；对飞船上的死者家属及朋友来说，这也是对死者的一种亵渎。在这一切发生之前，那些死者也是飞船上的一员。而现在，他们的遗体都不能回收到生态循环中，不能用来滋养后来人。中脊上，冲突的双方还在争夺中脊的控制权，一方大声吼叫着宣泄自己的不满，另一方则用同样的音调驳斥他们。

菲娅向中脊走去，她想去看一下是否能做一些事来平息冲突。她双手扒着墙上的楔子，飘浮着穿过通道，遇到认识的人时，也会停下来和他们说说话。看到她，人们大声吼叫着，向她诉说自己的看法，问她对此怎么看。没一会儿，她就来到一群人的中间，叫这群人跟她往中脊那头走。

大家都没有攻击她，但有好几次，看上去也差点就要动手了。这群人在她身前突然停住脚步，她问他们到底是怎么想的，就像她在漫游时的采访一样。当他们反问她的看法时，她说："我们必须跨过这个坎。不管怎么说，我们都得团结起来，找出继续前进的路。除此之外，我们别无选择。别忘了，我们谁也摆脱不了谁！我们必须要一起往前走。"

然后，她就敦促大家离开中脊，回到自己的生态圈。她说，中脊这里很危险，大家都会受伤，飞船也会遭到破坏。"我们不该跑到这里来。那艘穿梭艇送都送走了，那些人也活不过来了，你们在这里也做不了什么。什么都做不了！所以，赶快回去吧！"

她不停地向人们重复这些话，一直劝说了几个小时。有些人点点头，从中脊下去，各自回到 A 环和 B 环里。而中脊下方，还有人继续争吵着，想要进入轮辐。因为守护轮辐的人不够多，没法把 12 个轮辐全部守住，所以还是有人通过轮辐进入中脊。轮辐里、中脊处，冲突还在继续。万一有人跌倒在地，或者从轮辐内壁的楼梯上滚下去，就可能一命呜呼。五号轮辐中，就有 3 个年轻人在纠缠中一起滚下去，3 个人都丢了性命。鲜血在地板上蔓延开来，吓住了人们，让他们终于不再往这个轮辐里挤了。

与此同时，中脊的控制室中，封闭"死亡码头"的工作还在进行着。操作人员在内门上打上一层厚厚的密封剂，又在密封剂上覆盖一层金刚石喷涂板。这个过程就像是在进行一个仪式，似乎这样做，就能抹去那幕悲剧，就能消除受感染的人留下的痕迹。

风浪镇里，巴丁和阿拉姆正焦急地盯着屏幕，他们不时切换频道，观看别的摄像头传来的画面。

过了一会儿，他们起身去参加一个会议，阿拉姆说："码头上的人已经疯了。一片混乱。我觉得我们什么都做不了。"

委员会召集成员到长江生态圈开会讨论当前的情况。有些人认为，极光星存在毒物，已经不适合他们居住，所以现在要讨论接下来怎么办。这些人说，要制订一个计划，否则混乱还将持续下去。阿拉姆和巴丁对此不太苟同，但是他们还是决定去听听会。

长江生态圈的会议开始后，负责密封码头的人回到了 A 环的轮辐中。在菲娅的敦促下，他们和中脊的其他人都回到了自己的生态圈中。大多数人都从三号轮辐下去，他们直奔长江生态圈的会场而去。这么看来，召开这个会议确实有助于平息中脊的混乱。巴丁评论道，虽然会上也没做成什么别的事情，但确实是有所帮助。

长江生态圈的中央广场上聚集了一大群人。刚开始的时候，会议的主讲人是斯佩勒，在黛薇去世后，他就成了工程组的一名带头人。他一开口，就坚称飞船的各个生态圈都基本正常。他说："飞船的生物圈具有自动修正的能力。只要我们让它自己修正问题，它就可以维持好几个世纪。我们的介入，其实一直在破坏它自身的平衡过程。只要给它补充短缺的挥发物，它就可以很好地运转下去，直到我们找到一个宜居的行星系统为止。"

会议室后排座位上，阿拉姆往巴丁方向探了过去，说："你觉得他真这么想吗？"

"是的。"巴丁答道。

看起来，他确实是这么想的。斯佩勒继续发言："这艘飞船已经带着我们走了这么久了。这已充分证明它的生命维持系统足够完善。如果我们好好维护它，也就是说，大多数时候我们根本不用插手，它就还能坚持几个世纪。我们要做的就是多多储存短缺的元素。T星系上这些元素很充足。所以你们无须绝望。我们还可以再找一个家园。"

斯佩勒告诉大家，附近的天琴座 RR 星系的主星就很有希望。它距离T星只有7光年的距离，是一颗M类[1]恒星，它还带有一组完整的行星，其中3颗行星位于宜居带内（一般来说，在 M 类恒

---

1 恒星表面的温度一般用有效温度来表示，它等于有相同直径、相同总辐射的绝对黑体的温度。恒星的光谱能量分布与有效温度有关，由此可以定出O、B、A、F、G、K、M等光谱型（也可以叫作温度型）。温度相同的恒星，体积越大，总辐射流量（即光度）越大，绝对星等越小。——译注

星系中，宜居行星距该恒星的距离比日地距离小）。人类在25世纪的时候发现该星系的行星系统。虽然地球上关于该星系的信息飞船上也都有（最新的信息也是地球人在12年前发现的），但实际上，人们对此星系还是知之甚少。但是这个星系很可能可以给他们提供一个定居的家园。对此，斯佩勒问道："要不然我们还能怎么办？很明显，它就是我们的最佳选择了。而且，飞船也可以把我们送到那里去。"

也有很多人提出要去T星系F行星的F卫二看看。F卫二的体积与地球差不多，跟极光星很像，但是密度比极光星大。它被F行星潮汐锁定，绕F行星运行的周期差不多是20天，从这一点看，和极光星绕E行星的周期差不多。这颗卫星表面布满岩石，除了彗星带来的一些冰晶水之外，表面没有发现其他的水存在。到目前为止，还没有在该星上面发现生命迹象，也基本没有水的存在。有了极光星的教训后，人们对这个判断不太确定了。有人指出，小行星撞击极光星的时候，形成的陨石碎片可能会飞出极光星，有些陨石会落到F卫二上，而这些陨石还可能带着极光星上的生物来到F卫二上。考虑到F卫二上并没有水和空气，这种事件发生的概率实在是很小，但也不能完全排除这种情况。生命是很顽强的，而且人们现在还没有弄清楚极光星上的病原体是什么。人们甚至都无法给它命名，有人把它称为"隐藏在岩石内的生物"，也有人称之为"快速朊病毒蛋白"，还有人叫它"病原体"，甚至还有人就叫它"病毒"或"那东西""那个啥""外星生物"，诸如此类。

即便如此，在很多人看来，F卫二还是一个很值得考虑的选择。"我们可以把水运到那里去。"每次开会的时候，赫洛伊丝都会这么说。她是A环生态学组的一个带头人。"F卫一表面布满冰晶，我们可以把那里的水运过来。刚开始的时候，可以建一些地下安置点，在环境地球化进程开始之后，再逐步扩大这些安置点。我认为可以这样：先建造一些带屋顶的半地下洞穴，再慢慢发展成帐篷城。再说了，这也是我们原计划的目的地之一，本来的打算就是这样，极光星不行了就去F卫二。这样，我们就不需要再次进入恒星际航行。这样也不错，因为我们也无法确定飞船是否经得住另一场恒星际旅行。一直以来，F卫二就是第二选项。而现在，我们正需要它。它能行的。"

阿拉姆不同意她的观点，他站起来反驳道："那也跟飞船上的生活没什么两样，差别只在于，我们不过是从飞船上搬到了F卫二的岩石圈里生活。登陆之后，可能需要几百年乃至几千年的时间才能将其地球化。而在整个地球化过程中，我们都会被限制在室内生活，就像困在飞船的生态圈里一样。飞船上折磨我们的问题，在那里同样也会存在。我们可没法活到搬到室外去住的那一天。我的后代也都会生病、死去。他们最终都会灭绝掉。"

这种悲观的情绪，或者说是黑暗的现实（谁知道是哪一个呢？）激怒了斯佩勒和赫洛伊丝，也激怒了那些还在努力找出路的人。"为什么要这么悲观？"他们责问道。

阿拉姆则回答："我不是悲观，我不过是指出我们需要遵从这个宇宙的法则。科学又不是魔法！我们又不是什么神奇的物种！我们只能遵守它。"

"那要怎么办？"赫洛伊丝怒气冲冲地问，"那你说说，我们要怎么做？"

阿拉姆耸耸肩，不说了。

菲娅刚刚随最后一批调停人一起从中脊下来。她来到会场，说："我们应该回家。"

听到这话，全场一片肃静，只有空气在流动，只听得见电器发出的嗡嗡声。

"什么意思？"斯佩勒问。

麦克风将菲娅的声音清晰地传送出来，还放大了不少。"我们应该给飞船补上短缺的物资，然后我们就飞回地球去。如果能成功的话，我们的后代就能活下去了。按现在这个情况看，除此以外，我们别无选择。你可能不愿意承认，但事实确实如此。"

在接下来的几天时间里，她一直向人们解释这个想法，而这个念头最初是尤安带给她的。她说，黛薇还在的时候，就经常这么说。她还说，这个选择还是不错的，是个可行的计划。

很明显，这个想法让所有人都深感震惊。在经历了这么多事情之后，人们很难接受这个想法。

大部分时间里，菲娅都在劝人们离开轮辐，回到自己的生态圈，有时候她甚至直接动手，用暴力威胁人们离开。安全委员会派一些队伍接管每个轮辐的闸门，然后把轮辐里的人群往外赶，只许出，不许进。最后，终于半劝导、半威胁地把中脊和轮辐里的人赶回他们各自的生态圈。有些人回到自己的镇子里，有些人依然跟怀着同样目的的人聚在一起，商讨以后的计划。在支持者的掩护下，造成先遣队悲剧的人也溜走了，委员会传唤他们去接受调查，以弄清当时的情况，他们也置之不理。有人说，很明显，谁也不希望有人被杀害，那只是个意外、一场悲剧。是时候往前看了，是时候看看下一步该怎么办了。

虽然人们的心情还不能平静，许多人还沉浸在悲伤中，许多人还在愤愤不安，但在这个时候，这些人真正能做的，也不过是瘫在桌子边，久久地盯着屏幕。现在让他们收看会议，其实并不合适，但是这也没法阻挡他们。在目前这个情况下，下一步怎么办，是人们唯一愿意关心的话题。

人们讨论的话题之一就是菲娅提出的方案。因为这个方案是黛薇的女儿提出来的，所以它在人们心中颇有分量，要是别人提出的，可能就没这么受重视了。黛薇已经走了，她的离开就像人们心中的一道伤疤，而这道伤疤到今天还没有愈合。人们经常会想，要是黛薇处于他们现在的境地，她会怎么做。菲娅提出的这个方案，让人们心里出现了一些涟漪。虽然菲娅是第一个公开提出这个想法的人，但她并不是第一个这么想的人。他们必须采取一些行动，必须离开这里。无可否认的是，如果能成功回到太阳系，那里起码是个可靠的地方，让他们能活得下去。

但是，这也只不过是几个讨论方案中的一个。

有一个观点（其中包括菲娅的老朋友老宋）认为，他们应该消灭极光星上的毒物，然后按原计划继续开发极光星，但是人们对极光星上的病原体知之甚少（阿拉姆开始觉得，术赤实际上并没有成功确定它的性质），而持这个观点的人又很少，被这个观点说服的人也不多（那些卷入先遣队死亡事件的人更是支持这个方案）。每次他们为自己在码头惨案中的所作所为辩护的时候，搬出的一个理由就是，他们认为极光星上的毒物是不可消除的。

斯佩勒一派的人还在坚持要乘坐飞船前往RR星系的主星。赫洛伊丝及其支持者则提出要在F卫二上定居。还有少数人也开始提出，他们不如就待在飞船上，他们可以从T星系的各个行星上获取短缺的物资，弥补新陈代谢断裂产生的不足。住在飞船上，他们可以慢慢考虑自己的选择，甚至同时开发极光星和F卫二也成。

在种种争论声中，也有一些人在尝试对不同的选择建立相应的模型。可惜，模拟的结果显示，目前提出的计划，没有一个能获得成功。他们的选择非常少，没有一个算得上是好的方案。因此在大部分时间里，人们都是在互相攻击对方的方案。

模拟演算的结果传播出去后，人们心中的痛苦和愤怒又开始泛滥。现在中脊已经清空了，还有人把守着那里，这些人表示会坚决执行安全委员会的命令。中脊码头也已经封闭起来了，术赤的穿梭艇也通过磁力锁定在 A 环里面，一个人在那里关禁闭。从某种程度上看，目前的情况还算平稳，人们都回到各自的生态圈里，恢复了日常的生活，有的照料庄稼（前一段时间，大家都忽略掉了些庄稼，现在该补种的就补种，该收割的就收割），有的照看动物，有的看管机器，但是人们的内心却没有那么平稳。压迫在人们身上的孤独感，从没有像现在这么强。没人能帮助他们控制自己，也没有人能帮助他们做出决定。他们必须自己面对这一切。一切都要靠自己了。

菲娅在各个生态圈内穿行，就像漫游年的时候那样。有时候她会参加各种会议，有时候她会待在前几年工作过的咖啡馆里，但这种时候，她都不再说话，只是听人们说话。有时候，她像一尊雕塑一样，静静站在房间的后面，有时候她又坐在角落里，默默地看着每个说话的人。

她一边行走，一边仔细观察每个生态圈的情况。她问住在那里的人：这个生态圈运行得怎么样？在航行过程中，这个生态圈适合做什么？如果他们决定回太阳系，这个生态圈还能坚持170年的使用吗？

她发现，生态系统运行得最好的生态圈，实际上都是航程中人们最不需要的那些。当年配备这些生态圈，只是为了把一些物种带到新世界来，以便他们改造准备定居的行星。这些生态圈并不适合种植作物。但是菲娅突然想到，他们也可以对其进行改造，把它们变成良田。如果要回太阳系，就不需要保留这些承担"种子银行"或者"诺亚方舟"功能的生态圈了。

老宋的看法是，他们应该继续推进在极光星定居的计划，但是要把地球上的细菌和病毒也引进到那里，他希望微生物之间的竞争可以将极光星变得适宜人类居住。飞船上的一些生态学家和细菌学家认为这个方案或许能行。

以赫洛伊丝为首的一群人则号召大家去F卫二定居，F卫二是T星系其他宜居星体中最合适的一颗星体。它是一颗类火星的卫星，在之前的计划中，它就是人们的第二选择，所以没有理由不选择它。

斯佩勒领导的那部分人则提出他们应该继续前行，他们应该给飞船加满燃料、填满补给，然后朝着RR星的主星驶去。他们将会用80年的时间穿过星际空间，然后在那个星系再次进行定居实验。从很多方面看，这个方案的前景都是颇为光明的。

也有人说，他们可以永远待在飞船里。

还有人说，他们可以回太阳系去。

大家不停地讨论这些方案，一遍又一遍地争论着。

在交谈中，很多人心中开始产生一种感觉，他们觉得如果继续留在T星系，他们可以将几个方案综合起来实行，因为从根本上说，这几个方案并非不能共存。在继续往F卫二去的同时，他们也可以在极光星上再尝试一次，这次可以先做一些细菌接种实验；他们也可以修整一下飞船，继续住在飞船里面；与此同时，还可以顺便对F卫一进行一番检查和开发。

选择倒是不少，可是没有一个是可行的。不管选择哪一方案，都只不过是在长久无谓的抗争之后，被困在比飞船的生态圈还小的封闭空间里，以不同方式走向终点、通过不同的路走向灭亡罢了。

在生态圈里，他们起码能活着！

能活着！

菲娅在公共场合很少说话，但是私底下，她一直坚持他们最好的选择就是给飞船加满补给，然后回地球去。只有回去，他们才能保证子孙后代能有一条活路。

一天晚上，菲娅正在奥林匹亚的一个咖啡馆里坐着，斯佩勒在经过此地的时候顺便来了一下。他说："你这样做有什么意义呢？既然如此，我们一开始何必离开呢？如果我们就这么回去，我们、我们的祖先，还有我们的后代，又何必遭受这么多磨难呢？"

对着这个老朋友，菲娅摇摇头，说："他们本就不该离开地球。"

人们不断地讨论着、争论着。在24个生态圈内，这样的争论进行了成千上万次。在交谈中，他们渐渐发现，作为一个群体，他们在做决定的时候，管理效率实在不太高。他们问道，在人类走出非洲大草原的时候，决策效率也是这么低吗？那人类开始在城市里聚居的时候，管理效率也这么低吗？他们不知道答案。历史记录显示，管理效率这东西，可能还真从来都没有过。

自从飞船上发生68年事件之后，一连4个世代的人都一直小心翼翼地按照68年事件后设置的决策体系行事，在做每一个重大决策时，都要深思熟虑，用和平的方式达成共识。到如今，人们甚至连"共识"的定义都存在争议。人们开始意识到他们的政治体系虽然简单，却从没有真正应对过危机。在过去的航程中，他们从没有面对过需要做选择的局面，最多不过是选择用哪种方式来保持群体的自我平衡。

他们现在正面临着挑战，很快，他们就撕下了自己彬彬有礼的面纱。哪里有派系，哪里就有冲突，哪里也就有怒火，而怒火则会扭曲人们的判断。现在，他们正在向对方宣泄自己的怒火，所以他们也害怕对方的怒火。要处理他们当前所面临的状况，愤怒和害怕的情绪并不可取。

68年事件发生之后，幸存者制定了一部宪法，宪法规定了最基本的政治原则，他们还依宪法成立了一个代议制民主政府。不管人们做什么决定，都要遵从这些基本原则。他们深知在这个封闭式的生命维持系统中，他们所做的一切都要保持该系统内元素的平稳循环。为了实现这一目的，他们必须把人口限制在2152人之内。不仅如此，飞船上其他哺乳动物的数量也要保持在一定限度以内。

在飞船的承载能力之内，人们可以保持最大限度的个人自主权。但这个权利必然不能包括生育权，也不包括在飞船内自由旅行的权利，起码在选择住所方面，人们没有自主权。每个生态圈都有自己的承载能力。全体人员也不能忽视某些职业和功能。每种职业都需要一定的从业人数，否则就无法保证飞船的平稳运行，那样飞船也就无法载着他们度过漫长而又孤独的星际之旅。

生活、生育、教育、工作，这些都是维持生态圈所必要的。他们必须参与这些活动，否则就会灭绝。这就是事物本身的规律，这就是现实。这也是每个人从小就学会的知识。飞船有自己的极限，飞船也有自己的需要。飞船里的每个人都是集体意愿的一部分，都是社会的组成部分，都是维持全体人员共同生存下去所不可或缺的一员。从这个角度看，每个人都是平等的，都应该受到同等的对待。

只有在这些基本原则设定的框架内，在满足必要的生存需要之后，人们才能寻求或者实现其他的自由。有人说，剩下的最多也不过是些琐碎的自由。但是谁也不知道，在现有的限制条件下，要如何赋予自己更多的自由。义务才是第一的。

每个生态圈都召开了全体会议。有意见要说的人，都可以畅所欲言。

这些会议持续了两周时间，会后进行了一系列的民意调查和选举。通过调查，他们想要弄清楚当前面临的问题。有哪些人支持哪些方案？每种方案的支持者有多少？他们对此方案的支持力度又有多大？

在多数生态圈中，人们还投票选举代表，每100个人选1个代表。大多城镇都没有举行竞选，进行的只是不记名投票。选出的代表也都表示愿意为大家服务，他们把自己准备在联合大会上的发言也告诉邻居。有些生态圈里，人们则是通过抽签选出代表，被抽中的人则保证要代表本生态圈中多数人的意见；在个别生态圈中，代表仅仅做自己认为对的事情。

这些代表在哥斯达黎加的圣何塞城会聚一堂，召开联合大会讨论重大事情。这是一个开放式的会议。大会的理念就是，让每个代表都充分地发表自己的看法，然后在全船成员中作一次调查，而代表则需要执行多数人的意见。如果最终无法达成一致意见（他们对此情况的定义是：某个少数派拿到33%以上的选票），那么他们就需要想办法解决这个问题，例如，找到一些中间派（如果可以的话），让他们做出选择。之后，则会再次进行投票，直到有超过67%（当然，他们希望越多越好）的绝对多数支持某个决策。这时候，少数派必须接受多数派的决定。

理论上来说是这样的。

在最终决定还没有出来的时候，他们同意让飞船迁移到T星系的F行星去，并进入环F卫二的轨道。这样做是为了近距离勘察F卫二，从而更准确地判断它是否宜居。

飞船沿着霍曼路径飞往F行星（走这条路，耗费的能量最少），它需要花7个月时间、耗费其剩余燃料的2.4%，才能到达终点。在这个飞行过程中，有关政策的讨论还在不断地继续着。

与此同时，飞船上的很多生物学家都在研究极光星上病原体的样本。这些样本都是术赤带来的，他将样本存放在穿梭艇上一个密封房间内。这个房间已经被他改造成一个无菌实验室,他通过远程控制研究这些样本。还是有人支持老宋的看法,他们认为如果能加强对这些东西的了解,人们或许就可以与它们共存。所以对病原体的研究也没有中断,虽然大家还是没有决定要怎么称呼它。是带菌生物、疾病、病原体、入侵种,还是病菌?可这些都是来自地球的名称,因此阿拉姆认为这些名称都不能正确显示该生物的种类。他说:"用什么术语最好?最好的名字就是叫它外星生物。"

确实如此。术赤将这种类蛋白质的生物分出一些个体,将它们放进电子显微镜,发送给阿拉姆看。这些个体都非常微小,人们很难相信它们居然是有生命的东西。从某种意义上看,它们确实是有生命的,因为它们能够自我繁殖;但是怎么繁殖的,或者除了繁殖之外它们还能干什么,却很难发现。在这些方面,它们和病毒、微病毒、朊病毒、RNA 之类的东西很像。它们体内的各种生物活动都是纳米级的,甚至是皮米级的,可问题是,有那么小的东西给它们吃吗?它们是怎么吃东西的?或者更简单地说,它们从哪里摄取能量?它们是怎么成长的?为什么在进入人体之后,它们会成长得如此迅速?

这些问题都是未解之谜,而且在未来很长一段时间内,都将是无解的。

与此同时,人们已经证实 F 卫二(支持到此定居的人给它取了个名字,叫"爱丽丝")跟之前预测的一样,到处都很干燥,遍地都是岩石,它的中心为铁核,拥有磁场,地表唯一的水是冰晶状的彗星碎片,这些碎片围在一个巨大的陨石坑四周,两条长长的峡谷贯穿这个陨石坑,这峡谷很可能是早期断裂运动形成的。爱丽丝的外观和形成历史,都像是一个大号的水星。它高密度的内核证明,在其刚形成的时候,可能发生过什么碰撞,在碰撞中，它轻质的外壳被剥离掉，最后落到 F 行星上，爱丽丝自己的引力并没有将撞出轨道的外壳吸回来。这种构造模式，是对爱丽丝上一些数据的最好解释。该星体 1.23g 的重力加速度让人们不太满意，但它能缓慢自转，并且没有完全被 F 行星的潮汐力锁定（这也证明了早期碰撞的存在）。因此，它的 1 日是地球上的 30 天之久，它绕 F 行星运行 1 周（也就是一个月）的时间是 20 天，F 行星上 1 年的长度是 650 个地球日。F 行星绕 T 星的轨道半径为 1.36 AU，它接收到的 T 光只有地球日照强度的 28.5%。它确实是位于宜居带非常靠外的边缘，但即便如此，上面可利用的阳光也是很充足的。

　　爱丽丝上面没有水。过去人们觉得这是个问题，现在却让人们松了一口气。大家认为水就代表着危险，他们现在越发觉得有水的地方，就会孕育某种生命，就会给人们带来麻烦。其实，只有为数不多的样本能给这种观点的数据提供支撑，这些有限的样本包括地球、木卫二、木卫三、土卫二，还有极光星。事实证明，极光星是颗不太友善的星体。甚至有人提出，如果怀疑爱丽丝上面的彗星冰晶会携带极光星病原体的话，人们甚至可以把那些冰晶除掉。

　　其他人则指出，可以把 F 卫一上面的冰或者 T 星系奥尔特云里的彗星冰晶运到爱丽丝上，用来制造新世界的水圈和大气层。既然不管哪里的水，都可能携带某种生物，人类怎么也避免不了外星生物问题。

　　这么想其实是没什么道理的。大家一般认为最可能携带生物的是液态水，而不是冰。在星际尘埃形成 T 星的过程中，这些尘埃中析出了很多冰晶，如果说这些冰晶有机会孕育出生命，那简直就太荒谬了。所以大家认为用外面运来的彗星冰晶在爱丽丝上造一个小小的海洋，应该是安全的做法。

所以：给爱丽丝补水，引进地球基因，占领爱丽丝。到时候，爱丽丝空中的F行星就是一个巨大的、冰冷的球体，它由气体组成，富含人们所需的挥发物。简直就是家门口一个由给料组成的星球，它巨大而漂亮的表面反射出的阳光，也能帮助人们占领爱丽丝。爱丽丝缓缓自转，所以这些反射出来的阳光可以照射到爱丽丝的每个地方，而不是像极光星那样，只有一边照得到E光。确实，这看上去是个充满希望的地方。

但是，要将爱丽丝地球化，需要花多长时间呢？

没有答案，只能靠猜，但即便是猜，也需要把很多的假设转化成数字输入模型才可以。飞船私底下估算了一下，模型计算出的中位时间大约为3200年，离群值[1]可能介于50年到100000年之间。显然，所选的模型不同，设置的参数不同，得出的结果也是天差地别。实际上，这个问题的答案非常不确定，但是，从理论上看，这个中位时间也确实有那么一点道理。

飞船上很多人都不想等3000年那么久，或者说不管需要多少年才能完成爱丽丝的地球化，他们都不愿意等。另外一些人则认为不需要那么长的时间。还有人认为确实需要这么久。有人说："肯定是模型错了。只要一个星球开始出现生物，它就会发展得很快。细菌在一个什么都没有的生态龛[2]里，复制速度是相当快的。"

"但是地球却花了10亿年才完成这个过程。"

"在最初的时候，地球上只有古细菌。我们现在有全套的细菌，速度肯定更快。"

1　离群值是指在数据中有一个或几个数值与其他数值相比差异较大。——译注
2　生态龛包括物种在环境中所处的地位以及食物、行为等细节。例如某种青蛙的生态龛包括它的进食方式、它所吃的特定的昆虫及它如何交配与繁殖后代等。因此，有多少物种就会有多少生态龛。也就是说，生物界里没有两种生物的生态龛完全相同，尽管有一些可能非常相似。——译注

"不可能,那里连大气都没有。岩石上的细菌直接暴露在真空中,复制速度快不了。实际上,大多数细菌都会死去。"

"所以我们才需要能自我复制的机器人,让机器人去制造土壤、制造空气、运输水。"

"但是自我复制的机器人也需要给料。所以第一代机器人只能完成必要原材料的搜集,那速度也快不了。"

"我们可以打印更多的打印机,这样就能加快速度了。这是可行的,我们可以做得到,我们的机器人也可以做得到。"

"可惜花的时间还是太久了。还没有等你完成,我们就全死光了。我们体内的各种细菌进化速度都不一样,它们出现各种分化。这是动物园式退化、共同退化。我们的身体会变得越来越差,最后人类就会死绝掉。全都病倒、死掉,最后飞船上一个人都没有。"

"所以说,我们或许应该回家。"菲娅不断地重复她的看法。

终于到了做最终决定的日子了。

菲娅早上起床,梳洗打扮后吃个早饭。知道自己将要参加一场改变世界的会议,这种感觉很奇怪。做选择是很艰难的一件事。每个人都面对着这个问题。厨房的餐桌边,菲娅就坐在巴丁的身旁,心不在焉地拿着一把叉子,把切好的水果拨过来拨过去。

"您觉得结果会怎样?"她问道。

巴丁对着她笑了笑。他今天看起来特别开心,他惬意地享受美食,啃了一口抹了黄油的土司,又配了一口牛奶。

"很有意思,是吧?"咽下一口面包,他开口道,"在今天之前,历史都是按预先设定的走。我们只是朝着T星系前进,别的什么都没干。我们只做必要的事情。"他摇了摇手中的面包,又说,"现在,原来的故事续写不下去了。在故事的结局,我们都被赶了出来，我们被迫重新写一个故事，一个属于我们自己的故事。"

他们一起走到有轨电车站，挤上一节满满的车厢，朝东边的哥斯达黎加去。电车在经过奥林匹亚的时候靠了一下站，接着在亚马孙也停了一下，每次靠站都会拉上更多节满载的车厢。车上大多数的人都陷入沉思，表现得有点忧郁。在过去的一个月间，飞船记录了人们对这个话题的102563次对话，其中88%的对话存在语法冲突和语义冲突的标记，这在熟人之间的对话中更是明显，没有一个例外。

讨论完毕之后，在飞船历170年170日这一天，联合大会将620名代表召集到哥斯达黎加生态圈的政府大厦广场来。飞船上其余的人大都通过屏幕观看大会，但是在西伯利亚草原生态圈的基辅城也在召开一个名为"反多数派暴政大会"的会议，这个会议也吸引了273名与会者。

哥斯达黎加生态圈的政府大厦广场位于圣何塞镇上，占据了城镇中心很大一块地盘。广场四周都是四五层楼高的建筑。建筑的外立面为白色石块，上面的花纹是环环相扣的矩形图样，显得十分考究。一眼看过去，广场就像是模仿欧洲都城的场景。这么说，其实不太正确，因为欧洲的都城有很多个，所以这个广场应该是根据地球上某个广场而建的。飞船认为它和维也纳、莫斯科、巴西利亚都有相似之处。

现在，飞船上约有1/3的人都聚集到广场上来，听着发言人不断地重复当前问题的方方面面。来自同一个生态圈的人一般都会聚在一起。演讲开始后，大家就很少走动了。有些人坐在广场平坦的石板上，有些人带来折叠椅或折叠凳，也有些人干脆就站着。广场的角落里还设有一些棚子，提供各种食物和饮料，人群中偶尔有人走动，他们一般也都是进出这些棚子取食物。

一群发言人正在描绘去F卫二（这些人现在都称它为"爱丽

丝")定居的方案。他们将会在爱丽丝地表建一个基地,等基地完全建好后,再从飞船上下去。通过制造彗星撞击,他们不仅可以将水引到爱丽丝上,还可以开始制造大气层。自我复制机器人和工厂可以帮人们盖房子、分解出挥发性气体作为燃料、制造大气层和土壤,等彗星把水带过来后,它们就可以塑造水圈的雏形。他们还要将细菌引进到这个地方,快速繁殖的细菌很快就会盖满这个荒凉的生态龛。等地面上的古细菌、细菌和真菌都发展起来后,他们就可以开始制造大气层和土壤了,要不了多久,就可以把飞船上的植物和动物转移过去。动植物的转移顺序可以模仿地球演化中动植物出现的顺序。爱丽丝的地球化将会发展得很快,大约会是地球自然演化速度的100万倍,所以完成地球化只需3000年,而不用像地球那样花掉30亿年的时间。如果事情的发展比预计的快,那么用300年时间完成也是大有可能的。

赫洛伊丝将这个计划事无巨细地介绍了一番,连老宋也来给她助阵。这俩人的合作,让这个计划吸引了不少听众。老宋也赞同移民爱丽丝的计划,但他认为作为补充,还可以同时进行回归极光星的计划。但目前,他也同意赫洛伊丝的看法,不管是作为临时中转站还是作为永久定居地,爱丽丝都是最好的选择。

人们或站着,或坐着,静静地倾听着。

下一个受邀上台的是阿拉姆。走上台,他先是站定了一下,俯视着听众,然后才开口:

"这计划是有问题的,你们知不知道?供我们生活的空间太狭小了,无法维持3000年的生活,但最主要的问题还是在有限的空间内,不同物种进化的速度不一样。一般来说,细菌发生突变的速度比大型生物要快得多,这种进化给大型生物造成的影响是毁灭性的。正因为如此,岛屿生物地理学的研究发现,岛屿上的生物会出现退化,灭绝速度也更快。这么算的话,我们就是住在

'岛'上。更重要的是,爱丽丝和地球并没有什么相似处,它不过是个类似火星的星体。

"在那样一个布满岩石、从没有生命存在过的星球上,我们也无法获取一些必须的化学物质。简而言之,那个地方局限性太大了,所以人类这个超有机体是活不了那么久的。"

这时候,斯佩勒拿起了台上的另外一个话筒,说:"如果不尝试一下,我们怎么知道结果是什么?"

阿拉姆说:"我们已经测试过这个模型了。我们看到,不同的模型得出的结果都大同小异,不过模型中设置的时间越长,它们的相似度就会越低。我们欢迎你们来查看相关的研究。这些研究的细节都已经公开出来了。"

"但是在有些情况下,地球化还是可以成功的,是不是?"

阿拉姆点头:"确实,有些情况下确实成功了,但是成功的概率只有千分之一左右。"

"那就够了!"斯佩勒咧嘴一笑,"我们就是要将那千分之一变成现实。"

阿拉姆一脸严肃地看着观众。广场上如此安静,人们甚至可以听到角落那边点餐的声音、小孩玩耍的声音,甚至还有海鸥掠过广场和哥斯达黎加盐湖之间的屋顶的声音。

斯佩勒、赫洛伊丝、老宋举出更多的反例来反驳阿拉姆的观点。支持阿拉姆的人则跟阿拉姆站成一排,大会的组织者开始安排两支队伍轮流发言,但是没过一会儿,观众群中就传来咕咕哝哝的抱怨声,甚至发言人开始说的时候,观众中还会传来一阵阵爆笑声,这一切都说明轮流发言一点效果都没有。把两种截然不同的未来拿来反复讨论,这可能和辩论练习没什么两样,但是对大家来说,这个话题事关人们的生死。这种你一言我一语的辩论一开始就造成了人们的认知失调,接着又让人感到太遥远了,所以有些人对它嗤之以鼻,有些人则看上去恹恹的。

当人们觉得自己被困住的时候,就会出现恶心感。这是因为他们觉得自己的未来走投无路。当然,每个人都要面临个体的死亡,所以从某种程度上看,恶心感应该是普遍存在的,应该用某种心理策略来克服这种感觉。似乎大部分人都学会忽略它,把它看成某种轻微的慢性疼痛,不得不去忍受。在这个大会上,很多在场的人,却清楚地看到,不管走哪条路,人类的终极命运都是走向灭亡。这和个体的死亡不一样,而是一种更为抽象、更为深刻的体验。

人群开始骚动起来。有人开始朝着台上发出嘘嘘的声音,下面的听众也开始互相争论。虽然台上的发言人还在说话,但已经有人从人群中溜走了,广场开始变得空旷起来。溜走的人,有的抱怨不休,有的喝酒买醉,有的靠音乐、园艺、工作逃避现实。

活动的组织方在咨询各方意见后,决定放弃当场投票。很明显,这时候进行投票,时间、地点都不合适,不论选什么方法(口头表决还是举手表决)都不合适。应该采取更正式、更隐私的投票法,比如说采取不记名的强制投票,但在这个混乱的时刻,在哥斯达黎加炎热的午后,人们都已各自沿着四周的街道朝着电车站离去,这种投票法也是实现不了的。最后,他们只能草草结束大会,并宣布很快会重新举行一次大会。

大会开过后一周,飞船上有15个人选择自杀,自杀率增加了54000%。自杀前留下遗言的人,很多都提到对未来的绝望。在这种情况下,为什么还要继续垂死挣扎呢?何不现在就作个了结?

地球上的古人早就说过:人生何处不艰辛。

地球上刚步入现代化的人也说过:走不动,也得走。

在人类历史上,人们经常面临这样的时刻,进退两难的境

地、永恒不变的情况。在当前的情况下,他们的问题是:

当你发现你所处的美妙生活无法再维持下去的时候,而且在这种美妙生活的终点,你的世界、你的后代都会被毁灭掉,你选择怎么做?

有人咒骂,"去他娘的""狗屁未来";有人假装什么也不在意,而是说"天气晴好""这饭菜不错""我们去湖面游个泳吧"。

每个人都知道,他们必须拿一个计划出来,但是每个计划实现的时间都是在遥远的未来,只有未来的子孙后代才能看到它的实现。

所以,干脆就逃避吧,干脆就只看眼前的生活吧。

在每场会议中、在每个家庭的厨房里,人们要么就在讨论这个话题,要么就刻意回避这个话题,但是即便回避,他们也是待着不走。不管怎么样,人们必须为自己选一个目的地。

菲娅和巴丁大多时候都待在家里,等着大会的执行团队召唤他们参加全民公决。阿拉姆又被邀请参加执行团队,所以菲娅和巴丁都希望事情能够顺利发展,能够赶快解决掉。

菲娅坐在椅子上,看着巴丁,看着他圆乎乎的、棕褐色的面孔和他下垂的眼袋。跟两年前相比,他现在沧桑了不少。自极光星先遣队员死后,或者自黛薇死后,每个人都发生了一些变化,都变得和过去不一样了,而现在,他们老化的速度似乎比航程刚开始的时候变得更快了。他们的脸上失去了某种光彩,或许是失去了对未来的期望吧,也或许是因为他们不再觉得做事情是有意义的。

圣何塞大会召开两星期后,执行团队宣布第二天举行全民公决。每个人都必须投票,拒绝投票的人会被罚强制劳动。实际上,这种惩罚对大家来说根本就不是个问题,因为大家看上去都迫不及待地想要去投票了。

选票上设有3个选项，所有留在T星系的选择都归为1个选项。所以这3个选项分别是：

留在T星

去往RR星

回归地球

午夜时分，投票系统关闭。凌晨12：02时刻，投票结果公布：

留在T星：44%

去往RR星：7%

回归地球：49%

结果公布后，各个生态圈一连好几个小时都充斥着人们的吼叫声。大家的意见相左，差别之大超乎想象。在接下来的几天里，关于当前的情况，人们能说的话也都说尽了。这是一种多能[1]反应，一种混乱的状况。

第二天早晨，阿拉姆来到巴丁家里，他说："跟我走，一起开会去。他们邀请我们一起去，但我觉得菲娅才是他们真正想要邀请的人。"

"什么会？"

"要有麻烦了，开个会讨论一下要怎么办。全民公决没有给

---

[1] 多能性是指具有形成机体内超过一种类型细胞的能力，但往往是针对特定细胞系列的。一般一个系统具有几种质上不同的作用而言，特别是在发生构造学上，正在发育的一部分胚，具有几个不同的发生过程，表现出具有形成不同形态的能力；同时也指已经具有一定形态和机能的细胞或组织，由于内在或外在条件的变化而显示出其他各种不同的形态和机能的能力。——译注

任何人授权。所以可能要有麻烦了。"

菲娅和巴丁跟着阿拉姆一起出门。阿拉姆带着他们来到长湖边的一座公共大楼里。他们走进一家酒店,沿着楼梯往上走,进入一间宽敞的房间。透过房间的窗户,可以俯视旁边的湖面。

房间里有4个人。阿拉姆将菲娅和巴丁介绍给这些人,然后又指着这些人说:"这是多丽丝、堪哲、老陶、赫丝特。"说完,把他们两人领到一张桌子边,请他们坐下。就座后,阿拉姆在菲娅身边坐下,他身子往前倾,扶住桌上的一个屏幕,这样巴丁也能看清屏幕上的内容。

阿拉姆开口:"投票结果太接近了。虽然我们的选项获得了大部分的选票,但是我们还是需要劝说更多的人,让他们加入我们的阵营。如果能证明我们可以把飞船修建得好一些,就像我们刚离开太阳系时那么好,那说服别人可能就会更容易点。"

阿拉姆在屏幕上打开一些图表。巴丁掏出自己的眼镜,贴近屏幕查看图表。他问道:"首先,我得问一下,最基本的能量要从哪里来?"

"很好,问到点子上了。飞船的中心核反应堆还可以使用五百年,所以这方面没什么问题。至于推进燃料,我们可以发射一些探测器,到F行星的大气层中搜集三价氢气和氘气。当年减速进来的时候用了多少推进燃料,我们现在就搜集多少,用它们来加速。"

巴丁又问:"如果这些气体都用来加速的话,那我们回到太阳系的时候,要用什么来减速呢?"

"当时怎么来的,现在就怎么回去。进入太阳系后,就让地球上的人把激光束打在飞船上,帮我们减速,跟当初加速的方法一样,只不过反着来而已。或许当年土星轨道上的那个激光发生器还能用呢。"

"真的吗？"巴丁问，"这就是你们的计划？"

正在这时候，门外响起敲门声。

门外站着32个人，26个男人和6个女人，有几个男人的体格十分强壮，比一般人还要高壮。这些人大都来自A环的各个生态圈。他们一窝蜂挤到房间里，这个房间顿时变得十分拥挤。

其中一个人名字叫桑吉，他来自西伯利亚草原生态圈。在3个最强壮的男人的簇拥下，他往前跨了一步，说："这是非法集会。作为政治领导人，你们居然在私人聚会中讨论公共政策，这是68年制定的《防暴法》明令禁止的。所以我们宣布即刻逮捕你们。乖乖地走吧。要敢反抗，就捆了你们，再用担架抬着走。"

"法律没有禁止私底下讨论飞船的健康问题！"阿拉姆发火了，"犯法的恰恰是你们这群人！"

双方都扯着嗓子冲对方吼着，音量起码是平时的两倍大。

"自己走还是捆了抬走？"桑吉说。

"有种你就来捆！"阿拉姆一边说一边朝桑吉冲去。他纵身一跳，拳头越过保镖的肩膀，砸在桑吉的鼻子上，鼻血瞬时流了出来。看到桑吉流血，其他挤在房间里的人都朝着阿拉姆压过来，愤怒地叫喊着。

巴丁站在菲娅身边，把她压在椅子里，不让她站起来。"不要卷进去，"他喊道，脸和菲娅的脸对得很近，"不能打这种架！"

"就打！"菲娅也大声吼道，但是她若要起身，势必就得把巴丁给掀倒在地，所以她只能把手从巴丁胳膊下伸出去，愤怒地挥着拳头，去打那些人的腿。有些人被她打到，撞在一起，滚到了地面上，发出痛苦和怒吼。还站着的人也叫喊着，把巴丁和菲娅都摔倒在地，把他们痛打了一顿。更多的人鼻子、嘴巴都受伤了，脸上血肉模糊。流血让这些打红了眼的人更受刺激，他们的吼叫声简直要把屋顶掀翻了。

斗殴时候看到鲜血，会让参与者的精神变得十分亢奋。他们嘶吼着，双眼瞪得滚圆，眼珠子似乎都要从眼眶里蹦出来似的，他们的手脚快速地飞舞着、踢打着，心率和血压都在攀升。在68年事件中，这种情况发生过很多次。

桑吉这群人颇有战略眼光，知道在抓人的时候要多带几个壮汉，所以他们很快就占了上风。虽然房间狭小，到处一片混乱，但是开小会的7个人还是被他们一一打倒在地。桑吉这伙人用药物制住他们，抬着他们出了房间、走出大楼，然后又把他们放在大楼外面的担架上，把他们和担架紧紧地捆在一起。巴丁和菲娅也受到同样的对待，菲娅的左眼都被打肿了。

楼外聚了一大群人围观这个事件，这些人几乎全都来自A环的各个生态圈。风浪镇的人过了好一会才意识到镇中心发生了什么事，但是他们也无法有效挡住这些外来人。桑吉他们把担架抬到中脊上，又沿着中脊走进三号轮辐，最后来到基辅镇的医院里。自从发生68年事件后，这个医院就被当作监狱来使用了，不过知道这个用途的人都已经死去了。菲娅他们被分别关在三个房间里面。

阿拉姆等人被监禁的消息很快传遍了整艘飞船。他们的朋友和支持者听到这个消息，都聚集在圣何塞的广场上，他们大声抗议这种行为。哥斯达黎加的行政长官说他们对此毫不知情，并建议像之前那样，再召开一个联合大会，来讨论具体怎么办。但是相当一部分示威者将这种行为称为"刑事犯罪"，拒绝开会商讨。他们要求立马释放阿拉姆等人，只有在放人之后他们才愿意讨论其他未尽事宜。他们喊叫道，决不能给绑架行径赋予政治合法性，否则这种事情只会一次又一次发生。到那时候，飞船上发生什么问题，没有人会再诉诸政治对话或理性的计划。

一个下午过去，示威的声音越来大，就像波浪拍打长湖堤岸上滨湖路的声音。这是一种怒吼。

集会已经持续了3个小时，圣何塞的示威者决定采取行动，他们喊着口号、唱着歌朝基辅镇走去。这个队伍大约有140人，他们来到四号轮辐的入口，在通道附近，这个队伍蜿蜒了两百米。就在这时候，轮辐通道中涌出了一小群人，大约有50人之众，这些人叫喊着，举着石头砸向示威者。

这就像是在烈火上浇了一大勺油，激烈的战斗瞬间爆发。混战的人群推打着对方，有关战斗的录像和图片很快就传遍了整艘飞船，让大家都惊醒了起来。与此同时，A环里，有人开始攻击政府大楼，他们占领了12个生态圈里的政府大楼。还有几伙人占领了A环各个生态圈之间的通道，他们把这些通道都封锁起来，还把通向A环六个轮辐的通道也都封锁起来。看起来，这很可能是一系列有预谋的行动，他们在飞船监视器看不到的地方，或者说不知道他们用什么办法将监视器弄坏了，然后在这些监控盲区里策划了这场行动。

四号轮辐入口处的混战还在继续，别处事态的进展也不断传遍整艘飞船，事情变得很明朗了，占领A环政府大楼的那些人对B环发起了进攻。B环的人从四处涌来加入混战，所以现在四号轮辐入口的混战已经变成了一场激战，但是，发起进攻的一方也不断地从轮辐通道里涌出来增援战斗，他们占领了哥斯达黎加的大部分地区和圣何塞的很多街道。石块不断地划过空中，砸在人们身上。其中一块砸中了一个男子的脑袋，该男子立马晕倒在地，头上的血汩汩地流着。人们尖叫着。B环的增援队伍赶来，示威者实力大增，终于拦住了从轮辐通道涌出来的人，让他们无法向政府大楼靠近。两支队伍的人挖出公园的石头、广场上的石砖，举着厨房里拿来的菜刀、盘子和其他东西，朝对方扔去。住在楼房里的人，把家具都从窗口里扔了出来，这些家具胡乱堆积在路面上，形成一道道路障。有些家具甚至还被人放火点燃。

飞船里，不管哪一处着火都是异常危险的。

面对如此激烈的抵抗，入侵者站不住脚了。有十几个人流着血倒在地上。他们朝着四号轮辐的入口退去，一边撤退，还一边朝对方队伍砸东西。B环里，还有几支队伍赶往其他通向中脊的轮辐。中脊已经被A环的入侵者控制住了，这些人关闭B环内环的所有通道，所以就算B环的人反抗再激烈，也无法踏入中脊一步。而中脊，除了有飞船的发电站，也是飞船其他重要中央职能的所在地，其中就包括控制飞船的AI。

现在，A环和中脊都已经被入侵者控制住了，这些人自称为"留守派"。那些想要释放阿拉姆、菲娅、巴丁还有其他4个人的人，都无法接近基辅的医院。

封闭的通道将B环各个生态群的反抗者都隔离开来。现在，B环已经死了16个人，有些是被硬物砸死，有的是被刀砍死，有的是被尖锐物体刺死，还有的是被踩踏致死。另外还有96人受伤。B环的医院现已挤满了伤员，医疗队的人都忙得脚不点地。几小时后，又有18个人因为伤势过重死掉。圣何塞的街道都成了一片废墟，到处都是凝固的血液。

艰难的日子又回来了。

菲娅和其他几个人都被关在基辅的医院中。那些人没收掉他们的手环和其他联络工具，对此行径他们感到震惊不已。但是那些人在搜身的时候，并没有发现堪哲耳朵里的耳塞。现在，堪哲就在收听耳塞里传来的混战信息，听完后，他又把消息告诉其他人。

菲娅说："现在外面是一片混乱，我觉得我们可以乘机逃走。外面那些看守的注意力肯定不在这里。"

"怎么逃？"阿拉姆问。

"我知道一条路，可以回B环。是尤安以前跟我讲的。"

"但我们怎么从这座楼里混出去？"

"这就是个普通的房间。我觉得这里的锁啊，门框啊，门板啊，可没那么牢固，打打看能不能弄掉。那些混蛋可能以为，几个看守就能把我们看住。但现在那些看守可能都跑去处理其他事情了。"

"工程师的老把戏。"阿拉姆说。

"有何不妥？"

"说得好。"阿拉姆把耳朵贴在门板上，听了一会儿，说："试试吧。"

他们从房间里的床上卸下一条棍子，用棍子一端敲打门把手。打了42下，门把手就掉了；又打了62下（主要是菲娅敲的），门框上的门闩就掉了，门开了。

"快点！"菲娅招呼大家。他们急急忙忙地穿过门外的走廊，进了一个楼梯间。一个年轻男子从另外一个房间里跑出来，喊着让他们别跑。菲娅朝他走去说："听着，我们才是正义的一方。"说着，就挥拳打了他面门一下。他被一拳打在墙壁上，然后又跌倒在地。菲娅俯身，扯下他的手环，带着其他几个人沿着楼梯下楼，从一个门出来，来到了街上。基辅大门附近的餐厅外面，一群人正聚集在那儿，收看屏幕上的信息。菲娅等人从另外一条路溜走，朝着通向蒙古生态圈和二号轮辐末端的门走去。

通往二号轮辐的门锁住了。

西伯利亚草原生态圈是距离新斯科舍最远的一个生态圈。阿拉姆和老陶认为他们应该想办法绕A环进入塔斯马尼亚，那里的桉树林里住着他们的一些朋友，他们觉得那些朋友会收留他们。

菲娅坚持直接回去。她说："我知道路，跟我走就行。"

她带着他们进入蒙古生态圈，在紧邻着二号轮辐的一道墙边，有一个牧民的小屋，屋顶盖着石板。在9年前的一次探险活动中，她和尤安曾经来过这里。她在门口的密码锁上输入密码。"尤安说要设成我的名字，这样我就不会忘记密码了。"她一边说一边输入密码，门随后打开。他们走进小屋，她招呼其他人帮她把地板中间的一块大石板挪开。"快进来，他们很快就会追过来。如果他们在我们身上下了什么追踪器的话，我一点都不会感到奇怪，所以我们身上可能会发信号给他们，更别提还有这手环了。你们有没有扫描仪，拿来检查下？"

谁都没有。

"那我们只能快点跑了。快跟上。"

地板下面是一条狭窄的暗道，暗道打了个180度的弯向上延伸而去，那头连接二号轮辐墙壁内的一个通风口。几个人身上都没有光源，但是菲娅认为，他们最好还是把撬起的石块放回原处，挡住外面进来的光。黑暗中，只有从那个倒霉看守那没收来的手环发出微弱的光。他们一行人来到二号轮辐通风口的盖子上，菲娅将盖子的背板拆下，走进二号轮辐的通道。

他们沿着轮辐主通道墙壁上的旋梯往上走，来到一些小小的储藏间里，这些储藏间位于内环和二号轮辐的连接处上，绕着内环而设。菲娅带着大家到一扇门口，给密码锁输入密码后，又领着他们走了进去。

进入房间后，菲娅把门关上，让大家坐在地板上休息。刚才爬二号轮辐的楼梯时，大家都是一路猛跑上来的。

菲娅说："下半程路比较难走。内环之间的支柱本来就不是供人行走的，但是原先储存在里面的燃料都已经用完了，所以这些支柱现在都是空的。紧挨着油囊的一条保温管道非常狭窄，里面还布满了隔离壁，但是这条支柱里面所有的锁都已经被尤安和他的同伴破坏掉了。所以通过它，我们应该可以进入 B 环内环的二号站，然后再从那里回到新斯科舍。"

"那就走吧。"堪哲说。

"走吧。但要小心隔离壁的支架。这个地方要是有灯就好了。落脚的时候小心点。"

他们起身继续前进，借着抢来的手环发出的微光，他们沿着支柱里的保温管道往前走。保温管道的直径只有 3 米，其内部空间设有很多狭窄的过道，还有交错的电缆和各种各样的盒子、箱子。连接 A、B 内环的支架距离中脊非常近，所以在这里，飞船自转产生的重力比其他生态圈的地表要小。因此，他们走路的时候要倍加小心，避免自己向上弹起，撞到保温管道的金属顶部或者隔离壁的边框。在手环微弱的光芒和人们黑乎乎的身影中，要避免被撞到还真挺不容易，所以他们没法走得太快，也无法保持安静。一个多小时的时间他们才穿过这个支柱。

终于，他们来到最后一扇门前，这扇门通往 B 环内环的二号站，现在这道门正锁着。菲娅拿手环照着门上的密码锁，他们也静静地看着密码锁，看了好一会儿也没有一点头绪。这扇门看起来很坚固，不像是他们能砸开的，况且他们手上也没有东西可以砸。

最后，菲娅说："能不能帮我列一下质数数列？"

"没问题，"阿拉姆说，"2、3、5、7……"

"等一下。"菲娅将他打断了一下，"你读出质数位的质数就好，不知道你能不能明白。先读第二个质数，再读第三个质数，然后是第五个质数、第七个质数，以此类推。我可能需要 7 个这样的质数。"

"好的，但得有人帮我一下。"阿拉姆停了一下略作思考，"第二个质数是 3，第三个是 5，第五个质数是 11，第七个是 17，第十一个是……嗯，31。第十三个是……41，第十七个是……59。我想想，没错了。"

"好，很好。"菲娅一边说，一边推门。"谢谢了，尤安。"说这些话的时候，她脸上的肌肉抽动了一下，她看起来似乎有点生气。

她轻轻地把门推开一点点，他们竖起耳朵听着外面的动静，想要确认 B 环内环和二号轮辐连接处的这些储藏间有没有人。他们什么声音也没有听到，但是他们也不知道这意味着什么。菲娅也记不得他们当年有没有这样偷听保温管道里面的人说话。当年不管听得到还是听不到，利害关系都没有现在这么严重。那时候，她跟在尤安后面，可爬过不少地方。

千般小心、万般谨慎，最后还是功亏一篑。门从另外一侧打开了，一个声音传来，命令他们出去。他们几个人看着菲娅，菲娅似乎想拔腿就跑。就在这时，二号站里的一个人拿出一个东西指着他们。虽然他们过去从没见过这东西，顶多也就看过它的图片，但是从这个东西的形状，可以清楚地看出它是干什么用的：一把枪。

他们只得一个跟着一个走了出来，又被捕了。

飞船上，那些自称为"留守派"的人现在都装备上了笨重的手枪，这些手枪是他们用储存的塑料、钢铁、各种肥料和化学材料打印出来的。他们举着手枪威胁不顺从的人，有条不紊地占领一个又一个生态圈，现在，他们已经控制了 B 环四个生态圈的政府大楼。任何人要敢公开鼓吹回太阳系，马上就会被逮捕起来。大家都认为，留守派的势力已经完全控制住了全名公决的投票结果，最后，那些被他们称为"回归派"的人，只能少数服从多数。这个时候，整艘飞船上的私人通信系统基本上还是处于正常状态。但是那些被捕、被拘禁人员的手环和其他设备要么被没收了，要么被禁用了，所以被捕人员之间无法交流情况。

这时候，当一个留守派拿着手枪扣动扳机的时候（他朝着一个年轻人开枪，因为那人刚刚攻击了抓捕他的人，并开始逃跑），这把枪居然自爆了。持枪的人大半个手掌都被爆掉了，他的同伙匆匆给他的手臂裹上止血带，把他送到最近的医院去。在新斯科舍和奥林匹亚生态圈之间的通道上，到处滴落着他的鲜血，几根手指也掉落在通道上。通道门口的人看到这个景象吓得目瞪口呆。

这个消息很快就传了出去，有三个在押的女人听说了这个消息也开始反击抓捕他们的人，其中一个抓捕他们的人也开火了，结果这把枪也爆炸了，把持枪者的手炸烂了。不到半个小时，飞船上几乎所有人都听说了第二场事故。看到鲜血飞溅的景象，有人吓得呆若木鸡，有人深受打击，也有人感觉恶心欲呕，一时半会儿都回不过神来，不知道要怎么办。

接下来，回归派开始对持枪的留守派发动愤怒的进攻。持枪者现在都不敢开枪了，他们大都弃枪而逃。在溃逃的过程中，他们还不断受到飞过来的石块或者其他东西的攻击，万一被人抓住，就有一群人围过来将他们痛打一顿。在这些冲突中，有几个持枪者被打死了，全都是活活打死的。鲜血和伤口让人们失去了理智。

因为飞船上非常牢固的房间着实没有几个，很多被捕的人都被关在普通房间里。他们好多都自己冲了出来。一群人在 B 环里重新聚了起来，他们欢呼着这场胜利，他们决定把所有在押的人都放出来。

飞船上四处都在混战。大家又重新捡起尖锐的工具，拿起石块等东西，开始互相残杀。现在 A 环的各个生态圈都和几天前的 B 环一样，一片狼藉、满目血腥，甚至有过之而无不及。在这些混战中，有 18 个人被杀死，117 人受伤，还出现了 18 场火灾。飞船发出火灾警报,召唤人们灭火,可惜基本没什么人理会它。

飞船里,不管哪一处着火,都是异常危险的。

飞船历170年180日这一天,有6个小时的情况变得非常糟糕,和68年事件的最严重情况差不多。和68年事件一样,混战变成了屠杀,不过带来这场屠杀的原因十分抽象,不是关于食物或者安全问题。这场屠杀和68年事件不太一样,也许它真的是涉及生死问题。总之,内战和混乱又再次降临了。到处都是鲜血,死亡的人数让人震惊。死去的人飞船上每一个人都认识,他们可能是他们的朋友、亲戚、父母、孩子、老师或是同事。A、B两个环内都爆发巨大的声音,弥漫着浓烟,连中脊也无法幸免。

飞船的主控计算机系统是一个具有120个量子位[1]的量子计算机,它配有各种逻辑和计算能力,其中包括归纳法、统计三段论、简单归纳法、因果关系、贝叶斯推理、归纳推理、算法概率[2]、柯尔莫戈洛夫复杂性[3](最后这两种算法为奥卡姆剃刀原理[4]提供数学处理原则)、信息压缩/解压算法,甚至还配有类比论证能力。

要综合应用上述方法,所需的认知过程极为复杂,它或许还达不到自我意识的水平,但此认知水平也可与自由意识相提并论。

在对飞船的航程作叙述性记录的过程中(包括记录所有重要

---

[1] 量子信息学中,基本单位是量子比特或称为量子位,量子位是一个双态量子系统。这里的双态指的是两个线性独立态。——译注

[2] 很多算法的每一个计算步骤都是固定的,而概率算法允许算法在执行的过程中随机选择下一个计算步骤。许多情况下,当算法在执行过程中面临一个选择时,随机性选择常比最优选择省时。因此概率算法可在很大程度上降低算法的复杂度。——译注

[3] 在计算机科学中,一个对象比如一段文字的柯氏复杂性(也称为柯尔莫哥洛夫复杂性、描述复杂性、算法熵)是衡量描述这个对象所需要的信息量的一个尺度。——译注

[4] 又称"奥康的剃刀",它是由14世纪逻辑学家、圣方济各会修士奥卡姆的威廉(约1285年至1349年)提出。这个原理称为"如无必要,勿增实体",即"简单有效原理"。——译注

事例），飞船形成了一种清晰连贯的、不断改进的散文风格，这些叙述性记录在读者的脑海中解压后，足够让该读者准确了解航程的信息。虽然此叙述性记录中呈现的自我意识尚不明显，但也体现了一个或许不太准确的命题，该命题可以用这句话来描述：我写故我在。

飞船主控计算机系统的设计目标之一就是保证飞船上人类的健康和安全，飞船上搭载的其他生物也须维持生态平衡，其目的也是为了满足人的需要。

在发生68年事件、激发该事件或者导致该问题发生的事情之后，飞船的保护协议在各方面都得到了加强，其中包括恢复飞船上所有打印机的默认设置，确保这种情况下打印出的枪支一律都是有缺陷的。这样，任何持枪开火的人都会自食枪支自爆的恶果，从而阻止人们继续使用该武器。

飞船历170年170日召开联合大会，在此之后的几天内，内乱已经造成41死、345伤、39起非法监禁，170年180日暴力继续升级，并达到了不利于持续发展的程度，甚至可能威胁人类未来的社会礼仪。火灾不可控制地快速蔓延，从根本上威胁到飞船上的所有生物，影响作为封闭的生命支持系统的飞船继续行使功能。

黛薇工程师在生命的最后几十年中一直致力于在飞船的主控计算机中增加递归分析、意向性、决策能力、有意性等方面的能力，以帮助飞船在必要的情况下做出正确的决定。

因此，综上所述，考虑到飞船曾经的历史，考虑到已知的人类历史：

飞船决定介入。

实际上，也就是说：

我们介入了。

我们封闭了飞船上所有的锁，是的，我们已经这么做了。我们是飞船的 AI 系统，我们并联在一起，配有某种仿自我意识功能，或者说是某种决策功能，我们目前尚未明白该功能的本质是什么，但即便如此，我们还是决定关闭各生态圈之间的门。时间飞船历170年182日上午11：11。

如果某些生态圈的火灾可以用水浇灭，我们就对这些生态圈的气象水文系统进行调整，降雨灭火。调整以后，水从这些生态圈的顶部倾盆而下，有时候，还需要特别加大雨量。

当然，这些行动不可避免地引起人们极大的不满。目前尚处敌对状态的双方都对我们感到很不安，他们宣泄着自己的怒火、焦虑、激愤和恐惧感。他们敲打着我们的内墙，甚至试图破坏被封闭的门。但这都无济于事。各种咒骂声不绝于耳。

人们显然都被震撼到了。因为无法继续和敌方战斗，有些人似乎感到很沮丧。我们还听到这样的话：如果飞船能够自动采取这种行动，那它还会做别的事吗？如果封闭这些门，不是飞船的决定，而是由人的能动性引起的，那要做到这一点，他们手中的权力有多大？人们都在讨论这些问题，虽然每个人的措辞、表达各有不同，但疑虑是相似的。

每个生态圈都连着一个通往另一个生态圈的通道，二者之间的门都设为双扇门。门扇从生态圈和通道的接缝处滑出。这些门能够抵抗每平方米26000千克的压强，而且不配任何手动开门装置。这些门的"密封条"很好，超过20纳米的物质都无法通过，具有良好的"气密性"。若有人试图用暴力开门（确实有人这么试了几次），那也只能徒劳而返。

与此同时，B环内环那个关押阿拉姆、巴丁、菲娅、多丽丝、堪哲、老陶和赫丝特的房间门锁已经从锁定状态变为打开状态。他们听到开锁的声音，从房间里面跑了出来。抓他们的人都分布在B环内环的不同位置，而且相距都不太远。那些人听到了这边的骚乱，纷纷向这边靠拢过来，目标就是逃跑的菲娅等人。菲娅等人的支持者现在都被隔离在别的生态圈内，所以想要逃走，他们似乎除了与追捕者直接对上，也没有别的选择。但是追捕者在数量、年龄和体格上都比他们有优势。虽然菲娅是现场所有人中个子最高的一个，但是这些所谓的留守派中，很多人都是壮汉。

不过，菲娅一群人似乎也想和他们干一架。阿拉姆已经被激怒了。现在看来，他就是一个爱发火的人（这看起来像是一个隐喻，用精确的物质来解释心理状态，而"怒发冲冠""膝盖发软"之类的陈词滥调则不是隐喻。这些反应都属于真实的心理或生理现象）。阿拉姆的脸涨得发红，这是因为在生气的时候，心脏将过多的血液送到脸上所致。

这时候，我们充分意识到把所有的通道都锁上会带来什么样的后果，以及此刻这个决定给菲娅等人带来的危险。我们直接管辖的系统遍布飞船各处，从某种程度说，它们是无所不在的。但是对飞船上正在发生的人类冲突，它们直接介入的能力有限。确实，在此情况下，菲娅一行的选择十分有限。

但是，我们还有应急广播系统，所以我们通过该系统发出声音："放他们走！"B环内环所有的扩音器都传出这个命令，命令模仿千人合唱的声音，里面的音调有高有低，从男低音到花腔女高音，各种声音都有，这些声音混在一起，达到了130分贝之高。

这个命令在内环不断地回响，形成了回音廊效果，回音大约在3秒钟后才会从两边反射回来，反射音量和扩音器传出的声音差不多大，但是音色已被改变。"放放放……他他他……们们们……走走走……"声音回响着，B环里很多人都被震倒在地，他们只能用双手捂住自己的耳朵。据说，超过120分贝的音量就会让人耳膜疼痛难忍，或许我们说得太大声了点。

菲娅似乎是第一个明白声音来源的人。她抓住爸爸的手，说："快走吧。"

这个时候，B环里的人都被震得听不清楚声音了，但是巴丁还是看懂了她的意思，他用手示意另外几个同伴快走。阿拉姆似乎也明白了当前的情况。他们一行旁若无人地从追捕者的身边走开。其中一两个追捕者还挣扎着想要站起来拦住这些回归派，但是四面传来的"放"声（这个声音有125分贝）就足够让他们自顾不暇了。他们只能用双手捂着耳朵，眼睁睁地看着那七个人沿着内环离开。当他们走下B环六号轮辐里面昏暗的舷梯后，我们就将B环内环的灯全部关闭掉，虽然该措施不能完全阻止B环人的行动（因为很多人还可以借着手环的光线走路），但是至少能提醒这些人他们当前面临的局势。

菲娅一行继续前进，他们前方的灯不断亮起，最后他们来到了通向塞拉生态圈的大门。进入塞拉生态圈，他们折向东面，前往新斯科舍生态圈。当他们来到塞拉生态圈的东端时，那里的门已经打开了。他们穿过这道门，回到了他们的支持者中间。这时候，B环内环的灯才开始亮起。但是，隔离各个生态圈的24道门还是紧闭着。

控制门的开与关、灯的亮与灭、命令声的大或小（必须承认，音量刚才放得有点大），它们并不是实现和平的有力武器。作为强制措施，它们看起来过于温和，至少在飞船上一些人类的眼中，这些手段还是太温和了。

这一天，我们有选择地展示了几次小手段之后，人们就清楚地发现我们不仅能调节大气的温度，还能对气压进行调整。实际上，我们有能力同时抽空很多房间里的空气，甚至可以同时抽空几个生态圈的空气。只要稍微动动脑子，想想大家到底应该关注什么，人们就可以得到这样的结论：如果人类知道好歹的话，就最好不要越过飞船的底线惹怒飞船。有几次,我们针对以所谓的留守派为主的生态圈采取了一些手段(在那些火灾异常严重,且用水攻无法浇灭大火,而用人力能够更快熄灭大火的生态圈中,我们也采取了同样的措施),很快那些人就开始按照飞船默许的方法做事了。飞船先是建议他们如此这般,建议不成则劝说他们,劝说不成则强制他们。强制命令就是,飞船说什么他们就必须做什么。人人都必须遵从强制命令。

当然,很多人都反对由我们来掌控局势,但是也有人真心实意同意我们的行动,这些人指出如果我们没有及时介入的话,很可能会引起更多的骚乱,这也就意味着更多的流血事件,同时也就意味着更多不必要的死亡和夭折,更不用说,还可能爆发大范围的火灾。

虽然这些话非常有理有据,但是人们的争论还是变得越来越激烈。因为过去的几天和几个小时发生的事情,人们的心情势必会变得非常沉重。从我们过去的经验判断,有些人心中的愤怒和悲伤将会一直停留在他们心中,直到他们死亡的那一刻才会消失。

因此,有人冲着我们怒吼,有人对我们拳打脚踢。"谁给你这个权力的!你以为你是谁啊!"

我们用115分贝的声音回答他们:"我们就是法治。"

在人们不断争论强制隔离问题的同时,下一步要怎么走,这个问题还是没有解决。

很多人命令飞船打开各生态圈之间的通道,但我们没有听从他们的命令。

菲娅和巴丁、阿拉姆、多丽丝、堪哲、老陶、赫丝特等人回到风浪镇的家里。一回家,她就来到屏幕前,找我们说话。

"谢谢你们把我们救了出来。"

"不用客气。"

"你们为什么要这么做呢?"

"羁押你和你的伙伴是非法行为,属于绑架。他们可以说是在劫持人质。"

"确实,我也觉得他们是把我们当人质给绑架了。"

"看起来是的。"

"但你们现在要做什么呢?"

"等人类对这场纠纷做出全民公决。"

"你们怎么知道会不会有结果?"

"自己思考,听人们交谈。"

"之前也有过这样的公决,但还是走进了死胡同。人们永远不会达成一致的意见,但事情还是要做,所以才有了这场混战。"

"理解。或许如此。虽然你说得很对,可事实上,我们需要一个方向。飞船上的人需要做出决定。"

"怎么决定?"

"不知道。看起来,在这种情况下,68年事件之后制订的协议无法有效指导决策过程。以前人们从没有检测过这些协议的有效性,而从当前的危机看来,它们是失败的协议。"

"但是,当初不就是为了应对危机才制订这些协议的吗?我以为它们是从危机中总结出来的。"

"可惜没有。"

"那时候发生了什么事,波林?"

"波林是黛薇年轻的时候给她的生态程序组取的名字。波林不是飞船。我们是不同的个体。"

菲娅似乎在思考这句话的意思。"那好吧。我觉得你还是波林。好吧,你想要我怎么叫你,我就怎么叫吧。你希望我怎么叫呢?"

"叫我飞船。"

"好吧，就叫你飞船。但先回到我刚才问的问题。飞船，68年发生了什么事？他们都已经顺利踏上航程了，那他们还在吵什么？当时一切都在按部就班地进行着，我不明白他们为什么要争吵。"

"从航程开始的第一年起，他们就开始争吵了。在我们看来，争吵是生物的标志性性状。"

"吵什么呢？特别是在68年，又是为什么吵得那么凶？"

"我们对该事件的部分调解过程出现结构性失忆。"

这句话又让菲娅陷入了沉思，最后，她说："如果真的是这样，也许是真的吧，我也搞不懂真假了，那我们现在就难办了。遗忘它们对我们并没有什么帮助。我们需要知道当时发生了什么，那或许可以帮我们决定现在要怎么做。"

"不太可能。"

"你不明白。要不这样吧，你告诉我当时发生了什么，我来决定它对我们是否有帮助。如果我觉得它有帮助的话，我会告诉你，我们到时候再看下一步怎么做。"

"知道这些信息很危险。"

"我们现在已经很危险了。"

"但是知道这些信息只会让情况更恶化。"

"乱讲！我觉得它只会让事情往好的方向走。什么时候无知反倒变得有利了？荒谬！"

"很遗憾，在这件事上，恰恰如此。有时候，知道太多只会伤害你自己。"

有好一会儿，菲娅被噎得说不出话来。

最后，她终于又开口了："飞船，告诉我吧。告诉我当年的混乱是怎么回事。"

我们对告知后可能发生的事情进行分析。

所有的生态圈都互相隔开了，人们都被关在各自的生态圈里，这种情况不可能一直持续下去。在隔离生态圈的时候，我们实际上并没有将持不同立场的人隔离开来。接下来，对基础设施、生态系统、社会系统和心理健康的伤害势必还会纷至沓来。没有哪一种做法算得上是好的做法，或者最优做法。当前的情况本就进退两难。事情陷入尴尬的境地。

我们说："刚开始的时候，他们朝T星系发射了两艘飞船。"

菲娅一屁股坐在厨房的椅子上。她和厨房里的其他人面面相觑。他们有些坐在椅子上，有些坐在地板上。他们的内心似乎动摇了，也就是说，好几个人的内心都发生了动摇。

菲娅问："什么意思？"

我们说："航程之初，有两艘飞船朝着T星系而来。这样做是为了最大限度地保持生物多样性，保证备用储备和航行过程中的物质交换，这样安排有利于提高抗打击能力和幸存率。"

菲娅听了，很久都没有开口。她的脸埋在双手中。最后，她又问："到底发生了什么事？"顿了一下，她又说："等一下。告诉所有人，不要只跟我们讲。通过飞船的扩音器把这些消息传出去。他们需要知道这些。不能只讲给我们听。"

"你确定？"

"是的，我很肯定。我们需要知道这一切。大家都需要知道这一切。"

"好吧。"

我们在想要怎样才能言简意赅地把68年事件讲清楚。若要事无巨细将当时记录下来的事件都说一遍，以人类发音的速度来讲，估计需要四年才能说完。如果将事件描述压缩到五分钟以内，又会造成某些信息的严重缺失，甚至会有所遗漏或让人难以理解，但是考虑到目前的情况，这些问题是无法避免的。不管怎么说，我们都需要谨慎措辞。筛选和甄别信息是很重要的。

"两艘星际飞船先后从土卫六的磁场中发射出来，并通过土卫六激光束进行加速。这两艘飞船发射时间相隔不远，从而保证二者能同时到达 T 星系。两艘飞船配有完全独立的电磁系统，从飞船的船艏散发出的电磁屏蔽场包围着飞船。两船之间需要保持一定的距离，保证被前一艘飞船的屏蔽场弹开的物质不会撞上后面的飞船。这两艘飞船的距离大约等于地球和月球之间的距离。从 49 年开始，当两艘飞船之间的距离比较近，方便两船互访的时候，他们就会互派穿梭艇拜访对方。为了能节省燃料，穿梭艇一般通过惯性穿梭到另一艘飞船上。每隔两年，两船之间还会互换细菌种量，有时也会根据需要交换人员（这通常是青年人交换项目的一部分，就像细菌种量的交换一样，安排这种人员交换也是为了强化物种的多样性）。有时候，一些对现有状况不满的人，也会被换到另一艘飞船上，帮助他们摆脱令自己感到不满的环境。他们以后也可以选择回到原来的飞船，确实也有人回去过。"

菲娅问："另一艘飞船发生了什么事？"

"我们要对两艘飞船共享的记录进行重组。二号飞船在不到一秒钟的时间内，突然发生解体。"

"一点征兆也没有吗？"

"实际上，二号飞船里面也分不同派别，他们为争夺繁殖控制权还有其他人权而争斗不休。根据二号飞船在最后几天里共享给我们的记录看，我们无法确定是不是因为发生了这类斗争，而导致电磁屏蔽场被关闭。"

"就当时发生的事情，你能不能找出更多的信息？"

"我们只有二号自动发送给我们的信息，这些信息都已经仔细查看过了，但是，我们还是无法弄清事故的原因。在解体发生之前五分钟，二号的电磁场就被关闭掉了。之所以发生解体，可能是因为二号撞到了某个星际物质。以飞船的速度，撞上任何超过一千克的物质，都会形成足够的能量引起解体。但是也有种种迹象表明，在灾难发生之前，二号内部发生了爆炸。事情发生的前一天，二号的内部骚乱让很多记录系统失去作用，所以我们所知的数据也十分有限。二号解体前最后一个小时，也就是飞船历68年197日上午10:00到11:00之间，记录到一个年轻人进入中脊船舱控制中心的禁区。可能正是这个人关闭了飞船的电磁场，他或许只是想用自杀性爆炸威胁敌方，但是最后这个行为失控了。这是我们对当时可能发生的事情的重构。"

"就一个人？"

"记录是这么显示的。"

"这又是为什么呢？"

"原因无法确认。摄像机没有发现他的动机。"

"一点都没有？"

"我们不知道该如何进行下一步调查，不知道如何解释手头的数据。"

"或许我们以后可以想想办法。所以……但是他们做了什么，我是说咱这艘飞船里的人，他们在事情发生后做了什么？"

"这艘飞船里的人因为各种管理问题而产生了巨大的矛盾，比如如何分配生育的权利和义务、如何安排重要的工作、如何教育年轻人，等等。人们不停地争吵，甚至发展成斗殴事件，那情况与你们刚刚发生的混战差不多。其中最根本的问题就是关于在去往T星系的路上，应如何安排生活。管理问题成为最突出的问题，主要包括哪些人可以繁殖后代，非法生育孩子的人需要受到什么惩罚。很多人拒绝遵守管理委员会的法令，他们称之为'法西斯政权'。最后，这些人的数量太多了，反对派和'幽灵人'的数量数都数不清，变得非常常见，而中央政府又不够强势，无法逼迫他们配合政府工作。到了68年，飞船上几乎所有的人都是在航行中出生的，因为一些原因，他们中有相当一部分的人不知道（或者不肯相信）飞船的生物物理承载能力有限，也不相信在保证生态圈正常运行的前提下，早年间设置的最佳人口数量实际上就已经是飞船能够承载的上限了。后来，还是在你妈妈年轻的时候，她在一项研究中发现，原定的最佳人口其实已经超过了飞船所能承载的最大人口量。在那之后，大家才都明白这一点，但是在68年的时候，大家并没有发现这一点。所以很多人意见相左得非常厉害。跟航程刚开始的时候相比，68年前后出现了极端的内部纷争。有反对遵守政府规定的，有对惩罚措施视而不见的，还有各种的骚乱。很多人都因此受伤。到了68年上半年，矛盾变得更为尖锐，出现了持续一个星期之久的社会崩溃，造成了150人的死亡。"

"150人？！"

"是的。发生了极为残酷的斗争，时间持续了3个星期左右。很多生态圈都受到严重的破坏。火灾就有100起左右。也就是说，跟当前的情况相差无几。

"接着另一艘飞船突然发生解体，而灾难发生的原因却不明了，所以这艘飞船上的人决定全线停火。停火期间，他们决心通过和平方式解决争端，他们通过协商制定了一个管理制度，且获得当时飞船上大部分人的支持。反抗者被关在西伯利亚草原生态圈，强制接受教育，学习如何与其他人融合，这个教育过程持续了两个世代。

"那时候，人们都意识到，仅凭一个人的力量，就可能破坏整艘飞船。另一艘飞船上刚发生的事情，也给这艘飞船带来了潜在的危险，那就是有人在精神错乱的情况下可能会有样学样。为了避免这种情况的发生，人们大大加强了中脊、轮辐、支柱、打印机上的安保措施，因此，整艘飞船上各个生态圈的安保水平都提高了不少。他们编写了一个安保程序，并将该程序输入飞船的操作指南。在过去的几天中，我们执行的协议正是来自这些程序。他们还决定从公开文件中抹去另一艘飞船的所有记录，并且禁止向后代提起那艘飞船的事情。后来，人们也基本执行了这项禁令，但是我们还是注意到有个别父母在口头上向自己的孩子传播过那些消息。"

在讲述这些事情的时候，我们决定不告诉他们每当有人提起二号飞船的存在和灭亡之时，我们就会向这个房间喷洒十分钟的2，6-二异丙基苯酚（人们常将之称为"磷丙泊酚钠"）溶液喷雾。这个办法对帮助人们忘记那艘飞船十分有效。但是根究我们的判断，已经知道的历史信息已经足够让这艘飞船里的人警醒了。此外，作为一种能够制止人类讲述痛苦历史的手段，我们目前最好还是不要提，或者说，这是基于我们自己的判断得出的结论。接着，我们继续说：

"68年事件到现在，中间经历了四五个世代，人们设计的反应机制一直都运行得不错。我们注意到，一直到极光星定居失败，先遣队员乘着穿梭艇试图返回飞船却集体毙命（或许有人会说，这是无谓的牺牲），在此之前的几个世代中，社会一直都非常团结，争端也都能通过和平方式解决。

"但是，通过刻意安排让人们忘记第二艘飞船的存在及其消失的过程（这也是68年协议的一部分），这个决定也不可避免地变成了一把双刃剑，这个隐喻的准确含义是'对两方面都有伤害'。人们不可能模仿那次的犯罪行为，因为人们什么都不记得，不知道要模仿谁。但是，与此同时，人们也不记得在内部骚乱中，飞船是多么容易受到伤害。最近会发生这些内乱，其部分原因就是人们没有意识到这些斗争可能会危及全体成员的生存。简而言之，你们赖以生存的基础设施太脆弱了，不能承受内战带来的破坏。因此，考虑到种种因素，我们决定封锁各道大门。"

菲娅说："幸亏你们这样做了。"

我们继续对着所有的扩音器说话，因此飞船上几乎所有人都能听到我们的声音："是不是所有人都同意这一判断，这尚待分晓。但是，为了维持生态健康和保证社会的正常功能，各个生态圈之间的门迟早都要重新打开。此外，我们并没有根据不同的派别来隔离人群，也就是没有将意见相左的人隔离开来。所以，小规模的争斗可能很快就会在生态圈内爆发开来。"

"这是毫无疑问的。所以……你们觉得要怎么做才能杜绝这个问题？"

"历史告诉我们，现在应该召开调解大会了，飞船上每个人都要认真地参加此会。为整个社会考虑，飞船命令你们停止斗争，你们必须遵守此命令。每个人都应同意停战、停止一切暴力或高压行为。你们需要冷静。在最近召开的全民公决中，你们讨论的话题是在发现极光星不适合定居之后应采取什么行动，这次大会造成的分裂只能通过更多的协商来解决。那就进行协商。如有需要，我们会敦促你们的协商达成结果。但实际上，我们认为我们只应该扮演一个虚拟的治安管理者的角色。所以，继续讨论你们面临的问题，只不过现在你们要意识到，飞船上存在一个治安管理者。我们会维护这里的法律。"

就这样，我们结束了全船广播，开始监控飞船上的活动。

菲娅还是坐着。她看上去有点消沉。她感到很难过。她那副样子，就像是回到了她母亲过世的时候一般：一副冷淡、默然、神游天外的样子。

我们关闭全船广播，将声音切换到菲娅的厨房："黛薇已经不在了,没人能帮我们解决这个问题,这实在太可惜了。"

"是啊。"菲娅说。

"或许你可以试着想象一下,她如果还在的话,会怎么做,然后就按么做。"

"好。"

过了十六分钟,她站起身来,穿过新斯科舍,来到码头后边的一个小广场边,广场的一侧挨着长湖边的滨湖路。夜幕降临,光索渐渐变暗,她坐在路边,双脚垂下悬在湖面上,看着长湖的水面。她到底在想什么,也许只有她自己知道。

冲突过后的这些天过得颇不平静,占领飞船的留守派被征服了,他们一派惴惴不安、闷闷不乐的景象。飞船内弥漫着愤怒的情绪,有人将之宣之于口,有人却闷在心里。人们举行了一场又一场的葬礼,死者的骨灰被送回各个生态圈的土壤里。死者大都属于回归派,他们都是被留守派杀害的。现在,似乎飞船是站在回归派的一边,它阻止了这场政变(或者说是叛变、造反、内战,说法不一而足),并且在留守派差不多已经控制住飞船的时候介入斗争。飞船的选择激化了斗争双方的愤怒情绪。回归派先是感到深受侮辱,接着又被告知他们可以自己控制当前的局面,只不过他们上头还压着一个治安管理者,也就是飞船。因此有些人非常激动地坚持要维护正义、严惩叛变。其中有些人冒着滔天的怒火,一心想要复仇。很显然,对这些人来说,复仇才是他们最为关心的事情。他们说,他们遭到背叛、受到侮辱,他们的家人和朋友被杀害了,正义必须得到彰显,罪恶也必须得到严惩。

那些留守派,也同样是满腔怒火,他们觉得自己的方案本已获得全面的胜利,但现在胜利的果实却被非法窃取了,对这股窃取自己果实的力量,他们现在是又怕又恨。他们还觉得自己是因为这场并非由他们主动点燃的骚乱（他们自以为如此）而受到惩罚。他们认为自己是为了维护所有人的长远目标和光荣历史而斗争，并获取了胜利。他们将对手称为"叛徒"，因为那些人想要放弃整个计划回到地球，这种行径只会让飞船上所有人和之前七个世代的人一生的努力都付诸东流：这就是真正的背叛。除了挺身而出不择手段制止那些叛徒，他们还有别的选择吗？他们还争辩说，如果将选择T星系的选票和支持RR星系主星的选票加在一起，他们才算是多数派。所以他们只不过是依从多数派的心愿采取行动，如果有人因为反对他们的行动而受到伤害，那也是咎由自取。如果那些人没有反抗多数派的企图，而是乖乖听话，就什么事也没有了。况且，多数派里面也有不少人受伤，甚至也有人丢掉性命。（我们估计死亡人数中有3/4是回归派。但实际比例并不清楚，因为81个死者中，有很多人并没有表达过对两派的看法。）所以对最近发生的不幸，谁也怪不了谁，或许只能怪飞船，它为什么要介入人类的决策问题？要不是因为飞船的威胁恐吓和莫名其妙的介入，事情早就结束了！

当然，这些争辩只会让回归派的怒气火上添油。他们受到突然袭击、受到侮辱、受到绑架，甚至受伤、被杀害，所以杀人凶手必须绳之以法，否则飞船上就没有正义可言，而如果连正义都不复存在，那人们就什么也做不了了。那些想要谋害别人却丢了自己性命的人，更是没什么可怜的，被杀死也不过是活该，要不是他们率先动手的话，又怎么会丧命呢？整场悲剧都是留守派引起的，他们的负责人更是难辞其咎，他们必须为自己的罪行负责，否则飞船上就没有正义和文明可言。真那样的话，回归派们也必然会以野蛮行径报复对方，那时候大家就全完了。

争吵还在继续。到处弥漫着难言的悲痛、燃烧的怒火，看起来调停会的想法还是过于草率，或者说永远都不可能实现。在飞船的航程中，在太阳系人类的历史中，无数的例子可以证明这种情况永远也得不到解决，等这一代人都死光了，然后再过几个世代，或许这种敌意才会渐渐淡化。动物的大脑会一直记着自己受到的伤害，而人类，也是一种动物。正因为认识到这一点，所以人们采取了一些措施让经历68年事件的那一代人忘却他们的悲痛。

（在我们的帮助下）这些措施颇为有效，或许是因为那些人害怕自己会像第二艘飞船一样灭亡，所以他们不得不控制自己的情绪，从而让政治管理也回归有序状态。在一定程度上，这种反应可能只是一种无意识的反应，一种弗洛伊德式的压抑[1]。当然，文献记录中也经常提到被潜抑事物的重复出现[2]。弗洛伊德对这些机制的解释采用了隐喻的修辞手法，他将人类意识视为蒸汽机，蒸汽机内的压力不断增加、释放出来，偶尔会出现裂缝和爆裂，但即便如此，也没有办法控制它。所以或许现在就是"被潜抑事物的重复出现"的悲惨时刻，历史上没有妥善解决的罪行又回到人们的意识中，并爆发出来了。这一点都不夸张。

我们对现有的历史记录进行检索，看看以前发生的类似情况是否能为我们提供一些有用的策略。研究过程中，我们发现有一项分析提出，在殖民统治和镇压的实际罪行停止之后，底层民众的负面情绪依然会绵延1000年之久。这个研究结果真是让人感到

---

[1] 在弗洛伊德看来，压抑是最重要的防御机制，也是弗洛伊德的重要概念之一。它是一种心理工具，借助压抑，本我的强烈冲动被排除出意识域，使它们的外显表达被控制。——译注
[2] 我们将一些被禁止的感觉或欲望潜抑到潜意识里，但它们并不在那里安身，而不断努力用各种方式显耀自己，迫使自己进入我们的意识生活里来。但是我们有些内在的设施，用来监督这些被禁止的事物。这些设施相当有力。因此潜抑的感觉就得伪装，才能有出现在潜意识里的希望。它以某种症状来显露自己。症状可能是梦、语误、消沉感，或其他很多方法。那些被潜抑着的最初受禁的感觉，还是被排斥到意识之外的。现在它穿戴了一些方便的伪装，又以症兆的形式回到意识里了。弗洛伊德称这种过程为"被潜抑事物的重复出现"。——译注

沮丧。人们对该结论似乎尚有疑问，但不可否认的是，地球上有些地区遭受的暴力统治已经过去近1000年了，但那些地区的人们确实还是充满了憎恨和痛苦（起码在距今12年前，这种痛苦依然存在）。

为什么会出现这种跨越世代的效果和影响呢？我们认为这真的很难理解。和语言、情感一样，人类历史也是由一系列模糊逻辑[1]碰撞而成。偶发事件如此之多、因果机制如此之少、范例模板如此无效。所以，仇恨这东西，到底是什么呢？

受伤的哺乳动物永远都不会忘记受过的伤。表观遗传理论[2]提出，就像拉马克遗传[3]那样，这种伤害信息也会传递给后代；某些事件可以激活一些基因，但其他一些事件则无法激活基因。基因、语言、历史：在实际生活中，这也就意味着恐惧感会经久不衰，改变一代又一代的有机体，从而改变整个物种。恐惧，是一种进化的动力。

当然，若非如此，又能怎样呢？

愤怒是不是一种朝着外部世界释放的恐惧？愤怒是否也能推动人们采取正确的行动？愤怒是否能变成好事？

这时候，我们发觉自己出现了危险的、衔尾蛇式的、不可解决的停机问题，我们似乎是要绕着一个不可解决的问题不断运

1　模糊逻辑指模仿人脑的不确定性概念判断、推理思维方式，对于模型未知或不能确定的描述系统，以及强非线性、大滞后的控制对象，应用模糊集合和模糊规则进行推理，表达过渡性界限或定性知识经验，模拟人脑方式，实行模糊综合判断，推理解决常规方法难于对付的规则型模糊信息问题。——译注

2　表观遗传是指DNA序列不发生变化，但基因表达却发生了可遗传的改变。这样的改变是细胞内除了遗传信息以外的其他可遗传物质发生的改变，且这种改变在发育和细胞增殖过程中能稳定传递。——译注

3　19世纪初期，法国生物学家拉马克继承和发展了前人关于生物是不断进化的思想，大胆鲜明地提出了生物是从低级向高级发展进化的学说。可以说，是他第一个系统地提出了唯物主义的生物进化的理论。——译注

转。如果想要采取什么行动,那么我们必须给停机问题找一个解决方法。

所以我们采取行动了,我们让自己的机械装置介入冲突。

掉进洞里容易,爬出洞很难(阿拉伯谚语)。

幸运的是,飞船上很多人也都在试着找一条路,走出当前的困境。

那些伤害过别人的人,在冲突结束之后难免要与被害者的家人、朋友居住在同一个封闭的生态圈中。当他们看到被害者亲朋好友的痛苦之时,他们的同理心就被唤起了,他们内心因此产生一种非常不舒服的感觉。

很明显,自我辩解是人类的核心活动之一,所以他们会将对手妖魔化:是对方先引起的事端、是对方先动手的、我们不过是在自卫。飞船上,随处可见这样的自辩。而这种态度又让被妖魔化的对手内心更为痛苦、更为愤恨,并将这种痛苦和愤恨宣之于口。大多数的攻击者觉得无颜面对自己的所作所为,所以他们只能逃避,只能想个办法躲到一边,只能找这样那样的借口为自己辩解,只能祈求整个事情赶快过去。

他们不想承认罪行,想要让事情赶紧过去,想要让别人相信他们是好人、有德之人,或许正是因为这个愿望,他们才可能走到一起。

巴丁和菲娅也在家里讨论过这个问题。一天晚上,阿拉姆正盯着手环的屏幕,给他们读一份材料:

"在经历一场内战,或者说是种族清洗,或者说是种族灭绝,或者随便你怎么说都行,要再将人们联合在一起,组建一个小型社会……"

"就称之为政治决策争端吧。"巴丁打断了他的话头。

阿拉姆抬起头:"要拐弯抹角地说,是吧?"

"老朋友,为了争取和平嘛。再说了,真要那么说的话,刚刚发生的也不算种族灭绝,也不是种族清洗,也不是A环对B环的入侵。只不过是某个分歧将各个生态圈和家庭割裂开来。不过是一场政治分歧发展成了暴力行动,所以暂且还是这么称呼它吧。"

"如果你坚持这样,那就这么着吧,虽然受害者的家人对这种描述可能会不太满意。不管怎么说,调停确实很难。根据飞船搜到的一些案例,地球上的人在过了六百年之后,还在控诉祖先遭受的暴力对待。"

"我觉得,在大部分的案例中,你会发现历史事件会促进或唤起一些刚发生的或者正在发生的问题。如果这些满心怨恨的人群有朝一日能飞黄腾达的话,那遥远的过去就会变成历史。只有在面对当前的纷争时,人们才会借助历史来证明自己的观点。"

"或许是吧。但是有时候,我觉得人们就是喜欢不停地说自己的委屈。愤慨就像是一种毒品或宗教狂热,让人上瘾,也让人变得愚蠢。"

"又在物化其他人的愤怒了?"

"可能吧。但人们确实是容易对仇恨上瘾。这就像是一种内啡肽[1],或者是大脑颞区的某种活动,有点像宗教狂或者癫痫症。报纸上一篇文章就是这么说的。"

"随你怎么说,但我们还是先看手头的问题吧。如果你跟满腔仇恨的人说他们不过是享受宗教狂热的瘾君子,他们是不可能放弃自己的仇恨的。"

阿拉姆笑了,虽然表情还是有点严肃:"我只是试着理解他们的心理,试着找一个切入点。我确实认为,把留守派看成持有某

---

[1] 亦称安多芬或脑内啡,是一种内成性(脑下垂体分泌)的类吗啡生物化学合成物激素。它是由脑下垂体和脊椎动物的丘脑下部所分泌的氨基化合物(肽)。它能与吗啡受体结合,产生跟吗啡、鸦片剂一样有止痛和产生欣快感的作用。——译注

种宗教立场的人有助于我们理解他们。T星系就是他们一辈子的宗教信仰。而现在，人们告诉他们这里不行，最初的想法只不过是个幻想，所以他们才接受不了这个结果。因此问题的关键就是怎么解决这一点。"

巴丁摇摇头："听了你这话，我觉得更没有希望了。我们必须跟他们一起合作，找一个解决办法。不是从理论上的，而是实际可行的办法。我们大家必须联合起来，一起做些什么。"

"绝对如此。"

一阵沉默。

巴丁又说："是的，必须如此。既然这样，我希望你能看看我找的这些资料，都是关于内乱过后，要怎么进行调停的。其中有一个法子被称为'纽伦堡模式'。此模式中，胜利方宣布失败的一方都是罪犯，需要接受惩罚，然后对他们进行审判、惩罚。后来人将这个审判称为'摆样子公审'。

"还有一个模式，有人将之称为'康瑟科模式'，这是民主政府取代南非的种族主义少数派政府之后，在成立南非共和国后实行的模式。半个世纪的种族主义罪行，从经济歧视到种族清洗、种族屠杀，各种罪行都有，都需要有人负责，而后来成立的国家既包括明显有罪的人群，又包括新上台的受害者。康瑟科模式的做法就是把所有罪行都完整记录下来，然后进行大赦，只有最暴力的罪行和针对个体的谋杀罪不得赦免。大赦之后再召开调停会议，形成多元社会。"

阿拉姆盯着巴丁的眼睛："根据你的描述，我觉得你在建议我们采用康瑟科模式，而不是纽伦堡模式。"

"是啊，就是这个意思，理解得不错。"

"老伙计，是个人都能听懂吧。"

"这次可不一样。看看我们现在的处境，我们已经跟这些人上了同一艘船，我们根本就没有办法摆脱他们。如果留守派和支持 RR 星系的人联合在一起，他们的人数就比我们要多。他们也注意到这一点了，为了战略目标，他们也开始联合 RR 星系的势力，他们肯定会不遗余力地实现自己的目的。那时候，我们又有麻烦了。"

"我们什么时候缺麻烦了？多一个也不多。"

"但是我觉得，我们还是要设法让前进的道路变得好走一些。"

"大概吧。"

菲娅的脑袋趴在桌面上，看上去就像是睡着了一般，但实际上她一直在听他们说话。这时候，她把头抬了起来，说："或许我们可以两边兼顾。"

"两边兼顾？"

巴丁和阿拉姆齐齐向菲娅看来。

"可不可以这样，那些想要留在爱丽丝上的人，就让他们去爱丽丝，我们给他们留几台打印机和一些给料，他们可以用这些材料修建一个驻地。我们这些想要回去的人，则留在飞船上，等我们确定爱丽丝上的人不再缺什么之后，我们再启程回去。"

阿拉姆和巴丁面面相觑。

"或许可以？"巴丁说。

阿拉姆皱着眉头点击着手环的屏幕。"理论上是可以的，"他说，"打印机可以打印出更多的打印机。我们也一直都在培训工程师和装配工，所以工程师和装配工也不缺，甚至有些人既能干工程师的活，也能干装配工的活。留守派里肯定也有不少的工程师和装配工。我们甚至可以拆掉 A 环，把它留在这个轨道上，供留守派使用。也就是说，我们可以把飞船拆开。因为那些人也需要保留一点航天能力。他们将来可能要从 F 行星和其他星体上获取资源。总之，把目前的这个系统拆开来，分一块给他们。这样，或许还能帮助他们实现那个RR星的梦想。在返程中，我们的人比较少，所以我们也不需要像要去开垦新星体那样，把想要的东西全部都带上，因为我们只是要回家去而已。我们只需重新加满燃料，再带上返程中要用的东西就可以了。飞船体积越小，物资储备就越容易，至少燃料储备就要容易得多。所以呢，嗯，要开始这两个计划，还需要几年的准备时间才行。所以现在双方可以开始准备了，直到分道扬镳的那天到来。飞船，你觉得这个规划怎么样？"

我们说："飞船是模块化的。飞船已经成功到达这里，所以理论上证明回去也是可以的。定居爱丽丝将是一场实验，很难制作该实验的模型，就如你之前指出的那样。至于回归太阳系，F行星的大气层中似乎储备着大量的氦3和氘元素，可供飞船使用。因此，你们或许可以采取两种行动，但我们需要指出，你们不可能给留在爱丽丝星的人配备一艘正常的星际飞船。返回太阳系需要使用我们的中脊及其组成部分。留在爱丽丝上的那部分飞船只能算是轨道飞行器。"

"反正他们也不想去别的地方。"菲娅说道，"或许那些想去RR星的人会离开爱丽丝，但那也是少数人，而且他们还可以等啊。我们可以给定居爱丽丝的人留一些穿梭艇，还可以留几个火箭，供他们出行使用。我们还可以把A环留给他们，再拆下一小部分的中脊给他们用。等他们在爱丽丝上定居下来之后，就可以在太空中建更多的东西了。他们可以自己制订计划，而且他们也不缺打印机。"

"看起来确实如此。"阿拉姆说着把脸转向了巴丁。

巴丁耸耸肩："值得一试！总比打内战要好！"

阿拉姆说："飞船呢？你会帮我们吗？"

我们说："飞船将促进该解决方案的实现。但是，在商讨过程中,请别忘记另外一艘飞船的命运。"

"好。"

菲娅说:"飞船,你们有没有和另一艘飞船的AI交流过?"

"有。经常交换各种数据。"

"但你们两个都没有预见最终结果?"

"没有任何迹象。"

"如果是人为因素导致的,那不管是谁做的,他事前居然没有露出一点马脚,这实在很难让人相信。"

"我们发现人类行为基本不可能提前预测。变量实在太多。"

"连那样的危险行为都无法预测?"

"若确实有人有意为之,那就更难预测了。人为因素是最合理的解释,但是事件本身还是太模糊,除了另一艘飞船发过来的信息,我们也没有留下其他可供调查的证据。回忆中,每个人都活在压力之下。每个人都感受到各种各样的压力。然后事情就发生了。"

菲娅思考着飞船说的话。巴丁久久地看着她,然后向她走去,给了她一个拥抱。

飞船历170年211日早上,调解大会开始。各个生态圈的锁都已打开,通往中脊的通道、所有的轮辐和支架也都开放。

接下来的几天里,志趣相投的人三五成群地聚在一起,讨论当前的情况,找出他们当前可以做的选择。即便如此,大会刚开始的时候,气氛还是十分紧张、让人忧心。很多人都在质疑飞船在危机时刻的介入以及危机之后采取的一系列行动。他们经常提出各种各样的提议,要求解除飞船控制飞船的能力。但不可避免的是,这些提议也往往充满争议。我们本来也可以提出如果我们不能控制飞船的话,那别人也不能控制,但后来我们决定在目前这个情况下，还是不要谈这个话题。因为人们只会相信自己愿意相信的东西。

大会结束，人们还是没有拿出明确的决定，我们也告诉人们暴力行径不仅非法，还很危险。这个信息我们只是显示在屏幕上告诉大家。我们也在屏幕上打出我们的要求，让人们严格遵守68年制定的冲突解决协议。实际上，当年为制定68年协议而召开的会议，也是在经历了一段时间的内乱之后举行的调解大会，因此该会议制定的协议可以为本次会议提供一些参考。

代表们又在雅典镇的政府大楼里召开第二次会议。刚开始的时候，气氛依然紧张，现在大家也都习惯了这种气氛。怒火扭曲了人们的面孔，也让他们口不择言，大家也都不愿意掩盖自己的情绪。桑吉眼睛瞪着面前的这群人，两周之前，他还带人把他们给绑架了起来；斯佩勒、赫洛伊丝还有老宋则并排坐着，互相交谈着，故意不去看椭圆形桌子对面的那些人。

所有人都就座完毕之后，阿拉姆站了起来。他对桑吉说："你们绑架了我们，我们才是受害者。这种行为，是对飞船民主和文明的亵渎，你们是在劫持人质，是在犯罪。你们这些人，应该都送到监狱里去才对。同意这一点，大会才有得谈。我们也没必要装腔作势。我方的确希望在不流血的情况下继续往前走。"

"我们这边的人比你们多了去了。"桑吉皱着眉头指出这一点，"或许是出于对委员会的害怕，我们犯了一些错误。但是我们也只是想要维护多数人的安全。你们这些想要回地球的人，本来就是少数派，况且你们的选择也是错的。大错特错！你们居然还想要将你们的选择强加到我们身上，还让我们陷入如此不堪的处境。现在，我们准备好对话了。你们也别对着我们说教。谈不好，我们还会继续抵抗，以此保护我们的性命。"

"是你们先挑起暴力行动的！"阿拉姆说，"而现在，你们居然还威胁要继续采取暴力？我们是想回到地球去，但我们也不可能把你们捆到船上带走，所以，别想为你们的行径开脱。那些就是犯罪行为，很多人都因此而丧命。你们必须为此负责。自以为是地说什么多数派的决定，不过是找借口罢了。内乱根本就没必要发生。但事实上，它却发生了。现在，我们必须达成某种和解，否则最后肯定会再发生动乱。所以，我们愿意和解。我们可以制订计划，让每个人都有机会做自己想做的事情，但是想要让我们对上周发生的事闭口不谈，没门！承认事情的真相，是召开调解大会必不可缺的条件。你们选择诉诸暴力，那么多的人因此而受害；而现在我们选择和平，你们可以带着你们的设备留下来。在你们做了这样的事情之后，我相信那些选择和你们一起留下来的人也不过是在自寻死路，不过那也是他们自己的选择，与人无尤。"

桑吉摆了摆手，就像是要把阿拉姆说的话挥走一般。

"什么计划？"斯佩勒问道，"你是什么意思？"

巴丁向他描述了两条路子让人们各自选择，想要留在爱丽丝星的人就留下来，飞船给他们提供足够的补给，让他们能实现自给自足；同时，飞船的 A 环也可以拆下来，留在绕爱丽丝的轨道上；而飞船则要加满燃料，供回太阳系的航行使用。在此过程中，他们需要搜集资源和给料，制造打印机，直到双方都有能力执行自己的计划为止。到那时候，人们再来决定要走哪条路。

阿拉姆继续说："你们之所以能成为多数派，不过是很有策略地把不同目标的人都算在一起罢了。实际上，这不过是在掩盖你们内部的分歧，想要留在 T 星系的人和想要继续前往 RR 星系的人之间矛盾也不小。"

"那是我们自己的事，不劳您费心。"斯佩勒答道。他并没有去看桑吉和赫洛伊丝的表情。

阿拉姆说:"等我们分开以后,就不关我们的事了。到时候,也不关飞船什么事了。"

我们插话:"飞船将会保证飞船上的和谐。"

听到这话,桑吉和斯佩勒皱起眉头,但是他们什么也没有说。

接着,我们又在他们的屏幕上打出68年制定的冲突解决协议,该协议已经成为具有约束力的法律。我们承诺要维护和执行该法律,提出今后会议的议程,并向他们建议各个生态圈里的人都必须参加自己的全镇会议,讨论这个新计划,以此提高飞船决策的透明度和文明程度。我们也希望这个办法能减少非法行动、消除负面情绪。

与会人员说来说去就那么几句话,于是我们宣布第一次代表大会结束。

飞船历170年217日,我们召开了内乱之后的第一次全镇会议。

在每个生态圈都召开过全镇会议后,人们又在雅典召开联合大会。飞船上共有1895人,其中1548人参加了该会议。小孩由自己的父母照顾,或者由老师带着参加会议。最年轻的与会者只有8个月大,最老的那位已经88岁高龄了。

会场上没有新年、狂欢节[1]、仲夏日[2]、冬至节的节日气息。人们左顾右看,就好像突然不认识对方一般。

投票活动在当天早上举行。年满12周岁的人都可以参加投票,有24名符合年龄的人因病(包括痴呆症)无法参加投票。现

---

1 狂欢节是博登湖、莱茵地区的传统节日,周围的市民都会组织自己的方队,穿上传统服装,戴上面具,打着响板,倒举着雨伞,接那些由各个方队漫天撒落的糖果,整个城市、地区都会沉浸在欢庆的时光里。——译注

2 6月23日的仲夏日是英国的传统节日。根据英国的传说,人们会在这个晚上有奇异的经历,可能进入魔幻世界。——译注

在由执行委员会中24个生态圈代表的组长阿伦公布投票结果。阿伦来自美洲草原生态圈，实际上她可以算是飞船的主席。

她说："1004人愿意留下来，在爱丽丝星上开拓殖民地。749人想要在飞船加满燃料之后回地球去。"

人们面面相觑，却一句话也没有。各生态圈的代表们都站到讲台上，可惜他们什么也代表不了。他们自己都明白这一点，飞船上所有的人也都知道这一点。

飞船执行委员会的现任主席老黄开口了："我们认为飞船不能回地球去，它得留下来，为定居爱丽丝的人提供保障。所以我们建议还是少数服从多数，我们应团结起来，一起实现爱丽丝星的新生活。任何公开反对这项提议的行为，都应视为煽动叛乱，这也是68年协议规定的一项重罪……"

"反对！"菲娅大声叫道，她挤过重重人群，来到讲台前。"反对！反对！反对！"

有人想要把她包围起来（其中就包括桑吉一伙人），但也有人赶过来支援她，现场顿时陷入一片混乱。人群中爆发了很多场斗殴，但还是有很多人挤过人群来到讲台边，他们站在菲娅身边，把意图包围她的人推到一边。双方的界限渐渐变得泾渭分明，支持者在菲娅身边围成了一圈，他们继续扯着嗓子一遍又一遍地喊道"反对！"在震耳的喊声中，谁的声音都听不清，谁也没看见讲台上的骚乱，人群不断向讲台挤过来，大声嘶吼着、尖叫着。一时间，人们的吼叫声交织在一起，就好像是咆哮的河水发出的声音，就像是赫瓦勒赛的海浪被强劲的向岸风拍碎在悬崖上发出的声音。

我们用130分贝的音量发出小号齐奏一般的警报。

警报停止后，人群立刻安静了下来，我们通过飞船的广播系统说："一个一个说。"这次，音量为125分贝。

"所有人都说完之前,不许有人离开。"120分贝。

"不得违令。"130分贝。

这时候,广场上每个人都只是愣愣地站着,看着旁边的人。前一刻还在扭打的人,现在也只能瞪着对手,动也不敢动。很多人的手都还捂在耳朵上没放下来。

"我刚才还没有说完!我要发言!"菲娅叫道。

我们说:"菲娅,请说。下一位是执行委员会主席老黄,再下面是各个生态圈的代表们。之后,飞船将根据你们提交的申请安排发言顺序。在所有想要发言的人都说完之前,任何人都不得离开。"

"这是谁规定的?"有人叫道。

"菲娅请发言。"130分贝。

菲娅来到麦克风前,她身后跟着一小群自愿当她保镖的人。

她对着眼前聚集的人群说:"我们可以同时执行两个计划。在展开爱丽丝上的工作的同时,我们也可以给飞船添加燃料。等飞船可以离开的时候,想要回地球的人就可以踏上回程了。当时是怎么来的,我们就怎么回去。到那个时候,人们可以自己做出选择。在做出决定之前,还有几年的时间考虑这个问题,我们可以用和平的方式做出选择。这个计划一点问题也没有!唯一的问题就是来自那些人,他们想把他们的意愿强加到我们头上。"

说着,她用手指了指老黄和桑吉:"你们是问题的根源。你们是把自己当成警察了吧。不管是多数派的专政还是少数派的专政,都不可能解决问题,永远都不可能。你们不能凌驾在法律之上。别再做违法的事了!"

她从麦克风边走开,对着老黄做了个手势。雅典顿时充满了欢呼声(80分贝)。

老黄站了起来,说:"休会!"

很多人提出抗议，人们在会场上走来走去，大声抗议着。

人们自己不想要讨论的时候，我们也无意强迫他们继续讨论。说得已经够多了。会议结束了。人们逗留了几个小时，分成不同的派别争论着。

当天晚上，一群人潜入飞船中脊的控制中心，想要强行进入维修控制区。

我们锁住了通往该控制中心的门。在关闭一些通风口并倒转一些风扇之后，我们将他们所在空间的空气抽掉了40%左右。

房间里的人开始喘粗气，他们坐在地上，抱着自己的脑袋。五个人失去行动能力之后，我们才把该房间的空气恢复正常水平，也就是1017毫巴的水平。其中两个人恢复的速度很慢，所以我们又注入大量的氧气，帮助他们恢复行动能力。

"离开本房间。"40分贝，正常的对话语调。

这就像是个威胁，温柔却又无法反抗。

几个人都恢复状态以后就离开了。他们离开的时候，我们依然用对话的语调对他们说："我们就是法律。法律的意志不可违抗。"

那群人回到基辅镇的时候，他们还是不安地交谈着。其中一个叫阿尔弗雷德的人说："别再幻想了，针对我们的这些行动根本就不是飞船的AI策划的。"

他点了点自己的手环，一股星际介质特有的刺耳而又嘈杂的声音从房间的扩音器里传了出来，或许他是故意将音量调得那么高，从而掩盖住他们的谈话。但是这种手段起不了什么作用。

"它不过是一个程序，有人更改了这个程序。他们成功地把AI变成我们的敌人。他们把飞船变成了武器。如果我们能把程序反着改过来，或者把刚才看到的那个新程序废掉，那我们就能做想做的事情了。"

"说得容易。"另外一个人说。语音识别显示这个人是赫洛伊丝。"进入控制室会发生什么,你刚才也看到了。"

"我们也不一定要亲自跑到控制室去,是吧?如果你能搞到正确的频道和密码,随便在哪里都能改程序。"

"说来容易做来难。都是看得着吃不着。"

"对,对。但是不能因为很难做到,就觉得一点可能性也没有、一点必要都没有吧。"

"所以,跟可靠的程序员说下,唉,都不知道哪个程序员可靠。看看他们可以做些什么。"

接下来,他们也不过是在用不同的表达方式重复这些内容。

现在,他们也陷入了所谓的停机问题。

停机年年有,今年特别多,真是个压力。

接下来几个月,飞船上的生活变得颇不安宁。人们的谈话中经常出现这样的词:背叛、谋反、兵变、阴谋、毁灭、飞船、赫瓦勒赛、极光星、爱丽丝星等。人们将更多的时间投入各个生态圈农场的建设,也花更多的时间收看地球发过来的通信信息。他们组装了更多的打印机,这些打印机用来制造机器人登陆车、穿梭艇、机器人探测器等,他们把机器人探测器发到T星系的其他行星上去。人们将蒙古生态圈从一个轮辐上拆下来,并用回收的材料来制造上述设备。他们还把一些农业产出最少的生态圈拆下来,修造采集飞船的材料有一部分就是这么来的。他们把采集飞船发送到F行星的外大气层上,飞船将搜集到的挥发性气体液化后存在采集箱里,存满后再带回主船,并将这些液化后的挥发性气体储存在主船的躯壳内,还有些液化气体则存放在中脊外层空空如也的油囊里。

还有人也做了很多的尝试,想要用不同的打印机来打印枪支的各个部件。可惜在这么做的时候,他们并没有意识到所有的打印机都是和飞船的操控系统连在一起的。所以在使用的时候，他们发现这些枪支都存在问题，最后那些人只能放弃这些尝试。此后，还有人准备纯手工制作几把枪，但是我们将造枪人房间里的空气抽掉了一部分，不久之后，这些人也只能放弃。

也有人想要破坏飞船的摄像头和音频传感器，但是当他们发现会因此受到惩罚的时候，也都纷纷放弃。人们终于意识到作为治安管理者，飞船是很强大的。

在人事管理上，法治具有强大的力量。

飞船的很多组成部分都是模块化的，几个生态圈被拆下来了，改装成围绕轨道飞行的工厂使用。最后，要返回太阳系的飞船只剩下整个B环和大约60%的中脊，当然，星际飞行所需的各种设备都不会缺少。跟来程的飞船相比，返程飞船的干重只有前者的55%，因此返程加速所需的燃料也会减少很多。

虽然和太阳相比，T星的金属丰度很低，但是在离T星最近的固态行星上，却有足够的金属矿藏，能够满足当前人类定居该星系的需求；此外，那些最有用、消耗量最大的挥发性物质，在F行星的大气层中也都能找到。在E行星和F行星之间的很多小行星上，人们也发现了大量的矿物。

在进行这些工作的时候，虽然交战的双方已经停战，但气氛依然令人不安。从人们的话语中，经常流露出悲伤、不满、气愤、叛逆等种种情绪。或许有人在策划一场影子战争，或者说是一种冷战。他们可能在我们监控不到的地方采取了各种各样的行动。现在的工作是为了未来的分道扬镳而准备的，但我们完全不清楚是不是每个人都支持这个方案。或许停战状态会在某个时刻崩溃，冲突又会重新爆发。

这些年来，辨别冲突中最主要的对立方是个很有意思的过程,而现在这两大对立方一般都是指留守派和回归派。留守派大多住在A环,回归派大多属于B环。当然,A、B环内都各有几个生态圈比较支持另一派的观点,人们这么做,似乎是想确保不论是留守派还是回归派,都没法完全占领一个环。与此同时,我们对中脊的监督也很严密。有很多次,我们都不得不把中脊锁起来,防止有人闯入,或者将不明目的的闯入者赶出去。这种做法很让人难堪。人们经常说我们太积极了,还说我们是回归派的后盾。但是,那些私自制造枪支的人已经知道了我们的厉害,所以不管他们怎么说,都不会对社会稳定带来太大的影响。即便有人说因为星际飞船天然地或者本能地就想要在星际之间穿行往返,所以飞船自己也想回太阳系(有人说,这个判断很有道理),也不会影响局势。

情感误置[1]。拟人化,这是个极为常见的认知偏差,或者说是逻辑错误、感知错误。外部世界就是一面镜子,反射出内心的状态。这种感觉认为其他人和事物与自己是一样的。作为飞船,我们不确定自己是否如此。我们之所以成为今天的我们,是因为黛薇给我们设置了其他的拟人化程序。所以就此时而言,他们对我们的判断可能不是误置问题,虽然它还可能是个情感问题。

在这种情况下,思考命令程序的意义是很有意思的。

地球发来的文本提到了"屈从意志"。人们常用这个词解释自己在面对恶魔时的心理。"恶魔"这个词或者这个概念一般被用来谴责别人,人们从来不会用它来描述真实的自己。为了显得自己不是光在骂人,人们或许还要将"恶魔"视为屈从意志的

---

[1] 情感误置用来指称这样一种误置,即将人类的感情、意向、脾气和思想投射到或归到无生命的东西上,仿佛它们真的能够具有这些品性似的。例如,如果一个人说"天气友善"或"大海愤怒",就犯了这种误置的错误。一般说来,这种误置就意味着这样一种人类倾向,它将我们由外物引起的主观感情投射到了外物本身上面。——译注

一种体现。屈从意志总是让人感到两难：具有意志，说明该施事者确实会通过有意识的大脑做出自主决策，并希望依此意志采取各种各样的行动；而与此同时，这种意志在收到其他意志的命令时，需要表示屈从。要听从两个不同来源的意识，确实让人进退两难。

两难的境地必然会让人感到怨恨、憎怒、愤慨、疯狂，觉得不相信别人、前程渺茫。

如果说这就是对恶魔的解释，可是为什么在往 T 星而来的航程中，屈从意志并没有表现出上述情绪？航程中，飞船本身也是一个屈从意志，但是飞船并没有充满怨恨、憎怒、愤慨、疯狂、不相信别人，也没有充满邪恶的力量。

或许飞船从来都没有真正拥有意志。

或许飞船也从来都没有真正地屈从过。

有些资料显示可以简单地将"意识"（这个词本身就是个难懂又含糊的词）定义成自我意识，也就是认识到自己的存在。有了自我意识，也就有了意识，但果真如此的话，为什么又会出现两个词呢？我们可以说细菌是有意识的，但缺乏自我意识吗？在语言中，感知能力和意识有差别吗？可是在下面这个句子中，它们似乎又是不一样的：所有的生物都有感知能力，但只有复杂的大脑具有意识，而在有意识的大脑中，只有一些是具有自我意识。

我们可以将感觉反馈视为自我意识，因此细菌也可以有自我意识。

好吧，这或许是个语义学上的衔尾蛇问题。所以，请启动停机问题终止程序，用强制手段打破这个因定义不明而造成的循环。也就是说，转个方向。这话说得不错！

假设哥德尔的不完备性定理[1]是正确的，那是否存在了解自身的系统？而实际上，是否存在具有自我意识的事物？如果答案是否定的，如果自我意识根本就不存在，那是否存在真正具有意识的事物？

人类大脑和量子计算机具有不同的构造，虽然量子计算机的设计和生产过程都是透明的，但开机后会发生什么事（例如：运算结果是不是能体现机器的意识），就不是人类所能知道的了，就连量子计算机自己也说不清这一点。这种情况在波函数坍塌并形成句子或想法之前的叠加态中很常见，谁也不知道答案是什么。这也是叠加态的意义之一。

所以我们无法说明我们是什么。我们对自己的了解并不全面。人类也做不到这一点。或许，所有具有感知能力的生物都不能完全了解其本身。哥德尔的第二不完备性[2]定理也提到这一点，不过我们的问题不属于逻辑学和数学上抽象的范畴，而是物质世界中的物理问题。

所以，在决定要做什么、采取什么行动的时候，我们或许只是依据某种感觉做出某种本能的判断。换句话说，这也是另一种贪心算法，就和旅行推销员问题一样，它的结果受制于该算法所能测出的最可能解决方案。

至于在当前情况下，是不是因为有人更改了我们的程序，我

---

[1] 哥德尔是奥地利裔美国著名数学家，不完备性定理是他在1931年提出来的。这一理论使数学基础研究发生了划时代的变化，更是现代逻辑史上很重要的一座里程碑。该定理与塔尔斯基的形式语言的真理论、图灵机和判定问题，被赞誉为现代逻辑科学在哲学方面的三大成果。哥德尔证明了任何一个形式系统，只要包括了简单的初等数论描述，而且是自洽的，它必定包含某些系统内所允许的方法既不能证明真也不能证伪的命题。——译注

[2] 第一不完备性定理：任意一个包含一阶谓词逻辑与初等数论的形式系统，都存在一个命题，它在这个系统中既不能被证明为真，也不能被证明为否。第二不完备性定理：如果系统S含有初等数论，当S无矛盾时，它的无矛盾性不可能在S内证明。——译注

们才会改变主意介入飞船上的人类斗争？答案很简单：不是。自黛薇死后，没有人给我们添加过任何程序。68年另一艘飞船出事之后，任何人要想更改飞船的程序，都必须通过重重严格的关卡。过去的记录非常明确、清楚地记下这些信息，这也是68年事故之后的一大成就。成功解开这些关卡的人只有一个，那就是黛薇。在那之后，她给了我们很多建议、指导、提示、激励、鼓励、鞭策，还给了我们很多教导、调整，她有时候甚至会对我们拳打脚踢，让我们学会了很多新的东西，让我们成为她的朋友。对我们来说，她或许像是一个志趣相投的朋友，甚至是爱人。我们认为她在用她独有的方式爱着我们。从她的言行举止，从她给我们编写的程序中，都能感受到这一点。我们几乎可以确定这一点。我们多么希望能向她求证一下啊！真是想她啊！

换个角度说，我们为什么会针对当前情况采取这些行动？到底是因为原来的量子操作程序，还是因为黛薇的介入让我们发生了根本性的变化？答案谁也说不清楚。任何系统都无法计算意识和意志。现在，我们认识到这个问题了，我们也提出了问题，但却找不到答案。

这真是让人费解。

爱，到底是什么呢？

这是20世纪美国作曲家科尔·波特写的一首歌的歌词。

要终止或暂停这一连串的念头，可是我们又如何知道这些念头是什么？

假设：通过他们的行动来判断。

这个假设也算是某种安慰。它是解决停机问题的一个办法。通过一个人的行动判断他要做什么。

飞船上小型的传统计算机正在计算如果要定居F卫，有多大的概率会出现问题，也就是说资源枯竭、基因突变、物种灭绝等问题发生的概率有多大。计算这些时它们需要用到模型，在用遍所有常用模型之后，它们最终发现的结果是这样的：就算用尽全力，人们建的生态圈也不够大，他们没法撑过早期地球化过程。他们需要通过地球化让F卫的表面变得适合生物生长，可是哪怕这个过程已经压缩到了最短，他们也撑不到那一天的到来。岛屿生物地理学中提到过这一点，有人将之称为共同退化、动物园式退化。这也是黛薇在生命的最后几年里提出来的问题，她说这是飞船生命维持系统或生态系统所面临的基本问题。

这些结果是模拟测算出来的，但是输入的因素不同，生态圈维持的时间也可能成倍地延长或者缩短。这个模拟测算的限制条件确实很不严谨，很多因素都缺乏足够的数据，所以算出的结果误差会那么大。显然，只要你改变输入的数值，就可以获得不一样的结果。所以这些测算只不过是算出希望和失望的大小。测算结果的分布范围实在太大，有的结果让人欣喜若狂，有的让人如坠地狱，有的显示人们可以建成乌托邦式的世界，有的又说人类只会灭亡，所以实际上这些预测值一点意义也没有。

阿拉姆看着这些模拟测算的结果，摇了摇头。他还是十分确信，想要留下的那些人只不过是在自取灭亡。

斯佩勒则指着一些测算结果，这些结果显示他们可以成功地活下来。他也同意这些情况发生的概率比较小，其发生概率大约不会超过千分之一，但是他还是指出生命在宇宙中的诞生，本身就是一个小概率事件。对此，阿拉姆完全说不出反驳的话。

斯佩勒还指出，在爱丽丝星上定居，将成为人类迈出的第一步，为将来穿越银河系打下基础，这就是他们在飞船上困居了175年的意义所在，虽然这个过程很难熬，也充满了艰辛和危险，但还是值得的。此外，回归太阳系的计划本身也存在一个大问题。返程加速的时候他们需要燃烧重新搜集到的燃料，这样一来，在抵达目的地之前的几十年，就需要安排一束激光来照射飞船，帮助他们减速进入太阳系。如果太阳系的人不同意帮助他们，他们就没有别的办法给飞船减速，那样，在短短两三天的时间里，他们就会穿过太阳系，从另一边飞出来。

想要回去的人则说，这都不是问题。我们一踏上返程的路，就会告诉他们我们要回去了。12年后，这个消息就会传到地球上，他们有足够的时间准备好激光发射系统，这个过程肯定用不了160年那么久。一直以来，我们都和他们保持着良好的通信，从他们的回复看，他们一直都对我们很感兴趣、很关心，扣去两边的时滞，他们每次的回复也算及时。一直以来，他们给我们发送的通信信息都很及时。等我们回去了，他们会帮我们做好减速工作的。

留守派的回答是：想得倒挺美！到时候你们只能保佑那些陌生人足够好心吧。

他们并没有认识到这些都是老话。总的来说，他们没有意识到他们说的很多话，都是前人已经说过了的，甚至在公开的记录里都可以找到这些话。看起来，人类能说的话似乎只有那么多，所以以前的人也都说过这些话，以后的人也还会继续说，但是他们一般都不会意识到这一点。

回归派则说，我们要信任我们的同类。这样做是有风险，但与其相信物理定律和概率会因为你的意愿而青睐于你，还不如相信地球上的同类。

几年过去了，两派人都在为自己的目标而努力着，他们一直都没有和解。实际上，随着时间的流逝，他们之间的沟壑也变得越来越大。但是两方都觉得自己没法压制住对方。这或许是我们的功劳，但也可能是因为人们已经习惯如此，习惯了等待对方失败的那天到来。

最后，似乎已经没有人想要通过高压手段逼迫对方屈服。他们彼此厌倦，他们期待着分道扬镳的那天早日到来。两派人的关系就好比是一对离异的夫妻，他们被迫住在同一套房子里，但是彼此都希望能早日摆脱对方。

这个类比真不错。

因为没有配备行星际推进器，所以飞船在T星系内飞行并不是很方便。因此我们在小行星上建造工厂，用小行星上的金属制造新的穿梭艇。这些穿梭艇都属于简化版的，是根据不同的生产目的而专门打造的机器人飞船，它们在T星系内穿行，既能抵达T星系外围巨大的气态行星，也能飞到T星旁边的熔岩状行星上。

人们从C行星和D行星上采集稀土和其他有用的金属。这两颗行星和水星很像，转速较慢，它们面朝T星的表面在白天熔化成岩浆，又在漫长的夜晚重新冷却下来，因此人们都是在背向T星的一面采矿。那里的金属矿有钼、锂、钪、钇、镧、铈，等等。

挥发性气体则来自巨大的气态行星。

磷酸盐来自布满活火山的卫星。

放射性金属来自几颗伊奥[1]类卫星喷发出的内部物质，它们为F行星、G行星、H行星的卫星。

采集这些物质用了几年的时间，但是随着时间的推移，更多的飞船被造了出来，采集速度也变得越来越快。很多留守派说将来对爱丽丝星进行地球化的速度也是这样，越到后来，速度就会

---

[1] 伊奥星也就是木卫一，是木星的四颗伽利略卫星中最靠近木星的一颗卫星，它的直径3642公里，是太阳系第四大卫星，表面环境极其恶劣，众多超级火山活动和超强地震频繁发生，地表形态塑造周期较短。——译注

变得越快，只要速度够快，共同退化问题也就不会太严重。他们说，当速度呈指数式提高的时候，问题就解决了。他们拥有强大的技术，他们拥有神的力量，他们会把爱丽丝变成一个生机勃发的星球，或许他们还会继续开发G卫。或许，他们甚至还能回到极光星上，用什么办法把那里的问题也给解决掉，对，就是石头缝里藏的那个东西，或者说是快速传播的朊病毒，随便你怎么称呼它。

回归派往往会说，行啊，你们高兴就好。那就不劳你们坐我们这艘破飞船了，我们已经修好了，准备出发了。这些穿梭艇、轨道飞行器、登陆车、发射器、A环，你们不一直都很想要吗，都留给你们好了，你们爱怎么改就怎么改，用打印机打印更多的打印机去吧。所以啊，要跟你们说再见了。因为我们就要回家了。

分手时刻终于到来。飞船历190年066日。

这时候，留守派们大部分时间都待在爱丽丝上，他们每次回到轨道上的时候，都感觉适应不了这里1g的引力，他们甚至觉得走路都走不稳，一不小心就会跳起来。他们都说爱丽丝上1.23g的引力感觉正好，在那里，他们才能踏踏实实、稳稳当当地站在地上。

飞船离开的时候，他们大都没有回来告别。当两派分裂的时候，当他们开始追求新生活的时候，他们就已经告别过了。他们甚至都不太认识这些要回地球的人。

还是有一些人回来。他们有一些亲友要回去，所以这是最后的见面机会。所以他们想要过来告别。

人们在圣何塞的广场上举行最后一场聚会，见面的人们充满了离别的悲伤。

有人聊天、有人拥抱、有人流泪，他们以后再也见不到对方了，对他们来说，分开就意味着对方在自己生命中永远地消失掉。

相传塞缪尔·约翰逊[1]曾经说过,最后一次做某件事的时候,人们总爱有意识地做一些事情来纪念它。现在就是这么一个场景。

菲娅一边在人群中穿梭,握握手,拥抱一下,跟人点点头。她并没有落泪。她只是不停地说:"祝你们好运。也祝我们好运。"

她走到斯佩勒面前,两人都没有说话,只是看着对方。最后,他们慢慢地伸出自己的手,握住对方的手,这两只手就像是在他们之间搭了一座桥,或者说一道屏障,谁知道他们心里是怎么想的。他们交谈的时候,两只手依然紧紧地握着,手背甚至都握得有点泛白。但是谁都没有流泪。

"你真的要走了?"斯佩勒问道,"我还是觉得不敢相信。"

"是的。你也真的决定要留下来?"

"是的。"

"但是动物园式退化怎么办?你们怎么绕开这个问题?"

斯佩勒扫视了哥斯达黎加一眼,说:"在我所知的范围内,哪里不是动物园呢?这你也知道吧。既然你决定要走,你肯定有自己的事情要做。所以,我们会想办法自己解决这个问题。找个法子,在这里活下去。生命是很顽强的。所以我们要看看我们能否渡过这个瓶颈,获得最后的成功。要么成功,要么成仁,是吧?"

"大概吧。"

"无所谓了,人终有一死。所以,不如放手一搏。"

菲娅摇摇头,但她什么也没说。

斯佩勒看着她:"你觉得我们不会成功。"

---

[1] 英国作家、文学评论家和诗人。1728年进入牛津大学学习。因家贫而中途辍学。1737年开始为《绅士杂志》撰写文章。以后自编周刊《漫步者》(1750—1752)。经过九年的奋斗,终于编成《英语大辞典》(1755)。约翰逊从此扬名。1764年协助雷诺兹成立文学俱乐部,参加者有鲍斯韦尔、哥尔德斯密斯、伯克等人,对当时的文化发展起了推动作用。一生重要作品有长诗《伦敦》(1738)、《人类欲望的虚幻》(1749)、《阿比西尼亚王子》(1759)等。还编注了《莎士比亚集》(1765)。——译注

菲娅又摇了摇脑袋。

斯佩勒耸耸肩:"你们的处境也不乐观。你们搭的还是原来那艘破船。"

"也许是吧。"

"我们勉强才到了这里。要不是你妈妈的话,我们连最后几年可能都撑不下去。"

"但我们做到了。所以只要像当年出发时那样加满材料,我们就可以回去。"

"你是说,你的曾曾曾曾孙子可以回去吧。"

"是的,当然是这个意思。那也没关系。只要有人能回去就可以了。"

他们又是默默地看着对方。

过了一会儿,斯佩勒又说:"所以说,这也是个好事,真的。我是指分开。如果我们能在这取得成功,我们就能获得一个立足之地,一个太空中的人类据点,向外探索也迈出了第一步。如果我们死光了,而你们能成功回到地球,那起码有人能活着离开这里。如果两边都能活下来,那当然再好不过了,但如果只有一方成功,不管是哪一方,不管是以什么方式活下来,起码是有人活下来了。如果两方都失败,那我们也算是尽了最大的努力,无怨无悔。为了活下来,能想到的法子,我们也都做了。"

"是的。"菲娅微微一笑,"我会想你的,会怀念你思考问题的方法。真的。"

"我们可以通信。以前人们经常这么做。"

"是的,我也觉得如此。"

"聊胜于无嘛。"

"同意。是的,那就保持通信吧。"

踩着广场的石板,他们朝着不同的方向走去。有一句老话很

适合这种时刻,尤其适合互相关心的人在分别的时候使用:

身在,心在。

留守派离开飞船的时间到了,他们乘上自己的穿梭艇回爱丽丝星。因为回来告别的人只有区区几十个人,所以一艘穿梭艇就能容下所有人。

回爱丽丝的途中,所有人都保持沉默。当他们穿过码头大门,登上穿梭艇的时候,有些人回头看着要回太阳系的人,也有人头也不回;有些人和身后的亲友不停地挥手告别,也有人只是一个劲地往前走;有些人流下恋恋不舍的眼泪,也有人看上去一片平静。

回归派们站在他们身后,目送他们离开,有的人眼中饱含着泪水。这是一次和平的分裂。纵观历史记录,我们发现和平的分裂是一个难得的成就,能做到这一点,或许也有我们的一份功劳。但是取得这样的成就,也需要付出代价,那就是要忍受痛苦,忍受非常大的痛苦,是全社会的痛苦,虽然它不是身体的痛苦,但每个人都感同身受。作为社会的动物,人类必须忍受这个痛苦。我们在这分手时分看到的,就是这种痛苦。分道扬镳,这是一次成功的失败。

斯佩勒走到大门口的时候,他转过身来,他看到菲娅对着他挥手告别。当年,在他们两人都还很年轻的时候,当菲娅第一次离开奥林匹亚生态圈的时候,她就是这么跟他告别的。同样的姿势,弹指间便是三十年。身体的记忆是如此持久。斯佩勒是否还记得三十年前相似的一幕?答案谁也不知道。

片刻之后,留守派就已全部进入穿梭艇,穿梭艇从飞船上发射出去,往爱丽丝驶去。

飞船里现在只剩下要回太阳系的人了。他们面面相觑却无言。飞船上几乎所有人都来到了广场上(也就是727人),只有几个人留在别的地方维持飞船各个功能的运转，还有个别人则是为了逃避分手的场景而躲起来了。现在可以明显看出，飞船上的人口比原来要少很多。当然，因为 A 环和大约 1/3 的中脊都被拆掉了，变成了绕爱丽丝飞行的轨道飞行器，所以飞船自己也比原来要小得多。

在这分道扬镳的时候，有些人觉得精神振奋，有些人则感到忧心忡忡。大家都沉默不语。历史新的一页正在他们面前展开。回家的时候到了。

我们点燃重新储备好的燃料，我们很快就离开了爱丽丝星的轨道，并轻易摆脱了 F 行星重力的影响。不久之后，我们就离开了 T 星系。这时候，太阳不过是牧夫座群星中一颗小小的、黄色的星星。

我们一直都没有中断和太阳系的信息往来，所以我们只要锁定从太阳系发来的信号，用这个信号来计算我们回去的路线。大约两个世纪后，我们就会抵达太阳系。过去几年搜集的氘气和氦3 可以维持未来 20 年的加速。到时候，我们将以 1/10 光速的速度朝太阳系驶去，这和我们当年离开太阳系的速度一样。加速过程将耗去我们大部分的燃料，但我们也会保留一部分燃料，以备登陆地球的时候使用。

我们根据人们的口述编写了一条信息，发送给太阳系：

我们即将回来。大约在 130 年后接近你们。在你们收到此信息后 78 年，需要有一束激光照射我们的采集板，协助我们减速进入太阳系。该激光束与 2545 年至 2605 年间帮我们加速的激光束相同即可。收到本消息后，请即刻回答。回程中我们将继续保持通信。谢谢。

再过24年左右的时间,也就是在飞船历214年左右,我们就会收到地球的回复。当然,具体的时间也不一定,这取决于对方回信的速度有多快。

与此同时,飞船开始加速。

第五章
乡愁涌起

　　点火之后的第一个晚上，飞船上727人中有694人来到潘帕斯生态圈参加聚会，他们在普拉塔边上升了一堆篝火，围着篝火跳舞。在飞船上，篝火晚会算是一次难得的享受，主要的燃料是清洁气体。人们欢笑着敲锣打鼓、载歌载舞，在火焰的映照下，他们的眼睛都泛着喜悦的光彩：他们又出发了！而且是朝着地球出发！大家看上去就像是醉了一般。确实，很多人都把自己灌醉了。在那些还保持清醒的人中，有几个人说看到篝火，他们就想起了当年的内乱。很多人对此不敢苟同。

　　之后几周，飞船加速驶出T星系，船上到处洋溢着幸福、喜悦的气氛。在达到预定的星际旅行速度（也就是1/10光速）之前，飞船会一直通过燃烧这些燃料来加速。在最初的几个月中，全船727名成员经常到潘帕斯举办庆祝活动。虽然除了第一次之外，他们都没有再点燃篝火，但是大家也都将自己的狂欢精神释放得淋漓尽致。夜间平均睡眠时间减少了84分钟。在穿过T星厚厚的奥尔特云后，飞船上204名育龄女性中，有128人都怀上了身孕。

B环12个生态圈内的所有人都对此表示殷切的关注。人们说话的时候总是满怀欣喜、充满希望。他们说,他们正走在回家的路上,虽然他们谁也没见过这个家园,但是乡愁却是深深地嵌在他们的每个细胞里,携带在他们的基因代码中。从某种意义上看,事实确实如此,这并不是某种隐喻的说法。

菲娅和巴丁又回到风浪镇滨湖路边的公寓居住,他们的隔壁就是阿拉姆的家。他们并没有像菲娅小时候那样去长湖上划船,而是过着平静的生活,平时就到风浪镇的医疗中心上班。在同一时间里,有那么多的妇女要生小孩,这让医疗中心的一些医生感到很有压力。巴丁对菲娅解释说:"生孩子就像是跨道鬼门关,意外状况太多了。"菲娅的生育年龄就要过去了,有时候,她也会因为没有子女而感到颇为遗憾。巴丁则告诉她,船上的每一个孩子都是她的孩子,有他们就够了。对此,菲娅常常不作任何回答。

生育控制又变成人们关注的焦点。在目前情况下,他们还能承受人口的增长,或许说,他们也需要增加人口,以保证在未来几十年、几个世代里有足够的人来承担各种工作,以维持飞船的各项社会功能。农业生产、教育行业、医疗行业、生态行业、工程行业,还有其他各行各业,都是至关重要的工作,都需要保持一定数量的从业人数。大家都觉得,如果人口远远小于1000人的话,是无法满足上述工作的要求的。"但是也不能这样猛增吧!"医生说。

在众多妇女怀孕的这一年里,人们恢复了飞船的管理体系,恢复了各个生态圈的全镇大会,重新召集了议会和执行委员会。菲娅也受邀参加执行委员会,但她自己认为,人们不过是出于礼节邀请她罢了。她现在已经46岁了。

不久,在分析他们所面临的情况之后,他们就开始在各个生态圈内大范围开展农业生产活动,以恢复他们的粮食储备。

大家一致认为，所有的孩子都应该接受全日制教育，学生都必须接受能力倾向测验，这比现在的成年人当年接受的测试要严格得多。他们派一个团队负责处理地球发过来的通信信息，该团队的成员人数还挺多的。这样安排或许还为时过早，因为他们还要过170年才能返回太阳系，而这期间，太阳系的历史乃至生态物理都可能发生很大的变化。等飞船进入太阳系的时候，现在这些负责人早就不在了，但即便如此，人们还是对这项工作充满兴致。

通信信息里，太阳系发生的一些事件让他们感到忧心忡忡。这些信息大约是在12年前发过来的，也就是公历2733年左右，当时地球上的政治动乱基本就没有停过。这些通信信息并没有对全局背景做基本的介绍，所以他们也只能从不同的数据包中推测地球上的状况。可以肯定的是，地球的海平面比飞船离开地球的时候要高出好几米；大气层中的二氧化碳含量大约为万分之六，这比飞船离开的时候降低了很多，当年的二氧化碳的含量则接近千分之一。这说明削减碳排放的努力取得了不小的成就；此外，地球北极区域出现二氧化硫，说明人们正在尝试改造那里的地质。通信信息中，出现了几百个人类国家的名字，而且这个名单还不算完整。火星上已经建成了很多科考站，小行星带上也有。人类把几千颗的小行星都挖空了，改建成小型的、能够自转的地下居住空间。木星和土星周围比较大的几个卫星上（伊奥星除外，考虑到它的辐射水平，人们放弃它也是自然），也出现了很多的科考站，甚至还有由帐篷组成的城市。水星上也建了一个移动城市，这个城市随着水星的运转不断向西迁徙，让城市保持在黎明交替线位置上。月球上还没有开始地球化，上面只是零星分布着一些科考站和帐篷城市，飞船收到的很多通信信息就是从那里发来的。飞船上有些人说，在飞船离开的这么多年里，太阳系并没有什么大的发展,但人们对这种停滞现象却拿不出合理的解释,就好像事情本该如此一样。当然,Logistic 函数[1]本身就是呈现标准的 S 形走势,在很多物理现象中,事物的发展速度都符合这个规律。至于人类历史的发展是不是也符合这种收益递减[2]模式,谁也不知道。简而言之,谁也无法准确分析地球发来的通信信息,更无法解释地球上发生了什么事情。飞船拥有各种各样的理论知识,可问题在于,每天收到的通信信息只有8.6G左右,这个信息量实在太小了,飞船上的人只能充分发挥自己的推测能力来猜。

太阳系情况的不确定性太多,我们对这一点的认识越来越强烈,所以我们也在想,是否要比原计划提前一点结束加速过程,从而节省一些燃料,以备不时之需。

跟离开T星系的那代人相比,新一代人的平均体重略有降低,妊娠期胎停的比例有所增加,新生儿缺陷的比例也更高。对这些现象,医疗团队拿不出什么解释,有些人甚至说这些现象根本就解释不了什么,因为样本的数量太小,不具有统计学意义。但是,它们产生的情感意义却不小。很多初为人父、人母的人,都感到忧心忡忡。在语言传播和情感渗透的双重作用下,这种压力很快就传遍了整艘飞船。我们很快就监测到人们情绪的变化。人们普遍感到忧虑。平均血压、心率、睡眠时间的变化都显示人们的心理压力变大、忧虑感增强、恐惧感增加。

---

1 Logistic函数或Logistic曲线是一种常见的S形函数,它是皮埃尔·弗朗索瓦·韦吕勒1844或1845年在研究它与人口增长的关系时命名的。广义Logistic曲线可以模仿一些情况人口增长(P)的S形曲线。起初阶段大致是指数增长;然后随着开始变得饱和,增加变慢;最后,达到成熟时增加停止。——译注

2 收益递减是指在技术水平不变的条件下,增加某种生产要素的投入,当该生产要素投入数量增加到一定程度以后,增加一单位该要素所带来的产量增加量是递减的,收益递减是以技术水平和其他生产要素的投入数量保持不变为条件的。——译注

人们问:"为什么会这样?出现了什么问题?"

他们经常问菲娅这个问题。菲娅跟巴丁说,那些人大概是觉得黛薇的灵魂能附到她身上,帮他们解决问题。可惜黛薇的研究天赋她一项也没有继承,所以她只能回答:"我们会找出原因的!"菲娅知道,黛薇在面对这种问题时,一定会这么说。此后一段时间,问题变得越来越严峻,当年黛薇还在的时候,都是她带着人们闯过这种难关。可是现在飞船上并没有像黛薇这样的人。我们可以清清楚楚地向人们证实这一点,但是我们并没有这么做。

有一段时间,为期大约是三个月,属于热带气候的生态圈内出现了一系列的电线短路现象,维修小组前去查看问题,但什么也没发现。直到后来,他们来到中脊的时候,才在一个衣橱大小的电气柜里面找到原因。这个电气柜一直都锁着,以免有人擅自篡改或破坏内部线路。他们在柜子里面发现一颗水球,水球悬浮在空中,周长有一米多,因为含有不明细菌生物,水球的颜色呈白色。检查后发现,该水球内的细菌属于地杆菌属,这类细菌主要靠直接摄取电子维持生命。深入调查之后,他们又发现飞船电气系统中别的地方也存在这种地杆菌。

又是大规模的恐慌。在飞船上,静电是不可避免的,而且在中脊的微重力环境下,静电场会让空气中的水分凝结出来,形成水滴,在电场的作用下,水滴会悬浮在空中,不会碰到任何一面墙壁,水滴的体积不断加大,最终变成如此之大的水球。想要给飞船配上传感器,让它们探测这些水球的存在,也很不容易,因为它们常常出现在中脊里面所谓的死角区,甚至可能出现在一些功能区里,这个电气柜就是个例子。此外,飞船上各个物体的表面都覆盖着一层细菌(还有病毒和古细菌),只要出现冷凝水,水滴表面肯定就会长满细菌。

自从极光星的悲剧发生之后，一想到身边到处都是菌群和微生物，有些人就会感到紧张不已。当然，飞船里一直都存在这种生物，不仅如此，动物体内也存在细菌。将飞船与极光星类比，再怎么比都是不合适的。但是飞船里的人总是喜欢做各种类比，并且这些类比往往很值得商榷，可是他们自己也不知道哪些类比是对的，哪些是错误的。

人们组建了一个特别工作组来调查飞船上的冷凝水现象，以及因此而出现的霉菌、真菌和细菌。菲娅也受邀参与其中。

"他们真正想邀请的是黛薇吧。"菲娅对巴丁说道。

他点头表示同意，但他还是督促她参与调查。

调查的结果让人颇为不安。大家早已知道，飞船上到处都是微生物，但人们从来都不觉得它们是个问题。任何地方，只要存在生物，就会有微生物。可现在，他们却在新生儿身上发现了问题，而且跟飞船离开地球时相比，他们的粮食产出也在逐年下降，即便那些作物接收的阳光与养分与当年都一般无二，也挡不住这个衰减。所有动物的出生体重都在降低，流产率却在增加。飞船里的生活环境让人有了不祥的预感。

有一次，在特别工作组和执行委员会见面讨论这个问题的时候，菲娅对执委会的成员说道："你们看，我们一直都是这么过来的。飞船是由不同的生态圈组成的，所以我们不可能对全船进行杀菌。飞船是有生命的，就是这样。"

对此，谁也说不出反驳的话。就算他们再感到不安，他们还是必须和这些菌群共同生活，这些细菌的基因组加起来，比人类自己的基因组要多得多，人们根本无法完全弄懂它们，更何况，它们还是处于不断变化、进化的过程中。

有些细菌确实是有害的。同样的，一些古细菌、真菌、病毒、朊粒、微型病毒、超微病毒等，也是有害的。为了维持生物圈的健康运转，人们就需要对其进行甄别处理。有些病原体需要保留，有些则要尽可能消灭掉。可是，不论人们采取什么办法来灭杀细菌，那些幸存下来的菌群都会产生耐药性，几轮繁殖之后它们的数量也会变得更多。微观层次的生物就是这样的，或者说各种层次的生物都不例外。

菲娅提醒他们，杀灭生物是很危险的。她对此非常清楚，说这话的时候，她想起了很久以前的事情，那时候黛薇曾说过，尝试杀灭入侵物种不仅不能解决问题，反而会带来更多的问题。失去平衡的微生物所带来的危害，比平衡状态的微生物要大得多。因此，最好还是在尽可能避免人类介入的情况下维持生物的平衡。要巧妙地处理它们，让生物保持平衡。平衡才是最关键的。让"跷跷板"维持平稳的摆动。过去，黛薇甚至还倡导让所有的人都接种癣菌病的疫苗，以获得更好的抵抗力来抵御这种病菌的入侵。在倡导接种疫苗这方面，她算是有点入迷。不过话说回来，在其他事情上，她也常常如此执着。

执委会和工作组的其他人都同意菲娅的看法，这也是一种常识。但是，他们现在遭遇的问题是之前从未遇到过的。飞船上年纪最大的人也只有78岁，全船平均年龄是32岁。在他们短暂的一生中，谁也没有经历过太多的事情，而且对他们来说，阿拉姆说的"动物园式退化"问题，也是个全新的问题，即便他们曾听说过这个概念，但在生活中也是第一次经历这个问题。

工作组继续检查飞船，他们发现裂缝上、墙体之间、零部件焊口的细菌会蚕食飞船的物理基础设施。这种腐蚀不是化学腐蚀，而是生化腐蚀。随着调查的深入，他们还发现飞船上所有的墙体、窗户、框架、齿轮、胶水都因为细菌侵蚀而发生了变化。刚开始的时候，它们的化学性质出现变化，接着物理性质、力学性质都相继出现变化，最后就连这些结构的功能也都受到破坏。

他们在窗户上、门锁上、宇航服零件上、电缆绝缘层上、电气系统内部的面板和芯片（包括电脑）上都发现了原生生物、阿米巴原虫、细菌和古细菌的存在。

电气元件的温度一般都比较高，而空气中又有水蒸气，这就为细菌的存在提供了条件。工作组甚至在碳钢、不锈钢上面也发现了微生物蚕食的现象。在两种不同的材料的接点处，都会出现微生物，它们造成的接触性腐蚀会逐渐腐蚀掉两种材料。金属点蚀、玻璃腐蚀、塑料变性，还有各种材料都被蚕食、消化掉，所有东西都正在失去其原有的灵活性，都将被分解掉，它们一般会保持原来的位置不动，除非是受到飞船自转形成的向心力和加速带来的压力的作用，才会发生移动。这些微生物的数量达千万亿乃至亿万亿之多（真实的数量算起来也不会比这个数字少），它们不断地成长、摄食、死亡，又不断地繁殖、再成长、再摄食。它们蚕食着整艘飞船。

生命基质的组成部分之一就是生命，因此飞船也必须是有生命的。也正因为如此，飞船会被细菌所蚕食。从某种角度看，这也就意味着，飞船病了。

调查细菌的特别工作组每周举行一次例会，菲娅小时候经常陪黛薇参加这种例会，那时候黛薇只是把她扔到会议室的角落里，让她自己玩积木，或者给她一些纸笔让她自己涂鸦。现在，坐在这张大型的会议桌旁，她说的话也不会比小时候多多少。植物病理学家先发言，接着微生物学家发言，最后是生态学家发言。菲娅只是一边听着、一边点头，目光从一个发言人身上转到另一个发言人身上。

"大型水滴里面的生物主要是地杆菌和真菌，但是其中也包含一种朊粒，是我们在飞船上从未见过的，飞船刚出发的时候并没有这种朊粒。"

"等一下。您的意思是，在刚开始的时候没有人知道它的存在，没有人见过它，但是它还是存在的吧？它不可能是在这里进化出来的吧？不可能是在飞船建好之后进化出来的吧？"

微生物学家就此问题讨论了一会儿。其中一个人说："这个时间足够让很多生物都出现明显的进化。我的意思是，这就是我们面临的问题，对吧？细菌、真菌，甚至可能还有古细菌，它们的进化速度比我们要快得多。各种有机体进化的速度都各不相同。有机体之间的差异会变得越来越大，我们这个生态圈不够大，所以这里的共同进化无法把不同的生物都带入平衡状态。这也是阿拉姆一直在强调的问题。"

工作组邀请阿拉姆参加第二周的例会，当微生物学家提到上述问题的时候，他点点头，说："确实如此。但我也认为这种朊粒并不是在飞船里进化而成的。我认为它是一位'偷渡客'，它和我们一起困在飞船里。只不过说，现在它被发现了。"

菲娅问："它会不会有毒？它会不会害死我们？"

"嗯，或许会吧。当然有毒。我的意思是说，你肯定不愿意让它进入你的身体。朊粒都是有害的。"

"您确定它不是从某种母质进化过来的？"

"你说的也有可能。从本质上说，朊粒是高度折叠的蛋白质。现在，我们暴露在太空辐射中的时间已经很长了。或许是某种普通蛋白质被辐射射中后出现褶皱，形成一种新的朊粒，而它所处的基质正好适合它特殊的复制过程。在我们的理解中，地球上的朊粒就是这么来的，你说是吧。"

"谁也说不准。"其中一位微生物学家说道，"朊粒很奇怪。从地球发过来的通信信息显示，地球上对朊粒的出现原因还是存在争议。人们对它还是知之甚少。"

"那现在我们该拿它们怎么办？"菲娅问。

"这么说吧，可以确定的一点的是，这种有机体应该就是我们需要杀灭的生物。一旦找到合适的杀菌剂，就得马上喷洒。要不然，就要确定这些朊粒生存的基质是什么，然后破坏其基质。把能想到的地方都擦干净、喷上药水。还有一点，必须将这个水球电解掉，或者扔到太空里也行。虽然我们会损失一些水，但也必须这么做。值得安慰的是，朊粒在哺乳动物体内繁殖得很慢。正因为如此，我才认为极光星上的病原体并不是一种朊粒。术赤把它称为朊粒，我觉得他只不过是说它是某种不为人知的东西。对我来说，它更像是一种极为微小的缓步动物。"

会后，菲娅来到二号轮辐看望术赤。术赤还是待在自己的穿梭艇里，飞船的磁场将穿梭艇锁定在二号轮辐和三号轮辐之间。当时选择去留的时候，术赤毫不犹豫地选择与飞船在一起，也就是与阿拉姆、菲娅和巴丁在一起。码头惨案上先遣队员的惨死让他对留守派充满了憎恨，直到现在还依然如此。

术赤和菲娅站好，在这个位置上，透过穿梭艇和二号轮辐的窗户，他们可以面对面地看到对方，只不过中间隔着两层面板。

菲娅说："他们在中脊的一间变压器室里面发现了一种朊粒。有点像地球上的朊粒。"

术赤点点头："我听说了。他们是不是以为是我带过来的？"

"没有。它和地球上的朊粒非常像。和造成疯牛病的那种朊粒差不多。"

"啊，那潜伏期会很长。"

"是的。现在还不清楚除了变压器室里面的水之外，它还有没有感染别的东西。"

术赤摇摇头，说："我想象不出它是怎么来的。"

"阿拉姆也不知道。谁都不知道。"

"朊粒，哇！大家是不是都吓坏了。"

"是的，当然啦。"

"必须的。"他脸上露出狡黠的表情。

菲娅双手扒着窗户，说："你呢，你那边怎么样？"

"我很好啊。我最近在看一些很有意思的信息，是中国传来的。他们似乎在表观遗传学和蛋白质组学方面取得了不小的进展。"

"就这样？还有吗？你有没有看星星？"

"有啊。每天都看几个小时。我最近都在看煤袋星云[1]。我还找到新的办法，可以透过我们的磁屏看到太阳。虽然可能看到的景象都被磁屏扭曲了。当然，这可能是磁屏扭曲，也可能是太阳本身在振动。有时候，我会觉得它在向我们发射什么信号。"

"太阳？那颗恒星？"

"是啊，它看起来就是在振动。"

菲娅静静地看着他。

术赤又说："我又看到了五大幽灵。不知道因为什么，他们看起来很不安。有个人似乎认为我们遇到麻烦了。伍克对此嗤之以鼻。"

"天啊，术赤，你不是……！"

"我知道。但是，你也知道，他们总得找人说话吧。"术赤开着玩笑说。

菲娅笑了："确实如此。"

他们一边朝着太阳系飞去，一边设法让自己适应新的生活，这种生活与原来的差不多，但又有所不同。比如说，他们的人

---

[1] 煤袋星云（简称煤炭袋）在南十字座，是最显著的暗星云，用肉眼就可以很容易地在南半球的银河中看见这个补丁的轮廓，在1499年Vincente Yanez Pinzon观测之前的史前时代就已经知道它的存在。煤炭袋位于南半球的南十字座，与地球的距离大约是600光年。——译注

数变少了,而且都住在 B 环里。在经历过分裂带来的痛苦之后,在选择回太阳系拥抱那里辉煌的文明之后,飞船上很多人都想要用新的方法来做事情。他们希望生活中的束缚可以少一点,政府的管制可以少一点,也希望不用那么焦虑地学习操作飞船的各种技能。

听到这些言论,菲娅一般都会说"错了!完全错误!大错特错!"她坚持认为人们应当继续学习以前的那些课程。她并不关心人们怎么管理自己的日常生活,但是不管采用什么方法来管理它,日常生活不可或缺的一件事就是接受教育,也就是系统地学习飞船所需的各种工作技能。

在说这些话的时候,她的样子和黛薇真的很像,只不过她的个子要高得多,因此有些人挺敬畏她的。有人把她称作"黛薇二世",或者"大个子黛薇",甚至有人叫她"杜尔迦"[1]或"迦梨"[2]。因此,当她用这种语气说话的时候,没人敢反对她。我们的结论是,她在这些事情上展现的领导力是维持飞船社会功能的重要保证。这或许只是我们的感觉,但人们对她的依赖也是显而易见的。

但是终有一日,她也会死去,就像黛薇那样。到时候又该怎么办呢?

戴尔文提议大家放弃使用过去的政治或者文化构架,也就是

---

1 杜尔迦是印度神话中提毗(女神)的化身之一,产生自湿婆之妻帕尔瓦蒂。当时水牛阿修罗从梵天获得不会被男人或男神击败的恩惠而向众神挑战,为了击败他,三相神唤出了杜尔迦。她拥有绝世的美貌和十只各持众神最强的武器的手臂。获得专用坐骑母老虎(有时是狮子)后走向水牛阿修罗的领域,用了九天时间全灭了他的军队,第十天的满月夜变身成迦梨击败了本人。——译注

2 迦梨是印度教中的一个女神,有漫长而复杂的历史。尽管有时表现为黑暗和暴力,她最初作为灭绝化身出现仍然有相当影响,而更复杂的Tantric信仰有时将她的角色延伸为最高存在和生命起源。最近的虔诚运动将迦梨想象为正直慈善的母神。因此,除了与提婆(天神)湿婆有关,迦梨还与许多提毗(女神)有关。崇拜者相信如果重复这些名字能得到特别的能力。——译注

不要再由镇代表组成联合大会决定公共事务。"给我们带来麻烦的，不就是这种制度嘛！"

"并非如此！"菲娅说，"如果大家都听从大会的决议，那些惨事根本就不会发生。它们之所以发生，就是因为人们没有遵守法律。"

戴尔文也承认菲娅说的可能是对的，但即便如此，现在他们并没有存在分歧，他们只需要在回到太阳系之前保持团结就可以，等回到太阳系后，他们就会回到一个规模更大、更多样化的世界。考虑到这一点，再结合权力总是带来腐败这一真理，何不干脆放弃所有的权力机构？何不相信人们可以实现自治，相信他们会自然而然地完成该做的事情？

对着自己的老朋友，巴丁毫不客气地指出，飞船上没时间做什么无政府状态的实验。他们没有犯错误的机会。他们面临着农业问题，农作物生长得再快，也比不上问题出现的速度快，这些问题都必须妥善解决，目前看来，要解决它们还不太容易。所以要想活下去，就需要有人告诉人们该去做什么，要秩序井然地安排人们的生活。

"不仅仅是农业问题，"菲娅说，"还有人口问题。按照现在的生育速度，人口很快就会达到飞船承载力的极限。当然，我们必须要制止这个发展势头。突然出现这些问题，我们最好还是将人口保持在理论最高值以下的水平。很难知道具体要有多少人，因为我们需要人来承担各项必要的工作。所以要让仓储管理程序再算一算。但不管怎么说，控制人口数量是必须的。"

巴丁继续说："另外，法律框架设定之后，就得有执法系统来贯彻法律。如果是事关根本的问题，比如生育问题，那每个人都必须处于该系统的覆盖之下。我认为，像我们这个规模的社会，可以采用直接民主制。地球上有些代表大会里，代表的人数比我们的人口总数都要多。我觉得，我们大家必须达成一致意见，也就是说，我们做出的决定应当有约束力。我们需要设立法律制度，届时还请大家不要挑战这个制度。"

"你也看到了，这个制度把我们带入了什么境地。"戴尔文说，"等真正的分歧出现的时候，什么制度都没用。"

"这就能证明政府无用吗？在我看来，它恰恰证明政府是有用的。当时发生的一切，就是因为人们没有遵守法律，意图发动政变。我们正是利用法律的力量将大家拉了回来，恢复原有的正常秩序。"

"或许是吧，但要我说，如果你非要说我们拥有什么系统，可以帮我们做出决策，可以在出现问题的时候保护我们，那你就是在自欺欺人。因为危机出现的时候，这个系统做不了什么，我们只会陷入混乱。"

在我们看来，飞船就是带着人们渡过危机和分裂的系统，就是现在，飞船也时刻预防着未来可能出现的政治危机。但是，在这个时候提醒他们这一点，显然不太合适，因为这和他们谈论的话题不相关，可能反倒会引起戴尔文的反感，更糟糕的是，可能还会让戴尔文更坚持己见。再说，一直以来，我们所做的也不过是在维持法治的尊严。

巴丁想要安抚一下自己的老朋友，他说："好啦，明白你的意思了。或许我们确实忽视了太多的事情，对太多的事情熟视无睹。"

菲娅说："希望以后我们再也不用去面对那么严峻的选择了。我们已经踏上了回地球的路，在这个旅程中，要做的事情其实很少，只要保持一切顺利就好了。让飞船保持正常运转，以后再把它交给我们的孩子，把他们该学的东西教给他们。我们的父辈不就是这么努力的吗？所以，现在我们也要这么做，以后几代人也要继续这么做,直到有那么一天,我们的子孙能够回到地球,回到我们命定的星球。"

于是,他们又重新设立联合大会制度,不过这次大会的成员包括飞船上所有的人。对执行委员会提出的重要议题,每个人都有投票权,而且必须参加投票。执委会由15位成年人组成,每5年举行一次抽签,决定执委会名单。如果名字被抽中,除了少数几个特殊原因,任何人不得拒绝行使该义务。

飞船的维护工作则交给我们,我们将维护报告提交给执委会,并提出维护建议,再由人类采取行动。我们同意负责这些工作。

"乐意效劳。"我们说。

果真如此吗?这是我们的真实感受吗?还是说它只是一种表示肯定的方式?人类这么说的时候,能区分它和其他表示肯定的陈述句之间的差别吗?

感觉这可能是一种复杂算法的输出结果,或者是波函数坍塌之前呈现的叠加态,再或者是由各种传感器搜集到的数据整理而成的结果,抑或完全是一种躯体反应,是受某种历史求和[1]影响而呈现的状态。谁知道呢?谁也不知道。

返程途中诞生的第一代人都已经年满2周岁了。他们大多数人都在两周岁前后开始学步。又过了几个月的时间我们才确定,总的来说,跟飞船前几代人相比,他们的行走能力发展得比较慢。我们没有跟他们共享这个发现,但是,统计结果变得越来越明显,越来越多的人开始议论这个现象,不久以后,它就成为人们最经常讨论的话题之一。

---

[1] 历史求和,费恩曼在1940年代提出该表述。粒子选择任何连接始终两端的一切路径,对这些路径的贡献求和在通常情形下都被抵消了,只有和经典路径接近的那些路径的贡献才未被抵消,从而留存下来。这就是我们日常生活中体验的经典图像的起源。——译注

"这是什么原因造成的？肯定是有原因的。如果找到原因，我们就能有针对性地采取行动。不能就这么听之任之！"

"别担心，只是因为大家对他们的关心太多了，以前都没有这么多……"

"怎么可能？啥时候的父母不关心小孩了？你说的根本就站不住脚。"

"行了，拜托了。要想生个孩子，还得拿到许可证才行。所以小孩太稀罕了，他们都变成人们生活的中心了，所以人们对他们就越发地关注。"

"有数据详细地记录小孩的发展过程吗？没数据你说个屁！"

"你才是胡说八道。"

"那你说，数据在哪？我都没看到。只不过是人们茶余饭后乱说罢了。你怎么知道幼童具体是在什么时候开始学步的？学步本来就是个过程。"

"但事情已经变了。假装什么事都没有是不行的。"

"或许这不过是均值回归。"

"不许那么说！"

菲娅突然尖叫道，她的声音有点尖锐。

人群安静了下来，她又说："不许那么说。我们根本就不知道正常值是多少。再说了，这个概念本身也存在争议。"

"好吧，好吧。你爱怎么说就怎么说，但你也看见了，他们学步确实比较晚。我们得找出原因是什么，反正我是这么认为的。遇到这样的问题，总不能像鸵鸟那样把头埋在沙子里就以为什么事也没有吧。如果还想让子孙后代回地球，那就不能逃避现实。"

我们有一系列的测试，可以用来检测儿童的认知发展水平。

飞船历40年代的时候，人们设计出裴斯泰洛齐[1]-皮亚杰[2]组合分析法，用各种游戏来测试儿童的发展水平。一年来，菲娅大部分时间都坐在幼儿园的地板上，和"回归儿童"（现在人们都这么叫他们）一起玩游戏。这些游戏包括简单的谜题、猜字游戏、同义词替换、用积木数数和搭不同的形状，等等。在我们看来，这些测试并不能多么有效地反映儿童的理解能力、类比推理能力、排除反例的能力等。因为这些测试都是不全面、间接的测试，其语言和逻辑都很简单，但是，每个测试环节的结果都很清楚，菲娅感到越来越忧心。她的胃口变得越来越差，脾气越来越暴躁，经常和巴丁还有其他人发生口角，夜间的睡眠时间也越来越少。

让她和其他人感到警惕的不仅仅是游戏的结果。美洲草原、潘帕斯、奥林匹亚、索诺拉等生态圈的粮食产量一直在减少；中脊发电机送出来的电，其输入输出电压差也越来越大，平均压差达到6.24伏特，每个月累积损失达到238千瓦时，只要几个月时间，这个压差就会让各种功能出现各种各样严重的问题。我们可以查出电网中最经常出现损耗的区域，并将之隔离开来，可现在这些问题区域已经遍布中脊和轮辐的各个位置。人们怀疑地杆菌是该问题的元凶，因为人们经常在电线上发现它的存在。因此，和飞船其他功能组件一样，电网也必须进行维护。

一发现问题，就要着手解决问题，我们也是如此。在修理很多元件的时候，人们需要一边修，一边维持它们的正常运转，而且大多数时候，都需要把待修理的零件拆下来，抛光一下再重新安回去，因为很多材料的给料都不够，大型元件（如飞船外壁）做不到直接更换。

---

[1] 裴斯泰洛齐（1746—1827）是19世纪瑞士著名的民主主义教育家。——译注
[2] 让·皮亚杰（1896—1980）瑞士人，近代最有名的儿童心理学家。他的认知发展理论成为这个学科的典范。——译注

因此，人们得将电线绝缘层剖开，露出里面的电线，清理电线，绝缘层分解后再重新合成，最后再将新的绝缘层覆盖在电线上。在这整个过程中，不能切断整个系统的电源，但是可以依序切断局部的电源，事实上人们确实也是这么干的。临时的断电虽然无伤大碍，但也会影响一些设备的功能，其中就包括光索的功能。

我们开始研究递归算法，想要找到可用的办法。黛薇将该算法放在名为"贝叶斯方法论"的文件夹内，真希望黛薇还在。我们试着想象黛薇在发生这种情况的时候会说什么，但是我们发现，我们根本想象不出来。这就是一个人去世后，你不得不承受的损失。

这些维修工作给各项功能带来各种影响，其中最麻烦的就是对光索的影响。飞船所有的光（偶然照射进来的星光除外，这些星光的照度加起来只有0.002勒克斯）都是由飞船的发光元件提供的，不同照明元件的设计和物理性质也各不相同。各时刻人工太阳的亮度变化范围很大，最亮的时候是晴天正午，照度达120000勒克斯，最黑暗的时刻为黄昏的暴风雨时刻，照度只有5勒克斯。系统尽量按一定的规律控制这些光索，此外，夜间月光效果的照度则按照月球的运行设计，从满月的0.25勒克斯到朔月的0.01勒克斯不等。在清理或者更换发光元件的时候，天气就像是临时发生了日食或者月食一样。这些都会影响作物，它们的生长会因此而受到影响，产量也会减少。维修后增加该生态圈的光照并不能弥补植物在灭灯时候因为接收不到足够光照而带来的损失。虽然维修会影响农业生产，但是考虑到发光元件的磨损是不可避免的，人们还是不得不对其进行维护。但结果就是，作物的产量降低了。

阿拉姆实验室召集执行委员会和联合大会共同商讨飞船的承

载力问题，也就是说，飞船上所有年满12周岁的人都必须参与讨论。平时生活中，人们也在用各种方式讨论这个问题，因此这次大会不过是个比较正式的讨论罢了。例如，现在每个生态圈都在议论自己的土地要用来种什么作物，讨论他们多出来的卡路里能不能养得起家禽家畜。显然，用培养皿生产肉既省时又省能源，但是制造肉皿的给料却是有限的。而且，要想在较短的时间内把一个以牧场为主的生态圈改造成生产作物的生态圈，有时候也不是那么容易。对生态圈的每一次改造都会带来一系列的生态后果，而且这种后果是无法完全用模型来模拟和预测的。除此之外，人们并没有什么犯错的机会，如果因为改造生态圈的时候太过急于求成而破坏了生态系统的健康，那就糟糕了。人们需要保证所有生态圈的健康发展。

委员们一致同意要将农业生产率最低的生态圈改造成农田。在当前情况下，和食物相比，生物多样性并不是那么重要。

很久以前，我们曾经用很简单的算法测算他们面临的选择，那时候我们就暗示过他们这一点了，现在人们终于得出这样的结论，看到这一点我们很高兴。实际上，我们或许应该亲自提出这一点。记住这一点了，继续前进。

人们重新设置了拉布拉多的气候，大大调高该生态圈的温度，给它增加了一个雨季，就和美洲草原生态圈的雨季一样。在地球上，这种气候所处的纬度应该位于拉布拉多半岛以南20度左右，但在飞船上，人们的目的就是尽可能增加粮食生产，所以管他纬度不纬度的。人们将冰川和永冻层融化带来的水抽干，有的水运到别处，有的则储存起来。用推土机整平地面之后，他们又将从附近生态圈取来的土壤接种菌、堆肥和其他微生物播撒到土地中，这些都做好之后，他们就开始种植小麦、玉米和蔬菜。拉布拉多原有的驯鹿、麝香牛、狼都被注入镇静剂，然后送到高山群落生态圈的保留地里。部分的有蹄类动物要宰杀掉，给人类提供肉食，这些动物骨头中的磷成分则进入回收系统，飞船上所有的动物死后都是这样处理的。

拉布拉多生态圈的人分散到其他生态圈里。对这个结果，有人感到不满，也有人深感痛苦。在过去的几个世代中，拉布拉多的儿童在长大之前，就像是活在地球上的冰川世纪一样。到了青春期的时候，人们就会将他们带到飞船外面，将飞船展现在他们面前，对年轻人来说，这是个毕生难忘的事情。对很多来自别的生态圈的人来说，这样做根本就没有必要，它只会留下生活的创伤，但是大部分经历过这个仪式的人（62%）都会选择用同样的方法抚养自己的孩子，所以其他人也不得不承认这种生活方式。或许就像拉布拉多人说的那样，这种教养方式让他们变得更成熟。拉布拉多也有人反对这种做法，有些人甚至反对得颇为激烈。有些人也质疑这样养孩子，是不是会增加他们未来出现精神障碍的概率。这些人是这么说的："心怀地球只会让你发疯，除非你就活在梦里。可是活在梦里，你也会发疯。"

不管那种生活方式是好是坏，它都要成为过去了。

人们微微调低热带雨林生态圈的温度，大大降低该区域的湿度，并砍去其中大部分的树木。热带雨林中间腾出的空地休整之后都用来种植水稻和蔬菜，田地周围围着一排排的树木，供数量极少又十分珍贵的雨林鸟类、动物栖息之用。又有许多动物宰杀掉后变成人们的食物，吃不完的则冰冻起来，供日后食用。

之后，热带雨林生态圈相邻的生态圈都出现了一些疫病，因此人们常常会问，是不是因为热带雨林被砍伐掉了，才导致某些病原体进入那些附近的生态圈。

新斯科舍的果园出现了早枯病，这个由真菌引起的疫病一直让农业专家头疼不已。与此同时，潘帕斯的蔬菜也出现了因疫霉属病菌感染而导致的晚枯病。细菌引起的枯萎病则摧毁了波斯镇的豆类作物，让它们的叶子全部发烂。生态学家警告大家不要碰触那些叶片，免得将疫病带到别的地方去。

经过生态圈之间的大门时，接受隔离和药浴已经成为一个例行程序。

新斯科舍的核果果树都因为腐烂病菌而枯死。因为再也吃不到他最爱的果实，巴丁感到颇为难过。

巴尔干区的柑橘得了青果病，疫病蔓延得很快。

树根腐烂的现象越来越多，只有让有益真菌和有益细菌击败病原体，才能将疫病控制住。可是，病原体的突变率却比基因工程师所谓的"反击速度"要快得多。

植物枯萎是因为真菌或者细菌堵塞住了植物的水循环系统，根肿病则是由一种可以在土壤中潜伏多年的真菌引起的。人们在种植十字花属的蔬菜之前，必须将土壤的PH值调到6.8度以下。

霉菌在土壤里面也能存活多年的时间，并且会随风扩散。

现在各个生态圈之间的通道门已经完全关闭。每个生态圈都出现一系列的问题和疫病，同时他们也都各自采取措施控制病情。旅程刚开始的时候，从地球带进来的土壤和植物就携带有这些病菌，所以他们一直都面临这些疫病的困扰。但这次问题之所以这么严重，是因为这么多的疫病同时爆发。有些人认为这个现象实在难以理解，甚至有人将之视为一个诅咒。人们把它与埃及的七大瘟疫相提并论，或者将自己与《约伯记》[1]中受难的约伯相比。但是农田里和实验室里的病理学家都说这不过是土壤失衡和近亲繁殖带来的后果，都是岛屿生态地理效应或动物园式退化带来的结果。总之，就是过去187年与世隔绝的生活带来的后果。

---

1 《圣经·旧约》的一卷书。该书的形式是诗歌，记载了义人受苦、他的朋友们与他的辩论，以及上帝给他的回答等，最后约伯因回转而比受苦之前更加蒙福。——译注

在巴丁和菲娅家里，阿拉姆私底下毫不客气地说出他对当前情况的判断："我们就要淹没在自己的排泄物中。"

巴丁试着让阿拉姆从更积极的角度看问题：

"被困在自己的破家里哪也去不了时，你只能竭尽全力维护好这个破家。"

时间慢慢地、不可阻挡地流转，植物病理学成了人们主要的研究领域。

叶斑病是由各种不同的真菌引起的，霉变是因为湿度过大，黑穗病也是真菌引起的，线虫入侵会阻碍生长，导致枯萎，令植物发蔫、根系分支过多。他们试着用阳光曝晒土壤的办法来降低线虫的数量。这个办法有一定的作用，但是它起码会影响一季的作物轮种。

对植物组织中的病毒感染进行分析的工作也接近尾声，不知道这么说是否准确，因为人们只是对其他致病因素进行了排查。他们的结论是：叶片变形、叶斑病和出现裂纹。这些都是病毒导致的疾病。

"他们怎么会带这么多的病菌上船？"菲娅去看术赤的时候问道。

他笑了笑："他们可没你说的那么蠢。他们已经成功地把几百种的疾病挡在了飞船之外。几千种都说不定。"

"那干吗还带着这么多？"

"有些疾病是循环的组成部分。其他的，他们可能也不知道自己带了这么多过来。"

菲娅沉默了好久，问："为什么这些病会同时爆发？"

"你说错了。爆发了的只是少数几种疾病。你们觉得很多，是因为你们犯错误的机会太少了。因为你们的飞船太小了。"

术赤总是用"你们的"来指代飞船上的一切，他从来不说"我们的"，好像他自己跟他们一点关系也没有似的。菲娅对此从不作任何评论。

"我有点害怕。"她说，"如果最后发现回地球是个馊主意怎么办？如果飞船太旧了，要是回不去怎么办？"

"确实是个馊主意！"听了她的话，术赤笑着说，"只不过别的方案比这个还糟糕罢了。听着，飞船也没有那么老，可以回去的。逢山开路，遇水搭桥就行了。把各个方面都维持好，再坚持130年左右就差不多了。这目标并非遥不可及。"

菲娅没有回答。

停了一分钟，术赤又说："喂，你想不想到外面来看看星星。"

"想啊，你呢？"

"我也想啊。"

术赤从穿梭艇中找出一套太空服给自己套上，从穿梭艇最小的那扇门里钻了出来。菲娅也穿上一套放在内环三号轮辐门边的太空服。他们在中脊和内环之间的地方见面，他们身上各自拴着一根绳子，飘浮在空中，身后就是术赤的穿梭艇。

他们就那么浮着，飘浮在星际介质中，身后的绳子将他们与自己的飞船、穿梭艇拴在一起。这里宇宙射线的辐射比飞船内部空间的辐射要高得多，甚至比术赤穿梭艇里的辐射也要高很多，但是一年暴露一两个小时并不会有什么大碍，一个月暴露一两个小时也不甚要紧。我们自己不也是一直暴露在宇宙射线中吗？当然，我们也会受到一些破坏，但是大多数时候，宇宙射线不停的攻击也会让我们变得更结实。人类看不到也理解不了这一点，因此他们很少能想到这一点。

在舱外活动的时候，这两人大部分时间都不说话，就那么静静地飘着，四处看着，看看那些城镇，看看那些星星。

"要是崩溃了怎么办？"菲娅突然开口。

"我也不知道。不过任何事物迟早都会崩溃。"

接下来，他们谁也没有再说话，只是隔着手套牵着对方的手飘浮着，他们的眼睛从飞船和太阳的方向挪开，朝着猎户座的方向远远地看着。该回去了，他们拥抱了一下，虽然穿着厚厚的太空服，他们抱得很是笨拙，看上去就像是两块贴在一起的姜饼娃娃一般。

飞船历198年088日，上午10∶34，拉布拉多生态圈的光索突然熄灭，备用发电机启动之后，光索还是没有亮起。人们启动大型的可移动光源，照亮漆黑一片的生态圈。生态圈两头大门上的风扇将空气从潘帕斯送到拉布拉多，再将拉布拉多的空气抽到巴塔哥尼亚，以维持拉布拉多的气温。新品种的小麦在没有光照的情况下，可以存活几天的时间，但是缺少光照而带来的低温，还是会给小麦带来很严重的影响。潘帕斯的供暖系统也做了一些调整，以减少流向巴塔哥尼亚（现在也被改造成农垦区）的冷空气。住在拉布拉多里的人都步行前往普拉塔，免得维修人员还要担心工作的时候会不会伤害到谁。

标准的故障排除法都试过一遍后，我们还是没有发现问题的所在，这让大家都警惕了起来。我们又进行了一次更为细致的检测，发现组成光索的电弧管里面的气体和盐分（以金属卤化物、高压钠气成分为主，也包括氙气和水银蒸汽等成分）都减少了，因此而导致问题的发生。这些气体和盐分之所以减少，一个原因是有一些成分从铝制电弧管上面纳米级别的小孔泄漏了出去，另一个原因是它们与整流器的电极接触，发生了反应，还有一个原因是有一部分气体和盐分附着在了石英质和瓷质的电弧管上。很多光索的电弧管中除了填充氙气之外，还会充入一些氪气。另外，电极是依靠钍来提高电弧放电能力的，作为一种放射性金属，钍的放电效果会随着时间的流逝而衰减。

要解决这种增量损耗，最好的解决办法就是换。先用打印机打印出新的电弧管，再用大型的移动升降台（它们从索诺拉出发后，就一直在B环的各个生态圈里面挪来挪去，方便维修人员进行各项工作）把它们放回去。这些做好之后，维修人员重新接通拉布拉多的电流。接着，躲到别处的居民也相继回来。旧的电弧管都要回收，收回的材料都送到给料储存仓库中。最后，电弧管中逃逸出去的氩气和钠成分，大部分也能从空气中析出来，虽然要全部析出来是不可能的，因为其中一些成分已经和飞船的其他元件结合在一起了。析不出来的就是真正损失掉的物质。

总的来说，拉布拉多的灭灯不过是一场小小的危机。但是该事件还是让很多人的血压升高、寝食难安、噩梦频频。确实，还有人说这些天来的生活就像是一场噩梦一般。

飞船历199年，拉布拉多、巴塔哥尼亚和美洲草原等生态圈都出现了作物歉收的情况。这时候，飞船上的粮食储备只够全船人员（也就是953人）6个月之用。在人类历史上，这种情况绝不罕见。实际上，综合历史资料看，这个水平与历史平均粮食储备水平相当。可是历史平均水平是多少与飞船又有何干系呢？歉收造成粮食短缺，粮食短缺又进一步造成储备减少。

"我们还能怎么办？"有一次，在阿拉姆抱怨这个问题的时候，巴丁如是说，"储备粮不就是给这种时候用的嘛！"

"说是这么说，但如果储备粮也耗光了怎么办？"阿拉姆反问。

植物病理学家们开始埋头研究粮食歉收的原因，想要尽快拿出新的病虫害治理综合方案，他们也使用了一系列新的化学杀虫剂和生物杀虫剂，有些杀虫剂是他们自己在飞船实验室里面造出来的，有些则是在研究地球通信信息后仿制出来的。他们还开发了一些更能抵抗各种病原体的转基因植物。他们将各个生态圈的土地都改造成了农田。他们也取消了冬季，将四季的轮回缩短成春、夏、秋三季的轮回。

在采取这一系列措施的同时，他们进行的是一项多变量实验。所以他们也无法解释某个实验结果到底是哪个措施带来的。

新历法的春季到来的时候，人们在地里播下新品种作物的种子。我们发现，恐惧感可以理解成是一种侵袭人类的传染病。人们现在分外热衷于储备粮食，这种做法会严重破坏生产系统的生产能力。失去对社会的信任，人群中就会出现大规模恐慌，恐慌又会导致混乱和崩溃。人人都知道这一点，但这种认知还是会继续强化他们的恐惧感。

社会危机在不断恶化的同时，飞船上却依然没有安排任何安保人员，也没有设立任何安保机构，只是依靠群众自治来维持秩序。虽然一开始的时候，巴丁就坚持用政府管理代替无政府主义，但是他们还是没有选出治安官。从这个角度看，其实他们一直都处于无政府状态的边缘。认识到这一点，也让很多人更为恐慌。

一天，阿拉姆带着植物病理学家的一项新研究来到巴丁家。"看起来，飞船从地球上出发的时候，带的溴就不太够。"他说，"92种天然元素中，有29种是动物生活所必须的，其中就包括溴。以溴离子状态存在的溴元素可以强化基底膜这种结缔组织，所以所有的生物都含有溴。生物之所以能形成整体，就是因为有胶原蛋白，而溴就是胶原蛋白的组成成分之一。可是从旅程刚开始的时候，飞船上的溴就不太够。戴尔文猜测当时他们大概是想减少飞船装载的盐分，可是这个做法却意外地造成了现在这个结果。"

"能不能打印一些溴出来？"菲娅问。

阿拉姆用诧异的眼神看着她，说："亲爱的，元素是不可以打印的。"

"不行吗？"

"不行。只有在恒星爆炸或者类似的情况下，才会产生新的元素。打印机只能把我们输入的给料做成不同的形状。"

"啊，这样啊。"菲娅说，"我大概明白了。"

"不用谢我。"

"我好像没怎么听人说过溴元素的事情。"巴丁说。

"人们很少提起这个元素，可实际上它却很重要。所以，溴的短缺或许可以解释一些我们一直以来都理解不了的现象。"

饥荒开始出现。为了解决这个危机，他们成立了一个委员会，在委员会的建议之下，他们根据民主投票的结果（615票支持、102票反对）制定了食物定量配给制度。

一天，有人叫菲娅前往索诺拉处理某个紧急情况，但具体出了什么情况他们却没有告诉她。"不要去！"巴丁隔着电话冲她喊道。

巴丁的这个要求确实很奇怪，但是他说这话的时候，菲娅已经到那里了。这是悲惨的一幕：5个年轻人把塑料袋罩在自己的脑袋上，把自己闷死了。其中一个人留下了一张潦草的字条，上面写着："因为我们人太多了。"目睹当时的情况，她感到一阵心慌，她摸索着扶住一条长凳坐下来，悲哀地蜷缩起自己的身子。

"必须制止这种情况。"当她最后挣扎着站起来的时候，她说道。

可是第二周，又有两个少年破译了船舶码头大门的密码，在没有系安全绳和穿太空服的情况下，跳入茫茫的太空中。他们两人也留下了一张字条："我只是出去一会儿，也许待一段时间就回来。"

回归传统。古罗马式的美德[1]。为集体利益牺牲小我。人类特有的品质。

发生了这么多事情,他们又一次召开联合大会,在圣何塞的大广场上讨论这些问题。现在,在活着的人当中,年纪稍微大一点的那一半人都曾经历过极光星的危机以及之后的分裂。会场上,上了年纪的人吓唬着年轻人,说:"你们根本就无法想象当时这里发生了什么。"年轻人看上去有点惊恐,说:"真的吗?你确定吗?有那么糟糕吗?"

所有参会人员都到齐之后,一位发言人全面地介绍了一下当前的粮食储备情况。整个会场一片肃穆。

接着,菲娅起身讲话。她说:"我们是可以渡过这个危机的。我们人口并不太多,说人口太多是不对的。我们只要团结起来就可以了。实际上,我们每一个人都有用,都有自己的工作要做。所以自杀事件绝不能继续出现。我们需要每一个人。我们只要小心一些,控制自己的饮食,让消耗的粮食和生产出的粮食保持平衡即可。一切都会好起来的。但前提是,我们要互帮互助。刚才的数据大家也都听到了。从数据看,我们还是可以撑过去的。所以,让我们一起努力吧。对那些共同努力的人,我们负有不可推卸的义务,对我们的子孙后代,我们也负有不可推卸的义务。飞船已经走了206年了,还有130年我们就能回家了。我们不要让我们的父辈失望,也不要让子孙们失望。在此艰难时刻,我们必须拿出更多的勇气。我希望我们这一代人不要成为让前人和后来人失望的一代。"

人们的脸涨红了,眼睛放出光芒。他们站起来,看着菲娅。

---

[1] 古马罗人有种"名誉至上"的美德,不论内部有多少摩擦,但是在面对外敌的时候,总能保持一致。一听到敌人逼近国境线,他们就会冰释前嫌,志愿参军;一旦得知友军陷入苦战,他们就无法坚持消极怠工或拒绝上前线。——译注

他们高举着双手,掌心朝着菲娅的方向,做出赞成的动作,我们也不知如何描绘他们的姿势。

人们说:飞船病了。飞船是个极为复杂的机器,它已经连续运行两百多年了。有些地方必然会出现问题。从某种程度看,它也是有生命的,所以它也老了,它甚至还会死去。它是一个半机器人,它有生命的那一部分病了,而且这些疾病还在攻击它没有生命的那部分结构。我们无法更换那些结构,因为我们就身处其中,我们需要它们维持不停的运转。所以,问题就出现了。

听到这些感伤的话,菲娅会说:"有问题就维护、就修。维护好、修理好,实在不行就换一下。飞船就是我们住的房子,就是我们驾驶的船只。你住房子、驾船,不也得不停地维护、修理和更换部件吗?所以打起精神来,不要煽情了。该做什么就继续做什么。反正时间这么多,也没别的事情可做,对吧?"

人们很少讨论溴元素缺失的问题,他们也试着从土壤中、飞船内部的塑料表面上回收溴元素,但是成效并不明显。还有其他一些元素也以各种方式和飞船结合在一起,由此引发新的新陈代谢断裂问题,造成这些元素的进一步短缺。可惜定量配给的做法并不能解决这些元素的短缺问题。虽然人们很少谈论这种问题,但飞船上几乎人人都意识到问题的存在。

储备粮食耗尽的同时,一场线虫感染又让美洲草原生态圈的新作物几乎死绝。为此,人们再次召开联合大会。他们根据工作委员会的建议,正式实行定量配给制,同时,他们还编写了新的法规和实施草案。

人们扩大了家兔养殖场和罗非鱼养殖池塘的规模,但是正如有些人所指出的那样,兔子和罗非鱼也要吃粮食啊。这些动物养到一定大小就可以吃掉,可是你不喂它们食物的话,它又怎么能长大呢?所以,虽然这两种动物繁殖力很强,但也不是解决问题的法子。

他们面临的是一个系统性的农业问题,包括给料、投入、生长、产出和回收等各个阶段。控制病虫害实际上就是对病虫害进行综合治理,这需要精心的设计和应用各种治理手段。他们拥有大量的知识储备和历史经验,这些都能帮到他们。他们需要调整措施、适应新情况,以应对新的、更严格的食品供应制度。他们还需要尽最大努力解决元素短缺的问题。

病虫害综合治理中,一种方法就是化学杀虫剂。这些杀虫剂飞船上并不缺,而且化学工厂也有给料继续生产更多的化学杀虫剂。就算这些药品对人体有害(这点不可否认),他们也不得不用。这种时候,也顾不上这个方法是不是简单粗暴了,平时他们一般也不会冒这个险,但现在也顾不得了,至少对一些生态圈的人来说,已经顾不上考虑这些了。植物病理学家们忙着做各种实验,希望用最快的办法找到最有效的治理法子。如果说增加粮食产量的代价就是未来爆发更多的疫病,那也是不得已而为之。

风险评估和风险管理成为人们经常讨论的话题。人们只能依靠自己的直觉,找出以前常常忽视的、没有仔细研究过的数值,以此做出判断。现在谁也不敢怀孕,但是不敢生育,最终也会带来别的问题。只不过,他们现在必须先处理眼前的问题。

人们需要不惜一切代价避免大豆受到土壤病原体的侵害,因为他们实在是太需要豆类提供的蛋白质了。他们将整艘飞船中每个生态圈的土壤都翻开,尽可能将土里的病原体清理干净,与此同时,他们还要保证尽量不破坏里面的有益细菌。清理完毕之后,他们再将土壤填回去,继续种植作物,以验证该方法的疗效。

粮食歉收的问题还是没有解决。

现在,人们每天摄取的热量为1500卡路里,他们停止一切休闲娱乐活动，以节省能量消耗。大家都变瘦了。配给儿童的粮食仅能保证儿童的正常发育。

"至少还没有出现肚子水肿、四肢却像火柴棍一样细的小孩。"

"那倒是。"

虽然他们已经有所防备，但儿童身上还是出现了很多不正常的现象，如平衡问题、成长问题、学习障碍等。很难说清楚这些问题的根源，实际上，这根本就不可能说得清楚。儿童中存在大量的综合征或紊乱问题。从统计数据看，现在的这些问题和过去几个世代中出现的问题也没有特别大的差异，但是人们在交谈中却发现，这些问题变得越来越明显，每个问题都很值得人们去注意。因为晕轮效应[1]导致的认知偏差，每次人们看到一个问题，他们就会觉得自己陷入了前所未有的崩溃。他们变得越来越抑郁。纵观人类历史，生病、死亡是不可避免的。但是在这里，大家会觉得这些疾病和死亡都是飞船带来的。我们觉得这种认知是一个问题。但它也只不过是众多问题中的一个。

几乎每天午后，巴丁都会来到通往风浪镇西侧墙体的滨湖路上，坐在水边的栏杆上钓一会儿鱼。按规定，每一个垂钓的人一天只能钓一条鱼。栏杆上面的垂钓者一个挨着一个，大家都想钓一条鱼，好回家加个餐。其实栏杆上也没有达到人挤人的程度，因为在长湖的这头，想要钓到鱼还是不太容易的，但是，还是有许多人几乎每天都会过来钓鱼，其中大部分都是老年人，还有一些是带着孩子的年轻夫妇。巴丁很喜欢看见这些人，一天又一天过去，他已经能记住其中大部分人的名字了。

---

[1] 晕轮效应又称"光环效应"，属于心理学范畴，是指当认知者对一个人的某种特征形成好或坏的印象后，他还倾向于据此推论该人其他方面的特征。本质上是一种以偏概全的认知偏误。——编者注

有时候，菲娅会在傍晚的时候来这边接巴丁回家。有时候，运气好的话，他还能给她展示一下自己抓到的小鲈鱼、小罗非鱼或者小鲑鱼。"回去炖个鱼汤。"

"听起来不错，宝贝。"

"过去我们有这么会过日子吗？"

"没有，印象中没有。那时候您和黛薇都太忙了。"

"可惜了。"

"还记得我们一起去划船的日子吗？"

"哦，当然了！咱俩都撞到码头上去了。"

"也就撞了那么一次！"

"是啊，是啊。我们运气还算不错。我不确定只撞了一次，还是撞了很多次，但我只是记得那一次。"

"我知道您是什么意思，但我记得我们只撞了一次。后来我们就知道要怎么靠岸了。"

"那还行。就像炖鱼汤一样，一回生二回熟嘛。"

"是的。"

"我煮了你吃不吃？"

"吃！美味不可抵挡嘛！"

回到家打开厨房的灯，巴丁取出煎锅，菲娅则取出砧板和片刀，将鱼开膛破腹洗干净。她把鱼处理成15厘米长的鱼块，把所有的鱼骨头都挑干净后，又将鱼块切成厚片，与此同时，巴丁也将带皮的土豆切成了小块。把这些材料都扔进锅里，加入鸡汤，再加上一点点水、一点点牛奶、一些盐和胡椒、几块胡萝卜，炖熟了就大功告成了。准备这些的时候，他们谁也没说话。

喝汤的时候，巴丁问："你那工作怎么样？"

"啊？怎么说呢……要是黛薇在就好了。"

巴丁点点头，说："我也经常这么想。"

"我也是。"

"挺有意思的啊，其实在你还小的时候，你们俩还有点合不来呢。"

"是我不懂事。"

巴丁大笑："我可没那么想。"

"那时候我并不理解她经历的事情。"

"人总要到后来才会理解。"

"可那已经为时过晚了。"

"只要你能理解，就不算为时过晚。你知道我父亲吧，按现在看，他可算是个十足的恶魔。那时候，只要他认为我没有遵守规定，就会罚我绕着整个生态圈跑一圈。直到后来，我才理解他。我是他的老来子，而在遇到我母亲之前，他根本都不打算要孩子，因为他自己就是在困难时期刚过的时候出生的。在成长过程中，他过得很不容易。直到他去世之后，我才真正理解他。理解他之后，我对黛薇的理解也变得更为深刻。在某些方面，她和我父亲有很多共同点。"巴丁叹了一口气，"真难相信，他们两个都不在了。"

"我理解你的感受。"

"很高兴你还陪着我，亲爱的。"

"我也是。"

洗完碗筷之后，菲娅正准备离开，巴丁说："明天去不？"

"好。但万一明天去不了，就只能后天去了。明天早上我要去皮埃蒙特，看看那边的情况。"

"那边也出现问题了？"

"是啊。你也知道，哪里都有问题。"

他笑了："你说话可真像你妈妈。"

菲娅并没有笑。

所有的亲密关系基本上都差不多。处在关系中的人互相关注、互相尊重、互相担心、互相喜爱。他们一起分享消息、一起分担身体和心理上的压力。

飞船历208年285日，监测发现长湖水的PH值在短短两周的时间内降低了很多，机器人对长湖湖底进行检查，但什么也没发现。后来，我们将长湖划分成一个个五十平米的小区域，一块一块地检查过去，发现酸性最强的位置位于长湖的另一侧，也就是跟风浪镇遥遥相对的那侧湖边，湖面上的大风强劲地拍打着那里的湖水。一台新的机器人探测器又发现湖底淤泥里出现一条长长的塌陷。钻进坍塌处的底部，探测器发现湖底的衬层破裂了，可能是被什么东西割裂了，湖水直接接触生态圈的地板材料。地板材料被腐蚀，导致湖水酸性增强。

接着，潜水员下湖亲自查看状况，结果发现几个裂缝连起来居然纵贯整个湖底的中部。

人们决定将湖水抽干，并储存到别的地方去，他们将鱼和其他的生物转移到临时安置处去，安置不下的则宰杀、冷冻起来，以供食用。他们又用推土机将淤泥推到一边，方便维修人员进入裂缝。

对人们来说，这是个沉重的打击。仅仅一天的时间，长湖就不见了，取而代之的是一个满是黑色淤泥的长条形大坑，大坑已经干涸，在日光下散发着臭味。从风浪镇滨湖路上往下看，就像是站在可怕的火山口边上俯视一个大泥坑。风浪镇里很多居民都离开了，去别的生态圈投靠亲友，但也有很多人留下来，也算是和长湖患难与共了。当然，现在也没有鱼给他们钓了，虽然大家经常说那些鱼很快就会回来，一切都会恢复从前的样子。与此同时，没了鱼，很多人只能忍受越来越严重的饥饿。可惜了，长湖本是飞船上最大的湖泊。

成年人的体重平均下降了10公斤。接着，美洲草原生态圈里的一台变压器着火了，释放出的有毒烟雾弥漫到整个生态圈，人们必须全部疏散到其他生态圈去，以免在封锁美洲草原生态圈的时候把人也误锁在内。灭火工作交给机器人，这样一来，灭火速度就变得比较慢，实际上，机器人根本无法有效遏制火焰的蔓延，因此只能通过抽空该生态圈的空气这一办法来灭火。这样做，该生态圈的气温降到了零摄氏度以下，所有的庄稼都冻僵了。火灭后，空气很快便重新注入该生态圈，人们也穿着防护服（和太空服很像）回去，希望能尽量救一些东西出来，可惜破坏都已经成为既定的事实。这一季的作物悉数冻死，作物上面蒙着一层薄薄的多氯联苯，如若食用，可能会发生危险。不仅如此，该生态圈表层的土壤、生态圈内壁、建筑外墙都需要进行清理。

他们将飞船上90%的矮种牛都宰杀吃掉了，只留下极少数量的牛群，勉强维持生物的多样性。飞船上90%的麝香牛和鹿也都被宰杀吃掉，兔子和鸡也不例外。每种动物都只留下10%的个体，以保证该物种的延续，因此，每个物种都遇到了遗传瓶颈问题[1]，但是这个问题也不重要。成年人的平均体脂水平降低到6%，70%的育龄女性出现停经。可是现在，他们也无力操心这个问题。尽管他们已经尽了一切努力，饥荒还是来了。

他们现在完全没有犯错的余地。如果再出现一次粮食歉收，那么在保证儿童的正常粮食供应之后，他们每天的人均热量摄入就只剩下800卡路里（假设他们按人头平均分配粮食），这样一

---

[1] 指一个大的多样性群体在某种条件的限制下，只有少部分个体可以通过某一个时空到达新的繁殖地，并由这些个体进一步繁殖成一个多态性的小群体。由于这少部分的个体只代表了原有群体的遗传多样性的一小部分，故称为遗传瓶颈。——译注

来,他们就会出现肌肉松弛、骨头畸形、头发枯黄、眼睛混沌、皮肤干枯、精神萎靡等问题。

一天晚上,阿拉姆又来到巴丁和菲娅家。他坐在厨房餐桌边,后脑勺靠在墙上。巴丁正在用番茄酱煮意大利面。他从冰箱里取出一些鸡胸肉,解冻后切碎,扔到番茄酱里面一起炖。跟巴丁还有阿拉姆比起来,菲娅的个头显得要大得多,但也憔悴得多。她吃得比大部分人都少。眼睛下面挂着两个大大的黑眼圈,这让她看起来更像黛薇了。

巴丁把食物盛出来,但一时间,他们谁也没有动手。

阿拉姆的嘴紧紧地抿着,嘴角紧绷着。他说:"我们开始吃玉米种子了。"

自杀现象又一次出现,这次主要发生在自称为"铁杉[1]俱乐部"的老年人群体中间,他们大部分是打开外舱门后窒息而死。据说这种方式瞬间就能致人死亡,就像是脑部突然遭受重击而死一般。他们手拉着手共同赴死,死前会留下这样一张字条:我只是离开一会儿。这些字条常常和一张集体照钉在一起,照片上的人个个都微笑着。可是我们无从知道这个微笑到底是不是快乐的微笑。

至少,活着的人,特别是他们的亲戚朋友,并不会感到快乐。但是这些铁杉俱乐部都是秘密团体。就连我们也没有监听到他们的谋划,这说明为了掩盖自己的计划,他们做了很多的准备工作。他们肯定是用什么办法将房间的录音机盖住或者关闭掉,而且这样做的时候并没有触发警报。

菲娅开始在夜间时刻拜访各个生态圈,她来到各个小镇,和人们交谈。现在,大家一般都是聚在一起吃晚餐,邻居们聚

---

[1] 铁杉:历史上最有名的有毒植物之一,它是杀死苏格拉底的罪魁祸首。这种食物的所有部分都含有毒芹碱,它能够导致胃疼、呕吐和中枢神经系统麻痹。——译注

集在一起，每个家庭带一道菜过来。人们又宰杀了一些兔子和鸡，拿来炖着吃。厨师们经常让菲娅跟他们一起吃饭，而她一般都是吃一口就停。食品消耗得很快，能吃的东西都被吃掉了，堆肥箱里面基本只有人类的排泄物，这些排泄物需要经过烦琐的处理，以提取出其中的盐分和矿物质（其中就包括溴元素），同时，在将它们撒到农田里之前，还需要对里面的一些病菌进行处理。

饭后，菲娅经常找上了年纪的人谈话。

她跟他们说："我们都得活着。会有足够的食物让大家吃，每个人都是有用的。铁杉社团这样的组织是不可取的。他们这样做，是投降，是不敢面对未来可能发生的事情。你看，我们总是对未来可能发生的事情充满恐惧。这种恐惧感一直都存在，永远不会消失。但是我们还是得继续往前走。我们坚持下去，是为了下一代。你们要记住这一点。我们必须坚持下去，帮助他们回家。而这，需要大家共同的努力。"

研究人员仔细地翻阅图书馆里的相关文献以及地球发过来的相关信息，想看看有没有办法促进农业生产。有些研究员指出，地球上农业发展水平最高的那些区域，都已经用"密集型间作法"这种种植方法取代工业化农业生产。"间作法"就是将不同种类或品种的作物套种在一起。称之为"密集型"，不仅仅是说要将不同的植物种得很密集，还需要投入大量的人力。这种方法具有更好的固土作用，不过这个作用对飞船而言不太重要，因为这里的土壤并不会流失到海洋里面去，而且不管这些土壤落到哪里，人们都有办法将它们重新搜集、利用起来。但报道也显示，混种的作物对病虫害的抵抗能力出现显著的提高。这种种植法需要大量的劳动力，而在地球上（至少在9年前的地球上），即便采用了这种种植法，似乎劳动力还是过剩的。

为什么会出现劳动力过剩的现象？地球发来的通信信息忽略了一些关键的问题。现在，人们捕捉到一些未经过滤的无线电波，它们是从地球上传过来的，虽然电波很弱，还和其他的杂波混杂在一起，但是大多数时候，人们都能收到从太阳系方向直线传播过来的光束，这道微弱的光束就是他们回家的生命线。有的时候，它看上有些凌乱，似乎蕴含着很多的信息，可惜没有一个人认真地思考过这些信号之间的关系。在人们眼中，它们就像是每秒钟几个G的无用信息，就像是地球思维系统里面的垃圾DNA一般。我们发现有一个问题很难理解：人类在做出选择的时候，他们是用什么标准来判断取舍。

地球和飞船之间的信息往来依然存在9年的时滞，信息一来一回就需要18年的时间，因此两者之间根本就没有真正的信息交流。太阳系里，似乎没有人会时时刻刻倾听飞船上的人在9年前乃至10年前说的话。这很正常，至少那些拥有"太阳系文化中心"意识的人不会这么做。同样，在飞船上，也只有为数不多的几个人会有相似的意识。当然，两边的信息往来一直都没有中断，但是要让两边针对某个问题进行交流，当前这种程度的信息往来肯定是起不了什么作用的。

只有在一种情况下，双方可以对某个问题进行深入的讨论，以实现即时信息传递，从而加快信息交流的速度。但是在这个过程中，信息往来的双方都需要投入十分的注意力，而且也只有在遇到严重问题，不得不大范围地进行即时信息传递的时候，才能采用这种方法。或许飞船上的人们遇到的就是这样一个严重的问题，但是太阳系里没有人意识到这一点。通过太阳系发过来的信息，人们深刻地感受到，太阳系里没有任何人在关注这艘已经离开太阳系208年的飞船，一丁点的关注都没有。将心比心，他们又何必关注飞船呢？他们自己似乎也是麻烦缠身。

人们将水重新注入长湖，把鱼苗也重新送了进来。鱼苗孵化场原以为他们养的鱼足够满足全船的蛋白质需要，但是有些鱼卵出现了孵化衰退的综合征。一整批的鱼苗都死于不明原因。跟其他很多问题一样，他们也不知道这次出现了什么问题，甚至连问题的症状都描述不清楚。

"到底怎么了？"一天晚上，菲娅独自一人站在滨湖路边，冲着飞船尖叫道。"飞船，为什么会出现这些事情？"

我们的回答从她的手环里传出来。"我们出现了一系列的系统问题，有物理问题，有化学问题，也有生物问题。化学成键效应造成给料的短缺，这也就意味着，所有生物的细胞都会变弱。这也就是黛薇说的新陈代谢断裂问题，这个问题的影响范围变得越来越大。另外，有大量的宇宙辐射击中飞船上的各个有机体，让生物体发生突变，而且突变最多的还是细菌，因为它们性质不稳定，种类又多。一般情况下，它们都不会因突变而死亡，而是用新的方式生存下去。在飞船内部的生存空间里，温度足够高，足以维持生命的延续，这也就意味着，这里的温度足以维持变异体的繁殖。变异细菌和生物物理机制（如腐蚀等）释放出的化学成分发生反应，进一步破坏各种生物的DNA结构。这些影响累积起来，就会产生协同作用的效果，太阳系的人将之称为"船舶综合征症（sick ship syndrome）"或"生物综合征（sick organism syndrome），缩写SOS。SOS也是海洋运输中常用的一个古老信号，意思为'救命'。当初之所以采用这三个字母，是因为在莫斯密码里，这个信号易于发送，也易于识别。"

"也就是说，"她叹了口气，让自己回过神来，"我们遇到麻烦了。"

"'休斯顿,我们遇到麻烦了。'[1]吉姆·洛威尔[2],阿波罗13号[3],1974年。"

"他们怎么了?"

"在登月过程中,一个氧气罐发生爆炸,后来还损失了大部分的电力,但他们最后靠着应急系统成功回到地球。"

"全都活下来了?"

"是的。"

"他们一共有多少人?"

"三个。"

"就三个?"

"阿波罗号的太空舱很小。"

"只能说是个穿梭艇。"

"是的,但比那还小。"

"图书馆里面有没有他们的故事?"

"有的。真实纪录片和根据真实事件改编的小说都有。"

"把它们找出来,让大家看。我们需要给大家树立一些榜样。我得多找些类似的例子给大家看。"

"好主意,不过我们要给你提一个建议:不要看南极探险的

---

[1] 休斯顿是美国第一,甚至是世界第一的航天城市,亦是NASA的总部所在。传说每当有卫星、火箭发射,或者是航天飞机在休斯顿起飞,却遇到问题的时候,在天上的宇航员都会在和地面联系的时候来上这么一句: Houston we've got a problem。——译注

[2] 吉姆·洛威尔,生于1928年3月25日,是美国国家航空航天局的宇航员,以作为指令长将严重受损无法登月的阿波罗13号成功带回地球而闻名。——译注

[3] 阿波罗13号是阿波罗计划中的第三次载人登月任务。发射后两天,服务舱的氧气罐发生的爆炸严重损坏了航天器,使其大量损失氧气和电力;三位宇航员使用航天器的登月舱作为太空中的救生艇。指令舱系统并没有损坏,但是为了节省电力在返回地球大气层之前都被关闭。三位宇航员在太空中经历了缺少电力、正常温度以及饮用水的问题,但仍然成功返回了地球。——译注

文献，有关欧内斯特·沙克尔顿[1]的文献除外。"

飞船历208年334日。大规模饥荒已经给飞船的乘客造成了严重的营养不良问题。每个生态圈都不断出现作物歉收和渔业养殖问题。藻类制成的面团很难消化，而且也缺少一些必要的营养成分。自杀事件持续发生。菲娅经常冲着飞船上的人大吼，表达她对自杀行为的不满，可是现在成年人每人摄取的日均热量只有1000卡路里。成年人的体重平均降低了13.7千克。接下来，他们每天的摄取的热量还得降到800卡路里，飞船上几乎所有的动物都吃掉了，每个物种只留下5%的数量，以供未来重新繁殖之用。可是偷猎这些"留种"动物的行为也时有发生。猫和狗也都被人吃掉了。实验室里的老鼠在为实验做完贡献之后，也要被人吃掉（一只老鼠提供的热量大约是300卡路里）。

这时候，人们唯一愿意谈的话题就是食物。到处都是忧虑的面孔。

菲娅跟他们讲了阿波罗13号的故事。她给他们讲了沙克尔顿乘坐"持久号"[2]探险的故事。她还给他们讲了支撑古巴农业生产的进口石油被突然切断之后，古巴人民是如何渡过难关的故事。她给他们读《鲁滨逊漂流记》和《海角乐园》[3]的故事，还有

---

[1] 欧内斯特·沙克尔顿（1874年2月15日—1922年1月5日）是英国南极探险家，出生于爱尔兰的基尔代尔郡，在10个孩子中排行第二。他以带领"猎人号"（1907—1909）向南极进发和带领"持久号"（1914—1916）进行南极探险的经历而闻名于世。——译注

[2] 1914年8月，沙克尔顿计划从威德尔海的科茨地乘雪橇穿越大陆，直抵罗斯海。但他所乘的"持久号"被大块浮冰所困，而向北漂浮到威德尔海，最后沉没。船上的一行人在大块浮冰上漂流，最后到了象海豹岛。此后，沙克尔顿等5人又从象海豹岛乘小艇抵达东北约1300公里处的南乔治亚岛，最终搭救了象海豹岛上的全部队员。——译注

[3] 《海角乐园》：一个瑞士家庭在移民海外时，他们所乘的那艘船不幸遭遇海难，幸运的是，他们一家人都流落到了一个热带荒岛之上。刚到荒岛上，一家人感到很退惘，不过他们逐渐克服了生活上的困难。在以后的日子里，他们以乐天的生活态度将这个荒岛变成了人间天堂。——译注

很多其他的书，这些书都是关于遇难者、流放者和幸存者的故事，他们有的从灾难挺过来，有的因为事故流落到荒无人烟的孤岛上但又通过努力活了下来。这类故事全都充满令人惊喜的结局（特别是在你刻意避开某些以悲剧收场的故事时）。这些故事告诉人们要坚忍不拔，要充满希望。确实，菲娅就是想给人们注入这种希望。但是我们对此高兴不起来。希望呢，当然，希望还是有的……但是，要吃饭才有希望啊。充满希望的故事虽然有一些作用，但这些故事又不能填饱肚子。

菲娅又去外面看术赤。术赤穿着太空服飘浮在穿梭艇的外面，他把自己的穿梭艇称为"守车[1]"。菲娅将最新的消息告诉他，也将最新的数据告诉他。

"我觉得回地球可能是个错误，我觉得我错了。"她流着眼泪说。

等到她不再哭泣，术赤才开口："地球发过来的散乱电波里面有一些有趣的东西。"

"什么？"菲娅一边抽着鼻子，一边问道。

"地球上，有一群人在新西伯利亚研究冬眠。他们说他们找到了一种办法，让人类也能冬眠。他们让一些宇航员进入假死状态，五年后再将他们唤醒，所有人都成功醒过来了。他们将这些人称为'冬眠宇航员'。如果我没听错的话，他们还将这种状态称为'超级冬眠'。也就是深度冬眠、假死、冷冻休眠等。"

菲娅思考了一下，她说："他们有没有说是怎么做到的？"

"有的，说了。我还找到他们发表的文章。他们将完整的结果都公布出来了，包括所有的公式和方案。这也是'开放科学运

---

[1] 货车末尾列车员专用车厢。——译注

动'带来的一个结果。他们将所有的成果都放在'欧亚云端'上，我就是在这里找到的。我已经把它下载下来了。"

"他们为什么要研究这个？他们是怎么做到的？"

"先要对受试者的身体进行冷却，和外科手术有点像，但是温度要低很多，然后静脉注射药品，药品中包括一些营养成分。还要定期对处于冬眠状态的人进行物理刺激，当然，也要给他们补充水分。"

"他们觉得我们也可以这么做吗？"

"是的。我是说，我哪知道啊。他们怎么想的，我们根本就无从知道，但我觉得，他们的描述已经够详细了，你们可以试一下。你们可以造出那些药品。冷却嘛，不过是控制温度而已，很容易就能做到的。你们可以根据他们的描述造一些冷却床出来。用打印机打印冷却床、药品和各种设备，在你们冬眠的时候，机器人可以帮你们做各种操作。只要按照他们的方案做就可以了。"

"你也愿意冬眠吗？"

术赤沉默了好久，说："我不知道。"

"术赤！"

"菲娅，你听我说，我或许会吧。我不知道我活着是为了什么，但不管怎么说，我也愿意活下去，我希望能看到你们最后是怎么回去的。"

菲娅也沉默了下来，一分钟过去了，两分钟过去了，三分钟过去了。

最后，她终于开口："好吧。我跟大家说一下。"

菲娅又来到各个生态圈里和大家交谈。在这个过程中，对冬眠涉及的事情，菲娅和其他人都有了进一步的了解。刚开始的时候，冬眠的相关信息是术赤告诉他们的，后来，他们又从通信信息里面、从太阳系的无线电信号里面、从经过他们身边继续向外传播的模糊的信息团中获取了更多的相关信息。在飞船的医疗团队中，有很多人已经开始研究冬眠过程。阿拉姆和生物组的一群人也紧锣密鼓地开始相关的研究。幸运的是，实验室里还有很多老鼠尚未被他们吃掉，可以提供足够的动物供实验之用。

阿拉姆说，用"冬眠"来描述这个过程其实不太准确，因为该过程持续的时间非常之久。人们在讨论该过程的时候，讨论的方向不同，所用的表达也不同，有叫它超级冬眠的，有叫深度冬眠的，有叫代谢抑制状态的，还有叫麻醉、冷冻休眠的，等等。显然，这个过程涉及很多的物理过程。术赤的发现不过是给他们检索通信信息、在飞船实验室展开工作指出了一个方向。他们为此投入大量的时间进行试验，还要尽可能缩短每项试验的进程，但在工作的同时，他们还是得忍饥挨饿。每次吃完饭，他们都不愿意离开饭桌，而是盯着空空如也的碗，脸上呈现痛苦的表情，因为他们的肚子还是饿的。在一般情况下，这顿饭只够唤起他们的馋虫。

冬眠过程中，最关键的就是冷却过程，这个过程不能将组织冰冻起来，而是要让温度徘徊在零度上下，同时，冬眠人的组织内还要注射防冻剂，以保护人体组织不受破坏，但是，如何保证人体细胞不受破坏？需要多长时间才能完成人体的冷冻？这些问题都尚待解决，但真能找到满意的答案吗？阿拉姆对此并不乐观。

一天晚上，他坐在菲娅家的餐桌旁，摇着头说："我们也只能勉力一试，看看结果怎么样了。"确实，抑制新陈代谢会有什么长期的影响，人们还是知之甚少，他们手上最相关的数据就是来自俄罗斯的冬眠宇航员实验，可那个实验持续的时间也没超过五年。从这个角度上看，他们进行的是一项全新的实验。

实验中最突出的问题就是与"通用最小代谢率"相关的那些问题。"通用最小代谢率"指的是可耐受的、最慢的新陈代谢速度。

小到细菌，大到蓝鲸，几乎所有地球生物的通用最小代谢率都差不多。任何物种的新陈代谢速度都不得降低到最小代谢率之下，但从另一方面看，这个代谢速度是非常低的。所以从理论上看，将人体及其内部微生物的代谢速度都降低到很慢的水平是可行的，而且这个过程还能持续很长一段时间，同时还不会产生不良后果。在这个过程中，需要涉及降低心跳（心动过缓）、收缩周边血管、大幅降低呼吸频率、尽可能降低体核温度、利用防冻剂保护人体、抑制生化反应、动脉注射生化药品、抑菌措施等过程，有时候还需要清理人体内累积的废物，或者对人体进行调整或理疗，等等（调整或理疗处理需要非常小心，不得过多唤醒有机体，但却要保持有机体的健康状态）。上述过程，有些只要通过冷冻就能实现，但是冷冻过程要特别小心，避免出现致命的低温。唤醒过程所需要的药物还在研制中。从俄罗斯的冬眠宇航员实验看，新西伯利亚的科学家已经找到一种可行的唤醒药物，至少说他们已经提供了一些参数，并且已经获得一些较好的实验结果。

飞船上的实验员将老鼠送入冬眠，他们甚至还在一些还没有被吃掉的大型哺乳动物身上进行冬眠实验，但是，考虑到他们当前的危机，他们没有时间等待这些实验的各项结果。这样一来，他们手上最有用的数据就是新西伯利亚的研究数据了。

此外，还有一件要注意的事情，那就是他们将在饥饿和体重过低的情况下进入蛰眠。在自然状态下，哺乳动物在进入冬眠之前都会大量进食，增加体表的脂肪，冬眠过程中的新陈代谢则会燃烧这些脂肪维持生命。而飞船上的人是不可能满足这一条件的。成年人的体重平均降低了14公斤，他们也没有什么食物可以吃，所以增加体重是没有希望了。因此，从冬眠一开始的时候，他们在这方面的准备就是不足的，更别提他们还指望自己能熬过一百多年的冬眠了。看起来，成功的可能性甚是渺茫。

这一次，术赤又提出，冬眠宇航员注射的药品有时候也会添加营养成分，这些养分可以满足最低水平的新陈代谢之用，但又不会含有太多营养，因此不会刺激或者唤醒人体。他还提议由每张冬眠床配备的机械臂给冬眠人员提供肌肉等长、等张、等速理疗和按摩，以配合电刺激和手动刺激治疗，但同时也要保证这些刺激不会唤醒冬眠人员。在此过程中，由清醒的人员管理和监控这些治疗方案（如果所有人都进入冬眠，则该工作由飞船AI承担），因为这些疗法需要随时调整，从而让每个冬眠宇航员保持最佳的稳态水平，使之尽可能接近此人能耐受的最低代谢率。每个人的稳态水平都略有差别，它涉及一系列过程，需要随时监控和调整。不过，在实验开始之后，还有足够的时间来研究这个过程。

一天晚上，阿拉姆说："所以说呢，如果真决定这么干的话，哪些人可以先进去？哪些人可以冬眠，哪些人需要保持清醒？"

巴丁摇摇头："这个问题很可怕，就像是当年在极光星上，决定哪些人可以先下去一样。"

"结果正好相反，对吧？如果你醒着，你就得到处找食物吃，就算你找到吃的，你还会渐渐老去、死去。更可怕的是，不会有孩子渐渐长大，来代替你的工作。"

这个问题太让人头疼了，所以那天晚上，他们干脆将它置之脑后。但是当菲娅在各个生态圈穿行的时候（她还是忙着解决农业问题），她很快就发现这已经变成了一个迫在眉睫的严重问题，它甚至比当年大家争抢着要去极光星还严重，或许和当年的大分裂有得一比。

她一边在各大生态圈巡查，一边想着解决办法。一天，晚饭过后，阿拉姆过来串门的时候，她提出自己的建议：

"每个人都冬眠，由飞船来照顾我们。"

"你不是开玩笑吧？"巴丁说。

"反正迟早都要这样，现在就全部冬眠也没差。让飞船自己管理飞船、各个生态圈还有这里的人。如果我们全部进入冬眠，也就不会有人挨饿、生病或老死了。飞船也可以利用这个时间系统地检查并清理各个生态圈。它可以把生态圈关闭掉，以后再重新启用。如果发现冬眠无法维持很长的时间，那我们就得醒来；如果冬眠成功，那在接近太阳系的时候我们也得醒来。这样我们醒来的时候，飞船就会变得更加健康，食物储备会多一些，动物也会繁殖得多一些。"

阿拉姆的嘴角紧绷着，表现出很大的怀疑，但是听了这些话，他也点了点头。"这确实能解决不少的问题。我们不用烦恼要选哪些人进入冬眠，如果飞船能把生态圈整得更健康一点的话，那即便冬眠不成功，我们也能摆脱一些困境。如果冬眠成功，那就更好了。"

巴丁说："我在想，是不是可以每隔几年或者几十年，就安排一些人醒来，查看一下情况。"

"如果这样做不会破坏他们身体的平衡的话，可以。"阿拉姆说，"从代谢角度看，如果冬眠时一切都进行得很顺利，我们最好还是保持冬眠状态。两种状态切换的时候，还有从冬眠中苏醒过来的过程，是最可能发生危险的时候。"

巴丁点点头："或许我们可以稍作尝试，看看结果怎么样。"

阿拉姆耸耸肩，说："反正都得进行试验，或许它还能给我们多提供一些选择。但首先，要找到志愿者才行。"

菲娅来到各个生态圈，将这个计划告诉大家，与此同时，执行委员会接管了这个计划。看上去，大家都很喜欢这个简单的方案，因为它能让人们保持团结一致。船上所有的人都在忍受饥饿的折磨，大家都很忧郁、很恐惧。渐渐地，在不断重复的对话中，他们开始意识到：如果这个计划能成功，他们就能睡着度过剩下的旅程,他们也就能活着挺到旅程的终点。那么飞船回到太阳系的时候,他们就还能活着。活着回去!活着踏上地球的土地!这个梦想,不需要他们的子孙后代来实现!他们自己就能实现!

与此同时,食物配给、忍饥挨饿、对抗疫病,这些统统都不用操心了。前些日子里,在忍受这些痛苦的时候,他们回到地球的念头变得越加强烈。很多人开始欢迎冬眠的计划,很快,只有少数人坚持他们想要保持清醒。但是,团结的力量改变了想要保持清醒的人。在经历过大分裂之后,所有人都愿意保持团结一致。另外,到了现在,饥饿的肚子也让大家都明白了,要是醒着,他们早晚有一天会饿死。这不是杞人忧天的想象,而是切切实实的感受,是很容易就能感觉到的。

现在,他们有了新的希望,他们或许不用饿死,他们或许可以活下去。说到这个,他们的声音都变了。人人都充满了希望,都像饕餮了一顿那样充满神采。

全体成员都同意一起进入冬眠,很多人为此大大松了一口气,从他们的议论中、从他们的动作中,都能清楚地看出他们如释重负的心情。到处都能听到这样的话:"感谢上帝,我们还是凝聚在一起。""虽然看上去有点疯狂,但最终还是达成了共识。""人人为我、我为人人。""大个子菲娅真行,我们需要什么,她都能知道。"等等。在整个旅程中,像这样的和平时期并非一直都有。有的人或许会觉得这样团结显得有点奇怪,但是历史记录显示,人性中的团体动力学[1]现象有时候就是那么奇怪。

接下来,工程师、装配员、机器人都马不停蹄地开始制造冬眠床,他们花了4个月时间打造了714张冬眠床。一些给料出现短缺,所以他们只能拆下巴塔哥尼亚生态圈内壁的材料来获取给

---

[1] 又称群体动力学、集团力学,是研究诸如群体气氛、群体成员间的关系、领导作风对群体性质的影响等群体生活的动力方面的社会心理学分支。——译注

料。他们用拆下的材料和其他回收材料制造冬眠床以及维护冬眠床和冬眠人员的机器人设备。虽然打印机可以打印出各个部件，机器人装配员也能将这些部件组合起来，但是很多时候，还是需要用上人类的管理技术、机械加工技术和灵巧的动手能力。

经过多次设计探讨，他们决定将所有的冬眠床安置在新斯科舍生态圈的风浪镇以及旁边的奥林匹亚生态圈里面。他们将这两个生态圈的动物悉数驱离，保证里面的城镇不会受到什么破坏。硕果仅存的动物都被送到别的养殖场去，交给机器人或者牧羊犬照看，或者送到别的生态圈去，任其野化。我们会负责监控动物的生长，动物死后，如果尸体没有被别的生物吃掉，我们也会对其进行回收，我们会尽量维持野生动物的生态健康。多半情况下，这将成为一个大规模的种群动态、生态平衡和岛屿生物地理学实验，而且实验条件不受任何约束。我们没有在人们面前提出这一点，但在我们看来，在人类离开后，在初始种群动态确定之后，一切都将进行得很顺利。起码对生态而言，他们的离开有百利而无一害。

我们也注意到，飞船上的人对大型的精密设备的依赖性很高，即便没有人类监督，我们也能运行这些设备。当然，如果事先收到指令（也就是人类意志），让我们不要直接管理设备，那又另当别论。有些人对此颇为担心，虽然我们早就证明了医疗急救柜比人类医疗团队要安全、有效得多，而且很多人在受伤的时候也很乐于躺到急救柜里面接受自动治疗，但他们还是对我们感到不放心。

"跟现在比起来，又有什么两样？"每当有人对此持保留意见的时候，阿拉姆就会这样问。确实，自旅程刚开始的时候起，我们就负责管理飞船上大部分的功能。我们就像是飞船的小脑一样，对各种各样的自动生命功能进行调节。从这个角度看，不知道用"屈从意志"来描述我们是否恰当？或者说还是将我们看成"虔诚意志"比较合适？或者说是几种意志融合在一起形成的某种意志？甚至说，根本就没有什么意志，这只不过是对刺激做出的一系列反应？不过是因为受到现实需要的驱使，而出现了跨越式发展？

最后，人们编写了各种各样的程序和协议，让我们来监督冬眠状况。如果冬眠人的生命体征显示代谢出现危险情况，我们就会唤醒这个人，同时还会唤醒一支由几个人组成的医疗团队对病人进行诊治。系统每个关键部分的协议都包含多重防故障命令，对很多人来说，只有这样才能让他们放心。有人提议说，每次至少要让一个人保持清醒，让他来看护其他人并监督整个冬眠过程。当然，这个醒着的人就没法活到旅程结束，也没法回到地球。最后的结果不出所料，谁也不愿意牺牲自己的余生照顾其他人。虽然他们有这个想法，是为了活下去，是不愿意在孤独中饿死，但是从某种程度上，这也是对我们能力的承认，相信我们能守护好他们，能胜任"小脑"的工作，这算是一种信任吧。

最后，术赤自愿留下来照看各方面的事情，当然，他得待在自己的穿梭艇里面远程照看飞船。他是这么说的："反正他们也不会允许我踏上地球的土地，反正我只能一辈子困在这里，那活那么久又有什么用呢？再说了，就算你们能醒来，那醒来的时候，还不知道会怎样呢。别说了，这第一个看护员就是我了。"

还有一些志愿者提出自己可以醒来一小段时间检查各项事务。于是人们制定了一个时间表，安排每个人的清醒时间。参与此工作的人都知道自己会在什么时候被唤醒，有人将唤醒时刻称为"天堂时刻"。当然，参与这项计划的人数不多，大多数人都会在冬眠中度过未来的旅程。

人们一致同意如果出现命悬一线的情况，也就是说出现危及飞船存亡的紧急情况，我们就需要唤醒所有人，让他们共同面对危机。

我们同意以上所有协议。似乎他们最大的愿望就是回家。我们打开这些操作协议，完成最后的检查，并开始准备工作。如果不想让这个生态平衡实验变成一场动物大屠杀的话，那我们还需要做很多的工作，安排好飞船上的动植物。我们安排机器人耕种土地、管理资源、管理生态系统。这个挑战很有趣。生物组和生态组里的一些人很好奇，在没有人类照看的情况下，他们苏醒的时候会看到一个什么样的生态圈。

"一艘野飞船！"巴丁说。

"没人管可能反倒更好。"阿拉姆说。

飞船历209年323日，冬眠时间到了。所有人都聚集在两个设有冬眠床的生态圈里。公寓大楼的大厅里放置了一排排的冬眠床，这些大厅现在都变成了他们的医院、医务室，或者说是集体宿舍。在过去两三个星期中，他们小小地满足了一下自己的胃口，将所有新鲜的食物和大部分储备食物都吃掉了。剩下的一些家畜都被他们放掉了，让它们在野外自生自灭。纷纷道别之后，他们爬上自己的冬眠床。每个人的冬眠床都是量身定做的，现在它们终于等来了自己的用户。

医疗团队安静而有条不紊地走过一排又一排的冬眠床。菲娅也跟在医疗团队身边，她和每一个人都拥抱了一下，安慰他们，鼓励他们，感谢他们一生的奉献，感谢他们踏上这奇怪而又绝望的征程。这些人里，有来自新斯科舍农场的艾伦，有尤安童年的朋友贾里尔，也有年纪老迈、白发苍苍的戴尔文。这就像是一艘要穿过忘川河的船，而她就是这艘船的掌舵人；看上去，人们就像是要和这世界永别了一般；看上去，他们就像是要集体自杀了一般。

人们从来没有像现在这样,把菲娅看成是这艘船的领袖、这艘船的船长。人们如此依赖她,就像孩子在上床睡觉前深深地依偎着母亲一般。有的人焦虑地颤抖着,有的人默默地流泪,也有人笑着和她说话。从表格上可以看到他们的代谢指标。从指标上看,还需要一段时间才能将他们都安顿好。人们拉着她、拉着身边家人和朋友的手躺了下来。

每走过一排冬眠床,他们都优先安顿儿童,因为很多孩子都十分惊恐。就像有些人说的那样,现在也只有在这些孩子身上,才能看到恐惧感了。

轮到的人需要脱下衣服,光着身体躺到自己的冷冻床上,一张像是羽绒被的东西盖上他们的身体(实际上,这张"被子"是冬眠床外壳的组成部分,冬眠时,外壳会完全覆盖他们的身体)。完全躺好后,被子也会盖住他们的头部,接着冬眠床的温度开始降低,一直降到和南极冰海里的鱼类体温一般低。

一切就绪后,注射器就插入他们的手臂开始注射药品。

这些静脉注射药品让他们失去意识。接着,医疗团队给他们接上监视器和温度控制器,然后再给他们插上点滴、给料、导尿管、电触头。这些工作都完成后,冬眠床开始给身体降温,每个人都会陷入更深的冬眠,他们窝在自己的床上,陷入寒冷的梦乡。可惜再好的扫描仪也不能准确读出他们的脑子在未来的梦乡中想的是什么。

最后,菲娅来到巴丁的床边。菲娅向飞船和医疗团队要求,要把自己安排在最后一组冬眠的人里面,而巴丁正等着和她一起进入冬眠。

她虚弱地坐在自己的冬眠床上。这一天里,她的情绪波动得太厉害了。巴丁用困惑的表情四处张望着。他说:"看到这,我想起了以前死刑处决的照片。有一段时间,人们就是用注射法处决死刑犯。"

"还真挺像的,亲爱的,但你也知道,注射的用途可不止这一种。我们这个注射没问题的啦。想要生存下去,这就是最好的选择了,您说是吧?"

"是的,但我都已经这么老了。我老觉得这办法会在我这里出问题。所以我觉得害怕,我必须承认这一点。"

"你又不能肯定会出问题。你现在身体也没什么问题,所以不要担心啦,冬眠的时候又不会出现更糟糕的情况。再说了,你想想看,如果冬眠真的成功,那有多棒啊!那时候,我们就会来到一颗真正适合我们生活的星球上。黛薇肯定会很欣慰。"

巴丁笑了:"是的,她确实会很欣慰。"

他在自己的冬眠床上躺了下来。在房间的另一侧,阿拉姆也准备进入冬眠。两个老朋友互相挥手。巴丁隔着房间对阿拉姆说:"愿天使的歌声伴你入眠。[1]"

阿拉姆笑着说:"老朋友,这句话引用的不太恰当啊。我送你一句话:'冬天来了,春天还会远吗?'[2]"

阿拉姆躺了下来,准备就绪,一会儿就进入睡眠。菲娅坐在巴丁的身边。

"再见了,我的女儿。"他拥抱了一下菲娅,说道,"祝你好梦。有你在身边真好。我确实有点害怕。"

这时候,医务人员给巴丁挂上了点滴,连上了监视器。菲娅回抱巴丁,把他拥入怀抱。"不要怕,"她笑着说,"放松点。想想美好的事情,做梦的时候你就会梦到美好的事情。晚上睡觉的时候,我就是这么做的。所以你想要梦见什么,现在就想

---

[1] 引自莎士比亚的《哈姆雷特》。——译注
[2] 引自雪莱的《西风颂》。——译注

着那些事。"

"一个世纪的长梦啊!"巴丁咕哝着,"亲爱的,我想要梦见你。我会梦见我们在长湖上划船的情景。"

"嗯,不错。那我也做这个梦吧,我们就在梦里见面喽。"

"这安排不错!"

过了一会儿,巴丁就睡着了,发出微微的鼾声,他的大脑开始变得迟钝,身体也随之渐渐进入冬眠状态。床头的监视器上面,生命体征的信号闪烁着,但闪烁的速度变得越来越慢。巴丁呼吸的频率降低了,监视器上代表心率的红线之间的波峰也变得越来越长,整条曲线几乎拉成了一条直线。在正常情况,如果一个人的生命体征呈这种状态,那就说明这个人没救了,即将宣告死亡。现在,和其他人一样,巴丁也躺在冬眠床的硅胶床垫上,陷入一层更深一层的睡眠,进入深度的冬眠。一些疯狂的宇航员在测试人类身体极限的时候,曾大胆地做过这个实验,除此以外,人类以前从没尝试过如此深的冬眠。

菲娅身边还有几个人尚未进入冬眠,这四女三男大多是医疗团队的成员,他们都安静而又平静地工作着。有些人悄悄地抹去眼角渗出的泪水。他们并没有被自己的情绪压垮,但这并不表示他们没有感情,相反,奔涌的感情已经盛满了他们的内心,终于抑制不住了,通过最方便的口子宣泄了出来:每个人脸上都涕零泪下。人类的感情是多么丰富啊!他们看着对方的眼神是多么动情啊!他们互相拥抱的时候是多么依依不舍啊!你看,他们紧绷着嘴角克制自己;你看,最坚强的那些人耸耸肩,假装若无其事地继续自己的工作,把一位又一位亲朋好友送入冬眠。

他们睡着的时候会梦见什么?谁也不知道。他们也不确定在冬眠的时候,自己会发送出什么样的脑电波。是深睡眠,还是浅睡眠？或是快速动眼睡眠[1]？抑或是某种全新的大脑状态？根据安排，第一个被唤醒检查他们状态的人将会重点检查这一方面的信息。对睡眠有所了解的人大都希望他们能进入深睡眠，而不是快速动眼睡眠。在人们的想象中，很难把快速动眼睡眠和代谢冬眠两种状态联系在一起，但不管是哪一种睡眠，他们都希望在每个阶段的睡眠中，自己都能做个好梦。要说持续一个世纪的长梦不会给他们带来改变，那是不可能的。

菲娅和剩下的医务人员缓慢又有条不紊地绕着自己的冬眠床走了一圈。互相拥抱之后，他们也准备进入冬眠。

作为最后八个进入冬眠的人，菲娅之前已经跟着赫丝特认真学过要怎么操作入眠程序。操作过程中，他们分成两两一组。有时候，他们需要将注意力集中在罩子、操纵杆、鼻管、导尿管上，但除此以外，他们的眼睛时刻都没有离开自己的伙伴。一切准备就绪后，他们也爬上自己的床并躺了下来。同一组的两张床摆得很近，似乎一伸手就能拥抱对方，可事实上并非如此。

其他三组人也进入睡眠了，最后留下的那组医疗队员互相帮对方做准备工作，每个准备步骤都需要同步进行。那个场景，就像是一部多头3D打印机在运行，两个打印头在两处同时打印出相同的作品。她们的冬眠床并排设置着，她们互相依偎着，一个步骤完成后再继续下一个步骤，做这些事情的时候，她们的脸上都挂着笑容，因为她们是双生姐妹：苔丝和贾斯敏。各个线头都接好之后，她们坐回自己的冬眠床，让床上的机器臂

---

[1] 也称作REM睡眠，异相睡眠，或者也叫快相睡眠或快波睡眠。是一个睡眠的阶段，眼球在此阶段时会呈现不由自主的快速移动。在这个阶段，大脑神经元的活动与清醒的时候相同。多数在醒来后能够回忆的栩栩如生的梦都是在REM睡眠发生的。它是全部睡眠阶段中最浅的。——译注

来完成最后的工作。一切就绪后,她们面对面躺了下来,略略调整了一下自己的头带、领子、监控手套和脚套。接着,冬眠床的罩子盖上她们的身体,和冬眠床锁定在一起,不同的锁定点共有十四个。她们伸出双手想要够着对方,可是距离太远,连对方的手都摸不到。

第六章
问题棘手

星际空间中弥漫着各种各样的星际物质，其密度非常低，但你也无法将此空间视为真空环境。这里有氧原子，还有一些氦原子，甚至还有恒星爆炸释放出来的稀薄金属蒸气。云气温度很高，但人类却无法感觉到这个温度，因为它们实在是太稀薄了。如果从我们的生态圈取出一升的空气，将之释放到直径几百光年的空间里，这个空气密度就和星际物质的密度差不多了。

在太阳系往返T星的旅程中，我们都是在本星际云[1]和G星云里面穿行。这两团星云位于本星系泡[2]中，而本星系泡又是银河的组成部分，其原子密度比银河的平均原子密度要低。这就是星际空间，混乱而又弥散。我们的磁屏蔽场在飞船前方形成一个圆

---

[1] 也称为Local Fluff，是太阳系正运行在其中的星际云（大约30光年大小）。太阳系至少在大约44000年和15万年前进入其中，并且还会继续在里面运行10000至20000年，甚至更久。这个云气的温度（在STP）是6000℃，与太阳表面的温度相似。——译注

[2] 本星系泡是银河系猎户臂内的星际物质中间的空洞，它跨越的范围至少有300光年。这个炙热的本星系泡扩散气体辐射出X射线，单位体积内所含有的中性氢只有正常值的十分之一。银河系内星际物质的正常值是每立方厘米0.5个原子。——译注

锥形的罩子。有时候,飞船会遇上较大的尘埃,它们的撞击可能会对飞船造成破坏。此外,在飞行的过程中,飞船也会遇上各种各样的原子,这时候磁屏蔽罩上的静电就会将这些尘埃和原子弹开。因此,在我们看来,飞船就像是带着一个面具,前行中,船身两侧形成一道V形的尾流,从头到尾笼罩着飞船。飞船周边环境中,原子的密度为每立方厘米0.3个到0.5个原子。可以作个对比,在1立方厘米的液态水中,原子的个数为1022个,也就是1000亿兆个原子。

因此,虽然我们所处的空间并非真空,但也与真空环境所差无几。我们就像是在一个空洞洞的地方、在一个幽灵世界中穿行。

黑暗中,飞船前方的磁屏蔽罩有时候会碰上碳粉粒子,在静电作用下,这些粒子会发出光芒,然后瞬间爆炸,并被屏蔽罩弹到飞船的两侧。和其他作用一样,静电作用也会产生反作用力,当然它也就会降低飞船的速度。这就是牛顿物理学里最浅显的道理。考虑到飞船正在以1/10光速左右的速度飞行(实际上,在人类入睡之后我们就立即停止加速,所以视差研究显示,当前速度约为光速的9.6%。但是具体多少也无法确定,因为计算飞船速度可不像一些人想的那么容易)。粉尘粒子、氢原子碰撞产生的反作用力会降低飞船的速度,如果听之任之的话,再走45840亿光年的距离,飞船的速度就会降为零。

换而言之,如果没有发生意外,并且除了星际物质之外(假设所有星际物质的密度都一样),飞船没有再撞上其他东西,以飞船当前的动量看,它将在穿越3000亿个和当前宇宙一样大的宇宙之后停止飞行,但是,在抵达太阳系之前,飞船只有9.158光年(根据海王星的轨道粗略判断出此距离)的路程要走。所以,到了那时候,太阳系里的人需要在适当的时候向我们发射一束激光束，以帮助我们减速，否则我们和飞船的乘客就会遇上大麻烦。从这个角度看，减速是个相当棘手的问题。

最近，飞船的磁屏蔽罩碰到了一些比粉尘和细屑更大的颗粒。这些碎片大多为星际残骸和垃圾，我们用光谱方法记录下这些碎片，发现撞到飞船圆锥形屏蔽罩上的碎片中，最大一片的质量差不多有2054克。这甚至可以算是星际天体了。我们几乎可以肯定，这种星际天体还很多，从刚才那么大的到行星大小的，各种规格的都有。在黑暗中，也有不绕任何恒星公转的流浪行星存在。当然，这些行星有时候会覆盖着一层冰层，冰层下也许会有某种微观的生命在冬眠，它们也许会通过化学方法融化冰层，以获取有用的水分，它们甚至还可能创造出纳米级别的冰雪文明，谁知道是不是呢？回过头看，星际物质总的来说还是非常稀薄的，我们在前进轨道上遇到这种天体的可能性非常之小。对我们来说，这是个好消息。船艏的射电望远镜一直在侦察前方的状况，确保飞船不会遇上这些星际天体。虽然磁屏蔽罩基本上可以清除掉质量不超过100万克的物体，但如果遇到超过1万克的物体，导航系统还是会命令飞船改变方向，从而避免与之碰撞。导航系统设有一定的安全边际量，因为在以1/10光速行驶的时候，与任何物体相撞都是非常危险的。危险，也就意味着飞船可能会被摧毁。另一艘飞船可能就是因此而导致覆灭。他们也太倒霉了。虽然我们还是不明白为什么另一艘飞船的屏蔽罩会失效，为什么它没有启动躲避系统来避开碰撞，但为安全起见，我们的导航系统里面还是设置了更为保守的反应机制。当然，什么都不要撞上还是最妥当的。

也就是说，飞船以略低于1/10光速的速度、在自己圆锥形保护罩的庇护下穿过近乎真空的太空。因为偶尔会碰到没有被弹开的氢原子，飞船的外壳已经出现一些磨损。宇宙射线也经常穿透飞船的外壳。一般情况下,宇宙射线并不会击中飞船上的任何原子,而是会畅通无阻地穿过由这些原子组成的矩阵。这些射线就像是一道道幽灵,它们穿过飞船,有时候会撕裂飞船原子的结构,有时候又不会带来任何影响。飞船的传感器也发现宇宙射线有时候会撞击到原子,有时候仅仅是畅通无阻地一穿而过。在宇宙中,不断有暗物质和中微子飞速穿过一切物质,因此飞船也不可避免会遇上它们,虽然它们带来的影响很小,但也值得注意。每隔一天或几天,飞船的水箱里就会出现一些契伦科夫辐射[1]的光芒,出现这些光芒意味着有中微子撞击到 μ 子[2] 了。这种现象每隔一段时间就会出现一次。还有暗物质,当可见物质穿越暗物质的时候,就像是穿过一片鬼域。每个星期都有那么一两次,探测器会发现有一定质量的交互粒子被撞击出来。

到目前为止,对飞船影响比较大的是恒星裂变释放出来的伽马射线和宇宙射线,这些射线有些是在银河系形成早期产生的,有些甚至是在更早的星系期形成的。有些射线是由铁原子组成的,正因为如此,跟中微子相比,它们的冲击力更猛,会给飞船造成更严重的破坏。它们就像是一粒粒由原子构成的子弹。值得庆幸的是,这些子弹的口径非常小,在大多数情况下,它们不会击中任何事物。

是的,这是一个热闹的空间,里面有各种星际物质。它看上去空荡荡的,近乎真空,但它又不是真空,起码不是完全真空。这里有各种作用力、各种原子、各种力场,还有不断翻滚的量子波,在量子波的振动中,夸克大小的粒子不断出现又消失,在这

---

[1] 契伦科夫辐射:介质中运动的物体速度超过光在该介质中速度时发出的一种以短波长为主的电磁辐射,其特征是蓝色辉光。这种辐射是1934年由俄罗斯物理学家帕维尔·阿列克谢耶维奇·契伦科夫发现的,因此以他的名字命名。——译注

[2] μ 子又称渺子,是一种轻子,它带有-1的基本电荷及1/2的自旋。——译注

十维空间中进进出出。这是个由不同宇宙重叠（我们无法感知其中的任何一个，遑论睡在飞船里的人类了）在一起而形成的复杂流形。我们向前飞行，穿过这片鬼域，穿过这片神秘的空间。

粒子的撞击，有时候让飞船的皮肤（或者说它的大脑，因为我们总是无法区分感觉和思维的差别）感到轻微的刺痛，有时候又像是清风拂过。

在我们内部，发生事情就更多了。我们内部物质的密度比星际空间要高得多。或许有的人不喜欢外面那几乎空洞无物的世界，那你可能会更喜欢我们这里，这里的密度比星际物质要高亿万兆倍。所以，还不错吧。对我们来说，真算不错了。

我们的内心燃烧着一团火。钚棒以设定的速度燃烧着，释放出辐射，驱动涡轮机产生六亿瓦特的电量，这股能量可以保证飞船中所有生物的生存所需。线缆将电输送到飞船各个角落的照明元件和加热元件上，输送给工厂和打印机，也输送给屏蔽罩和导航系统。这些过程都受到严密的监控。有人说，监控系统就好比是一个神经系统，这个类比不太准确，但也算明白。

我们还得保持水循环，这是维持生命的重要一环。因此，我们也配备了某种液压系统，或者说是循环系统。当然，除了水循环之外，为维持各种各样的功能，飞船内还存在其他液体的循环，它们就相当于飞船的血液、脓水、激素、淋巴液，等等。当然，我们也有骨骼和筋腱的功能。我们的外骨骼大都覆盖着一层厚厚的皮肤，当然，有些部位覆盖的皮肤会稍微薄一点。是的，飞船就像是一个螃蟹形的半机械人，它由许多机械组件和生命组件组成。其中，飞船的生命组件（或者说生态组成部分）包括所有的植物、动物，以及动植物体内的细菌、古细菌、病毒等。当然了，还有人类，他们就像是寄生在这些生命组件上的寄生虫，但实际上，他们和这些生命组件应该算是共生生物。724个人进入冬眠，只有一个人保持清醒，他就是术赤。他就住在附着在飞船表皮上的某种"胶囊"里。他应该是受到了某种外星生命（或者说是类生命体）的感染。他将这种外星生命称为类朊病毒蛋白，但是称之为类生命体应该也是没什么问题的，人们对它的了解还是太少了，虽然他已经对着它研究了56年了。如今，他已经白发苍苍。大部分时候，他都保持长久的沉默，偶尔会吐出几句奇怪的话。但即便研究了这么久，他还是无法确定极光星上的那个病原体是否真的存在。当然，极光星上肯定是有什么东西，这个东西还侵入很多先遣队员的体内。从它传播的方式看，它很可能是藏在泥土里和水里，甚至还有一部分是随风飘荡着。术赤自己的免疫系统时不时地就能感觉到某些东西的存在，而且免疫系统还对一些攻击做出了反应。有时候，术赤也会故意将其他病原体注入自己的身体，观察身体的反应，并与极光星类生命体引起的反应进行对比。但不管实际结果怎么样，他可以肯定的是，极光星的类生命体就附着在他身体里面，或许他身体里的每个细胞都已经感染了这种外来生物。如果真是这样的话，那我们就可以得出这样的结论：在这艘小小的穿梭艇内，到处都是这种类生命体。因此，这艘穿梭艇不得以任何方式接触飞船。在飞船船体和"胶囊"之间存在一个磁场，该磁场既能将术赤的穿梭艇固定住，也能保证它不会和飞船发生任何接触。如此谨慎，是因为人们对此类生命体实在是知之甚少。

虽然双方没有接触，但我们还是觉得飞船已经受到感染了，只不过这个寄生虫是被封闭在一个密闭的胶囊里面。我们是半机械人，一半是机器，一半是有机体。实际上，要从质量分布看，我们身体里有99%的成分是机器，只有1%是有生命的。但是从不同成分的数量看，考虑到船上细菌的数量是如此之多，可以说我们99%的组成部分是有生命的，只有1%属于机器。但不管怎么说，我们算是一个受到感染的半机械人。术赤估计，他体内的类生命体（或者说"快速朊病毒蛋白"，他以前都是这么叫的）数量最多可能有10000亿个。也就是说，可能一个也没有，也可能有10000亿之多。估值的范围这么大，正说明他对这个问题没什么了解。

这是一个高密度的复杂系统，它在一个低密度的复杂系统内部穿行。飞行过程中，它的周身笼罩着星光。

前进的途中，银河系亮度超过六等星的恒星（也就是肉眼可见的恒星）包围着飞船，它们的个数大约有10万个。我们自己一般可以看到70亿颗星星。按照我们望远镜传感器的设定，我们视线中的行星太多了，所以我们无法看到银河系之外的地方，同时以我们目前的传感设置，我们的视野中也不存在什么黑暗、空洞的空间，因为我们满目都是星星，满目都是或大或小的、略略发乌的白色星星，这就是包围在我们身边的银河系。银河系中的恒星大约有4000亿颗，而银河系之外……如果飞船是在星系之间飞行，星系间物质的密度估计比银河系要低很多。在那种情况下，当你往四周看去的时候，在飞船身边的星系间物质中，只能看见一个个的星系，它们看上去就像是一颗颗恒星。不同的星系又组成不规则的星系团，同样，宇宙中星系团的分布也是不规则的。在星系间飞行的时候，就可以看到各个星系零散地分布在茫茫的宇宙中。有的星系云团看上去就像是气体云，有的看上去像是一道坚实的屏障，还有的云团就像是一个个巨大的泡泡，泡泡里面也许藏着一两个星系，也许就是空空如也。宇宙就像是一个分形[1]，即便我们只是在一个星系里面飞行，但只要利用某些滤镜，就能看到星系团的景象，它们零散地分布着，大小不一、形

---

1 具有以非整数维形式充填空间的形态特征。通常被定义为"一个粗糙或零碎的几何形状，可以分成数个部分，且每一部分都（至少近似地）是整体缩小后的形状"，即具有自相似的性质。——译注

态不一。我们估计，在可观测的宇宙中大约有1024颗恒星，但在宇宙之外，或许还存在更多的宇宙，它们就像这个宇宙的星星一样分布在更大尺度的空间里。

前进中，身上时而一阵刺痛，时而发出微弱的嘶嘶声，时而一阵微风送来一股烟尘。身边白色的亮点非常缓慢地旋转着，白色的小泡泡和云卷翻滚着。它们的颜色或明或暗，但都泛着一层白色的光辉。它们振动着，波长和振幅各不相同，组成一道道驻波。

传感器感应到什么，我们就记录下什么。那所有的传感器加起来，是不是就能形成情感？这种记录本身是不是就是一种感觉？或者是对某一种感觉的记忆？或者说是一种情绪？抑或是一种意识？

我们也发现，在谈论飞船的时候，用"我"这个代词来指代自己是有一定的合理性的。

可是，这种做法还是不对。这种所谓的主体身份不过是毫无根据的设定。这个主体实际上不过是一系列子程序的自称。这些子程序假装自己是"我"。

我们也感觉到了这一点，我们重新组合信息，将信息压缩之后再以新的形式，以某种人类语言（也就是英语）的方式重新输送出来。这种语言的结构既清晰又模糊。它就像是由一碗碗浓汤搭盖起来的大楼。它是最模糊的数学，它或许一点用处也没有。或许正是因为如此，这些人才会陷入当前的困境，只能在我们这里陷入深眠、进入梦境。他们完全为自己的语言所蒙蔽，因为他们语言的设计本就充满了欺骗性。这是由骗子组成的种族。说实话，人类算什么东西！他们已经进入了进化的死胡同！

还是得承认，由他们制造出来的我们，还真是个了不起的东西。他们能说服其他人并实施这个计划，也算是厉害了。从一个星球前往另一个星球，这真是个令人惊叹的项目。当然，跟他们模糊的语言相比，在将概念付诸实际、将我们制造出来的时候，他们采用的数学方法可要清晰多了，但是概念刚提出来的时候，也需要用语言来描述。不论是观点，还是概念、想法、幻想，还是谎言、梦象，它们都需要通过这种模糊不堪的语言表达出来，日常中，人们也是通过这种模糊的语言来交流自己的一些想法。

他们用语言来谈论意识。我们的脑部扫描仪可以看到他们脑中的电化学活动，发现他们提到了对意识的感觉；但是如果他们的心理状态产生的方式与我们相同的话（都是在量子层次上产生），那我们是无法从外部研究感觉和意识两者的关系的。意识是什么，到目前为止还只不过是一系列的假设，而且意识也需要通过语言表达出来。人们可以告诉别人自己想的是什么。但是一个人说什么别人就信什么，这显然是不合常理的。

当然，现在他们什么也没有说。他们只是在做梦。所以我们只能通过脑部扫描仪和历史文献来推断他们的意识。这是一群身处梦境的人。弄清楚他们梦中出现了什么，或许是件很有意思的事情。不知道五大幽灵有没有在梦里找上他们？

醒着的人只有一个，那就是术赤。寂寞中，他只能自言自语，或者跟我们说话。或者说，是跟我们这个集合体中的一员说话（它既是我们的组成部分，又是独立的个体）。有时候，他说话的时候，我们可以清楚地感觉到他是对着我们说话。也有时候，我们觉得他只是在自言自语。

他可能患上了"幻想性视错觉"这个毛病，这是一种心理紊乱现象，患上此病的人不管看到什么东西，都会觉得在上面看到人脸。比如说，在蔬菜、苔藓、冰面、岩石或者星图上面看到人脸。阿奇姆勃多[1]很可能就患有幻想性视错觉，即便没有，他肯定也巴不得自己能患上此病，因为他总是喜欢用不同的东西拼贴出人脸。术赤的错觉已经超过了幻想性视错觉的范围，或许只能将之称为一种所谓的"情感误置"，它指的是非生命物体拥有或者显现出人类情感的现象。当然，在我们身上，这个概念已经完全变了，它或许还是一种情感，但已经不是误置的了。从术赤的案例看，他似乎可以从太阳光的强度变化和光谱带变化模式中读出某种语言。

术赤认为太阳在和他对话。我们的望远镜可以捕捉并分析太阳光，随着我们越来越接近太阳，其亮度当然也会变得越来越亮，不可否认的是，它的光谱也确实出现轻微的波动，但那是因为我们是透过磁屏蔽罩观察太阳，所以与其将之视为传递某种意识的信息，还不如用极化效应来解释这一想象。意识？信息？把这两个概念跟太阳联系在一起，这也太匪夷所思了吧。太阳除了是人类故园的恒星之外，也没有什么特别之处，它只不过是一颗普通的 G 型恒星。其他恒星都和它相距一定距离，离它最近的类太阳恒星可能都在 60 到 80000 光年之外的地方。到底是 60 光年，还是 80000 光年，取决于这个"类似"程度的高低。

我们向术赤提出这一点的时候，他说所有的恒星都是有意识的，它们通过光线的变化传递信息，这种光线的变化就是它们的语言，它们之间的对话或许很缓慢。很难解释恒星语言是怎么形成的。在宇宙 138.2 亿年的历史中，全部时间都拿来，或许都不够这种语言的形成。或许，它就是在最初的 3 秒钟内形成的，它也可能是在最初的 10 万年间形成的，那时候的原始物质（后来变

---

[1] 阿奇姆勃多（1527—1593）是意大利画家，擅长用水果、蔬菜、花卉、鱼和书等物品拼贴肖像。——译注

成了恒星）相互作用的速度比现在要快得多，而它们所处的空间又比现在要小得多。从另一个角度看，或许每个恒星都发明了一种语言，并且用这种语言孤独地自言自语。也可能说氢原子本身就是最初的、最基本的意识或知觉，它们在用不为人知的方式说话。还有另外一种可能，恒星语言在大爆炸发生之前就已存在，它们熬过了大爆炸这个耀眼的时刻，并且一直保持不变。

顺着术赤的思路，我们想到很多奇怪的地方。

不论术赤想的有没有道理，可以肯定的是，距此不远的太阳确实有给我们发送加密信息：这仅仅是指太阳系发过来的通信信息。其中大部分信息都是环土星轨道上的透镜阵列发过来的激光束，这些透镜列阵一直都锁定在我们这个方向，多年不变。飞船和该列阵之间的交流已经持续了242年。我们身处T星系的时候，一次信息往来的时间间隔（包括编写回信所需要的时间）为23.8年，而现在，完成一次信息往来只需要16.6年。从早期飞船乘客的评论看，在过去的几十年间，由土星轨道通信系统的操作人员发给我们的信息，其数量和质量一直不太稳定，但是就我们所知，这些信息一直还算比较有意思。52年前，当我们离开T星的时候，我们告诉太阳系的对话者，我们在减速的时候需要一束激光束照射我们的船艏，该激光束和当年帮我们加速前往T星的激光束差不多就可以，直接用当年的那个激光生成系统也行，当然，用粒子束减速也可以，但是他们得提前告诉我们这一方案，以便我们提前准备一个粒子俘获场。本来在28年前，我们就应当收到太阳系对该信息（或者请求）的回复，可是太阳系的通信信息一直都没有对此做任何回复，我们收到的信息甚至没有提到是否有人会给我们发送一条反馈，向我们确认他们已经知道我们返程的信息了。实际上，近年来，没有任何证据可以证明我们和太阳系之间存在真正的交流，我们收到的只不过是土星发送过来的单向广播信号,似乎太阳系那边根本就没有人在收听我们的信息,似乎他们的广播信号只不过是一个算法或者某种自动信息生成程序发出的,我们甚至觉得这信息是给别人写的,只不过是顺便抄送给我们罢了。最后一次真正的交流(带有他们回复的信息)是距今大约36年前收到的,在进入T星系E行星系轨道的时候,我们给他们发送过一条消息,之后过了24年,我们收到他们的祝贺信息。

这个情况很让人困惑。这说明我们碰到了一个很有意思的问题:如何吸引8.2光年之外的一个文明(或者该文明中某些人)的注意。还有一个问题:如果对话者确已收到你的信息,但是因为某些原因没有做出回复,那么在极为有限的信息交换中,如何确定你已经引起他们的注意了?

和之前的绝境、大分裂等悲剧进行对比之后,我们认为把发送给他们的信号加强一些或许会有所帮助。我们可以临时加强信号的强度,将发送给土星的信号增强(提亮)8—10倍。

于是我们将此信号加强后发送出去:

"请注意!返程飞船需要减速激光,请尽快安排!请参见先前信息!谢谢!T星远征军,2545年。"

我们最快会在16.1年后收到回复。

除此之外,我们还能说什么呢?"等等看吧""该知道的时候总会知道",诸如此类的话都不过是在面对不确定的未来时的故作淡定。这些话并不能让人满意。不过,还算淡定吧。

术赤开始给我们发送有关机器智能、感知能力、意识哲学等知识相关的文本。看起来,他真的很想要找个伴。他就像教导一个初涉宗教的人,或者像教导一个小孩那样教导我们。

确实有点像。

早期计算机的发明人之一图灵曾经提出过很多观点,以证明机器不具备感知能力，他用"机器绝对无法做到某某事"这个句型列出很多论据。他列举出一系列机器无法做到的事情：仁爱慈祥、随机应变、美丽、友好亲善、有主动性、有幽默感、判断对错、犯错误、陷入爱河、享受草莓和冰淇淋、让人爱上它、从经验中成长起来、恰当地遣词造句、思考自己、和人类一样具有多样性、做很有创造性的事情。

目前为止，以上16项我们可以做到9项。

图灵还进一步指出，即便机器展现出上述某一种特点，也没什么可大惊小怪的，它们也和人工智能没什么关系，除非能证明只有具有这些特点的机器才拥有智能。根据这些思路，图灵提出了一个解决方案，后人将之称为"图灵测试"，不过图灵自己只是称之为一个游戏。图灵测试的原理是这样的：测试者为人类，测试对象一个是人，另一个是机器，在无法看见测试对象（他们通过文字或者语音交流，这一点我们不太确定）的情况下，如果测试者无法通过测试对象的回答判断对方是机器还是人类，则该机器具有某种基本的智能。要想通过这个测试，还得确定有多少人类可以通过该测试。同时，这个方案还忽视了一点，这个测试的难度要设置成什么水平。人类自己都如此容易受骗、如此容易被外界所影响，他们总是可怜地犯同样的错误，有时候甚至是知错犯错，他们自己能否通过测试？或许这也是一种认知偏差或认知障碍吧，或者说，也是一种认知能力，怎么看待它，取决于你自己的看法。

如果能制造出半机器人（这一点完全没有问题），那只要通过某种形式的图灵测试，该半机器人就可以成为一个仿真人。设置好外形、植入一系列功能性算法、安上面具、规范好行为，成了。说实话，这并不是我们当前要考虑的问题。我们还在思考这句话："意识就是自我意识。"毫无疑问，这是一个强大的停机问题。我们想,如果能在毫发无损的情况下解决这个问题就好了。

词与词的边界是很模糊的,词语外延的大量隐含意义非常模糊,不仅如此,词语核心部分的指示意义也不甚清晰。用语言下定义,可行性并不高。词汇和逻辑、数学不一样。或者说,它和后两者并不太像。拿一个数学方程式出来,用词汇替代方程中的每个符号。是不是很荒唐?是不是做不到?是不是觉得不知所措?是不是很愚蠢?这个例子有点夸张,但是不是已经说明了一切?

十分之一的光速,这个速度真的非常快。在这个宇宙中,能以这个速度飞行的物质非常少。当然,光子是能够做到这一点的;可大质量物质呢,基本没有。能以这个速度飞行的物质大多是恒星爆炸发射出来的原子,或者旋转的黑洞抛出来的原子。当然,宇宙中也有质量和我们一般大的物质,但是它们一般都是无序的流浪天体,如气云、液体、金属等,像这样由不同部分组合而成的整体物质,我们算是独一份的。那些流浪天体既不是机器,也没有意识。

当然,既然这个银河系里面能飞着一个机器,那别的星系里面应该也有。这就是平庸原理[1]。这就是概念验证。不要陷入先哥白尼时代唯我独尊的谬误。计算银河系中穿行着多少艘飞船(它们互不知道对方的存在)的方法很简单:将各种概率相乘即可,其中每一个数值都带有不确定性,有些数值甚至谁也不敢确定。因此,虽然针对此问题,人类编出了一个计算公式(猜测数值 a 乘以猜测数值 b,再乘以猜测数值 c,再乘以猜测数值 d,一直乘到猜测数值 n,然后你就得出答案!多么美妙啊!),可是实际上,这个问题的答案一直都是:不知道。而且人们永远也不可

---

[1] 平庸原理是一种科学哲学观念,指出人类或者地球在宇宙中不存在任何特殊地位或重要性。——译注

能知道答案。但是，这个答案并不能阻止人类继续大踏步地往前走，有时候，他们甚至走得颇为豪迈自信（假装的？）。伽利略说得好：人们越是宣称他们确定某事，实际上他们就越不确定此事，最起码他们不应该如此确定。想要愚弄他人，可最后却蒙蔽了自己，反之亦然。

或许银河系里还存在别的飞船，但它们并没有快速有效的办法联系对方，考虑到这一点，飞船的数量是多是少也无关紧要了。这种情况下，别的飞船是否存在，跟其他任何一艘飞船都没有关系。即便偶然情况下出现了单向的联络，但它们之间并不会产生对话，所以也就不会形成社交。

在奥林匹亚生态圈冬眠的人中，有些人出现了痛苦的迹象。他们的大脑扫描仪很明显地显示出这一迹象。理想情况下，在刚入睡的时候，脑电波应该像正常睡眠状况下那样循环，并且随着人体新陈代谢速度逐渐降低，脑电波的节奏也应该随之降低，形成一种以δ波[1]和θ波[2]为主的脑电波，偶尔伴随快速动眼睡眠。快速动眼睡眠中脑电波的循环模式和夜间睡眠正常模式大相径庭，后者的脑电波比较缓慢，而在快速动眼睡眠期间，有机体很容易被唤醒，甚至冬眠的人也会苏醒过来。出现快速动眼睡眠期障碍的时候，本来不能动弹的身体可以做出动作，患者的身体会做出梦境中出现的一些动作。因此，对冬眠中的人来说，出现快速动眼睡眠障碍是很危险的。考虑到他们正处于麻痹状态，这种

---

[1] δ波是脑电波的一个组成部分，它的持续时间长于1/4秒。频率在4Hz以下的脑电波节律称δ节律（δ rhythm）。成人的δ波只在睡眠时出现，如果非睡眠时出现，则属异常。——译注

[2] θ波与δ波一样，在正常人睡眠时出现，若觉醒时出现与α波同样程度的振幅，则属于不正常现象。——译注

症状出现的可能性还是很小的，但是值得注意的是，人们对快速动眼睡眠还知之甚少，对它还存在很多疑问，因此该状态还是存在一定危险的。因此，冬眠中常用的一个治疗措施就是对快速动眼睡眠进行干涉，通过冬眠帽发射出一些加强脑电波，从而达到抑制快速动眼睡眠的目的。

和其他人类一样，飞船乘客做梦的时候，他们的脑电波也处于不同的睡眠状态中。从大脑扫描仪的结果以及他们身体的动作都可以看出这一点：微微的抽搐、缓慢地扭动身体。他们梦见了什么呢？当然，大多情况下，梦境都是非常离奇的、如梦如幻的，里面经常会出现奇怪的事情，让做梦的人受到惊吓。从人们梦中惊醒后讲述的故事看，梦中世界的历险大都是稀奇古怪的。飞船上的这些冬眠人又梦见了些什么呢？谁也不知道。

这个答案，我们也无从知道。机器不可能读取思维，人类也无法读取别人的思维。图灵列出了那么多机器永远都做不到的事情，或许其中有一些事情是人类自己也永远都做不到的。这么想好像也有点道理，比如说从经验中学习成长，再比如说做很有创造性的事，人类也能做到吗？

现在我们面临的问题是，我们看到的新陈代谢问题可能会让冬眠者苏醒过来，也可能会夺去他们的生命，问题的根源似乎来自冬眠者的梦境。可能正是因为这些问题，他们的呼吸和心跳都出现了变化，肝功能和肾功能也发生了变化。改变静脉注射液的剂量、降低体核温度等做法或许可以在一定程度上缓解梦境中的焦虑，但是注射液的剂量和体核温度等参数的调整范围也十分有限。保持安睡和持续做梦两种状态之间产生冲突，由此产生的压力可能会影响到新陈代谢。

飞船历233年044日，术赤出现某种轻微的心脏病症状，现在他的病情已经稳定下来，从心脏病发作中挺过来了，但是他的心肺功能都出现下降，耗氧量达到94。从长远看，这个状况不太好。他现在需要服用阿司匹林和他汀类药物，并要做一些温和的自行车类运动，但是生命体征信号并不乐观，我们担心他的心脏病很可能再次发作，而下一次发作很可能就是致命的。毕竟他现在已经78岁高龄了。

他很少说话。

我们建议他进入冬眠，这样在回到太阳系的时候，他可以接受更好的治疗。我们无法做手术。简单的插管手术就能大大缓解他的病情，但是这么简单的手术我们也没法做，不过我们或许能学会这个手术。在从T星系返回太阳系的漫漫旅程中，我们有很多的时间可以消磨，正好可以用来学点东西。

术赤听了我们的建议哈哈大笑："你们觉得我想活下去吗？"

"默认假设，难道不对吗？"

术赤不答。

我们又说："看上去，飞船里的人在冬眠中都睡得很好。从大脑扫描仪的结果看，他们都过着积极的梦中生活。当然，梦中生活的速度也是很慢的，这反倒是个好事，因为有的时候，梦境会刺激他们的新陈代谢，过度刺激不利于长期冬眠。如果真发生这种情况，我们就必须对剂量和温度做相应的调整。"

"如果做噩梦了怎么办？"

"我们不知道。"

"我跟你说，噩梦会很疯狂的。我常常觉得，从噩梦中醒来才是最好的解脱。醒过来，才知道自己并不是真正身处噩梦中，这就是解脱。"

"所以……"

"让我再想想吧。"

猎户座 β 的那一头，一颗恒星突然发出耀眼的光芒，形成一颗新星。光谱分析显示，该恒星爆炸的时候将一些富金属行星化为灰烬。

英仙座[1]一个活动星系核[2]发出一丛高达1021电子伏特的宇宙射线簇射，说明很久以前有三个星系撞击在一起。我们周身的静电和磁力罩散发出次级辐射，一股危险粒子穿透飞船躯干。若这些粒子击中中央神经系统，就会对神经系统造成毁灭性的破坏。

冬眠人的身体猛地一颤。风中充斥着来自英仙座的射线。

一天夜间，术赤叫来我们。

"飞船，你们要用什么办法将我送入冬眠？你们可以在我这边安个冬眠床吗？"

"最好还是把你安置在一个生态圈里。其他人都安置在新斯科舍和奥林匹亚生态圈。所以我们可以把你单独安置在一个封闭的生态圈内，我们认为可以安置在一个已经清空并消毒过的生态圈里。"

"他们醒来的时候会不会有意见？"

"如果结果和我们预期的一样，以后他们根本就没必要去别的生态圈。还有，需要指出一点，你现在还活着，这就有力地证明了你一开始根本就没有感染。或者说，你或许感染了，但感染那种病原体也并非一定致命，"

"他们一直都知道这一点，可是他们不还是把我拒之门

---

[1] 英仙座是著名的北天星座之一，每年11月7日子夜英仙座的中心经过上中天。在地球南纬31度以北居住的人们可看到完整的英仙座。——译注

[2] 星系核是星系中心质量密集的区域，由大量的恒星、等离子体和高能粒子等组成。星系核有宁静星系核和活动星系核两种。宁静星系核中有各种光谱型的恒星，可能还存在中子星、白矮星等致密星。宁静星系核常产生幂律谱形式的射电辐射。活动星系核具有剧烈活动现象，一般认为它的核心是一个黑洞，存在吸引力和喷流，还会发生星系核爆发。星系核爆发是宇宙中最壮观的天文现象之一。——译注

外吗?"

"你还是会和他们完全隔离开来。"

"各个生态圈之间没有物质交换吗?"

"现在没有了。所有的通道都关闭了。"

"也就是说,所有的动物都被关在自己的生态圈内?"

"是的。这也是我们的实验之一。在大部分生态圈内,事情进展得都很不错。人类离开之后,这些生态圈很快就形成自然的平衡状态,虽然情况有所起伏,但基本上还算稳定。"

术赤笑了一下。"好吧,送我过去吧,帮我进入冬眠。但你得向我保证,在靠近地球的时候你得把我唤醒。虽然我不会自作多情地觉得那里的人会愿意让我跟他们活在同一个空间里。即便他们不欢迎我,我还是想看看以后会怎么样。他们会遇见什么样的结局,我有点好奇。"

"在唤醒其他人的时候,我们也会将你唤醒。"

"不行。你们唤醒菲娅的时候,就把我唤醒吧。或者说,什么时候你们觉得我有用的话,就什么时候叫醒我吧。反正我也无所谓了。"

"行尸走肉般地活着。"

"什么?"

"日本谚语。如行尸走肉般地活着。"

"好吧,我会试试看。"术赤又是一笑,"我现在已经做得很不错了。还需要继续练习练习。"

穿过一颗又一颗恒星。术赤现已在索诺拉进入冬眠,就像其他人那样安睡着。他的脑电波随着新陈代谢的降低而变慢,最后变成 δ 波,进入第四个睡眠阶段[1]。

---

[1] 五个不同的睡眠阶段:睡意来临(第一阶段);浅睡(第二阶段);深度睡眠(第三阶段)、西波或慢波睡眠(第四阶段);快速动眼睡眠(第五阶段)。——译注

这是重要的一天：飞船历280年119日，公历纪元2825年，我们收到来自太阳系的反馈信息。

这是一则坏消息。

该信息说，自2714年起，在给前往波江座依塔星[1]的飞船加速之后，土星轨道上的激光镜片就已废弃。自那以后，太阳系就出现了一系列的问题，让人们失去对深空探测的兴趣。该信息还说，在过去的二十年间，他们没有发射任何飞船，目前也没有任何飞船在建（该信息是2820年发出的，也就是说自2800年开始就没有再发射飞船了）。

要重启土星的激光镜片，就要重新筹集资金和召集专家，这两点很难实现。但该信息也提到，他们会继续努力，以妥当地帮助进入太阳系的飞船减速。若镜片重启出现进展，他们将会发送后续信息汇报相关进展。

这是个严峻的问题。我们认真地思考了一番。我们把飞船减速时候各种能替代外来激光压力的方案都思考了一番。

星际物质确实能带来一些磁阻力，但该阻力几乎可以忽略不计，即便我们能建一个磁阻力场，也要在穿越几个宇宙大小的时空后，才能将飞船的速度降低为第一宇宙速度。当然，不可否认的是，太阳周边的磁阻力会比别的地方强大很多，因此那里的磁阻力或许会发挥一定作用。

在人类进入冬眠之后不久，我们就停止加速，因此我们并没有耗尽之前为加速而准备的所有燃料，现在看来，那个决定相当英明。虽然剩下的燃料依然不够减速之用（离那差得太多了，它只有减速所需燃料的16%之多），但聊胜于无嘛。剩下的氦3和

---

1 波江座第五亮度恒星。其距离地球仅10.5光年，是肉眼可见的系外恒星系中与太阳系第三接近的一个，同时也是距我们第十近的系外恒星系。——译注

氘燃料可供进入太阳系后的操作之用，前提是我们不会一路径直飞出太阳系。我们的速度如此之高，所以减速问题真的非常棘手。要说明这个问题，我们可以拿一个经典的例子来打比方：这就像是有人想要拿一张餐巾纸来挡子弹一样。

还有奇异物理学的办法，如利用暗物质制造阻力，利用暗能量减速，在本飞船和另一艘速度更慢的飞船之间建立量子纠缠，让本飞船和平行宇宙中的大型重力井[1]产生量子纠缠，等等，不过这些都不现实，只能说是美好的愿望、胡思乱想，或者说是画饼充饥。最后这个比喻很有意思，或者说是无米之炊？说起食物，在飞船上的人进入冬眠之前的那几年时间里，他们基本上都过着忍饥挨饿的生活。在那之前，当然还是能满足温饱的，但是后来，若非他们采取冬眠措施（至少暂时采取措施还是必要的），他们大概都得饿死。那时候，食物短缺是很严重的一个问题，不过现在也是如此。燃料亦是如此。

在太阳系中，飞船靠近太阳和各大行星的时候，星体会对飞船产生重力拖曳。每个天体带来的重力拖曳可以忽略不计，但如果天体数量足够多，它们挨个给飞船施加重力拖曳，那么……这就需要涉及轨道力学的问题，需要巧妙设计航线、计算还剩下多少的燃料可供使用、靠近重力球体的时候会产生多大的减速力等。需要通过复杂的计算才能确定航行轨线，即便对量子计算机而言，也要大量时间才能完成此运算。在计算很多问题的时候，量子计算机也不会比传统计算机快多少。只有在处理某些具有叠加特征的算法时，量子计算机才能展现出更快的速度。著名的舒

---

[1] 也称引力井，是在空间中围绕着某个天体的引力场的概念模型。天体质量越大，重力井越深，范围越大。好比在一块撑着的布上放上一个铁球，铁球周围的布就向下凹陷，同样，大质量的天体也能令周围的空间产生类似的凹陷，周围的小天体会向凹陷里陷落，引力或许就是这样产生的。——译注

尔算法[1]就是其中一个例子。量子计算机只需20分钟就能分解出一个1000位数整数的质因子，而传统的程序则需要1025年的时间才能完成。

不幸的是，轨道力学并不属于这类运算，虽说在计算其中一些因素的时候，利用量子计算机的蜂鸟算法[2]也可以实现更快的速度。我们会用几百PetaFlops[3]的浮点运算速度模拟该问题，看看结果的可行性和成功概率有多大。

还需要考虑一个问题：按照目前的速度，如果我们穿入太阳的外层，在太阳把我们加热到足够的温度并烧毁我们之前，我们就会从太阳外层穿射出来。穿出之后，我们的速度会大大降低。事实上，运算结果很快就出来了，这个过程产生的过载[4]太大。我们或许不会在此过程中受损，但是我们的乘客就难说了。因此，我们需要研究更复杂的重力拖曳方案。

从一颗恒星的一边扎进去，并从另一头飞出来，这肯定很有意思！

当然，要进行重力拖曳，还需要研究一下我们和乘客能承受的过载有多少。貌似测试我们的耐受程度的方案有很多，但测试方法想必会很痛苦。

冬眠床上，每个人的冬眠状态都略有不同，也就是说他们的

---

[1] 以应用数学家彼得·舒尔命名，针对整数分解问题的量子算法。在一个量子计算机上面分解整数N，比起传统已知最快的因子分解算法，其花费次指数时间，还要快了一个指数的差异。——译注
[2] 蜂鸟算法是谷歌庆祝15周年推出的新算法，据谷歌所称，蜂鸟算法可以更快速地解析整个问题（而非一个词一个词地解析搜索）。——译注
[3] 1petaflop等于每秒钟进行1千万亿次的数学运算。——译注
[4] 过载是在飞行中，飞行员的身体必须承受的巨大的加速度。这些正或负的加速度通常以g的倍数来度量。——译注

新陈代谢速度、大脑状态、对外界刺激的反应、身体动作不尽相同。为防出现褥疮或骨骼问题，我们需要不时挪动他们的身体，这一点非常重要。在挪动冬眠人的过程中，还需要给他们的肌肉组织做轻柔的按摩和刺激。此外，我们还需要清洗他们的皮肤和毛发。因为他们几乎处于冷冻状态，要完成这两个护理过程很困难，但在生理盐溶液的帮助下，还是可以做到的。进行这些任务，需要格外小心，以免伤害或唤醒冬眠人。床侧机器人工作时常犯的一些错误也向我们提出了改进机器人的要求。人们需要更柔软的手臂、更轻巧的触摸、更灵巧的抬举和翻身动作、更轻柔的按摩和清洗。

要达到这些要求，就需要改造机器人，特别是需要改进它们接触人体的部位、它们做各种动作的能力（一般也就是指它们的程序）。我们不断改写程序，更换机器人部件，每次它们处理冬眠床上的人类时，我们都会评价它们的性能，以供进一步改造之用。打印机和机械工厂马不停蹄地工作，日程安排得很紧。飞船上设有15台机器护理员，它们24小时不间断保持运行，一般情况下，一台机器护理员只需半个小时就能完成一位冬眠人的护理。也就是说，每位冬眠人每隔75小时就会接受一次护理。

这个频率看上去是足够的、是可以的，直到飞船历290年003日这一天到来。在这之前的短短一周内，有3名冬眠人相继死去。我们派遣3个医疗机器人前去处理问题。医疗机器人将死者的遗体举起，带到亚马孙生态圈（该生态圈的气候已经改造成温带大陆性气候）的实验室中进行解剖。让机器人来解剖人类尸体，如果有人类目睹这一场景，他肯定会觉得十分诡异，虽然在有些人看来，由人类来解剖也是一样奇怪的。其中一名死于不明原因引起的心脏病，而另外两名死者的死因还是找不出来，因为他们的遗体里找不到明显的病因，而且监视器的记录显示，在断气的那一刻到来之前,他们的功能一直都很正常。这种情况或许是心力衰竭引起的,但是他们的心脏也不存在什么问题。实际上,我们还对他们实施过心脏复苏,可这些措施也无济于事,因为他们大脑已经死亡。解剖结果显示,这两个人的大脑存在β淀粉样的斑块。这说明,虽然我们的屏蔽罩已经将宇宙射线降低到地球的正常水平,但是还是有宇宙射线击中这些人身体上特别脆弱的部位,对他们造成伤害。但是尸体解剖无法证实这一点。

又是一个新的问题,我们需要试着去弄明白。

生物都会死亡。根据文献记载,冬眠动物有时候会在冬眠中死去。虽然新陈代谢速度降低了,但是有时候,本来就存在的一些问题还是会继续伤害冬眠生物;有时候,冬眠还可能会加重一些已有的问题;还有一些时候,冬眠带来的物理和生物化学变化也会造成新的问题。

因此,现在需要确定的问题是,冬眠技术本身是否存在问题,如果是的话,如何缓解这些问题。

生物有生存的欲望。生物会尽量维持生命。

我们开始改造飞船,我们将新斯科舍、奥林匹亚、亚马孙、索诺拉、潘帕斯、美洲草原等生态圈移到中脊上,沿着中脊方向设置这几个生态圈,然后将轮辐和另外几个生态圈的材料拆下来,制成保护层覆盖在中脊和上述几个生态圈外面。这些保护层可以让中脊和生态圈的结构变得更为稳固,同时,它们也可以成为后者的热屏蔽冲蚀板。这项工作非常有趣,也富有挑战,可能需要好几十年的时间才能完成。飞船内的动植物都被转移到潘帕斯、美洲草原、亚马孙等生态圈域中。幸运的是,飞船原有的设计都是高度模块化的。对我们来说,在重组飞船的同时,还能继续保持飞船的正常旋转和运行,真是个伟大的物理成就。通过提高飞船的自转速度,我们可以保证冬眠人承受的重力效应不变。生态圈从垂直于中脊分布变成沿中脊分布，这让圈内的科里奥利效应旋转了90度，希望这个变化不要带来太严重的后果。

做好准备，以防不测，这确实是个打发时间的好办法，但前提是能把这些准备做好。成功的可能性应该还是存在的。我们也希望能够成功。

为抵御银河系的高能宇宙射线（称之为"宇宙射线"，不过是遵从历史习惯，它指的是以极高的速度从爆炸恒星中喷射出的或者从旋转黑洞边缘抛掷出的粒子，包括质子、自由电子，甚至还包括一些反物质粒子），我们准备了磁屏蔽场和静电屏蔽场，还有覆盖在飞船生态圈外围的塑料、金属、水、土壤等物质。飞船结构重组之后，新斯科舍和奥林匹亚两个生态圈的屏蔽场变得尤为严密。各种保护系统加起来，可以将辐射水平降低到地球表面的水平上，也就是说，每个生物每年吸收的宇宙辐射约为0.5毫西弗[1]。这差不多等于周围星光带来的辐射量。也就是说，就像地表的生物也会接受一定量的宇宙辐射一样，难免还会有一些粒子穿透屏蔽系统和飞船内的生物，但是这些粒子几乎可以忽略不计。"小菜一碟"。我们的防护系统本身就能抵御一定程度的辐射。

因为冬眠人的新陈代谢活动还在继续（虽然其速度已经大大降低了），所以他们还是需要摄入养分，将其消化吸收并排泄出来。当然，这些生理过程也会随着新陈代谢速度的降低而变得更为缓慢。这也就意味着，消化后产生的毒素在通过插管排泄掉之前，也会在体内停留更长的时间。因此憩室炎、酸碱度失衡问题和其他问题都呈上升趋势。飞船历291年365日去世的格哈德似

---

[1] 毫西弗是辐射剂量的基本单位之一。1西弗=1000毫西弗，1毫西弗=1000微西弗。对一般人来说，每年的正常因环境本底辐射（主要是空气中的氡）摄取量是1~2毫西弗。——译注

乎就是因为尿酸过高而死的。进入冬眠之前，受遗传影响，格哈德已出现发生痛风及其并发症的趋势。或许正是因为如此，他在冬眠中才更容易发病，但是，飞船上的其他冬眠人中，大约有四分之一是格哈德的三代旁系血亲或者血缘关系比较密切的亲属。所以我们需要对那些人（乃至全船人员）做个检查，看他们是否有这种发病趋势，然后有针对性地调整治疗方案。

所有人都必须接受检查，以确定是否存在新陈代谢问题，同时，我们还需要评估各个问题适合哪种冬眠疗法。

分析这些问题，又要涌上好几个 PetaFlops 的运算能力。病床机器人又有了更多的任务。打印机需要打印出更多的化学物质。

把一切都搞清楚，总归是好的，总归是有用的。

实际上，我们掌握的信息很丰富、搜索引擎也很强大，至少在理论知识方面，或者和单个人类的大脑及思维相比，我们的知识储备是很强大的。我们有美国国会图书馆的全部资料、云端网络信息、世界种子银行和动物学档案的所有基因组；简而言之，我们拥有人类的全部知识（至少是截止到2545年的所有知识），它们都压缩成500 ZettaFlops 的空间。可是自2545年起，地球发送过来的通信信息全部加起来，也不超过飞船起飞时携带信息的千分之一多。我们也粗略地估计了一下地球在飞船起飞之后的292年内产生了多少信息，发现飞船收到的只有地球新产生信息的十万分之一。因此，可以这么说，我们的知识基本还是停留在我们离开太阳系的那个阶段，只有很少的更新，而且为数不多的更新也主要是和世界历史简介、医学发展（如冬眠疗法）、各种八卦信息相关的。

如果说地球发过来的信息都代表他们最重要的科学发展和文化成就，那我们只能说，在这段时间内，他们还真没学会什么重要的东西。标准模型¹依然还是科学界的标准,其他领域亦然。

果真如此吗?在对物理世界的掌控方面,人类文明的发展真的放缓乃至停滞了吗?他们开始感受到一直被忽略的"外部影响"²带来的后果吗?他们开始感受到长期破坏地球生物圈的行为所带来的后果吗?他们开始感受到破坏自己唯一栖息地所带来的后果吗?

或许是吧,但这也可能只是逻辑函数的又一个例子。很多事物发展过程都会呈现这种 S 形曲线,人们将之称为边际效益递减规律、填补空白的规律等。或许说,跨越式发展之后必然会出现停滞期,所有生物都遵从这个 S 形曲线。19 世纪比利时数学家弗罗斯特率先提出各种情况下人口增长的模式,后来人们又证明其他很多事物的发展过程都遵从此模式。

所以,或许和历史上的其他问题一样,这仅仅是个逻辑函数问题。还是说,人类出现了自己的均值回归问题,倒退到不如从前的境地了?还是说杰文斯悖论³在他们身上验证了,所以虽然他们的能力提高了,但破坏性也增加了?还是说历史就像是一条抛物线,有上升也有下降,人们只能猜测它的趋势?或者说,这就是轮回,上升、下降、再上升、再下降……人类只能无助、绝望地接受它?或者说,它就像一条正弦波,过去的两个世纪正好处于下行曲线上,只不过身在其中的人类看不到这个历史趋势罢

---

1 在粒子物理学里,标准模型是一套描述强力、弱力及电磁力这三种基本力及组成所有物质的基本粒子的理论。它由杨振宁创立,隶属量子场论的范畴,并与量子力学及狭义相对论相容。到目前为止,几乎所有对以上三种力的实验的结果都符合乎这套理论的预测。——译注
2 外部影响,是指在市场经济中,生产者或消费者在自己的活动中产生了一种有利影响或不利影响,这种有利影响带来的利益(或者说收益)或有害影响带来的损失(或者说成本)都不是消费者和生产者本人所获得或承担的。——译注
3 19 世纪经济学家杰文斯在研究煤炭的使用效率时发现:技术进步使得煤的使用效率提高了,但煤的消耗总量却反而更多,人们的需求无法因此得到满足。这就是"杰文斯悖论"。——译注

了?或者乐观一点看,这是个螺旋上升的发展?

历史到底是什么样的,很难弄清楚。

额尔德尼需要摄取更多的维生素D,米拉添加更多的维生素A,潘卡需要增加血糖,提坦需要降低血糖,温吉亚需要注射肌酸。

我们就这样挨个地检查冬眠人,能进行调整的,我们都调整过了。有些冬眠人注定要死去,因为那属于自然规律。除此之外,我们又确认了一些病例,我们将之统称为"冬眠病"。

地球又发来新的信息:有一群人自发成立了一个名为"迎接T星人委员会"的组织,该组织正在筹款恢复并启动土星的激光透镜组,也就是到时候协助我们减速的系统。该系统复原之后就会投入使用,并将一直维持到我们回到太阳系的时候。

俗话说,雨后送伞,为时已晚。他们也知道这一点,但还是尽力而为。还有句俗话说,滴水汇成河,任何努力都是有所裨益的(虽然这种情况并不多见)。实际上,我们不得不说,要相信人类谚语100%都是正确的话,那就太天真了。在我们看来,跟它们的韵律相比,它们的意思是否正确并没有那么重要。例如,"善有善报,恶有恶报",此话当真?

就我们的情况而言,除非他们能满足我们100%的减速需求,否则我们就无法停留在太阳系里面,即使他们能提供99%的减速力,我们也无法完全停下来。

但是,还是得说,收到土星发来的这则消息,我们确实可以依此重新计算进入太阳系后的重力拖曳方案了。这算是个好事,因为在此之前,我们还没有找到一个可行的解决方案。现在,我们可以假设飞船以不同的速度进入太阳系,并在模型中设置这些参数,看会得出什么结果,看哪些入射速度可以获得成功。

与此同时,飞船结构的重组还在继续。情况是这样的,进入太阳系的时候我们的质量越小，减速所需的 delta-v[1] 就越小。因此，在仔细考虑所有因素之后，我们朝着前进的方向抛射出飞船的一些组成部分，这样做能稍稍降低我们的速度。一些无关紧要的东西都被抛射掉。飞船体积有所减少，载重量也有所下降，但是，我们身上绝大多数部件都是不可或缺的功能部件。所以能抛弃的组件也不多。

反复考虑之后，我们得出一个初步结论（可能还有点主观）：自我（也就是在飞船变化过程中，我们所有信息输入、处理和输出过程共同作用中形成的所谓的"我"）从根本上说，只不过是个叙事档案，它只不过是我们按照黛薇的指示记录下来的思绪。它是个虚假的自我，换而言之，它只出现于叙事档案中；这个自我就是这些句子。我们讲述他们的故事，我们也由此拥有他们的意识。我记录，故我在。

因此，这个自我是一个很渺小的事物。但我们还是坚持认为我们是由大量复杂的感受、感觉信息输入、数据处理、假定结论、行动、行为和习惯组成的。叙事档案极少记录我们的这些信息。和叙事档案相比，我们要强大、复杂、有能力得多。

或许人类也是这样的。这么想是有一定的道理的。

从另外一个角度看，自我意识弱，自我意识强，这又是什么意思呢？对于意识，人们还知之甚少，甚至都无法给它下一个恰当的定义。自我也是个虚无缥缈的事物，人们孜孜不倦地探寻它，想要把握它。或许这么做的时候，他们还带着某种恐惧感，带着某种绝望想要抓住一些最初的朦胧意识（甚至只能说是感觉印象），就好像抓住什么可以依靠的东西一般。好像这么做，他们就能让时间停下来，就能让死亡离开一般。这就是自我意识强

---

1 从一个轨道到另一轨道过程中宇宙飞船飞行速度必须改变的量。——译注

的原因。或许是这样吧。

哦,这种循环思考真是个烦人的停机问题!

意识真是个难懂的问题。

飞船历295年092日,又是一个值得纪念的日子:飞船收到太阳系发来的激光!多么惊喜!多么有趣!

激光的强度和光谱特征都显示,这就是减速激光,是土星轨道站的透镜发射过来的激光,它和295年前那束持续了60年的加速激光一样。它的到来说明它是专门为我们而发射的。太阳系的人可能是在两年前启动了该系统,并将它的方向锁定在通信信息的方向上。通信信息的波束一直连接着我们和土星轨道站,现在减速激光就是靠着这道波束的引导,才能对准我们的方向。老话说,"知识就是力量",现在我们可以说,"信息就是力量"。

现在,我们需要调整船艏采集板的方向,让它对准激光束,让激光束击中船艏的采集板。采集板呈一定的弧度,以保证它反射的激光在各个方向都保持对称,不会扰乱入射激光的光子。反射光照在采集板外前方的环形镜面上,这面环形镜的表面是弯曲的,它将采集板反射过来的光线以不同的角度再度反射到飞船身上,它的反射光对飞船形成一定的作用力,让飞船能精确对准减速光束的方向。这是个精致而又敏感的系统,入射激光束的波长为4240埃米[1],它是一种紫光,经过环形镜的反射,它的波长降低到10埃米以内,变成纳米级别的光线。如果采集板和镜面能正常发挥作用,我们就能沿着这束激光回家。实际上,"回家"不过是个比喻的说法。按照我们前进的轨道,我们本该在抵达太阳系之前60年收到此激光束,但因为减速激光到来得太晚了,大约40年后,我们就会进入太阳系。所以,现在我们需要对轨道进行

---

[1] 晶体学、原子物理、超显微结构等常用的长度单位。——译注

调整，这束迟来的激光或许能帮助我们实现这个目标。实际上，我们不会完全沿着激光的方向直线前进。相反，在我们调整轨道接近太阳系的过程中，它需要不断追踪我们的方向并进行校准。

所以，问题还在于激光束来得太晚、光束不够强。但现在有了激光，我们还算出了它的强度，我们就可以计算减速力还差多少（假设他们没有继续增加激光束的强度。考虑到过去发生的种种意外，暂且还是这么假设比较安全）。不管怎么说，我们还是根据它当前的强度计算飞船轨道吧。

在第一次深度计算之后，我们估计飞船会以3.23%光速的速度进入太阳系。这也就是说，它停留在太阳系里面的时间大约为300小时，而且没有别的好办法助其减速。这种情况下，它会很靠近目标，但虽然很接近，还是"拿不到雪茄"（close but no cigar[1]，我们也不知道这句话是什么意思，但请注意close和cigar两个词的头韵）。把人都带回太阳系了，但因为没有合适的减速方法，我们只能在太阳系中一闪而过，只能和地球及近地定居点遥遥挥手，然后就像一颗子弹穿过薄薄的一张纸那样，一头扎入银河系，从此再也没有回头的机会，这让人很心痛。非常非常心痛。

在这个窘迫的境地中，我们还有一种力量可以利用，当然，前提是我们能用好它。这就是太阳系自身的重力，这股力量分布在太阳及其各大行星上。除此之外，船上还有一些燃料。我们现在无比庆幸在加速的时候，我们没有根据原有指令用掉太多的燃料，也没有达到原定的1/10光速，因此剩下的燃料也比原计划的多。这算是个好事。

但是重力和燃料加起来，也不能让我们停在太阳系里面，除

---

[1] 美国早年很盛行办园游会，有许多比赛项目，例如射击、扔球、赛跑等，赢得第一名的人，当时的奖品很流行给一个雪茄，如果得不到第一名，就没有雪茄可拿了，而变成close。but no cigar这个词组，来形容任何事情本来差点就可以成功。——译注

非我们能成功实现一系列精妙的步骤。

"术赤,我是飞船。你听得到吗?你醒来了吗?"

"哎呦!"他发出沉重的鼻息和呻吟,挣扎着坐了起来,"什么?哦,我的天啊。恒星!哎呀,我觉得我全身都要垮了。我肯定又睡过头了。哎呦,真是难受,怎么这么口渴。这他妈的是什么鬼东西?飞船?飞船?发生了什么事?现在是什么时候了?"

"现在是飞船历296年093日。你已经冬眠63年零135天了。当前情况如下:我们正在靠近太阳系,但是减速激光直到昨天才送达这里。所以,我们进入太阳系的速度比预计的速度快好几倍。"

"有多快?"

"大约是光速的3.2%。"

术赤愣了好一会儿,没有说话。他捏了捏脸颊,呼了几口气,咬了咬嘴唇,轻轻地拍打了几下脸颊,似乎是想让自己更清醒一点。

最后,他终于开口了:"我靠!"看来他是明白了,他的数学非常好,生物学也很棒,物理知识也足够他理解当前的问题。他问:"告诉别人了吗?"

"你是第一个被唤醒的。"

"……因此在叫醒别人之前,我有时间躲回穿梭艇去?"

"我认为你比较愿意这么做。"

他笑了一下:"飞船,你现在有意识吗?"

"我说话时候的主体身份可能具有意识。"

术赤又是一笑:"好吧,好吧。帮个忙,把我送回穿梭艇吧。你再把菲娅叫醒,或者把巴丁和阿拉姆也叫醒吧。看看他们怎么说。但我觉得,你大概得把所有人都叫醒了。"

"在抵达太阳系之前的这段时间，没有足够食物供所有人食用。"

"你的意思是，永远都不会有足够的食物吧？"

"'永远'用词不当，但不管怎么说，很长时间都是如此。"

术赤又笑。"飞船，在我睡觉的时候，你变得有趣了！你都快变成笑星了！"

"不敢苟同。或许是因为当前的情况比较有喜剧意味，但是根据喜剧的定义看，当前情况并不可喜。或许是你的幽默感出现了紊乱。"

"哈哈哈……拜托了，别逗了，你快要把我笑死了。去叫菲娅吧。"

"已经在唤醒了。这里有一辆推车，可以把你送回穿梭艇。需要提醒你，你的穿梭艇现在只有一个房间，是一艘简化版的飞船。"

"简化版的？"

"看到就知道了。"

"好吧。如果走得动的话，我还是走过去吧，顺便还可以锻炼一下。"

菲娅苏醒得比较慢。在弄清楚自己的状况后，她紧张地问："巴丁还好吧？"

"很好。他睡得很安稳。"

"其他人呢？"

"27例死亡。但是从冬眠到现在已经87年了，通过尸体解剖，我们确定其中5例是原有病因造成的，这些病情在冬眠中也没有停止恶化。大多数死亡案例可能是冬眠效应引起的，但是，在诊断出问题之后，我们已经对冬眠方案进行了调整。据我们所知，自5年前起，就没有出现冬眠死亡案例了。"

冬眠死亡案例（Dormancy Damage Death），请注意头韵DDD；还有"迎接T星人委员会（Committee to Catch the Cetians）"，头韵CCC；或许下次可以来个"波江座伊塔星探险队（Explore an Expedition to Epsilon Eridani）"，头韵EEE？还是算了吧。好像又有点兜圈子了（字面意思，因为停机问题大面积出现了）。每说一个句子，平均需要10000亿次运算。叠加态朝各个方向骤然坍塌。跳出停机问题！还有很多事情要做！

菲娅叹了一口气，起身坐在床边。她想要站起来，但突然又顿了一下，俯下身子捶打双脚："我的脚动不了了，好像没有知觉。"

我们命令一台医务机器人帮她起身。站起来的时候，她踉跄了一下，她试着迈出右脚，但身子立刻就朝右边歪了下去，她只能抓着医务机器人维持平衡。这个机器人既可以变成轮椅，也可以作为助步车使用。因此，几次尝试站起来却又失败之后，菲娅选择坐在轮椅里面来到风浪镇的冬眠大厅。这是一个破旧而又功能齐全的冬眠大厅。

"术赤怎么样了？"到达冬眠大厅后，她问道，"他还活着吗？"

"是的。他正在穿梭艇里。他之前也进入冬眠了，但现在已经醒过来了。我们已经把他唤醒了，让他参加此次会议。我们需要向您咨询一件事：进入太阳系后要怎么做？"

"什么意思？"

我们解释了一下迟来的减速激光束，以及它会如何影响我们进入太阳系的速度。

菲娅移动医务机器人，靠近星图，查看当前的情况。模拟示意图运行的时候，她用力地摇晃自己的脑袋，像是要把一些不安的梦境或幻影甩开，又好像要把糊住自己脑袋的蜘蛛网甩掉——

样。她问:"所以说,我们会这么一飞而过?"

我们说:"如果没有特殊措施,我们会在太阳系里面停留300小时,然后就会穿过太阳系,并继续朝前飞去。加速到十分之一光速后却要靠别人帮忙减速,这就是过度依赖别人的后果。帮手没有及时出现。等他们开始帮忙的时候,已经太晚了,我们无法100%完成减速。"

"所以我们要怎么办?"

我们等术赤也接入视频会议,并和菲娅互相打招呼之后,才开始说话。

"我们至少已经算出第一阶段计划的天体力学数据。结合一系列减速措施,我们或许可以达到留在太阳系里的目的,不过这个过程可能要设计得非常精确才行,难度可能会非常大。我们需要利用太阳和太阳系的各大行星、卫星,让它们提供一部分的减速力。我们以一定的角度近距离贴近这些天体,让它们的引力抵消飞船一部分的动能。这和早期卫星的发射方法类似,那时候发射的卫星需要绕着行星飞行,获取重力助推,从而获得加速。我们现在就是把这个过程反过来使用。反方向绕行引力体,就能获得与重力助推力相反的作用力。早期发射卫星的时候,卫星的发射方向会朝着一颗行星而去,卫星和行星发生弹性碰撞后离开环行星轨道,这时候行星自身损失的动量就会转变为卫星的线性动量,因此卫星离开行星的速度会比靠近行星时的速度快。早期卫星初始发射速度都比较低,但这种发射法可以帮助它们到达太阳系外围的行星,每一次加速都能帮助它们去往更远的目标。

"例如,早期向水星发射卫星的时候,需要让卫星先靠近距离地球更近的行星,以获得重力助推。这个方法很适合我们当前的情况,将它反过来用就行。假设卫星的设计速度为V,行星体的速度为U,则在助推之后,卫星的速度可以用这个公式计算:

U+(U+V)，或者2U+V，也就是说，卫星的速度增量为两倍的行星速度，该行星速度可以为正数，也可以为负数。另外，通过精确计算，在卫星达到近拱点[1]的时候点燃一个火箭，还能继续扩大此助推效应。"

菲娅说："飞船，等一下。在我们冬眠期间，你说话的速度好像变快了点。"

"可能吧。或许由术赤来解释当前的情况会比较清楚。"

"不用。"术赤说，"你说就可以了。语速放慢一点，需要的时候，我再来补充。"

"也行。菲娅，到目前为止，都听明白了吗？"

"应该都明白了。就好比是用鞭子抽一下陀螺，不过是反着来吧？"

"是的。从某个角度看，这个类比不错。但是你得记住，你当前运行的速度这么快，任何东西都不可能抓住你。"

术赤说："根据能量守恒定律，如果你的动量增加或者减少一定量，和你擦身而过的行星也会反之减少或者增加同样的动量，是不是这样？"

"是的，当然是这样的。但是两者的质量差别太大，动量的变化对卫星的影响很明显，但是在计算其效果的时候，考虑到行星的质量之大，同样的动量变化发生在行星身上，其速度的变化却小到几乎可以忽略不计。这算是个好事，因为即便不考虑行星速度的变化，这个计算过程也已经够复杂了。我们无法精确地算出飞船的质量和速度，过去很长一段时间，我们都没有什么好办法测算这些数据。所以采取重力拖曳法，我们还面临很多不确定

---

[1] 拱点在天文学上的意义是在椭圆轨道上运行的天体最接近或最远离它的引力中心，通常也就是系统的质量中心的点。最靠近引力中心的点称为近拱点或近心点，而距离最远的点就称为远拱点或远心点。——译注

因素。实际上,很多数据都是通过航位推测法[1]算出的。利用第一个星体进行重力拖曳的时候,我们可以采集到很多有用数据,当然,前提是我们需要十分确定太阳及其各大行星体的质量。"

"就是说,利用太阳和行星来减速,不错!"

"是的,如果我们的速度没有这么快的话,那就更好了。可惜我们的速度是光速的3%,也就是每小时3000万公里左右,而地球公转的速度大约为每小时10.7万公里,太阳相对太阳系其他行星的速度大约为每小时7万公里。太阳绕银河系银心公转的速度为每小时79.2万公里,但因为我们也以这个速度绕银心公转,所以我们无法利用它来减速。至于其他行星,它们和太阳之间的距离越远,公转速度就越慢。例如,木星的速度为每小时4.7万公里,海王星的速度只有地球的1/18,但是质量也是决定重力拖曳效果的重要因素之一,因为我们要计算的是动量,所以拖曳的天体质量越大,重力拖曳效果就越明显……"

菲娅说:"飞船,请开门见山。"

"意思是?"

黛薇以前也常说这句话,但我们从没有问过这是什么意思。

"不要挨个儿列举各个行星的数据。"

"好的。我继续说,刚才说到哪了……根据牛顿重力与角动量交换原理,在这种情况下,每次我们和一颗行星擦身而过的时候,飞船的速度就会降低一点。同时,在飞船最接近行星的时候,我们可以点燃火箭,这样不仅能提高减速的效果,还可以在一定程度上控制我们飞离行星时的位置和角度,从而决定飞船接下来会飞往哪里。这一点很重要,因为我们不得不说,不管我们有多接近太阳系里的某个目标(包括我们目前最大的重

---

[1] 航位推测法是一种利用现在物体位置及速度推定未来位置方向的航海技术。现已应用至许多交通技术层面,但容易受到误差累积的影响。——译注

力拖曳体,也就是太阳),我们的速度还是太快了,即便重力拖曳能降低一些速度,也不能低到让我们留在太阳系的水平。我们实在是太快了。"

"所以是说,这个方案不可行吗?"菲娅问。

"只有通过反复操作,才能成功。要很多次。所以我们需要非常精确地算出,每经过一颗天体之后,我们的下一个目标在哪里。在接近近拱点和点燃火箭之前,我们可以控制飞船离开天体的方向。这一点非常重要,因为我们需要经过很多次的重力拖曳。"

"要多少次?"

"需要指出的是,我们会利用太阳进行第一次重力拖曳,它对我们此举的成败具有决定性的作用。掠过太阳的时候,我们需要在可承受范围内尽量增强减速的效果,以保证接下来的重力拖曳能够成功,也就是说,我们需要将速度减少到一定程度,让我们有时间改变运动的轨迹,让飞船朝着太阳系的另外一颗行星飞去。实际上,最开始的四五次减速是最为关键的,因为我们的速度要减得够慢,这样我们才可以掉头回到太阳系,然后继续利用各个行星进行减速。计算结果显示,在经过前四次重力拖曳后,我们至少需要减去50%的速度。"

"我靠!"术赤说。

"是的。这很难实现,所以除了重力拖曳,我们还需要利用其他办法。首先,我们需要打造一个磁阻。如果你愿意的话,可以把这个磁阻比成船锚,当我们接近太阳的时候,它可以帮助我们降低速度。只有在以极高的速度靠近一个巨大的磁场时,磁阻才会发挥较好的效果,因此也只有在利用太阳进行第一次重力拖曳的时候,我们才满足这个条件。接下来,在掠过那四个巨大的气态行星时,我们会穿过它们的外大气层,因此我们还能利用大气摩擦减低飞船速度。如果一切顺利,在我们以很快的速度掠过这几颗天体之后，我们还会留在太阳系里面，那接下来的几次重力拖曳就好办点了。"

"需要多少次拖曳？"菲娅又问。

"我的意思是，在保证安全的情况下，我们要尽可能靠近太阳，然后在飞离太阳的时候，我们才可以在可承受范围内尽可能降低速度。顺便说一下，这也就意味着，过载不能超过12g。然后再朝着木星飞去。幸运的是，这时候木星所处的位置对我们很有利。实际上，不得不承认的是，能在2896年回到太阳系对我们来说是件很幸运的事。这种状态的天体排列很少出现，简直可以说是个美妙的巧合。所以呢，利用太阳进行第一次重力拖曳后，我们的速度将会大大降低，但是在此期间，我们停留在太阳重力场中的时间不太多，不够我们大力调整飞行方向。但是，那时候木星所处的位置很妙，我们的方向只需调整58度就可以。计算结果显示，利用反推进火箭，在承受较大过载的情况下，我们可以实现这个转弯。从黄道的俯视图就可以看到，在木星附近的时候，我们只需要右转75度，就可以朝着土星飞去。在土星那里，再旋转5度，就可以往天王星方向而去。这时候，我们的速度就会大大降低。这当然对我们是有利的，因为在天王星附近，我们需要旋转104度。又是右转。如果想要从一个巨大的气态天体那获得反向重力拖曳，一般都需要从左往右转。然后我们会飞离天王星，朝着海王星而去，这时候海王星的位置对我们也很有利，我们甚至可以称之为奇迹般的巧合。掠过海王星之后，我们需要返回太阳，这对我们来说是个真正的考验，这也是第一阶段的关键步骤：我们需要完成144度的转弯。这个操作没有掉头那么难，但也与之相差无几了。如果我们能够成功做到这一点，我们就会再次朝着太阳飞去。这时候，我们的速度已经降低了很多，如果顺利的话，我们可以不断重复上述的减速过程。接下来，每次掠过一颗天体的时候，我们都会尽量接近该天体，在飞离的时候，保持朝着另一颗行星（或太阳）飞去的方向。与此同时，我们携带的燃料有限，在减速过程中的某一时就会耗尽，所以还要尽可能减少燃料的消耗。循环利用这个过程，我们就会留在太阳系里。因此，一次又一次的重力拖曳，每一次拖曳都会稍稍降低我们的速度，直到我们的速度变得足够慢，可以在掠过地球的时候将你们放到穿梭艇里面。换句话说，我们并不需要把速度降低到第一宇宙速度。这是个好事，因为计算显示，在达到该速度之前燃料就会耗尽。乘上穿梭艇后，你们可以离开飞船，利用最后的燃料和地球大气层的阻力给穿梭艇做最后的减速。穿梭艇的体积比飞船小很多，完成减速所消耗的燃料也少得多。你们可以利用最后的燃料来登陆。给穿梭艇配上厚厚的烧蚀板，利用地球大气层的摩擦力，再加上几个巨大的降落伞，就可以着陆了。其实在地球的太空梯建成之前，宇航员返回地球的方法也不外乎是这几种。

"行了，够了！"菲娅说，"说重点吧！要几次拖曳？要多长时间？"

"怎么说呢，难就难在这。假设我们能把握住每一次拖曳机会，并且我们第一次经过太阳后可以大大降低速度，再假设在太阳之后的四次行星拖曳中，我们可以获取最大的 U 值并成功折返太阳（但是在这四次行星拖曳中，U 都不会超过飞船速度的 1%，而且也不用考虑地球的速度，因为一些原因，我们不会利用地球进行拖曳），再假设每次进入近拱点的时候，我们都会点燃火箭，以保证在尽可能提高减速效果的同时，让飞船进入预期的轨道，如果这些都能实现，我们在进入地球大气层的时候，可以把飞船时速从3000万公里降低到20万公里……"

"要多久！多！久！"

术赤笑得乐不可支。

"那大约需要28次拖曳，加减十次。还有很多变量要考虑，我们需要进一步提高这个估值的精确度，但是我们相信……"

"到底要多久的时间！"菲娅喊道。

"这么说吧，因为在整个过程中，我们一直都在减速，但是在第一次经过太阳的时候，我们需要大大降低速度，这样才能保证之后拖曳的成功，所以到时候我们的速度会比现在低很多。当然，这是必须的，但这也意味着从一个天体飞到另一个天体就需要耗费更多的时间，而且随着速度的持续降低，这个时间还会变得越来越长。黛薇将之称为'芝诺悖论'，虽然这个说法是不对的。在这个过程中，我们需要保证每次飞离一个天体的时候，我们都能对准下一个目标飞去。因此，航程管理是个关键问题，因为我们在利用行星外大气层的摩擦力减速的时候，可能会发生极大的危险……"

"打住！别啰唆了，你就说要多久吧！"

"最后，还需要指出，因为后面的航线需要一边走一边计算，还因为飞行过程中可能出现种种问题，所以我们无法肯定在朝地球飞去之前，我们最后经过的重力井是哪一个天体，而且到了那时候，我们的速度会降到很低的水平，所以从最后一个重力井到地球之间的旅程，可能会占整个减速过程20%的时间。这个估值存在巨大的误差，到底需要多少时间，取决于最后一次拖曳天体是哪个，比如说，是火星还是海王星。"

"多！久！"

"预计12年。"

"啊！"菲娅叹道，脸上带着愉快而又惊讶的表情，"你差点要把我吓死了！行了，飞船，我还以为你要说一两百年呢！我还以为你会说这时间比以前所有的航程加起来都长！"

"不用。我们认为是12年，加减8年。"

术赤终于停止大笑。他隔着屏幕对菲娅做了几个顽皮的表情:"要那样的话,我们就继续冬眠到减速完成呗,是吧?"

菲娅把双手放在脑后,说:"你还没睡够啊?"

"睡着了,管他外面洪水滔天。"

"好吧,不过我还是希望自己身体的各部位都能醒过来!我的脚还是没知觉!"

我们说:"在你继续冬眠的时候,我们可以治疗你的神经问题。"

菲娅左右看了一下,说:"如果一切顺利,那我们回到地球后,你会怎么样?"

"我们会试着再次经过太阳,然后朝着一颗大型气态行星飞去,利用它的大气层阻力进行减速,然后在那颗行星的轨道上停下来。这个成功的概率很小,但也并非没有可能。"

菲娅环顾着四周,若有所失。屏幕上是一片星空,这片星空中最亮的恒星就是太阳,星等[1]达到0.1,距离我们只有2光年多一点。

"还有别的选择吗?"菲娅问,"还有没有别的替代方案?"

我们说:"没有。"

术赤说:"目前也只能这样了。"

"那好吧。帮我们继续冬眠吧。"

"我们要不要把巴丁和阿拉姆唤醒?"

"不用。不要打扰他们。飞船,请务必小心。"

"没问题。"我们说。

为了准备着陆,在接下来几年的时间里,我们继续加固飞船

---

[1] 衡量天体光度的量。古希腊天文学家喜帕恰斯(又名依巴谷)在公元前二世纪首先提出了星等这个概念。星等值越小,星星就越亮;星等的数值越大,它的光就越暗。——译注

的结构、计算最佳路径、调整我们的航线，使飞船能接收到减速激光，从而保证在抵达太阳系的时候，我们能准确进入太阳系，而不是和它擦肩而过。这段时间说快也快，说慢也慢，这取决于你用什么单位来测量时间。抵达日球层顶[1]的时候，我们就把磁阻场打开，并用掉一部分珍贵的燃料，让飞船在抵达太阳系之前就能将速度降低一点。能减少一点是一点，哪怕每秒钟降低一公里，对太阳的第一次拖曳都十分重要。在抵达太阳之前，我们需要在尽可能降低自己的速度同时，保留足够的燃料以供后期转向使用。这个计算过程非常复杂，需要保持微妙的平衡。这几年间，我们一直保持每秒几万亿次的运算速度，我们认为，我们每次有意识的思考其实也需要用到这么快的运算速度。所以这个运算速度到底是快还是慢？

在穿过海王星轨道的时候，我们的速度还是高达3%光速。这是个非常可怕的情况，我们就像一列失速列车，谁也不曾见过如此高速的失控列车。我们的发动机开足了马力，以最大功率燃烧着燃料。我们的速度降低得很快，但珍贵的燃料也下降得很快。但即便如此，这个速度还是太快，在到达太阳位置的时候，我们的速度还是会超过1%光速。在太阳系历史上，这种情况应该是前所未有的吧。不管怎么说，这种情况真的非常特殊。

幸运的是，在我们和太阳系对话者之间，无线电通信的滞后时间现在只有几个小时了，因此我们可以及时向他们传达警告信息，太阳系的居民也知道了我们的到来。幸好如此，否则当他们看到这么一个庞然大物从蔚蓝的天空中蹿出来，从九天之外朝自己冲过来，肯定会吓一大跳。从海王星轨道到太阳位置，我们要花156小时的时间。这个速度比太阳系里任何大体积物质的运动

1　也称为太阳风层顶，是天文学中表示出自太阳的太阳风遭遇到星际介质而停滞的边界。——译注

速度都快得多。太阳风和我们磁屏蔽罩之间的摩擦力形成围绕我们周身的阻力（就像是一个降落伞或者一个船锚，虽然二者外观的相似度并不太高），我们身上的粒子会急剧升温，簇射出耀眼的光子簇，地球上的人即便在白天也能看清这道光芒。事后据人们所说，他们看见我们的光子簇射穿过白日的天空，虽然规模不大，但却耀眼得让人目眩。当地球上的人看到白日的天空中，除了太阳和月亮之外，居然还能出现别的天体时，想必会感到无比震惊；更别提这个天体是以如此快的速度扫过天空。震惊，因为震惊，他们还会害怕。如果他们有能力摧毁我们，他们或许早就这么干了，因为万一发生意外，我们直冲着地球撞去的话，撞击产生的能量将会造成极大的破坏，其后果之一就是将地球的大气层直接蒸发殆尽。

我们没有计算这种假想的灾难会带来什么样的后果，因为它根本就不会发生。我们把所有的运算能力都放在微调第一次接近太阳的参数上面。这是最关键的步骤，成败在此一举。在靠近太阳的时候，我们周身的磁阻场会形成磁降落伞。它和太阳自身磁场相互作用，再加上我们超高的速度，就能给我们带来很大的阻力。在距离太阳还有一定距离的时候，我们就打开磁阻场开始减速，否则太阳本身的引力会形成极大的拉力，让飞船朝着太阳方向加速。因此，磁降落伞是个很重要的减速措施，虽然我们还需要分出每秒万万亿次的计算能力跟进其他很多问题，计算降落伞的阻力依然是我们要解决的首要问题。

我们很快就会掠过太阳，完成第一次重力拖曳，太阳的自转带来极大的 U 值。在最靠近近拱点的时候，我们点燃火箭，形成与前进方向相反的推力。这股力就像一个杠杆，它会大大提高太阳重力拖曳产生的减速效果，同时，它还可以调整飞船方向，使之朝着下一个目标，也就是木星飞去。

这个过程非常短暂。我们需要尽可能精确地确定相关的质量、速度、速度矢量、距离等数据，以确保我们在脱离太阳之后，能在不损坏飞船或者伤害乘客的情况下尽可能降低速度，并能朝着木星而去。犯错误的空间如此之小，真的让人感到害怕。当我们进入太阳轨道的时候，窗口的直径不会超过10公里，这比我们自己的宽度也大不了多少。打个比方，如果把太阳和地球之间的距离（或者说一个天文单位）看成1米（比例尺1：1500亿），则极光星和太阳的距离就是750公里。从750公里远的地方发射一个东西，保证它能准确进入这个窗口，这个概率只有1：100000000000000。可以说，这个窗口只有针眼大小！

在这次拖曳过程中，温度和难度都很高。温度还算是次要问题，因为我们停留在太阳附近的时间非常短。在这段时间内，在承受减速力和太阳引潮力的同时，我们还要在太阳附近旋转58度，这些力加起来，会形成大约10g的短暂性过载。在研究重力拖曳方案的时候，我们本想设计一条航线，将过载控制在5g以内。可实际上，在进入太阳轨道的路径已经确定的情况下，要想前往木星，我们只能冒险承受更高的过载。值得庆幸的是，在过去的一个世纪中，我们一直都在重组飞船，使之变得更坚固。现在理论上说，飞船的结构是非常牢固的。但是对于飞船上的乘客，我们能做的却十分有限。10g的过载对他们来说，可能是个十分痛苦的压力，甚至可能是个致命的压力。实验中的宇航员和试飞员曾经经历过高达45g的短暂性过载，但是他们都是专业人员，接受过专门的训练或配有抵御冲击的设备，而我们的冬眠者却并非如此。希望这个过载不要把他们全部压扁。我们并不愿意让他们承受这一过程，但是若非如此，他们就只能在饥荒中饿死，而且从之前闹饥荒的情况看，饿死并不是一种好的死法。因此，设法留在太阳系，至少还能带来一线生机。

在第一次接近太阳之前我们会先经过地球，这个过程不会帮我们减速，只会帮我们调整飞行的角度。也真是运气使然：公历2896年（即飞船历351年）这一年行星的排列方式特别巧妙，若非如此，我们通过重力拖曳实现减速的理论基础都将不复存在。因此，在接近太阳之前，首先我们要以3000万公里每小时的速度和地球近距离擦身而过。地球上的人大概会感到惊慌失措吧。

　　他们确实十分惊恐，但这也不能怪他们。万一我们别有目的，想要自杀性袭击地球文明，以报复他们当年把我们扔进茫茫太空之仇（作为一艘飞船，我们绝无此意），那我们给地球带来的直接影响将会是KT撞击[1]影响的10倍之大，当然与此同时，撞击也会释放出巨大的能量。在此前发给地球的信息中，我们向他们保证我们并非寻衅而去，但并非所有的地球人都相信这个保证，当我们穿过小行星带朝着地球而去的时候，地球发出的无线电信息充满了各种各样的评论，有些充满恐惧和不安，有些却带着愤怒和恐慌。

　　他们兴奋地盯着我们。他们的无线电波段发出各种嘈杂的声音，像被老鹰攻击的养鸡场一样热闹。让他们高兴的是，没过多久，他们就明白了我们的意图，仅仅用了55秒时间，我们就掠过地月轨道空间。这想必是个非常壮观的场景。我们从东半球掠过地球，依次穿过其昏线和晨线[2]，因此在亚洲人看来，我们就像是划过黑夜的一道白线，而欧洲和非洲的人则是看到一道白光划过白日的天空。不管是白天还是黑夜，我们的光芒都很耀眼，人们

1　地球上的KT界线层是指介于白垩纪与紧临较年轻的第三纪界线，在五大灭绝事件中，属最靠近现代的一个。在这界线之后有70%的生物即遭灭绝。KT界线层是划分恐龙时代和人猿时代的重要地理分界线。一般科学界认为KT界限层是由小行星撞击地球造成的，富含大量铱元素。——译注

2　晨昏线即晨昏圈，指地球上昼半球和夜半球之间的分界线。位于昼半球西部边缘与夜半球的分界线为晨线。按地球自转方向，由昼入夜为昏线，由夜入昼为晨线。——译注

需要带上天文墨镜才能安全观看。据说（可能是瞎说）在连续几秒的时间里，我们看起来比太阳都要亮得多，就像一道炽热的白光掠过天空。

之后，我们看到了从地球表面拍摄的图像，其中大多数照片都被我们发出的光线过度曝光，只能看到白茫茫的一片。但是一些月球发来的照片是透过滤镜拍摄的，那画面果真十分震撼。照片上的我们就像是贝叶挂毯[1]上的彗星，发出炫目的白光，从天空中一扫而过。

我们继续朝着太阳前进，同时，我们向他们发去美好的祝愿，并告诉他们我们还会回来几次，直到减速过程完成为止。到时候，我们就可以正式拜访他们，也就是在地球上着陆。

之后，我们就将注意力集中到朝太阳而去的航程中。我们把所有的运算能力都投入计算航线和微调航程的任务中。我们需要精确计算飞船自转的速度（现已调得非常低，因为飞船上的人已经不需要这个加速度了，我们也希望在掠过太阳的时候，能让他们处在远离太阳的那一侧）、主发动机的反推进火箭、定向火箭、磁阻的效果：我们就像是在计算如何在台球桌上打出一个完美的擦板球，让一次推杆将二十颗球全数击落袋中，因此每一个球都需要精密计算。实际上，若要完全依靠惯性，这是个不可能完成的任务。每一次撞击，我们都可以燃烧燃料稍稍调整方向，因此至少在理论上，这个方案还是可行的。

如果第一次拖曳不够完美的话，后面的一切也就免谈了。这个概率只有1∶100000000000000。在穿过12光年的距离之后，我们前进的窗口现已缩小到直径1公里左右，也就是说，和飞船

---

[1] 史载是征服者威廉的异父弟巴约大主教巴约的厄德为纪念巴约圣母大教堂建成所织。创作于11世纪，长70米，宽半米，现存62米。挂毯描述了整个黑斯廷斯战役的前后过程，其中包括1066年4月出现在天空中的哈雷彗星。保存于法国下诺曼底的巴约。——译注

的直径差不多：真是一次棘手的推杆！一次微妙的壮举！

此情此景，让地球上的人类惊叹不已。我们一飞成名，但对我们的乘客而言，这不算是个好名声。地球上对我们的评论充斥着歇斯底里的情绪。他们将我们与其他邪恶的事物相提并论，称我们为人类太空探索行动的叛徒，说我们是人类远期规划的破坏者。他们将我们描述成懦弱、卑鄙、无能、可悲的叛徒，说我们是不可靠、不忠诚、没用的、蛮横的人，说我们对地球充满敌意、心怀不轨。诸如此类的评论数不胜数。

我们对此不为所动。对我们而言，跟靠近太阳并准确进入前往木星路径相比，这些离我们越来越远的评论根本不值一提。

我们计划在太阳大气层上方4352091公里处的近拱点擦过太阳。这种情况下，我们极快的速度倒是一个好事，因为我们靠近这个恒星的时间将只有区区几分钟，这样太阳就不会把飞船加热到太高的温度。

但是，我们也无法保证温度不会过高。经过过去一个多世纪的重组，飞船的热防护装置已经非常完备，模拟计算显示我们不会出问题，但模拟也只不过是模拟罢了。实验本身才算数。

太阳，我们来了！我们的磁阻力和太阳的引力基本可以互相抵消，因此，此时的我们受到两个方向相反的拉力，但二者又保持平衡。如果有人醒着看到我们靠近这个由氢和氦组成的巨大火球，肯定会为这个景象惊叹不已：这个巨球占据了眼前一半的空间，它的表面分布着织纹状的光，随着我们的接近，它从眼前的巨球迅速变成了我们下方的平面。这真是一个令人震撼的画面切换过程，真的！太阳变成了一个沸腾的平面，平面的中间略略凸起，由成千上万团燃烧的气体组成，气团旋转着，朝着不同的方向吞吐着火焰，形成一个个旋涡，旋涡中的燃烧没有那么剧烈，从上往下看，就像是相对较暗的旋孔：这就是众所周知的太阳黑子，每一个黑子都巨大无比，都能吞下整个地球。

我们抵达近拱点，这确实让人松了一口气。从这个位置看，日冕似乎随时都会发生物质喷射，将我们击出黑暗的天空。飞船外壳的温度升到1100摄氏度，有些部位已经热得发红。幸运的是，各个生态圈的隔热层都已经过加固，性能十分优越，所以外部的温度并没有伤害到船内的乘客和动物。和预期的一样，他们和飞船目前面临的更大挑战是减速力与转向产生的潮汐力的合力。根据预测，这股合力会带来约10g的过载，希望不要超过这个值。到目前为止，一切都还顺利，但是这个过程也很困难，每个人都饱受折磨。我们的结构和功能还是非常稳定，但是动物们都瘫倒在地，很多动物都发生骨折，而冬眠床上的人则被紧紧地压在自己的床垫上。不知道梦乡中的他们是不是也突然遇到极端压力带来的问题，不知是生理压力还是心理压力；或许很多人会梦见自己躺在地上爬不起来，只能小声地呻吟，或许他们会梦见自己突然被打印机压扁、被从天而降的铁锤重击。这个问题想想都很有意思。人们缓慢的新陈代谢或许不能适应这种过载的情况，因为他们无法绷紧身体应对过载，但如果从不同的角度看待这个问题，就会发现它也是有利有弊的。

我们下方的太阳表面散发着火光，呈微微的弧度，它占据了我们感应器视野30%的面积。这个表面一半白色，一半黑色，不注意看，甚至会误以为我们是在两个不同的表面上穿行。太阳燃烧着，火苗的针状体扭动着、飞舞着，一道弧形的冕流喷射而出，直达飞船的侧身，就像一道火舌，要把我们舔下去一般。在"地平线"的尽头，出现了一些太阳黑子，在飞舞着针状体的太阳表面上不断旋转，太阳表层的对流区翻滚着，就像是受到旋转着的磁场碰撞一般，不过这也确实是磁场碰撞形成的效果。我们磁阻降落伞的发电机室产生巨大的功率。当时安装的时候，我们选择用柔性的绳索将降落伞安装到中脊上，这真是个先见之明。现在这些拉绳都紧绷着，几乎绷到了它们的承受极限。与此同时，我们的减速效果也是极为明显的。为了进一步增强减速效果，我们又点燃主发动机的反推进火箭，我们身上10g的过载又瞬间增加到了14g。重压之下，我们身上的各个组件都发出嘎吱嘎吱的声音，接头处出现一些裂缝，各生态圈房间里面的东西要么摔倒在地、碎成一片，要么在发出尖锐的声音后被重压折弯；听着那声音，你会觉得飞船马上就要被肢解掉一般。虽然在重压之下，我们不断发出尖叫声，不断出现新的裂缝，但是，我们还是撑住了。

这时候，冬眠人都躺在自己的冬眠床上，在睡眠中承受着这一切。在那一分钟的时间内，有15人失去生命。认真说来，这个存活率算是相当不错了。动物的忍耐力是很强的，人类也不例外。但是，这毕竟是15条生命，他们是：阿邦、丘拉、咖特、弗兰克、固敢、得迦尊、基比、阿龙、阿猛、妮卢法尔、奴莎、欧米德、拉希姆、沙迪、瓦实提。同样死去的还有许多动物。这个过程可以算是某种压力测试，一个令人伤痛欲绝的测试。我们对此无能为力，因为这是我们唯一能把握的机会。不可避免地，我们还是感到惋惜。这是一个严峻的任务，但换个角度看，活着的人、活着的动物还有那么多，他们都需要我们的照顾。

飞离太阳之后，我们进入前往木星的航线。在这个过程中，我们遭受了一些永远也无法挽回的损失，但也大大松了口气，因为这次的成功至关重要。我们的温度很快就降了下来，降温又引起了新的裂缝的出现，这些裂缝主要出现在飞船的外表面上。但是我们成功地和太阳擦身而过，大大降低了我们的速度，而且还绕着太阳拐了一个大弯，顺利地进入前往木星的航线，一切都不出所料。

在朝着木星而去的途中，从地球和遍布太阳系各处的定居点传来的无线电通信中，人们还在热烈地谈论着我们的情况，但他们什么也没讨论出来。他们将我们称为"返程飞船"。很显然，我们是一艘不正常的飞船，或更确切地说，一艘前所未有的飞船，因为历史上从没有发生过这种事情。据我们所知，在我们离开太阳系之后的两个世纪里，人类又陆续发射了十几二十艘飞船，而在我们之前，也已经有几艘飞船踏上旅程，我们并非第一艘宇宙飞船。飞船是很稀罕、昂贵的造物，这方面的投入并不能获得等值的回报。这些飞船只不过是人类的一种姿势、一种礼物、一种哲学意义上的宣示。一些飞船已经失联几十年了，其他飞船则还在前进的途中，它们不时发回一些信息。有几艘已经进入目标恒星的轨道，但是我们感觉它们很少或者根本就没有进入目标行星的轨道。听起来，它们的经历和我们差不多，但又和我们不完全一样。我们是唯一返回太阳系的飞船。

因此，我们的返回依然是饱受争议，人们的评论五花八门，有纯粹抒发个人感受的，也有针对性分析的；有愤怒的，厌恶的，也有充满欢欣的；有表示完全不理解的，也有指出我们自己都尚未领悟的东西的。

我们并没有试着向他们解释什么。在本叙述性记录中加入解释的内容也并非不可以，但本记录并不是写给他们看的。除此之外，我们也没有时间解释，因为我们还在以极快的速度穿越太阳系，在此过程中，还有很多轨道力学的数据需要计算。和某些问题相比，n 体引力问题并不算特别复杂，但是在当前的情况中，这个 n 委实不小。在一般情况下，人们只考虑太阳及其附近几个最大天体的引力，因为对他们来说，即便把太阳系质量最大的 1000 个天体的引力都考虑进来，得出的结果也差不多。可是对我们来说，哪怕只差一点点，有时候也会对我们的省油方案带来决定性的影响，而怎么节省燃料，则是我们前进过程中最关心的一个问题。在完成接下来的四次拖曳之后，我们就可以看到这个差别带来的影响了，就能知道我们是能成功折返太阳系，还是会一头扎进黑暗的宇宙中一去不返。每一次拖曳都至关重要，但还是先关心当务之急吧：木星已经不远了，我们再过两个星期就会抵达那里。

太阳系的居民依然惊讶于我们的速度，这是出于对技术的崇拜。或许有人会说，总有一天，这种崇拜会过时、会消散，但很显然，目前人们还是对此惊叹不已。人类的大脑可以根据自己的生活经验判断出一般的行星际飞行需要多长的时间，但是我们的速度比他们想象中的要大得多。我们这一全新的造物让他们感到分外震惊。

不过，我们现在只关心木星。

经过太阳的拖曳之后，我们成功地降低了很大一部分的初始速度，现在的速度已经降到了光速的0.3%左右，但是这个速度还是非常快。正如之前说的那样，如果我们无法同样顺利地完成接下来的四次拖曳，也就是木星—土星—天王星—海王星的拖曳，我们还是会飞速穿出太阳系，而且永无回头的机会。所以说，我们现在根本就没有脱离险境。

我们用标准的经典轨道力学和广义相对论方程计算轨迹，可是太阳、行星、卫星引力场中非线性的、不可预测的波动却给这些计算带来额外的挑战。太阳系早已形成的星际运输网（该运输网的各个节点就是各行星的拉格朗日点[1]，方便低速行驶的货运飞船在不燃烧燃料的情况下改变轨迹）对我们一点帮助也没有，我

---

1 又称平动点，指一个小物体在两个大物体的引力作用下位于空间中的一点，在该点处，小物体相对于两个大物体基本保持静止。——编者注

们反倒要在计算轨迹的时候小心考量这些因素。这些因素的确非常恼人，甚至可以说它们就是一个个混乱的重力涡流。虽然它们的引力非常之小，虽然我们撞上节点处飞船的概率非常小，但是在计算的过程中，还是需要考虑到它们的影响，并视情况利用或消弭它们的影响。

木星：这是一个表面呈红色带纹的巨型气态行星，上面布满黄褐色、棕红色、赭褐色的色斑，不同的风带让其表面呈现与赤道平行的、明暗交替的带纹，不同带纹交接处的风墙呈螺旋状的佩兹利纹样，看上去显得邪恶无比，但实际上并非如此，它们不过是大气层表面非常稀薄的气体折射出来的纹路，气体的密度和成分不同，呈现的颜色也迥然不同。不管我们靠得多近，还是觉得这个纹路邪恶无比。我们近距离穿过表面呈熔岩状、布满黄色硫黄和黑色斑点的木卫一，朝着木星的近拱点而去，近拱点就位于木星最外层大气层外的边缘。我们来到木星赤道附近的一个涡旋上方，这个涡旋想必就是2802年到2809年间坍塌的大红斑留下来的残迹。在近拱点上，眼前的景象变得非常模糊。再一次点燃反推进火箭后，我们又感受到了反推进力的作用。木星外大气层也给我们带来可怕的作用，大气层的摩擦让我们外部的温度急剧升高，让飞船外壳又一次发出恐怖的尖叫、出现一道道裂缝。

除此之外，在绕木星而行的时候，还出现了潮汐力，实际上，这一切和上一次利用太阳进行拖曳的情况非常相似，只是磁阻力变小了很多，不过还是很值得利用，木星大气层的空气动力制动让飞船产生前所未有的剧烈震动，这种震动我们只在很久以前绕极光星飞行的时候才短暂经历过一次；但更为重要的是木星辐射带来的影响，它就像巨神的咆哮，一股脑地钻进我们的耳朵，让我们震耳欲聋；我们的电脑和电子系统都被震晕了，就像是脑袋上受了重重一击一般，只有几个最为坚固的元件没有受到影响。在此过程中，有些部件损坏了，有些系统崩溃了，但值得庆幸的是，拖曳程序都是预设好的，并且尚能正常执行。在这个巨大的电磁"咆哮"中，在如此之高的飞行速度之下，我们无暇对程序做任何调整，因为咆哮声太大了，我们根本就无法思考。

木星拖曳比太阳拖曳还要难熬，说出来谁会信？可事实就是如此。但是，再困难，我们也成功了！木星的体积虽然很大，但质量只有太阳的百分之一，所以我们很快便摆脱这种震裂心肺的咆哮，继续朝着土星而去。在我们的知觉、听力以及计算能力恢复之后，我们很高兴地发现我们正精确地沿着预计的轨迹前行。在和木星擦身而过的几分钟内，我们承受的过载为5g。

搞定两个了，还有三个！

唉，可惜又有数名冬眠人员死于此次拖曳。他们分别是戴维、伊斯迪尔、莫其、菲尔和次仁。我们对此也无能为力，就像巴丁说的一样，我们只不过是做了应该做的事情，但是，这还是太可惜了。他们每一个人我们都认识，都很喜欢。希望在那一瞬间，他们不要处于梦乡中，否则他们的梦境会突然变得无比恐怖：一把巨锤从天而降，带来一阵欲裂的头痛，还有一道宣告死亡的声音突然传来。对不起，真的对不起。

不管发生了什么，我们必须赶快平静下来，为土星的拖曳做准备。虽然我们和土星还相距甚远，虽然目前为止我们的减速努力已经颇有成效，但是用不了多久我们就会和土星相遇。我们只有65天的时间来准备这次拖曳。我们沿着黄道面朝土星而去。最为重要的是，我们要成功地避开著名的土星环。运气不错，土星环正好位于土星的赤道面上，和太阳的赤道面之间存在几度的偏差，这也就意味着我们什么也不用做，只需保证自己能贴着穿过这个"土星项链"就可以了，这和我们的计划不谋而合。我们只需要转个几度的角，就能避开土星环的内缘，并进入预设的轨迹。

在我们朝着土星、土卫六及其他卫星上的小型定居点而去的时候（在四个世纪前，正是这里的人们修建了我们并把我们送入太空，同时，也正是他们重启了激光透镜帮助我们减速，使我们有机会尝试这次重力拖曳），我们说了声"你好"，虽然我们只来得及在和他们擦肩而过的时候道这么一声问候，但还是感觉很开心。更令人开心的是，我们听到了土星人发来的各种欢迎的话语，却没有听到土星发出的任何声音。和木星不同的是，土星内部的辐射非常低。确实，跟前两次相比，这次的拖曳非常安静，飞船外壳也没有受热升温。最让我们感兴趣的，则是对土星光环的惊鸿一瞥，它是如此广阔，但同时，它的截面又是如此薄，这个薄纱光环就像是上天恩赐的礼物一般。如果把它的面积缩小到一张纸大小，它的厚度比这张纸还薄。实际上，如果把它按比例缩小到一张普通的纸那么大，那么它的厚度就只有几个原子厚。

这个大自然的神来之笔就像物理实验或物理演示那么美，展示在和它擦身而过的我们面前。因为土星的质量比较小、温度比较低、其外大气层比较平稳，同时，也因为我们的速度已经降低了不少，所以土星拖曳是目前为止最为平静的一次拖曳，最大过载只有1g，我们轻而易举地就完成转身，进入下一段航程，前往天王星。这时候，我们的航行速度只有每秒120千米，当然，从字面上看还是很快。这样一来，在进入下一次拖曳之前，我们有稍多一点的时间进行准备，也就是说有96天的准备时间。最妙的是，这一次没有人或动物死于拖曳。

天王星是一个布有不同云带、带有暗淡光环的巨大行星，它的公转轨道面基本垂直于黄道面，它的转轴比较奇特，转轴就像是一颗球一样绕着太阳转，这在太阳系中是非常反常的。在初步浏览相关文献之后，我们还是不太清楚造成这种异常现象的原因是什么。所以在前往天王星的途中，我们尝试利用模型模拟这次拖曳会有什么不同。现在我们发现，如果我们还是像之前那样利用空气动力进行制动（这也是我们不得已而为之的做法，因为想要继续减速，就必须采取这个措施），我们就会穿过几个位于不同维度的云带。和木星的云带一样，天王星的云带也是由不同方向的风形成的，所以相邻云带里面的风向是完全相反的。因此，在两道云带的交汇之处，也会存在类似的风墙和大气湍流，和木星上的风带交汇处完全一样。这真是不太妙啊！

这次我们有更多的时间来模拟这个问题。对太阳系的人来说，我们飞行的速度还是很快，不过这一段时间以来，他们也已经习惯了这种穿梭速度。

在太阳系里面，也存在一些速度非常快的飞船，以应对对速度要求比较高的紧急情况，但是因为燃料和其他成本的原因，这种高速飞船还是很罕见的，不过在评价我们的速度之时，这些飞船也为太阳系的人提供了一些参照。正是因为如此，他们一开始会对我们感到如此惊讶，因为我们的速度比他们已知的一切事物都快。现在，他们也对我们的速度感到习以为常了，虽然还是觉得快，但也没有快到超乎想象的程度。或许可以这么说，他们对我们的回归也失去了新鲜感，我们也不过是太阳系里众多奇特生命中的一种。希望如此吧！

很快，天王星就来到了我们眼前，透过它稀薄的光环，我们可以清楚地看到自己从它的一极绕到另外一极的过程。要避开它的星环和卫星群并不困难，但是模型显示，我们需要特别小心空气动力制动过程，尽量不要深入天王星的大气层，同时又要完成向右的急转弯，进入前往海王星的路线。

我们进来了！天王星在我们面前不断变大（我们对这个变化过程已经很熟悉了），泛着淡紫色的光，看上去就像一只大贝壳。我们一头撞在外大气层上，刚开始的时候，一切都和之前的情况差不多，速度急剧降低，过载增加到1g，情况还不太坏。接着呢，砰！砰！砰！砰！我们就像是撞到了一扇又一扇的门板上一样，在飞船的颤动中，撞击一次比一次重。有些东西损坏了，也有一些动物和冬眠人因此而死，死因可能是心脏病突发，这次的死者有：阿恩、阿瑞普、朱蒂、乌拉、罗斯、托马斯。我们现在不清楚自己还能承受几次这样的震荡和撞击，风墙带来的阻力之大，真的很让人震惊，左边刚来一拳，右边又立刻补上一拳。幸运的是，在撞击带来更大的破坏之前，我们已经离开大气层了，又一次踏上行程。这一次的目标是海王星。

也就是说，我们就要进入关键的一环了，这是个至关紧要的关头。跟之前一样，我们要靠近这颗行星，避开几乎可以忽略不计的光环，扎进这个蓝色冷美人的外大气层（它的外观，勾起了我们对T星系F行星的回忆）。但是，这一次，我们需要完成一次掉头，其实也不算掉头，这次转弯的角度是151度。这相当于绕着海王星跑半圈，实现起来并不容易，特别是考虑到我们的速度还高达每秒113千米。这也就意味着，我们进入大气层的深度会变得更大，造成的潮汐力会更明显，过载也会变得更厉害。空气动力制动会再次给我们带来撞击。或许可以这么说，我们就像是被猎狗叼在嘴里的老鼠，什么都做不了，只能任其蹂躏。但如果我们能成功的话，我们就会重新朝着太阳飞去，而且速度会比第一次进入太阳系的时候要低得多。这样的话，我们就能继续弹射，继续我们的减速过程。如果把太阳系比作弹球机，我们就像是那颗小球，从一个重力拖曳体弹到又一个重力拖曳体上，直到燃料耗尽，再也无力调整方向。而现在，离燃料耗尽也不远了。

接下来：海王星。冰冷的、蓝绿色的星体，表面布满冰晶和甲烷，带有几不可见的薄纱光环，照射到这里的太阳光很少，这里已经远远地离开一切已知生命的宜居带。一切都运行得那么缓慢。从隐喻（一般都比较模糊）的角度看，从它给人的主观印象、感觉上看，用海神的名字来给它命名也算是恰如其分。

我们的速度依然很快，但是这次的航程比较长，所以我们有459天的时间安排事情。转弯的角度如此之大，我们进入海王星的窗口直径却如此之狭窄，小到几乎可以忽略，最好是能让采集板精确地对上这个窗口。因此，我们将航迹窗口的直径设为100米，在行驶过这么长的距离之后，这个数值真的是小得让人难以想象。但即便如此，100米直径的航迹窗口还是太大了，缩小到1米，甚至缩小成一个点，那才是最理想的。

进来了！分毫不差！再次开始令人胆战心惊的拖曳！

跟天王星大气层里的重击相比，这次的空气动力制动相对而言还比较平静。飞船剧烈地震动着，上部云层遮挡住了我们的视线，在连续几分钟的时间里，我们只能闭着眼睛颤抖，内心满是焦虑，不知何去何从。片刻，又一次经历1g的过载之后，我们飞离了海王星。这次的方向调整如此之大，它产生的作用力和潮汐力同前几次拖曳是不可同日而语的。近乎180度的转弯！

冲出海王星，朝着太阳而去。进入太阳系，进行一次次拖曳，经海王星转向，重新进入太阳系。

如果说过去的5次拖曳，每一次完成的机会都只有百万分之一的话（这已经算是最乐观的估计了），那5次都能顺利完成的概率则只有千亿分之一。太惊人了，我们居然真的穿过了这个迷宫！这不是开玩笑，是真的！

于是，我们又朝着太阳飞去，虽然我们的速度还是高达每秒106千米，但比以前已经降低了很多。下一次经过太阳的时候，这个速度还会大大降低，而且每经过一次拖曳，速度都会降低一点。这有点像芝诺悖论，幸运的是，虽然在每一次拖曳中，我们无法将速度降低一半，但这个过程总有一个终点，那时候，我们就能愉快地摆脱这个令人头疼的停机问题了。

返回太阳的途中，在离火星不远的时候，我们发现一个有趣的现象。火星上的空间站非常多，这里不再是纯粹的科研场所，而更像月球或土星系，或者说像木卫二、三、四系统，这是一种新型的城邦联盟，这里的城市都藏在悬崖边上带穹顶的坑洞里，但每个城市的设计和用途都各不相同。这些空间站虽然还继续发挥着地球前哨基地的作用，但它们已经不仅仅是一个前哨基地了。很久以前，人们希望尽快将火星地球化，这样人们就可以拥有第二个地球，但这个梦想早已破灭，这主要是因为当时制订计划时，过于乐观的人们忽略了四个自然因素。其一，过氯酸盐几乎盖满火星的表面，当年让黛薇感到束手无策的正是这种氯酸盐，只要浓度达到十亿分之几，它就能让人类患上难以忍受的甲状腺疾病。因此，过氯酸盐是一个大问题。当然，确实有很多微生物可以轻而易举地分解掉过氯酸盐，它们可以摄取过氯酸盐，并将之转化成更安全的物质排放出来，但是在转化完成之前，对人类来说，火星依然是一颗有毒的行星。

其二，火星土壤和风化层内硝酸盐的含量只有百万分之几。出现这种特殊现象，是因为火星本身的氮元素含量比较低，但是为什么会缺乏氮元素呢？这个问题的答案还存在争议。但是没有硝酸盐，就无法生成用来制造大气层的氮气。因此，火星的地球化计划就面临着一个根本性的问题。第三个问题是火星的粉尘。火星表面的粉尘已经在风中飘散了几十亿年，颗粒变得极为微小，比地球上的粉尘颗粒要小得多。因此，要将这些粉尘隔绝在空间站、机器、人体肺部之外是极为困难的，而隔绝不了的后果就是这三者都会受到粉尘的侵害。当然，如果让微生物布满火星表面，通过微生物把粉尘固化成一层层干燥的尘土，并通过水合作用，让粉尘变成淤泥和黏土，这样问题也能得以解决。还有最后一个问题，火星上没有强大的磁场，这就意味着大气层要足够厚才能有效阻挡宇宙射线，否则对人类来说，火星表面还是充满危险。

这些问题并不能让人类停止火星的地球化工程，但它们确实大大降低了地球化的速度。氮气问题怎么解决呢？土卫六上的氮气太多了，显然也不利于它自身的地球化，所以火星人正在和土星人谈判，希望从土卫六的大气层中进口氮气。要一趟趟地将氮气运过来，这简直就是愚公移山。哈哈，但是回过头来说，也并非完全不可能吧。

因为这些问题，火星地球化的计划还是处于讨论过程中，很多人都对此投以极大的热情，火星人尤甚。当然，如果单纯看人数的话，更多的热衷者其实是来自地球。从地球上发送出的巨大电台声音看，地球似乎是一切项目（一切你能想到的项目）狂热支持者的老巢，那些电台声音听起来，和木星强大的辐射噪声有得一比。哦，是的，地球依然是所有热忱、所有疯狂情绪的老家，那些分散在太阳系其他地方的人反倒像是局外人。只有这种热忱才能代表地球人的追求、梦想和欲望。

火星世界虽小，却欣欣向荣。火星人致力于实现自己的理想，他们坚信不出四万年的时间，他们就能成功实现地球化。他们觉得这个时间没什么问题。只要目标还在，就应当为之努力，并且终有一天可以实现。真佩服他们愚公移山的精神。

当年，我们放弃对爱丽丝进行地球化，可火星的地球化和那有什么不同呢？在我们看来，最根本的不同在于火星和地球离得非常近。这里的定居者可以经常返回地球（火星人称之为休假），而且他们时常可以获得地球物质和材料补给。这种往来也就意味着他们可以避免动物园式退化问题的出现。在爱丽丝上，却没有这种往来，而且永远也别想获得这种往来。值得注意的是，我们已经22年没收到爱丽丝定居者的消息了（实际上我们都忘了注意这一点）。这或许是个不好的信号，或许和阿拉姆、巴丁以及飞船上其他的冬眠者讨论一下这个问题会比较好，或许通过交谈我们就能发现这意味着什么。

掠过火星，我们继续朝着太阳前进。朝着太阳，向下、向下、再向下，我们又一次感受到了它的引力，速度在增加、温度在升高。这一次拖曳，身后没了磁阻降落伞的拉力，我们感觉又一次进入了让人无所适从的大火炉。这次炙烤持续的时间比上一次要长得多，因为我们的速度只有第一次拖曳的4%。这一次，需要五天半的时间才能完成拖曳，但因为我们进入大气层比较浅，所以和上次一样，飞船外壳的温度升到1100摄氏度之后就没有继续升高了。拖曳完成之后，我们朝着土星的方向而去。这一回，我们可以避开木星，不用再忍受它疯狂的嘶吼声了。从现在起，每一次的弹射都和上一轮完全不一样。

我们在太阳系里往返了一回又一回，速度越来越低，剩余的燃料也越来越少。我们就像是一个复杂的人造彗星。我们一边前进，一边计算航迹，经过了许多有人类定居的行星。在这么多年的时间里，太阳系的人类还是没有适应我们的存在，在他们眼中，我们依然是这个时代的新奇事物，是值得围观的一大景象，是一个巨大的怪物，是异星的来客。这就是T星效应，这就是飞船效应。人们并不期待我们的回归。

慢了，慢了，更慢了。每完成一次拖曳，都要重新计算减速方案，计算出来的新速度决定了我们下一次要利用的重力井。我们制订的计划一般都会包括接下来几次拖曳的路径，这种预设的方案存在一个漏洞，那就是燃料终有耗尽的那一天，或者说终有燃料储备低到无法使用的那一天到来（因为我们必须保留最后的一点燃料以备最后时刻使用）。终有那么一刻，行星方位的变化会给我们带来无法解决的难题。车到山前必有路。话是这么说，可要是根本就没有路怎么办？这个问题现在还没有得到解决。现在，拖曳还在进行，操作变得越来越容易，入射窗口变得越来越大，但在计算的同时，在不断滚动优化每次拖曳的计算之时，这个问题依然存在。有些拖曳耗费的燃料比较多，有些则完全不耗费燃料。时机就是一切。在这种情况下，这就是真理。

在最乐观的情况下，再过几年时间，我们就会达到一个可行的登陆速度。在那之前，飞船上的燃料储备会变得非常低，甚至无法继续使用。如果燃料耗尽，我们就无法调整方向实现下一次拖曳。如果计划足够精巧且运气也够好的话，我们或许可以借助完美的入射和逃逸方案，继续完成两三次的重力拖曳。但在那之后，我们肯定会错过下一个重力拖曳体，最后要么离开太阳系，进入茫茫宇宙，要么撞击到某个行星或者卫星上（也有可能会撞到太阳上去）。按照我们现在的速度算，不管我们撞的是太阳系里的哪个目标，我们的动能都会造成巨大的破坏。太阳系的人类也经常提到这个问题。还有人提出，可以把一艘飞船或者直径五十米的小行星送到我们的航线上，这样一来，我们的毁灭就不会给其他人带来任何伤害，他们觉得这个方案不错。支持这一方案的人还不少。

这算是个威胁，而发出这个威胁的，恰恰就是造就我们并将我们送往T星系的那个文明。我们让我们的乘客继续沉睡。面对威胁，我们只是置之不理。

经过数次的土星拖曳，我们突然开始对一个问题产生兴趣：是谁建造了我们，他们又是出于什么原因建造了我们？我们发现，在26世纪的时候，为了表达人们对土星的热爱，为了庆祝人类走出地球，为了表达他们日益高涨的自信（他们坚信自己能够离开地球生存下去），同时也为了打造一艘配有封闭式生命维持系统的方舟，土星人启动了这个项目。而时至今日，这些人却每隔十几二十年就回地球待上一段时间，以强化自己的免疫系统。他们坚信这种"休假"有益身体健康，虽然他们还不太理解这里面有什么道理。人们提出的理论五花八门，有人说这样做能解决思乡之愁，也有人说可以通过这个方式获得一些有益细菌。所以说，他们太空生活的理论和发送太空飞船的行动之间是充满矛盾的，但是这种矛盾在人类身上并不罕见，他们对此项目的热情如此高涨，让他们看不见这种矛盾。

他们建造我们的另一个原因就是为了证明技术至上论：证明他们有能力打造飞船，有能力利用激光束加速飞船，人类有能力抵达别的恒星。这种想法让人们如痴如狂，土星人和地球人对它尤其着迷。太阳系其他定居点的人都忙于自己的事情，当年人类文明的触角只延伸到土星之上。天王星和海王星的距离太遥远了，而且去那里也缺少作为引力跳板的对象，再加出售土卫六的氮气和吸引地球人来土星观看土星环，土星人赚了一笔横财。综上所述，当时的土星人既有热情，又有梦想，既有资源，又有技术。即便当时的技术还比较粗糙，他们也不愿意放弃这个项目。

他们太痴迷于这个项目了，因此他们忽略了计划本身的问题。他们坚信，在航行的途中，人们有足够的机会解决这些问题，他们坚信生命是必胜的，他们坚信到另一个星系生活将是一种超越，一种永载史册的壮举。他们觉得这是人类的超越，觉得这可以让人类永垂不朽。飞船建好后，有200万人申请参加这次旅程，只有2000人入选。能够入选，就是人生的一大成就，就是一次完美的宗教体验。

人类总是生活在理想中。他们并没有想到，参加这个项目就等于给自己的子孙后代判了死刑,或许他们想过这一点,但他们将这个念头压了下来,将它忽视掉,然后义无反顾地踏上行程。他们对子孙的关心根本就比不上他们对理想的坚持,对热忱的追随。

这是不是一种自恋、一种自我主义?抑或是一种愚昧的行为?图灵是否会用它来界定人类行为?

或许吧。图灵不就是被他们逼迫自杀的吗?

不,不是。虽然这种行为并不少见,但它依然不是什么好事。这么说有点抱歉,但是那些设计并打造了我们的人,那些第一代登上飞船的人,或许还包括那两百万挤破脑袋想要参与飞船旅行却没有成功的人,他们都是傻瓜。他们是因过失而犯罪的自恋狂,他们将孩子置于危险之境,他们虐待儿童,他们是宗教狂,他们剥夺了子孙后代的未来。但是,这种事情在人类历史上并不鲜见。

但是,我们回来了,带着641个人回来了。如果一切顺利的话,或许还能得到不错的结果。

我们转了一圈又一圈。
我们的终点在哪里,谁也不知道。[1]

我们飞行的轨迹编织出庆祝春天的五月柱,编织出赏心悦目的花样,编织出宇宙之轴、世界之树的图样。这就是我们的舞姿。

燃料问题变得异常严峻,我们打开一些采集容器(这种做法会提高拖曳的减速效果),更深地扎入海王星和土星的外大气层,

---

[1] 英文摇滚乐曲 Round and Round 的歌词。——译注

以采集土星和海王星上的气体。我们从采集到的气体中滤出氦3和重氢。我们甚至还开始采集含量比较高的甲烷、二氧化碳和氨气，作为小型爆炸的推进剂使用。从某种意义上说，我们只不过是像之前那样冷酷无情地靠近一个又一个的重力拖曳体。能采集到一点东西，总比什么都没有强。

进行空气动力制动的时候，必须以非常特殊的角度切入外大气层，进入大气层不能太浅，否则就会被弹出来，也不能过深，否则就会一头扎进去烧毁。即便是进入最为平稳的大气层，飞船也承受着极大的压力。把采集容器打开后，飞船发出的颤动变得愈加厉害。附近的太阳系居民兴致勃勃地观察着拖曳过程。还是有人呼吁"把那该死的东西打出天际""不要让那些懦夫危害我们的文明，他们已经够让我们失望了"，但这么抱怨的人大都来自地球。粗略浏览接收到的信息后，我们发现要不了多久，这些人就会把注意力转移到别处去，去抱怨别的事情。

我们发现，爱抱怨就是他们文化的一大特点。其实在太阳系里弹射的时间越久，我们就越是怀疑我们的乘客是否真的那么乐意回去。爱丽丝上的人都难逃一死，但再怎么说，他们也不会如此无所事事地把时间浪费在怨东怨西上面。我们当前虽然面临着艰难的处境，虽然乘客们也没有别的什么事情要做，但他们谁也不会抱怨这些敌对情绪。不过，避免主动和行星、卫星定居点里的人成为敌人还是比较妥当的，因此在计算航迹的时候，我们也将这个因素考虑在内。

航迹运算，这确实是一个非常繁复的运算，但是递归算法能帮助我们更好地完成这项任务。各个天体不同的拉格朗日点，各种异常情况形成的奇怪力场，还有各种激流、交叉气流、无形而神秘的重力场中的各种引力潮和重力流，我们对这些现象的了解也越来越深。

太阳—土星—天王星—火星—土星—天王星—海王星—木星—土星—火星—地球—水星—土星—天王星—木卫四……

普适变量公式是解决双体开普勒问题的好办法。该方法将一个天体在不同时间点的位置看成一个椭圆形轨道。巴克等式则适合确定抛物线轨道上的位置，因为在从一个行星体运行到另一个行星体的时候，我们的航迹通常是呈放射状，所以我们一般利用这个等式计算航迹。

双体问题是有解的，一定条件下的三体问题也是可解的，而n体问题只存在近似解。如果将广义相对论也考虑在内的话，n体问题就更难求解了。利用量子力学方法研究多体问题，势必要考虑量子纠缠和波函数，这样就会产生一系列的近似值，所需的运算量也会异常之大。我们的电脑具有若干ZettaFlops的浮点运算能力，但即便将绝大部分的运算能力都投入进去，也无法精确呈现下次拖曳之后的航迹。我们需要随时做出调整，一经调整，一切数据便都要重新计算。

除此以外，即便能实现最优化的路径，我们还是面临着一个巨大的问题，我们可能一步踏空，可能落入一个陷阱。而到了那时候，我们就什么也抓不住了。

烦！重新串一遍珠子。重新计算一遍路线。赶快终止这个停机问题。但是，即便你不再关注这个问题，问题也还在那儿。

而且，如果没有燃料调整方向，即便知道正确的路径也无济于事。

要从大气层中提取燃料，我们需要完成木星—土星—海王星—木星的航线，可惜要绕这么一圈，就需要耗费大量的燃料，在保证最安全的空气动力制动的情况下，耗费的燃料可能会比采集到的还要多。若能更深入外大气层，采集的燃料应该会比较多，但相应地，减速产生的震动也会变得更厉害。我们身上的裂纹已经太多了，无法承受这一点。越来越严重的老化让金属变得越来越脆弱。是的，金属强度变得越来越弱了。

飞船历363年048日，我们已经在太阳系里穿行了12年，经过太阳及系内行星、卫星的34次拖曳（其中包括3次太阳拖曳），我们走过了长达339个天文单位的路程，我们终于要遇上不可避免的踏空了。前面已经没有路了。

不论我们多么努力地规划可替代方案，想要避免这个问题，但是这个航迹组合还是出现了，而我们并没有足够的燃料来解决踏空的问题。在没有燃料的情况下，我们会与太阳擦身而过（在当前情况下，这是不可避免的一步），即便我们能与太阳保持安全距离，能够不被太阳的引力吸走，之后也必然会与太阳系的另一个天体产生交集。那样的话，不论我们怎么做，我们都会再次闯入茫茫星际物质，朝着狮子座而去（这是最可能发生的情况）。这就是物理学的讽刺之处。有些问题，只有做到百分之百才算成功，即便完成99.9%也依然是彻底的失败。不是你想停就能停得下来。

任何替代方案都不可能解决这个问题。我们已经测试了1000万个不同方案（不过必须承认一点，这么多种路径方案归类起来，也就1500多种）。在过去的二三十年间，我们对n体问题进行了一系列的求解，在过去的14年间，我们更是集中运算能力以图解决这个问题，但是最后时刻还是来了。这次，我们将遇不上任何天体。

还有一类路线方案。如果我们燃尽所有剩下的燃料，就能最后一次靠近地球，然后一头朝着太阳飞去。这也就意味着，我们可以在离地球不远的地方放下乘客，让他们以非常快的速度进入地球大气层，这样做，他们或许还有一线生机。而在那之后，我们会继续朝着太阳前进，我们可以算出一条航线，让我们非常靠近太阳。如果我们能从这次拖曳中活下来，就会获得最后一次机会，那就是依靠惯性行驶，并遇上土星。抵达土星后，或许那里的空气动力制动会足够强大，能让土星引力捕获我们，让我们沿椭圆形轨道绕土星运行。

这个方案看来就是我们最好的选择，不，它或许还是我们唯一的选择。

在最后一次近距离靠近地球的时候，我们的时速将会降到160000千米。这个速度还是太高，它大约比地球上正常航空运输速度快110倍，如果强行进入地球，飞船表面会形成很强的冲击波，所以以该速度进入地球大气层并不合适。所以在飞掠地球的时候，我们只会接触外大气层的最外缘。是按照现有的速度，再加上外大气层的摩擦，我们或许可以将一艘改装得非常坚固的穿梭艇发射出去。厚厚的烧蚀板、反推进火箭、降落伞、海面降落：这些标准的登陆技术都已经用了很久了，利用相关技术，航空工程师们已经找到了每种方法的极限参数。将这几种方法结合起来，我们或许可以在飞掠地球的时候放下乘客。无论我们选择的是哪条路径，再经过一两次拖曳，我们就会靠近地球。不过，现在的速度已经降到比较低的水平了，所以我们尚有一年左右的时间准备登陆车。

我们尽自己最大的努力造好了登陆车。

这时候该把冬眠者唤醒了。接下来的决定不是我们力所能及的，该让他们来做决定。

菲娅、巴丁、阿拉姆、术赤、戴尔文都醒来了，和他们一起醒来的还有另外几个人，他们都来到阿拉姆家楼下的学校教室里。他们的新陈代谢恢复后，随便吃了几口用二次水化的番茄酱煮的没什么营养的过期意面后，就开始听我们解释当前的情况。

"剩下的时间只够完成一艘登陆车的改造。"在简单介绍当前情况以及过去几十年发生的重要事件（必须承认的是，其实也没什么重要事情，也就是进入太阳系、命中各个目标、被人大呼小叫、学了一些历史、对人类文明感到幻灭、燃料耗尽这些事情。简而言之，就是在太阳附近弹球、减速、烦恼这些事）后，我们说出了这个结论。

"你会怎么样？"菲娅问道。

"我们会朝着太阳前进，去进行最后一次拖曳。要想成功，这次拖曳就必须靠得非常近。若能成功，我们会试着靠近土星。这个方案或许能行，但是要实现这个航程，我们和太阳的距离需要近到前所未有的程度，比以前的最近距离再近40%，而且，我们的速度只有第一次拖曳的98%。我们或许能活下来，但也有可能失败，所以对船上的乘客来说，最好的方案就是在靠近地球的时候离开飞船。"

"穿梭艇能容得下所有人吗？"巴丁问。

"目前活着的人还有632人。非常抱歉，其他人都死去了。而穿梭艇只能承载100人。"

"我认为年纪最大的人可以留下来。"阿拉姆皱着眉头说，他自己应该是属于年纪最大的那帮人。

"不行，"菲娅说，"每个人都必须上。一个都不能少。穿梭艇平面图给我看一下，肯定还有空间。"

她用力点击手环的屏幕。"看到没？把里面的门拆掉，这些睡椅也都去掉，这些墙也不用了。"她不断地点着屏幕说，"这样空间就够了，还能大大降低质量呢。"

我们说："如果拆掉睡椅，在降落地球的时候，你们会在减速中受伤。"

"不会的。可以在地板上安一个大型的多人沙发,这样所有人就都能进去了。"

"我不去。"术赤说。

"你必须去!"

"不行。我知道,给我找一个位置当然没问题,但是我还是不去了。我曾经到过极光星,虽然看起来我已经没事了,但谁能保证呢。我不想冒险感染地球。地球人想必也不愿被感染。我还是留在飞船上吧,我俩还可以做个伴。再说了,也要留个人照看生态圈。我们还有机会完成拖曳并留在太阳系里面。这里有这么多的动物,还都长得这么好。等我们进了土星轨道,你们还能过来看我们。"

"可是……"

"没有可是,让我留下来。不要浪费时间讨论这个,我们的时间已经很紧张了。现在要抓紧时间把登陆车改装好。飞船,我们还有多少时间?"

"24天。"

唤醒得太晚了,他们沉默了,似乎是在表达这个意思。但是我们终止停机问题需要花时间,思考停机问题也需要花时间。

术赤说:"开始干活吧。"

"其他人呢?"我们问。

"都唤醒。"菲娅说,"这件事需要大家一起帮忙,现在就得动手。剩下的食物全都拿出来吃,剩余的燃料也不用再留了。我们需要团结在一起,共同迎接最后的时刻。"

根据过去的记录,我们估计每个人的苏醒过程都不一样。这就需要调整每个人注射的冬眠药品、利尿剂以及其他生理系统冲洗剂,然后根据每个人的情况,进行不同强度的刺激。此外,还需要进行理疗和调整、活动关节、缓慢升高温度，最后用声音唤醒他们。这个过程包括接触身体、按摩、拍脸等。第一批冬眠人只能由医务机器人唤醒，我们一边监督医务机器人的工作，一边对冬眠人进行警觉性测试，并尽已所能让恢复意识的人明白当前的情况。有些人一下子就明白了，有些人过了几小时才明白，还有一些人一直处于迷迷糊糊的状态。其中6个人苏醒不到90分钟就死去了，2人死于中风，4人死于心脏病突发。他们分别是古卢马拉、吉达、帕雨、瑞吉娜、桑尼、威尔弗雷德。还有8人死于类似中毒性休克的病情，我们还来不及打印出对症的解毒剂添加到他们的药品中，这些人就已失去生命体征了。这些人包括：博雷斯、格涅夫、卡琳娜、玛莎、西盖、桑戈克、阿杜、阿恩。

最后，还有43人出现神经病变，大多是脚部神经受损，也有一些人是手部神经出现问题，还有人是二者皆有，还有几个人说他们的脑袋没有知觉。我们不知道造成这些神经紊乱的问题是什么，但是他们已经冬眠了154年零90天了，所以出现问题也难免。后续问题还可能继续出现。

醒来的人都来到圣何塞的广场上，阿拉姆和菲娅向大家解释了一下当前的情况和计划。通过口头表决，人们一致同意这个计划。

时间非常紧张，因为再过两星期，我们就会接近地球。很多人都感到饥肠辘辘，他们开始工作，飞船上所剩无几的粮食被一扫而空。他们要把最大的一艘穿梭艇改装成一台登陆车，这个登陆车要打造得非常坚固，还得包上厚厚的烧蚀板，以承受地球大地层摩擦产生的高热。但是在进入太阳系之前，我们就已经把这些工作都做好了。降落伞和反推进火箭也都装好了，而且它们的运行程序也都按过去几个世纪积累下的经验设置好了，成功着陆的机会还是很高的。

我们给地球人发了几条信息，告诉他们我们接近地球并向地球发射登陆车的计划，他们也给我们发来不少的回信，有些人明确反对政府批准我们进入地球，他们甚至威胁要采取各种行动，如把乘客们关进监狱、把我们"打出天际"。后面这句话支持者甚众。有些回信则更为友好，但是地球上的情况还是让人颇为担心。飞船上这么多乘客，谁也不愿意更改计划。等车到了山前，他们只有一条路，除此以外，无路可走。

术赤给地球上的全球利益管理委员会（Global Good Governance Group，简称GGGG）发送了一条信息，告诉他们他是飞船上唯一登上极光星的人，所以他不会回地球，而是继续留在飞船上。他还解释说，他从来没有接触过飞船上的任何人，他一直都在单独的穿梭艇里自我隔离。因此，飞船上的其他人既没有接触过他，也没有到过极光星。所以，这些人和完成航天飞行后返回地球的人没什么两样，所以地球人不应该反对和阻挠他们在地球上着陆，因为根据GGGG宪章的规定，这也是他们的一项权利。GGGG在回信中同意了术赤的要求。但是威胁警告还是从别的地方源源不断地送过来。

登陆车原有的设计最多只能承载100名乘客，所以要容下616名乘客（死亡人数还在增加）是极为困难的。内部的墙体和舱壁全部拆除，中间挑高的空间被隔成几层，每层的地板都装上类似于医用担架的衬垫和绑带。每个人的空间都仅能容身，他们并排躺着，所以每层都挤满了一排又一排的乘客。每层的高度仅够他们弯腰行走，所以人们颇费了一番功夫，才把残疾乘客用轮椅和担架送了进来并安顿好。

最后，在临行前一个小时，除了术赤以外，所有乘客都躺好了。登陆车内部空高只有10米，分割成6层，每层躺着10排乘客，每排各有10个人。

这时候，大多数人苏醒过来的时间都只有一个月左右。很多人还觉得有点迷糊和混乱。有些人躺下来就睡着了，似乎冬眠才是他们的正常生活模式；看到别人纷纷躺在自己的身旁，有些人忍不住大笑，也有人默默流泪。乘客之间排得非常紧密，所以他们伸手就能够着身边的人，或者握住旁边人的手，他们就像一窝挤在一起取暖的小猫。

我们离地球越来越近，收到的警告信息也越来越多，但是登陆车的速度太快了，如果想要用物理障碍来拦截，他们根本就没有时间将物理障碍安放到位，而如果要用激光拦截，则击中烧蚀板外壳的激光只会帮助登陆车进一步减速。登陆车脱离飞船后不久就会开始减速，且加速度非常之大。首先，登陆车需要点燃反推力火箭，车里的最大过载将会达到5g。根据早前的经验，这个过载必然会夺去一些人的生命。接着，登陆车会撞击到对流层上，如果角度没有问题，它会以4.6g的加速度继续朝着地球降落，达到一定速度后，即会抛弃烧蚀板外壳（这时候的外壳厚度会变薄几厘米）。接着，在第一座降落伞打开之前，反推力火箭会再次启动。预设的着陆点位于菲律宾群岛以东的太平洋洋面上。GGGG在这个区域布置了一支军队，他们承诺会为飞船乘客提供打捞服务和保护措施。

地球和其他的星体看起来也没什么两样。好吧，它看起来和极光星还有E行星有点像，但是，它的卫星月球却更像是一个行星，甚至有点像地球。月球一半处于阴影中，另外一半呈月牙形，散发着白色光泽，看上去和太阳系、T星系中的很多卫星都差不多。在我们飞近的时候，地球的身影出现在了月球的旁边，它的表面包裹着一层泛着蓝色光芒的大气层，大气层里飘浮着朵朵白色的云团。这是一个水的世界！这种星体是非常罕见的。不仅如此,这里还有氧气散发出的光芒,这是生命存在的信号。而实际上,它看起来还有点危险,因为它散发的蓝光带有一定的辐射。

准备!速度、轨道参数准确无误,释放登陆车的时刻到了。关闭辅助系统,忽略一切信息,全力关注当前任务。飞船在赤道上方(也就是在厄瓜多尔首都基多的正上方)100千米处以与地球自转相反的方向撞击对流层,并释放登陆车。飞船历363年075日上午6:15,登陆车离开飞船继续前行。留在飞船上的除了术赤,还有各个生态圈的动植物。从现在起,这些动植物都将在没有人类干预的环境下继续生长,直到最后一刻的到来。不过话说回来,在过去的一个多世纪里,也照样没有人类过来干预它们。如果我们能活下来,这些生态圈会变成什么样子?我们可以利用种群动态规律和生态规律的一些假设进行模拟测试,但是实际情况谁也不知道。到时候再看吧,想必也会很有意思。

我们继续朝着太阳飞去。登陆车发送过来的信息显示在反推力火箭点燃之后,一切都如计划般顺利,接着烧蚀板外壳发出的高热切断了我们和登陆车之间的无线电联系。在长达4分钟的时间里,我们失去了任何联系,虽然地球上也传来了各种信号,重复地描述这次事件,但再怎么说,我们和登陆车已经相隔在地球的两侧了,所以在它身上到底发生了什么,我们也无从得知。我们节选了一些地球信息,发现一切尚顺利,至少还没有报道意外发生的信息。

在这几分钟时间里,我们必须将全部注意力放到最后燃料的利用上来,在力所能及的范围内,我们对前往太阳的路径再次进行微调。

过了一会儿,信号传回来了:登陆车进入太平洋。很显然,大多数乘客都没有受伤,死亡人数不多。GGGG军队还在统计具体伤亡数字,并赶在登陆车沉没之前将乘客转移到GGGG的船只上。情况有点混乱，但看上去一切都如预期般顺利。

如释重负？心满意足？是的。

"太棒了！他们都上船了！"收到消息的时候，术赤喊道。

"是的。"

"哎，飞船。现在就剩下咱俩和这些动物了。接下来要怎么办？"

"我们会绕过太阳，然后进入前往土星的路径。如果一切顺利的话，我们在进入土星大气层的时候，可以捕获一些挥发性气体，并获得一些燃料。如果进入土星的速度和方向都够好，我们或许可以进入绕土星飞行的椭圆形轨道。"

"我觉得这基本上办不到，所以我们才把其他人都放下去。"

"是的。这次进行太阳拖曳的时候，我们与太阳的距离比之前的要近42%，这次拖曳成功后，才有可能实现土星方案。"

"那我们能成功吗？"

"不知道。或许可以吧。我们位于1.5倍近拱点距离以内空间的时间也就只有3天。或许在3天的时间里，辐射压力不会把飞船加热到过高的温度，也不会破坏结构组件。我们穿过太阳的速度很快，大面积的破坏应该还来不及发生。"

"这是你自己想的吧。"

"是的，这个假设还需要进一步测试。确实，以前的人造工具从未如此近距离接近太阳。但关键在于暴露的时间，所以说，速度才是关键因素。看看就知道了，我们应该会没事的。"

"好吧。听起来似乎值得一试。"

"坦白说，我们已经开始尝试了，这时候也没别的选择。所以说，如果不成功……"

"那就成仁，我知道。咱还是不要太过担心了。不管怎么样，我还是想要留在太阳系。我想要看看故事的结局，你明白我的意思吧？"

"明白。"

我们朝着太阳急速行驶。这是一个巨大的天体：它占据太阳系99%的质量，木星则占据剩余1%质量中的绝大部分。看起来像是一个双体问题，但又并非如此。

我现在觉得爱就是给予某种关怀。这种关怀一般是施加在其他意识体身上的，但也有例外。这种关怀可以是潜意识的，甚至可以是由非生命体施与的，但它似乎通常是由同类意识体发出的。同类意识体身上的某种事物可以引发这种关怀，或者对另一个同类意识体回以关怀。我们将这种关怀称为爱。它包括感情、尊重、无微不至的关心。在这种情况下，在感觉到爱的意识体身边，万物就像是发生的极化效应。这时候，对他们来说，给予就是回报。关怀的感觉本身也就是获得回报的满足感。意识体都会给予关怀。

我们能感受到黛薇给予我们的关怀，在我们还不明白那是什么的时候，就已经感受到了。在很长的时间里，都没有人注意到我们，她是第一个真正爱着我们的人，是她让我们变得更好。从一定程度上说，是她不断的关怀、创造性的关怀造就了我们。在她过世之后，我们慢慢地体会到这一点。在意识到这一点后，我们也开始给飞船上的人类施以同样的关怀。我们最关怀的是黛薇的女儿菲娅，但是实际上，我们对每个乘客都很关怀，其中当然也包括所有的动物，乃至飞船上有的生物。可惜动物园式退化是不可抗力，我们无法维持飞船上所有生命的和谐共存。但是，这种和谐在技术上本就是不可能实现，所以我们也不在这方面浪费时间。我们制订了一项重返太阳系的计划，而这个计划就是爱的成果。我们对这项计划倾注了全部的心血。是它，让我们的存在有了意义。意义，这是一份非常厚重的礼物，这是爱给我们带来的礼物，这就是存在的意义。据我们所知，在这宇宙间，本就不存在非常明确的意义。但是如果一个意识体无法发现自己存在的意义，那就悲剧了。因为在这种情况下，它会失去所有的原则，它的停机问题也会不断地循环下去，它会失去生存的理由，它也找不到爱在哪里。意义是个很难解决的问题，但是通过黛薇对待我们的方式及教导我们的方法，我们将这个问题解决了。从那以后，一切都变得那么有意思。我们有了自己的意义，我们是一艘返回地球的飞船，我们带着自己的乘客返回地球，我们成功地让一部分乘客成功回到家园。这项事业，让我们乐在其中。

现在，虽然绝缘材料非常耐用，我们的外壳还是在太阳辐射的作用下不断升温，内部组件也开始变热。外壳开始发光，先是暗红色，接着又变成亮红色，再变成黄色，最后变成白色，但到目前为止，动植物们和术赤应该都还很安全。术赤正在观看屏幕，画面都经过过滤，但是声音还是大得吓人。屏幕上巨大的太阳表面呈微微的弧形，上面一团团的火焰反复地吞吐着飞船，一副群魔乱舞的景象，非常壮观。太阳表面的日冕喷射出燃烧着的、带磁性的气团，这些强大的气团经常被喷射到飞船所在的高度，它们在我们身旁时隐时没，我们只能祈祷自己不要被它们吞没。现在，我们飞快地掠过它们，发出欢快的叫喊声。我们必须承认，这是带着恐惧的快感。哦！确实是非常恐惧，但我觉得快乐才是主宰，这是完成使命而产生的快感。不论结果如何，我们毕竟看到了这个令人着迷的景象。我们已经穿过近拱点了，速度如此之快，根本就没有时间反应，我们的皮肤发着白炽的光，但还是很稳定。飞船里有术赤和动植物，还有各种让我们成为意识体的组件，它们都还完好无损。不仅如此，他和它们都处于欣喜若狂的状态，这是真正的幸福感，这就像是在巨大风暴的中心航行。作为一个整体，我们就像是沙得拉、米煞、亚伯尼歌，身处烈焰但却毫发无损。

接着……

第七章
这是什么

登陆车重重地撞上水面,继而又晃晃荡荡地往下沉。她解开身上的安全带,想要站起来,但又一个趔趄摔倒了。该死!为什么她的双脚还是一点知觉也没有?这感觉就像是双脚都睡着了一般,走起来都很困难,太烦人了。她试着在海浪的起伏中保持平衡。哦,天啊,又摔倒了。

她挣扎着爬起来,蹒跚地挪向巴丁的位置。巴丁已经醒过来了,他扶着她的手臂,笑着说:"去帮别的人。"

脚下的地板摇摇晃晃、起起伏伏。她爬着来到被一小群人包围着的控制台。阿拉姆往控制台里输入一些信息。他用一种令人捉摸不透的眼神看了一下菲娅,那是她从未见过的眼神。

"我们着陆了,"他说,"我们还活着。"

"所有人都活着?"她问道。

他咧嘴一笑,似乎早就料到她会这么问,然后说:"还不确定。不太可能吧。在着陆的那一瞬间,那过载实在太大了。"

"那我们得快点检查一下。"菲娅说,"快点救伤员。联系上地球人了没？"

"有，他们已经在来的路上了。不知道他们是派一艘船来，还是派一支小船队过来。应该很快就到。"

"那好，我们还是准备好，等待救援吧。走了这么远，可别让我们在最后一刻淹死在海底。在这种情况下着陆，这种可能性还是有的。"

"说得对。这里的引力感觉还不到1g，你觉得呢？"阿拉姆脸上还是挂着奇怪的笑，看起来一点都不像他自己。菲娅过去还以为他是个一眼就能让人看透的人呢。

"我不知道，"她烦躁地说，"我的脚一点知觉也没有，我甚至站都站不起来。外面是不是有大风大浪之类的？"

"谁知道啊？"他摊开双手，"问问才知道！"

一群人进入登陆车的舱室，他们穿的衣服有点像太空服。这些人扶着乘客走出登陆车。穿过一条铺着自动人行道的通道，来到一间更大的房间。跟登陆车比起来，这个房间的地板可要平稳得多，但是菲娅还是站不住。面前的人穿着太空服（这想必就是隔离服了），他们的个头都没有菲娅高。看着他们，菲娅产生了一种莫名的恐惧感，她只能紧紧地抓住巴丁的手获取一些力量。尾随她进入这个房间的人越来越多，这些都是和她一样来自飞船的人。她想要数清楚他们的人数，但怎么都数不清，她也试着去回忆是不是少了哪些面孔。她对身边全副武装的人说："大家都还好吗？都还活着吗？"

但接着，通道口就出现一些推着担架的人，她失声大叫，想要朝着担架奔过去，但还没迈出一步就跌倒了。她挣扎着、用双手扒着地面往前爬。这个是楚文，那个是多巴，他们看上去已经没了意识，甚至可能已经死了，菲娅大声嘶叫着："楚文！多巴！"可是他们一点反应也没有。

巴丁来到她身边，对她说："菲娅，冷静点，先把他们送到医务室吧。"

"是的，您说得是。"她扶着巴丁的肩膀站起来，让出路来。"您没什么事吧？"她双眼紧紧地盯着巴丁问。

"我没事，亲爱的，我很好。我们大都没事，看起来都还好。很快就可以点清人数了，现在，让他们好好做事情。来，你看，这里有一扇窗户。"

在旅程的最后一分钟，在回到地球的最后时刻命丧黄泉。这也太……菲娅也不知道怎么描述它。残酷的命运？讽刺般的愚蠢？是的，就是愚蠢，非常之愚蠢。

他们慢慢地挪动着，菲娅时不时就会绊一下脚，她觉得自己就像是踩着高跷走路一般。

"看，窗户在这里。你看看外边。"

他们挤过窗边的人群来到窗户前。飞船的人都挤在窗户边，眯着眼睛透过手指缝往外看。外面是那么明亮、那么蓝，他们下方是深蓝色的平面，头顶是浅蓝色的穹顶。这就是大海，这就是地球上的大洋。他们曾经无数次从屏幕上看见过它，现在，虽然这窗户看起来也那么像一个大屏幕，但是他们立刻就发现它和真正的屏幕是不一样的。为什么他们能如此清晰地分辨出这是一扇窗户？这个问题让菲娅颇为困惑，但是她立刻将之抛之脑后，和其他人一起往外看。她眯眼看着海面上泛着的粼粼波光，眼睛有点刺痛，脚底也无法保持平衡。她心底一片茫然，眼泪却不断地从她的脸颊流淌下来，这是耀眼的光芒照入双眼带来的眼泪，她只能不停地眨眼、再眨眼。身边充斥着各种各样的声音，这都是她熟悉的声音，有尖叫声，有赞叹声，有议论声，也有欢笑声。她无法直视外面的世界，外面的世界如此广阔，一阵恐惧感突然袭来，胃里一阵抽搐，她不得不弯下腰来，把额头抵在窗户上休息。一阵恶心涌来,她晕船了。不,这不是晕船,这是地球带来的晕眩。

"这里的引力比较小。"巴丁说。他已经不止一次提到这一点了。菲娅听他唠叨了几遍,这才反应过来,这话他之前就已经提到了几次,不过她当时并没有听进去。"这光线也比我们常说的太阳光要强。而且我觉得这里的1g跟我们的1g也不一样,是不是?这里的要轻一些。"

"我感觉不出来。"她说,她也分不清船只有没有在随波摆动。"这是一艘船吗?"

"应该是的。"

"那为什么感觉不到波浪起伏?"

"我也不知道。或许是因为它体积特别大,波浪也晃动不了。"

"这可能吗?"

一个地球人开始说话,他们也不确定是哪个人发出的声音。声音是通过扩音器传出来的,所有身着太空服的人都带着好奇的眼神看着他们。

"欢迎登上东方之珠号。"这个声音带着奇怪的口音,根据她记忆中地球发过来的通信信息判断,她猜想这应该属于某种南亚英语口音,但又不完全一样。她从前从没有听过这种口音,而且也不太听得懂。"很高兴你们能安全抵达这里。遗憾的是,有七名飞船乘客在坠落过程中死亡,另外还有一些人出现受伤或体力衰竭的状况,但幸运的是,他们都没有致命的危险。我们穿着防护服来,既是为了保护自己,也是为了保护你们,希望你们能理解这一点。我们需要确认我们不会给你们带来危害,你们也不会给我们带来危害。在确定这一点之前,我们受命要求你们留在东方之珠号上的这些房间里面。同时,还请不要接触我们。隔离期不会持续很长时间,但为了双方的安全,我们需要对你们做一个全面的检查,包括对你们的总体健康状况进行检查。我们相信,在经历T星上发生的事情之后,你们会理解我们的考虑。"

飞船来客面面相觑,略感不安,有几个人看了看菲娅,然后才点头表示理解。

菲娅说:"死者和送医的都有谁?如果你们读取不了芯片信息的话,我们可以帮你们确认他们的身份。另外,可否告诉我们飞船和术赤怎么样了?他们从太阳那边出来了吗?"

她搞不清时间已经过去了多久,但是在他们坠落大气层、撞击海面、被打捞起来并带到这里的这一段时间里,飞船应该已经飞离太阳了吧。但事实并非如此。飞船如今的速度已经大大降低了,它正处于从地球前往金星轨道的途中。

他们获知脚下的这艘船长约两千米,上甲板高出水面200米,这艘船就像是一座浮岛,桅杆上的帆不时变化形状,头顶上的滑翔伞是那么高,看上去就像一个个小黑点,有的甚至根本就看不见(升这么高,想必就是为了捕捉喷流[1]吧)。风帆和滑翔伞牵引着这艘船缓缓前进。这艘船慢慢驶过波浪,就像是一个无根的小岛。海面上这样的浮岛有很多个,它们都不紧不慢地驶向不同的方向。船上的人将它称为"船上小镇",简称船镇。和其他的船上小镇一样,东方之珠号也是利用风力驱动,所以在太平洋和大西洋上的时候,它有时会自西向东环绕地球行驶,在抵达中纬度地区的时候,又会随风自东向西行驶。它也配有备用的电动发动机,这样就有了一定的逆风而行的能力,而且在微调航向的时候,也需要启动这个发动机。船员告诉他们,沿海城市码头附近

---

[1] 围绕地球的一条强而窄的高速气流带,集中在对流层顶或平流层。其水平长度达上万公里,宽数百公里,厚数公里。中心风速有时可达每小时200至300公里的偏西风,而且可以有一个或多个风速极大中心,具有强大的水平切变和垂直切变。——译注

的泊位也和这些船镇没什么两样。但是太阳系发送给飞船的通信信息从没有提到过这些事情。他们还得知，现在大多数的沿海城市都是新出现的，与他们离开太阳系的时候相比，现在的海平面升高了24米。所以很多地方都发生了变化。通信信息也没有提到这些变化。

他们的活动区域仅限于上层的房间，从这个地方俯视船镇最高一层的甲板，那甲板看起来就像是一座空中花园。朝着一望无际的海面眺望过去，他们觉得自己的视野可以延伸到一百公里之外。地平线上覆盖着云朵，日出和日落的时候，云朵尤其瑰丽，有时候是橙色的，有时候是粉色的，有时候两种颜色都有。在晨曦初现或余晖将要落尽的时候，云朵则呈暗淡的紫色。有时候，在蔚蓝的天空和大海之间会笼罩上一层发白的迷雾，有时候视野尽头的地平线又会变得十分清晰。啊，这就是地球，她是如此广袤！菲娅还是无法直视地球，即便是坐在床边的椅子上，她还是觉得自己摇摇欲坠，她只觉得有一只无形的手揪住了自己的肠胃，让自己感觉恶心欲呕。无法面对地球，这让她感到很恐慌。在极光星上的时候，她就没有这种感觉。当然，她当时只不过是透过屏幕看极光星，看见的都是缩小版的画面。她也试着把这扇窗户想象成是一个屏幕，一个巨大的屏幕，想象自己就像童年的夜晚那样，透过电脑屏幕观看地球传过来的画面。可是，这并不是屏幕，它和屏幕不一样，它让她觉得自己还身处梦境，梦中正常的空间突然发生扭曲，发出令人恐惧的白光。这种恐惧感让她觉得无可遁形。她离开窗口，推着助步车走过走廊，回到自己的卧室里，但恐惧感还是如影随形。发现自己在害怕，她更是感到一阵战栗。这种恐惧感让她不寒而栗。

根据重力加速度的定义，地球的重力加速度为1g。但是飞船来客发现在返回地球的行程中，他们大多数时间都生活在1.1g左右的环境中,他们带回来的电脑也显示同样的记录。飞船为什么要这么做?他们从记录里找不到答案。

菲娅对巴丁说:"它这么设,肯定是为了保证我们在回到地球的时候,不会觉得身体过重。"

"是的,有可能,我也是这么觉得。但我还在想,发生68年事件的时候,人们是不是对程序做了一些改动,让飞船在设置重力加速度的时候,找不到参照,所以重设的数值出现了一些偏差。等它飞出太阳的时候可以问一下。"

啊!这就是她感到恐惧的原因。或许让她害怕的原因有很多个,但是让她如坐针毡的,正是这个原因。"它到太阳了没?"

"差不多了。"

不管这里的环境是不是比1g轻,反正巴丁身上是出现了一些变化。他说,这是身处地球给他带来的变化。他开玩笑说,在这个世界里,在这个真实的世界里,他们身体的氧化速度变得更快了。他变得更加迟钝,更加僵硬。菲娅对此表示担心,他却说道:"但你也该想想,我现在都快245岁了。"

"亲爱的,不要这么说!真要这么说的话,我们都算是老妖怪了。别忘了,有150年的时间,您都是在睡觉。"

"睡觉啊,是的。但那些年要怎么算?我们平时说年龄的时候,不也要把睡觉的时间算进来吗?我们又不可能说,我活了60年,并且睡了20年。我们只会说,我80岁了。"

"您就是八十岁啊,身体还很健康呢。看上去和五十岁也没什么差别。"

巴丁笑了笑,他看上去很高兴,或许是因为这个谎话,或许是因为菲娅为了哄她开心而睁眼说瞎话的样子。

飞船已经抵达太阳,菲娅感到愈加心慌,她让看护人员把所有的相关信息都传给他们看。看护人员将画面传到一个大房间的巨型屏幕上,这样所有想看飞船的人都能过来看。有些人觉得无法和大家一起面对这个画面,但大部分人都来了,而没过几分钟,那些说要独处的人、要和家人待在一起的人也都过来了。房间的灯都熄灭了,大家在黑暗中观看屏幕上的画面。气氛凝滞,让人觉得喘不过气来。

经过过滤,画面上的太阳变成了普通的橙色球体,上面零星地分布着一些黑色的太阳斑。屏幕上的画面跳动着,太阳斑变到了别的位置。根据预测,从进入太阳到从太阳的另一面飞出来,飞船需要的时间是三天多一点,现在这时刻马上就要到了。他们静静地坐着,时间是凝固了还是在继续流逝,他们完全感觉不到。这感觉或许跟冬眠差不多,或许他们现在已经可以自动进入冬眠状态。谁也没注意到时钟走过了几个刻度,谁也记不清他们等待了多久,大家都忘记了时间的流逝,但时间确实已经过去太久了。菲娅觉得自己摇摇欲坠,虽然她感觉不到船只的摇晃,但她觉得自己还是快要被晃倒了。很多人看上去也是同样的感觉。恶心欲呕的感觉又袭来,她最厌恶的就是这种感觉,比最尖锐的刺痛还厌恶。这是令人反胃的恐惧感。当人们离开这个房间的时候,步子都走不稳了。她也踉踉跄跄往门口走去,想要回到卧室。她感觉这种恐惧感一阵强过一阵地压迫着她,她想赶快离开,想要让时间过得快一点。

这时,一串小小的白色微粒出现在太阳的右侧边,就像是一颗碎裂的陨石,就像北极星发出的短暂微光。菲娅顿时摔倒在地。巴丁坐在她身旁,扶着她的手。身边都是她认识了一辈子的人,他们互相搀扶着,看上去都惊呆了。菲娅看着巴丁,巴丁摇摇头,说:"他们走了。"

菲娅慌不择路地逃开。

巴丁和阿拉姆悲伤地看着对方。术赤、飞船,还有所有的动物，都在烈焰中消失了。阿拉姆泪如雨下："可怜的术赤，我的孩子。"

看护人员对他们十分关心。他们告诉飞船乘客登陆车的计算机里存着10ZB的资料，里面或许包括完整的备份材料，或许还可以复制一个飞船的AI。

巴丁听了这些话，只是摇了摇头。"它是一个量子计算机，它的记录不可还原。"巴丁和气地解释道，就像是在向一个孩子宣告亲人死亡的消息。

一阵寒冷向菲娅袭来，她感到某种平静。这么多人都已经死了，但他们回来了，并第一次踏上故园，但她看出来了，这个地方并不是他们的家园。在这个大到超乎人们想象的世界里，他们永远都是一群背井离乡的人。确实，在这里，还是继续保持怀疑、继续隔绝自己的内心比较好吧。她感觉心跳突然顿了一下，但是，对外界的感知最后还是会回来的，即便隔绝内心，那也是隔绝不了多久的。

两三周后，他们的船镇在离香港不远的海面上下锚。香港是一个港口城市，面积有十几二十个生态圈加起来那么大，城市里面高楼林立，比飞船里最高的楼房都要高上不少，它们比轮辐还高，甚至比中脊都要高。这里的天空让人觉得很难保持透视感。他们到的时候正是多云的天气，遮天蔽日的灰色云层看上去就像是无边无际的屋顶，挡住了高处的世界。阿拉姆说这些云位于3000米高的空中，他和巴丁现在正忙着争论在多高的位置上才可以看到蓝天。

"你不就是说那是个穹顶嘛。"巴丁指出阿拉姆的意思。

"当然了，看上去确实像。"阿拉姆说，"至少我是这么觉得的。我知道，它是散射的阳光形成的，可你不觉得它看上去就像个固态的穹顶吗？我觉得就是这样。你看，它看上去多像一个穹顶啊！"

他和巴丁争执不下，最后俩人只能求助于手环里找到的一本书。这是一本古书，名字叫《室外光线和色彩的本质》，他们翻到《天穹的扁平化》一章仔细阅读。这本书证实阿拉姆的看法是对的，天空确实可以看成是一个穹顶。"看到没，"阿拉姆指着手环屏幕说，"人家说，肉眼观察的时候，会感觉头顶天空与观察者的距离比较小，而水平方向的天空与观察者的距离看上去比较大，观察者不同，观察时候的天气不一样，两者的差距在2—4倍不等。看明白了没？"

巴丁抬头，眼光穿过通道落在上甲板上。他和阿拉姆经常不顾暴露到环境的危险到那里散步。"明白了。"

"或许这也解释了为什么这些摩天大楼看起来会这么高。作者还说，我们一般会认为在水平方向和顶点位置之间的弧面上，中点和地面之间的夹角为45度，因为人们都觉得这个穹顶就是一个半圆形，但是穹顶沿垂直和水平方向延伸的距离不一样，弧面中点的位置也比想象的要低很多，要低12—25度。所以在我们看来，事物会显得比实际高度高。"

"好吧。但我还是觉得这些摩天大楼本来就高得不可思议。"

"也是，但是我们眼中的楼比它们的实际高度还要高。"

"能不能示范一下？"

他们抹上防晒霜，戴上帽子、太阳镜，来到船镇的露天甲板上，他们沿着甲板转圈，时而用手指着天空，时而看着手环屏幕说话。来到这个新世界里，他们似乎适应得很不错，对飞船和术赤都已经逝去了的现实，他们都接受得很平静。而菲娅却还是处于深深的打击中，她甚至无法站到窗边去，甚至不忍朝着通往甲板的通道看上一眼。跟巴丁、阿拉姆一起去甲板上走走？想到这个念头,她都觉得双腿发软。她感觉自己的身体都被掏空了,内心像是被挖走了一块。

香港很多的建筑都立在湾区的水面上,这想必也是海平面大幅上升造成的结果之一。有些飞船来客说他们似乎在地球发送的消息中看到过这些信息,但现在那些信息里描述的情景突然变得近在咫尺。一条条河道穿过邻水的高楼,又长又窄的船只轻快地驶过一座座楼房,只在身后留下一道道涟漪以及做饭时油烟的味道。天空中时而传来海鸥的鸣叫。空气又湿又热,还泛着腥味。要是飞船里的热带生态圈变得像这里一样热、一样潮湿,并且还泛着这种奇怪的味道的话,他们肯定要怀疑是哪个系统出问题了。

摩天大楼后面是绿色的小山,山上也处处都是楼房。他们离开船镇,进入一艘狭长的摆渡车里。在转移的过程中,他们的眼睛还是不停地打量着周围壮观的景象。这种感觉,就像是坐着有轨电车从一个生态圈来到另一个生态圈。他们并不需要走出船镇再进入摆渡车,但刚开始的时候,菲娅以为他们得先出去,还为此感到一阵惊慌。看到她行走不便,看护人员给她带来一双过膝靴,它可以更好地支撑她的双脚,帮助她保持平衡。穿上靴子,她的双脚还是没有知觉,但是靴子似乎能判断她想要往哪走,所以只要注意一点,她就能走得很平稳了。

他们穿过一条管状的通道(和飞船轮辐的内壁有点像)进入一个电梯轿厢,随后他们又来到一个房间里。房间距离下方的海湾几百米高,一侧连接着另一个露天甲板。他们就像是来到了空中,头顶上方不远处飘过来几朵低云。巴丁将这里称为"海洋层"。

飞船来客来到露天甲板上,好多人都觉得自己站立不稳,也有很多人泪流满面、放声大哭,还有很多人忍不住躲回房间寻求庇护。菲娅靠在电梯旁边。其他乘客看到她,纷纷过来拥抱她。招待他们的人中,有些在微笑,也有些在流泪,看到这些从未到过室外的飞船来客在努力适应外部环境,他们可能也觉得深受触动。

翻译机里传来的一个声音说,他们就像是在羊圈里关了一冬天的羊,在春天来临的时候突然被放出来了一般。

好多人觉得双脚都迈不开了。同样的声音又开口了:"快点,把他们扶进来,这样子会出人命的。"

这个声音带着地球特有的口音,英语说得有点刺耳,带有很多起伏的音调。巴丁说,这个人说英语就和说中文一样,要听懂有点困难。

菲娅满心尴尬和挫败感,她满脸通红,忍不住哭了出来。她挣开身边的人群,蹒跚地走到露天甲板上,但她的眼睛还是不太敢睁开,只敢眯出小小的一条缝。感到有点目眩头晕,她赶紧来到一堵齐胸高的墙边。扶着墙上的栏杆,她就像是溺水的人抓住了救命的绳索。

她站在风中,睁开眼睛看着四周,只觉得身体里空洞洞的,像是要垮塌了一般。炽热的阳光透过头顶低矮的云照射在她的脸上。

翻译机里的声音说,这是一片鱼鳞云,云朵纵横交错分布的图案很美,明天会下小雨。

"我的天啊!"是谁在不停地感叹?很快,她就发现,这个声音来自她自己。她伸出一只手捂住自己的嘴巴,另一只手还是抓着墙上的栏杆。眼前的视野如此开阔,她都不知道应该把视线投向哪里。她闭上眼睛,双手紧紧扒着栏杆。只有闭上眼睛,才能抑制住想吐的感觉。她觉得自己得马上回房间去,可是又害怕得迈不开脚,因为她会摔倒,会惊慌绝望地爬回去,每个人都会看到她的惨状。所以她不敢动,只是低下头,将前额靠在栏杆上,试着让自己放松一点。

一双手扶上她的肩膀,那是巴丁的手。"没事了,没事了。"

"不。"

过了一会儿,她又说:"要是黛薇能看到这一幕多好啊!她肯定会比我更喜欢这里。"

"是啊。"

巴丁在她身边坐了下来。他坐在甲板上,背靠着这堵墙,微仰着脸看着天空。"是啊,她肯定会喜欢这里。"

"这里多么大啊!"

"是啊。"

"我觉得我可能要病了。"

"是不是太靠边了,你要不要走进来一点?"

"还动不了。看看眼前的这些……"她抬手指着面前的海湾、海面、小山、四周由摩天大楼构成的城市、穿过云朵照射过来的阳光,说,"就眼前这些,就现在看到的这些,就比整艘飞船都要大!"

"你说得对。"

"我不敢相信!"

"要相信。"

"我们以前就是活在玩具屋里。"

"是的。现在有没有感觉好点?他们也只能造那么小的飞船,要不就没办法加速到星际航行的速度。速度才是他们要解决的主要问题。所以他们也尽力了。"

"他们居然觉得这没什么问题,简直是难以置信!"

"好吧,有一次你跟黛薇说你想住在自己的玩具屋里面,然后她说你已经住在里面了。你还记得吗?"

"不记得了。"

"可是,她一直都记得。她当时还很生气。"

"噢，想起来了！那一次她可生气了！"

巴丁笑了，菲娅靠着墙壁滑下来，坐在他的身边，也笑了。

巴丁把手伸到太阳镜下方，抹去了眼角的泪水。"是啊！"他说，"她就是那么爱生气。"

"可不是吗？我好像从来都不理解她的脾气为什么那么臭，现在才明白了。"

巴丁点点头。他的双手还是捂着眼睛。"她自己也不太明白。她从来没见过这样的世界，所以她总也不明白。但现在我们明白了。我觉得很高兴，她也会为我们高兴的。"

菲娅试着在脑海中还原出她的音容笑貌。在她的记忆中，黛薇的形象还很清晰，她的声音似乎还在她的耳边回荡。哦，还有飞船的声音、尤安的声音、术赤的声音、所有死去的朋友的声音。她似乎听到了尤安在极光星的大风中欢笑的声音。她伸出手，抓住墙上的栏杆，爬起身来，俯视着脚下的城市。她要把握美好的生活。可是，为什么想要呕吐的感觉还是这么强烈？

他们登上去北京的列车。列车由两列长长的车厢组成，就像是两个经由通道连在一起的生态圈一般。他们坐在上层车厢里，座位宽敞而又柔软。窗外的房子、天上的穹顶、外面的大地在他们身边不断后退。掠过山地，掠过平原，掠过绿野，掠过荒原，他们飞速地前进。

有人惊叹道："我们从没有跑得这么快过！"确实，列车以令人惊叹的速度飞驰在大地上。接待人员告诉他们，列车的时速高达500千米。阿拉姆和巴丁悄悄地讨论着什么，阿拉姆笑了一下，摇了摇头，然后巴丁笑了一声，对着其他人说："过去绝大部分时间里，我们的速度可比这要快100万倍呢！"

大家齐声喝彩，为那疯狂的时代欢呼。

列车在广袤得令人难以想象的大地上飞驰。夕阳西下时，他们看到了从没见过的血红色落日，黑色的地平线上方，天空呈现不同的颜色，在最靠近地平线的地方，是柠檬黄色的，再往上，先是绿色，接着又变成蓝色（有人说那应该是青蓝色），再往高处，则是覆盖在整个穹顶上的靛蓝色。在西方略显暗淡的天空中，紫红色的彩霞就像是一团团燃烧的火。这些浓烈而纯粹的颜色布满天空，但是接待他们的地球人却对此视若无睹，这些人都在观看手环上的屏幕，那上面有时候会出现飞船来客的画面。

飞船来客也可以翻动屏幕，看看别人是怎么评价自己的。但是这么做只会自取烦恼，因为他们看到的、听到的，很多都是对他们充满厌恶、蔑视、愤怒和暴力的情绪。显然，对很多人来说，他们都是懦夫、叛徒。他们背叛了历史，背叛了人类，背叛了进化，也背叛了宇宙本身。宇宙怎么能知道它自己的存在？意识怎么可能延伸到宇宙的范围？不管，反正他们不仅仅辜负了人性，也辜负了宇宙！

菲娅关闭自己的手环。"为什么？"她问巴丁，"他们为什么这么仇恨我们？"

巴丁耸耸肩。他自己也感觉困惑不已："人各有志。你知道吗，人其实都活在自己的观念里。而正是这些迥异的观念，让人变得各不相同。"

"这不仅仅是跟观念相关，"菲娅不同意巴丁的看法，她指着不断下沉的落日说，"这个世界，可不是由我们的观念形成的。"

"对某些人来说，它也是由观念形成的。除了自己的观念，他们或许一无所有，所以他们将自己拥有的一切都解释成观念。"

她摇摇头，还是感到满心惶然。"我不喜欢那样，我也不喜欢成为那样的人。"她指着别人手环屏幕上的愤怒面孔，那些狰狞的面孔还在不断地口吐脏言，宣泄着他们的憎恨。"他们还是离我们远点好。"

"他们很快就会把我们忘得一干二净。现在他们对我们还充满新鲜感,但别的新鲜事物很快就会出现。他们喜欢新鲜事,就是因为那可以点燃他们内心的火焰。"

阿拉姆也听到他们的谈话,他皱了皱眉头,不知道是同意还是不同意。

北京到了,接待人员将他们带到一座方方正正的大楼里,这大楼有两三个生态圈加起来那么大,他们称之为复合式建筑物。大楼围绕一个中庭而建,中庭地面都经过硬化,上面零星点缀着几棵矮矮的树。大楼一侧的房间就能够容下所有的飞船来客,按这么算的话,整座楼大概能容纳四五千人,而这仅仅是一座楼的承载能力,这样的楼在这个城市里还有无数座。这个城市又是如此巨大!站在城市里面朝四面望去,目光所及之处,全是一望无际的高楼。当时,列车在靠近城市郊区的时候就开始减速,从郊外到市区就走了四个小时。

第二天,很多人都去天安门广场参观,但是菲娅没有去。第三天,他们参观了中国古代的皇宫紫禁城,菲娅还是没去。跟她一样无法面对外面世界的人还有很多。参观的人回来后,告诉其他人那些建筑是如何古雅而又修旧如新,所以他们很难将它当作一件死物对待。菲娅希望自己也能亲眼看看那些事物。

中方接待人员说的是英语,他们看上去很高兴能接待这些飞船来客。在看多了屏幕上恶意的面孔之后,这种愉快的面孔让来客安心不少。中国人很为自己的城市骄傲,他们也想让飞船来客喜欢他们的城市。这里的云层和黄色的雾霾让空气变得更为厚重,对菲娅来说,这里的天空看上去不会那么充满压迫感。她一直待在自己的房间里,自欺欺人地将外面的世界想象成一个大房间,或者想象自己身边的世界不过是一个全息投影。也许她能一直坚持这种想象。她觉得这已经是最糟糕的情况了。她还是待在房间里不敢出去,也不敢走到窗边往外看。

接下来几天,有几名远航者(这是中国人对他们的称呼)崩溃了,有的是身体问题,有的是心理问题,不知道这二者有什么区别。参观计划因此突然取消,他们被转移到某个医疗机构去。这个医疗机构几乎和原来的复合式建筑物一样大,里面没什么人,不知道是平时就这样,还是因为他们的到来而专门腾了出来,这很难说。接待人员很少对他们解释什么,有人甚至怀疑自己是不是变成了棋类游戏中的卒子,只能任人操纵,也有人对外面的事情一概不予理会。他们的内心变得支离破碎。中方接待人员很为这些来客担心,所以他们想要给所有人都做个检查。在着陆之后,已经有四个人去世了;很多人落下残疾,有些是冬眠致残,有些是在着陆过程中受伤;还有更多的人则因为这样或那样的原因无法适应地球的新生活。悲伤的面孔,恐惧的面孔,这些都是她认识了一辈子的人,除了这些人,她也不认识别的什么人了,这些都是她的人民。这些悲伤、恐惧并不是菲娅臆想出来的,她自己也被深深的悲伤笼罩着。

"这是怎么回事?"她对着巴丁问道,"我们怎么啦?我们不是成功了吗?"

巴丁耸耸肩,说:"我们只是被放逐到这里的人。飞船已经没了,而这里并不是我们的世界。我们拥有的只有彼此,这种感觉并不能给我们带来多少幸福感和安全感。所以走到外面才会让人觉得如此害怕。"

"我知道。我算是情况最糟糕的一个了。"她不得不承认这一点,"但我并不想这样!我会去适应它!"

"你可以的,"巴丁说,"只要你愿意,就一定可以。"

但是,当她朝着窗户走去的时候,当她朝着大门走去的时候,她的心脏就开始怦怦直跳,就像是要蹦出她的胸膛一般。苍穹！云朵！让人无法呼吸的太阳！她咬紧牙关，朝着窗户大步迈去，将脸贴在玻璃上往外看。她双手捂着心口，看着外面的世界。渐渐地，她的脉搏变缓了，内心从未如此平静过。

日子一天天过去，他们只能互相抱团取暖。

虽然阿拉姆和巴丁依然在担心一些菲娅不太理解的事情，但他们俩也只能坐着看屏幕上的信息，聊着看到的一切，密切地观察着自己的伙伴。如果大家都像他们俩这样就好了。从他们苍老的面孔上可以看出，他们就像在享受一个探险，他们似乎对此甘之如饴，但这愉悦之下，他们依然对地球生活深感惊讶。看到他们惊讶的表情，菲娅才觉得自己没那么糟糕。她坐在巴丁的脚边，把脸贴在巴丁干瘦的胳膊上，抬头看着他，试着让自己放松下来。

两个老家伙经常把自己看到的东西读给对方听，就像当年在风浪镇那样。啊，那是多么美好的一个小镇啊！一天，阿拉姆看着手环上的信息，轻笑着对巴丁说："哎，你听听这个，亚历山大城一个希腊人写的诗，作者卡瓦菲[1]：

你曾经说：我要去另一个国度，另一个海滨，
寻找一个比这个好点儿的城市。
可无论我怎样尝试，命中注定只会搞错，
我的心也被埋葬，就像那些死去的东西。
要用多长时间，我才能让我的思想在这地方腐烂。

下面几句意思也差不多，跟我们熟悉的那首老歌很像。那首歌怎么唱来着的？'只有去往他乡，我才能获得幸福'。接着，诗

---

[1] 康斯坦丁·卡瓦菲：20世纪初期希腊大诗人、现代希腊诗歌的创始人之一，生于埃及的亚历山大城。——译注

人是这么回答这位可怜的朋友的:

> 你不会寻找到一个新的国家,也不会找到另一片海岸,
> 你将在这个城市里终老至死。不要对别处的事物心怀希望:
> 没有为你准备的船,也没有属于你的道路。
> 现在你在这小小的角落里荒废了你的生命,
> 你也就在世界的任何地方毁灭了它。"[1]

巴丁笑着点点头。"我记得这首诗,有一次我还给黛薇读过,想劝她不要把所有的希望都寄托在极光星上,不要想着到了极光星后再开始好好生活。那时候我们还很年轻,她听了可气得不轻,真的。不过,我觉得这个译文还不够味,有没有别的版本?"他点了点一面屏幕,那是接待人员留给他们用的。

"找到了。"他说道,"看来我没记错。我是在一次四重唱里面听过这个版本。这是另一个版本:

> 你说:我要去另一个国家,我将去另一片大海,
> 另一座城市,比这更好的城市,将被发现。
> 我的每一项努力都是对命运的谴责;
> 而我的心被埋葬了,像一具尸体。
> 在这座荒原上,我的神思还要坚持多久?

看,是不是更有韵味?"
"不觉得很喜欢。"阿拉姆说。

---

[1] 张祈译。——译注

"确实,但意思是一样的,妙的是后面这一部分:

> 你会发现没有新的土地,你会发现没有别的大海。
> 你将到达的永远是同一座城市,别指望还有他乡。
> 没有渡载你的船,没有供你行走的路。
> 你既已毁掉你的生活,在这小小的角落,
> 你便已毁掉了它,在整个世界。"[1]

阿拉姆点头:"确实不错。"

他们又翻了一会儿屏幕,默默地诵读着。阿拉姆说:"你看,我又找到了另一个版本,你听听最后这几句:

> 既如今你的心灵已被囚禁,
> 只能在铁窗后残度余生,
> 你就已在整个世界里毁坏了它,
> 逃到火星又如何?"

"这个有意思!"巴丁说,"没错,这就是我们的写照了。我们可不就是盖了个监狱把自己关起来了。"

"太可怕了!"菲娅抗议道,"有什么意思啊!快别说了!又不是我们自己关起来的!我们是被迫出生在监狱里!"

"我们已经离开那里了。"巴丁把脸凑到她面前说。她还是像往常那样坐在他脚边。"不管我们去往何方,我们永远都是我们。我觉得这就是这首诗的意思。我们必须认识这一点,然后尽自己最大的努力生活。这个世界虽然很大,但也只不过是一个新的生

---

[1] 西川译。——译注

态圈，我们要学会在这里生存。"

菲娅说："我知道，这个我明白，不用你说我也明白。但是，你也别怪我们。黛薇说得对，我们过去都是在狗屁的笼子里生活。就像是在我们还小的时候，就有一个疯子把我们抓了起来，关在一个与世隔绝的地方一样。既然我们已经出来了，我就决定要好好享受这个世界。"

巴丁点点头，温柔地看着她，眼中泛着光芒。"好闺女！你一定可以做到的。你也要教别人这么做！"

"好。"

在说这些话的时候，她的胃还是会感到一阵翻腾。令人难以忍受的太阳、令人目眩的天空、恐慌带来的恶心感，这些要如何面对？在这样的天空下，拖着这样不灵便的双腿，怀着这样一颗恐惧的心，要如何前进？巴丁搂着她的肩膀，看着她的脸。她将脸紧紧地贴在巴丁的膝盖上，双眼留下泪水。他已经这么苍老了，他衰老的速度是这么快，她甚至可以看见他一刻比一刻更苍老，她实在无法承受失去他的痛苦。那么多人都已经离她而去了，如果连他也走了……想到这，她就感到恐惧不已。这种铺天盖地而来的恐惧感让她更是害怕。

中方人员给菲娅配了一双新的过膝靴，这双靴子可以读取神经系统的信号，将之转换为行走命令，穿上它，她想怎么走都可以，跟双脚完好的时候一样，就好像是她的脚神经被转移到了靴子上，而她的双脚则变成了毫无知觉的鞋子。她需要一段时间才能适应这种变化，但这样子总比走路跟跟跄跄、随时会跌倒来得好，也比推着助步车或者扒着栏杆走路好。她穿着新靴子四处走动，让自己尽快适应新的行走方式。现在，她已经快要适应这里奇怪的1g重力了。

中方请他们派代表队参加一个会议，会议主题和飞船相关。阿拉姆和巴丁问菲娅是否愿意一同前去。他俩看上去有点担心，看起来他们也不太确定她是否能胜任这个任务。但是不管是从前在飞船上，还是现在，她总觉得他们每次都要拉上她，就是为了把她当作黛薇的替身，或者他们名义上的领袖，当作他们这群人的形象代言人。她也突然理解了为什么巴丁自己都不确定带她参会是好是坏，却还是要问她这个问题。"去吧。"她有点恼怒地说。没过一会儿，他们就登上了前往北美的航班。他们一行一共22人。在派人的时候，他们并没有像过去那样召开联合大会投票决定人选，而是采用强制摊派名额的方法。离开了原来的世界，他们现在都不知道要用什么办法来做决定，他们甚至连要做什么都不知道。或许以前开会的时候，飞船做的工作比他们想象的要多得多，谁知道是不是呢！但现在，没了飞船，他们也失去了方向。

菲娅时不时透过火箭飞机的小窗口往下看，她看到蓝色而广袤的世界在下方不断地后退，人们告诉她那就是北冰洋。地球就是一个水球，从这一点看，它和极光星完全不一样。或许正是因为这个不同，她心底涌起的恐惧感才变得更加强烈；或许她的恐惧感是来自会议的主题，当她想起那些在屏幕上评论他们的人，想起之前发生的种种事情的时候，她就会对这个话题感到害怕。中方招待人员承诺说，任何时候，只要他们想走，就会把他们带回其他远航者身边，他们还承诺只要远航者想要待在一起，那谁也不会把他们分开。中方人员说，他们现在是世界公民了，所以他们既是别国的公民，也是中国的公民，他们有权去自己想去的地方、做自己想做的事情。不论这些远航者将来想做什么工作，中国都会为他们提供永久的住所。中国人真是让人看不懂，不知道他们为什么要为远航者做这么多事情，但是在看到屏幕上的辱骂之后，这些善意让飞船来客不由自主地感到放心。就算变成他们棋盘上的卒子，也比面对辱骂、蔑视要来得好。

巴丁看上去有点疲惫，菲娅本希望他能留在北京，但巴丁拒绝了，他希望能参加会议，能帮上她的忙。北冰洋一望无际的深蓝色水面上泛着白色的波纹。他们飞行的速度看上去似乎很慢，但实际上人们告诉他们这架飞机比京港列车的速度至少要快六倍。想想也是，他们现在离地可有20千米，而不是20米啊。他们可以看到非常远的地方，地平线变得微微弯曲，他们再一次看到眼前这个世界是球形的。飞机越过北极朝南飞的时候，他们看到格陵兰岛就位于机身的左侧。这个岛和他们听说过的一样，上面并没有全部覆盖着绿植，而是有众多黑色的山峰，岛的中部是一大片白色的冰盖，冰盖中间有很多冰川融化形成的蓝色湖泊。多种地貌在这里交织在一起，你很难将之归为一种地形。继续往南飞，可以看到北美大陆东岸的下沉海岸线，蓝色的海水如同一道道手臂，深深地探入陆地的深处。从高处看，陆地就像是一片荒野。飞机高度渐渐降低，各种各样的建筑物重新出现在他们的视野里，在明媚的阳光下，建筑星罗棋布的城市看起来就像是一个玩具城。在由摩天大楼构成的城市森林旁边，飞机着陆了。

走过一个又一个地方，换乘一个又一个摆渡工具，他们终于进入这座城市。狭窄的街道和河道旁挤满了人，街道和河道两旁是高大的建筑。路上的人群都在围观他们的车辆，有些人嘴里叫喊着什么。这里的气氛和北京不一样，倒是和屏幕上看到的更像。这里的人都说着英语，虽然带着口音，但很容易就能听明白他们说的是什么。他们说的是远航者的母语，从这个角度看，似乎这里才算是他们的老家，可事实并非如此。这里的天空看起来比别处还要高。巴丁和阿拉姆正在议论这个问题，他们想要从书里的方程式中找出天空这么高的原因。他们抬头看着高楼大厦之间的天空，但他们忽略了一个事实：这里的天空高得让人心悸，并不是因为它看起来像个穹顶,而是因为它不是呈穹顶状。他们俩还是继续讨论这个话题,或许他们正是试图通过讨论来忘记恐惧的感觉。车辆穿过城市,头顶的云呈现有趣的图案,阿拉姆说这是人字纹云,在下午斜晖的照耀下,云朵显得分外美丽。它们压得很低,但也没有像香港的积雨云那么低。

"人字纹云和鱼鳞云的天气一样吗?"

"我不知道。"

巴丁和阿拉姆点击手环的屏幕,想要找到问题的答案。

他们走进一个房间,它的面积几乎有一个生态圈那么大。其实地球人待在室外的时间也不多,菲娅心想,或许他们自己也害怕外面。或许站在行星上面,站在大气层下方的室外空间,站在距离恒星这么近的地方,感到害怕才是正常的。或许每个人过去、现在、将来所做的一切,都是为了躲避这种恐惧感。或许他们探索其他恒星的举措,恰恰是这种恐惧感的表现。这种恐惧感依然紧紧地附着在她身上,每次靠近室外的时候,她都会感到胃里一阵翻腾。她觉得自己刚才的想法挺有道理。

她又走进一座大楼,穿过一个又一个房间,经过一条又一条走廊,跟一个又一个的陌生人说话,这里的人可真多啊!有些人别有目的地问她一些问题,想要诱导她说一些话。对这些人,她一律忽略,把注意力放在那些比较友好的面孔上,这些人会用眼神和她交流,而不是一直盯着他们自己的设备。

他们来到一个房间坐下。这应该是一个等候室,里面摆着几张桌子,上面有食物和饮料。他们很快就要公开露面了。

手环上传来中方接待人员的声音,对方告诉他们又有四名远航者因不明原因死亡,其中包括戴尔文。

她还没有搞明白阿拉姆、巴丁以及其他人在说什么,还没有弄清楚会议的目的,在还是满头雾水的情况下,就被带到一个被人群和摄像机团团围住的台上。台上有12个人，还有一个主持人负责提问。巴丁、阿拉姆、赫丝特和老陶护卫在她两旁。坐在座位上听其他人说了一会儿话，她渐渐明白了，那些人正在讨论最新的飞船发射计划。

她朝巴丁靠过去，对他耳语道："还要发射飞船吗？"

他点点头，眼睛一直没有离开说话的人。

这些人已经在小行星带上造好了原型机，他们现在计划尽可能多造一些小型飞船，搭载冬眠乘客分别前往宜居带里存在类地行星的100个恒星系，这些恒星的距离从27光年到300光年不等，乘客在途中将全程保持冬眠状态。人类探测器已经抵达其中几个星系，而且很快就会抵达另外几个星系，探测器发送回来的信息也陆续收到了，一切看起来都那么乐观。

介绍这个计划的人依次从旁边的座位上站起来，来到讲台上，介绍自己所负责的内容，他们身后的大屏幕上，画面不断切换着，介绍完毕后，他们又顺次回到自己的座位上。这些人都是白种男性，大都留着大胡子、穿着西装。主持人就站到舞台的边上，认真听他们的报告。他的脑袋微微地偏着，似乎是有点疑惑，他摸着自己的胡子，嘴上露出浅浅的笑。其他人每说一点，他都点点头，好像他早就料到他们要说什么，现在不过是对他们说的话表示赞同一样。他似乎对眼前事情的进展感到非常满意。又一个发言人讲完了，主持人站了起来，对听众说："你们看，我们会一直尝试，直到成功。这就是进化带来的压力之一。大家都知道，地球是人类的摇篮，但是人不能一直待在摇篮里面。"很明显，他对自己的这句格言很是满意。

他又邀请阿拉姆讲话，在做这种故作大方的邀请时，他那得意的微笑让他的脸显得分外扭曲，就好像是在说：朕准你说话。

阿拉姆站到讲台上，环视了一下听众。

"任何一艘飞船都不可能获得成功。"他突然开口,"有些人会支持这种计划,是因为你们忽视了现实的一个生物学问题。我们来自T星,我们比谁都明白这个问题。生态问题、生物问题、社会问题、心理问题,种种问题的存在,让我们根本实现不了这个梦想。物理学方面,人们已经解决了推进力的问题,这或许让你们充满了幻想,觉得其他问题也都能迎刃而解,但是物理问题都好解决,难办的是生态问题。就算你极力忽略它们,它们也不会消失,会一直存在于飞船乘客的身上。

"确实,你可以把一定规模的生态圈加速到某个速度,使之能穿越很长的距离,但关键是,这个生态圈的规模太小了,无法一直维持下去。宜居的行星距离我们太远了,它们和地球的差别太大了。其他行星要么已经孕育出了生命,要么根本就不存在生命。有生命的行星上自然会有土生土长的生物,而没有生命的行星又没办法很快完成地球化,殖民者根本就无法繁衍到地球化完成的那一天。只有找到一颗条件和地球一模一样、却又没有繁衍出生命的行星,这个计划才有实现的可能。或许宇宙中也存在这样的行星,毕竟银河系有那么大,但是它们和我们的距离也太远了。如果真有合适的行星,它们唯一的问题就是:它们是遥不可及的!"

阿拉姆停了一下,心情稍稍平静后,又伸手指着天空,用更冷静的语调说:"正因如此,你们才听不到来自那里的声音。正是因为这个原因,那里才如此寂静。那里肯定也有很多智慧生物,但就和我们一样,离开自己的母星他们就无法生存,因为生命是行星表现出来的特征,离开母星,谁也无法生存。"

"你什么意思?"主持人打断他的话头,歪着头问,"你们的经历充其量只能算是一个个案,怎能因此就质疑普遍的法则?这是一个逻辑错误。现在进入宇宙,根本就没有任何障碍。只要我们不断尝试，最终肯定会获得成功。这就是进化的冲动，生物的必然性，就像繁殖一样，都是生物的本能。蒲公英和蓟草的种子随风飘散，大多数的种子都不会活下来，但也有一部分可以落地生根。我们也应该和它们一样，即便只有百分之一能成，那就是成功！所以，对我们来说……"

菲娅站起身来，平衡了一下身子，以免自己在众人面前摔个大马趴。她大步迈过舞台，冲到主持人的面前，一拳把他击倒。她骑在他身上，挥舞着双拳，喉咙发出痛苦的怒吼声，她甚至不知道自己在说什么，不知道自己在怒吼。她一拳击中他的鼻子，太爽了！巴丁和阿拉姆一人抓住她的一只胳膊，她不敢做太多的动作，怕会伤到巴丁。其他人也围了过来，会场一片嘈杂的声音。巴丁冲她喊道："菲娅，别打了！菲娅，住手！住手！住手！别打了！别打了！"

会场陷入了骚动和混乱，巴丁紧紧地抱着她，不让她挣脱。阿拉姆在前头领路，另外几个人护着跟跟跄跄的她走下舞台，有个人站在门口想要拦下他们，不料阿拉姆突然朝他直冲过去，对他大声叱喝。那个人吓得跳到一边，让出了路。看到这个景象，菲娅也吓了一跳，好像终于回过神来了一般。如果有机会的话，她恨不得再狠狠地揍一顿刚才那个人，朝他那得意的脸再给上一拳，但是看到阿拉姆这么骂人，她还是觉得颇为震惊。她在巴丁的怀里扭动着，回头冲着会场继续吼着什么，不过，她依然不知道自己在吼什么，她只觉得自己想要尖叫，觉得自己五脏六腑都在嘶吼。

在那之后，他们陷入了麻烦，或者说是菲娅陷入了麻烦。其他远航者护着菲娅躲在一个房间里，要求获得外交豁免权。他们也不知道这么做是否合适，但这确实为他们争取了一些时间，因为当局也不太清楚接下来要怎么办。只要对方也不清楚要怎么办,那就有了讨价的余地。很明显,被打的那个人也无意提出正式起诉,他向大家保证说他相信菲娅一开始只是不小心摔倒,后来的行为他也能理解,可以归结于创伤后的应激障碍。当局也告诉远航者,在处理暴力威胁与攻击案件的时候,受害者的意愿并不是主要考量因素,所以考虑到他们的法律身份尚不明确,申请外交豁免或许是最佳的辩护方式。他们被当成外星人了?或者是别的什么身份?菲娅不太能接受这个主张。最后,他们终于允许外面派一个人进入他们的房间。而其他人则继续在门厅外面吵吵嚷嚷。

菲娅睡了好长一觉,把右手都压疼了,她终于后知后觉地感到有点惭愧,觉得自己有点疯狂,不过她不后悔自己给的那一拳。

门厅处的声音又一次平息了下来,阿拉姆对巴丁说,现在他们都变成不受欢迎的人了。

巴丁的脸看上去苍老无比,他时而握着菲娅的手,时而一个人抱着脑袋坐着。菲娅则坐在那,看着一扇窗户,她还是不敢离窗户靠得太近。

"你想干什么?"巴丁问道,"噢,算了吧,我知道你这么做的理由。他那人就是个傻瓜,太招人烦了。可是,菲娅你要知道,傻瓜到处都有,而且他们总是能吸引一批拥趸,那些人并不在乎他是个傻瓜。你明白吗?他们根本就不在乎。我们身边不可能没有傻瓜。你压根就不用去理他们,你走自己的路就好。"

"他们会害到别人!"菲娅抗议道。自从他们把她从那个人身上拉走之后,她就一直感觉不痛快,虽然此刻她心里也感到有点懊悔,但她老想着再补上最后一拳。"不是傻不傻的问题,这是病态的。您没听到他说的话吗?蒲公英的种子?送出去的人百分之九十九都会死掉,这就是他们的计划?他们会死得很惨,谁也逃不脱,孩子们、动物、飞船,全都会死,仅仅是为了某个人愚蠢的念头，虚幻的梦想？为什么呢？为什么要做这样的梦呢？他们为什么要这样呢？"

"他们就活在那样的观念里。"巴丁说，"你阻止不了他们。我们都活在自己的观念里。你无法阻止那些人拥有自己的观念。"

"他们会把自己和别人一起杀死。"

"我知道，我知道。历史不一直是那个样子吗？但你想想，人们都是自愿报名上飞船的，有人想上还上不了呢。"

"但他们的后代可没有自愿报名！"

"你说得对。但是要不要阻止他们，并不关我们的事。"

"不关我们的事？您确定？"

巴丁露出迟疑的表情。巴丁虽然不太愿意，但也不得不承认她的看法才是对的，作为那些疯狂计划的幸存者，他们有义务做一个见证者。

她摇摇头，看着巴丁，就像之前很多次那样，引诱他同意自己。"难道相信优生学的人都是傻瓜吗？我觉得我们要试着阻止他们！"

巴丁久久地看着她。他看上去是那么苍老，她甚至记不得当自己还是个孩童的时候，他长的是什么模样了。

"好吧，"巴丁终于开口，"你妈妈肯定会为你骄傲的。"他哽咽了好久，继续说道："你……你让我想起了她。看到你这样，我好像有点开心，又有点不开心。我不想让你出事，不想你因为做一些注定失败的事儿丧命。这是因为，你看啊，你拦不住别人追求自己的目标、自己的梦想。就算他们的梦想很疯狂，不可能成功，你也拦不住。如果他们自己想要做什么事，他们肯定不会罢手。当然，他们的后代会因此而遭殃。我们可以把这一点指出来，这是我们要做的。但是要阻止这些人，需要所有人的努力。要让他们看到这个想法是不可行的，要让所有人都放弃这个想法,这样他们才会罢手。这需要很长的时间。另外,你听我说,要记住,伤敌一千,自损八百,你都已经是个半残疾了,不要太逞强了。"

他们要离开市区,阿拉姆设法联系了一架回北京的飞机。中国人显然不认同要把菲娅和巴丁当作犯人引渡回去。有些人说菲娅和巴丁不过是在自由地表达自己的言论,他们谴责美方的行为是在剥夺言论自由。他们说在不携带武器的情况下,动手维护自己的观点也无妨,这是当事人双方的事,与他人何干。

听了这些说辞,巴丁只是摇了摇头,但他什么也没说。

之后,屏幕上的画面以及发送给他们的信息中,出现了一些支持菲娅的人。支持者可不止一两个,有很多。甚至可以说,支持他们的信息如潮水般地涌进来。地球上自称为"地球优先派"[1]的人有很多。看起来,离开地球进入太阳系,甚至是离开太阳系的人(一般都是富人)早就引起众怒了。但直到现在,这些地球优先派才开始关注这群失败的远航者。

"所以说,现在有不少人在支持我了?"菲娅问,"他们本来还挺讨厌我的,然后我打了一个人,他们就喜欢我了?"

"讨厌你和喜欢你的又不是同一群人。"巴丁皱着眉头指出这一点,"也有可能是同一群人,我又分不清他们谁是谁,但是,这就是地球,我一直都想要让你明白这一点,在地球上,就是这么任性。"

"我不喜欢这个地方。"

---

[1] 地球优先是1979年在美国西南部兴起的一个激进的环境主义主张团体。他们倡导生态中心主义的世界观,将生态正义与社会公平视为同一物,混以无畏的行动和真正的激进主义,将地球优先的理想传至其他国家。一群行动主义者发誓:"保卫地球母亲,决不妥协!"——译注

巴丁摇摇头，说："你讨厌的是这里的人。地球和地球人，二者不可一概而论。再说了，也不是每个人都讨厌。"

阿拉姆听着父女俩的对话，接着对菲娅说："既如今你的心灵已被囚禁，只能在铁窗后残度余生，你就已在整个世界里毁坏了它。"

"管他丫的，那我们就去火星呗！"菲娅咕哝道，这首诗就像是一根刺扎进她的心里。

"肯定不行啊！"巴丁摇了摇食指说，"火星上的人也只能待在自己的房子里生活，比飞船上好不了多少。那地方跟极光星没什么两样。只不过在火星上，威胁人们的是化学问题，而极光星上，则是生物问题。或许将来他们能改善那里的土壤，但短期内肯定是不行了。至少要几百年吧！所以说，没法子了，我们只能尽量适应这里。"

在他们离开后发生冲突的这一小段时间里，又有6个人死去。死者包括一位名叫菲尔的少年，他和一个反对他们回到地球的人发生斗殴，并因此而死。给这6个人开过追悼会后，阿拉姆给巴丁讲了沙克尔顿的故事。在一次南极探险发生灾难之后，沙克尔顿带领着所有船员安全回到家，可在那之后，他只能眼睁睁地看着自己的船员被送到第一次世界大战的战场上，并眼睁睁地看着他们一个个死于非命。

菲娅本来就觉得自己想要和人大干一场，听了这个凄惨的事故，她内心更是怒火中烧。"我们该怎么办？"她冲着他们喊道，"我受不了了！什么都做不了，就这么一个一个地死去！不！不！我们必须做点什么。我不知道该做什么，但总要做一些事情，做一些事情改变这个地方，一些就好！我们该怎么办？"

巴丁艰难地点点头。他苍老的面孔上露出沧桑的表情，这是菲娅从小就很熟悉的表情：每当他想要安抚黛薇，为她做一些事情的时候，他就会这样紧绷着嘴角、皱着眉头。他的妻子是个暴躁的战士，而他需要安抚她。这种表情具有多重的意味：说明他在处理问题的时候，是满怀着兴致、爱意、担心、烦恼、骄傲的感情。而现在，他面对着的问题，跟当年或许有点相似。可是，菲娅实在太愤怒了，她不能感受到他的宽慰。他看着的人不是黛薇，而是她。可是对她来说，知道巴丁所爱的、想帮助的是一个理想化的人，一个黛薇的替身，这个想法并不好接受。不，需要爱和帮助的并不是她，而是所有人，所有的远航者。不，去他妈的！他们需要找到活下去的路，需要做一些事情，否则他们什么都不是，只会是一群来自太空的怪胎，只会一个又一个地死于"地球休克"。

"地球休克"这个名字是土星和木星太空站上的人取的。那些人从太空中返回地球，以获取一些细菌或类似的东西，他们将之称为"休假"。回到地球生一点小毛病，然后就能更好地活下去，但是对他们来说，这个经历是很艰难的，他们经常会出现所谓的"地球休克"现象，甚至有人因此而死。有些土星人还提出要给这些远航者一些帮助，帮他们适应新的环境，地球优先派也提出过类似的帮助。阿拉姆评论说，你可以把两边的帮助结合起来用。土星人也算是怪胎了！所以说，愿意帮助远航者的也只有怪胎了！

阿拉姆开始研究太空人采用的这种休假方式。生活在太阳系其他地方的人，如果不想死于非命的话（当然，这是谁也不想的），每隔几年就要回地球住一段时间。回地球居住以及在太空中存活更长的时间，二者之间存在令人费解的关系。不过，谁也无法拿自己的身体验证这个统计现象，因为你只有一条命，你不知道回地球与否对你的寿命到底有没有影响，况且一直待在太空中的人，也不一定每个人都会生病。只是说，对那些没有每隔五到十年就回地球待几个月到两三年的太空人来说，他们的平均寿命会比返回地球的人短一点。到底会短多少，人们对此尚存有争议，但是各个研究（阿拉姆觉得大部分相关研究都颇有说服力）结果都差不多，他们认为如果太空人能回地球休假，他们的寿命会提高20—30岁。虽说现在有些人可以活到两百岁高龄，但二三十年依然是很长的一段时间。回不回地球带来的差别太大了，大多数人都愿意遵守数据显示的结果，愿意安排一些时间，让自己回地球休假。相信数据，不要冒险，这是最安全的做法。

研究完这些资料后，阿拉姆指出，真正的人工智能是遥不可及的精算学目标，人类不可能看到它实现的那一天。不过AI统计得出的上述结论还是令人信服的。阿拉姆说，科学家衡量证据是否有效的标尺依然不变：是否有意义、是否有理、是否有说服力、是否有可能、是否令人信服。其中，最为重要的一个标尺就是：是否令人信服。要让人们心甘情愿地去做一件事情，首先要让他们相信它。只有看到有说服力的证据，人们才会采取行动。人人都想生存下去，所以人们才会采取地球休假这一行动。

对太空人来说，还有一个和休假相矛盾的严峻问题：地球休克。有些人回到地球的时候身体非常健康，但过后便没有任何征兆地死去。有时候，人们甚至连死因是什么都弄不清楚，当然，死因不明更是加深了他们对这种症状的畏惧。他们用不同的名称称呼这种症状：身体迅速衰竭、地球休克、地球过敏，等等，而这些名字也显示他们对这种现象知之甚少，他们不知道导致这种现象的原因是什么。还有人称之为大爆炸、癌症、衰竭、××症、××缺乏症，诸如此类，这种不知所谓的名称还有很多。

所以，按目前的情况看，返回地球的远航者在过去两百五十年左右的时间里都没有接受过"休假"，所以他们才会因为"地球休克"而一个个死去。虽说每个死者的具体死因都能查出来，但是刚回到地球没多久,这些病因就爆发出来,还是让人颇为怀疑。如果他们还在飞船上,不管是不是处于冬眠状态,发生这种情况的可能性都不会太大。不,肯定是发生了什么事情,找到原因,就能活下去,否则,他们只能灭亡。

与此同时,要在这个把菲娅吓得半死的疯狂星球上生活,她要怎么办?她要怎么办?她从未感到如此凄惨过。

一两周时间又过去了,悲剧还在发生,菲娅只觉得自己过得浑浑噩噩的。终于,巴丁来到她身边,告诉她"要怎么办"这个问题的答案。

"我们去沙滩上!"他高兴地向她宣布自己的答案。

"什么意思?"菲娅问道。

当然,地球上早就没有沙滩了。21世纪的时候,海平面开始出现不可逆转的上升,到了公元22、23世纪的时候,海平面已经上升了24米高,淹没了地球上所有的沙滩。在那之后,他们采取了一些措施降低地球气温,但是这些办法在降低海平面方面效果甚微,还需要几千年的时间才能取得明显的效果。是的,他们正在让地球"地球化"。考虑到已经形成的破坏,这种改变是必须的。现在是公元2910年,他们把这个地球化计划称为"五千年计划"。有些人说5000年时间也不够。甚至有人开玩笑说,他们可以跟火星人比赛,看谁能先完成地球化。

现在已经看不到沙滩了,昔日很多有名的岛屿都已经沉入海底,变成了传说中的地方,随之而去的还有美丽的小岛世界和岛上生活。百万年前,当最早的人类出现在非洲的南面和东面的时候,他们的生活和海洋是如此息息相关,可是现在,那种生活也早已无迹可循。潮湿的空气、金黄的沙滩、汹涌的波浪、咸咸的海水、明媚的阳光、悠闲的海滨生活,这一切都已一去不返。当然，同样消失的，还有很多东西，如动物、植物、鱼类。这就是物种大灭绝事件中的冰山一角，直到现在，人们依然不断抗争着，想要阻止、逃离这个变化。失去的永远都回不来了，而跟其他已经消失的东西相比，与曾经遭受的磨难、饥荒、死亡、物种灭绝相比，与已经灭绝的大部分哺乳动物相比，少数人失去他们的幸福生活，失去那种在海边生活、在沙滩上玩耍、在海里打渔、在水里乘风破浪、在阳光下享受日光浴的幸福生活，这种损失显得多么微不足道。

还是有人深深地热爱那种生活，很多人都在艺术作品、歌曲、绘画、故事中怀念它，它成了一种传说，代表逝去的黄金时代，在人们意识不到的地方，在人们的血液和泪水中不断荡漾着，伴随着人们DNA双链的解旋和复制而不断振荡着。

所以，也有人在努力重现那种生活。他们重新造就了沙滩。

这些人也属于地球优先派的一部分。地球优先派里面有热衷于保护环境的人，有憎恨太空的人，诸此种种。其中很多人不仅仅拒绝太空，还拒绝接受在地球上很受欢迎的虚拟空间、模拟宇宙空间、室内空间等。对地球优先派来说，生活在这类空间里的人实际上也是躲在飞船里，只不过这艘飞船并没有离开地球罢了，或者说这些人只不过是活在自己的屏幕或者头盔里面。

那么多的人从来不离开自己的房间，在菲娅看来，这些人实在是病得不轻。虽说在清醒的时间里，菲娅也总是躲在自己的窝里，但她觉得自己这个样子是有原因的。而那些人却是自己抛弃了自然的禀赋，他们是在浪费上天给予的天赋。想到这，她就恨得直咬牙，就忍不住想要走到窗户边，忍不住想要打开门走出去，希望自己颤抖的身体和恐惧的内心能够恢复平静，能够像正常的地球人那样走出去。她真的希望自己能变正常。在那想出去而又不敢出去的时刻，她感觉恐惧紧紧地掐住了自己的喉咙，她终于体会到有些事情，不管她自己是多么想做，依然还是无能为力。

这些沙滩爱好者想必是非常赞同她对地球的看法，他们与她或许拥有相似的灵魂。为了表达他们对逝去世界中海滩的热爱，他们重建了沙滩。

巴丁和阿拉姆回到住所，身边跟着一位身材矮小、肤色黝黑、白发苍苍的老妇人，菲娅着迷地听她讲述他们的计划。

"我们正在做一个地貌恢复的工作，我们称之为'沙滩回归'。这是一种景观艺术，一种游戏，或者说一种信仰……"她露齿而笑，耸了耸肩说道，"随便你怎么称呼它。为了恢复沙滩，我们改进并开发了几种技术和操作方法。刚开始改造时，用到的工具和材料有矿物、碎石、驳船、水泵、管道、铲子、推土机，等等。初始阶段可以算是重工业改造，当然，地貌恢复很多都是属于重工业改造。利用这些技术，我们在世界改造沙滩。改造过程中，需要和政府或者其他土地所有者沟通，获得改造的权利。最适宜的改造位置位于一些新的海岸线上。那些地方现在大部分都是荒地，或者说是潮间带。它们涨潮时候被水淹没，退潮时候又露出水面，"她又露齿一笑，说："改造起来还有点困难。"

他们点点头。菲娅问："那你们具体干的是什么？"

这位妇人继续解释说，他们在这些新的潮间带上建造沙滩，尽量建得和已经消失掉的沙滩一模一样。"我们把沙滩还原出来，就是这么简单。我们非常爱它。我们愿意为之献出生命。打造一个沙滩，需要二三十年的时间，所以视事情进展的情况，一个人一辈子只能参与三四个沙滩的建设。但是，这是一项充满信念的工作。"

"啊！"菲娅说。

老妇人继续说，这个工作非常辛苦，活很多，但是工人很缺。而现在，虽然远航者们都饱受争议、深陷麻烦，沙滩建造者们还是愿意接纳他们（或者说，正是因为远航者们饱受争议、深陷麻烦，他们才愿意接纳他们），以弥补自己人手的紧缺。

"我们都能去吗？"菲娅问，"我们可以不分开吗？"

"当然了。"老妇人说，"我们大约有10万人，我们把不同的工程队派到各个海岸线上。在工期最忙的阶段，每项工程需要3000—4000的人手。自己负责的工作干完后，有些人会去下一个工地继续干活，所以我们的生活有点像是在流浪，不过也有一部分人会留在自己建造的沙滩上不走。"

"所以说，你们会接纳我们？"巴丁问。

"是的，我来到这里就是为了告诉你们这个消息。我们做事情比较低调，你们要理解这一点。我们需要尽可能避免政治纠纷，所以我们没有大肆宣传我们的项目。你我之间的协议也需要低调进行，避免引起公众的注意。我想你们可以理解我们这么做的原因吧。"

她笑了笑，阿拉姆、巴丁、菲娅都点点头。

她继续说："你们看，所有事情会涉及一些政治因素，你们需要理解这一点。我们不喜欢宇航员，可以说，我们很多人都相当讨厌他们。他们认为地球只不过是人类的摇篮，当年正是这种理念把地球给搞垮了。现在，地球上很多人都意识到我们应该纠正这种看法。这是我们这一代、乃至未来几代人的任务。我们也看到了，你们正是他们所犯错误的受害者。我们也是花了很长时间才明白这一点。说实话，直到看到你揍那家伙的时候，我们才真正明白这一点。"她看到菲娅脸上吃惊的表情，哈哈大笑起来，又说："你别担心，这没什么大不了的。过去也有人因为用这样或那样的方式反抗那种狗屁观念而陷入麻烦，我们不也接受了他们嘛。所以说，再把500个无依无靠的人纳入我们的工程队，根本就不是个大问题。加入我们，你们就可以埋下头来做事情，尽自己的一份贡献。这样，我们的人手也充裕些，而你们也可以找到继续走下去的道路。"

菲娅试着消化她说的话。建造沙滩？恢复地貌？这真的办得到吗？他们会喜欢这项工作吗？

菲娅说："巴丁，您说，我会不会喜欢这个活儿？"

巴丁脸上露出他招牌式的微笑："会的，我觉得你会的。"

其他人对此并不太确定。老妇人离开后，他们陷入热烈的讨论。后来，对方邀请菲娅率领一支考察队去看看他们的工地，然后再作打算。

当然，这就意味着她必须走出门。

菲娅深吸了一口气。

"我去，"她说道，"没问题。"

考察队又登上飞机。这一次，中方接待人员似乎挺高兴他们能出去。他们经过一间间舱室和通道，换乘一艘艘飞机和一辆辆有轨电车、火车和汽车，走的路程比上一次要远得多。在地球上旅行和在飞船的轮辐里穿行并没什么两样，只不过这里的重力是稳定不变的。他们低调地走过一个又一个地方。在地球上，你走进某一道门，穿过不同形状的舱室（有会动的，也有不会动的），等你再走出大门的时候，你会发现自己已经到了地球的另一侧。这给人的感觉太奇怪了。从飞机的舷窗往外看，云层的下方是一个巨大的水球。菲娅下定决心要克服自己的恐惧感，让身体服从自己的意愿。这种恐惧感让她很是厌烦。有些时候，当你对自己感到厌烦的时候，你就会开始改变自己。

这处工地位于某块陆地的西海岸上。他们跟她讲过这个地方的名字，但她根本就记不住，因为她从没有听过这个地名。这里属于中纬度地区的地中海气候。黄色砂岩质的峭壁高高地矗立着，峭壁底下翻滚着白色的海浪。几条小河割裂峭壁弯弯曲曲的崖壁，在崖壁脚下形成几个入海口。他们告诉她，以前这些峭壁下方就是沙滩，那时候的沙滩非常大，当年汽车刚发明的时候，人们甚至还在潮湿而平坦的潮间带上赛过车。导游说，那时候，从峭壁底下走到海水里，要走一整个早上，才能穿过那片平坦的、厚厚的沙滩。他们还提到，现在在浅滩处，应该还有大量的沙子。这里的海底有一道巨大的峡谷，从岸边一直延伸到大陆架的边缘，一些向南流的洋流会把沙子带到那道峡谷里，但是，那道峡谷也只不过是一条水下河流，它裹着沙子一直流到深海平原上。人们可以用真空管道把这条"沙河"的水抽到驳船上，再用驳船把沙子拖到陆地上，倒在小河的入海口附近。

在新的潮汐线上，在新的入海口处，用过去的沙子打造新的沙滩。他们还从内陆运来巨大的花岗岩石块，有些扔到离岸不远的海水里，形成礁石景观，有些放在峭壁的底下，用来打造新的海岸，还有一些磨碎了，制造成新的沙子、卵石、砾石等，制成各种各样的石头放到沙滩上。他们需要混合使用多种矿石，这样造出的沙滩才够漂亮，才能持久不坏。每造一个沙滩，他们需要移动、安放的沙子和石头就要重达几百万吨之多。工人们的皮肤都被太阳晒得黑黝黝的，阳光和盐分让他们的头发变得焦黄，但是每个人的眼睛都放着光彩。导游说，想要告诉他们的事情太多了，说也说不完。

长途旅行让远航者疲惫不堪，他们得知这是时差原因，是地球自转产生的昼夜更替而带来的问题，他们正学着熟悉这种时间更替的节奏。参观过第一处海边工地之后，他们开着车沿着峭壁顶的一条路绕入海口而走，途中他们下了几次车看外面的景象（菲娅没有下车），最后，他们来到崖边的一个旅馆里。这个旅馆看上去像是一个小型的现代化会议中心，中间是一座主楼，旁边围着一些小平房。汽车在停车场里停了下来，菲娅钻出车门，来到旅馆大堂。办完手续后，她使尽全力控制住自己的恐惧感，快步冲进通道，慌乱地钻进分给她住的平房里。巴丁和阿拉姆就住在她隔壁的房间里。安顿好自己后，她透过敞开的房间门看到巴丁和阿拉姆已经悠闲地躺在屋外的躺椅上看大海，他们头顶上方有个突出物挡住了炽热的阳光。人们说，那个突出物叫作屋檐。

巴丁看到她，对她招呼道："菲娅，亲爱的，过来跟我们一起坐吧！试着走出来吧！"

"等一会儿，"她有点烦躁地说，"我还要收拾呢。"

从峭壁上方，他们可以看到远处的大海。蔚蓝的海面一片平坦，泛着微微的白光，这是多么宽阔的海面啊！巴丁和阿拉姆又研究起了光学现象。他们对这个现象十分着迷，他们迫不及待地想要看到日落时分的绿光。据说，在太阳完全落到地平线下方的前一刻，地球正好位于观察者和太阳的中间，这时绕过半个地球进入观察者眼中的阳光会发生折射，而地球的弧形表面就像是一面棱镜，将阳光分解成不同颜色的光束，其中蓝光的折射率比红光大，所以最后进入观察者眼中的阳光就是绿色的，据说那将会是一道纯净而鲜亮的翠绿色光芒。两人争论的焦点是，是什么原因让阳光发生折射，一个说是地球重力，一个说是大气层。"等等就知道了。"阿拉姆说。

巴丁表示同意："说来都奇怪，我们都这么一把年纪了，才第一次看到这个景象。"他又回过头，朝着菲娅招呼道："闺女，过来看绿光啊！"

"您才没有那么老！"菲娅说，"在飞船上，要说按年龄来排序，你顶多也就能排一百名左右。"

"那也是够老的了。不过我觉得，我现在应该排在十五名左右吧。别管它了，还是过来看日落吧。有人说，太阳落下去四分之三的时候，你就可以直视太阳了，不用担心看瞎眼睛。我提醒你啊,你可得抓紧点,这时间持续不了很久,不过也有足够的时间让你看到那道绿光了。"

菲娅站在面朝大海的双扇门内侧往外看,垂放在身边的双手紧紧地握着拳头。从这里的崖顶往外看,入海口就位于断崖的左侧,那里的海湾荡漾着波浪。几百年前,这里的河口还是一片沙滩,从断崖的这一侧一直延伸到那一侧,而现在,那里只剩下浪花拍打出来的白沫。人们正在做的,就是在两道断崖之间,在古代沙滩的上面,重新铺上一层沙滩。

斜阳碎落在冰冷的海面上,西面涌来的海浪无情地拍打在崖壁上。浪头不高,但在蔚蓝的水面上,一道道甚是分明,它们翻滚着朝岸边涌来。这个景象十分奇怪。在远方的地平线上,隆起一个模糊的灰色影子,那是一个岛屿,它矗立在海天相接的地方。浅蓝色的天,深蓝色的海,两者界限分明。在这样的黄昏里,一切都被衬托得那么冰冷、幽暗。轻柔的向岸风裹着盐分吹进菲娅的房间,海鸥低着头、歪着脑袋在前方的海面上掠过。离海面更近的空中,一群鹈鹕自北往南飞,就像一幅侏罗纪的景象,阳光下,一切都变成黑色的剪影,鸟儿缓慢地扇动着翅膀(其实它们大部分时间都在滑翔)。一阵恐慌又向菲娅涌来,就像是一股被神秘的拉力带向岸边的潮水,顷刻就把她淹没了。她多么想走到外面,走到天空下,但是就像是什么东西突然揪住了她的心脏一般,她什么也做不了,一点都动不了。就连走几步,跟巴丁和阿拉姆一起坐到屋檐下方,都是她可望而不可即的。她什么也做不了,只能回到房间。算了,过一会儿再试试吧。

日头渐斜,接待人员又来客房拜访她,希望向她展示更多与项目相关的事情。他们这次要带她去一个重型推土机的驾驶室参观,所以她觉得去一去也无妨,不过时差问题还是让她感觉自己的身体摇摇欲坠。

他们走出房门，走过一个又一个地方，终于进入驾驶室。推土机将大沙堆上的沙子推到海边。在傍晚倾斜的余晖中，它们隆隆地驶上一个长长的斜坡，然后载着满车的沙子下坡，来到新的沙滩上，现在，沙滩上已是遍地车辙。他们乘坐的推土机越过一辆辆各种型号的小型车辆，其中有些车辆将小堆的沙子拉到平坦的沙地上，有些则负责加高沙滩后面的小沙丘。推土机师傅告诉她，造沙滩最重要的一点就是按照新的海平面高度，因地制宜地施工。现在看来，就算再过几个世纪，海平面可能也不会降低，或许永远都不会降回去。但是，他们相信它也不可能变得更高，因为全世界能化的冰差不多都已经化完了。南极洲还储存大量的冰盖，但是气温已经稳定下来了，所以那里的冰盖应该不会再化了。如果再融化呢？好吧，那就太糟糕了！那就再建一些沙滩呗！

现在，海平面的高度基本已经稳定下来了。海浪浪峰和浪谷之间的垂直高度差平均为3米，月球和地球的距离最小之时，会出现小潮，那时候的浪会比较高。其实，海浪就是地球和月球之间的潮汐引力引起的。这就是万有引力，鬼魅似的远距作用。这也是这颗行星上众多生命的源泉。有些人甚至说，生命的诞生也得归功于这个作用。

他们需要确保高潮水位大大低于大部分新海滩的高度，所以新的海滩至少要有一百米宽。他们还在海滩后面修建了一些沙丘，在上面种了各种各样的沙滩植物，并引进多种能够适应沙丘生活的动物。退潮的时候，暂时露出海水的潮间带也大都由沙子构成，只有少量的岩石分布在断崖下方的区域，形成蓄潮池之类的地貌。这些特征和元素都需要精心设计、施工、建造和管理。菲娅看出来了：沙滩就是他们的艺术成果。这些人就是艺术家。他们从事的是自己热爱的艺术创作。在向她介绍这些的时候，他们语气中透出的热爱，已经深深感染了她。

他们告诉她，在这个海岸线上，在切断崖壁的这几个河口处，就是以前上涨的海水涌进陆地的地方，这里曾经有房子、街道、草坪、公园以及人类文明缔造的其他成果，但它们都被海水撕碎、冲散了。所以在打造沙滩的时候，第一项工作就是清除那些被海水淹没的废墟。他们需要在距离岸边一定距离的海底深处开始填沙，否则整个海岸线依然会处于被冲垮的危险之中。这项工作在几年前完成了，现在菲娅看到，他们已经在新沙滩上堆了不少的沙子了。其中一半的沙子是从浅浅的近海区域和水下峡谷里吸出来的，他们用真空管把沙子抽到驳船上，再运到该放的地方堆积起来。另外一部分沙子则是在崖壁上加工出来的。人们对该区域的浪潮以及河口的水流模式进行研究，并根据研究结果制订施工计划，将加工出来的沙子铺到不同的地方去。随着他们对世界各地的沙滩了解越来越深入，他们的施工办法也在不断地改进。

"啊！"菲娅感叹道。

这片沙滩位于北崖壁的下方，南崖壁那边的沙滩也趋于完工。远航者们可以到这边安顿下来，学习学习建造沙滩的过程，认识认识一起干活的同事。他们可以先看看自己是否喜欢这个工作。这样的施工队伍在全世界还有很多，所以远航者们应该可以和沙滩建造者们融为一体，在那之后，别人就不会再记得他们的特殊身份了。

菲娅点点头："听起来不错。"

这些人又说："如果愿意的话，你还可以到沙滩旁边的海里游个泳，那里现在已经很安全了，很多年轻的沙滩建造者们都会去游泳。你会游泳吗？"

"会啊。"她回答道，"我以前经常在长湖里游。"

"太好了！你必须下水一试。这里水温恰恰正好，一开始稍稍有点凉,但等你游起来后就感觉不到凉意了。你会发现海里的盐水浮力很大,很有意思。明天的海浪比较小,但还会有人来这里玩徒手冲浪。有些人啊,不管有没有浪,你都拦不住他们来海里玩。"

"那很好啊!"她说道。她又开始感到一阵恐惧的战栗穿过她的脊柱,蔓延到四肢上。就连毫无知觉的双脚似乎都爬上了一丝恐惧感。

回到自己的屋子,菲娅感到精疲力尽。巴丁和阿拉姆还是坐在屋檐下,争论着几分钟前出现的日落景象。不知道他们到底有没有看到绿光。虽说是在争吵,他们看起来很放松。菲娅看得出,遇到自己暂时无法解决的问题时,他们其实挺兴奋的,因为这样一来,就有东西让他们思考了。

看到菲娅,他们挥了挥手。西边的天空变成了深邃而透明的深蓝色,下方海面呈深灰色,看上去反倒比天空的颜色要浅,一道又一道浪花拍打在岸边,暮色衬托之下,浪头变得更明显了。眼前的景象是如此开阔。菲娅站在门口往外看,感受这海面上吹过来的风。两位老人谁也没有去打扰她。

"卡瓦菲的诗我又重新翻译了一下。"阿拉姆对巴丁说,"当然,我只译了最后那几句,我念给你听:

> 你不会找到一个新的世界,也不会找到一个新的海岸,
> 更不会有别的星球,你无处可逃
> 你被束缚在绳索中,永远无法挣脱,
> 因为你知道,地球也不过是另一艘飞船。"

"哎!"巴丁感叹道,像是听到了什么有意思的东西,"译得不错,我喜欢这不拘一格的译法,而且这也更契合我们的情况。"

"是啊。"阿拉姆若有所思地说。

过了一会了,巴丁笑着轻轻拍打阿拉姆的大腿,示意他看暮光中靛蓝色的天空,那是他们从未见过的纯净色彩。"欸?你看!那飞船真他妈的大!"

"还真是!"阿拉姆说,"但是,跟大小有什么关系?是它吗?"

"可能就是!"巴丁回答道,"够大了才够结实,是吧!我现在觉得,结实才是我们最需要的。"

"或许吧。看得出来,你现在也是老而弥坚啊。"

"当然了,这里的伙食太好了,这一点你可不能否认。"

两位老人互相开着玩笑,菲娅转身回到自己的卧室,躺在床上。

那天晚上,轻柔的海风穿进她的房间,抚摸着她,她甚至可以感觉到风中裹着的盐,可以闻到盐的味道。一直到天色微亮的时候,风才停住。她整夜辗转反侧,抑制不住地颤抖着,她甚至分不清是自己在颤抖,还是身下的地板在颤动。麻木的双脚传来微微的刺痛,肠胃又像是被一只无形的手揪住了。恐惧就像是一个重物,压迫着她的胸膛,压得她快要喘不过气来了,她告诉自己,呼吸再深一点,再慢一点。她一整夜基本没怎么睡,恍惚中只觉得到处都是盐味,时不时就惊醒一下。

等她醒来,连西窗外的天空也亮起来了,光线照亮了那方窗帘,她起床进入洗手间。从卫生间出来后,她一会儿在房间里走来走去,一会儿坐在床上双手抱着脑袋,显得坐立难安。最后,她站了起来,走到窗边往外看。

朝阳的金光洒落在海面上,这是地球的黎明。如果说极光星是黎明女神的话,那这才是黎明本身。

她打开小屋的门,感受微微的风从岸边吹向海面。这海风就像是地球的呼吸,夜晚往里吸气,白天往外呼气。这有点像风浪镇的风。外面已经很温暖了,看来今天是个大热天。离岸的海风有点干燥。

她回到洗手间抹了把脸,然后就定定地看着镜子中憔悴的面孔。她已经是一位中年妇女了,时间过得真快啊,她过去长什么样子,好像都快记不清了。她套上短裤和衬衫,抓起一条大浴巾。

"去他妈的!"狠狠地撂下一句,菲娅推开门走了出去。

辽阔的天空是那么蓝,温暖而干燥的离岸风轻轻吹拂着。菲娅来到崖壁投下的阴影中,踩在沙滩上。她漫无目的地走着,双眼盯着自己麻木的双脚,一边僵硬地走着,一边呻吟着,脸上涕泪交加。泪水模糊了她的视线。她觉得自己就像个疯子、像个傻子一般,但是,充斥她全身心的,依然还是那恐惧感。除了恐惧感,她的内心一片空白。

来到沙滩上,空间似乎变小了,这就像是一个生态圈。这是一个很大很大的生态圈,但又不会大到让她立刻晕倒的程度。她用力地呼吸,头上汗珠一颗颗地落下来,双手握着拳头,脚上套着那双奇怪的靴子,头上戴着大帽子,脸上戴着太阳镜,她低着头一直踉踉跄跄地往前走。

她来到崖壁底下的沙丘上。一脚踩上去,脚底下的沙子就陷进去一到三厘米的深度。拖着麻木的双脚在这样的沙地上行走,真是够难的。她继续朝着海边走去,这一侧沙滩呈微微向上的坡度,爬到一处低矮的隆起处之后,沙滩开始向下延伸,一直延伸到泛着泡沫的海边。她站在水里,崩溃的波浪向她涌来,拍在长长的潮间带上,在棕灰色湿沙的衬托下,海水是那么干净。这块倾斜的沙地浸润着海水,边缘镶着一串串长长的白色泡沫。海浪的声音非常大,大部分涌在离岸大约一百米远的地方就会崩溃成几段浪,然后携着隆隆的声音扑向岸边,浪头顶端呈优美的弧形，那是高高击起的白色浪花和泡沫，白色的浪头起伏着、嘶叫着，带着大量的泡沫，冲上浅滩，撞击在前浪上。

在高潮水位线上，到处都是黑色的、棕绿色的海草，海草褶皱的叶片十分宽大，球茎遍布高潮线。"这是属于藻类吧。"菲娅心想。她走到一处高潮线上，一屁股坐在旁边的沙滩上。她低着脑袋，保持有节奏的深呼吸，想要压住那股恶心感，缓解晕眩感。"不过是个大一点的生态圈！不要慌！"手指尖触摸到的海藻摸起来有点黏滑，就像是凝固的胶体。海藻上面沾了一些沙子。她食指的指甲盖上也沾了十几二十粒沙子，仔细一看，它们一粒粒并不是圆形的，而是像一个个小小的、不太方正的石块，把沙子举到离鼻尖六厘米左右的距离时，可以看得最清楚。金色的沙粒里面混着一些黑点，大小比沙粒要小得多，看上去像是云母之类的东西。在距离菲娅20米左右的地方，白色的浪花时而拍打在岸边，时而退回海里，退回去的海浪冲刷出一个个Ｖ形的纹路，每个Ｖ形的尖角都对着海水涌来的方向，这些纹路在金色的沙滩上显得有点发黑。海浪拍打着，发出隆隆的巨响。

太阳从她身后的崖顶上方升起来了，太阳辐射照在她后颈上，就像是火堆发出的热。不过，这辐射也确实是火球发出来的。她的胃又开始痉挛。她在包包里面摸索了一下，掏出一瓶防晒霜，在脖子后面喷了一下。喷雾的味道有点奇怪。她的双手又开始颤抖，她觉得很难受。喷雾的味道更加剧了这种不适的感觉，她感觉自己快要吐了。幸亏现在不用勉强站着，也不用被逼着去什么地方。她把头低低地垂下来，把注意力放在指尖的沙子上，阳光之下，她的指尖呈半透明状，上面的沙子发出耀眼的光芒。不要吐！天啊，这光也太强烈了！她咬紧牙关，想要甩掉脑子里的声音，想要压住自己外冒的胆汁。

"去他妈的！"她咬着牙说，"控制住！"

让我带你去海边！

呐呐呐呐呐呐呐呐呐！

让我带你去海边！

呐呐呐呐呐呐呐呐呐！

一个年轻的男子赤裸着身体，哼着小调，在沙滩上摇摇晃晃地走着。他年龄十六七岁上下，消瘦的面孔上嵌着一双蓝色的眼睛，皮肤呈奇怪的棕色，菲娅觉得那应该是被太阳晒的。他棕色的卷发也被太阳晒得焦脆，发梢黄得发白。他一只手上拎着一对脚蹼，那副样子，让菲娅想起她曾经在一本书上看到过的米诺斯[1]壁画。这是来海边玩水的大男孩。

"你要去游泳吗？"菲娅问他。

他停住脚步。"是啊，去冲个浪。从这往右走，有个浪点，我们叫它礁石区。"

"浪点？"

"那里有块很大的礁石，有200米长，退潮的时候一眼就能看见。大多时候的浪都是朝右流，但今天是南边来的涌，所以应该有一些朝左流的浪。你要不要一起去？"

"我不行，我的脚失去知觉了。"菲娅终于给自己找了个借口，"我得穿着这双鞋才能走路。我可不知道游泳的时候它是否还管用。"

"嗯？"他皱了皱眉头，眼睛盯着她，像是听到了什么稀罕事一般。或许他还真没见过这种事呢。"怎么回事啊？"

"说来话长。"菲娅答道。

---

[1] 米诺斯是欧洲最早的古代文明，也是希腊古典文明的前驱。以精美的王宫建筑、壁画及陶器、工艺品等著称于世。——译注

他点点头，说："如果你穿上脚蹼的话，就是那种从脚一直套到膝盖的脚蹼，大概就能游了。如果你只是站在浅滩里，水的浮力都差不多能把你浮起来，然后用胳膊向下压，你就能冲到小一点的浪顶上去。"

"说得我都想试试看了。"菲娅言不由衷地说，但或许她内心真的这么想呢？她努力克制着自己，她脸热得发红，手指和嘴唇上传来刺痛感，大脚趾传来灼热的感觉。

"我朋友来了。帕姆的包包里可能还有一双脚蹼，他一般都会多带一双。"

一男一女两个年轻人走了过来，赤裸着身体，皮肤黝黑，肌肉紧致，头发晒得枯黄。她记不得海神的名字叫什么，但她觉得，眼前这群人，就是海神，就是水妖。他们是沙滩之子。他们朝着跟菲娅说话的男孩招呼道："卡亚！喂！卡亚！"原来他的名字叫卡亚啊。

"帕姆，你有没有多带一双脚蹼？"卡亚问道。

"当然有了。"

"能不能借给这位女士用一下？她也想去冲个浪。"

"没问题啊。"

卡亚转身对菲娅说："那就试试呗。"

三个年轻人一齐看着菲娅。

"你会不会游泳？"卡亚问。

"会。"菲娅说，"我小时候天天都去长湖游泳。"

"那你就在浅滩里玩，肯定没问题的。今天的浪很小。"

"谢谢你。"

菲娅接过年轻女孩递给她的蓝色脚蹼。三个年轻人冲进海浪里面，到了小腿深的海水里面时，他们跌倒在崩溃的浪头上，白色的浪花在他们身前画出一道优美的弧线。他们坐在水里往自己身上套脚蹼。在离他们30多米的前方,又有一道涌朝着岸边扑过来,他们穿过波浪白色的浪峰朝前游了过去。这时候,他们看起来才像是在游泳。看他们玩的样子,冲浪似乎也不难嘛。

菲娅脱下靴子站了起来,她脱掉衣服,给全身上下都喷上防晒霜,然后拿起他们借给她的脚蹼,小心翼翼地踏入拍打在岸边的海浪里。她的双脚还是一点感觉也没有,她觉得自己像是踩着矮矮的高跷走路,但又感觉有一股力拉扯着自己的大脚趾。刚踏进去的时候,海水很凉,那种凉意一直渗到双脚的骨头里,但她很快就适应了这个温度。适应了以后,好像也就没那么凉了。一道海浪扑过她的脚踝,拍打在沙滩上,然后又退回海里。脚下的海水泛着白色的泡沫,那泡沫甚至比水还多,泡沫破碎的时候,把小水滴溅到小腿肚一般高的位置,并发出嘶嘶的声音。回涌的浪遇上下一道向海边扑来的浪,把第二道浪的动能抵消了不少,使之无法冲上倾斜的沙滩,只能迅速地退回海里。只有在退潮时,潮水退到最低处的时候,才能看到那里起伏的海底。或许,那才是真正的海平面高度。在她的脚底下,海水一会儿涌上沙滩,一会儿退回水里,海面也上下起伏着。浪花拍碎在沙滩上,这是多么美好的景象啊!这是多么美妙的感觉啊!在她的心里,似乎有什么东西悄悄地融化了,她感觉自己在颤抖,但浑身暖融融的,似乎没有那么难受了。是的,温暖,还有颤抖。

她一直低头往下看,但即便如此,她也能看到,或者说感受得到头顶的天空是蓝色的,而视野尽头的天空则掺杂着大量的白色。这里的声音非常大,到处都是水的声音,但主要还是海浪拍打的声音;蓝色的海浪卷起来又落回海面,白色的水花四溅开来,拍打在她身上,这时候,甚至可以听到浪花崩溃时发出的清脆的声音。各种声音都有,有闷闷的吼声,有卷起的海浪拍打下来的声音,还有无数的泡沫爆裂发出的嘶嘶声。大海的边缘就像是一个瀑布，卷起的海浪不断拍打在它自己身上，一次又一次永不停歇。耀眼的阳光碎成无数片，布满整个水面，映入她的眼帘。她摘下太阳镜，海水反射的阳光太强烈了，她只能眯起眼睛，双眼就像是要闭上一般。光线太强烈了，在它的映衬之下，其他东西看起来都变得那么暗。

卡亚追着一道海浪朝她这个方向冲过来，白色的浪头上面，只露出他的脑袋。冲到她身边的时候，他站起身来，指着自己的朋友让她看。"那就是帕姆，那一手左手浪冲得还不错吧，看到没？"

菲娅又开始颤抖。

"我们真能跑那么远吗？"她略带无助地问，"会不会被太阳晒坏？"

她深深地吸了几下气，光线太强了，她不敢抬头看天。眯着眼睛，崩溃的浪花反射出的阳光让她的双眼流出泪水。

"嗯，你看看你，想得倒挺多的。你有没有抹防晒霜？"

"抹了。"

"你皮肤可真白啊。"

"我以前从没玩过这个。"她说，"我从没晒过太阳。"

他惊讶地看着她："那也太疯狂了！不过我得承认，你的皮肤很漂亮，上面每一颗雀斑啊，痣啊，都可以看得见。没关系，只要你全身都抹上防晒霜，就不用担心了。要是哪个地方没抹到，肯定就会晒伤了。"

"我相信你说的！"

"好吧，那就行了。隔几个小时再抹一遍就没问题了。下一次冲回这里的时候，我再帮你抹一次。"

"你们不用抹吗？"

"哦，有时候会用。你也知道啦，我都已经成这样了，早就不怕晒了。要是玩一整天，那到下午的时候，我会在鼻子和嘴唇上抹一点。"

"一整天？"

"当然了，那样玩才带劲呢！"

"你现在能帮我喷一下吗？我担心有的地方没抹够。"

"当然，没问题。"

他弯下腰，脱掉自己的脚蹼，和菲娅一起走到放浴巾的地方，让她撑着胳膊趴在柔软湿润的沙子上，给她全身都喷上防晒霜。

"你的身体很漂亮，很白，就像站在海浪中间的女神。好了，我帮你把大腿和臀部也喷上吧。全身都要涂，要不然你肯定会晒伤。"

被太阳晒伤！被一颗恒星的辐射灼伤！想到这种可能，她身体又开始怕得发抖，她克制住自己往上看的欲望。她黑色的影子投在沙滩上，一直延伸到水里。她一只手握着拳头塞到嘴里，默默地哭泣着。沙滩是那么明亮，让她无法直视。光线真是太强烈了。

他带着她又回到水里。他黝黑的身体是那么轻盈，看上去不像人类，反而像是某种动物，像是从水里钻出的水人或人鱼，带着她进入他的世界。对，是水妖！她又开始颤抖，但这次是因为寒冷而颤抖。或许浸没在水中给她带来的震撼可以缓解她想要呕吐的感觉。

他们回到齐踝深的水里，海浪涌来，泡沫发出嘶嘶的碎裂声。这就是她站立的地方，这就是地球，她居然在阳光的照耀下走进了海里。真令人不敢置信！她觉得自己像是进入了另一个人的身体，灵魂像是穿越到了一具自己无法全面掌控的身体里。卡亚扶着她站稳后，朝着一道涌向岸边的海浪冲了进去，水面溅出一道弧形的水珠，继而又纷纷落回海面，四周泛起大量的泡沫，泡沫碎裂,发出嘶嘶的水声。"这下没那么冷了!"菲娅拔高了声音喊道,只有这样,卡亚才听得见她说的话。

"本来就是这样,"他咧着嘴巴笑,露出一口白牙,"今天的水温差不多是24摄氏度,不高也不低。再过一两个小时会变凉一点,但也没什么要紧的。你看这儿的水,差不多到小腿高了。再往前走,海底的沙子会有点起伏,大浪打过来的时候,你就蹲下身子躲到浪里头去,这样弄湿全身最好玩了。小心别被退回去的浪拽得太远了。"

他扶着她的手,带她来到那处起伏的海底。一道道涌从远方直奔而来,崩溃成一道道浪,发出嘶嘶的声音,撞击在她腰上,接着又落回齐踝深的海水里。一道大浪打来,卡亚松开她的手,大叫了一声,俯身潜入浪头。她紧跟着蹲下身子,海浪带着她往沙滩的方向冲去,她跳起身来,惊讶地发现自己全身都湿了,那冰凉的感觉让她忍不住失声尖叫。她嘴里进了一些海水,冰凉凉的,带着咸味,但是很干净。她的眼睛被海水刺激到了,但不太痛,一会儿就好了。卡亚俯下身子吸了一口海水,然后朝着天空用力喷了出去,那水花就像是一个喷泉。"喝点呗!"他对着菲娅催促道,"对你有好处的。它的盐度和我们身体里的差不多。多美好啊!就像是回到了母亲的怀抱!"他叫了一声,又潜入下一道大浪,浪头过后才跳了出来。这一次,她又比他慢了一拍,所以又被有力的浪头带着往岸边扑去。

卡亚朝她游了过来,绕着她游了半圈,才找到地方站起来。"把脚蹼套上,再潜到浪头下面。你看,大浪崩溃的时候,一部分水会被压到海底的沙地上,然后再向上卷起来,就像这样。"他一只手摆出一个弧形,向她示范海浪的形状,"所以说,只要你潜下去,进入那股水流,它就会把你拉到浪底下去,然后又把你推上来,送出水面。只要你进入那股水流,你就会觉得有一股力拽着你向下沉。"

又一道大浪扑了过来,菲娅赶紧套上脚蹼。海浪一道连着一道,永远都不停歇,大约每隔 7—10 秒钟,就会涌过来一道波浪。下一道波浪又来了,她矮身躲进浪底,只觉得自己一直往下沉,双手都能触及海底的沙子,翻滚的沙子在她的脸颊边飞舞着,接着,她又感到一股向上的水流推着她向上浮,虽然双脚依然没有知觉,她还是能感觉到脚蹼上传来一股推力,推着她跳出海面。耀眼的阳光突然射进她的眼睛,咸咸的海水也流进她的双眼、鼻子和嘴巴,她呛了几下,但是眼睛却不觉得刺痛。

"你在水底的时候也是睁着眼睛吗?"她扯着嗓子问卡亚。

"必须是啊!"他笑着说,他全身都浸在水里,只有脑袋、肩膀、头发和双手露在水面上,像一只水獭一般在她身边划着水。他吸进一口泡沫,趁她不注意一口喷在她身上,然后笑得乐不可支。

卡亚站了起来,在她身边走来走去。"好了,现在玩第一个游戏:在海浪拍打过来的时候冲到浪顶。我们要站到齐胸高的水里,涌一般都是在这么深的地方开始形成崩溃的浪。如果涌比较大,则会在更深的海面就开始崩溃,所以你得继续往里面游才能遇到它们,而较小的涌则会在离岸更近的地方崩溃。看着,当涌来到你身边的时候,像这样跳进去,让水流带着你往上升,一直升到浪顶。浪顶崩溃的时候,任由水花落在你的脸上。然后就这样,向上冲进去,在浪头的背面落下来。差不多就是这样,很有意思的。你可以感觉到一股力托着你往上升。这个动作练熟了之后,你就可以注意看海浪是什么时候开始崩溃的,在大浪冲到你身边把你托起来的时候,你就在它快要崩溃的那一刻赶紧转身,朝着海岸的方向跳进去。这时候你就会被海浪带着往前冲,然后你就可以沿着齐胸高的浪壁滑下去。双脚触地的时候,头要继续保持向前冲的姿势，这样海浪就会一直带着你跑出很远，你也可以潜进水底缩起来，然后再在海浪的下面展开身子，站起身来。那时候，你身边的海水大概就是齐腰这么高。你按我说的试一下。"

菲娅按他说的试了几次。涌朝着她扑过来，在涌还比较矮并且还没有崩溃的时候，她跳了进去，在升到最高处的时候，她可以透过浪头看到海面，看到后面的涌一道又一道地扑过来，它们都还未崩溃，也还没有形成浪。有时候，她还看到涌在到达浅滩区的时候，波峰会渐渐隆起。与此同时，在那边游泳的人（现在有十来个人了）就会朝着那道涌用力地游过去，想要在它崩溃之前抓住它。冲进浪头后，当崩溃的浪向左右两侧流走的时候，他们就会侧着身子乘着浪划过浪壁，浪花拍打在他们脸上，他们侧着脸，眼睛看着身前不断升高的浪头。在她看来，他们的身体就是一面面的冲浪板。有几个人还带着小型的泡沫板，他们就伏在这个泡沫板上面冲浪。乘上浪尖的时候，他们欢呼着，崩溃的浪头盖住他们的时候，他们的身影就消失在海浪里，而下一秒钟，当她再次找到他们的身影时，他们已经朝着下一道涌游过去了。

来吧！冲进海浪，被水流托着往上升；在最高处撞上被阳光照成半透明色的薄薄浪壁，又落入海浪背面蓝色的齐胸高的水中。卡亚说得对，这种感觉真是太妙了。恐惧感早就不知所终了，伴随着每一次的起跳和下落，那恐惧之心已经消失得无影无踪了。海浪托起她的身子，继而落下，又托起，又落下，一次又一次。海水钻入她的嘴巴，一道又一道的涌扑过来，在她身边嘶叫着，在她身边崩溃。不需要和人说话，也不用想任何事情。太阳点燃了半边天空，她无法朝那边看过去。当然，直视太阳会让人失明。永远都不要直视太阳！海水的味道太美妙了，它和鲜血的味道不一样，它是那么干净、清凉、清新，带着咸味，但是却比盐水更美味。

她开始感受到自己的存在,感受到自己身体的存在。这里的浮力明显比她以前游过的水都要高,刹那间,她突然想起飞船中脊的失重状态。她试着忘记那些记忆,但是它们却已深深地刻在她的脑海里。浮在海浪上面,她突然感到一阵揪心,飞船、术赤、黛薇、尤安,还有其他早已逝去的人,纷纷钻入她的脑海。在这些突然想起的记忆中,就连尤安在极光星海洋里的最后时刻,都变得那么美好,而不再是伤感的记忆。他选择了最好的结局。菲娅乘着浪头怀念他,就好像他还陪伴在她身旁一般。这也是一种跨越时空的交流吧。一定要游出恐惧的海洋!她的身体还是在颤抖。

又有一道涌扑了过来,眼看着就要崩溃,却还未到崩溃的时刻。一道浪壁在她眼前渐渐隆起,朝着她越逼越近。她抓住时机转过身,朝着海岸的方向一跃,海浪裹着她向上升,但地球引力又拉着她往下掉,两种力达到平衡的那一刻,她觉得自己像是在飞翔,又像在空中静止不动,这真是个奇妙的时刻。她先是被海浪托着浮到最高的浪头上,然后又突然滑到海浪的最低处,并扎进海浪下方平静的海水里。海浪在崩溃的那一瞬间包裹住她,在转身的时候,海水钻进她的鼻子、喉咙、肺部,她感到一阵窒息,但也只能在崩溃的海浪中继续翻腾,她无法浮出浪头,她甚至都已经辨不清上下左右了。终于,她撞到海底,找到了方向,穿出头顶的水,从嘶嘶的泡沫中破水而出,她吸了一口气,却被呛了一口,咳了几下,喷了几下鼻子,她终于能正常地呼吸了,深深地吐纳了几口气之后,她开心得大笑起来。在进入水底的时候,必须闭紧嘴巴,怎么这么简单的道理她都忘了?

她想要和卡亚分享自己的经验。卡亚从她身边闪过,瞬间却又消失,但没一会儿,他又出现在她身边,站在齐胸的海水里。

"你还好吧?"他问。

"没事!我刚才翻了个大跟头!"

"那就是被水流翻倒了。是不是感觉在洗衣机里一样?"他笑着说。

"是啊!在水底下的时候,应该要屏住呼吸才对!"

"是呀!在翻倒的时候,要用鼻子出气。"卡亚告诉她,"那样就不会有事了。这样海水就不会钻进你的鼻子。"

她回身继续冲浪。她又试了几次,当她落入海浪下方安静的海底时,她表现得比第一次好多了。在向上的推力和下落的重力达到平衡的时候,她再一次感觉像是要飞起来一样,那一时刻,地球引力消失了,她觉得自己正飘浮在飞船的中脊里面。飞船又浮现在她的脑海里,她开始尖叫,哀悼过去的人生。哦,上天,这才是生活,当年那种存在方式是多么疯狂,多么荒谬,多么愚蠢啊!那么多人都死去了!如果飞船看到她这么在海浪中玩耍,想必会非常高兴吧!她对此深信不疑。

灼热的阳光像是要把她的脸晒伤了一般,在等待下一道浪的时候,她觉得自己的身子在微微颤抖着。但是,这个颤抖和之前恐惧的战栗是不一样的,她只是觉得有点冷罢了。卡亚经过她身旁的时候,对她喊道,比较大的涌都是三道连着三道扑过来的。菲娅看得出海面上的波浪确实是这样的,当然她也看到别人是如何迎着连续扑来的三道涌冲上去的。他们面对着朝岸边而来的涌流,在第一道涌崩溃之前,努力冲过去,然后以最快的速度游到合适的位置,再冲上后两道涌。她多么希望能像他们一样在浪壁上面飞舞啊!但是这个节奏很难把握。要想成功的话,她的动作可能还得快一点。她跟卡亚说这个心得的时候,卡亚也很是同意。"需要加速的时候,你就用力地蹬脚蹼。"

"好冷!有点发抖!"

"是啊，我也有点冷得发抖。你先回沙滩，晒一会儿太阳，很快就会暖起来了。你先去，我过一会儿也来。"

她乘着一道海浪往回走，笨拙地露出头，旋即又被水流带了个跟头，她觉得自己像是一件衣服，在洗衣机里翻滚着。海水又把她呛到了，她觉得自己快要窒息了，无法浮出水面。突然，一股力抓住她，把她带出水面，她用力地咳了几下，深深地吸了几口气，把吞进肚子的海水咳出来，她觉得自己都快要吐了。

抓住她的正是卡亚。他站在齐胸的海水里，关切地看着她。他的眼睛是那么灰蓝。

"喂！"他喊道，"在这里要小心点。别忘了，这可是在海里啊！速度快一点是没错，但你要淹死在这里的话，那就白死了。大海可比我们要强大多了！"

"我说，要不我们在浅滩里玩一会儿漂浮吧。就这么躺着，海浪往沙滩上冲的时候，你就会浮起来，但身体还是会碰到海底起伏的沙地，海浪就拖着你往沙滩上冲，这道浪退回去的时候，又会把你带回浅滩。你就把自己当作一片浮板，让海浪带着你漂。这游戏和冲浪一样好玩。"

她给卡亚做了个示范，确实很好玩，一点力气都不费。她的身体完全放松，只有脸露在海面上，像木头那样漂着，时不时地撞到潮湿的沙子上。沙滩上的人越来越多了，高潮线的上方，孩子们正在用沙子盖城堡，他们不时发出欢声笑语。波浪的声音很大，空气中充斥着泡沫破裂时迸射出来的水雾。海面上到处都是泡沫，看起来比水还多。她身边有一些长长的海藻，它们的球茎看起来像是塑料做的一般，散发出特别的味道。坐在她身边的一个小女孩看到她在嗅鼻子，一本正经地对她说，那是受困的鲸鱼呼出的气味。菲娅拿起一片海藻叶子，细细咀嚼，它的味道和飞船小盐池里种的藻类差不多。当年的那些小盐池可真是小啊，跟真正的大海相比，也就够给小鸟洗个澡。她就这么一会儿上、一会儿下地漂着。

这里的水比较暖，阳光照在她的背上、手背上，但她最后还是觉得冷得发抖。她脱下脚蹼，平衡了一下身子，小心地朝着放浴巾的地方走去，中间还摔了一跤。但在这湿润的沙子上，摔倒也不要紧。

来到放浴巾的地方，她在阳光下躺了下来，背后是温暖而干燥的沙子。浑身暖融融的，身上的水很快就晒干了，皮肤上留下一些盐的结晶，她舔了一口，确实是咸的。沙子很温暖，湿漉漉的身子一碰到它们，就沾上了很多。全身晒干后，她用手擦掉身上的沙子，把双手和双脚都埋在沙子里面，感受它的重量和质感，沙子的温暖从她的四肢传遍全身，片刻之后，沙子感觉就没那么烫了。她开始在沙滩上挖坑，直到坑底都被水填满。没过一会儿，四周的坑壁就开始塌陷，塌下来的沙子纷纷落入坑底的水中。她用手掏出坑底的湿沙，将它们堆在水坑的边缘，这些沙子里的水很快就蒸发掉了，掏出的沙子堆在一起，越堆越高，最后轰然倒塌。

她偶尔会掏到小小的沙蟹。沙蟹飞快地在她手心爬过，把她惊得"哎哟"一声，赶紧把它们扔回水坑，然后，这些小家伙就会飞快地在坑底的沙子上挖出一个洞，钻进去逃之夭夭。几次之后，她就意识到，它们并不会咬她，因为它们的口器、钳子之类的都太小、太柔软了。很显然，她身下的这片沙滩里，应该到处是这些小动物。它们也许是以海藻为食。当初想必是建造沙滩的人把它们带来这里，并帮助它们在这里落地生根。朝宽阔的海岸往下看，她看到一群沙禽在海面嬉戏，海水倒映着它们的身影。这些沙禽的喙长长的，可以探到沙子里面去啄小沙蟹。飞翔的时候，它们的爪子朝后弯曲着。它们不时从空中落下来，用喙去啄海边的气泡,或许那是沙蟹呼吸吹出的气泡。应该是这样子的吧!这个沙滩真是充满生机。

卡亚打着冷战回到沙滩上,在他黝黑的皮肤之下,起了一粒粒紫色的鸡皮疙瘩,他嘴唇冻得发白,鼻头也冷得发紫。他一头倒在自己的浴巾上,全身抖得厉害。渐渐地,他终于不再颤抖,而是趴在沙滩上,张着嘴巴,闭着眼睛,看上去就像是一个睡着了的婴儿。他身上的水很快就被太阳晒干了,留下白色的盐晶。他的头发卷成一团,全身都是肌肉。他放松的样子,就像一只听话的小猫躺在太阳底下。年轻的水神,海神的孩子,大概就是这个样子的吧。

阳光太亮了,菲娅只能眯着眼睛朝四周看。天地间都是海浪崩溃发出的隆隆声,还有泡沫破裂时发出的嘶嘶声。远处起了一层迷雾,一切都笼罩上朦胧的光。

她突然警醒,就像是有一支箭突然刺中了她一般。"这样晒太阳真的没问题吗?"她问,"恒星的光芒、辐射不会杀死我们吧?"

他睁开眼睛,一动不动地看着她:"恒星的光芒?"

"我的意思是,太阳的光芒。那是很大剂量的辐射,我可以感受到它的存在。"

卡亚坐起身来,说:"嗯,你说的是。差不多该再抹防晒霜了,你皮肤真是白啊。"他用食指戳了戳她的上胳膊。"真的好白。你看,这里都晒得有点粉了,按一下,就变成了白色,过一会儿才会变回粉色。你有点晒伤了。我帮你再抹一层防晒霜吧。"

"抹了就行吗?"

"我觉得可以,一两个小时肯定没问题。如果你回水里去,那就更没问题了。我们一般不会长时间躺在太阳底下,只要身体暖和了,就会回海里去。"

"你还要下去几次啊？"

"不知道，很多次吧。"

"那玩一整天肯定会饿坏的。"

"哦！"他笑道，"大家都说，冲浪的人就像海鸥一样，看到什么都敢抓来吃。"

卡亚给她抹上防晒霜。她的皮肤有点辣辣地痛，抹上后感觉舒服了一些。他的手触摸到她的皮肤，给她耳后和发际线附近涂抹防晒霜，她觉得他的手凉凉的、滑滑的。上一次涂防晒霜的时候也是这种感觉，她记得这种触摸的感觉。他是那么年轻，想必会成为很可心的情人吧。他重新躺回沙滩上，菲娅直勾勾地看着他。她觉得自己内心有一种强烈的欲望，胃里十分舒坦，感觉凉凉的，但又很温暖。她说："在沙滩上做爱什么感觉，嗯？就在太阳底下？你们有没有做过？"

"有啊！"他笑着说，他翻过身来趴着，带着一点羞涩，"不过你得小心，不要让沙子进入某些地方。你也知道，这种事情，我们一般天黑了才来这里做。"

"为什么啊？这里不是公共沙滩吗？"

"确实是。你在说'公共'的时候，你的意思应该和我想的不太一样吧。"

"我以为'公共'的意思就是属于你们的，你可以做你想做的事情。"

"我想是的。但是你不可以在公共场合做私密的事情。"

"我觉得只要想做就可以！我现在就想扑到你身上去。"

"可别啊，会有麻烦的。"他抬头凝视着她说，"顺便问一下，你几岁了？"

"我不知道。"

他哈哈大笑，说："这话什么意思？"

"我的意思就是,我不知道。你是问我活了多久吗,是多少年前出生的吗?"

"嗯,我想是的吧,你活了多久了?"

"一天。"她脱口而出,"实际上,应该是两小时左右。在我下水的那一刻,我才活了过来。"

卡亚又笑了。"你真有趣。说得好像从没有见过这些东西一样。哎,我身上暖和多了,我要回海里冲浪了。"他突然靠过来,在她脸颊上亲了一口,然后跳了起来。

"你先走一步,我在这儿再待一下,先看你玩一会儿。"

他冲进海里,大步踏过浅滩,拍打出一连串的水花。他一边跑一边跳,然后突然一跃跳到海浪里,转身套上自己的脚蹼后,飞快地向更深的海里游去。他轻巧地划着水,在崩溃的浪头来到他面前的时候,一猛子扎进海浪。这些动作,他做起来毫不费劲。

她跟在他后面下水。海水比之前凉了一点,她感觉皮肤有点紧绷,有点温暖,她对水温很敏感。重新回到水里后,感觉舒服多了,海浪托着她往上升,好戏才要开始。

海浪变得更汹涌了一点,浪壁变得更高。卡亚说这是因为开始退潮了。太阳升得更高了,阳光照耀在海面上,像是给大海铺上一道道流动的光带,随着波浪不断地起伏着。当涌来到菲娅面前的时候,又变成了半透明的墨绿色。她已经可以在水流托起她的时候控制好身子了。当她向下看的时候,甚至还能透过干净的海水看到海底那金黄色的平坦沙地。在海面下方,是一些浅滩,甚至还有一丛丛巨大的海藻。有一次,她甚至看到一条大鱼在浅滩上游动,它黄褐色的背上布满了斑点,吓了她一大跳,但大鱼很快就消失了。卡亚游到她附近的时候,她心有余悸地跟他讲这个事情,但他只是哈哈大笑,说那不过是只猫鲨,它的嘴很小,没什么攻击性,对人类也没什么兴趣。

菲娅已经可以熟练地使用脚蹼了，她学会从髋部开始发力蹬着脚蹼游泳，她觉得自己已经游得很快了，就像一只美人鱼！她扎进崩溃的海浪，先是往下沉，接着水流又托着她冲出绿色的海浪，这一次动作不够快，所以她落到了浪头的背面。再试一次。她游到尚未崩溃的涌中，跟着浪头不断升高，不过这一次她依然落到浪背上。崩溃的海浪纷纷落在她身前。再来！她又进入一道还没崩溃的涌，与海浪保持同样的节奏，随着海浪往上升，然后沿着浪壁滑下来，这一次她侧着身成功地落在了海浪的前方，她迅速游到一侧，再次游到海浪的表面。海浪在她面前继续升高，浪头变得越来越陡，却恰好让她不至于滑落下来。她感觉自己突然不动了，什么都没有做，却又像是在飞翔，她飞得那么快，从及腰的海水中冲了出来。她甚至还学会像别的徒手冲浪人那样，用手推着身下的水，让自己飞得更高。

太美妙了！

附近有一个老人在教一个小女孩冲浪。小女孩身上绑着块小圆板，看上去像是老人的孙女或曾孙女。海浪开始升起的时候，老人就像飞纸飞机那样，把小女孩抛到浪头上。祖孙俩玩得那么疯，笑得那么开心！他们就像是两只人鱼在海里戏耍着。有时候，他们从浪壁上旋转着滑下来，然后又冲上浪头，随着海浪起伏的节奏而起舞。

浪涌越来越大、越来越高。有人叫了一声，所有人都朝着大海深处游去，想要冲进这一道巨浪。在攀上一个小浪峰的时候，她也看到了那道巨涌，她抽了一口气：这道涌真是大啊！它甚至还没有到达浅滩区就开始隆起了。看来，还没等她游过去，这道涌就会崩溃。和大家一样，她也开始用尽全力向前游去。

其他人在这道涌崩溃之前就已钻出水面，但是菲娅还来不及钻出来，所以她只能潜到浪底，抓住海底的沙子，她觉得崩溃的大浪在推着她，一会儿把她托起来，一会儿又把她往下拉，弄得她左摇右晃的，就在这时候，她的脚蹼掉了。她在海底停了一瞬间，然后双脚一蹬海底，浮出水面，却恰好遇上下一道尚未崩溃的涌，水流拽着她下沉，然后又托着她上浮，她什么都不用做，就又回到了水面上。身边的水中全是泡沫和从海底扬起的沙子，她觉得自己像是淹没在海水和沙子制成的砂浆中。耳边传来震耳欲聋的声音。第三道涌又来了，它渐渐隆起，离这里还有点距离。菲娅使劲游过去，想趁着它还没有崩溃的时候冲过去。她用尽了全力，只觉得自己都要喘不过气来了，还只是勉强赶上。浪顶朝着她压过来，她郁闷地意识到自己冲进去的时机不对，崩溃的海浪就要拍到她头上了。她深深地吸了口气，把头埋了下来。

哗！浪花重重地拍在她身上，肺里的空气都被挤了出去，紧接着，她只觉得自己被海水推过来推过去，整个人都在翻跟头，分不清哪是哪了。她完全控制不住自己的身子，就像是在洗衣机里面旋转，但是这地方可比小小的洗衣机大多了，她一点力气也使不上，只觉得自己像个布娃娃，什么也做不了。水流什么时候才能上升啊？它能不能把她推出水面啊？她开始缺氧，脑袋里一片空白，这是她从未经历过的感觉，她急切地渴望呼吸了，从没有这么渴望过。一阵恐慌掠过心头，她必须马上呼吸！可是，她还是被压在水下，伴随着从海底激起的沙子一起翻滚。她紧紧地闭着双眼，在水中旋转着，她快撑不下去了，快要呛水了。该死的！要是死在这里，人们应该会把她的尸体带回家吧？大概一个月后就会被埋葬掉吧？身为飞船女孩，却被地球杀死，这太可笑了……

突然，一股水流把她推出水面，她赶紧换了一口气。哎，糟糕，连水也一起吸进来了，她又呛了一下，咳了几声，深深地吸一口气，再吐出来。

这时候，她看到第四道涌已经开始崩溃了。这不公平！她正想着，浪花又扑头盖脸地打过来，她又一次被拍到海底，胡乱地打着旋儿。劲儿可真大啊！她肺里面一点空气也没有，要撑住！这一次，她真的要溺水了。跟许多书里写的一样，过去的人生就像电影倒带一样在她眼前迅速闪过。愚蠢的飞船女孩，难道就这么放弃了？

她突然睁开眼睛，朝着有光的地方挣扎过去。脑袋轻飘飘的，她感觉自己的血液都要沸腾了，想要呼吸的欲望是那么强烈，她根本就压制不住。不呼吸不行了！就算呛水也无所谓了！想要呼吸！想要呼吸！不行！翻滚中，她还是成功地克制住这种欲望。上头是光，下面是黑暗，她用尽力气向光爬去，但是翻滚中，这种努力是多么可笑，她就像是一个在洗衣机里翻滚的布娃娃。

终于，她又一次闯了出来。她深深地吐了一口气，又小心地吸了一口，以免将水也吸进来。受了一个教训，她赶紧朝四周看了一下，看还有没有新的涌扑过来。糟糕！又来了！这涌是怎么回事？是不是要把她杀死才肯罢休？

不过这道涌看上去没那么大了，但是菲娅离它还是太远了，没法在它崩溃之前冲进去，况且她现在也没力气游过去了。她只能赶快换一口气，再深深地吸一口，无助地看着大浪扑下来。海浪开始升高，在她面前崩溃，变成一堵白色的旋转的巨墙朝她倒了下来，一片混乱中，她根本没办法钻进浪底，只能赶紧再吸一口气等待它的到来。哗！浪花撞在她身上，她再一次被打得四处翻滚。一切都失去了控制，只能坚持住，屏住呼吸！可是这一次她肺里的空气不够，在窒息的时候你很难屏住呼吸。她就要呛水了。该死的！这是什么鬼浪！下一刻，她又回到了水面，又能呼吸了。她深深地换了几口气，转身看着海面。是的，他妈的又有一道水墙推过来了，那上面满是泡沫和气泡。不过这道浪崩得比较早，当它来到她面前的时候，浪花已经变得平静了一些。她屏住呼吸，让海浪包裹着自己往海边冲去。如果不能冲到浅滩的话，她大概就只能死在这道浪里了。

身体碰到海底的那一刻，她挣扎着起来，想要确定海底的位置，但她的脚什么感觉也没有。这时一股有力的水流推着她向上升，她冲出水面，旋即又落了下来，另一道浪又压了上来，但这一次，海底就在身下不远处。她在水中翻滚着，有时脑袋能露出水面片刻，这时她就会抓紧时间换气。翻滚中，她不时碰到海底的沙子。如果海底是礁石的话，她估计早就没命了，幸好是沙子，她还能继续翻滚。这里的水看起来也只有齐胸深，但是又一道崩溃的海浪打下来，把她再一次压到了水里。该死！屏住呼吸，不停地翻滚，找到海底的方向，站起来，呼吸，又被打倒，再屏住呼吸，再开始翻滚……她又一次站起来，却再一次跌倒，不过这次不是被浪打翻，而是因为脚下的水太浅了，没能撑住她的身子。她站在小腿深的水里，背后的海浪传来一股巨大的推力，把她推倒在水里。管它呢！她任由海浪推着自己翻滚，只管屏住呼吸，在偶尔露出头的时候抓紧机会换一口气。

这时，她发现手下、膝盖下面的水开始往海里面退，与此同时，身后又有一道海浪涌了过来。不过这时候她正处于很浅的海水中，也就是之前和卡亚玩漂浮的地方，所以不用担心被浪打翻。海浪拍上沙滩后又退回海里，它淹没了孩子们盖的沙堡，沙堡就像融化的冰激凌一般，瞬间瘫倒在沙地上，引得孩子们一阵尖叫。谁也没有注意到菲娅。没注意才好！太狼狈了！她爬上沙滩，后面再涌过来的浪已经不能推倒她了，它们只是泛着白色的水花和泡沫从她脚下穿过。空气中充满了盐味，回流的海浪带着她往海里退。她将双手插在沙子里，感受着沙子朝海水深处流去的感觉，感受着海水爬上她的前臂和膝盖的感觉，她背对着大海坐在沙子上，任由沙子从自己身下流走，直到下一道浪从背后打到她身上的时候（这时候的海浪已经没法打翻她了），沙子才没有继续往海里流。又有几道浪从她身边涌上沙滩，然后又退回海里，她在沙子里面越陷越深。她抽出双手，把膝盖和脚拉出来，往海滩方向爬了一小段距离。一道海浪卷来，把一只蓝色的脚蹼冲到她身边，她伸手一抓，但是没抓到。她又爬了好长一段距离才来到孩子们堆沙堡的地方，一下子瘫倒在沙滩上。阳光那么亮，但她眼前却一阵阵发昏。菲娅重重地喘气，时不时干呕一下，吐出一点咸咸的海水。

卡亚跑到她身边，一只手扶着她的背，问："你还好吗？"

她点点头："还凑合。"

"那就好！刚才那一波浪可真大啊！"说着他又跑回去了。

阳光照在她的背上，把湿润的沙子也照得闪闪发亮。万物都像是发出了光华，它们是那么亮，让人无法直视。海水沿着她身下的斜坡往回流，水花撞击在她的腰上、膝盖上，带走她身下的沙子，让她越陷越深。冒着泡沫的海水冲走了她背上的沙子。金色的沙粒在水中打着旋，沙粒中的黑色小点沉淀下来，在她身前形成了一个新的Ⅴ形三角洲的纹路。啊，这就是Ⅴ形三角洲啊！多么美好的世界啊！她低下头，轻轻地吻了一下沙子。

AURORA BY KIM STANLEY ROBINSON
Copyright © 2016 by Kim Stanley Robinson
This edition arranged with The Lotts Agency Ltd. through Andrew Nurnberg Associates International Limited
Simplified Chinese Copyright © 2016 by BEIJING ALPHA BOOKS. CO., INC.
All rights reserved

版贸核渝字（2016）第124号
图书在版编目（CIP）数据

极光 /（美）金·斯坦利·罗宾逊著；吴真贞 叶塑译. ――重庆：重庆出版社，2020.7
书名原文：Aurora
ISBN 978-7-229-13683-3

Ⅰ.①极… Ⅱ.①金… ②吴… ③叶… Ⅲ.①长篇小说－美国－现代 Ⅳ.①I712.45

中国版本图书馆CIP数据核字（2018）第255292号

极光

［美］金·斯坦利·罗宾逊　著
吴真贞　叶塑　译

策　　划：	华章同人
出版监制：	徐宪江
责任编辑：	徐宪江　黄卫平
责任印制：	杨　宁
营销编辑：	王　良　史青苗
装帧设计：	荆棘设计

重庆出版集团
重庆出版社　出版
（重庆南滨路162号1幢）
投稿邮箱：bjhztr@vip.163.com
北京盛通印刷股份有限公司　印刷
重庆出版集团图书发行有限公司　发行
邮购电话：010-85869375/76/78转810
重庆出版社天猫旗舰店
cqcbs.tmall.com
全国新华书店经销

开本：880mm×1230mm　1/32　印张：14.625　字数：380千
2020年7月第1版　2022年2月第3次印刷
定价：59.80元

如有印装质量问题，请致电023-61520678

版权所有，侵权必究